CUORCODE

Chiara Lipari

Il reame delle illusioni

CAIRO

In fondo al volume illustrazione di Andrea Boschini

ISBN 978-88-309-0403-3
Prima edizione: giugno 2024

IL REAME DELLE ILLUSIONI

A tutti i famigli
che mi hanno protetta finora,
presenti e passati

Studio sugli strige, parte 1 - origini:

Gli strige (dal latino strix) oppure mormor in origine appartenevano alla classe degli uccelli, nello specifico degli Strigidae, uccelli rapaci prevalentemente notturni. Gli strige potevano mutare a proprio piacimento il loro aspetto per eludere le vittime, ma non più di due volte ogni riposo. Il processo era lungo, doloroso ed estenuante: prevedeva la frattura e la ricomposizione di ossa, alzando notevolmente il rischio di embolia. Per tale motivo, si dice che gli strige prediligessero una forma umanoide ibrida: ali, il cui piumaggio varia dal colore rosso al nero, e proprietà magiche (fonte non verificata), con apertura alare dai due ai tre metri di lunghezza, dalla struttura simile a quella del gufo; quattro artigli da rapace; sottile becco perforante. Millenni fa si riteneva che solo le donne potessero essere strige a causa della loro natura subdola, ovviamente si trattava di una credenza bigotta (posso dire di aver verificato tale informazione sul sottoscritto). Gli strige consumavano principalmente carne e sangue. Dato lo sforzo del mutamento, gli antenati strige necessitavano di consumarne ingenti quantità, portandoli a rappresentare una minaccia per elfi, driadi, maghi e soprattutto per gli umani. Similmente alle driadi, potevano appellarsi alla natura, a quelli che vengono talvolta volgarmente chiamati "elementi oscuri" o "elementi antropocentrici". Oggi, gli strige si presentano con un aspetto molto simile a quello umano, hanno perso completamente la capacità di mutare forma; si dice che anticamente un clan di strige giunto ad Arcadya abbia deciso di assumere forma umana in via definitiva, senza più abbandonarla, per vivere in simbiosi con gli esseri umani senza più cacciarli.

Incantesimi di primo livello per tutti gli strige:

- Tenebra, occultamento;
- Sangue, creazione di un simulacro di piccole dimensioni (10 cm di diametro circa);
- Malattia, infiammazione (malattia e sangue spesso vengono inseriti nella medesima categoria, ma io preferisco separarli in quanto se ne possono fare usi differenti);
- Vuoto, assorbimento lieve per trenta secondi;
- Tempo, possibilità di scorgere fino a un minuto indietro nel tempo che cos'è accaduto nel dato luogo in cui ci si trova.

Aelius

0
Il Folle

Regina di Coppe

La servitù sfilava incessantemente da un angolo all'altro del salone marmoreo. Tutti si muovevano rapidamente come topi addestrati, portando pietanze e champagne a sazietà. Non parlavano con gli invitati ma, d'altronde, nemmeno questi si degnavano di rivolger loro la parola, troppo occupati a fissare gli schermi dei propri telefoni e le fotografie della radiosa Arcadya proiettate sulle ampie pareti di bianco marmo. Tutte quelle distrazioni rendevano l'operato dei servi ancora più sottile e impercepibile: erano agili, sfuggenti allo sguardo superficiale dei nobili, con lieve passo felpato sfrecciavano da un transetto all'altro, lungo le ampie navate auree e nel più modesto deambulatorio dietro al trono, fino a tornare nelle cucine con i vassoi vuoti. Impalpabili e silenziosi come gatti neri su un cornicione scuro durante una notte senza stelle; il movimento delle delicate scarpette in tela era inudibile sotto all'intenso fracasso dei tacchi metallici, del chiacchiericcio degli ospiti, delle risate brille e dell'orchestra intenta a suonare. La corte amava festeggiare, era il suo modo per dimenticare le tragedie recenti ed esorcizzare i timori futuri. Per i nobili era puro svago, per la servitù una dura prova di sopravvivenza.

Una serva si avvicinò a uno degli ospiti, forse il più meritevole fra questi, ma certamente il più scostante. Egli sostava in piedi, in un angolo della sala a braccia conserte; il suo capo era leggermente chino verso il basso, una cortina di capelli neri ne adombrava il volto.

«Gradite qualcosa?» Questo era l'unico rumore che una servitù funzionale doveva emettere, almeno ciò era quanto inculcato nel cervello di Evelyne, la quale, nonostante la propria goffa natura, si mimetizzava perfettamente con i colleghi.

Occhi scuri, profondi come un abisso senza fine, incrociarono lo sguardo spaesato della serva. Le era facile indossare la sua umile e funzionale veste, mettere da parte se stessa e comportarsi come se la sua missione ultima fosse compiacere gli svariati ospiti presenti. Quel giorno tuttavia tali vesti le risultavano particolarmente strette ed Elan, l'uomo dinanzi a lei, lo aveva capito subito. «No, ti ringrazio Evelyne.» Scosse la testa e la sua chioma liscia ondeggiò appena. Per la giovane era bizzarro vederlo in abiti eleganti, pareva un pesce fuor d'acqua; normalmente, durante gli addestramenti dell'esercito, del quale era l'abile stratega, era solito indossare vesti larghe e comode che gli ricordavano le sue origini, il suo popolo ormai perduto. «Ma ti prego di non usare alcuna formalità con me, non ce n'è bisogno. Io, a differenza degli altri qui presenti, non ho titoli o contee da sfoggiare.»

È vero, accidenti. Non era la prima volta che Elan le rivolgeva quel velato rimprovero, eppure, osservandolo in quel suo mesto distacco, le era difficile non mostrargli la stessa servile sottomissione che da sempre le avevano insegnato. *Lui non è nobile, non sulla carta almeno.*

Il suo merito era quello di aver sconfitto la morte, esser sopravvissuto a ere apparentemente senza fine e aver portato la sua vasta saggezza ad Arcadya. *Forse per questo ha sempre quel muso lungo: è condannato all'eterna nostalgia di una civiltà, una famiglia da lui dimenticata poco a poco, anno dopo anno, secolo dopo secolo.*

Non senza un latente velo di riverenza, Evelyne congedò l'immortale e tornò a vagare per la sala, certa che il suo vassoio sarebbe presto stato svuotato dalle voraci e imbellettate mani di qualche nobile. Di tanto in tanto buttava un occhio al proprio palmare, prestando attenzione alle voci nell'auricolare, ed era sempre rapida nei suoi interventi. Qualora ci fosse un collega da coprire, qualche briciola da spazzare, un conte viziato da accontentare, Evelyne era presente e tempestiva.

Quella sera, però, non riusciva a trovare la concentrazione necessaria per svolgere il proprio lavoro in maniera adeguata; la sua mente vagava, i suoi occhi cercavano la futura regina, seduta sul trono con lo sguardo spento e fisso sul pavimento, mentre si perdeva nei tralicci delle sue paure. Prima che pure gli altri si accorgessero della sua distrazione, la serva afferrò un paio di vassoi argentei e si recò nelle cucine, con la scusa di doverli riempire.

Evelyne, in cuor suo, aveva desiderato di poter vedere la moglie del re Caiden, una donna a lei tanto cara, venir incoronata regina, ma non in quella maniera e men che meno sotto quelle circostanze. Isolde era stata spinta a forza sul trono, deviando il corso della naturale successione, a causa della morte di suo marito e di un figlio non troppo piccolo, bensì troppo pigro, impreparato e impulsivo per regnare.

Caiden non c'è più. Ancora la giovane faticava a realizzarlo. L'uomo artefice della cappa di fugace armonia che aveva protetto Arcadya dalla guerra, dagli orrori oltre il confine fisico del regno e dalla furia sanguinaria degli strige, gli esiliati, i discendenti di una stirpe mostruosa in cerca di vendetta, non c'era più. Evelyne temeva che, senza la vigile attenzione di Caiden, le fatiscenti fondamenta sulle quali si reggeva il reame sarebbero inesorabilmente crollate.

La morte spesso è un grande dono per la reputazione di una persona. L'egoistica indole umana ci spinge inesorabilmente a marciare sopra il bene portato dal prossimo nelle nostre vite, finché esse non ci abbandonano definitivamente, lasciandoci con un vuoto malamente riempito da vaghi ricordi che, al loro tempo, non siamo stati capaci di apprezzare. Caiden, tuttavia, non aveva alcun bisogno di morire per farsi amare. Lui era il cuore più nobile, il portatore di pace e armonia, nonché l'uomo che aveva donato un po' di quiete a un reame segnato dalla distruzione e da un'interminabile lotta fra razze. Era riuscito a porre fine all'eterno conflitto fra giorno e notte, fra magia chiara e arti oscure. Nessun altro sovrano ne sarebbe mai stato in grado. Nemmeno il suo trapasso era stato capace di impreziosire la sua già limpida reputazione: quel decesso era l'ennesima prova di quanto scellerato fosse il cieco dio della morte, a portar via un uomo così adorato, un vero esempio per tutta Arcadya, uno che, in mezzo al buio tunnel di dissolutezza e perdizione morale di quel popolo a lungo abbandonato, aveva offerto il tiepido bagliore di una lanterna.

Non appena giunse il momento dell'incoronazione, Evelyne uscì dalle cucine, portando un vassoio ricco di tartine dai molteplici gusti, che si affrettò a posare su uno dei tavoli nella navata destra, per poi raggiungere il resto della servitù nel deambulatorio dietro al trono. La serva, allungando il passo per raggiungere i colleghi, aveva lanciato uno sguardo fugace a Isolde, della quale aveva sempre apprezzato la delicata bellezza. Quella sera, però, aveva un aspetto più fragile, pareva che persino un sorriso o una smorfia potessero mandare in frantumi quel volto liscio, simile a pallida porcellana. Teneva le mani giunte sull'abito bianco, finemente adornato da pizzi e merletti; si mescolava alla perfezione con le pareti marmoree, le quali erano attraversate da venature d'oro somiglianti a preziosi fulmini intenti a squarciare un cielo lattiginoso. Anzi, la figura graziosamente minuta della regina quasi si perdeva fra gli alti e dorati colonnati, che si estendevano fino al soffitto, là dove s'intrecciavano complessi affreschi, nei quali la dea della vita, la maestosa Hayia, squadrava i presenti con placida curiosità.

Fu sotto gli occhi neri della divinità con più templi in tutta Arcadya, che i più alti sacerdoti dei culti di tutto il regno avanzarono lungo la navata. Gli ospiti si schierarono in fretta ai lati, esortati dagli armigeri crepuscolari, nonché i maghi dell'esercito di Arcadya, momentaneamente capitanati dal vice generale Laurell. A loro si affiancarono presto le guardiane appartenenti all'Ordine che proteggeva la corona, un pugno di meravigliose driadi guerriere, sei fiere giovani con indosso una corta cotta di maglia, adornata qua e là da scintillanti placche metalliche. Tutte e sei apparivano statuarie, superbe nella loro tronfia pacatezza. Tutte, eccetto una.

L'orchestra aveva smesso all'istante di suonare ed Evelyne aveva intravisto il proprio impudente fratello alzarsi in piedi e sfruttare la propria altezza per registrare un video con il suo palmare da lavoro. Non appena finisce la cerimonia gliene dico quattro, pensò roteando gli occhi, ma guardando la folla poco distante, fu costretta a ricredersi. Quasi tutti i volti erano nascosti da un telefono; solo qualche conte, oltre agli armigeri e alle guardiane di servizio, preferiva osservare tale spettacolo con i propri occhi, senza il filtro di uno schermo. Tutti fissavano, estasiati, il corteo di sacerdoti, sacerdotesse e driadi. Una miriade di colori spalancarono i portoni del salone, e delle colombe eteree, composte da candida luce, si librarono in volo sotto l'ampia volta. I presenti si lasciarono andare a un sospiro di pura meraviglia, solo le guardiane non batterono ciglio: d'altronde erano driadi anche loro e, in quanto tali, usare le proprie radici, il profondo legame con gli elementi della natura, per creare finte colombe colorate era un banale trucchetto da festa. Divertente, ma nulla d'impressionante.

Ogni sacerdote portava un pezzo di sé in quel salone, vesti lunghe e corte, pallide e colorate, riempite di gioielli o di modestia, si fecero spazio lungo la navata centrale. Nonostante le differenze di culto, di usi e di costumi, tutti quei religiosi intonarono insieme un unico canto, le loro voci si fusero insieme. Le colombe si riunirono sotto la volta e, man mano, si plasmarono in un'unica grande fenice. Una creatura mitica capace di risorgere dalle proprie ceneri, il simbolo di Arcadya che, dopo la devastazione della guerra, era riemersa in tutta la sua magnificenza. Un'enorme e calda folata riempì la sala, una rossa fiamma divampò, inghiottendo la fenice, e un sospiro meravigliato riecheggiò fra la folla. Persino le guardiane dovettero ricredersi, un paio di loro sollevarono addirittura le sopracciglia di fronte a quello spettacolo.

Ciascun tempio presente nel suolo del regno era votato a una divinità della vita e ne celebrava un aspetto particolare: la cura del prossimo, la fortuna o la fertilità. Quel giorno erano tutti riuniti per incoronare Isolde come reggente, per portare salute, buon auspicio e prosperità a lei e a tutto il popolo di Arcadya.

L'alta sacerdotessa di Hayia, alla guida dal corteo, si allontanò dal gruppo e salì la scalinata fino a raggiungere la regina. La melodia proveniente dal corteo aumentò d'intensità, numerose voci, tutte diverse, ma ugualmente magnifiche, si ersero da quel coro mescolandosi in un'unica grandiosa armonia. La pizia sollevò la corona sopra la testa di Isolde, lasciando che il sottile velo rosso scivolasse dalle sue morbide braccia, interamente ricoperte da bracciali dorati. La regina pareva quasi invisibile, soverchiata dalla sacerdotessa che, con ammirabile regalità, stava posando la corona sul suo capo.

Evelyne, che si trovava schierata con gli altri servi contro la parete più distante del deambulatorio, presente allo spettacolo sì, ma solo come mera scenografia, non poté vedere l'espressione sul viso della regina. In cuor suo, però, sapeva quanto la donna fosse nervosa. La sua ansia era palpabile, quasi contagiosa.

Gli ultimi giorni erano stati intrisi di follia, avevano da poco sepolto il corpo del re di Arcadya, mentre giornalisti curiosi e telecamere invadenti avevano seguito passo passo la cerimonia. Evelyne si era sentita sopraffatta da quegli avvenimenti, come se la spossata regina sul trono fosse lei. Aveva una brutta sensazione e poteva farsi aiutare solo dall'occulta arte divinatoria dei tarocchi, che a malapena aveva iniziato a conoscere. Essere una semplice umana, circondata da persone capaci di evocare magie incredibili, la faceva sentire indifesa, nuda.

Con un sospiro, guardò la corona posarsi sul capo della nuova reggente, attese che il corteo terminasse il canto e abbandonasse la sala. Ci fu qualche attimo di silenzioso vuoto, come se l'improvvisa assenza di tutti quei sacerdoti e quelle driadi affini alla vita avesse lasciato una voragine. Poi l'orchestra riempì rapidamente ogni silenzio ed Evelyne tornò a servire gli ospiti con volto mogio. Lei adorava Isolde, la considerava da sempre un punto di riferimento fondamentale. La nuova regina, infatti, non era nata fra i nobili, né fra i reali, bensì era figlia di operai. Si era guadagnata una borsa di studio e, laureandosi a pieni voti, aveva iniziato a lavorare come infermiera. Per sua sfortuna si era trovata ad affiancare un folle medico e ricercatore, uno strige il cui nome faceva rabbrividire pure a distanza di anni. Quest'ultimo l'aveva rapita, conducendo su di lei esperimenti di ogni sorta. Evelyne non conosceva i dettagli della vicenda, ma una cosa la sapeva: era un necromante votato al dio della morte, e ciò significava estenuanti torture per Isolde. Questo finché l'eroico Caiden, il quale di lì a poco avrebbe ereditato il trono dalla madre, non s'imbarcò nella tortuosa missione di salvare la giovane. Inaspettatamente Isolde era ancora viva quando fu trovata, quello strige si era decisamente preso tutto il tempo di cui aveva bisogno. Si diceva che, nonostante a combattere fossero principalmente Caiden e la driade Liviana, fosse stata Isolde stessa a sferrare il colpo di grazia. Era una fiaba divenuta reale, un sogno a occhi aperti per la romantica Evelyne.

Nella stanza condivisa con il resto della servitù, incastrate fra il materasso e le doghe lignee del proprio giaciglio, la giovane custodiva gelosamente delle vecchie riviste, che per lei erano un vero tesoro. Quando non studiava, la serva soleva rileggere le varie interviste nelle quali Isolde e Caiden raccontavano la propria eroica storia, come quest'ultimo fosse salito al trono poco dopo, a seguito dell'improvvisa morte della madre, prendendo in moglie la graziosa fanciulla da lui salvata. Questa era la strabiliante fiaba che riempiva l'animo di Evelyne con la speranza, lasciandola nell'eterna attesa di poterla vivere sulla propria pelle. In cuor suo (non lo avrebbe mai ammesso a voce alta) bramava ardentemente un amore fresco, genuino, intriso di eroismo, un amore proprio come il loro, uno che fosse pure altrettanto improvviso e travolgente. Durante gli eventi reali fissava le grandi porte del salone, in attesa che a varcare la soglia fosse un giovane nobile, un forestiero, un eroe, mentre, puntualmente, i conti presenti ai balli erano umani pingui e dall'aria oziosa, le loro conversazioni erano noiose, nel migliore dei casi.

«Tiberio caro, la mia ulcera è diventata tremenda nell'ultimo periodo, il medico che attualmente mi tiene in cura è un vero incapace» si lamentava il conte Lunden, dinanzi al prestigioso medico di corte, mentre teneva fra le dita il quinto bicchiere di spumante. «Per caso voi sapete come posso curarla?»

«Vi prego, conte Lunden, sono qui per assistere all'incoronazione della regina, non per parlare dell'erosione delle vostre mucose addominali. Ma, se volete cominciare da qualche parte, date un taglio agli alcolici» sbuffò Tiberio, allungandosi ad afferrare una tartina dal vassoio della serva. «Grazie, Evelyne.»

La serva gli sorrise. Il medico di corte, per quanto freddo e scostante, era una delle poche (pochissime) persone che non solo la ringraziava, ma ricordava pure il suo nome.

Con la coda dell'occhio, la giovane scorse un improvviso guizzo colorato: le driadi, nonché le guardiane di Arcadya, creature della natura e dei sei elementi. Questo, almeno, in teoria. Di fatto, Evelyne riteneva le giovani facenti parte dell'Ordine scialbe, viziate e superficiali. Quella sera, però, scorse un viso nuovo: una sesta peculiare driade, pallida come l'avorio e dai capelli color della luna. Peccato se ne stesse andando via, a passo spedito, scontrandosi con almeno un paio di ospiti nel mentre. La serva, guardandola, non poté non domandarsi chi fosse quella curiosa ragazza.

Fante di Spade

Titania non doveva trovarsi in corridoio. Doveva restare nel salone, nel transetto sotto al colonnato, circondata da conti, parenti reali, ufficiali dell'esercito e, soprattutto, sarebbe dovuta restare con le sue compagne, le componenti dell'Ordine. Avrebbe dovuto indossare il suo più smagliante sorriso, ignorare tutte quelle voci, quei rumori, quelle sgradevoli sensazioni che le brulicavano sulla pelle, ma non ci riusciva. Ciascuno di quegli stimoli, provenienti da ogni direzione, era così forte da impedirle di focalizzarsi sul proprio compito, facendola sentire profondamente inadatta. Il suo stomaco si contorceva dolorosamente, come se ripudiasse quel luogo, ritenendolo un pericolo per la sua incolumità. Titania aveva provato la medesima sensazione molteplici volte quando, nel reame incontaminato di Faeree, il posto nel quale era nata e cresciuta, aveva invaso accidentalmente il territorio di qualche bestia feroce.

In quel curioso regno gremito di umani non c'erano mostri alati con artigli pronti a dilaniarla o bisce acquatiche in grado di sventrarla con i propri aguzzi denti, soltanto altre persone come lei. Ma, paradossalmente, si sentiva più in pericolo lì che nel temibile reame dal quale proveniva.

Titania non apparteneva ad Arcadya, ma nemmeno a Faeree, né a nessun altro reame, non apparteneva a nessuna contea, nessun culto e nessuna tradizione. Quello di Arcadya era un popolo ridotto, profondamente legato alle proprie umane reminiscenze, e lei non aveva niente da offrire. Titania non era una driade, ma nemmeno una strige; non era niente. Da quando era giunta nella terra di Arcadya aveva appreso che il nome con cui la identificavano era *ibrida*. Non pensava fosse dispregiativo, fino a quando non ha udito il tono con il quale Ronilda, il capitano dell'Ordine, lo pronunciava. Essere una guardiana dell'Ordine, a quanto pare era un onore, un privilegio, e lei era solo una fastidiosa e plateale anomalia. Le sue compagne avevano manipolato la luce. Ciascuna di loro possedeva un paio di vivaci ed eteree ali da sfoderare e utilizzare a proprio piacimento, mentre lei ancora non le aveva e, probabilmente, la sua schiena sarebbe rimasta nuda in eterno. Proprio quella sua schiena nuda e diafana la faceva spiccare in mezzo alle altre ragazze, una macchia di fango su un vestito nuziale. Era impossibile non notarla, e lei detestava sentirsi gli occhi altrui addosso.

La corta e luminescente divisa dell'Ordine pungeva contro il suo petto e la sua pancia, lasciando invece le braccia e le gambe scoperte, esposte alla fredda aria serale. Le maglie metalliche pesavano sul suo corpo, abituato invece alla libertà concessa dalla natura incontaminata.

Titania sentiva il bisogno di allontanarsi almeno per qualche istante da tutte quelle sensazioni. Voleva soltanto prendersi una pausa dal mondo.

Quando ancora i suoi respiri erano corti, affannati, nevrotici, si chiuse in un bagno e lasciò che quel fiato così serrato si dipanasse da solo, secondo dopo secondo, e che quell'opprimente peso sul suo sterno si facesse man mano più leggero. Non sapeva per quanto la sua gola fosse rimasta chiusa, soffocandola. Ma probabilmente non lo era mai stata, si trattava solo di un ignobile scherzo della sua ansia.

Coraggio, hai combattuto di peggio, si disse, riprendendo lentamente possesso dei propri respiri. *Cerca di superare la serata, non sei ancora dentro l'Ordine. Non ufficialmente almeno.*

Per qualche motivo, era diventato estremamente importante fare una bella figura con quelle persone. Finché si trovava a Faeree, distante dalla civilizzazione, accompagnata solo da qualche spirito, era soltanto il suo istinto di sopravvivenza a permetterle di proseguire giorno dopo giorno con la sua vita. Invece, come aveva messo piede sul suolo di Arcadya, un nuovo pungente desiderio si era impossessato di lei. *Se solo riuscissi a capire questo reame...*

Non appena tutto finì, le mani di Titania si aggrapparono al freddo lavandino di porcellana, le sue ginocchia cedettero e lei si accasciò sulle gelide piastrelle, svuotata da ogni energia.

Si trovava in quel reame da nemmeno ventiquattr'ore e già veniva sovrastata da tutte quelle persone, tutti quei rumori, tutti quegli usi, quelle tecnologie per lei impossibili da comprendere.

Issandosi sulle sottili braccia, tentò di scrutare, attraverso la nebbia che le appannava la vista, il proprio riflesso nello specchio, ma vide solo un'unica macchia bianca. Questo era ciò che lei sapeva d'essere e non aveva mai creduto di poter diventare qualcosa d'altro. Quei lineamenti pallidi e sfocati erano tutto ciò che conosceva di se stessa, una macchia indefinita nella lussuosa varietà di marmi che incorniciavano la sua figura riflettendosi sullo specchio.

Essere una di quelle famigerate creature chiamate Fae che gli umani tanto invidiano, poter evocare gli elementi naturali per compiere magie e, al contempo, non essere nemmeno in grado di osservare il mondo in tutte le sue sfumature le pareva un crudele scherzo del destino. L'universo intero, tutta la meravigliosa complessità dei reami, non era altro che un intrico di colori e voci dal quale si sarebbe sempre sentita esclusa.

La giovane si lasciò guidare dal sentiero di luci e ombre fino alla soglia del bagno, inoltrandosi poi nel corridoio leggermente illuminato dalle torce di pino, la cui ingarbugliata bellezza era invisibile agli occhi di Titania. Solo accostandosi accidentalmente a esse, l'ibrida si rese conto di un dettaglio che all'inizio faticò ad accettare: il fuoco di quelle torce emetteva luce, ma non calore. La giovane, incuriosita, aveva avvicinato un dito a una di quelle piccole fiammelle accorgendosi, con sgomento, di quanto questa fosse ingannevole e fittizia: non era vero fuoco, capace di riparare e scaldare, ma l'ennesimo inganno in quel reame d'illusioni.

Arcadya era così caotica da inibire tutti i suoi restanti sensi: i chiacchiericci, le risate, le musiche, i tintinnii di piatti e bicchieri provenienti dall'altra stanza la confondevano. Titania non riusciva proprio a concentrarsi su un singolo suono, nemmeno sui passi del giovane che le sfilò accanto.

Fu il suo forte profumo d'incenso a farle voltare il capo con stupore.

Oleoresina bruciata, realizzò, tentando invano di mettere a fuoco l'alta figura che le dava le spalle, allontanandosi da lei. *È odore di magia nera. Ma non è possibile!*

Titania era giunta da poco, ma una delle prime cose che le avevano insegnato era: «Rinuncia ai tuoi poteri oscuri». Solo l'attuale regina, il trapassato re – dal quale aveva ricevuto il mandato che la invitava a palazzo – e le driadi facenti parte dell'Ordine conoscevano la sua duplice natura. Era meglio così, per non allarmare il popolo. Gli strige erano stati esiliati anni addietro, a seguito dei folli esperimenti di un necromante e della successiva devastante guerra fra le razze magiche. Lei era un mero tentativo, una prova per verificare se il potere oscuro davvero corrompesse l'animo del suo recipiente.

L'ibrida era convinta che mai più avrebbe percepito quel familiare odore, lo stesso che aveva penetrato le sue narici ogni volta in cui aveva fatto uso della parte di sé che più ripudiava.

Tentò di assimilare quei pochi dettagli da lei captabili, memorizzare la curiosa figura in ogni sua peculiarità, come quello che pareva un tintinnio di catene, gli abiti scuri in forte contrasto con la fluente e pallida chioma. Quella persona restò tuttavia avvolta da una fitta coperta di ambiguità. Sotto quei pesanti vestiti e quei lunghi capelli poteva esserci chiunque, tanto che Titania, mentre tornava ancora vacillante dalle compagne, si convinse di averlo solo immaginato, spinta da una frustrante nostalgia.

L'Ordine di guardiane era sotto la coordinazione della protettrice di Caiden, Liviana, la driade che gli aveva fornito gli artefatti utili per la liberazione di Isolde e la sconfitta del malvagio strige che l'aveva imprigionata: un vero mito per il popolo di Arcadya. Proprio per questo motivo era stato infatti fondato tale Ordine: per spingere le nuove generazioni di Fae a emulare la sua rettitudine morale e garantire protezione alla corona. Non appena Titania raggiunse le compagne, Liviana l'afferrò bruscamente per un polso e la tirò a sé, mettendosi in disparte dalle orecchie curiose degli ospiti. «Dov'eri?» La donna stava sussurrando, tuttavia dal suo tono trapelava il reale desiderio di mettersi a urlare contro quella impertinente che aveva osato defilarsi dall'evento, assentandosi per quasi mezz'ora.

L'ibrida, dopo aver trascorso tutta la sua infanzia e adolescenza in un reame sperduto pieno zeppo di piante e animali selvatici, non era più abituata a parlare, lo faceva raramente quando si rivolgeva agli spiriti di Faeree. Dunque, la sua voce era diventata sottile come un filo di ragnatela e debole come un piccolo bocciolo in mezzo a una tempesta. «Stavo male» disse solamente.

«Male?» ripeté Liviana, indurendo i lineamenti già irrigiditi dall'età. «Il tuo compito è vegliare sugli invitati e sull'evento, far sentire tutti al sicuro. Se cedi così facilmente ai malori, allora questo lavoro non fa per te.»

Titania non sapeva come rispondere, anche volendo non era in grado di spiegare a parole quanto era appena successo. Lei chiamava «vuoto» quella sensazione: l'infinito precipitare del suo cuore all'interno del petto, ormai diventato una voragine capace di inglobare ogni cosa, compreso il respiro. Non conosceva descrizioni sufficientemente calzanti, né possedeva una voce abbastanza forte da farsi ascoltare. Per fortuna, intervenne una giovane driade di nome Calista, l'unica voce gentile in mezzo a quello sciame di ostilità.

«Liviana, perdonate l'irruzione» abbozzò la guardiana, cortese tuttavia sicura, mentre si frapponeva protettivamente fra l'ibrida e l'antica mentore. «Titania ha avuto un attacco di panico, non poteva restare qui, sarebbe peggiorata e avrebbe fatto preoccupare gli ospiti.»

«Allora, come io già ho comunicato alla regina Isolde, è evidente che questo posto non faccia per lei. A maggior ragione viste le prove da voi personalmente affrontate per entrare a far parte di questa prestigiosa organizzazione. Il re Caiden l'avrà pure voluta nell'Ordine, ma quell'uomo aveva un fatale difetto, era troppo buono.» La driade era spaventosamente distante dall'idea di protettrice che una persona immaginerebbe. Non era una dolce creatura dalle forme morbide, era invece minuta, muscolosa e con dei violacei capelli tagliati a spazzola; il suo sguardo spigoloso appariva severo, come se stesse costantemente redarguendo il prossimo. Quell'atteggiamento ostile scoraggiò notevolmente Titania. Lei, che credeva di essere una macchia pallida e informe, era appena stata brutalmente redarguita da una driade antica e potente con oltre un centinaio d'anni sulle spalle. La cosa peggiore? Liviana non la riteneva meritevole nemmeno della sua momentanea posizione all'interno dell'Ordine; anzi, probabilmente secondo lei nemmeno doveva trovarsi nel reame di Arcadya!

Quella fiamma bruciante nel suo petto, quel nascente desiderio di non limitarsi solo alla mera sopravvivenza ma, al contrario, di fare qualcosa della propria vita, sfarfallò, minacciando di spegnersi sotto quella gelida pioggia di realtà.

Gli occhi azzurri di Calista congelarono con uno sguardo la mentore. Lei, a differenza delle colleghe, non aveva mai temuto la sua autorità, né aveva mai chinato il capo di fronte ai suoi abusi di potere. Liviana la squadrò a sua volta, dal basso verso l'alto, sostenendo il suo sguardo quasi fosse pronta a ribattere, ma scelse di girare sui tacchi e andarsene, evitando così lo scontro. La guardiana era alta, più di tutte le sue compagne, aveva le braccia e la schiena finemente plasmate da un quotidiano allenamento, era colei che con più dedizione esercitava corpo e magia. Paradossalmente, era pure la driade più in odio a Liviana.

Calista non avrebbe permesso alla propria mentore di marciare sopra la nuova arrivata, per qualche motivo a lei sconosciuto si sentiva quasi responsabile del suo benestare, comprendeva la difficoltà dell'ibrida e desiderava tenderle una mano. Non solo per il semplice piacere di compiere un'azione buona, bensì pure nella speranza di trovare in Titania una nuova amica, qualcuno da accogliere nella propria esistenza e proteggere da quell'Ordine di serpi.

«Non ti preoccupare» tentò timidamente di consolarla, affiancandosi con un sorriso alla giovane. «È così con tutte noi, fa parte del suo carattere.»

Titania si voltò verso di lei con espressione indecifrabile. Un occhio guardava Calista come se fosse sul punto di traboccare per le lacrime, mentre l'altro, quello un po' più pigro, era rimasto leggermente fuori asse, continuando a squadrare il vuoto dinnanzi a sé.

«Però ha ragione» sospirò, mettendo dolorosamente da parte quel suo nuovo e segreto desiderio. «Questo non è il mio posto.»

Due di Bastoni

Evelyne cercò, di nuovo, un attimo di sosta nelle cucine. Si appoggiò con i gomiti al bancone, lasciando andare la testa, esausta. Aveva da poco assistito all'incoronazione, l'unico momento di cui davvero le importava, e si sarebbe volentieri ritirata nella sua stanza ma, purtroppo per lei, l'evento sarebbe continuato fra danze e celebrazioni fino a notte inoltrata. Conosceva a menadito la scaletta che avrebbe suonato l'orchestra, siccome il suo gemello più simpatico e accomodante era impegnato a pizzicare l'arpa, e quando realizzò che i musicisti non erano arrivati nemmeno a metà del programma si lasciò sfuggire un gemito dolente.

Corinna, la collega con la quale più aveva socializzato, le adagiò davanti un vassoio con altre pietanze, costringendola a sollevare lo sguardo e la testa. Anche solo alzare il capo, pesante per la spossatezza, le parve una fatica immane.

«Stai battendo la fiacca, gli ospiti non sono qui per vederci poltrire nelle cucine» le disse la serva, poco prima di andare a prendere altro cibo da offrire agli invitati. Sì, era la persona con la quale più aveva socializzato, tuttavia non erano amiche: Evelyne non aveva amici, solo conoscenti, più o meno affidabili. Corinna, fortunatamente, apparteneva alla prima categoria.

Evelyne prese controvoglia il vassoio e si diresse nel salone, passando attraverso lo stretto porticato. La sala del trono era affollata, ma non in maniera tale da renderla impraticabile. C'erano tutti i conti di Arcadya, fatta eccezione per De Carintia, proprietario della contea più distante dal palazzo e più vicina al terrificante confine, una zona non protetta dalla schiera di montagne che invece difendeva le altre contee. Era il luogo più esposto e pericoloso di tutto il regno. Evelyne non diede molto peso a quell'assenza, anzi la ritenne normale. Vivere vicino a quelle zone malfamate aveva i suoi svantaggi, tra cui il doversi spesso sottrarre agli eventi sociali perché impegnati a reprimere le tentate invasioni del regno da parte degli strige. De Carintia era il più grande produttore di armi del regno: la sua contea era principalmente composta da combattenti, lui stesso era un ammirabile guerriero, nonostante fosse umano.

Non c'è neanche Gareth, il generale dell'esercito, osservò pensosa. *Probabilmente è andato in spedizione con un pugno di maghi ad aiutare De Carintia.* Con la coda dell'occhio, Evelyne notò che la driade bizzarra si era unita al resto del gruppo, dunque decise di approcciarsi a loro per guardarla più da vicino.

La serva provava una punta di gelosia per le driadi, che erano tanto gradevoli a vedersi da catturare con facilità l'attenzione del pubblico, pur restando immobili sotto i chiostri. L'unica nota stonata di quel fantasioso quadretto era l'ultima arrivata. Evelyne la trovava sgraziata, era pallida come un fantasma e tanto gracile da apparire debole. I suoi capelli bianchi erano eccessivamente lunghi, le ricadevano spettinati sulla schiena nuda, dandole un'aria oziosa, come se avesse trascurato il proprio aspetto per pura pigrizia. Un altro dettaglio impossibile da ignorare per la serva era la totale assenza delle ali. Anticamente, le driadi non ne erano in possesso. Erano semplici creature boschive legate alla natura ma, col trascorrere dei millenni, si erano evolute, avevano imparato a manipolare in proprio favore tutti gli elementi, non solo la terra. Le ali, in particolare, erano un artificio di luce capace di dare alle driadi un vantaggio non indifferente in battaglia. Era come se quella driade fosse rimasta indietro nel tempo, come se il suo corpo non si fosse evoluto.

Sfilando in mezzo alla folla, Evelyne pareva disegnare una treccia fra i vari invitati e, porgendo con cortesia il cibo ai nobili presenti, riduceva la distanza fra lei e l'Ordine di guardiane, sperando di non risultare ambigua nel suo evidente appropinquarsi. Si avvicinò con cautela, quasi come si trovasse in mezzo alle creature ostili della savana, porgendo alle giovani ragazze i contenuti del vassoio. Eilir, la driade bionda, dotata di una speciale affinità con l'acqua e il vento, aveva scosso la testa, guardandola a malapena. Ronilda, la rossa, nonché l'unica guardiana affine a ogni elemento, il capitano eletto dalla loro mentore, non le aveva risposto né l'aveva degnata di uno sguardo. Era come se Evelyne non esistesse nemmeno ai suoi occhi.

Anaïs, l'affascinante driade della vita e della luce, colei che nelle spedizioni restava nelle retrovie per curare le compagne, aveva timidamente afferrato uno stuzzichino, abbozzando un sorriso. Un sorriso, però, che fu immediatamente spento da un'occhiataccia di Eilir.

Teodora, la più pacata e meditabonda, affine alla terra e alla luce, l'aveva ringraziata, scuotendo la testa e facendo involontariamente ondeggiare i copiosi ricci neri.

Ed eccola: Evelyne si fermò di fronte a Titania, studiandola come se fosse un animale selvatico. La serva ebbe come la sensazione che la driade non fosse capace di mettere bene a fuoco le immagini di fronte a sé. Quelle peculiari iridi, zeppe di venature rosse, erano chiare e quasi ipnotiche, ma le pupille restavano avvolte dall'ombra.

Non vede, realizzò la serva, carica di dubbi e di questioni. Le bianche ciglia della driade sbatterono due volte e sul suo viso si disegnò un'espressione perplessa.

Calista, la più gentile e accomodante fra le guardiane, colei che dominava unicamente il fuoco, si era accostata alla compagna. «Titania, hai fame?» le domandò, accompagnandola delicatamente verso il vassoio e tenendole una mano sulla spalla.

Titania si era avvicinata con cautela alle pietanze, sporgendosi in avanti ad annusare l'aria come un segugio in cerca di una preda. Dunque, afferrò repentinamente un gamberetto ripieno per poi sgusciarlo brutalmente a mani nude e infilarselo in bocca con voracità. Evelyne sussultò, sorpresa da quei modi sorprendentemente animaleschi.

«Tenta di non comportarti come una selvaggia» la redarguì Ronilda, storcendo il naso.

«Sì, non sporcare la divisa!» aggiunse Eilir, spalleggiando l'amica.

Calista sbuffò. Aveva sempre avuto difficoltà a sopportare le angherie delle colleghe, le quali avevano i loro motivi per detestarla. Ma Titania? L'ibrida era appena arrivata, cosa poteva aver fatto per attirare su di sé tutta quell'antipatia? Qualcosa dentro di lei esplose, più forte, più potente delle volte nelle quali doveva difendere se stessa. «Perché allora non le insegnate voi le buone maniere?» esclamò. «Non avreste quel manico di scopa fra le chiappe se aveste passato tutta la vita lontano dalla civilizzazione.»

Anaïs irruppe nella conversazione, impedendo a Ronilda di replicare. «Calista, con tutta la buona volontà del mondo, la nuova ci sta facendo fare una figuraccia» sospirò nervosamente la driade, guardando con circospezione l'ambiente intorno a sé. «Ci fissano letteralmente tutti!»

Evelyne, guardandosi attorno, si accorse che solamente un paio di nobili si erano girati verso di loro e solo per commentare con tono sommesso la bellezza delle ali colorate. La serva ringraziò di essere considerata socialmente invisibile: se così non fosse stato, si sarebbe persa l'occasione di squadrare tanto da vicino Titania e la sua bizzarra reazione. La giovane, infatti, finì di sventrare il gamberetto con la bocca e si allontanò da quella conversazione, lasciando di stucco le altre.

L'ibrida era confusa mentre si allontanava. Non poteva mangiare? Rifocillarsi era vietato da quelle insensate e tacite regole che permeavano Arcadya? Qualsiasi dettaglio era diventato motivo di scherno, pareva che ogni piccolezza fosse bersaglio di crude prese in giro. La fanciulla si passò una mano sul volto e si accorse che parte del ripieno le era rimasto intorno agli angoli della bocca.

È questo, non ci si può sporcare, realizzò.

Determinata a comprendere quanto più possibile le leggi di quel luogo bizzarro, si avviò verso il bagno, con l'intento di ripulirsi il volto per riprendere da capo e ripartire, ancora una volta, nel suo tentativo di mischiarsi con la folla.

Imboccò il corridoio a passo svelto, schermandosi il volto ancora sporco e tenendo lo sguardo basso. Durante la serata, i momenti trascorsi in corridoio o nel bagno le erano parsi i più beati. La maggior parte delle persone era accalcata nel salone principale o, eventualmente, nei pressi dei servizi per gli ospiti. Non c'era motivo che altri giungessero a vagare lì e ciò fece sentire Titania al sicuro.

Evelyne, intanto, aveva ripreso a girare fra gli ospiti, abbandonando le driadi ai loro superficiali battibecchi. Il comportamento di Titania l'aveva lasciata perplessa. In verità qualsiasi cosa riguardasse quella ragazza era un unico grande mistero. Una driade arrivata da Faeree, il reame dove l'intervento umano non era mai giunto, un luogo popolato, al limite, da qualche spirito degli elementi naturali, ma niente di più. Com'era possibile? Come poteva essere originaria di quel posto ostile? E, nel caso, qual era il motivo che l'aveva portata a vivere lì?

«Ehi, serva!» Il suo vagheggiamento fu interrotto all'istante dalla pedante voce di Silas, il conte più abbiente e rinomato di Arcadya. «Mia figlia vuole una di queste tartine, sai dirle che cosa c'è dentro?» Evelyne sollevò la testa, trovandosi a guardare un uomo impostato, dalla barba corta e lievemente brizzolata, affiancato da una graziosa fanciulla con lo sguardo incollato al proprio cellulare. Senza esitare, la serva scacciò quei vorticanti pensieri su Titania e si limitò a elencare quello che ormai aveva ripetuto per quasi due ore: «Questo è con salmone e avocado, quest'altro più rosato contiene aragosta, quest'altro caviale...».

La giovane sbuffò, dunque Silas si affrettò a domandarle: «Cosa c'è che non va, tesoro?».

«Le calorie, papà» sospirò, affranta. «La mamma mi ha detto che devo sempre sapere quante calorie ci sono.» L'uomo tornò a guardare Evelyne, rivolgendole un mellifluo sorriso. «Per cortesia, potresti dirci quante calorie contengono le tartine? Sai, mia figlia sta seguendo una dieta particolare per il nostro programma televisivo.»

Dieta particolare? Ma ha solo tredici anni!, avrebbe voluto replicare, però si morse la lingua e cacciò indietro qualsiasi espressione di dissenso minacciasse di trapelare attraverso i suoi lineamenti. Quella famiglia non le era mai piaciuta, troppo finta e artefatta, il fatto che costringessero la figlia a contare le calorie non era inaspettato per Evelyne.

«Così su due piedi non saprei» tentennò, facendo un passo indietro. «Vado a chiedere in cucina e...» La serva fu immediatamente zittita da un tonfo fragoroso che si propagò violentemente fra le ampie pareti del salone, seguito da un urlo inumano.

Gareth, lo stesso generale che non si era presentato all'evento, sostava in piedi, dopo aver spalancato il portone della sala. Ed era morto da diversi giorni.

Il silenzio calò immediatamente nel salone. Occhi allibiti, bocche aperte in un viscerale terrore decoravano la sala con grottesche pennellate. Il cadavere deambulava, instabile sulle proprie gambe; la sua mascella si spalancava come a voler dire qualcosa, ma dalla sua gola usciva solo un sofferto e rauco rantolo. I suoi occhi erano vitrei, privi di vita, eppure camminava incessantemente verso il centro della sala, anzi verso il trono. Non pareva aggressivo, era solo dolente. Ogni passo e ogni mugolio gli richiedevano uno sforzo immane. Era impossibile per la folla non fissarlo nel suo lento e difficoltoso incedere.

Titania fece ritorno dal bagno in tempo per udire i rantoli del morto. Ripensò all'odore d'incenso percepito poco prima e, in quel momento, i punti si connessero.

C'è della magia nera all'opera, capì. *Avevo intuito bene.*

Evelyne era immobile, con gli occhi sgranati. Vedere quella lugubre figura, il suo sterno livido, adornato solo dai brandelli di carne che cominciavano a staccarsi dal corpo, era un pugno nello stomaco. Le veniva da vomitare, tuttavia non riuscì a muoversi, immobilizzata dal terrore.

Due membri dell'esercito si lanciarono sul morto, ma non per combatterlo.

Laurell, il suo vice, una persona modesta, dalla corporatura slanciata e i capelli neri come la pece, afferrò Gareth per le spalle e lo chiamò disperatamente per nome, percuotendolo, cercando disperatamente di scorgere anche solo un alito di vita in quel corpo macilento. Il generale non rispose.

La folla iniziò a rumoreggiare. Altri quattro armigeri crepuscolari raggiunsero rapidamente la regina e la scortarono fuori dalla sala, mentre lei si riparava il volto per non guardare quella scena. I conti Burchard e Lunden scapparono con le rispettive famiglie, Silas aveva ordinato alla moglie di aspettarlo in auto con i figli. Solo la contessa Godiva, madre adottiva di Gareth, restò immobile, a fissarlo con l'orrore negli occhi, mentre suo marito e la loro figlia tentavano di farla riprendere, afferrandola per le spalle e tentando delicatamente di scuoterla dal suo stato di trance. Anaïs spalancò le sue tondeggianti ali rosse e spiccò il volo, in maniera da dirigersi più rapidamente da lei. La contessa era sul punto di cedere, le sue ginocchia vacillavano per la paura e il dolore, la sua gola emetteva un lamento straziante. Non riusciva a formulare nemmeno una frase, quella visione la distruggeva. Fece per portarsi le mani ai capelli e strapparseli, le dita erano preda di un tremore incontrollabile, i suoi respiri corti, affannati. La driade la raggiunse in fretta e subito la circondò con un braccio, sorreggendola. Pronunciò una rapida formula a fior di labbra, invocò Hayia, la dea della vita e della guarigione, e placò momentaneamente lo spirito della devastata contessa.

Le guardiane dell'Ordine si misero in cerchio, pronte ad attaccare il morto qualora avesse fatto qualcosa di avventato. Un'innaturale paura s'insinuò nel cuore di Titania, mentre si accostava, incerta, alle altre. Lei riconosceva quella magia, sebbene non avesse mai praticato la necromanzia.

E se qualcuno iniziasse a sospettare di me?, si domandò, scoprendo improvvisamente di essere di nuovo agitata. *Sono l'unica strige, d'altronde.*

Poi un pensiero più cupo, maligno, s'introdusse nella sua mente. *E se fossi stata io e non ne avessi alcuna memoria? Il sangue degli strige è maledetto, lo sanno tutti: me lo dicevano gli spiriti di Faeree. Per vivere in pace devo opporre resistenza alla mia natura. Ma se tutto avvenisse senza la mia consapevolezza? Come se la strige in me agisse mentre il mio spirito dorme…* L'ibrida riconobbe il bisogno di un mentore, uno strige più grande e con più esperienza, che l'aiutasse a comprendere e domare il suo potere. Ma nessun aiuto l'avrebbe mai raggiunta lì, in quel reame, e questo la fece sentire ancora più isolata nella sua peculiarità.

Le lacrime riempirono gli occhi del vice generale, mentre allungava una mano verso il viso così familiare e, al contempo, così sconosciuto di Gareth. L'altro armigere era rimasto qualche passo più indietro, e squadrava il morto con volto atterrito.

Il loro generale non c'era più, quello era un guscio vuoto, dalle iridi lattiginose e le labbra livide.

D'un tratto, una voce forte e tagliente squarciò il brusio sommesso, coprendolo con una rivelazione: «Laurell, Ian. Quello che avete davanti non è Gareth».

Evelyne vide Tiberio farsi avanti senza esitazione, e notò quanto fosse esile e minuto, soprattutto rispetto agli armigeri crepuscolari. Il medico era un semplice umano come lei, tuttavia arguto come una volpe e munito di uno sguardo argenteo capace di raggelare l'intero salone. La statura e il viso glabro spesso spingevano involontariamente gli sconosciuti a crederlo un ragazzino, ma sottovalutarlo poteva essere un grave errore. Il suo volto, a differenza di tutti gli altri presenti, non era minimamente calcato dal dolore o dalla preoccupazione. La sua usuale maschera di freddezza non lasciava trapelare nulla.

«Un colpo diretto al cuore» suggerì perentorio, guardando i due militari in lacrime.

«Non posso farlo» mormorò Ian.

«No» protestò bruscamente Lau, con tono piccato. «È inoffensivo, non sta facendo niente!»

«Sta soffrendo» rimarcò il medico, tentando di addolcire il proprio tono. «Dovete farlo per lui.»

Titania si sentiva come in un incubo senza via d'uscita, come se l'aria stessa si fosse paralizzata nella sua gola, asfissiandola lentamente.

No, non posso essere stata io. Si aggrappò a quel pensiero, al rumore di catene e alla pallida figura percepita nel corridoio che conduceva al bagno, la prova inconfutabile che la colpa di quell'orribile atto non poteva ricadere su di lei. C'era un altro strige, un suo simile, lì a palazzo. Solo questi elementi l'aiutavano a non impazzire. Dovette usare tutte le proprie forze per impedire alla gola di chiudersi su se stessa.

«C'è un modo per salvarlo?» domandò Lau, tentando di ricomporsi.

«È deceduto da giorni ormai. Nemmeno una driade della vita, una sacerdotessa di Hayia o di Bhaw, potrebbe fare niente» affermò cupo Tiberio. «Possiamo combattere la morte, respingerla, tenerla lontana, ma lei ci raggiunge sempre.»

Ian guardò l'armigero in lacrime accanto a lui. Uno dei due avrebbe dovuto mettere un punto all'esistenza di Gareth, il loro nobile generale. Le driadi erano immobili, si guardavano a vicenda, interdette. Questo compito poteva essere svolto solo da un armigero e la persona più adatta era Laurell. «Il miglior modo per ringraziare un onesto generale del suo servizio è donargli la pace» fu l'ultima affermazione del medico, il quale lasciò che fossero quelle parole a dare agli armigeri la forza necessaria per commettere quel macabro gesto d'altruismo. Fu proprio Lau, il vice generale, a compiere l'ardua missione. Dal fodero al suo fianco sfilò la spada, che emise un fastidioso stridore metallico, come se la lama stessa desiderasse prender parte a quel compianto. L'armigero si lasciò andare a rumorosi singhiozzi. Era ingiusto, profondamente ingiusto, Gareth non meritava quella fine. Ultimamente pareva che, ad abbandonare il reame dei vivi, fossero proprio gli animi più nobili, i meno meritevoli di una morte così cruda e violenta. Laurell prese un respiro, le sue mani si strinsero intorno all'elsa fino a quando le nocche non divennero bianche. I singhiozzi s'intensificarono, ma non lasciò che quella fresca e lacerante ferita avesse la meglio. Mentre ancora il morto annaspava, cercando di sporgersi verso il trono, Laurell lo trapassò. Delle lievi scuse, sussurrate fra una lacrima e l'altra, emersero dalle sue labbra.

I due crollarono a terra, Lau per un dolore profondo e viscerale, Gareth per un maleficio sconosciuto. Ian si avvicinò a Laurell e posò una mano sulla sua spalla, singhiozzando a sua volta. In mezzo alla commozione, Evelyne riuscì a scorgere una piccola scritta incisa sulla schiena del morto, stampata da poco sulla martoriata pelle del generale. Una lugubre promessa:

Ciò che è morto reclamerà vendetta.
Ciò che non è morto la eseguirà.

1
Il Mago

Tre di Coppe

Evelyne non aveva grande fascino, né godeva di buona reputazione fra i colleghi, tuttavia era un'acuta studiosa capace di sfruttare al meglio le proprie connessioni. Una di queste, in particolare passava esattamente attraverso suo fratello, Sylvain, nonché la sua copia «perfezionata» e disgraziatamente alta. La natura, a detta di Evelyne, era stata piuttosto crudele con lei. Le aveva dato delle gambe corte e tozze, un carattere scostante e un naso a patata, riservando a suo fratello un fisico longilineo e un fascino ineluttabile. Le iridi verdi, quell'unica cosa che la serva apprezzava di sé, era costretta a condividerle con Sylvain, il quale decisamente non aveva bisogno di un paio di begli occhi per fare ombra sulla sorella.

«Per favore! Sei l'unico che può aiutarmi» lo implorò la ragazza, tirando il fratello per la manica.

Lui scuoteva la testa, facendo tintinnare lievemente i diversi orecchini a pendaglio. «Eve, se mi avessi chiesto di farti visitare dal medico di corte per motivi di salute, avrei fatto il possibile per venirti incontro» protestò, incrociando le braccia sul petto in segno di rifiuto. «Ma condurre un'indagine quando tanta altra gente più esperta e dotata di poteri ci sta già pensando? Scordatelo!» Non c'era niente da dire, Sylvain aveva ragione su tutta la linea.

«Tu e Tiberio vi siete frequentati, sei la mia unica opportunità di capire cos'è successo al generale» insistette Evelyne.

«Appunto, hai parlato al passato. Se non ci frequentiamo più c'è un dannato motivo.» Il cuore del giovane sussultò nel suo petto, mentre una dolorosa fitta, sintomo di una ferita mai completamente guarita, si faceva spazio nel suo animo. Tiberio ancora aveva una presa non indifferente su di lui, spesso di notte lo lasciava sveglio nella speranza di un messaggio, in attesa del momento in cui si sarebbero finalmente rivisti.

I due si erano allontanati di recente, ma non per loro volontà. La famiglia di Tiberio aveva più volte dimostrato disprezzo nei confronti di quella relazione con Sylvain, un misero servo, un musicista a tempo perso e di ben dieci anni più giovane. Per quanto il medico fosse già un trentacinquenne maturo e indipendente, niente nel suo cuore superava l'affetto e l'approvazione dei suoi cari, motivo per cui Sylvain non aveva esitato a farsi da parte.

Evelyne questo lo sapeva, certo, non c'erano segreti tra loro; lei conosceva ogni aspetto della vita di lui, che era solito raccontarle ogni cosa, tanta era la fiducia che li legava. In quel momento, però, l'esigenza di scoprire la realtà dietro l'atroce morte del generale superava qualsiasi barriera imposta dal rispetto per quella relazione terminata anzitempo.

Il ragazzo fece per varcare la porta della loro stanza, ma la sorella si pose con impertinenza davanti all'uscio, bloccandolo con le braccia e parlando con tono concitato: «Ho esposto le mie carte alla luce lunare e ne ho estratto la Papessa rovesciata, sai che significa?».

«Che… un papa donna sta facendo la verticale?»

«Che qualcuno di potente e imprevedibile ci sta insidiando» sibilò, guardando negli occhi il giovane con aria fatalmente severa, nella speranza di iniettare un po' di sana preoccupazione in quella sua mente ricolma di amori e musica.

Se non fosse stato per la conclamata superstizione di Sylvain, Evelyne mai sarebbe riuscita a fare breccia nel suo animo. Tutte le disgrazie che avevano afflitto quel reame, la guerra, la carestia, la terribile epidemia del silenzio, la morte del re e ora quella del generale turbavano profondamente la serva, che non poteva fare a meno di chiedersi come facesse il fratello a vivere con tanta spensieratezza, senza nemmeno provare a ribaltare le sorti di quel regno disgraziato. Per quanto la giovane si sentisse limitata dalla propria umanità, avrebbe fatto qualsiasi cosa pur di proteggere la «sua» Arcadya e la regina che tanto amava. Le era sembrata così fragile a seguito del funerale e durante l'incoronazione. Voleva smettere di crogiolarsi nella sua umana inutilità e diventare artefice della propria fortuna. A differenza dei Fae, che potevano viaggiare attraverso i reami e trovare riparo altrove, Evelyne e Sylvain non avevano altra casa: la devastazione avrebbe frantumato le fragili pareti della loro tranquillità e li avrebbe divorati. Viaggiare da un reame all'altro, ossia spostarsi da un piano d'esistenza per raggiungerne uno diverso, era letale per gli umani e, qualora il regno fosse crollato, difficilmente sarebbero sopravvissuti in mezzo a tutti quegli strige esiliati e assetati di vendetta. La serva sentiva l'impellenza di fare il primo passo per proteggere il loro unico asilo, peccato fosse necessario l'aiuto del suo affascinante fratello per accedere alle ricerche di Tiberio.

Ore prima che Evelyne si facesse venire l'idea geniale di arrecare disturbo al medico di corte in persona e invadere la sua clinica privata, l'addestramento delle driadi era già incominciato, per grande sfortuna di Titania. Sfortuna perché l'ibrida era pronta a lavorare sui propri poteri (almeno quelli su cui le era concesso farlo), invece si ritrovò suo malgrado in un posto che le ricordava le terrificanti foreste di Faeree, gremite di bestie pronte a divorarla per intero. Arcadya era più sottile, i suoi strumenti di terrore erano più fini e non lasciavano alcun segno evidente, ma non era certo meno spaventosa per Titania, il cui cuore batteva a ritmo concitato – uno che le ricordava vividamente i brevi momenti di panico nei quali, per errore, si addentrava troppo nelle oscure foreste e si trovava a pochi metri da qualche belva famelica. Temeva la sua mentore e le sue urla come se fossero i ringhi minacciosi di una creatura dalle molteplici bocche, una di quelle dotate pure di numerose file di denti pronti a maciullare le prede. Così vedeva quella driade e la maggior parte delle guardiane. Ma una, in particolare, faceva eccezione: la driade alta e atletica dalla voce gentile, Calista. Lei mai sarebbe stata assimilabile a un mostro.

Il momento più difficile si palesò quando Liviana ordinò a lei e alle driadi di centrare con dei dardi magici, di qualsiasi elemento, un obiettivo che lei non riusciva a scorgere in quella matassa bianca che le schermava gli occhi. Le invitò a formare una fila e, una dopo l'altra, sferrarono incantesimi. Quando giunse il suo turno, Titania sostava in piedi con le mani alzate, pronta a sferrare un attacco contro una presunta sfera, a lei totalmente invisibile. Dunque rimase immobile per un tempo che le parve infinito, nella vana attesa che la sua nebbia si dissipasse.

Le sue compagne stavano già sbuffando e ridacchiando alle sue spalle, mentre sulla punta della sua timida lingua sostava una questione che non riusciva a porre. Fu Liviana a spingere la giovane a esprimersi, ma non lo fece certamente in maniera cortese. «Non è difficile, è un incantesimo di primo livello e non necessita alcuna affinità. Prendi la mira e colpisci. Muoviti!»

Con voce tremante, Titania riuscì finalmente a esprimersi, a definire con parole concrete quella condizione che dalla nascita aveva afflitto i suoi occhi. «Non vedo l'obiettivo».

Liviana sbuffò. «Non sei capace di sferrare incantesimi, quindi tiri fuori delle scuse?»

«No, io non vedo niente» insistette Titania, sull'orlo delle lacrime. *Come faccio a spiegarlo?*, si domandava ossessivamente, pregando se stessa di non cedere di nuovo, non davanti a tutti almeno.

«Dice la verità» sospirò Anaïs, impedendo a Liviana di rispondere. «Alla cerimonia di incoronazione continuava a urtarci. Se non è cieca è deficiente.»

L'ibrida, pur riconoscendo l'ostilità della voce della driade, tirò un sospiro di sollievo. La mentore, forse, avrebbe ascoltato lei.

Tutte le driadi ridacchiarono, eccetto Teodora e Calista. Quest'ultima si voltò bruscamente verso la compagna, fulminandola con uno sguardo, e la affrontò a muso duro: «Meglio cieca che infame, non lo pensi anche tu, Anaïs?».

Titania non poté fare altro che restare in disparte e assistere a quel battibecco. Lei, paradossalmente, non si era mai ritirata da alcuno scontro: anzi, essendo ormai avvezza alla solitudine, era abituata a risolvere di persona qualsiasi problema le si presentasse davanti. Eppure, da quando aveva messo piede in quel reame brulicante di persone e di vita, non era riuscita a difendersi nemmeno una volta, era come se le mancassero i mezzi per farlo. Per questo fu ancora più grata a Calista per non aver avuto scrupoli nell'intervenire.

Ronilda sferrò una pacca alla driade del fuoco, sghignazzando: «Fatti una risata ogni tanto, Calista! Sei troppo seria».

«Sì, stiamo solo scherzando con l'ibrida» aggiunse Eilir, con una scrollata di spalle.

Teodora, la più pacata fra le guardiane, contro ogni previsione intervenne a gamba tesa nel discorso: «Nessuna di voi ha mai scherzato con Titania. Le rivolgete a malapena la parola. C'è differenza fra ridere *con* e ridere *di*, alla vostra veneranda età dovreste saperlo».

Forse non tutte le driadi sono bestie feroci pronte ad azzannarmi, realizzò l'ibrida, sopprimendo un sorriso. Era inaspettatamente sollevata all'idea di non doversi difendere da sola in quel reame sconosciuto e ostile.

Ronilda, Eilir e Anaïs reagirono in contemporanea. Presto quel piccolo angolo di cortile dedito all'addestramento delle guardiane divenne covo di urla e insulti. Le voci si accavallavano l'una sull'altra, rimbombando in maniera confusionaria nella testa della povera Titania, le cui orecchie decisamente non erano abituate alla vivida baraonda delle altre persone. La giovane iniziò a indietreggiare lentamente, coprendosi entrambe le orecchie nel tentativo di allontanare quella confusione dalla propria mente. Non era in grado di recepirle una alla volta: già la sua conoscenza della lingua comune era più limitata della loro, ma dover seguire tutte quelle biforcazioni restando su un'unica strada era uno stress che non poteva sostenere. Stava per scappare da quel rumoroso litigio, chiudersi in una bolla al sicuro da quelle grida, quando Liviana riportò rapidamente l'attenzione su di sé, tuonando: «Smettetela! Se l'ibrida non intende colpire il bersaglio, che qualcun'altra lo faccia al posto suo».

Tutte tacquero. Calista, calmandosi lentamente dopo quel burrascoso diverbio, lanciò un fugace sguardo a Teodora e chinò lievemente il capo in segno di ringraziamento. La driade della terra e della luce non era solita esporsi. Lei, come la collega, era consapevole di trovarsi in un covo di serpi, ma sopravviveva restando perfettamente immobile, in maniera da non pestare nessuna di quelle viscide code. Però, da un po' di tempo a quella parte, Teodora aveva realizzato di non esserne più tanto capace. Tutta quell'immobilità cominciava a gravare sul suo animo solitamente pacifico.

«No» obiettò la driade del fuoco. «Io farò quello che *voi*, Liviana, avreste dovuto fare dal momento in cui Titania è arrivata, qualcosa a cui avete sottoposto tutte noi ma non lei, dato che siete impaziente di vederla andare via: una visita medica».

I mormorii confusi delle driadi si placarono non appena la protettrice di Caiden urlò contro la giovane. Tutte quante temevano il suo potere, persino Ronilda, la prescelta, ma Calista no. Aveva imparato a dissociarsi da quell'ambiente, a prendere le dovute distanze dalle sue falsità. Doveva considerarlo come il luogo nel quale far pratica con la propria magia e nient'altro. Lei e Teodora avrebbero subito spiegato a Titania come fare altrettanto.

La driade accompagnò l'ibrida attraverso il vivace prato dove si allenavano e oltrepassò l'antica arena diroccata in cui Elan addestrava gli armigeri. Non disse niente, il tumultuoso arrivo di Titania ad Arcadya era già stato abbastanza burrascoso e temeva di risultare pesante o infastidirla. Decise però che l'avrebbe protetta. Quello era il momento ideale per iniziare a sfruttare la propria posizione privilegiata e comportarsi con l'Ordine esattamente come l'Ordine meritava.

Asso di Denari

Evelyne non capiva cosa potesse aver legato uno stoico uomo di scienza come Tiberio a suo fratello, un caotico ragazzo amante delle arti. Ma era normale che non trovasse alcuna affinità, Eve non aveva mai avuto una relazione. C'era qualcosa nel fascino di Sylvain che lei non era mai riuscita a comprendere, né tantomeno a emulare. Forse era l'onnipresente sorriso, o la sua travolgente simpatia, la goliardica sfrontatezza con la quale era solito fare umorismo persino nelle situazioni peggiori. Per Evelyne era impossibile non provare una punta d'invidia ogni volta che, camminando accanto al fratello, scorgeva i timidi saluti e i sorrisi imbarazzati a lui rivolti dai diversi ammiratori. Nonostante fosse gelosa delle numerose attenzioni che lui riceveva, gli era profondamente legata. Quando erano a malapena due marmocchi, due scriccioli indifesi persi nelle lande di Arcadya, dove la guerra fra razze infuriava divorando tutto il reame, lei lo aveva difeso con tutta se stessa. In cuor suo si sentiva comunque pronta a farlo nuovamente: Sylvain era tutta la sua famiglia, il suo unico amico e prezioso confidente. Non erano rari gli orfani ad Arcadya, erano il più comune lascito della guerra. Molti genitori davano la precedenza alla protezione della loro prole, dimenticando di difendere pure se stessi, com'era successo a loro. Evelyne non ricordava i loro genitori, né quel lutto che l'aveva indissolubilmente marchiata. La sua mente aveva rimosso gran parte degli avvenimenti antecedenti alla sua vita a palazzo, era Sylvain a ricordare tutto al posto suo.

La morte, tuttavia, per molti non era stata la sentenza peggiore dettata da quella tragica guerra. Diversi sopravvissuti erano ancora rimasti afflitti dal Morbo e di loro non era rimasto altro che un guscio vuoto, incapace di comunicare adeguatamente, ricoverato in qualche clinica di fortuna. I conti e i ricchi avevano avuto la meglio, trovando riparo nei bunker sottoterra e potendosi poi permettere le cure migliori. E, non appena i due fratelli si trovarono davanti alla clinica di Tiberio, Evelyne riuscì finalmente a capire cosa si intendesse con quella fantomatica espressione, che cosa realmente significasse ricevere «cure migliori». L'edificio era grande, bianco, pieno di vetrate da cui si affacciavano i pazienti per poter ammirare una fetta di Arcadya e sentirsi meno in trappola. Nel cortile sul retro, che s'intravedeva oltre la clinica, gli infermieri portavano le vittime del Morbo a fare una passeggiata. Era come un piccolo parco, adornato da piante colorate e altalene. Un gruppo di malati era in piedi, in cerchio, mentre una giovane e sorridente infermiera li incoraggiava a lanciarsi in un gioco di mimesi.

Teatro terapia, realizzò Evelyne, ricordando di aver letto un articolo a riguardo. *Speriamo sia finalmente questa la soluzione al Morbo*, si auspicò, senza realmente credere nell'efficacia di tale metodo. Ne avevano provate così tante negli ultimi vent'anni... *Per quanto le cure possano essere più efficaci e tempestive, certi malanni non si possono guarire.*

La giovane fece per attraversare l'ampia porta a vetri ed entrare nella clinica, ma si accorse che Sylvain non era più accanto a lei. Voltandosi, vide il fratello qualche passo più indietro, sul limitare del marciapiede, intento a chiacchierare con una giovane dall'aria familiare. Evelyne riconobbe subito la ragazza, aveva visto il suo volto in televisione innumerevoli volte: era Catherine, la figlia maggiore del celebre conte Silas, la cui casata era più in vista persino dei reali. Catherine era, fra tutti i componenti di quella famiglia, la meno gradita alla giovane: aveva un modo molto affettato di parlare, focalizzava sempre l'attenzione altrui su di sé e tendeva a seminar zizzania fra i suoi fratelli. Questo davanti alle telecamere, almeno. Dal vivo, lontana dalle maschere imposte dal suo ceto, era tutta un'altra persona. Da come parlava con suo fratello, pareva che i due si conoscessero da tempo. Lei rideva alle sue battute, posandogli una mano sulla spalla e incalzandolo a parlare.

Qui ci vorrà un po'. Evelyne, dunque, entrò con una scrollata di spalle nella hall, superando le porte automatiche e ricevendo all'istante un'occhiataccia infastidita dalla segretaria.

In quel momento percepì una potente ondata d'imbarazzo, che la sommerse dalla testa ai piedi. Era considerabile alla stregua di una bambina intenta a ficcanasare negli affari reali. Che idea le era appena balenata per la testa? Come poteva aspettarsi di varcare la soglia della clinica più costosa di Arcadya e venire ascoltata? Lei, che per di più indossava l'austera e riconoscibile tunica grigia con il cordino marrone riservata alla servitù, là dentro non poteva permettersi neanche una visita all'unghia dell'alluce destro, e i suoi abiti lo rendevano palese.

«Buongiorno» abbozzò timidamente, dopo aver atteso il suo turno stringendo fra incerte mani il numero a esso corrispondente. «Vorrei parlare con il dottor Tiberio.»

La donna seduta dietro al bancone alto e bianco strinse le fessure degli occhi, squadrando la giovane con aria visibilmente disgustata. «Il dottore riceve solo su appuntamento. Numero trentatré!»

Evelyne si aggrappò istintivamente al mobile, come se qualcuno stesse già provando a trascinarla via. «No, un attimo! Non è per una visita, io sto bene» protestò.

«Mi dispiace, ma indipendentemente dal motivo della visita il dottore riceve solo su appuntamento» ribatté la segretaria, rivolgendo il suo sguardo già al prossimo cliente, il quale si era prontamente affiancato alla serva. Una familiare mano piena di anelli e chincaglieria metallica si posò sul mobile. Evelyne non riuscì a sopprimere un ghigno nel riconoscere le dita di Sylvain. *Certe volte, essere la sorella racchia del ragazzo più carismatico di Arcadya è la cosa più bella che mi sia successa!*, gongolava.

«Ehilà, Sylvain, che bello rivederti qui. Posso fare qualcosa per te?» miagolò la donna, addolcitasi di fronte al ragazzo, a cui rivolse un mellifluo sorriso.

Quanta falsità. Sylvain si passò ad arte una mano fra i lunghi capelli castani, sistemandosi il codino sempre scompigliato e, come si sporse in avanti, i diversi orecchini pendenti tintinnarono, sbattendo fra loro. «Ciao, Gaia. Io e mia sorella siamo qui per vedere Tiberio. Sai se ha un buco libero?» La segretaria sghignazzò, alzando la cornetta del telefono e digitando un numero. «Chiedo subito» sorrise, poi si mise a parlare con chi i fratelli presumevano fosse proprio il dottore. Quando Evelyne si voltò a guardare Sylvain, in un misto di invidia e ammirazione, lui scosse le spalle.

«Piacere a tutti è un lavoraccio, ma qualcuno dovrà pur farlo» era la frase che sfoderava in questo genere di occasioni, però quella volta, essendo in pubblico, dovette tacere e lasciarla intendere. Lui spesso ci scherzava sopra; la sorella d'altronde non glielo aveva mai confessato, ma udire quella frase le doleva più di quanto lui immaginasse. Si sentiva in tutto e per tutto una fallita, la sorella piccola e pagnotta, rimasta ancora bambina nei tratti e nei modi. A Sylvain era bastato intrufolarsi nella sala prove dell'orchestra e pizzicare una vecchia arpa di nascosto perché il direttore notasse la sua grezza bravura. Per quanto vivesse ancora nelle stanze della servitù, ormai era esonerato da buona parte dei lavori più umili; dopotutto era un musicista nell'orchestra di corte, le sue mani non potevano certo usurarsi con detersivi corrosivi... Evelyne aspettava da tempo che la fortuna si accorgesse di lei, come aveva fatto con il fratello.

Io non piaccio nemmeno ai nostri colleghi e lui, alla sua lista di conquiste, ha già aggiunto un rinomato medico di corte proprietario di una clinica enorme, soleva spesso pensare. Non comprendeva neppure la maniera con cui il fratello trattava i propri amori. Ingaggiava rapporti superficiali, non si legava mai con nessuno ma, al contempo, nessuno restava mai deluso. *Se solo qualcuno ricambiasse il mio amore, io custodirei il suo affetto dentro al mio cuore, fino a quando l'eterna notte non divorerà la luce e i miei occhi non si schiuderanno per sempre nell'Elisium*, sospirava tra sé e sé, rammentando le tante persone che, invece, mai l'avevano ricambiata.

La voce della segretaria risvegliò Evelyne dai propri pensieri. «Perfetto, il dottore ha cinque minuti liberi» squittì. «Vi aspetta nel suo studio.»

I gemelli si scambiarono una rapida occhiata prima di affrettarsi lungo il corridoio. Evelyne seguì il fratello: lui sapeva dove si trovava l'ufficio privato di Tiberio, non ne aveva dubbi.

A qualche metro di distanza dai due fratelli, Calista attraversava il vialetto luminoso tenendo per mano Titania, la quale ancora tremava di paura a seguito del suo primo incontro con un'automobile.

Arcadya era piena di bizzarre tecnologie capaci di farla sentire piccola, inerme. Chissà per quale motivo, quando la driade le aveva parlato di un marchingegno capace di condurla autonomamente e farle risparmiare qualche passo, aveva accettato con entusiasmo. *Quest'aggeggio vibra e romba!*, pensava ostinatamente, stringendosi al braccio muscoloso della guardiana che si trovava al volante di quel bizzarro aggeggio.

Calista sorrise, intenerita da quella reazione: «Dopo la visita medica torniamo a piedi».

«Sì, per favore.»

Condurre Titania nel medesimo posto dove aveva trovato un trattamento, un modo per tenere, almeno in parte, sottochiave la propria malattia, era per lei un atto intimo, come se la stesse invitando a dormire nel proprio letto, a scrutare dentro la sua anima. Calista aveva sempre avuto un pessimo rapporto con la sanità pubblica e, di conseguenza, con il proprio corpo, ma nella clinica del dottore di corte aveva trovato una diagnosi e uno staff competente. Certo, costava un occhio dalla testa, ma per tentare di vivere normalmente Calista avrebbe fatto questo e altro. Era felice di potervi condurre l'ibrida, lì avrebbe trovato certamente una spiegazione e anzi, forse pure una cura per le sue afflizioni. Come, in parte, era già successo a lei.

«E magari prendiamo un gelato» aggiunse, tentando di ignorare il disagio che ormai l'accompagnava sempre quando metteva piede in un ambiente sanitario. La clinica di Tiberio l'aveva aiutata, certo, ma ciò non cancellava anni di disagi sopportati negli ospedali.

Titania ignorò l'ultima frase pronunciata dalla collega, poiché fu assalita da un dubbio. «Dici che mi visiteranno?» domandò, incerta.

«Certo» le sorrise la driade. «Hanno avuto mio padre in cura per anni. Lui è, o meglio *era*, un veterano dell'esercito.»

Un armigero crepuscolare, quindi un mago, pensò l'ibrida, ricordando quel poco che aveva imparato di Arcadya e di come erano organizzate le sue difese. Nella maggioranza delle driadi scorreva in buona parte il sangue di maghi o elfi. Era assai raro e improbabile che un maschio potesse essere anche una driade e ciò rendeva le origini di Titania ancora più anomale.

«Mi dispiace per tuo padre» mormorò la ragazza, pentendosi subito di aver sollevato quell'argomento.

Calista sorrise di fronte alla discreta cordialità della giovane. «No, non è morto. È vivo e vegeto, semplicemente è in pensione.»

«Tuo padre è sopravvissuto alla guerra fra razze?»

La driade s'incupì appena. «Sì, anche mia madre. Qualcuno direbbe che ho avuto una grande fortuna. Io invece continuo a domandarmi cos'abbiano visto i loro occhi di così terribile da lasciarli senza voce, senza modo per comunicare con il resto del mondo, con me. All'inizio si credeva che il Morbo, la cosiddetta Epidemia del Silenzio, fosse solo una risposta al trauma della guerra, invece pare una malattia a tutti gli effetti... e ha colpito anche i miei.»

L'ibrida non poté non sentirsi responsabile di quanto accaduto ai genitori della driade. Come se portasse sulle proprie spalle i crimini di sua madre, una crudele strige guerrafondaia. Tutto ciò che Titania sapeva della guerra fra razze, quella che per poco non aveva segnato la fine del reame di Arcadya, era che sua madre si era rivoltata contro la corona a seguito della morte di un celebre criminale di nome Belfagor, l'artefice del rapimento della regina quando ancora era una fanciulla qualsiasi. La strige Inanna aveva vendicato il malvagio collega guidando tutte le creature oscure nella rivoluzione, mentre driadi, armigeri crepuscolari e quei pochi elfi rimasti proteggevano la corona. A quanto pare Caiden stesso voleva far pace con il passato, mostrarsi benevolo con la prole di quegli stessi violenti che, appena vent'anni prima, avevano messo a ferro e fuoco Arcadya. E voleva partire proprio da Titania, colei che era strige solo a metà, l'unica figlia della bellicosa Inanna. L'ibrida inizialmente era stata contenta di quell'invito, ma arrivando ad Arcadya si era sentita come se, nonostante la benevolenza di Caiden, nessuna delle driadi ancora l'avesse perdonata per le sue origini. Nessuna, eccetto Calista.

Le due attraversarono la soglia della clinica e si avvicinarono al bancone. La vista di Titania era sfocata, ma scorse nitidamente la segretaria sussultare di fronte a lei. *Non vedo, ma non sono insensibile alle offese*: così la giovane avrebbe voluto rispondere all'esagerata reazione della donna. Invece, si morse la lingua e rimase in silenzio. I suoi occhi solevano impressionare tutti per la loro peculiarità: erano grandi e rossi come due rubini, il destro era leggermente fuori asse rispetto l'altro e, per di più, fremevano, vittime di scosse lievi e incontrollabili. Numerosi capillari s'incrociavano dentro le sue iridi come un'infinita rete fluviale, una sorprendente meraviglia che non tutti erano in grado di apprezzare, in particolare la stessa Titania, che nemmeno poteva assistere a quel rosso spettacolo. Forse non erano stati gli occhi a far trasalire la donna, forse era stata la vecchia tuta sgualcita, o i capelli bianchi e scarmigliati sul suo capo. In ogni caso l'ibrida sentì una profonda delusione nell'accorgersi di come le fosse impossibile passare inosservata, anzi di come gli altri la ritenessero un'anomalia.

Calista, però, intervenne tempestivamente nel rivolgere alla scortese donna il tono più duro che la sua melodiosa voce potesse assumere. «C'è posto per una visita medica sportiva?» chiese, con voce insolitamente brusca. Gaia rivolse alla driade il più radioso dei suoi fittizi sorrisi. «Certo, fra due minuti la dottoressa Kim si libera. Ma non hai fatto l'ultima visita appena quattro settimane fa?»

La privacy, mannaggia. La guardiana s'accigliò, tuttavia non riuscì a trovare un modo per replicare che non esponesse il suo «problema» di fronte a Titania. E un problema era l'ultima cosa che Calista voleva essere. «Infatti non è per me, ma per la mia amica.» La driade posò una mano sulla spalla dell'ibrida, prima di guidarla verso le poltrone della sala d'attesa. «Addebitala pure sulla mia carta.»

Titania ringraziò Calista, non senza un po' d'imbarazzo. Quella giovane stava facendo di tutto per lei e in cambio di che cosa? Lei era un'esiliata, cresciuta in un altro reame, non possedeva niente. L'ibrida riconobbe l'assenza di secondi fini nelle azioni altruiste di Calista e non poté non esserle profondamente grata.

Tre di Denari

Evelyne, nel frattempo, era rimasta letteralmente a bocca aperta per lo stupore non appena aveva visto lo splendido studio di Tiberio. Il suo sguardo vagava meravigliato da un angolo all'altro, senza sapere dove posarsi: sul pavimento a led, sull'enorme acquario alla parete o sulla scrivania di prezioso granito, dietro cui sostava l'uomo, intento a scrivere qualche appunto.

«Benvenuti, Syl, Evelyne...» Al suono di quella voce inaspettatamente astiosa, la ragazza sussultò con veemenza.

«Siete qui per un controllo di routine?»

Tiberio era una persona bizzarra e indecifrabile, con un fascino che esulava dalla «piacenza comune» emanata invece da Sylvain. Era poco più alto di Evelyne, la quale non superava il metro e sessanta, e l'aderente camicia nera evidenziava il suo fisico asciutto, falso testimone di un'età apparentemente dimezzata. Bastava guardarlo negli occhi, infatti, perché la sua fredda maturità dichiarasse gli effettivi trentacinque anni che aveva, dieci dei quali trascorsi lavorando ininterrottamente.

«No, sono qui per fare un favore alla rompi.» La ragazza si voltò di scatto, guardando di sottecchi il fratello. *Cosa ci trova un uomo tanto educato e austero come Tiberio in questo cavallo pazzo di Sylvain?*, si chiedeva, di nuovo. «Ha indagato le carte ed è molto preoccupata. Dato che dovrà organizzare il ballo in maschera di questo sabato, ecco... Ho pensato fosse utile farle fare due chiacchiere con te per tranquillizzarla» continuò il ragazzo.

Maledetto furbacchione, pensava la giovane.

Tiberio sbuffò. Lui proprio non comprendeva le carte, l'astrologia e qualunque cosa fosse avvolta da un alone d'incertezza, come la magia. Era solo umano, per questo non sarebbe mai diventato un medico più grande di Belfagor, e lo sapeva bene. Ma in fondo non gli importava della grandezza: Belfagor aveva oltrepassato i confini dell'etica, lui non lo avrebbe mai fatto. Con un rapido cenno del capo invitò Evelyne a prender parola e la giovane non se lo fece ripetere.

«Vorrei sapere cos'è successo al generale» mormorò lei, sentendosi in soggezione a causa dello sguardo severo del medico.

«Lo vorremmo sapere tutti» sospirò quest'ultimo, andando a prendere il proprio tablet, abbandonato sulla scrivania. «Ma è certo che si tratta di magia oscura, almeno la parte della rianimazione.»

Evelyne aggrottò la fronte. «In che senso "almeno"?»

«Il corpo non era fresco. Le scritte sulla sua schiena invece sono recenti.» Tiberio, digitando rapidamente sull'aggeggio, proiettò l'immagine del generale su una lavagna bianca piena di appunti svolazzanti tenuti insieme da poche calamite argentee. Con un paio di tocchi sul suo tablet, il medico spense tutte le luci e le foto riflesse sulla lavagna spiccarono in tutta la loro crudezza: mostravano Gareth disteso su un tavolino dell'obitorio e, nonostante i pezzi di pelle mancanti, i muscoli anneriti esposti alla fredda aria ospedaliera, i liquami scuri intorno a naso e bocca, aveva finalmente un'espressione pacifica. «Come puoi vedere, il corpo è già nella fase colliquativa: quando ha aperto il portone della sala principale era già morto da circa due settimane. Ciò potrebbe significare che la morte e la resurrezione potrebbero anche essere imputate a due persone diverse. Nei prossimi giorni condurrò delle ricerche, la magia oscura è diversa dagli incantesimi lanciati dalle driadi e dai rituali svolti dagli armigeri, impregna il corpo, ha un forte odore, è il marchio stesso dello strige che la pratica. Ho prelevato dei tessuti, li userò per risalire al necromante che ha risvegliato Gareth. Quanto all'assassino...»

«Ma non ha senso che siano due persone diverse!» protestò la serva, interrompendo il medico.

Tiberio le sferrò un'occhiataccia abbastanza tagliente da farla arretrare di un passo. «Invece sì. Hai notato come quel morto non fosse aggressivo, nemmeno quando due persone si sono lanciate fra le sue braccia? Le pratiche di resurrezione hanno radici antiche. Nella tradizione vudù haitiana i corpi venivano riportati indietro con solo funzioni vitali basilari utili al loro sostentamento, affinché fossero usati come schiavi dal loro *bokor*. I morti non sono più assetati di sangue del necromante che li controlla.»

«Questo cosa vuol dire?»

Al medico non servì nemmeno esprimere ad alta voce quanto trovasse stupide le continue domande di Evelyne, gli bastò un tono di voce piccato: «Vuol dire che chi lo controllava il giorno dell'incoronazione non aveva intenzione di fare vittime, solo lasciare un messaggio e ostentare la propria forza, perché, per animare un cadavere, ce ne vuole assai. È un incantesimo di decimo livello, il più alto. Inutile dire che serve un'affinità con la morte per lanciarlo».

La serva cominciò a innervosirsi, Tiberio aveva il cattivo vizio di dire tutto e niente allo stesso tempo. «Aspetta,» ragionò la giovane «hai detto che nelle civiltà precedenti ad Arcadya c'era il culto della resurrezione? Prima di Arcadya non c'era la magia, quindi anche noi umani potremmo essere in grado di riportare in vita qualcuno.» Poi si voltò di scatto verso il fratello, redarguendolo innervosita: «Sylvain, lascia stare i pesci!».

Lui, che si era messo di fronte al grande acquario sulla parete, smise immediatamente di picchiettare contro il vetro e tornò a vagare distratto per lo studio.

Tiberio spense il tablet con un sospiro, così Evelyne non fu più costretta a osservare l'enorme proiezione di un cadavere in putrefazione e si sentì un po' più a suo agio. Ma quel breve istante di rilassatezza terminò prima del previsto, giacché il medico le rivolse un'altra delle sue argute osservazioni, una di quelle capaci di farla sentire piccola e stupida. «Noi umani ci abbiamo *provato*. Già nella letteratura e nella mitologia abbiamo tentato più volte di sconfiggere la morte ed è un comune denominatore per molte culture, anche distanti fra loro. Pensa a Izanami e Izanagi o a Sisifo. Peccato che, di fatto, nessun umano ci sia mai realmente riuscito. Quando abbiamo scoperto gli altri reami e le creature della Sidhe, meglio conosciuti come Fae, si sono riversati nella nostra realtà, quei miti sono diventati veri. Tuttavia, alcuni sostengono che i Fae fossero qui già secoli prima, ad animare tali leggende. L'esistenza stessa di Elan, mentore e stratega degli armigeri, è sufficiente a mostrare la veridicità di tali ipotesi» spiegò, sfoggiando poi le sue pertinenti competenze in fisica: «E quel vetro è abbastanza spesso da contenere diecimila litri d'acqua al suo interno, non credo che le ditate di Sylvain siano un problema. Di grazia, hai finito? Ho una clinica da portare avanti».

Evelyne lasciò l'edificio con la coda fra le gambe. Suo fratello, invece, trotterellava al suo fianco, felice per l'appuntamento appena ottenuto. *Ecco perché ha accettato di riceverci*, constatò tra sé e sé la serva, squadrando il gaudente Sylvain, *ed ecco perché era così ansioso di cacciarmi e passare quel poco tempo libero rimasto con mio fratello. Probabilmente, questo per loro è solo un pretesto per tornare a frequentarsi!*

La serva voleva redarguire il giovane, fargli notare l'inadeguatezza di quella situazione, ma notò il grande sorriso sul suo volto e si trattenne, lasciandosi in parte contagiare da quell'allegria. Camminando sotto il cocente e terso cielo, nella mente di Evelyne balenò un'idea: i Fae avevano numerosi culti, tante divinità della vita che portavano con sé significati e poteri differenti. Certo, Eve non era una creatura magica, una Fae, tuttavia decise di portare un'offerta a un tempio di Bhaw, il dio della vita, della fortuna e della realizzazione. Di sicuro non poteva guastare... i due fratelli tornarono a palazzo, uno col sorriso, una col broncio, ma il cuore ricolmo di speranza, com'era usuale per loro.

Otto di Bastoni

Nel frattempo, a Calista era toccato assistere Titania durante la visita. Glielo aveva chiesto lei, si sarebbe sentita più a suo agio in sua presenza, all'interno di una stanza estranea, piena di bizzarri e rumorosi macchinari. Per carità, non era assolutamente un peso per la giovane che, anzi, apprezzava molto la compagnia genuina dell'ibrida; tuttavia, non appena giunse il momento dell'elettrocardiogramma sotto sforzo, la driade incominciò a fissare il pavimento. Si costringeva a seguire le linee nette tracciate dalle fughe fra le piastrelle pur di non guardare la compagna, che si trovava a petto nudo, coperta da elettrodi appiccicati sul busto che lasciavano davvero poco all'immaginazione, mentre correva sul tapis roulant, completamente ignara di aver suscitato una reazione così brusca nella guardiana. Titania possedeva un'inconsapevole grazia, una peculiare e quasi dissonante bellezza, nella quale Calista trovava difficile non perdersi.

La driade incominciò a sudare. Già le sue colleghe, eccetto Teodora, la isolavano, facendola sentire sbagliata e inopportuna. Quando erano costrette a cambiarsi insieme a causa di qualche addestramento in un altro reame, Eilir era solita farle l'ormai classica e ridondante battuta: «Calista, non guardare». E puntualmente la guardiana si sentiva sporca e inadeguata, come se apprezzare la bellezza femminile tanto quanto quella maschile fosse il più grave dei peccati. Certo, se le persone (Anaïs nello specifico) avessero evitato di mettere bocca su argomenti così delicati, prima che fosse stata Calista stessa a parlarne in primis, forse la sua vita sarebbe stata un po' più facile e forse non avrebbe temuto le parole non dette, celate sotto gli sguardi silenziosi dei suoi genitori.

«Abbiamo finito. Puoi rivestirti.»

Come la driade sollevò lo sguardo, notò che la dottoressa Kim la stava squadrando come se fosse una pazza. *Forse ho guardato troppo per terra?*, si domandò. *Avrei potuto guardare in giro, ma se Titania si fosse sentita a disagio?* Quando l'ibrida, una volta rivestita, si affiancò a lei, urtandola accidentalmente, Calista si sentì avvampare di nuovo.

«A livello atletico sei in perfetta forma, Titania, ottima capacità polmonare e buona resistenza sotto sforzo. Sei un po' sottopeso, ma nulla di preoccupante» incominciò il medico, sedendosi a guardare sul proprio computer i risultati dei diversi test appena svolti, fra i quali l'elettrocardiogramma sotto sforzo, la spirometria e l'esame della vista, dall'esito non trascurabile. «Ciononostante, come altri soggetti con albinismo, hai complessivamente poche diottrie, i tuoi occhi non assorbono correttamente la luce e sei fotofobica, il che potrebbe essere un impedimento per una driade dell'Ordine.»

Calista si stava preparando a replicare, ma fu interrotta in tronco dalla voce di Titania. «Come gli altri soggetti con… cosa?» Balbettava, confusa.

«Albinismo» ripeté Kim, aggrottando la fronte. «È la prima volta che ricevi questa diagnosi?»

Titania non rispose, non la conosceva nemmeno quella parola così spaventosamente complessa: *diagnosi*. Fu la guardiana a intercedere per lei: «Questa è la sua prima visita medica, Titania proviene da un altro reame».

La dottoressa annuì, pensosa. L'ibrida non poteva scorgere l'espressione dubbiosa della donna, ma Calista sì, e già temeva il peggio. «Credo tu non sia idonea per combattere nell'Ordine. La vista è molto importante quando si scagliano incantesimi.»

«Ci dev'essere una soluzione. Pure Eilir fino a qualche anno fa non ci vedeva bene, ma è bastato un trattamento per guarirla» ribatté la driade, sempre più spaventata all'idea di non poter stare in compagnia dell'ibrida.

«La vista della tua collega stava peggiorando per cause esterne. Titania è nata con questa condizione e non è curabile.» Kim, con pochi click, inviò il documento a Calista, il cui smartphone vibrò prontamente nella tasca della felpa. «Mostratelo a Liviana, sarà lei a prendere una decisione.»

Calista sospirò e, dopo aver salutato la dottoressa, accompagnò la giovane fuori dalla clinica con aria mogia. *Se Titania se ne dovesse andare dall'Ordine cosa potrebbe fare?*, si domandava, divorata da un crescente dolore nel ventre e una preoccupazione che le inglobava la mente. *Tornerebbe a Faeree? Non è detto, potrebbe pure restare, lavorare come serva. Ma questo vorrebbe dire vederla di sfuggita durante gli eventi ufficiali. E lei non vivrebbe bene.*

Non si spiegava quel viscerale bisogno di tenerla con sé, ad Arcadya. Di certo non le mancava la compagnia: per quanto Teodora non fosse una gran chiacchierona, le due erano buone amiche. Non era il suo desiderio di rivalsa su Ronilda, Eilir e, in particolare, Anaïs; anzi, la presenza di Titania la esponeva ulteriormente, rendendola un bersaglio facile.

L'ibrida era stata presentata all'Ordine da un inviato reale la mattina stessa dell'incoronazione. Calista non riusciva a scrollarsi di dosso il brivido cristallino di meraviglia che aveva percepito quando i suoi occhi si erano posati per la prima volta sulla nuova arrivata, né il fuoco cocente della rabbia verso le proprie colleghe non appena le aveva sentite contestare fra loro la presenza di una mezza strige fra le guardiane. La driade non era certo meno sorpresa delle altre ma, per quanto odiasse Belfagor e Inanna, che avevano indirettamente sottratto due genitori amorevoli dalla sua vita, non aveva motivo di detestare Titania solo perché condivideva una parte della propria natura con loro. Anzi, a travolgerla era stata proprio quella peculiare dicotomia: da una parte la sua aria fragile, delicata come un fiocco di neve, dall'altra le sue origini mostruose. Era intrigante in una maniera che non riusciva a spiegarsi e troppo ingenua per il nido di serpi nel quale si era involontariamente appena ritrovata. Calista raramente prendeva decisioni di pancia, ma quella volta non fu capace di trattenersi. Dire addio così presto a Titania? Dare la scusa perfetta a Liviana per cacciarla dall'Ordine? Assolutamente no. Ghermita da un impulso improvviso e irrazionale, ficcò una mano nella tasca della felpa, afferrò il cellulare, cancellò il documento inviatole tramite mail dalla dottoressa e mise rapidamente via il telefono, come a eliminare quel suo misfatto, quella prepotente decisione che non sarebbe spettata a lei.

«Che cosa fai?» domandò Titania.

Calista credeva che non si sarebbe accorta di nulla. Invece, avrebbe appreso col tempo che l'ibrida aveva dei sensi particolarmente più sviluppati, più che qualsiasi altra persona.

«Mi assicuro che non ti caccino dall'Ordine, se è quello che vuoi» le sorrise la driade, sapendo quanto fosse inutile mentirle. Voleva entrare nella vita di quella sconosciuta dall'aria eterea, conoscere la sua persona oltre quella coltre di ingenua confusione che la permeava, ma qualsiasi rapporto allacciasse con lei doveva essere fondato sulla sincerità. «Posso scannerizzare il mio vecchio certificato e cambiarne i dati, non passeremo alcun guaio. Sempre se tu lo desideri» si affrettò ad aggiungere.

«Tu vuoi davvero che rimanga?» la incalzò Titania, con tono

inaspettatamente speranzoso, come se lei a sua volta volesse restare, ma solo purché lo desiderasse anche la guardiana.

«Certo che sì» sussurrò Calista, quasi temendo di spaventarla con un'insistenza non desiderata.

Ma l'ibrida non si spaventò: «Allora fai quel che devi».

Sei di Denari

Era raro che i reali convocassero direttamente i membri della servitù, normalmente la comunicazione era mediata da altre figure. Ma, quel giorno, Isolde voleva parlare specificatamente con la sua serva più fedele ed Evelyne, come un fido cagnolino, non si lasciò sfuggire l'occasione. Era passato un giorno dalla disastrosa spedizione nella clinica di Tiberio, durante la quale lei e Sylvain non avevano cavato un ragno dal buco (o meglio, il fratello un ragno lo aveva cavato, ma non quello che serviva a Evelyne). La ragazza si stava recando verso le cucine per la quotidiana pulizia di routine, accompagnata da Sylvain, quando ricevette la convocazione ufficiale. Come scorse la notifica sul proprio dispositivo, dalla bocca della giovane emerse uno squittio emozionato.

«Che succede?!» le aveva prontamente domandato il fratello, smettendo immediatamente di fischiettare.

«La regina mi vuole parlare!» Eve rinfilò il palmare in tasca e corse verso la sala del trono, lasciando il fratello solo ai propri doveri. «Tu vai pure, io ti raggiungo dopo!» gli gridò emozionata, mentre già si scapicollava lungo il corridoio, rischiando pure di scivolare sul liscio pavimento marmoreo. Le scarpette di tela non erano decisamente progettate per la corsa quanto per il silenzio. Tuttavia, qualsiasi lieve slittamento minacciasse la sua stabilità non era niente in confronto all'intensità di quell'emozione.

Finalmente era giunto il suo momento. Promise a se stessa che avrebbe brillato, qualsiasi fosse la richiesta della sovrana lei sarebbe stata notata.

Portare l'offerta a Bhaw ha dato i suoi frutti!, sorrise tra sé e sé dirigendosi con orgogliosa fretta fra gli aurei corridoi del palazzo, sotto gli sguardi perplessi dei servi e delle guardie. Non era solo l'occasione rappresentata dalla convocazione in sé a esaltarla. Anche solo la possibilità di guardare più da vicino la sua adorata Isolde era per lei un'iniezione di pura adrenalina.

E, in effetti, osservare il suo idolo da meno di dieci metri fu un'esperienza: Evelyne si sorprese di quanto fragile sembrasse Isolde senza il filtro delle telecamere e dei tabloid. Tanto per cominciare, era veramente minuta, gracile; sul suo volto dolce si cominciava a scorgere la lieve mano del chirurgo, intervenuto a celare i nascenti segni del tempo. In più, la sovrana parlava con voce estremamente flebile, quasi sussurrata. Tutti elementi che sorpresero Evelyne, la quale si era creata l'immagine di un'Isolde forte e impetuosa. Osservandola meglio, con la tunica tradizionale di Arcadya, circondata dai rilievi dorati e adornata dalla ricca corona di rami argentei che s'intrecciava sul suo capo, pareva sovrastata da tutti quei lussuosi elementi. Per quanto ciascuno di quei decori godesse della propria armoniosa bellezza, nel complesso stonavano e cozzavano brutalmente con la delicata figura della regina. Tuttavia, Isolde era ancora incantevole come un tempo. I lunghi capelli dorati scendevano ben sotto le spalle, decorati da perle preziose che facevano capolino da dietro le pallide ciocche, il lieve trucco le incorniciava gli occhi azzurri, le labbra carnose sostavano, assorte, adagiate nell'ombra di un velato sorriso.

Evelyne, persa a fissare la sovrana, si ricordò un po' tardi di inchinarsi e un lieve ghigno compiaciuto comparve sul volto della reale, la quale parve quasi divertita dalla goffaggine della serva. «Mi è giunta voce degli studi da te condotti recentemente, Evelyne» abbozzò, sporgendosi appena in avanti. «Non è così?»

Eve, come un'ebete, s'inchinò nuovamente. «Sì, vostra Altezza» rispose a bruciapelo. «Studio l'arte divinatoria dei tarocchi.»

Isolde scosse la testa, facendo ondeggiare appena i numerosi pendagli appesi alla corona. «Non intendevo questo. Tu conosci la società che è venuta prima di Arcadya, vero?»

«Sì, assolutamente.»

La regina prese un bel respiro: formulare quella richiesta pareva costarle molta energia. «Sai, vorrei tanto che mio figlio Lysander imparasse la cultura umana. Come ben immagini, questo trono spetta a lui, è l'unico erede di Caiden. Ma lui pare non aver voglia di ereditare il regno di Arcadya. Il trono deve essere occupato da umani e umani solamente; io, come mio marito, desidero una pacifica convivenza fra luce e oscurità. Ma gli strige non si inchinerebbero mai dinanzi a una driade, e viceversa. Per mantenere l'equilibrio serviamo noi, serve Lysander.»

Evelyne aggrottò la fronte, domandandosi perché Isolde stesse condividendo con lei delle informazioni tanto sensibili sul proprio conto. Certo, era un bell'atto di fiducia e ne era lusingata, ma non riusciva a trovarvi alcun senso. «Ecco, già in passato dei precettori hanno tentato di insegnare a mio figlio la storia umana, ma tutti mi hanno dato la medesima risposta: "Il giovane non ha voglia di apprendere". La mia è soltanto una reggenza e avrà breve durata, ma non voglio che Arcadya capitoli, senza un umano di sangue reale sul trono. Ecco perché voglio fare un ultimo tentativo.»

La serva, imbarazzata, si schiarì la voce: «Sono davvero onorata per la richiesta, non fraintendetemi, ma per quale motivo avete pensato a me?».

«Sia io sia Caiden ci siamo sempre rivolti a precettori esterni e forse è stato quello l'errore, erano persone che non conoscevano la realtà della vita a palazzo, con tutte le sue difficoltà e peculiarità. Tu e tuo fratello vivete sotto questo tetto da quando eravate bambini, sapete com'è la vita di corte e siete un po' più vicini d'età a Lysander. E poi tu, fra tutti i servi, sei l'unica a trascorrere il tempo libero studiando: hai passione, e questo mi ha fatto credere che tu possa anche trasmetterla.» Nonostante la voce sottile, aveva una retorica impeccabile, una dizione perfetta e una maniera eccellente di cadenzare ciascuna frase, una vera delizia per le orecchie.

Evelyne, in verità, non aveva la minima voglia di badare a Lysander; aveva qualche vago ricordo di quel moccioso biondo, più piccolo di lei di ben cinque anni, ma assai molesto. Durante gli eventi correva fra i servi e alzava le vesti alle nobildonne. Ma Eve amava la sua regina e avrebbe fatto qualsiasi cosa pur di darle un po' di sollievo, soprattutto dopo la perdita del sovrano, del suo amato marito Caiden. «Vi ringrazio per la generosa offerta. Quando posso cominciare?»

Isolde non riuscì a trattenere il sorriso, era da quei piccoli gesti che emergevano le sue radici umili. Evelyne non poté non adorare i modi genuini della sovrana. «Domani, qualora sia possibile. Durante il periodo d'insegnamento, potresti dormire in una stanza riservata unicamente per te, la calma di una singola è più idonea per preparare le lezioni. Potrai mangiare nella mensa con gli ospiti e, naturalmente, i tuoi compiti come membro della servitù saranno drasticamente ridotti.» Evelyne, per quanto trovasse scocciante l'erede e la sola idea di dovergli fare da maestra, trovò assai appetibile quello scambio di favori e un sorriso gioioso si allargò sul suo viso paffuto. La giovane era pronta a fare di tutto per guadagnarsi le attenzioni e il rispetto della regina. Forse avrebbe dovuto rivelarle i propri sospetti, ma dalla sua aveva solo una carta: Isolde non le avrebbe mai creduto, non con così poche prove. In più la giovane ci teneva a non far brutte figure dinnanzi a lei, perciò se ne andò, taciturna, a preparare le lezioni per Lysander.

Cavaliere di Coppe

Calista aveva appena riaccompagnato Titania a palazzo e la visita medica non era stata più menzionata. Caiden aveva deciso di tenere l'ibrida come ospite della corona durante il suo periodo di prova all'interno dell'Ordine. Era stato uno dei suoi ultimi desideri, un segno di unione, di apertura verso il passato, di riappacificazione. Poi, se fosse diventata permanentemente una di loro, Titania si sarebbe trasferita nel complesso abitativo con le altre driadi. Calista se lo auspicava in segreto, nonostante le circostanze sembrassero remar contro questo tanto agognato futuro.

Stava ancora attraversando il cortile quando una fitta improvvisa la fece piegare in due dal dolore. Per fortuna aveva già riaccompagnato Titania dentro al palazzo, affidandola a un servo che l'avrebbe condotta nella stanza riservata appositamente per lei finché era in prova con l'Ordine. Almeno non avrebbe dovuto assistere.

La guardiana si sentiva sempre a disagio quando succedeva, come se il suo corpo urlasse a tutti di guardare quanto fosse rotto, sbagliato. La driade si afferrò il ventre e digrignò i denti, mentre tanti pugnali invisibili e affilati si facevano spazio dentro di lei, tanto che persino camminare divenne difficile. Calista, in quel momento, capì che non sarebbe riuscita ad arrivare sulle proprie gambe fino al complesso, né tantomeno fino al suo appartamento. Nel tentativo di non farsi scorgere dai servitori intenti a preparare gli addobbi per il ballo in maschera, scivolò dentro uno dei passaggi segreti del castello e si lasciò andare al dolore.

Si trovava in uno stretto corridoio che conduceva alla biblioteca contenente la cripta. Nessuno frequentava mai quei posti, anche perché solo Liviana vi aveva accesso. Per di più, quella biblioteca era vecchia, meno curata e poco fornita e questo la rendeva il luogo ideale per Calista, la quale si sentì finalmente libera.

La guardiana poté tirare un sospiro di sollievo mentre si lasciava andare contro la parete, accartocciandosi su di sé e stringendo quella pancia ingiustamente dolorosa che, per qualche motivo, si faceva sentire sempre nei momenti sbagliati. Beh, non che esistano momenti giusti per ritrovarsi improvvisamente incapaci di reggersi in piedi, ma il suo fisico aveva sempre un tempismo inappropriato. Calista pensò agli allenamenti del giorno dopo e alle numerose assenze già accumulate a causa della propria condizione, e si lasciò andare al pianto. Pianse per un corpo che non sentiva come proprio e che pareva cogliere ogni minima occasione per rivoltarsi contro di lei, un corpo che la detestava, tanto da renderle la vita più difficile e costosa di quanto già non fosse. Ma, contro ogni aspettativa, c'era qualcuno in silenzioso ascolto del suo pacato lamento. La driade scorse improvvisamente, proprio davanti a sé, una persona mai vista prima. Sussultò e si passò rapidamente una mano sul volto, nel vano tentativo di ricomporsi.

«Ti senti bene?» domandò lo sconosciuto.

Calista trovò in quella figura numerose bizzarrie. Per prima cosa era interamente vestito di nero, un colore che ad Arcadya si usava solo per i lutti; la seconda stranezza era che si trovasse in prossimità della cripta. Nessuno bazzicava mai da quelle parti, tranne chi, come lei, cercava un riparo da occhi indiscreti. «Sì, sì» rispose a bruciapelo, tentando di alzarsi in piedi, ma inutilmente, poiché stroncata dall'ennesima fitta.

Il giovane si avvicinò con volto corrucciato alla driade. Quella preoccupazione pareva reale, genuina. La ragazza smise di lacrimare. Osservava, basita, il misterioso sconosciuto, non riuscendo a non notare la delicata armonia del suo viso.

«Riesci a reggerti in piedi?» le chiese.

Calista tentò nuovamente di issarsi con le proprie forze, ma senza risultato. Come la morsa dolorosa si strinse ancora una volta intorno al suo ventre, poté solo digrignare i denti e appoggiarsi alla parete, in cerca di sollievo.

«Ho qualche conoscenza in ambito medico, posso aiutarti» si fece avanti lui, porgendo la sua affusolata mano, finemente ricoperta da un sottile guanto nero.

La driade scosse la testa, l'ultima cosa che voleva fare davvero era parlare della propria condizione a uno sconosciuto. «No, ho già una diagnosi e una terapia. Ti ringrazio.» Voleva sinceramente ringraziare quel giovane, ma la tensione dovuta al dolore fece apparire il suo tono più piccato di quanto volesse. Si era sempre vergognata delle proprie condizioni, come faceva a spiegare a una persona mai vista, per di più un uomo, il proprio dolore? «Devo solo raggiungere il mio appartamento e distendermi.»

«Spero non ti dia fastidio, ma vorrei accompagnarti.» Lo sconosciuto esitò appena. «Solo per accertarmi che tu stia bene e arrivi sana e salva alla tua stanza, poi toglierò il disturbo.»

Calista rimase allibita: quella era la cosa più gentile che un uomo avesse mai fatto nei suoi confronti. Ormai era abituata alla solitudine, all'essere invalidata nella propria incomprensibile situazione. Lo sconosciuto invece le offrì il braccio e lei, senza indugiare, lo afferrò, rattrappendosi con un soffocato gemito per la pungente fitta che la trapassò. Ma, bene o male, quel giovane era riuscito a rimetterla in piedi, e stava pure sorreggendo parte del suo peso. Era strano trovarsi così vicina a una persona mai vista prima, eppure la driade avvertiva un certo senso di sicurezza. Si lasciò accompagnare in silenzio, notando come la bellezza di quell'animo gentile si riflettesse anche nel suo aspetto. Era tanto delicato da sembrare un angelo strappato al cielo, anche se vestito di un colore in violento contrasto con le sue tonalità limpide e celestiali. I lunghi capelli biondicci gli ricadevano sciolti e lisci ben al di sotto delle spalle, aveva occhi chiari, violacei e dal taglio felino. Il suo volto glabro possedeva da una parte una delicatezza quasi femminea e, dall'altra, una squadrata virilità.

Quando si accorse d'essere osservato dalla driade, la guardò a sua volta. Le sue iridi, curiosamente disseminate di scaglie dai colori inusuali, ne sostennero lo sguardo, consapevoli dell'aura di bizzarro fascino intorno al proprio corpo. Calista non evitò i suoi occhi: non lo temeva, non ne sentiva il motivo. Sperava che il suo viso, nonostante l'espressione sofferente, riuscisse a trasmettergli la gratitudine che non era capace di comunicare a voce.

I due attraversarono lentamente il giardino, imboccando un sentiero coperto da una schiera di betulle, per restare lontani da occhi indiscreti. Quel giovane pareva accorto quanto lei nel non farsi notare dalle altre persone. D'altronde era giusto che avessero la propria riservatezza, chissà cos'avrebbero pensato quelle arpie dell'Ordine se l'avessero vista accompagnata da un misterioso sconosciuto vestito di nero!

Entrarono nel complesso dopo una silenziosa e, per fortuna, breve camminata. Le guardiane proteggevano la corona, per questo i loro giacigli erano così vicini al palazzo: dovevano essere sempre pronte a intervenire. L'edificio era ospitale, non lussuoso quanto le suite del palazzo, ma aveva i suoi comodi. D'altronde Calista preferiva lo stile moderno e i colori più opachi del complesso, rispetto ai toni antichi, luccicanti e superbi del castello. Trovava il primo molto più comodo e invitante, sebbene fosse il secondo a lasciarla senza fiato con la sua magnificenza. «Questa è la mia stanza.» Calista si appoggiò per qualche secondo allo stipite, mentre attivava il riconoscimento dell'impronta digitale per aprire la porta. «Grazie per l'aiuto.» Come essa si aprì, la driade barcollò fino al divano, dove si adagiò malamente, tenendosi la pancia con viso contratto. Il giovane le si avvicinò con cautela, camminando lentamente, consapevole di invadere un territorio non suo. «Non so cosa ti stia succedendo, ma voglio alleviare un po' il tuo dolore.»

Calista gemette, contorcendosi sul divano, anche solo parlare richiedeva un'enorme fatica: «Gli antidolorifici non funzionano».

Tuttavia, lo sconosciuto non pensava a niente del genere. Sfilandosi un guanto, posò una pallida mano sul ventre della driade. Lei trasalì al tocco e fece per protestare. Come si permetteva di toccarla così, senza permesso? Ma la sorpresa di un improvviso sollievo le rubò il fiato dalla bocca. Qualche secondo dopo, la guardiana riprese a respirare, le sue spalle si alzavano e abbassavano ritmicamente, mentre restava appoggiata sugli avambracci. Lui, pur mantenendo un'espressione impassibile, si afferrò l'addome con la mano libera, lasciando andare un sibilo indolenzito.

Aveva assorbito un po' del suo male e, per qualche breve minuto, lo condivisero. Per qualche breve minuto, il loro dolore fu il medesimo. Per qualche breve minuto, Calista non fu più sola.

La driade era sorpresa, non solo per il gesto in sé, ma pure perché non sapeva esistesse una maniera per assorbire il dolore. Con Liviana avevano appreso le arti magiche curative e non vi era niente del genere. Forse quello sconosciuto aveva ricevuto un'altra educazione? Poteva essere un novizio in qualche tempio dedicato a divinità meno conosciute.

Abbassando lo sguardo, la driade notò la sua mano: era bianca come l'avorio e munita di unghie sorprendentemente lunghe e appuntite per un umano o un Fae qualsiasi. Forse tempo addietro potevano essere state feroci artigli, ma ormai erano troppo pulite e curate per essere classificabili come tali. Quel tratto curioso gli donava un'aria ancora più elegante, per di più, con quella lunga giacca nera, sembrava provenire da un altro reame o da un altro tempo.

«Come stai?» le domandò improvvisamente, facendola sussultare.

«Bene?» Il tono di Calista non era interrogativo, solo profondamente sorpreso, ancora si chiedeva come fosse possibile tale magia. «Grazie!»

Lo sconosciuto le rivolse un lieve sorriso, prima di scostare la propria mano dal ventre della driade e rindossare il guanto nero. «Lieto di averti dato un po' di sollievo» le sussurrò, prima di alzarsi in piedi. Le fitte tornarono, in tutta la loro potenza, ma con esse giunse pure un dubbio: perché qualcuno che non conosceva aveva accettato di accollarsi quel dolore insopportabile?

Perché era in biblioteca? Oggi il palazzo non è aperto al pubblico, com'è entrato?

Il giovane già si stava congedando, varcando la soglia della sua stanza, quando lei lo bloccò all'improvviso: «Posso sapere il tuo nome?».

Il ragazzo, dopo una lieve e sterile esitazione, rispose: «Sono il conte De Carintia».

«Conte...?» ripeté Calista, assumendo subito un registro formale. «Posso chiedervi perché eravate nella biblioteca della cripta? Ce n'è un'altra, decisamente meglio fornita.»

Ha senso che sia un conte, ma perché bazzicare a palazzo? La contea De Carintia è la più lontana, pensò, osservandolo con silenziosa curiosità. *I suoi vestiti non sono quelli di un nobile...* Ogni contea aveva i propri usi e costumi: quella lunga giacca nera e quelle tintinnanti catene non appartenevano a nessuna.

Il conte restò immobile dinnanzi alla soglia. «Sono qui per dare un aiuto all'organizzazione del ballo in maschera di questo sabato, mi sono semplicemente perso.»

Il ballo in maschera!, ricordò la ragazza. Era stata così presa dai recenti avvenimenti che se ne stava quasi dimenticando.

«Ma ti prego, continuiamo a darci del tu. Sono diventato conte da poco, a seguito di un lutto, non sono ancora abituato al titolo.»

Calista restò sola e improvvisamente tutto tornò ad avere senso: gli abiti neri, la sua presenza al palazzo. Eppure non riusciva a ignorare quel pungente profumo d'incenso.

2
La Papessa

Asso di Bastoni

Gli allenamenti del giorno successivo furono particolarmente estenuanti per Titania, non tanto per la fatica in sé quanto per l'assenza misteriosa di Calista. Era triste non trovare l'unica voce amica in mezzo alle altre driadi. Ogni volta in cui giungeva il suo turno e le toccava sferrare un incantesimo, brancolava in mezzo alle sbiadite macchie di colore per trovare lei. Non ne vedeva i lineamenti, ma aveva imparato a riconoscerla dalla postura, dalle forme, dai colori e dal profumo. Era più alta delle altre, la sua corporatura atletica e definita, quando era in piedi stava dritta come una torre, sicura di sé, ma quando si accovacciava era sempre scomposta e con la schiena ricurva. Il suo inconfondibile e delicato profumo di lavanda permeava l'aria intorno a lei. Tutti questi elementi, in quel momento, le mancavano terribilmente, creando quasi una voragine nel campo d'addestramento.

Nonostante la giornata paresse riluttante a prendere una buona piega, Titania riuscì a ricavarne un piccolo successo: durante la pratica sugli elementi, le driadi, una a una, dovevano far proliferare un prato in un appezzamento di terra completamente arido. Quando giunse il turno dell'ibrida, Liviana sbuffò, mentre Eilir e Ronilda sghignazzavano sottovoce. Nessuna delle presenti credeva in lei, ma Titania ignorò le proprie compagne. In quel momento c'erano soltanto lei e la terra. Aveva un profondo legame con essa, non pari a un'affinità, cioè uno di quei legami che legava ogni driade al proprio elemento, ma la terra le era spesso tornata molto utile durante la sua permanenza a Faeree. Ergo, per quanto in mancanza dell'affinità non riuscisse a lanciare un incantesimo superiore al primo livello, il suo stretto rapporto con la natura la rendeva comunque assai efficace.

L'ibrida ficcò le mani nella terra, sentendone l'arida secchezza sotto i polpastrelli. Contatto. Il contatto era la cosa più importante per lei: non aveva una buona vista, non poteva immaginare nel dettaglio che aspetto avesse un bel prato rigoglioso, ma sapeva benissimo quale sensazione dovesse lasciare sulle sue dita. Immaginò di farsi accarezzare e solleticare dai numerosi fili d'erba, dalle margherite e dalle bocche di leone che di tanto in tanto facevano capolino in mezzo al prato con le loro morbide teste, popolate da coccinelle e piccoli, inoffensivi, insetti. In pochi secondi, quella fantasia divenne realtà e dalle mani di Titania proliferò la vita.

Tutte le risatine si acquietarono, lasciando spazio allo stupore. La stessa persona che chiamavano «incapace» aveva fatto il miglior lavoro della giornata.

A fine allenamento, Liviana le si avvicinò. Il tono era ancora severo, tuttavia mostrava un accenno di rispetto in più. «Non ci era stato comunicato che avessi un'affinità con la terra, come Teodora». Titania scosse la testa. «Io non ho affinità.» Non era la prima volta che quell'argomento emergeva, gli spiriti di Faeree erano stati i primi ambasciatori di quel messaggio così ordinario. Nessuna affinità. Era comune che le driadi ordinarie, quelle fuori dall'Ordine che svolgevano lavori abituali senza bisogno di combattere, non avessero affinità. Nonostante fosse generalmente scoraggiante scoprire di non avere elementi affini, nel ricevere la prima sentenza da parte dell'entità la giovane aveva quasi tirato un sospiro di sollievo. *Nessuna affinità*, aveva pensato. *Mi rende quasi normale.*

Liviana sbatté le palpebre, perplessa. «È impossibile» replicò. «Ogni driade dell'Ordine deve avere un'affinità per un elemento naturale, per la luce o per la vita. Nel reame in cui hai vissuto usavi regolarmente i poteri?» Era difficile da ammettere a quella rude insegnante, la quale a tutto somigliava meno che a una provvidenziale protettrice, la custode dell'eroico re Caiden, ma non poteva nascondere la verità. «Sì, per sopravvivere.» Titania ripensò al suo passato, a quando chiamava a sé raffiche di vento per dissuadere i predatori dall'attaccarla, a quando chiedeva all'acqua di purificarsi affinché la potesse bere, ai rigidi inverni di Faeree durante i quali faceva rinvigorire le piante rinsecchite dal freddo per mangiarne le bacche, alle volte in cui impediva alle proprie ferite di infettarsi ed evocava a sé il fuoco per restare al caldo. Tutti gli elementi si palesavano in maniera equa, ma nessuno di essi l'aveva reclamata, facendo di lei tutto e niente allo stesso tempo. Durante la permanenza ad Arcadya aveva imparato a classificare gli incantesimi da lei lanciati e aveva scoperto, suo malgrado, che erano tutti di primo livello. Suo malgrado perché, per quanto lei desiderasse poter diventare qualcosa di più d'una curiosa anomalia, e per quanto l'assenza di legami la rendesse più vicina a una persona ordinaria, all'Ordine potevano accedere solamente driadi speciali, dotate di potenti affinità. E ciò faceva di lei, per l'ennesima volta, una stranezza fuori posto. Liviana interruppe il flusso di pensieri della giovane, affermando a bruciapelo: «Questo pomeriggio andremo da Elan per fare un test di affinità, è impossibile che tu non ne abbia una. Va' a riposarti, fra quattro giorni ci sarà il ballo in maschera e voi guardiane dovete essere pronte a qualsiasi evenienza».

Voi guardiane, ripeté mentalmente Titania. *Ha parlato quasi come se io fossi una di loro...* Fece per porre una domanda ma la donna, ormai, le aveva già voltato le spalle.

Due di Denari

Al secondo piano del palazzo, nella zona più riservata, ossia quella dedicata alle stanze private, dove solo pochi servi eletti mettevano piede, Evelyne sostava nervosamente, spostando con ansia il peso da un piede all'altro. Aspettava di entrare nelle stanze dell'erede, tenendo svogliatamente sottobraccio una serie di volumi riguardanti la storia di Arcadya. Aveva bussato per dieci minuti buoni, ma senza ricevere alcuna risposta. Non doveva farlo, sapeva che invadere la privacy del principe poteva metterla seriamente nei guai, ma aspettare un moccioso idiota in piedi, fuori dalla sua stanza, stava diventando snervante. Mossa da nulla se non dal proprio impulso, prese una decisione: afferrò impazientemente la maniglia della porta e la spalancò.

Un cumulo di coperte ruzzolò fuori dal letto, portando con sé un'imbarazzante quantità di fumo e cenere. Un tanfo sconosciuto penetrò le narici pure della serva, che sgranò gli occhi, squadrando il principe con aria allibita. Quello non era più un moccioso, ma un uomo fatto e finito, almeno esteticamente. L'erede non tardò a palesarsi nella sua forma: un adulto con un cervello da bambino. «Deficiente!» imprecò, tirando pigramente a sé le coperte per nascondersi dagli occhi indiscreti di quella serva ficcanaso. Sembrava avesse appena tirato il più grande sospiro di sollievo. «Credevo fossi mia madre, mi hai fatto sprecare una sigaretta.»

Aveva una voce sorprendentemente profonda, troppo profonda per le idiozie che era solito sputare. Tutto il suo aspetto, a partire dal bel viso affilato, impreziosito da morbide ciocche d'oro, e dalla sua altezza imponente, era un grande spreco per un grande pallone gonfiato, riempito da aristocratica mediocrità. Evelyne restò interdetta, osservando come l'erede, il quale pareva un tutt'uno con le coperte, saliva nuovamente sul proprio giaciglio. E rimase a guardare le sue dita affusolate mentre maneggiavano l'accendino nel vano tentativo di accendere nuovamente la sigaretta, ormai spenta. Soltanto una persona emotivamente cieca poteva cedere a un fascino così superficiale e inetto. L'erede, accortosi che la serva lo squadrava, immobile, sbuffò con la sigaretta incastrata fra le labbra: «Beh? Cosa stai aspettando? Vattene».

Evelyne si ridestò improvvisamente dai propri pensieri. *Sì, è cresciuto bene*, osservò, notando il suo fisico tonico a malapena coperto dalle sottili lenzuola di seta. *Ma non devo distrarmi dal compito affidatomi.*

«In verità mi ha mandata vostra madre qui» affermò, esitante. «Vuole che vi insegni la storia di...»

Lysander si alzò di scatto dal letto: aveva i pantaloni del pigiama e una canotta sgualcita che non cambiava da chissà quanti giorni. Era l'incarnazione della pigrizia, un'incarnazione all'apparenza poco credibile, disegnata dalla mano di «una ragazzina in calore» munita solo di un pessimo metro di giudizio. «Una ragazzina» a metà fra i venti e i trent'anni, s'intende. «Oh, colpa mia, credevo avrebbe mandato qualcuno di vecchio e noioso» sospirò, sgomberando rapidamente la propria scrivania. E con «sgomberando» si intende specificatamente dire che, con una manata, buttò giù la pila di vestiti abbandonata su di essa.

«Prego, accomodati, farò portare dai servi tutte le bevande e gli stuzzichini che vuoi. Ah, dammi del tu, non ho abbastanza pali nel culo per meritare il voi. Soprattutto, goditi questi giorni di stipendio.»

Evelyne trasalì, non si aspettava certo un linguaggio così scurrile da parte del principe in persona. Si avvicinò, riluttante, alla scrivania, guardando il giovane con volto accigliato. «Non sto capendo» mormorava.

Lysander riuscì finalmente a riaccendersi la sigaretta e, di conseguenza, il suo umore mutò rapidamente. Era divenuto all'improvviso solare e spensierato, nonostante le dure parole che uscivano dalla sua bocca impastata dal sonno, dal fumo e dagli alcolici ancora non completamente debellati dopo la notte appena trascorsa. «Credi di essere la prima persona che mia madre manda qui? Ho avuto diversi insegnanti, si son presi una bella paga finché mia madre non si è accorta che le mie conoscenze non aumentavano e a quel punto li ha cacciati. È un ciclo continuo. Però è la prima volta che manda una serva. Scommetto che ti sta pagando con un bell'alloggio e tanti privilegi da nobile, vero?» Evelyne tacque e fissò il giovane a occhi sgranati. «Come immaginavo» sospirò lui. «Si è stancata di svuotare le tasche. Tirchia.»

«Non vuoi proprio imparare niente?» domandò la serva all'improvviso, parendo un cane bastonato tanto era delusa da quella chiusura mentale. Sarebbe stato difficile, già lo sapeva, ma così lui non le stava dando nemmeno una possibilità. Lysander rimase interdetto. Era la prima volta che gli ponevano una tale domanda. I suoi passati precettori tentavano di avvinghiarsi a lui dilungandosi nella tediosa spiegazione dei suoi innumerevoli obblighi morali, quella giovane invece sembrava solo disperata. «Non c'è un'epoca? Una corrente letteraria o artistica? Qualcosa che ti piace?» proseguì Evelyne, tentando di stuzzicare l'interesse dell'erede.

«Non me ne frega niente. Non di queste cose, almeno.» Scrollò le spalle, tornando a sdraiarsi sul letto. «Mi piacciono le feste, il fumo, il bere, le donne.»

La serva non riuscì a trattenersi dall'arrossire quando Lysander pronunciò quell'ultimo elemento della lista: le donne gli piacevano. Era normale, a tante persone piacevano le donne, ma il semplice fatto che quel giovane gliel'avesse detto in faccia creava nella sua mente una dolce illusione, una vaga speranza. Pensando a quelle parole, Evelyne cercò un appiglio con la storia delle società precedenti ad Arcadya: «Sai che in verità hai molto in comune con diversi sovrani del passato? Ci sono stati molti scandali riguardanti...»

«Non mi interessano i cazzi degli altri» tagliò corto lui, di nuovo imbronciato. La sigaretta si era spenta ancora, accidenti. Il giovane tornò ad armeggiare con il proprio accendino, mostrando visibile disinteresse verso Evelyne. «Tu fai pure la tua lezione, le pareti ti ascolteranno volentieri. Ma non tentare di coinvolgere me.» La serva sospirò. Avrebbe voluto insistere ancora, ma le sue parole non sortivano alcun effetto su di lui e di certo non poteva costringerlo o sgridarlo. Lui stringeva nel proprio pugno più potere di quanto lei potesse immaginare, l'avrebbe potuta cacciare con una singola parola. Dunque, non vedendo alternative, Evelyne si accomodò sulla scrivania e iniziò a ripetere ad alta voce la lezione preparata, sperando che almeno i led colorati, i poster lascivi e le riviste superficiali rimanessero in ascolto per lei.

Sette di Denari

Elan era l'umano più strano con cui Titania avesse mai avuto a che fare. Certo, ogni essere umano era un mistero per lei, non avendone mai visto uno prima del suo arrivo nel reame di Arcadya. Gli umani erano inesorabilmente ancorati a quella realtà, un po' come gli spiriti di Faeree erano ancorati al loro reame. No, Elan non era strano per via di un particolare atteggiamento, era strano perché su di lui l'ibrida fiutava un'antichissima magia oscura che permeava tutto il suo corpo. Non era parte di lui, ma era come se egli vi si fosse immerso fino al collo.

Elan era il responsabile degli addestramenti degli armigeri crepuscolari, nonché il loro stratega. Gli incantesimi lanciati dai maghi prendevano la forma di lunghi rituali, troppo lunghi per rispettare i tempi serrati di un combattimento; ecco perché si svolgevano prima delle battaglie e servivano unicamente a potenziare le armi o aumentare la protezione delle armature. Ed ecco perché non era necessario che il loro stratega fosse un mago come loro.

«Confermo, Titania non possiede alcuna affinità con la magia chiara» affermò l'uomo, squadrando l'ibrida con volto pensoso. «Può attingere liberamente a ciascun elemento, ma nessuno di essi la reclama.» Titania lasciò andare un sospiro a lungo trattenuto: la presenza di quel tale infuso di magia oscura l'aveva ingannata, convincendola di non essere l'unica anomalia di quel luogo. Invece non solo era anomala, ma persino debole.

«Non è possibile!» protestò Liviana. «Caiden l'ha voluta nell'Ordine, ma ogni guardiana dell'Ordine deve essere affine almeno a due elementi. Abbiamo fatto un'eccezione per Calista perché è la figlia dell'ex generale ed è comunque bravina con il fuoco, non ne faremo una seconda per una scialba guerriera senza elementi. A questo punto tanto varrebbe cercare la prossima guardiana fra la servitù o per strada! Si può trovare una maniera per farle ottenere un'affinità?»

Elan le sferrò un'occhiata pungente, squadrandola con occhi neri e giudicanti. Nonostante ciò, non abbandonò nemmeno per un secondo il velo di placida calma da cui era avvolto.

«Gli elementi non sono poteri che appartengono alle driadi che li usano, sono entità a sé stanti e indipendenti, nella stessa maniera con cui noi non possediamo la terra su cui abitiamo, ma vi apparteniamo solamente. Sono gli elementi a scegliere, non viceversa» spiegò. Parlava con la saggezza degli antichi, come un anziano che ha imparato dalla terra e lavora per lei anziché per se stesso, eppure non dimostrava più di trentacinque anni. I capelli lisci, ancora neri, non erano stati incanutiti dall'età, e il suo viso scuro non presentava nemmeno una ruga, solo due solchi in prossimità delle labbra, due fossette scavate dal tempo e dall'espressione. Era incredibile pensare che fosse solamente umano. «È possibile» continuò, «che nessuna di queste entità abbia scelto Titania.»

Liviana si passò una mano sul volto ed Elan vi lesse subito della recondita frustrazione. «Lo avevo detto io che Titania non è adatta all'Ordine.»

L'uomo non tardò a redarguirla: «In primo luogo, non parlerei di questa driade come se non fosse qui presente, è scortese. In secondo luogo, Titania mi sembra molto capace, rispetta le entità durante l'invocazione, ed è molto portata per gli incantesimi che implicano il contatto. Un incantesimo di primo livello non è più debole di un incantesimo di quarto o quinto, se altrettanto efficace; una semplice folata di vento, se concentrata e forte a sufficienza, può perforare come un proiettile.» L'ibrida si sentì immediatamente rassicurata dalle parole di Elan, il quale non aveva un tono mellifluo e consolatorio, bensì pragmatico. Non parlava per rassicurarla, ma per esporre un concetto, e ciò la faceva sentire più a suo agio nel proprio corpo.

Perché non può essere lui il nostro insegnante? Si domandava, ascoltando le sue parole.

Elan si passò una mano sul volto, accarezzandosi il mento con fare pensoso mentre i suoi occhi neri studiavano l'ibrida. «Le farei fare un test di affinità con gli elementi della magia nera, se possibile.»

«Assolutamente no!» Squillò Liviana. «La magia nera è stata proibita per anni, è dannosa, corruttiva.»

«È stata proibita perché le persone ne sono spaventate!» Elan digrignò improvvisamente i denti, i suoi occhi si socchiusero. Titania riconobbe del dolore nelle sue parole, nel modo con cui le aveva pronunciate prima di fermarsi, come se stesse sopportando un'immensa e pulsante fitta alle tempie. Durò poco, però. L'uomo riprese fiato e così pure l'ibrida. «Le persone ne sono spaventate, ma ogni elemento può essere dannoso se usato in maniera dissennata, indipendentemente dalle sue origini. Al contrario la magia nera degli strige, da sempre considerata nociva, può anche fare del bene. Io non sarei qui ad aiutare te e l'Esercito se non fosse stato per una Ghigau che ha attinto all'oscurità.»

«La conversazione si chiude qui.» Liviana afferrò Titania per un polso e si allontanò dal salice sotto cui sostava l'uomo. «Farò richiesta scritta direttamente alla regina per escludere questa ragazza dall'Ordine. Dovrebbe proteggere la corona, ma in queste condizioni non è capace di proteggere neanche se stessa!» L'ibrida si voltò un'ultima volta verso l'uomo, nella vana speranza di riuscire a cogliere l'ombra di un'espressione, ma era già troppo lontana e ormai tutto ciò che poteva vedere era una macchia scura, accovacciata sotto lunghe fronde attraversate da fastidiosi raggi di sole. Titania desiderava ardentemente potersi fermare a parlare con lui. In pochi minuti aveva dimostrato una conoscenza notevole, sebbene fosse umano. L'ibrida pensò a quanto avrebbe potuto apprendere da lui: nuove nozioni su quel mondo, sui suoi poteri e chissà quant'altro! Da quel tale poteva addirittura sentirsi dire di non essere un completo fallimento. Però, la sua rude insegnante la stava velocemente trascinando via, come se per lei fosse pericoloso ascoltare discorsi vagamente incoraggianti sulla sua natura.

L'ibrida sperava che Liviana le dicesse qualcosa, anche solo per tranquillizzarla: pur non credendo nella sua bontà si auspicava di sentire che era normale, che prima o poi uno degli elementi l'avrebbe scelta. Invece, la driade disse solamente: «L'Ordine di guardiane è composto da una selezione scelta di driadi. Hanno tutte minimo due affinità, eccetto Calista. Fra noi c'è un vero prodigio, affine a ogni elemento: Ronilda. Capirai bene pure tu che ovunque ci sia lei non ci sarà mai posto per te».

Mentre quelle parole rimbombavano senza sosta nella spossata mente di Titania, qualcun altro, invece, aveva fatto orecchie da mercante, chiuso a chiave il cervello e gettato ogni chiavistello. Evelyne stava raccontando della Grande Guerra Batteriologica, enarrandone gli effetti sul raccolto, sugli allevamenti e sulle persone, ma non c'era alcun pubblico all'ascolto delle sue sagge parole. Era fondamentale per ogni sovrano conoscere il passato di Arcadya, come fosse stata quasi interamente distrutta, lasciando giusto una piccola porzione di terra ancora viva e coltivabile. Non era nemmeno arrivata a spiegare come gli umani avessero scoperto un portale con gli altri reami paralleli, né come si fossero messi in contatto con le creature che vi abitavano.

Evelyne smise di parlare: erano trascorse circa due ore e lei non aveva fatto altro che spiegare al vento. Lanciò un ultimo sguardo al libro che aveva usato come riferimento per date e nomi di eventuali presidenti o sovrani, dunque lo chiuse di scatto. «Tu cosa farai quando diventerai re?» chiese improvvisamente, girandosi a guardare l'erede, il quale era ancora nascosto dietro lo schermo del proprio cellulare, a cui aveva dedicato tutta l'attenzione negata alla precettrice.

Lysander ci impiegò qualche secondo per rendersi conto che quella era una richiesta rivolta proprio a lui, non una domanda retorica inserita al fine di chissà quale spiegazione. Non appena la elaborò, il giovane si limitò a scrollare le spalle: «Semplice, non diventerò re».

Alla serva per poco non cadde la mascella per terra dallo stupore. «Come? Non puoi non diventare re! Sei l'unico umano di sangue reale rimasto, ci sarebbe una ribellione se una creatura magica regnasse su Arcadya. Questa è la nostra terra, appartiene agli umani da millenni, ci sarebbe una rivolta se fosse qualcun altro a…»

«Non ci sarà nessuna rivolta, queste sono le assurde convinzioni di quella catastrofista di mia madre.» Udire l'erede in persona chiamare «catastrofista» la regina, colei che Evelyne adorava più di ogni altra persona in assoluto, fece sussultare la serva. «Noi umani viviamo in pace con le creature, non ci sarà un bel niente.»

«E le persone al di fuori di Arcadya, invece?»

Lysander ridacchiò. «Tu saresti un'insegnante? Fuori dal regno di Arcadya non c'è niente.»

«Non *cresce* niente, ma ci vivono gli strige reietti e fuorilegge. Sul confine ci sono rivolte, rapimenti e morte. Qualsiasi cosa stia proliferando là fuori è pericolosa, soprattutto perché i sovrani non sono mai riusciti a eradicare il problema, solo a tenerlo lontano, esiliando tutti gli strige. Tu sarai re e nemmeno ne eri a conoscenza.»

Una suoneria squillò, interrompendo in tronco Evelyne.

Lysander si sporse sul comodino dorato, a prendere lentamente l'aggeggio, lasciando che quella musichetta si sovrappone alle sue stesse parole: «Ora ti pongo una domanda, serva. Questa delinquenza di cui mi hai appena raccontato è per caso vicina agli abitanti di Arcadya o coinvolge in qualche maniera qualcuno di noi? No. Quindi non rappresenta un mio problema».

«Lì ci sono anche degli innocenti e stanno soffrendo» ribatté la giovane, alzando il tono di voce, nella speranza di farsi ascoltare e non solo sentire. «Ci sono innumerevoli casi in cui elfi e driadi sono scomparsi e poi sono stati ritrovati morti, mutilati, oltre il confine. Di questo non ti importa?»

L'erede spense la suoneria e il suo bel volto si piegò in una smorfia infastidita. «Le due ore di tortura quotidiana sono terminate, qualsiasi altra tua parola detrarrà un minuto dalla lezione di domani.» Il ragazzo si voltò ad afferrare un sacchettino, estraendolo dal marasma caduto per terra. «A meno che tu, nel mentre, non abbia voglia di rollare questa canna per me.»

Evelyne uscì quasi di corsa dalla stanza dell'erede. Si sentiva sconfitta e abbattuta; immaginava che la situazione sarebbe stata difficile (d'altronde per rivolgersi a lei Isolde doveva essere proprio disperata), ma comunicare con il principe era a dir poco impossibile. A lui non importava di nulla, solo del proprio divertimento, non voleva né diventare re né fare del bene, era senza rimedio nel suo ozio. Evelyne gettò le poche cose in suo possesso dentro uno scatolone e si trascinò a malincuore verso la sua nuova stanza. Ovviamente il lusso e lo sfarzo non le dispiacevano, ma a dolerle era la pungente verità: lei non meritava quel posto.

Tre di Coppe

Il giorno successivo, Titania si svegliò con brucianti chiazze sulla pelle. Erano pressappoco dappertutto e non sapeva da dove fossero spuntate fuori. Prima dell'addestramento, si trovò in disparte con Teodora che le aveva domandato, con aria preoccupata, che cosa le fosse successo. L'ibrida non aveva saputo rispondere, si era semplicemente allenata con loro, aveva mangiato il solito cibo propinato alla mensa, dormito nello stesso letto e fatto il bagno con la stessa acqua. Non capiva perché quelle macchie dolenti fossero ora sparse su tutto il suo corpo.

«Sembrano scottature» ipotizzò la guardiana, osservando le chiazze rosse e pungenti sulle braccia della giovane. «Ieri siamo state tutto il giorno fuori sotto il sole e tu sei molto pallida.»

«Ma su Faeree stavo sempre fuori» replicò assorta Titania.

«È diverso, in quel reame non c'è un sole con raggi ultravioletti così dannosi. Chiedo a Liviana di darti il giorno libero, non puoi rischiare di danneggiarti permanentemente.»

Titania voleva fermare Teodora. Aveva capito che la driade agiva per la sua salute, ma temeva una brutta reazione da parte della loro insegnante, che già non la voleva nell'Ordine, men che meno a seguito dell'incontro con Elan. Infatti, Liviana l'aveva lasciata andare con uno sbuffo e un'occhiataccia tagliente, non che ci fosse molto da perdere. Ormai l'ibrida aveva smesso di credere in una possibile gentilezza da parte di quella driade. Titania si allontanò dal campo d'addestramento come un cane bastonato, tanto non aveva più bisogno di alcuna guida, ricordava a memoria tutte le svolte, tutti gli odori e i rumori dell'ambiente intorno a sé.

Stava ciondolando pigramente verso il palazzo quando, lungo il vialetto, il suo umore si ridestò all'improvviso. *Sono i passi di Calista?*, si domandò. La suola morbida dei suoi anfibi, la cadenza con la quale passeggiava… sì, era decisamente lei, solo le driadi passavano di lì e Calista era l'unica con quella camminata. C'era, però, qualcosa di incerto e tremante nel suo modo di camminare: non barcollava ma sembrava comunque instabile. Titania percepì un tuffo al cuore, temeva le fosse successo qualcosa di brutto mentre non c'era.

«Stai bene?» le domandò a bruciapelo, accorgendosi in ritardo che Calista le stava ponendo la stessa identica domanda, quasi perfettamente in stereo con lei. Nessun saluto, nessuna formalità, solo una vivida e reciproca preoccupazione.

Ci fu qualche attimo di silenzio, riempito solo da un profondo imbarazzo. Poi Calista scrollò le spalle. «Solita terapia per il solito problema.» Questa fu la sua vaga risposta. «Nulla di grave o mortale. Tu? Che cosa ti è successo?»

Titania esitò, non ricordando bene il termine usato da Teodora. «Fo… fobo… foto…» balbettava.

Il volto di Calista crollò. Aveva indubbiamente commesso un errore nel mandare a Liviana documenti falsi, nascondendo i file del medico; la salute di Titania sarebbe stata continuamente a repentaglio se avesse continuato ad addestrarsi con l'Ordine. «Fotofobia?» sospirò, rammentando la diagnosi della dottoressa Kim.

«Sì. E ora ho il giorno libero. Tu ti alleni?»

Calista scosse la testa, distogliendo lo sguardo. «No, ancora non sto benissimo. Sto tornando nel mio appartamento. Ti va di accompagnarmi?»

Titania era ben contenta di poter passare altro tempo con la driade. Lei si era rivelata un angolo di sicurezza, un'oasi di conforto in mezzo alle aride tempeste di sabbia; non la faceva sentire giudicata e nemmeno fuori luogo, proprio come una casa, un riparo. Persino camminare in silenzio l'una accanto all'altra era gradevole. Ascoltando le voci in lontananza, miste al cinguettare degli uccelli, al distante rombo dei tagliasiepi usati dai servi per curare il giardino reale, al debole scalpiccio delle loro scarpe sul vialetto pietroso, l'ibrida si sentiva in pace per la prima volta da quando era arrivata ad Arcadya.

«Posso farti una domanda?» chiese all'improvviso Calista. «Sei libera di non rispondere.»

Titania replicò subito, dicendole che, certo, poteva domandarle qualsiasi cosa volesse.

«Com'è la magia degli strige? Voglio dire, a quali poteri attingete?»

L'ibrida si fermò per un attimo a pensare, chiedendosi il reale motivo di quella richiesta, ma tenne per sé ogni dubbio. «Abbiamo anche noi degli elementi» spiegò. «Tenebra, sangue, vuoto, morte, tempo.»

«Vuoto?» ripeté Calista.

«Sì, consiste nel creare dello spazio, del vuoto dentro di sé per accogliere qualcosa di esterno, che non ci appartiene.» Titania parlava seguendo con lo sguardo la sfocata linea del vialetto, impedendosi così di domandare il motivo dietro quell'inatteso interesse. «È così che noi assorbiamo, ad esempio, i poteri o l'energia vitale di qualcun altro.»

«O il dolore.»

L'intervento di Calista lasciò l'ibrida esterrefatta.

Il dolore, certo. Il potere degli strige viene da sempre associato alla negatività. La tenebra all'insidia, il sangue alla malattia, il vuoto allo svenare, la morte alla necromanzia, il tempo allo sgretolamento, all'invecchiamento e alla putrefazione. Come può una driade conoscere pure altre applicazioni di esso che non abbiano come obiettivo la distruzione? Lei a malapena conosceva tutte le implicazioni del proprio potere, gli spiriti le avevano giusto insegnato come sopravvivere grazie agli elementi naturali delle driadi, niente di più.

«Anche il dolore» annuì Titania, senza riuscire più a trattenere le briglie della curiosità. «Come mai questo interesse?»

La guardiana scrollò le spalle. In quel momento si trovava stretta in una terribile morsa. Poteva proteggere il misterioso sconosciuto che aveva, a quanto pare, usato della magia oscura per alleviare il suo dolore o essere onesta con Titania. Una parte del cuore di Calista già aveva iniziato a dolere compiendo quella prima scelta.

«Penso che uno strige stia attualmente girando per il palazzo» ammise, sentendosi in colpa verso il suo benefattore e chiedendosi se avesse fatto bene a esporre così il giovane conte. *Sarà anche stato uno strige, ma non ha fatto nulla di male*, pensava la guardiana, soppesando bene cosa dire e cosa omettere. *Però aveva un'aria molto sospetta e non devo dimenticare che si trovava proprio accanto alla cripta quando l'ho visto. Ma è pure vero che Liviana è la chiave della cripta, l'unica persona in grado di entrare e uscire, da sola o accompagnando altri. Quindi quello strano conte non può aver fatto nulla senza la driade centenaria.*

«È innocuo» si affrettò ad aggiungere. «Dà una mano con l'organizzazione e, insomma, ieri mi ha vista star male. Ha usato i suoi poteri per assorbire un po' di dolore.»

«Pensi sia stato lui a portare il morto all'incoronazione?»

La domanda improvvisa e scrupolosa di Titania sconvolse Calista, la quale esclamò, forse con troppa veemenza: «Assolutamente no!». Poi si ricompose in fretta, dando un colpo di tosse. Non voleva far trapelare quanto in realtà quell'incontro con De Carintia le fosse piaciuto, né le innumerevoli sensazioni da lui mosse dentro al suo petto. «È stato gentile e comprensivo, non credo che uno spietato assassino e necromante possa esser capace di tanta gentilezza. Magari ci sono altri strige fra noi.»

«È possibile. A differenza di driadi ed elfi, noi possiamo tranquillamente passare per umani, ci basta solo limare, di tanto in tanto, le unghie e i canini. Niente orecchie a punta» annuì l'ibrida, scostandosi una ciocca bianca per mettere in evidenza le orecchie perfettamente tonde. Subito dopo si affrettò a ricoprirle: non provava vergogna di fronte a Calista, ma quelle orecchie così poco da driade erano un'altra delle differenze che la separavano dalle altre guardiane. Ci teneva a non mostrarle, per questo motivo teneva i capelli sempre sciolti. «E poi, mi fido della tua parola. Se per te quello strige non è il colpevole, non lo è nemmeno per me.»

Calista sentì un groppo in gola. Certo, quello strano conte era stato inaspettatamente gentile, come mai nessun'altra persona lo era stata con lei. La driade era abituata a essere desiderata da molti e rispettata da pochi. Era stata un trofeo, uno sfogo e una fantasia, ma mai una partner, una pari, una persona vera con la quale allacciare un rapporto sincero. Quel giovane le aveva mostrato invece che poteva essere di più, che non era lei a non valere nulla, bensì erano gli altri a non comportarsi adeguatamente. Eppure, tutto ciò non era una prova sufficiente: quello strige poteva comunque essere il responsabile degli attacchi e lei lo sapeva, ma, pur raccontando a Titania una mezza verità, aveva incautamente scelto di proteggerlo.

Cinque di Bastoni

Evelyne non riusciva proprio a godersi la sua nuova, spaziosa stanza. Un arco adornato da complessi tralicci scolpiti nel marmo separava il soggiorno dalla camera da letto. C'erano addirittura un piccolo angolo cottura con fornelli a induzione e una vasca da bagno con idromassaggio! Immersa in tutto il lusso che non era mai stata capace nemmeno di immaginare, la serva era sprofondata nel più infame dei disagi. Persino il morbidissimo divano su cui sedeva non era in grado di allietarla. Gli occhi del Diavolo, abilmente dipinti sulla carta dal suo poliedrico fratello, s'intrecciavano con i suoi, squadrandola con malizia. Se li era trovati davanti dopo aver consultato i tarocchi. Quell'arcano la spaventava da quando Sylvain le aveva regalato quelle carte (disegnate personalmente da lui, ovviamente), ma non perché fosse mostruoso, anzi.

Solitamente, nelle rappresentazioni più antiche, il diavolo era un mostro tutto rosso, con corna e lingua biforcuta tirata fuori quasi in segno di scherno, come se si divertisse a provocare l'osservatore con la propria bruttezza. Quello dipinto da Sylvain, invece, aveva un aspetto umano: occhi magnetici, un viso così delicato da sembrare femminile, sopra un corpo così vigoroso da apparire maschile, con lunghi capelli a coprire gran parte del petto. Evelyne aveva chiesto più volte chi fosse il modello (o la modella), ma il ragazzo dava ogni volta la stessa, ambigua, risposta: «Il Diavolo è diverso per ognuno di noi». La serva, da ignorante qual era, non gli aveva creduto, pensava si fosse limitato a dipingere una persona molto attraente. Ecco, questo era ciò che i suoi superficiali occhi vedevano: una bellezza così grande da smuovere in lei un finora sconosciuto desiderio di possessione.

In quel momento, il Diavolo si era estratto da solo e giaceva, ammiccante, fra le sue mani. *Pericolo, immoralità, degenerazione.* Queste parole le rimbombavano in testa, senza lasciare spazio per altro. *Sta per accadere qualcosa di brutto.* La serva non aveva il sesto senso degli elfi o delle driadi, ma percepiva qualcosa. Non lo sapeva spiegare adeguatamente, era una sensazione, un pugno alla bocca dello stomaco, ed era esattamente ciò che stava provando.

Qualche minuto dopo il suo palmare suonò, destandola dai pensieri. Era una chiamata da parte di Corinna, la sua collega che, dall'altra parte, stava sbuffando palesemente. Non voleva avere a che fare con Evelyne, e come biasimarla? Quest'ultima era passata in testa a tutti i servi: con una rapida mossa, s'era accaparrata una delle lussuose stanze degli ospiti e aveva a che fare ogni giorno con l'erede. A quanto pareva, però, questo era proprio lo scopo della telefonata.

«La regina ti aspetta nella sala del trono» sbuffò la collega, accompagnata da un lieve scalpiccio in sottofondo. Non era sola, anzi c'era da aspettarsi che la stesse canzonando con altri servi. *Una volta finita quest'avventura con Lysander, tornare da loro, negli appartamenti riservati alla servitù, sarà ancora più difficile.*

«Vedi di non farla aspettare. Hai voluto la bicicletta? Pedala» aggiunse la serva, con tono seccato.

La notizia fece correre un brivido di puro terrore lungo la spina dorsale di Evelyne. *Di sicuro ha già scoperto che suo figlio non ha imparato nulla*, pensava, trattenendosi dall'imprecare a voce alta mentre la chiamata era ancora in corso. *Mi caccerà dal mio incarico e tornerò negli appartamenti dei servi, nel seminterrato, con la differenza che ora mi odiano tutti.*

«Arrivo subito.»

Evelyne si diresse dalla regina a testa bassa, pronta a una gelida doccia di realtà che l'avrebbe allontanata da quel lusso appena conosciuto. Attraversò i colonnati con lo sguardo sul pavimento, evitando gli occhi di tutti gli altri servi. Con sua sorpresa fu accolta nella sala del trono da un raggiante sorriso. Beh, raggiante è un po' un'esagerazione: la sovrana aveva un aspetto troppo delicato, se avesse sorriso troppo il suo volto si sarebbe frantumato in mille pezzetti, o almeno questo era quanto immaginava Evelyne. Nonostante ciò, era comunque la prima volta, da quando sedeva sul seggio reale, in cui non sembrava sul punto di farla finita o di avere un crollo emotivo.

«Com'è andata la prima lezione?» domandò, con la solita vocina flebile.

Eve esitò. Stava per darle una risposta vaga e menzognera, un qualsiasi «bene». Ma sentì subito una fitta al cuore: quella era la sua regina, il suo idolo. Certo non era la donna forte e indipendente da lei immaginata, però non poteva mentirle così. «Lysander purtroppo non è interessato a seguire le lezioni, né…»

«Né a diventare re» la anticipò Isolde, con un sospiro. «Sì, lo immaginavo, tu prova comunque a insegnargli qualcosa. Poi, se fra un mese nulla è ancora cambiato, allora tornerai alla tua vecchia postazione.»

Evelyne ringraziò la sovrana con un inchino.

Un mese, pensava fra sé e sé. *Forse, in questo lasso di tempo, riuscirò a cambiare qualcosa nell'animo di Lysander.*

La serva stava per andarsene, doveva preparare la lezione successiva e, se possibile, ideare anche uno stratagemma che facesse pendere il bell'erede dalle sue labbra. Ma si fermò. Non poteva certo ignorare la carta da lei appena estratta e che ancora sostava, impaziente, fra le sue mani: il Diavolo. Era un pessimo presagio e, se fino a quel momento non aveva mai avuto opportunità di parlare alla regina delle proprie predizioni, finalmente aveva occasione di mostrare cosa le carte avevano rivelato. Di sicuro lei, avendo potere decisionale sulle guardie che avrebbero controllato il ballo, nonché sull'evento stesso, poteva cambiarne le sorti! Forse, conoscendo il pericolo imminente, avrebbe aumentato la sicurezza e prevenuto incidenti.

«Non voglio arrecare ulteriore disturbo» abbozzò, ritornando sui propri passi e inchinandosi di nuovo davanti a Isolde.

«Non sei affatto di disturbo, Evelyne. Dimmi pure.»

«Poco fa ho indagato le carte e un pericolo incombente ci sta minacciando. Temo che il ballo in maschera sia a rischio.» Evelyne si sentiva piccola e idiota nel pronunciare queste parole; aveva solo tarocchi e sospetti, niente di tangibile, ma ormai era tardi, non poteva certo tirarsi indietro in quel momento. Dunque porse la carta alla sovrana. «Ho estratto la carta del Diavolo, simbolo di immoralità e degenerazione.»

Come l'altra incrociò i familiari occhi del Diavolo sussultò.

«Belfagor...» mormorò, terrorizzata, anzi pietrificata. I suoi occhi cerulei, sgranati, parevano enormi, la sua bocca si era fatta secca, le sue mani tremavano sempre di più.

Ah, quel nome...

Evelyne aggrottò la fronte. Certo, conosceva il leggendario Belfagor, lo strige più forte che avesse mai messo piede su Arcadya, il pazzo che aveva rapito Isolde, ma non capiva come mai la carta glielo avesse ricordato. Avrebbe voluto dire alla regina qualcosa per confortarla, ma la sua bocca si era aperta e nessun suono ne usciva.

La sovrana, intanto, aveva iniziato ad ansimare. I suoi respiri erano corti, serrati, per quanta aria prendesse pareva non bastarle mai. «Perché c'è il suo volto su questa carta?» biascicava, atterrita.

Evelyne aveva incominciato a balbettare. «Non lo so, le illustrazioni sono di mio fratello» tentennava. *Ecco,* pensò, *ora rovescio la colpa sul fratello attraente e talentuoso!* Per fortuna si accorse subito del madornale errore e si affrettò a specificare: «Voglio dire, lui non ha mai conosciuto o visto Belfagor, non può averlo disegnato di proposito».

Ma non c'era più niente da fare. La regina era persa nei meandri del suo stesso panico, non l'ascoltava più. Due guardie, intanto, le si erano avvicinate rapidamente, intimando a Evelyne, con tono fra l'aggressivo e lo sprezzante, di andarsene. Così la serva poté solo farsi da parte, mentre la sua amata Isolde perdeva i sensi e il Diavolo scivolava ai piedi del trono.

Dieci di Spade

Il giorno successivo, Titania tornò ad allenarsi regolarmente, anche se con la pelle coperta da un massiccio strato di protezione solare.

Se non altro aveva modo di contenere i danni e non fare troppe assenze, per quel poco tempo rimanente nell'Ordine, almeno.

Durante la pausa, si fermò a fare merenda con Teodora. Quest'ultima si era rivelata, assieme a Calista, l'unica anima buona di quel gruppetto di driadi. Aveva una voce calda e femminile, come l'abbraccio di una madre protettiva, un toccasana per le sue orecchie disturbate dai continui rumori cacofonici di Arcadya.

«Cos'è questo ballo di cui si parla tanto?» domandò l'ibrida, accomodandosi all'ombra di un faggio, accanto alla driade. Aveva da poco origliato i discorsi di Ronilda ed Eilir, le quali sedevano al sole, sulle scalinate di un vecchio anfiteatro diroccato, e seguivano con lo sguardo l'addestramento dei maghi, in compagnia di un'insolitamente silenziosa Anaïs. Titania provava un'anomala riverenza verso quel trio così potente, in particolare nei confronti di Ronilda, tanto osannata dalla mentore. Ma sapeva bene che quelle tre non le avrebbero mai rivolto la parola, ecco perché tenne ogni dubbio per la cordiale guardiana della terra.

«Il ballo in maschera» rispose Teodora, facendo spazio alla nuova compagna. «Sarà questo sabato e c'è molto fermento. Qui ad Arcadya amano molto i balli in maschera, se ne tiene uno per ogni stagione. Sono un'occasione per celebrare gli umani. Ogni evento ha un tema diverso.»

«Dici che posso indossare la divisa dell'Ordine? Ho solo quella e una vecchia tuta che Calista mi ha regalato.»

Teodora assunse un'aria pensosa. «Possiamo andare insieme a comprare qualcos'altro, che dici?»

Titania le sorrise, rispondendo che, sì, sarebbe stata davvero contenta di uscire a cercare un abito con lei. In quel momento, l'ibrida udì un lieve tintinnio. Non poteva vedere il bianco manto della creatura che le si era appena avvicinata, ma lo percepì mentre le sfiorava il polpaccio. L'ibrida allungò una mano e un nasino umido le toccò di sfuggita le dita. «Ehi, non pensavo ci fossero anche qui!» esclamò, tentando di controllare il proprio tono di voce, intenerito dalla nuova presenza.

«Oh, erano mesi che non si faceva trovare» osservò Teodora, con tono sorpreso. «Lei è Bastet, un regalo della contessa Godiva per l'erede al trono, ma a Lysander non piacciono i gatti.» La micia incominciò a strusciare il muso contro le dita dell'ibrida, la quale ridacchiò: «Si vede che non li capisce». Accarezzando Bastet, le dita di Titania si scontrarono con un collare in cuoio. «Ecco cosa causava quel tintinnio» realizzò, affrettandosi a slacciarne la cinghia. La gattina scosse la testa, infastidita, ma la lasciò fare ugualmente.

«Sembra proprio che ti abbia scelta» affermò Teodora. «Godiva ha regalato questa gatta di razza alla persona sbagliata. Lysander si lamentava sempre di quanto fosse anaffettiva e scostante.»

«Forse non la trattava con il dovuto rispetto» ipotizzò Titania, accennando al collare munito di campanellino, che prontamente sfilò dal collo della gatta, la quale la ringraziò iniziando a fare le fusa.

«Sicuro.»

«Come fai a conoscere il principe? Non sembra si faccia vedere molto da queste parti» cambiò argomento l'ibrida, abbandonando la propria insipida merenda per coccolare il lungo e morbido manto di Bastet.

«Qualche mese fa frequentava Anaïs e compariva spesso durante gli allenamenti e gli eventi, ma non è durata molto» raccontò la driade.

«Come mai?»

«Lysander si stanca facilmente» sospirò Teodora, mentre i suoi occhi nocciola vagavano verso le altre driadi. Le tre ridacchiavano fra loro, esposte alla brillante luce del sole; la guardiana si domandò se non stessero ridendo di lei o, peggio, di Calista.

Titania aggrottò la fronte. Quelle parole non avevano alcun senso per lei. «Ci si può *stancare* dell'amore?»

Non sapeva molto sull'argomento, ovvio, però conosceva bene quanto gli spiriti di Faeree le avevano raccontato. Lontane storie di relazioni proibite, cuori spezzati e sentimenti incommensurabili, capaci di attraversare secoli e reami.

«Quello non era amore, né rispetto.» La giovane tornò a guardare l'ibrida, passandosi una mano sui voluminosi ricci. «Che rimanga fra noi, la relazione con Lysander ha cambiato Anaïs in peggio. Era una persona decente prima di diventare il suo cagnolino.»

Titania si stava arrendendo docilmente all'idea che, probabilmente, non avrebbe mai compreso le relazioni personali ad Arcadya. Poi pensò al delicato affetto di Calista, alla sincera amicizia di Teodora e a come quei due sentimenti fossero sbocciati in fretta, facendola sentire ben voluta in quel bizzarro e ostile reame. E fu costretta a ricredersi.

Appena terminato il secondo e inutile insegnamento, Evelyne era corsa alla biblioteca di palazzo. Nel suo petto giaceva un profondo dubbio, la cui fiamma era alimentata dal tempo. Prima lo aveva ignorato, dando la precedenza alla lezione per Lysander, ovviamente preparata con tanto impegno, tutto finito nel gabinetto.

Ma, almeno, finalmente poteva risolvere quel dubbio, il bandolo di quella pesante matassa che da ore la avvolgeva. Varcò la soglia della biblioteca più grande e popolata, attraversò un labirinto di scaffali e installazioni artistiche di vetro, dedicate ai grandi autori di Arcadya. Dunque, si sedette dietro al primo computer libero che riuscì a trovare e digitò rapidamente sulla tastiera, impostando la navigazione in incognito. Temeva che qualcuno, scovato l'oggetto della sua ricerca, si facesse l'idea sbagliata.

Quando la serva alzò lo sguardo, posandolo sulla fotografia di Belfagor appena comparsa sullo schermo, rimase attonita, quasi paralizzata dalla sorpresa. Quando pensava a lui immaginava un uomo vecchio, rinsecchito, con la schiena storta e un naso adunco; invece restò basita nello scoprire quanto fosse *attraente*. Lunghi capelli color sangue ricadevano morbidi e lisci, davanti al petto; aveva occhi chiarissimi, due piccole lastre di ghiaccio, che teneva socchiusi, pareva una tigre pronta ad aggredire la sua preda. Persino attraverso il monitor emanava con forza il suo oscuro carisma. Possedeva una bellezza così ipnotica che Evelyne si domandò cosa potesse averlo portato alla pazzia, agli esperimenti folli con i quali era intessuta la sua pessima reputazione.

Abbassando gli occhi notò il completo da lui indossato: era una giacca nera col doppiopetto, una peculiare e moderna scelta che ben poco si adattava a un medico. D'altronde, finché si trovava fuori dalla sala operatoria poteva vestirsi come più gradiva, e i suoi gusti erano rinomati per la loro particolarità. Lentamente, Evelyne passò alla foto successiva, in cui il medico era stato immortalato poco prima di un'importante operazione chirurgica: indossava una mascherina che lasciava scoperti solamente gli occhi e diverse ciocche di capelli si ribellavano alla cuffia contenitiva, sfuggendo da sotto l'elastico. Aveva un'espressione imbronciata e la giovane si trovò a immaginare, con un sorriso, che fosse irritato poiché costretto a indossare lo scrub azzurro, la divisa che medici e infermieri erano obbligati a utilizzare in sala operatoria. Era un pensiero improbabile, ma riuscì a farla sorridere per qualche secondo.

Tutte le notizie riportate accanto a quelle foto lo vedevano nelle vesti di folle, di criminale e di rapitore, ma in pochi sapevano quante vite fossero state salvate da Belfagor, e quale grande rivoluzione le sue abili mani avessero portato nel mondo della medicina.

Evelyne, spaventata dai propri pensieri e dall'attrazione emanata da quel pericoloso criminale, chiuse le pagine di ricerca e spense il computer. Non esitò nemmeno per un secondo e subito si mise a correre fuori dalla sala, come se volesse scappare da quella presenza. Si sentiva sporca, lercia, insozzata dallo sguardo ipnotico di quel folle. Se quell'uomo fosse stato ancora vivo, lei sarebbe caduta nelle sue spire e ne era perfettamente consapevole.

Per fortuna sei morto, si trovò a pensare.

Oh, stupida Eve. Le persone influenti non muoiono mai, non finché vivono nella memoria di chi le rammenta.

3
L'Imperatrice

Quattro di Bastoni

Evelyne sostava perplessa con un vassoio dorato in mano. Stava ascoltando le lamentele della contessa Burchard: a quanto pareva, non averla riconosciuta mentre indossava un'enorme maschera da pavone, così straripante di piume verde smeraldo da nasconderle i lineamenti, era assai grave.

Ma l'attenzione della serva era interamente catturata da un particolare ospite, i cui lunghi capelli, seppur biondicci, risultavano familiari in maniera inquietante. *Adesso ti stai lasciando condizionare.*

Evelyne scosse la testa, scacciando ogni pensiero. Quell'ospite era biondo, il fatto che la sua chioma fosse inusualmente lunga e liscia come quella di Belfagor non significava niente. *Solo perché hai scoperto di Belfagor, non vuol dire che quel giovane sia…*

Si limitò a complimentarsi per il costume della donna e si avviò, cauta ma curiosa, verso il giovane. *Devo assolutamente scoprire chi è.*

Sul momento questo pensiero non era chiaro, anche perché, ormai, tutti i pezzi sparsi di questo assurdo puzzle che vi sto raccontando sono stati ricomposti; a quanto pare, però, Evelyne quello stesso venerdì aveva parlato con il fratello, usando come pretesto la richiesta di dipingere un'altra carta del Diavolo, poiché aveva perso l'originale.

Consultando l'archivio delle memorie di Arcadya, ho scoperto che la serva ha avuto l'ardire di confessare a Sylvain la sua sporca ricerca.

«Hai fatto svenire il tuo idolo, direi che è un bel traguardo» aveva ironizzato lui, accendendo l'enorme televisore al plasma nella nuova stanza della sorella. «Oh, mandano ancora in onda questa porcata di reality? A qualcuno importa qualcosa della famiglia Silas?»

«Sylvain, sono seria!» si lamentò lei. «Ho mostrato la carta del Diavolo alla regina e lei ci ha visto Belfagor.»

Sylvain aveva smesso di guardare lo schermo, lasciando due ricche borghesi intente ad accapigliarsi come bizzarro tappeto sonoro della loro conversazione. «Non è poi tanto strano» osservò. «Ma d'altronde, il Diavolo è diverso per ciascuno di noi.»

«Quindi non hai preso ispirazione da Belfagor per disegnare quella carta? Perché c'era una vaga somiglianza...»

Sylvain ridacchiò. «Diavolo, no. Ho ascoltato il mio istinto, la mia ispirazione, non so nemmeno che aspetto avesse. Aspetta.»

Il giovane afferrò il proprio palmare, digitando velocemente sul motore di ricerca. Come Evelyne se ne accorse, cercò di fermare il fratello. «Sei pazzo? Vuoi lasciare tracce della tua ricerca? È un nemico della corona!» esclamò.

«Era» la corresse lui. «Uno, è morto. Due, quando ha rapito Isolde lei non era una regina, il che lo rende un rapitore qualunque. Tre... *smash*.»

Sylvain girò lo schermo del telefono verso la sorella, mostrandole una foto scattata a Belfagor: stranamente sorrideva, mostrando una fila di denti color avorio e due fossette ai lati della bocca. Evelyne non aveva notato quelle fossette. D'altronde, prima di quel momento lo aveva visto assumere espressioni neutre o quasi imbronciate. Quell'immagine invece doveva essere più vecchia, probabilmente del periodo in cui ancora studiava in università. Pareva giovane e incorrotto, il suo sorriso era ampio, accogliente.

A guardare le foto successive sembrava che, con gli anni, la luce dentro di lui si fosse spenta.

Chissà cos'è accaduto a quel giovane così promettente, si domandò, ammirando lo strige.

«Va bene, chiudo il palmare prima che si crei una pozza ai tuoi piedi.»

Evelyne aveva sollevato repentinamente una mano, a fermare il fratello. Non per squadrare ancora quell'insolita foto, bensì per leggere le scritte al di sotto di essa. A quanto pareva, si trattava di un articolo, uscito diversi anni dopo, in cui si parlava di un probabile figlio di Belfagor. Eve sentì una fitta allo sterno, il fantasma di una gelosia che non poteva nemmeno provare.

«Un figlio? Belfagor ha avuto un figlio?»

Certo, non era improbabile che qualcuno si fosse trovato in intimità con quell'uomo: era attraente, e a diverse persone, Evelyne compresa, questo bastava per chiudere un occhio di fronte a comportamenti malsani.

Sylvain si accorse delle scritte, ma subito storse il naso. «Questo è un giornaletto di gossip che vuole far notizia.»

Evelyne, però, era rimasta terrorizzata da quanto leggeva. «C'è scritto che il suo nome è Valerius, che vive in periferia e che cerca vendetta. Tu sai cosa accade ai confini di Arcadya?»

«Sì, ma so pure che cos'è il fact-checking, questo sito non porta alcuna prova, né si ricollega ad alcuna notizia. Chi l'ha scritto voleva palesemente spaventare i fessi come te.»

La sorella, sul momento, gli aveva tirato una pacca amichevole, intimandogli di risparmiarle certi attributi, ma in verità quel giornaletto aveva fatto breccia dentro di lei. Con tutto quel che era successo, temeva che il fantomatico figlio di Belfagor potesse davvero essere in agguato. Non c'erano altre persone dotate di magia oscura che lei conoscesse. In più, il corpo dello strige era stato brutalmente fatto a pezzi e incenerito, affinché il suo ritorno fosse impossibile pure per il più abile dei necromanti.

Suo figlio avrebbe tutti i buoni motivi del mondo per cercare vendetta, realizzò Evelyne. *Per noi Belfagor era un criminale, mentre per lui, per un bimbo, Belfagor era un padre: a quell'età, i genitori sono tutto il mondo. Nel bene e nel male.*

Per lei, vedere al ballo quel giovane alto, con indosso una pesante armatura color pece che, ricoperta di finte scaglie, ricordava il corpo di un drago, fu come ricevere un pugno.

Il tema sono gli animali di Arcadya?, pensava la serva. *I draghi, fortunatamente, non possono attraversare i reami.* Era probabile che quel giovane volesse solo attirare l'attenzione, ed essendo l'unico vestito di nero in mezzo a tutti quei colori sgargianti ci riusciva bene. La sua maschera nera pareva tagliata a metà, rivelando quasi per intero il lato sinistro del suo viso, ma coprendone totalmente il destro con una fitta trama di scaglie.

Sembra umano, pensò Evelyne, notando le orecchie tonde, prive di punta, adornate da una schiera di piercing neri lungo il lobo. Incuriosita dal suo aspetto inusuale, la serva prese un bel respiro e gli si avvicinò. «Gradite un po' di champagne, signor...» Gli porse il vassoio restando di proposito con la frase in sospeso, così che lui potesse rispondere ai suoi dubbi.

«Conte De Carintia» le sorrise lui, mostrando una fila di denti bianchi e curati. «E ti ringrazio, ma sono astemio.»

Niente di strano osservò lei, guardando il giovane conte allontanarsi fra la folla, probabilmente cercando chissà quale conoscente. *A parte il fatto che ha appena rinunciato a dell'alcol gratuito.*

Però qualcosa ancora non tornava: ogni contea portava con sé una tradizione e un vestiario diverso, una memoria del passato, un modo per onorare il popolo antecedente ad Arcadya. Da chi, come la famiglia di Godiva, onorava i corsetti e le ampie gonne, a chi, come i nobili provenienti dalla contea Silas, prediligeva giacche, cravatte e vestiti aderenti. I conti De Carintia e Clinea, con i rispettivi familiari, onoravano l'antico, con lunghi chitoni, mantelli e sandali dorati. Se quel curioso giovane rivestito di scaglie color pece era davvero De Carintia, aveva appena commesso il grave errore di voltare le spalle a una tradizione più antica addirittura della sua famiglia.

Una voce petulante riportò rapidamente Evelyne alla realtà.

«Io sono una pavonessa!» affermò la signora Burchard, lisciandosi le enormi piume verdi e blu. «Non vedi che sono una donna? La tua ignoranza è deplorevole!»

Evelyne sospirò. *Mi ha davvero seguita in giro per la sala solo per ribadire questo?* Aggrottò la fronte, ricordando di essersi complimentata, appena qualche minuto prima, per il costume da pavone della nobildonna.

A sua discolpa, non pare totalmente sobria, notò. La signora Burchard era solita alzare il gomito alle feste in maschera. *Non è un po' presto per ridursi così, però?*

Evelyne aprì la bocca per replicare, ma la richiuse subito. Era solo una serva, non poteva certo mettersi a dar torto agli ospiti. Al contrario, la driade appena giunta alle sue spalle ebbe la faccia tosta di correggere la contessa: «Non voglio mettere in dubbio la vostra identità di genere, contessa, ma quelle sono chiaramente le penne di un pavone maschio. Sono colorate e lunghe, gli esemplari di pavone le usano per convincere le femmine ad accoppiarsi con loro. Le femmine hanno penne corte e marroni».

Evelyne si voltò per capire chi fosse la guardiana appena giunta in suo soccorso e per poco la mascella non le cadde a terra: Calista indossava un vestito striato con due ampi spacchi che le scoprivano le gambe, conferendole un'aria selvatica. La serva impiegò un po' prima di realizzare che non solo la maschera, bensì pure tutta la parte superiore del suo costume erano interamente dipinte. Le placche argentate, i diamanti e le sottili striature nere che, dalla gonna, si alzavano a ricoprire il busto della giovane erano semplici disegni sul suo corpo nudo.

La ragazza si allontanò di qualche passo con Calista ma, prima di esprimere il suo disappunto, osservò bene il suo costume. Davvero non capiva dove terminasse la gonna e dove iniziasse la pittura, pareva un tutt'uno. Non era nemmeno sicura di volerla redarguire, il suo costume non risultava trasparente e rispettava a pieno il dress code. Evelyne, tuttavia, non riuscì a sopprimere la bruciante rabbia nel proprio petto; per questo, alla fine, decise di sgridarla comunque. Quella discussione non sarebbe andata lontano: per quanto Calista fosse una delle poche guardiane a comportarsi decentemente con la servitù, era testarda come un mulo e litigare con lei sarebbe stata una vera perdita di tempo. Se solo, ammirando quanto la pittura esaltasse il suo fisico atletico, Eve non avesse sentito quel pungente fastidio...

L'orchestra incominciò a suonare una ballata sinuosa, caratterizzata in gran parte dall'incantevole melodia dei violini, che presto arrivò a coprire quasi interamente la discussione delle due. Meno male.

Poco più in là, Corinna inseguiva senza tregua una piccola intrusa a quattro zampe, facendo lo slalom fra i vari ospiti. Brandiva la scopa come se fosse un'arma, sbattendola contro il pavimento nel tentativo di deviare il percorso della creatura. Bastet, la gatta di cui Lysander mai si era preso cura, era giunta in compagnia di Titania dentro al salone e ora subiva le ire di un curioso esemplare umano. L'ibrida cercava di seguire la gatta per proteggerla, intimando alla serva di fermarsi, ma tutti quei suoni che si disperdevano nell'aria e rimbombavano sotto l'alto soffitto la confondevano. Titania, seguendo l'eco delle urla di Corinna, brancolò nella direzione sbagliata e perse definitivamente la micia, finendo in un intricato labirinto di suoni e musica.

Corinna, intanto, fece il giro intorno a un conte e Bastet sgusciò da sotto le sue gambe fino a trovarsi intrappolata in un angolo della sala.

Titania non aveva avuto alcuna occasione di fare il suo trionfale ingresso con il suo abito bianco, semplice ma accuratamente cucito a mano, e la sua maschera da gatto domestico ispirata alla dolce Bastet che, prima di spaventarsi per le urla contrariate della serva, se ne stava pigramente appollaiata fra le sue braccia. Suo malgrado, aveva così scoperto che gli animali di Arcadya non erano i benvenuti all'interno del ballo dedicato agli animali di Arcadya, una contraddizione in piena regola! Corinna non le aveva dato nemmeno il tempo di varcare l'uscio aperto del salone, subito le aveva urlato contro di «scacciare quella bestia», spaventando la gatta e facendola scappare dalle sue braccia.

E ora erano tutte e due perse in quel caos di voci, suoni e odori, entrambe preoccupate a morte. *No, per favore*, pensava Titania, brancolando nella sua cieca ricerca, *Bastet è così piccola e indifesa.*

Stava per succedere di nuovo: i suoi respiri si accavallarono l'uno sopra l'altro, una morsa le si strinse intorno al petto, strangolandola, rubandole quel poco fiato rimasto. Titania annaspò nel vuoto, finché un familiare profumo non le stuzzicò le narici e placò il suo turbato animo.

Una mano tiepida le si appoggiò sulla schiena, conducendola delicatamente verso la sua gatta. Gli occhi dell'ibrida vagarono sulla sfocata figura che, camminandole accanto, la stava aiutando e riconobbe la pallida figura vestita di nero, intravista all'incoronazione. Era un uomo alto, slanciato, i suoi vestiti profumavano di magia e la sua gentile voce tranquillizzò velocemente Titania. La accompagnò con passo deciso verso Corinna e Bastet e si schiarì immediatamente la voce, tentando di far notare alla prima la sua presenza, anzi, la sua autorità.

La serva, trovandosi di fronte alla gatta ferma, con le orecchie tirate indietro per lo spavento e i denti in mostra, sollevò in alto la scopa, preparandosi a colpire. A quel punto una mano si strinse improvvisamente intorno al suo polso. Corinna tentò di far forza e liberarsi da quella stretta ma, quando si voltò a guardare chi la stesse trattenendo, trasalì. Era il giovane biondo e mascherato da drago, quel poco che s'intravedeva del suo volto era gradevole, ma anche un po' cupo. Corinna era sicura di non averlo mai visto a corte. Poco più indietro c'era una Titania spaventata e con le mani premute contro il magro petto, probabilmente nel tentativo di calmare l'agitato martellare del suo cuore. «Io sono contrario alla violenza sugli animali» affermò il peculiare nobile con voce profonda, quasi vellutata. «Ma se non posi immediatamente quella scopa sarò costretto ad andare contro i miei principi. E no, non sto parlando del gatto.»

«Quella creatura sta disturbando gli ospiti. Lasciami!» ringhiò Corinna, tentando invano di divincolarsi dalla sua presa inaspettatamente forte. A quelle feste, oltre alla servitù e alle guardiane, generalmente partecipavano soltanto oziosi nobili dalle mani di burro, tipiche di chi non compie mai sforzi fisici. Quel giovane, contro ogni aspettativa, possedeva il reattivo vigore di un guerriero.

«Uno: sono il Conte De Carintia per te. Due: a disturbare gli ospiti non è un gatto palesemente di razza che si limita a esistere in questo palazzo, bensì una deficiente che brandisce una scopa.»

La serva si guardò in giro, notando gli sguardi divertiti di almeno cinque nobili. Dunque, sentendo una vampata di vergogna scaldarle le guance, abbassò lentamente la scopa.

«Detesto usare il mio privilegio per mettere in difficoltà il prossimo, ma se tenti ancora di far del male a questo gatto io ti farò licenziare.» La porzione di volto che non era coperta da scaglie di drago aveva un'espressione dura e severa. Nonostante la sua giovane età, pareva che quel conte avesse già imparato a usare il potere per spaventare.

La serva indietreggiò piano, squadrando De Carintia con occhi sgranati, prima di defilarsi. La tensione scemò e così pure la superficiale attenzione di quei pochi nobili inebetiti intorno a loro tornò a focalizzarsi sul cibo, mentre qualcuno già incominciava a ballare.

Titania si affrettò a ringraziare l'uomo, accogliendo fra le braccia la piccola Bastet che, spaventata, le si lanciò addosso. «Mi dispiace aver causato questo» si scusò con voce tremante, accennando a un veloce cenno col capo. «Bastet mi sta seguendo ovunque da quando ci siamo incontrate.»

«È bizzarro.» Questa fu la curiosa espressione del conte, che squadrava con interesse la ragazza dinnanzi a sé, poi proseguendo: «Non credevo che le driadi avessero dei famigli».

«Non sono una driade, mia madre era una strige.»

A Titania venne naturale correggerlo, non conosceva gli insidiosi inganni e le convenienti menzogne tipiche del popolo di Arcadya, ma si pentì subito di quell'onestà, quando una fitta le pervase l'addome. In teoria non era un dato da divulgare, lei era l'unica strige (nonostante lo fosse per metà) il cui esilio era stato reciso. Quella non era una notizia pubblica, tutti temevano gli strige e avevano buoni motivi per farlo. La giovane si morse l'interno della guancia, dannandosi per aver lasciato che la sua spontaneità prendesse il sopravvento.

Ora dirà che sono sbagliata e disgustosa, come ha fatto chiunque altro da quando sono giunta qui, pensava, maledicendo la propria lingua. *Incontro un'anima gentile, bendisposta, e puntualmente rovino tutto. Forse me la merito tutta questa solitudine che mi affligge.*

Le labbra del conte, contro ogni aspettativa, si schiusero in un'espressione di sorpresa, anzi, di meraviglia. «Un'ibrida?» Il suo tono si era fatto più sottile e delicato, intriso da un genuino stupore che in sé non aveva niente di simile al disprezzo o al disgusto. «È meraviglioso, qual è il tuo nome?»

«Titania.» L'ibrida strinse a sé Bastet, la quale, rispondendo al proprio felino bisogno di continuo movimento, cominciava a dimenarsi.

De Carintia sgranò gli occhi, senza rispondere. Rimanendo in stupefatta sospensione e lasciando anche l'ibrida appesa a un filo.

Chissà qual è il motivo dietro il suo interesse, si chiedeva la giovane, cercando di scorgere un cenno d'espressività in mezzo al mare di luci e confusione che le impediva di vedere, quando Bastet diede un ultimo strattone, minacciando di scendere dalle sue braccia e provocare un altro pandemonio.

«Devo portarla al sicuro, perdonami.» Suo malgrado la ragazza fu costretta a defilarsi e si allontanò velocemente, sgusciando fra le persone a testa bassa. Il conte la seguì con lo sguardo fino a quando non scomparve dietro una porta e si domandò per quale motivo quella curiosa ibrida stesse volontariamente confessando ai lupi di essere una pecora.

Cavaliere di Spade

In quello stesso momento, Calista ed Evelyne continuavano a litigare animatamente: Eve si aggrappava in particolare al disagio che altri avrebbero potuto provare di fronte al corpo allenato della driade, mentre Calista…

No, basta.

Sono troppo vecchio per stare qui a riportare quisquilie del genere. Questa conversazione è davvero ridicola, non la voglio narrare.

Posso essere sincero? Per una volta vorrei la libertà di poter dire la mia, da osservatore esterno e distante. Evelyne è un'emerita cretina, un'imbecille mononeuronica e complessata, un'egocentrica ed egoriferita ragazzina incapace di guardare oltre il suo naso. La sua esistenza è costellata di errori infantili e prese di posizione immature, non racconterei nemmeno la sua storia se non fosse strettamente legata alle vicende di Titania. È una giovane che spreca le proprie energie e le proprie capacità avvelenandosi il cuore e gettando fango sugli altri. Vorrei poter saltare a piè pari tutti gli episodi che la riguardano ma, ahimè, le sue vicende sono fondamentali per la storia.

Bene, ora che mi sento un po' più leggero, so di poter raccontare questa sconveniente conversazione senza provare (troppo) imbarazzo di seconda mano. Ovviamente, imbarazzo per Evelyne e le stupide parole con cui riempiva la sua testa vuota, non per Calista, che aveva decisamente ragione.

«Come può il mio corpo, anzi solo la sua forma, mettere a disagio gli altri?» domandò la driade. Eve si grattò il capo con imbarazzo. In effetti, pur essendo coperta solo da pittura, non risultava volgare: si vedeva la forma dei suoi seni come se indossasse un abito aderente, non era più scoperta di tante altre persone all'interno della sala.

«Perché non tutti possiamo andare in giro con solo della pittura indosso, Calista» ribatté piccata Eve, con le guance in fiamme.

La guardiana comprese all'improvviso il motivo dietro la posizione bigotta della serva, dunque avvicinandosi a lei, le sussurrò con fin troppa gentilezza: «Non dovrebbe esistere capo che non possa essere indossato da tutti».

«Se io mi vestissi come te riceverei solo occhiate di disgusto!» sbottò la giovane.

«Non è vero.» La driade, poi, si accinse a indicare qualcuno in mezzo alla folla. «E poi, per caso, intendi fare lo stesso discorso pure a lui?»

Evelyne si girò e, come una perfetta deficiente, arrossì di fronte al petto completamente nudo dell'erede, il quale stava attraversando la sala da ballo con aria molto poco sobria. E non si trattava solo dell'enorme giacca piena di piume bianche o della pomposa maschera da cigno. La serva abbandonò in fretta la conversazione con Calista, avvicinandosi al giovane principe con fronte aggrottata e occhio compiaciuto. Lo chiamò un paio di volte prima che lui si accorgesse della sua presenza.

«Oh, la mia maestra è qui!» cantilenò. «Non sei grande per ballare?»

«Grande?» ripeté Eve.

«Sì, non hai tipo quarant'anni?»

Quanto avrei voluto scattare una foto alla faccia sgomenta di Evelyne! Era una goduria per gli occhi – non che io ami trarre spesso giovamento dalle umiliazioni altrui, sto solo dicendo che è stata una serata interessante da osservare.

La serva fece una smorfia. Prima Calista aveva messo in mostra il suo corpo sodo e atletico, poi Lysander le aveva dato della quarantenne. Non che ci fosse qualcosa di male nell'avere quarant'anni o nel non avere un fisico allenato, ma queste erano tante piccole daghe nel cuore di una ragazza che aveva sempre vissuto male il proprio corpo, senza poter fare nulla al riguardo. Era pagnotta, con un naso a patata un po' schiacciato e gli occhi costantemente assonnati, ma, in verità, io non la trovo nemmeno sgradevole, anzi. È solo la sua personalità a rovinare ogni altra cosa.

«Lysander, non dovresti bere così tanto» si limitò a dire, tentando di sfilare il calice dalle mani incerte dell'erede.

Quest'ultimo allontanò di scatto il bicchiere, rovesciando accidentalmente parte del contenuto addosso a un conte che, squadrando l'enorme macchia sul proprio costume, scoppiò a ridere istericamente. Anche lui aveva in mano lo stesso calice dell'erede.

«Ehi! Sono ancora al primo drink» biascicò Lysander, avvolgendo la serva con le sue braccia. Man mano scivolò fra quelle incerte della giovane che, notando la sua instabilità, si era apprestata a sorreggerlo.

Lo sguardo vuoto e assente del principe era preoccupante. Non era certo la prima volta in cui si ubriacava a un evento reale, ma quella sul suo viso pareva più di una semplice sbronza.

C'è qualcosa che non va, fu la tarda intuizione di Evelyne. La serva tentò malamente di caricarsi il suo peso e lo accompagnò verso un angolo del salone, precisamente nel transetto, lasciandolo ubriaco e barcollante. Almeno era lontano dalla pista, dove altre persone, nelle sue medesime condizioni, ciondolavano prima a destra poi a sinistra, urtandosi e ridacchiando per ogni piccolo scontro. I nobili, sempre più rumorosamente ebbri, avevano incominciato a rovesciarsi bicchieri addosso e cadevano l'uno addosso all'altro, scivolando sullo champagne versato e sui vetri rotti.

La situazione sta diventando pericolosa, osservò Evelyne, sfuggendo alla manata di una nobildonna ubriaca, prima di defilarsi.

È abbastanza difficile descrivere come gli eventi successivi si sono concatenati fra loro. Io ci proverò ugualmente.

Titania lasciò Bastet nella propria stanza, dopo averle messo a disposizione cibo, acqua e una traversina improvvisata fatta di carta di giornale. Tornò rapida verso il salone, affrettandosi fra i corridoi, onde evitare un'altra sgridata di Liviana. Tuttavia, qualcosa, anzi qualcuno, la bloccò poco fuori l'ingresso. Un'ombra sostava lì, dove credeva avrebbe trovato il portone, impedendole il passaggio.

Il giovane pallido e vestito di nero stava aspettando proprio lei. Titania si accorse tardi della sua presenza, lo riconobbe dal profumo. Arrestò la corsa poco prima di schiantarsi contro di lui e, nonostante il fiatone, si vide costretta a trattenere il respiro. Allungando una mano davanti a sé, credendolo più distante, toccò accidentalmente il duro metallo della sua scura corazza e sussultò.

Non si era mai trovata così vicina a un uomo, lo guardava timidamente dal basso verso l'alto, lui la superava di due spanne buone. La grossa armatura gli donava un aspetto imponente, facendolo assomigliare a un dio. La maschera divideva a metà il suo volto, rendendolo in parte assolutamente inintelligibile per l'ibrida. Lei ritrasse esitante la mano e rimase sospesa, in attesa, senza sapere che cosa attendersi da quell'inaspettato incontro. Lui si trovava lì per lei: era palese che la stesse aspettando, altrimenti non c'erano altri motivi per cui avrebbero dovuto abbandonare la sala. *Ma perché?*

Il giovane era titubante. Aveva un tono di voce malinconico quando le chiese: «Possiamo vederci sulla terrazza? Adesso?».

L'ibrida percepiva un'anomala spinta verso quella persona. Non lo temeva, non si percepiva in difetto o a disagio, come invece tendeva a sentirsi con gli altri. Tuttavia, non comprendeva se quella sensazione fosse un genuino apprezzamento oppure frutto di una subdola ipnosi.

«Perché?» domandò, sporgendosi con curiosità verso di lui.

«Non mi piace stare in mezzo alla folla, ma se ritirarti in disparte con me ti crea disagio possiamo rimanere...»

Titania s'affrettò a scuotere la testa. Anche lei detestava le folle. «No, affatto, usciamo» acconsentì, con un sorriso stranamente sollevato.

Otto di Spade

Calista aveva accuratamente evitato le sue colleghe tutto il tempo. Le driadi, soprattutto Ronilda ed Eilir, le facevano spesso pesare le sue assenze dovute alla malattia. Lei non poteva fare nulla contro quel dolore che spesso prendeva possesso del suo corpo e la costringeva all'immobilità, a rimanere distesa su un letto. Proprio lei, che detestava stare ferma!

Nonostante evitasse le sue colleghe, si mise alla ricerca di Titania e, suo malgrado, non la trovò da nessuna parte. Non l'aveva vista nemmeno di sfuggita, eppure doveva essere lì! Teodora le aveva raccontato di come l'aveva aiutata a cucire il vestito per il ballo, mentre l'ibrida intagliava il legno della maschera.

Deve per forza essere da qualche parte. Sospirò, ispezionando ogni angolo del salone ed evitando accuratamente il punto dove le altre guardiane chiacchieravano con gli armigeri. *E di sicuro non è con loro tre.*

Calista storse il naso, notando come Anaïs si fosse completamente piegata al servizio di Ronilda ed Eilir: faceva avanti e indietro dal banchetto, portando loro bicchieri di champagne e stuzzichini. Il suo peculiare costume da volpe del deserto, adornato da un velo trasparente a coprire i suoi morbidi capelli castani, e i gioielli d'oro che le decoravano fronte e braccia non avevano ricevuto nemmeno uno sguardo o un complimento. Eilir si era agganciata al braccio di un armigero, agitando le proprie vistose piume rosa da fenicottero. Non pareva in sé e non lo sembravano nemmeno il mago o Ronilda, la quale si era appena macchiata accidentalmente il bel travestimento blu da farfalla.

Calista aggrottò la fronte, mentre restava in disparte a osservare la scena.

Normalmente avrebbe dato di matto, perché è così pacata?, si domandò, osservando la driade cercare di pulirsi goffamente fra una risata e l'altra. *Qualcosa non torna.* Calista diede le spalle al curioso quadretto, tornando alla propria ricerca. *Non ho nemmeno visto il conte sospetto incontrato qualche giorno fa.*

La guardiana si fece spazio fra la folla, notando come fossero tutti... persi. L'orchestra stava suonando in maniera sempre più distorta, diventando un unico groviglio cacofonico con le risa sguaiate dei nobili, dei pochissimi armigeri presenti e delle loro compagne. Alcune persone, addirittura, si erano buttate per terra e vi si rotolavano.

In cuor suo, Calista temeva d'esser stata troppo indulgente e di aver lasciato scappare un colpevole, tutto solo perché le aveva mostrato gentilezza. Dopo qualche minuto di ricerca, la guardiana trovò una serva accasciata a terra con un bicchiere interamente vuoto e una scopa fra le braccia. Stava singhiozzando ininterrottamente, con i capelli, umidicci per le lacrime, appiccicati al suo viso. Aiutata da Teodora, cercarono di metterla a sedere, senza molti risultati.

«Teodora, che cosa succede?» domandò, basita di fronte alla buffa scenetta.

«Non ne ho idea» rispose concitata la driade, voltandosi verso l'amica con espressione preoccupata. Il suo particolarissimo abito smeraldo riprendeva i colori della mantide religiosa, messo in risalto dalla sua pelle ebano, ma, in quel momento di bisogno, le peculiari antenne e i guanti abilmente realizzati a mano erano un impedimento. Calista si chinò ad aiutare la guardiana e, caricandosi la serva sulle spalle, riuscì a metterla seduta. «Corinna?» la riconobbe la driade, riuscendo finalmente a scorgere un volto dietro quella fitta cascata di capelli.

Corinna mugugnava, mentre Calista le accarezzava la fronte, scostandole le ciocche dal viso. «Licenziata per una stupida gatta… una stupida, stupida…»

«È come se un maleficio avesse colpito tutti gli umani» ipotizzò Teodora, unendo le mani sopra al petto della serva. «Sto provando a calmare le sue emozioni con un incantesimo di primo livello, ma non funziona.»

«Non solo gli umani. Ronilda, Eilir e un gruppetto di armigeri sono andati. Questa follia somiglia spaventosamente a una sbornia. Tu hai bevuto?»

La driade scosse la testa, domandando alla collega se avesse fatto altrettanto. La sua risposta negativa generò un'ipotesi nella mente di Calista.

Ma non fece in tempo a darle voce che un improvviso tonfo fece sussultare entrambe le driadi, già in assetto da battaglia. Voltandosi, videro la causa del fragore: un'innocua viola, appena sfuggita dalla spalla del musicista, era piombata a terra. Calista lasciò andare un sospiro, prima di tornare a guardare la compagna. «Sai dov'è Titania?» chiese, frustrata dall'assurdità di quella situazione.

Teodora scosse la testa. «Non l'ho proprio vista.» Di fronte all'arrendevole sospiro emesso dalla collega, non si fece scrupoli a spronarla. «Vai a cercarla, non può essere lontana dal palazzo. Qui ci penso io.»

Calista la ringraziò di cuore, prima di girarsi dall'altra parte e correre. Più tempo passava senza che lei vedesse l'ibrida, più profonde diventavano le radici del suo viscerale terrore. Temeva si fosse sentita male, spaventata dal dilagante caos. Peggio ancora, temeva le malevole intenzioni del prossimo, temeva fosse stata rapida da qualcuno che aveva in odio gli strige o da qualcuno che, al contrario, la desiderava fra le proprie file.

Uscì rapidamente dal salone centrale, sorprendendosi nel non trovare alcuna guardia sulla soglia. *Non vedo né Elan né Liviana.* L'assenza del primo era normale, perché spesso rifuggiva dagli eventi reali, preferiva spendere le proprie serate in maniera più calma. Ma Liviana?

Intanto la sua ricerca s'infittiva in quel caotico insieme di gemiti, risa ed ebbrezza. Il sesto senso di Calista si attivò all'improvviso. Non era mai stata potente quanto le sue compagne, se suo padre non fosse stato un veterano dell'esercito nemmeno avrebbe fatto parte dell'Ordine! Non era neanche lontanamente vicina alla prescelta, Ronilda. Aveva passato anni ad allenare il suo corpo e la sua unica affinità, ma senza mai raggiungere nessuna delle proprie colleghe. Era trenta passi indietro rispetto a tutte le altre, perché doveva essere proprio lei quella cosciente? Se ci fosse stata Ronilda al suo posto, con le sue affinità per ogni elemento…

Devo trovare il conte De Carintia, Calista rammentò, non senza un po' d'imbarazzo, il loro incontro. *Ha detto di aver aiutato l'organizzazione, ma non l'ho ancora visto da nessuna parte. È stato molto vago e per di più, a giudicare dalla magia da lui utilizzata, pare essere uno strige. Quasi sicuramente è direttamente collegato agli eventi di stasera.*

Cinque di Coppe

Mentre Evelyne era tornata sotto al transetto e tentava invano di trascinare l'erede al trono via dalla baldoria e dai cocci di cristallo su cui rischiava di franare, per poco non fu travolta da un turbine argentato.

Lysander, palesemente fuori di senno, smise di dimenarsi non appena Calista fu davanti a lui e si bloccò a fissarla con occhi impertinenti e bocca schiusa, assorta. Evelyne tentò di ignorare l'espressione ebete del giovane e si rivolse alla driade con tono interrogativo: «Hai capito cosa sta succedendo? Sembra che tutte le persone in questa stanza stiano lentamente impazzendo».

«Non tutte.» Calista accorse velocemente a prendere Lysander sottobraccio, aiutando Eve a sorreggerlo e indicò i vari servi che, facendo avanti e indietro, tentavano di ripulire cocci di bicchieri e macchie di vino. «Penso affligga solo chi ha bevuto.»

«È impossibile» scosse la testa Evelyne, mentre le due scortavano l'erede fuori dal salone. «Anche Corinna era in questo stato, ma noi servi non possiamo bere.»

«Allora qualcuna potrebbe trovarsi senza lavoro domani» tagliò corto Calista, che ben sapeva cos'aveva visto.

Evelyne fece una smorfia. Personalmente, non capisco se fu per la fatica (Lysander era pur sempre un ragazzone alto quasi un metro e novanta) o per una banale gelosia nei confronti di Calista, un po' per come quel vestito le fosse perfettamente disegnato addosso e un po' per gli sguardi languidi che l'erede le sferrava. «Quindi ora sei astemia? Non ti sei ubriacata durante la Mascherata Invernale?»

La driade le sferrò un'occhiata tagliente. «Non ho ancora avuto occasione di assaggiare il vino. Comunque, se alla Mascherata Invernale ti fossi trovata al posto mio avresti desiderato un coma etilico, altroché.»

«Ah certo, che schifo essere una potente driade, avere ancora entrambi i genitori, essere benestante e avere le attenzioni di tutti» ironizzò la serva, sbrigandosi a cambiare discorso prima che Calista potesse rispondere. «Lasciamolo giù, mi fa male la spalla.»

La driade fece accomodare Lysander, caricandoselo quasi interamente sulla schiena e adagiandolo poi contro la parete marmorea. Evelyne notò i tonici muscoli della driade tendersi sotto al fitto strato di pittura e realizzò quanto fosse fisicamente prestante, più di quanto non desse a vedere. Probabilmente, provocarla non sarebbe stata una buona idea se la guardiana non avesse avuto tanto autocontrollo.

«Per caso sai dov'è andato il conte De Carintia?» domandò improvvisamente Calista, posando con delicatezza la testa dell'erede contro il muro, onde evitare che piombasse di lato e la mattina dopo si svegliasse con la cervicale distrutta. Ormai il principe stava perdendo i sensi; gli occhi chiari, arrossati, si stavano lentamente socchiudendo, ma senza mai perdere di vista la driade.

Evelyne scrollò le spalle. «Perché dovrei sapere dov'è? Mica ho la lista degli invitati, per quanto mi riguarda potrebbe pure non essersi mai presentato!»

Calista aggrottò la fronte, pensosa. «Ha detto di aver dato una mano con i preparativi. L'ho incontrato qualche giorno fa, vicino alla cripta.»

La serva sbiancò. «Nessun conte ci sta dando una mano» mormorò, guardando Calista con occhi sgranati. L'avrebbe voluta sgridare per la superficialità con la quale aveva ceduto a quella bugia, però non era il momento per discutere. Di nuovo.

La guardiana, dal canto suo, non esitò nemmeno per un secondo. Per quanto le dolesse rivoltarsi contro quell'uomo così gentile, le prove nelle sue mani non mentivano. Quella gentilezza era stata solo una mera facciata per nascondere il malvagio operato. Lei si era mostrata debole di fronte al nemico e non se lo sarebbe mai perdonato.

Calista si levò in piedi di scatto e, spalancate le sue eteree ali color glicine, spiccò il volo. «Dove vai?» le urlò Evelyne dal basso.

«A evitare un bagno di sangue» le rispose Calista allontanandosi a vista d'occhio. «Prenditi cura di Lysander, fagli bere tanta acqua.»

Evelyne provò a ribattere, ma la giovane era già scomparsa nel corridoio. Dopotutto cosa poteva fare, da serva umana qual era, se non marginalizzare i problemi degli altri, squadrando da lontano i veri eroi in azione. Lei non poteva fare niente, era solo un'ordinaria mortale, condannata a invidiare per sempre il prossimo, stretta nella propria inerzia.

Titania si stava godendo la fresca arietta serale appoggiata al balcone di marmo, un gelido sollievo dall'opprimente calore umano respirato dentro al salone. In più, quel misterioso conte poco prima l'aveva aiutata, traendo in salvo Bastet e permettendole di mettere al sicuro nella sua stanza la sua gattina, anzi il suo famiglio.

Dopo aver ringraziato lo sconosciuto, non poté trattenersi dal domandargli: «Prima che cosa intendevi quando hai detto che Bastet è il mio famiglio?».

De Carintia si voltò a guardarla con espressione che, attraverso le scaglie di drago, risultava indecifrabile, ma le labbra socchiuse tradirono il velo di sorpresa che quella domanda aveva suscitato in lui. «Sono spiriti, demoni che assumono forma di animale per aiutare gli strige, ma soprattutto *le* strige, in questo reame.»

Titania sussultò. «Demoni? Quindi sono creature malvagie?»

Al conte sfuggì un sorriso. Non voleva certo schernire l'ignoranza dell'ibrida, anzi trovava estremamente curiosa la sua assenza di nozioni sulla propria natura e su se stessa. Avvicinandosi un poco a lei, decise di incalzarla con una domanda: «Sai cosa significa eudemonia?».

Titania scosse timidamente la testa: non aveva altre conoscenze al di fuori di quella lingua comune, ormai usata in ugual misura da umani e Fae, le cui reminiscenze avevano tenuto in vita la sua mente durante l'esilio. Quella parola anomala e dal gusto antico non aveva alcun significato per lei.

«Fai un tentativo» la esortò, gentile, il ragazzo. «Che cosa hai provato quando la tua gatta ti si è avvicinata per la prima volta? O quando placa il tuo animo facendo le fusa?»

«Felicità?» rispose lei, quasi sottovoce, muovendosi incerta, sulle punte, tra i meandri di quelle sensazioni alle quali da poco aveva iniziato a dare un nome.

«Brava, sette più» si complimentò il conte, mostrando un ampio e invitante sorriso. «Eudemonia, o eudaimonia, vuol dire felicità e deriva proprio da *eu* e *daimon*, che insieme significano più o meno "avere un buon demone". Per alcuni filosofi "demone" non ha a che vedere con la malignità, indica semplicemente una creatura a metà strada fra umano e divino, che funge da intermediario. Il demone inteso come daimon è uno spirito guida o addirittura un imperativo morale. Il famiglio è questo per te, una coscienza che ha assunto forma fisica. Quella gatta resterà al tuo fianco finché la sua missione non sarà compiuta.»

La giovane era rimasta in silenzio ad ascoltare le sue parole. Trovava estremamente affascinante il suo modo di spiegare: non era pedante nel mostrare le proprie conoscenze, la sua voce era pacata, profonda e ipnotica, pareva capace di placare il più burrascoso dei mari e mettere a tacere la più distruttiva delle tempeste. Senza ombra di dubbio, se solo ci avesse provato, sarebbe stato capace di sedurre unicamente con il verbo.

Questa è la voce di qualcuno che usa la magia, osservò l'ibrida, *ne sono certa.* Nonostante ciò, non ne era spaventata, anzi quel melodioso incanto era inebriante per i suoi sensi. Profumava di casa.

«Perdonami, ti sto annoiando con questi discorsi» si scusò lui, ad arte. «Quello che intendo dirti è: proteggi il tuo famiglio e lasciati proteggere a tua volta.»

«Come hai scoperto queste cose?» Nessuno le aveva mai spiegato nulla – o meglio, nulla che riguardasse il sangue di sua madre: non sapeva niente di specifico su quali fossero le grandi capacità degli strige, possedeva giusto qualche nozione generica, qualche luogo comune. I praticanti della magia oscura erano stati banditi, esiliati, non c'era motivo di insegnare all'ibrida un'arte proibita.

«Posso dire di aver vissuto per molto tempo oltre il confine.» Era una risposta sorprendentemente vaga per uno come lui, uno che, a quanto pareva, si dilungava volentieri nelle spiegazioni.

In più, perché un conte dovrebbe vivere ai confini di Arcadya? Dove regna la criminalità, i titoli non hanno significato e i più deboli divengono carne da macello dei prepotenti?

Questa domanda non se la stava potendo Titania, che ancora non conosceva quel terrificante lato del reame in cui si trovava, bensì la silenziosa driade che, appollaiata sul cornicione come un curioso gatto di strada, spiava la conversazione dall'alto.

Evelyne aveva riaccompagnato un Lysander ebbro e malfermo nelle sue stanze, gli aveva dato dell'acqua da bere e lo aveva fatto stendere sul suo letto, come una brava balia alle prese con un bambinone goffo e ingombrante. Aveva tentato di distogliere lo sguardo dal suo petto ben allenato, di non pensare a come fosse spoglio, liscio e muscoloso sotto al suo tocco, non guardava né i suoi occhi pigramente socchiusi né le sue labbra ridenti. Aveva appena realizzato come, persino con la coscienza alterata da chissà quale maleficio, lui la ripudiasse, continuando a preferire quella che lei, nella sua insicura superbia, reputava una driade senza cervello, una testa vuota adornata solamente da un aspetto gradevole.

Non voglio stare qui un secondo di più. Sbuffò rimboccandogli le coperte e sforzandosi di non ripensare alle parole pronunciate da quel bellissimo principe vicino a lei. *Quarant'anni. Ma di quali sostanze stupefacenti fa uso per darmi quarant'anni?*

Una volta abbandonata la stanza, attraversò di corsa i lunghi corridoi e scese due rampe di scale per poi tornare, a corto di fiato e con le gambe in fiamme, nel salone. Spalancò il portone, uscendo da quella fugace bolla di tranquillità e riemergendo nel caos dilagante di quella disastrosa festa.

Lì trovò Tiberio, il quale sostava in piedi, in mezzo ai conti devastati dal maleficio, ogni tanto costretto a schivare i barcollanti ospiti inebetiti per lo stesso motivo. Il medico squadrava i dintorni con espressione sgomenta, quando il suo sguardo incrociò quello di Evelyne. Nel riconoscerla e, soprattutto, nel vederla perfettamente in sé, le sue sopracciglia schizzarono verso l'alto, mostrando allo stesso tempo sorpresa e sollievo.

La serva si affrettò a raggiungerlo. Lui era l'unico in grado di trovare una soluzione, con le sue numerose conoscenze e i suoi approfonditi studi. Eve riponeva tutta la sua fiducia in quell'uomo, si auspicava che trovasse un rimedio, una cura, o anche solo una spiegazione. Ma il medico di corte pareva più stranito del solito, non aveva la classica determinatezza che precede la sua immacolata analisi dei casi clinici, era come se non fosse più lui.

«Che cos'è accaduto a queste persone?» le domandò, con la fronte aggrottata.

Evelyne aveva scosso la testa, confusa tanto quanto lui. «Non ne ho idea, so solo che chiunque abbia bevuto anche solo un sorso è in queste condizioni. Tu non eri presente?»

«La regina ha avuto una crisi respiratoria.»

Eve sgranò gli occhi: che fosse giunta la fine per la sua regina? Ormai la sua salute era agli sgoccioli, era divenuta fragile e debole, incapace persino di badare a se stessa, figurarsi al regno. La serva fu attanagliata da un atroce dubbio, temeva di esser stata lei, con quella maledetta carta del Diavolo, ad aver fatto capitolare la già instabile salute di Isolde.

«È partito tutto da un brutto attacco di panico, io e il mio staff l'abbiamo ristabilizzata» continuò Tiberio. «Adesso è sotto osservazione nelle sue stanze. Sono venuto qui per accertarmi che fosse tutto sotto controllo, anche perché non ci sono guardie di ronda.»

Evelyne si accigliò. «Non ci sono guardie?» ripeté, attonita.

«No, e a quanto vedo i pochi membri dell'Esercito presenti non sono in possesso delle proprie facoltà mentali.»

«Non è un caso, qualcuno ha architettato tutto questo» dedusse Eve.

Tiberio fece una lieve smorfia ma non rispose, disse solo: «Aiutami a trovare tuo fratello e cerchiamo di capire cosa sta succedendo».

Era strano che il posto fosse completamente spoglio di ogni protezione, anzi che fosse rimasta solo qualche driade in giro, ma l'Ordine non era insieme e, in ogni caso, il loro non era nemmeno un gruppo coeso. Anche se non fossero state quasi tutte avvelenate, non sarebbero state in grado di affrontare quel nemico, eccetto una. Una di loro, e solo una, ne era perfettamente capace.

Una delle cose che vorrei chiedere a Calista, ora che ho avuto tempo e modo di guardare anche qualche scorcio della sua storia, è: «Come ci si sente a essere l'unica driade con un po' di sale in zucca, la più forte a livello fisico e mentale, ed esser comunque trattata come l'ultima ruota del carro solo a causa di un sistema antiquato e malfunzionante, che misura le persone solo in base a quanto sono luccicanti i loro incantesimi?».

Era stata ammessa all'Ordine, pur superando egregiamente l'addestramento iniziale, per mera fortuna, grazie a un padre armigere pluripremiato. Ciò che la rendeva una preziosa pedina, però, era la sua inconfutabile virtù, l'impegno da lei messo in ogni allenamento, per non essere più «Calista la raccomandata», bensì «Calista la meritevole».

Sotto di lei, il bel conte De Carintia, convinto di esser solo con Titania, le aveva afferrato le mani, stringendole a sé. Quel gesto fece subito trasalire l'ibrida, che però scelse di non sottrarsi al suo tocco. Anzi, dal colorito roseo che assunsero le sue guance pareva addirittura gradirlo. «Devo andare» aveva sospirato il nobile.

«Di già?» aveva risposto Titania, mossa da un impeto per lei impossibile da controllare. Trovare qualcuno con cui stesse realmente bene era una rarità, non aveva il coraggio di fingere indifferenza quando temeva un fatale e definitivo allontanamento dalle poche persone capaci di donarle un po' di pace in quel mare di caos. Quando mai avrebbe rivisto quel conte? Al prossimo evento? E quanto tempo sarebbe trascorso prima di allora? Queste erano le tre domande che le turbinavano nella testa, mentre cercava un modo per rimandare il più possibile quel saluto.

Il conte non aveva motivato la sua fretta, su una cosa però fu onesto. «Titania, è stato un vero piacere fare la tua conoscenza» aveva sussurrato, chinandosi a baciare con eleganza il dorso delle mani che l'ibrida gli porgeva. Un brivido intenso aveva scosso la giovane, attraversandola da testa a piedi. Il gelo serale, all'improvviso, non poté più niente contro la fiamma che avvolse il suo viso. Quel bacio fu delicato, morbido, quasi reverenziale. Il conte si assicurò di guardarla negli occhi, mentre le sue labbra ancora accarezzavano il suo morbido dorso. Persino Calista, dal tetto, percepì la sorda ebrezza lasciata da quel gesto e dovette costringersi a non distrarre la propria mente da ciò che lui disse dopo: «Ti lascerò con tre doni: uno, la promessa di rincontrarci; due, un avvertimento, stasera bevi solo acqua; e tre, il mio vero nome».

Il conte fece un passo indietro e, con un tintinnio di catene e anelli, sollevò le mani, andando a rimuovere la maschera di drago, rivelando un'armonia di lineamenti che Titania scorgeva a malapena, ma che incantò Calista per la seconda volta. La incantò e la spaventò. In quel viso, nella sua tenue delicatezza, dietro agli occhi sottili, le labbra morbide e le lievi fossette agli angoli della bocca, lesse tanta sofferenza.

Il giovane, rivelato il suo volto, irradiato dal plenilunio, porse la maschera a Titania. «Puoi tenerla, come promessa del mio ritorno» le sorrise, accingendosi a darle le spalle.

L'ibrida fece uno scatto verso di lui, voleva toccarlo, agguantarlo con le proprie mani e impedirgli di andarsene, ma non ci riuscì, non ne ebbe la forza. «Aspetta!» sussultò, vedendo la sua figura salire sulla marmorea ringhiera del balcone. «Non mi hai detto il tuo nome.»

«Valerius.»

Rivelata la propria identità, il giovane si lasciò andare al vuoto e sparì nell'oscurità sottostante.

Valerius, ripeté Titania fra sé e sé rientrando, ancora fremente d'impazienza, nel palazzo. *Valerius*...

4
L'Imperatore

Cinque di Bastoni

Il giorno successivo, Evelyne stava raccogliendo i cocci di una serata andata completamente a scatafascio. Lysander doveva prendere il posto della madre il prima possibile, la coscienza della regina stava lentamente scivolando via dal suo corpo, lasciando un guscio malato, privo di lucidità. Tiberio, per primo, era preoccupato e, saputo il nuovo compito della serva, la spronò a istruire in fretta l'erede. Come se Evelyne già non temesse abbastanza per il proprio futuro, quello di Lysander, di Isolde e di tutta Arcadya.

In teoria, quello doveva essere un giorno di lezione: la giovane si trovava nell'enorme stanza di Lysander con i tomi in grembo, pronta, ansiosa di trasmettergli le proprie conoscenze. Però lui, come si può ben immaginare, era riverso sul proprio letto con una sacca di ghiaccio istantaneo sulla fronte e la sua mente vagava distrattamente, senza alcun desiderio di ascoltare la mentore.

«Come si chiamava?» domandò all'improvviso.

La serva si interruppe, aggrottando la fronte. Era in assoluto la prima volta in cui Lysander le poneva una domanda. «Come si chiamava il primo ufficiale che rifiutò la guerra contro le creature provenienti dagli altri reami?» riformulò lei, sperando fosse la sua vera richiesta.

«No!» ridacchiò lui, affondando il viso nel ghiaccio con un lamento indolenzito. «La driade di ieri sera, la tigre argentata...»

«Ah, ecco.» A Evelyne era parso troppo strano che Lysander provasse interesse per lei o per qualcosa da lei detto. E in effetti così non era, l'erede ancora pensava alla guardiana incontrata il giorno precedente. Come biasimarlo?

«Calista» sbuffò la serva, ritornando sui propri libri. «Comunque, Freja è stata giustiziata con l'accusa di alto tradimento verso la razza umana.»

«È una driade dell'Ordine? Non l'ho mai vista prima.»

Evelyne fece finta che la domanda fosse inerente alla sua lezione e spiegò: «Non c'era ancora un Ordine e le driadi erano creature boschive che, dopo millenni di convivenza, si sono evolute per somigliare di più a noi umani e vivere in simbiosi con la nostra società».

«Ah, basta! Io parlavo di Calista. Di dov'è? È dell'Ordine, hai detto quindi si allena spesso nel cortile qui vicino?»

Evelyne serrò la mascella.

Si allena spesso, ripeté fra sé e sé. *In realtà colleziona assenze, quindi «spesso» è esagerato. Qualche volta, quando le va, si trova nel cortile.* Nonostante quel pensiero le intossicasse la mente e l'idea di vedere l'erede deluso perché la driade non si faceva vedere la divertisse, decise di tacere sull'argomento, continuando con la propria, inascoltata, lezione.

La serva terminò una decina di minuti prima. Lavorare con l'erede era ancora più difficile quando aveva per la testa un'altra, e non una persona qualsiasi, bensì proprio la medesima guardiana con la quale Evelyne aveva discusso la sera precedente! Era ovvio che proprio lei avesse fatto colpo. Eve volle convincersi che, se non fosse stato per quell'abito inappropriato, non avrebbe mai attirato su di sé il distratto occhio dell'erede, che invece avrebbe passato la serata in compagnia della serva. Sì, parte di quella sbandata era da imputare pure a chiunque avesse avvelenato il vino, si disse con improvvido ottimismo, altrimenti Lysander l'avrebbe ascoltata e sarebbe rimasto ammaliato dalle sue parole e dalla sua conoscenza.

Va bene, Eve, credi pure in qualsiasi cosa ti aiuti a dormire la notte.

Tornata nella propria stanza, interrogò le carte. Si era ricordata di quell'attacco, di come tutto il resto della servitù fosse impegnato a raccogliere i cocci di un assalto indisturbato, architettato da una mente malvagia di cui forse aveva già individuato la maschera. Tuttavia, trovare la risposta da sola era impensabile, ecco perché si rivolse agli arcani maggiori.

Si sedette di fronte al tavolino in vetro e dispose le ventidue carte, anzi ventuno. Continuava a mancare il Diavolo, l'aveva perso quando il volto dipinto su di essa aveva mandato in crisi la regina. Sylvain era ancora mezzo intontito dal veleno, non si era ripreso e non aveva avuto tempo nemmeno di iniziare a ridipingere la carta.

Chissà se funziona lo stesso, si stava domandando, squadrando le carte dinanzi a sé. Dopotutto aveva capito chi era il Diavolo, il silenzioso nemico nell'ombra. Le restava da trovare un alleato. Le mani pescarono, vagando alla cieca sopra gli arcani, tentando di sentire chi emettesse più energia, chi la reclamasse. Percependo una forza a lei estranea, calarono su una carta in particolare. Evelyne la girò. L'Eremita, il saggio che con la sua torcia illumina la via.

Chiunque fosse la persona con cui gli arcani tentavano di metterla in comunicazione doveva trattarsi di una guida per altre persone, qualcuno pacato ed equilibrato. Evelyne non sapeva chi potesse essere, non conosceva nessuno così tranquillo da poter esser paragonato all'Eremita. Forse Elan, ma non era certo una guida, le persone troppo soventemente ignoravano le sue parole.

Di sicuro, Eve non avrebbe mai trovato il suo eremita nelle comodità della sua nuova stanza, dunque afferrò i propri effetti personali, li infilò in una borsa e uscì, alla sua ricerca.

Titania e Calista si stavano entrambe esercitando nel cortile, insieme alle altre driadi. Liviana ed Elan si erano fermati a fare il punto della situazione su quanto accaduto la sera precedente. Entrambi erano stati messi fuori gioco ed erano visibilmente preoccupati.

Erano in piedi sulle gradinate in pietra del vecchio anfiteatro, la driade si teneva una busta di ghiaccio contro le tempie, pure l'immortale pareva provato, ma lo mascherava più facilmente.

«Ho partecipato al brindisi con te e gli altri armigeri prima dell'evento» ricapitolò la mentore, con la voce ancora rauca e impastata. «Ma poi non ricordo niente.»

«Nemmeno io» condivise pensoso Elan. «Il nostro nemico ha agito prima della Mascherata, tutto lo champagne distribuito durante la serata era avvelenato, compresa la nostra bottiglia.»

Il suo obiettivo era mettere fuori gioco le difese del palazzo, ma per quale motivo?, s'interrogò Liviana. «Stamattina le guardie hanno fatto una ricognizione, tutti gli ori e i gioielli sono al loro posto. Quindi non si trattava di un banale ladro.»

L'uomo abbassò la voce e si chinò sull'orecchio della driade: «La cripta, invece...».

La donna si scostò, come se quella domanda la infastidisse, mettendo in dubbio le sue capacità. «Ovviamente è inviolata» replicò a bruciapelo. «Nessuno può mettervi piede, senza il mio attivo e lucido permesso. L'incantesimo che mi lega alla cripta non è certo stato lanciato da una novizia.»

«Ne sono sicuro, Liviana» convenne lui, flemmatico, continuando a tenere la voce bassa. «Perdona la domanda inopportuna e scusami anche per il brindisi. Ovviamente non potevo prevedere i risvolti della serata, i maghi avevano bisogno di rilassarsi un po' in questo periodo duro, e anche tu. Pensavo di fare cosa gradita ai nostri armigeri e a te.»

Liviana arrossì lievemente; durò appena un istante, poi tornò al suo solito acidume. «Attieniti al tuo compito da stratega, umano» sbuffò, incominciando ad allontanarsi. «E tieni d'occhio i tuoi armigeri, Laurell, il tuo nuovo generale, ieri non era presente.»

Gli occhi di Elan s'incupirono ma nonostante ciò non smise per un attimo di guardare la driade. La osservò mentre si allontanava sulle gradinate, ritornando sul prato da cui le guardiane stavano origliando la conversazione. «Che cosa ci fate qui? Andate a riscaldarvi, forza!» urlò loro.

Una smorfia infastidita si fece spazio fra i lineamenti dell'immortale, il quale si affrettò a sopprimerla, prima di ritornare dagli armigeri.

Liviana, nonostante Ronilda avesse bevuto a sproposito e fosse particolarmente giù, non tardò a metterla sotto i riflettori. Dopotutto era la sua prediletta. Fece sedere le guardiane in cerchio, sotto l'ombra di un salice piangente, e invitò la driade a evocare tutti gli elementi. Questa piccola dimostrazione doveva insegnare alle altre cosa si poteva raggiungere quando si sfruttava al massimo ciascun potere, quando si evocava ogni elemento al suo livello più elevato. Cosa realizzabile solo da chi possedeva un'affinità. Ronilda era un'eletta, una ragazza speciale, era il capo quando Liviana non si trovava nei paraggi, durante le spedizioni dell'Ordine la sua parola diveniva legge per le altre. Peccato che quel giorno fosse totalmente fuori forma.

Nonostante l'insolitamente modesto miracolo di fronte ai loro occhi, né Titania né Calista riuscivano a trovare la concentrazione; nessuna delle due era capace di mettere a fuoco le parole dell'insegnante o gli incantesimi scagliati da Ronilda. Quelle tenui luci che ballavano insieme, assumendo forma fisica, erano una mera distrazione per gli occhi, in grado di lasciar vagare la mente.

Titania, la sera prima, era andata di corsa in camera e aveva nascosto la maschera da drago dello sconosciuto, seppellendola sotto al proprio cuscino. Era terrorizzata, ma non tanto per la propria incolumità: Valerius le era sembrato innocuo, non c'era malvagità nelle sue parole, nessuna anomalia aleggiava nei suoi gesti. L'ibrida, in mancanza di alternative, aveva imparato a leggere le espressioni, a indagare l'animo di chi aveva di fronte. C'erano dettagli osservabili solo chiudendo gli occhi e ascoltando. Si era accorta, con un minuzioso studio del tono di voce delle sue colleghe, che Eilir non era affidabile, che Ronilda era gentile con gli altri solo finché era lei il centro dell'attenzione, e che Anaïs avrebbe fatto carte false pur di integrarsi. La prima era la più evidente, era solita fare smorfie e ridacchiare quando Titania era in difficoltà; la seconda era un po' meno palese, perché la sua voce appariva solare, ma non appena si provava a raccontare qualcosa di personale e che non la coinvolgesse direttamente, diveniva sbrigativa. La terza, invece, era la più indecifrabile e camaleontica: si adattava all'interlocutore e, qualsiasi cosa le venisse detta, piegava il proprio tono affinché assomigliasse a quello della persona che desiderava impressionare.

Valerius non le aveva dato nessuna di queste sensazioni, la sua voce emanava tranquillità, era stato affabile nei modi, cavalleresco, aveva il fascino di chi ben sa come ammaliare. Il suo volto era glabro, giovane, ma i suoi erano gli occhi di qualcuno che ha visto fin troppo. Per quanto Titania non fosse in grado di vederli nitidamente, la pesantezza che lo sguardo di quel giovane portava con sé era palpabile e aveva profondamente inquietato l'ibrida. Era come se uno spettro di sofferenza lo accompagnasse sempre, una compagnia che mai si dovrebbe associare a una persona tanto giovane. Certo, i suoi modi non lo avevano tradito, ma il suo sguardo sì. Non importava quanto fosse stato gentile, cordiale o affascinante, Valerius era un sospettato e l'ibrida non poteva ignorare questo dettaglio. Il nemico peggiore, d'altronde, è quello che non riconosci, quello che accogli inconsapevolmente nella tua vita.

Calista era stata ben più decisa dell'amica: aveva preso, suo malgrado, l'ardua decisione di comunicare al neogenerale Laurell tutto ciò che aveva scoperto su quel giovane. Certo, non aveva alcuna prova materiale, solo sospetti, ma era bene riportare quelle informazioni; se avesse scoperto dell'altro avrebbe potuto mettere insieme gli indizi. Tuttavia, Calista non raccontò proprio ogni cosa.

Valerius, dopo aver terminato la chiacchierata con Titania, si era dileguato lasciandosi cadere nelle ombre, un trucchetto da strige che la driade aveva imparato a sventare. D'altronde, lei poteva volare, lui no.

Seguì il giovane, volando indisturbata sopra di lui. Valerius si mescolava quasi perfettamente nel buio circostante, ma la grossa armatura, le catene, il suono metallico che accompagnava ogni suo passo, tradivano la sua posizione.

Per accertarsi del luogo esatto in cui si trovasse, la guardiana evocò una piccola sfera di fuoco, così densa e così calda da riflettere luce bluastra.

Eccoti, pensò vittoriosa, intravedendo la sagoma del nemico nelle ombre. *Non puoi sfuggirmi.*

Per qualche motivo, il suo cuore aveva iniziato a battere vigorosamente nel suo petto, come se avesse timore. Eppure non era certo paura quello che provava.

Non appena fu abbastanza lontana dal castello, Calista prese un bel respiro, strinse il pugnale nella propria mano e piombò su di lui come una furia.

Lo strige sussultò, percependo una punta acuminata contro la schiena, lì dove la corazza non lo proteggeva, e una mano affusolata stringersi intorno alla sua gola.

«Fai un altro passo e ti apro in due» mormorò minacciosa Calista, sporgendosi in alto verso l'orecchio del giovane e schiacciando il proprio corpo nudo contro il freddo metallo dell'armatura.

«Un coltello?» ghignò lo strige. «Arma bizzarra nelle mani di qualcuno in grado di evocare gli elementi.»

«Conoscendo le tue capacità di assorbimento, ho voluto evitare di trovarmi indifesa qualora tu mi sottraessi i poteri» aveva ribattuto Calista, senza vacillare. «So chi sei, Valerius, sei uno strige e hai un'affinità con il vuoto.»

«Ho un'affinità con la tenebra e la morte» la corresse lui, esponendosi in maniera assolutamente insolita per qualcuno che, in teoria, fuggiva dalla legge. «A proposito, mi chiedo come tu sia riuscita a trovarmi in mezzo alla cortina d'ombra da me evocata.»

«Io sono affine al fuoco» era stata la risposta a bruciapelo di Calista. Riflettendoci a posteriori, una volta ritornata a uno stato di completa lucidità, realizzò che mostrarsi così facilmente a un probabile nemico non era stata esattamente la migliore idea, ma lo strige l'aveva attirata in un circolo vizioso di provocazioni e risposte dal quale non era riuscita a sottrarsi.

«Fuoco» ripeté lui, parendo vagamente compiaciuto. «Ti si addice.»

«Come la tenebra si addice a un criminale che si intrufola negli eventi reali per drogare i presenti. Che cosa speri di ottenere, esattamente?»

«Voglio che vengano ripagati i debiti nei miei confronti, niente di più.» Valerius si era irrigidito. Calista aveva sentito il suo pomo d'Adamo sussultare sotto il proprio tocco.

Lo strige si girò, come in un tentativo di guardare la donna che gli stava puntando un pugnale contro. Così facendo offrì il suo profilo alla driade e lei trattenne il respiro. Fissava le sue labbra socchiuse, in trepidante attesa di una sua parola, e quasi dimenticò la lama nella propria mano.

«Stai bene?» domandò lui.

Calista non seppe per cosa sorprendersi di più, se per quella domanda improvvisa o per il colore dei suoi occhi. Quando Valerius, senza allontanarsi, posò lo sguardo su di lei, la driade non aveva potuto non notare delle brillanti iridi azzurre, disseminate da scaglie violacee, che si facevano sempre più grosse in prossimità delle pupille. Un dettaglio che, la mattina dopo l'evento, non poté non riportare a Laurell, come non poté omettere i suoi lunghi e pallidi capelli. Ciò su cui tacque fu quanto avvenne dopo.

«I dolori cronici mi affliggono da quando avevo tredici anni. Ci sono abituata, ormai» ammise, senza saper bene il motivo per cui lo fece. Ma tanto, prima o poi, quello strige sarebbe perito sotto i colpi ben assestati di una driade, un armigero crepuscolare, un eroe portatore di luce, no? Questo era ciò che succedeva sempre. Questo è quanto accaduto a me e a tanti altri miei simili. Valerius non se ne sarebbe fatto nulla di quell'informazione, l'avrebbe portata con sé in Elisium o nel Reame Grigio. E sarebbe stato come se quella conversazione non fosse mai avvenuta.

Calista normalmente si vergognava a parlare della sua malattia, ma stare vicina a uno sconosciuto e dare una forma, un nome, al male che la ghermiva, la faceva sentire meno sbagliata. «Sto facendo un trattamento, non esiste cura. Adesso sto bene, ma tornerà.»

«Mi dispiace molto.» Non sembrava in imbarazzo, non si era lasciato andare a quel miserabile «oh» che pronunciavano le persone ogni qualvolta Calista parlava del suo disturbo. «Se dovessi star male di nuovo, sarò felice di assorbire un po' del tuo dolore.»

Che cosa sto facendo?, si domandò la driade, sentendosi sporca all'idea di tenere sotto la minaccia del proprio pugnale l'unica persona che non sottovalutasse il suo dolore e nemmeno le riservasse del misero pietismo. Pian piano la sua presa si allentò. La sua mano si allontanò dal collo del giovane e il coltello si ritrasse.

Valerius si girò lentamente a guardarla con occhi tristi. Non c'era alcuna traccia di concupiscenza nel suo sguardo. Calista lo trovò bizzarro, durante tutta la serata non aveva fatto altro che essere squadrata con sdegno da una parte e con lussuria dall'altra. Eppure, era come se quello strige non vedesse il suo corpo, il suo mero guscio, ma le squadrasse direttamente l'anima.

Trovandosi in imbarazzo di fronte a quelle iridi violacee, la driade si affrettò ad affermare: «Ti sto lasciando libero, sbrigati ad andartene, prima che cambi idea». Il suo tono era stato più duro del previsto: non voleva risultare ostile, desiderava solo mettere alle strette quel giovane così singolare prima di commettere qualcosa di cui potesse pentirsi. «Durante il nostro prossimo incontro non sarò così indulgente.»

Valerius annuì, con un sorriso. «Ma certo, non mi aspetto niente di meno.»

«Ah, un'ultima cosa... » rammentò Calista. «Puoi ingannare e raggirare me, ma non osare ferire Titania.»

Sei di Coppe

Evelyne si era appostata in lontananza, intenta a osservare con curiosa impertinenza le driadi. Certo, stava prendendo troppi permessi approfittando della sua posizione di mentore, ma era per un buon fine, almeno questo era ciò che si ripeteva. Ronilda era indubbiamente un capo, un esempio da seguire, si vociferava che fosse una prescelta, l'unica driade affine a tutti gli elementi. Eppure, Eve non si sentì di accostarla all'Eremita: lei non era altrettanto saggia e pacata, non aveva nulla in comune con quell'arcano, eccetto l'essere una guida per le persone intorno a sé.

La serva vide Calista restare in disparte con la nuova guardiana, Titania. La seconda aveva un'aria trasognata, mentre la prima pareva in pena. Sembrava si fossero trovate: la reietta dell'Ordine era in dolce compagnia. Nessuna delle altre driadi corrispondeva alla descrizione. Teodora era la più equilibrata e matura di tutte, ma non rappresentava certo una guida, interveniva poco durante gli addestramenti, non si metteva in mostra, parlava raramente con le altre driadi, era come se si volesse tirar fuori dalla tossicità di quell'ambiente. Scelta saggia, per carità, ma non da guida, non da Eremita.

Attraversando il cortile, si diresse verso il campo d'addestramento dell'Esercito Incantato, dove gli armigeri crepuscolari si addestravano in un'antica arena, un piazzale molto più grande rispetto alla zona più intima riservata alle driadi. Avevano bisogno di più spazio, questa era la giustificazione. I vari maghi si stavano allenando a colpire bersagli mobili, delle figure umanoidi che correvano avanti e indietro. In prima fila c'erano gli spadaccini, le cui lame brillavano di riflessi azzurrini, poi c'erano la fanteria e gli arcieri. Ciascuna delle loro armi era rivestita da un incantesimo. Evelyne vide una freccia partire da un arco e centrare in pieno uno dei bersagli. La figura in questione, nonostante fosse stata colpita a una gamba, in un punto non vitale, si accasciò per terra, mentre delle bolle roventi la divoravano.

«La prossima volta mira al petto, è un bersaglio ampio ed è più vicino agli organi vitali» affermò una voce, ergendosi sopra al clamore di spadaccini e di arcieri. Era Lau: la morte del precedente generale pareva aver inasprito la sua voce. Nel suo tono c'era una serietà che Eve non aveva mai percepito prima, era grave come se stesse comunicando dagli inferi. Beh, in un certo senso, era come se pure una parte di Lau fosse andata nel reame della Morte con Gareth. «No, non sforzarti di colpire alla testa se hai la mira di un cadavere! Nessuno ti dà dei punti in più se fai un headshot, questo non è un fottuto videogame!» strepitò.

Evelyne era un po' riluttante ad avvicinarsi, non solo per la pericolosità del campo, ma pure perché Laurell, in quel momento, pareva poco incline ai rapporti umani. Purtroppo, però, l'armigero si accorse della serva prima che lei potesse alzare i tacchi e andarsene. «Ehi. Cosa sei venuta a fare tu qui?»

Eve, che non sapeva bene come affrontare la situazione, indossò un sorriso idiota di circostanza, rispondendo: «Ho delle informazioni su un sospettato che si è infiltrato alla Mascherata».

Lau fece qualcosa d'inatteso: si voltò verso i guerrieri e disse loro di continuare in sua assenza, mentre si avvicinava alla serva. «Un infiltrato, dici?» ripeté, incalzando la giovane, squadrandola con occhi grandi e neri come il carbone. «Dimmi di più.»

«Si è presentato come conte De Carintia, ha detto di aver aiutato la servitù nei preparativi. Probabilmente deve aver bazzicato nei dintorni per diverso tempo» incominciò Eve.

«Altroché! È uno strige delle tenebre, sa bene come eludere i controlli» aggiunse il nuovo generale.

Evelyne rimase interdetta. «Come lo sai?»

Lau scrollò le spalle. «Ho le mie fonti. So pure che viene dalla periferia e il suo vero nome è Valerius.»

Lo stomaco di Evelyne toccò il pavimento.

Valerius... non può essere possibile. La serva ricordava i siti in cui aveva navigato in compagnia di Sylvain, alla ricerca del volto di Belfagor che, a quanto pare, tanto ricordava il quindicesimo arcano maggiore, il Diavolo. *Ma quel taglio degli occhi, quei capelli lunghi e lisci non lasciano spazio a domande. D'altronde, altrimenti perché bazzicare a palazzo nei giorni precedenti alla Mascherata e mentire a Calista, dicendole di aver dato una mano con i preparativi?*

Deglutendo, la serva annunciò. «Quello è il figlio di Belfagor». Era la prima volta che lo diceva a voce alta, a stento ci credeva lei stessa, però, ordinati in questa maniera, i pezzi del puzzle sembravano combaciare. I reali di Arcadya erano stati dei benefattori per tutti quanti, l'unico che aveva motivo di attaccarli era Belfagor... o una sua eventuale prole.

Gli occhi di Lau si sgranarono, colti da inaspettata sorpresa.

«Belfagor ha avuto un figlio? Credevo fossero fake news diffuse dai siti di gossip…»

«A quanto pare no, il nostro strige gli somiglia pure.» Evelyne ripensò a colui che si era fatto chiamare conte De Carintia e poi alle immagini di Belfagor. C'era un'innegabile somiglianza, nonostante il primo sembrasse una versione sbiadita del padre. Quest'ultimo, infatti l'aveva lasciata senza fiato, mentre Valerius, alla vista, le era indifferente, come la copia economica di un'opera d'arte.

«Immagino provenga dal confine per questo» osservò il generale. «Non può nascondersi in mezzo a noi. Una di queste sere proverò a infiltrarmi nel mercato nero. Per essere sopravvissuto così a lungo là fuori deve per forza essere un rivenditore.»

«Rivenditore?» ripeté Evelyne, aggrottando la fronte. «E di cosa?»

«Di tutto quello che non è legale qui.» Laurell allargò le braccia, alludendo ad Arcadya, alla sicurezza che Caiden aveva conferito al regno dopo la guerra. «Droga, armi, organi, sesso.»

«E tu vuoi andare lì? Al mercato nero? Nel suo covo?» La serva era scandalizzata ma, al contempo, trovava ammirevole la determinazione del nuovo generale.

«Non voglio attaccarlo in casa, non ancora almeno» spiegò quest'ultimo. «Solo andare in ricognizione, vedere da vicino quali sono i suoi traffici e poi, successivamente, inizierò tagliando man mano i "viveri". Voglio ridurre all'osso la sua fonte di guadagno, se possibile salvando quanti più innocenti riesco. Soltanto quando le sue forze saranno decimate, organizzerò un raid con il sostegno di Elan e uccideremo il bastardo.»

Sì, bingo. Laurell era decisamente l'Eremita indicato dalle carte, ma non era sufficiente trovarlo per adempiere la propria missione. Doveva fare qualcosa di più, spingere quel promettente ufficiale verso la propria realizzazione, aiutarlo a salvare Arcadya. Per questo motivo, Evelyne prese un bel respiro e si propose: «Posso partecipare anche io?».

Lau si aspettava di tutto da quella serva, ma non che volesse partecipare a una magica scampagnata oltre i confini di Arcadya. Certo, in quanto umana non poteva viaggiare fra i reami, aveva visto molto poco e immaginò che la curiosità la stesse divorando ma quella era una vera follia. «Assolutamente no» scosse la testa. «Sei umana e neppure addestrata.»

«Appunto, sono umana» replicò Evelyne. «È o non è una ricerca sotto copertura? Un mago oltre il confine è strano, lo è meno se accompagnato da un'umana. A meno che tu non voglia già impegnare un gruppo di maghi per il raid, non ci succederà nulla. In più, io ho visto Valerius, so chi dobbiamo cercare.»

Il generale sbuffò, ma nonostante l'apparente riluttanza acconsentì. «Va bene, ma se ti succede qualcosa, io non ne avrò alcuna responsabilità. Partiamo domani notte.»

Otto di Coppe

La giornata di Titania era iniziata nella peggiore delle maniere. Forse non proprio la peggiore in assoluto, ma in quel momento si stava facendo gridare contro da Liviana, il che non era proprio il massimo della gioia, soprattutto considerando l'allegra e libera spensieratezza della sera precedente.

L'insegnante continuava a ripetere, con voce eccessivamente elevata, di centrare il bersaglio e prendere bene la mira. Certo, richiesta ovvia quando si tratta di scagliare incantesimi, ma come poteva mirare a qualcosa che non vedeva? L'ibrida sforzava i suoi occhi, nel vano tentativo di mettere a fuoco l'immagine, ma vedeva solo una piccola macchia scura sullo sfondo. Muovendo la testa, però, quel puntino pareva spostarsi. Era flebile e traballante, le faceva addirittura dubitare della sua sola esistenza. Lei odiava la simulazione del lancio d'incantesimi, perché non importava quale elemento evocasse, il risultato era sempre lo stesso: non riusciva a centrare il maledetto bersaglio. Ogni volta in cui giungeva il suo turno le compagne ridacchiavano, canzonandola. A quanto pare, vederla fallire in continuazione era un grande intrattenimento per loro. Titania non poteva dire nulla, chiusa nella sua impossibilità di vedere, poteva solo rimboccarsi le maniche e sperare che almeno uno dei suoi svariati tentativi avrebbe centrato il bersaglio. Però, quella volta, accadde qualcosa di diverso.

Alle spalle di Titania comparve un uomo; lei non lo vide, ma ne percepì la presenza prima che lui aprisse bocca. «Posso consultare rapidamente Titania?» domandò, fermando in tronco l'incantesimo, che si dissipò rapidamente dalle labbra della giovane.

L'ibrida tirò un sospiro di sollievo nel riconoscerlo: era Elan. Quell'uomo le infondeva sicurezza, non la giudicava e, a differenza di Liviana, pareva sforzarsi davvero per trovare il suo potenziale, senza concentrarsi troppo sui suoi ostacoli.

L'insegnante scrollò le spalle. «Tanto qui non mi serve» e, seguita dal rumoreggiare delle driadi, chiamò Ronilda per un'altra dimostrazione. Titania ringraziò la propria cecità, almeno non avrebbe dovuto vedere la faccia tronfia della rossa mentre centrava più volte di fila il bersaglio forandolo con piccoli proiettili d'acqua.

Si sentiva nuovamente al sicuro, mentre si lasciava condurre dall'unico mortale che avesse mai sconfitto la morte. Avrebbe avuto tante domande da porgli, ma restò in rispettoso silenzio. Elan la guidò dentro un capanno rossiccio contenente varie armi e la fece accomodare su un piccolo e scricchiolante sgabello di legno. Titania si sentì in dovere di ringraziarlo, ci vedeva meglio al chiuso e, almeno, non rischiava di scottarsi.

«Non approvo molti aspetti dell'insegnamento di Liviana e di come è strutturato l'Ordine di guardiane» cominciò lui. La sua ombra scura si stava muovendo nel campo periferico di Titania. Lei, concentrandosi unicamente sui suoni, riuscì a capire cosa stesse facendo. Aveva appena aperto un cassetto legnoso, un po' duro a muoversi, e il suono fu seguito da un delicato tintinnio metallico. Si trattava di un piccolo ago, così sottile che Titania non lo vide nemmeno quando Elan le fu vicino. «Addestrando un'unica parte di te, ti stanno mutilando. Gli strige non sono poi tanto diversi dalle driadi, attingono pure loro a elementi, sebbene questi ultimi abbiano una natura diversa, più antropocentrica. Ecco perché tutti ne sono tanto terrorizzati: gli strige affondano le loro radici in numerosi miti in cui l'uomo è la loro vittima, prima ingannata, poi ammaliata e infine divorata. I vostri antenati sono ostinate creature di sangue, fino a qualche millennio fa eravate anche mutaforma.»

«Mutaforma? Cos'è successo?» domandò Titania, confusa e affascinata da quella lezione imprevista.

«L'evoluzione. Sai che cos'è la zona perturbante?» Vedendo l'ibrida scuotere la testa in segno di diniego, proseguì con la spiegazione. «È una teoria elaborata da uno studioso di robotica. Sostiene che gli uomini si siano evoluti imparando a temere qualsiasi creatura somigli a un essere umano, senza esserlo del tutto. Le persone iniziarono a differenziare i mutaforma dagli altri umani. Gli strige che si avvalevano di queste tecniche, che si trasformavano in uomini e donne attraenti per sedurre e nutrirsi degli umani, non ebbero vita lunga, a differenza di coloro che, al contrario, incominciavano a vivere pacificamente con loro, mettendo i propri poteri a disposizione del bene comune. Gli strige, secolo dopo secolo, sono cambiati, in maniera simile a come hanno fatto pure le driadi. Coloro che vivevano con gli umani sono diventati simili a questi ultimi ma, di contro, hanno perso la capacità di mutare forma a comando.»

L'ibrida sentì un pezzo di cotone strofinare sul suo indice.

«Esiliare gli strige non cancellerà il male; voi, nonostante le origini, potete ancora scegliere il bene, lo dice l'evoluzione. Solo gli strige che hanno preso le parti degli umani e hanno imparato a vivere con loro sono sopravvissuti, non le bestie che li cacciavano. In più, la tua aura è limpida, non riesco a vedere traccia di malvagità in te. Sono sicuro che useresti i tuoi poteri solo per fare del bene. Ora, scusami, farà un po' male.» Come l'ago le bucò la pelle, Titania sussultò e represse l'istinto di sottrarsi. «Vorrei scoprire la tua affinità. Certo, un'affinità non preclude l'uso di altri elementi, ma è utile a capire qual è il cavallo di battaglia sul quale concentrare l'addestramento.»

«Come sai tutte queste cose sugli strige?» domandò lei.

«Sono ritornato in vita grazie a una di loro, quando ancora non si sapeva dell'esistenza dei reami o delle creature provenienti da essi. Da allora ne sono rimasto affascinato e ho incominciato a studiare in segreto ciò che, al tempo, era occulto» raccontò lui, raccogliendo quel poco sangue.

«Era occulto?» ripeté Titania, allibita. «Quanti anni hai?»

«Troppi. Un tempo era bello, ora è una maledizione. Di recente mi è stato offerto un posto a palazzo, è sempre meglio che vivere di stenti a causa di una burocrazia obsoleta che non prevede umani capaci di vivere millenni» sospirò.

«In che senso?» insistette Titania.

«Non potrei lavorare, sono un eterno pensionato, a meno che non finga la mia morte e non assuma nuova identità. Ma essendo ormai conosciuto ovunque come immortale, qualsiasi mia finta morte verrebbe sventata. La mia situazione non è mai stata appropriatamente difesa da alcuna norma, tutto ciò che hanno fatto millenni addietro è stato proibire la resurrezione completa di un individuo, sortilegio comunque rarissimo siccome è quasi impossibile far risorgere qualcuno mantenendo intatto il suo spirito. In breve, avevano posto una legge inutile, in difesa del niente, e si erano dimenticati di proteggere me, che ormai sono ritornato a esistere. Sono felice che Caiden abbia risolto questa situazione.»

«Caiden era un bravo re, non è così?»

Elan le diede le spalle, mettendosi a lavorare su quella piccola goccia di sangue. «Un brav'uomo oltre che un bravo sovrano, ed è raro trovare qualcuno che sia entrambe le cose. Con lui il tasso di povertà era ai minimi storici, non di rado interveniva personalmente nella risoluzione dei conflitti ed è riuscito ad arginare i problemi al confine di Arcadya.»

«Problemi?» ripeté Titania, incuriosita.

L'uomo sospirò, non era mai stato di molte parole e le sue batterie sociali erano già a terra, ma ci teneva a insegnare a Titania il più possibile. Se era destino che lei vivesse in quel reame, allora doveva conoscerlo in ogni suo aspetto, persino quello più orrido. «Arcadya, quando ancora non portava questo nome, era grande e rigogliosa. Oggi è quasi totalmente distrutta, solo questi luoghi abitati non sono stati toccati dalla morte. È stato in buona parte merito delle driadi, degli elfi e di tutti quei Fae legati alla terra, se questo angolo di mondo si è salvato. Al di là di queste aree ancora verdi, la terra è arida, morta, e lì, oltre il controllo della corona, si è insediata la peggio feccia. Promettimi di non mettere mai piede in quei luoghi.»

Titania aggrottò la fronte, non capiva cosa ci potesse essere di tanto pericoloso, né come le creature oltre il confine potessero essere peggio di quelle all'interno di Arcadya. Tuttavia scelse di tacere, lei in ogni caso non aveva alcun affare con quanto si celava là dove il regno finiva.

Elan, percependo uno scalpiccio, si voltò verso l'entrata del capannone. «Calista, stai cercando qualcosa?» chiese.

Titania sussultò quando vide l'ombra della compagna varcare quella porta troppo luminosa; non si era nemmeno accorta del suo silenzioso arrivo a causa del sole che vi filtrava attraverso. «Ho preso una brutta storta e Liviana mi ha detto di andare a riposare in infermeria» improvvisò la driade, affiancandosi all'uomo.

«Questo è un deposito di armi e le tue caviglie mi sembrano a posto.»

«E tu perché hai portato Titania in un'armeria per prelevarle del sangue?» lo rimbeccò prontamente la driade. «L'infermeria era piena o ti stai nascondendo di proposito?»

L'immortale si accigliò. Apprezzava da sempre quella guardiana, a differenza di Liviana, però era davvero una ficcanaso. «Sai come Liviana vede gli strige. Non ti serve sapere altro per capire perché siamo qui, anziché in infermeria. Ora rispondi alla mia domanda.»

Calista si appoggiò a un mobile in legno e iniziò a osservare con un certo cupo languore le punte ferree delle lance. «Mettiamola così,» confessò «se fossi rimasta un secondo di più in mezzo a quelle serpi avrei dato fuoco a qualcosa, o a qualcuna.»

Elan si voltò a guardare Titania, come in cerca di approvazione, domandandole se Calista potesse rimanere, col rischio di assistere al risultato del test. L'ibrida non si fece alcun problema, si fidava della driade, sebbene quel giorno ci fosse qualcosa di strano in lei. Lo percepiva nella sua aura, l'energia che emetteva era più frenetica e meno pacata.

L'uomo afferrò una ciotola in pietra, Titania ne sentì chiaramente il rumore contro il mobile e trattenne il respiro. «Pare che tu non abbia affinità nemmeno con questi altri elementi. Sei un'ibrida pura.»

La giovane percepì una fitta al ventre.

Nessuna affinità si ripeté. *Una condanna.*

Lei non era speciale come Ronilda e nemmeno specializzata come Calista; poteva attingere a tutto, luce e buio, ma in maniera vaga, grossolana. Liviana avrebbe sicuramente colto l'occasione per cacciarla, era l'emblema della mediocrità e, senza la possibilità di usare i suoi poteri oscuri, era inferiore anche alle tante driadi che svolgevano lavori ordinari poiché reputate troppo deboli per l'Ordine. Che cosa avrebbe potuto fare Titania? Non aveva studi o formazione adeguata, non sapeva come muoversi in autonomia in quel mondo. I suoi giorni in quel reame erano contati.

Elan, d'un tratto, afferrò una lancia. Calista si tirò su con uno scatto. «Che cosa stai facendo?!» esclamò, alterata. Pure Titania, accortasi della piccola commozione, saltò sulla sedia e si schermò il volto. Ma l'uomo non si diresse verso l'ibrida, si voltò verso l'ampolla in vetro, la buttò per terra e la colpì ripetutamente con l'arma, mostrando una foga esagerata, grottesca, una rabbia che pareva non appartenergli.

«Tornate ad addestrarvi, tutte e due» mormorò esausto, esaurito da quell'improvvisa violenza. «Io pulirò i cocci, è stata una svista disastrosa. Nessuno saprà né deve sapere mai di questo test.»

Tre di Denari

Lysander, nel corso di due giorni, si era rimesso in sesto. Aveva tirato la coperta, stare in piedi gli dava ancora un po' di capogiro, o era la bassa pressione? Pazienza, l'erede non era mai stato bravo a leggersi dentro, ad ascoltare il proprio corpo. O gli altri, per quanto lo riguardava.

Quella mattina si era vestito di buona lena, infatti Evelyne fu sorpresa di non trovarlo in canotta. Nella mente della serva aleggiava il dubbio, anzi la speranza, che il principe si stesse prendendo più cura di sé proprio per lei.

La lezione viaggiò veloce, Lysander era distratto come al solito, il che non sorprese Evelyne, però la deluse in ogni caso. Comunque, la serva aveva altro a cui pensare: quella notte stessa sarebbe partita con Lau per il confine e non sapeva come vestirsi, cosa portare. Era fondamentale apparire come se non avesse alcun contatto con la corona, come se fosse crudele e spietata tanto quanto le persone che bazzicavano il mercato nero: non c'era niente di frivolo nella sua giustificata preoccupazione.

Mentre Lysander si dirigeva a grandi falcate verso la porta della stanza, la serva gli domandò: «Se io domani non tornassi, ne faresti parola con tua madre?».

L'erede scrollò le spalle. «No, anzi meglio. Queste lezioni sono una vera rottura» e non aggiunse niente, non le chiese il motivo, non le domandò come stesse, quale fosse il suo impegno, nulla. Nemmeno un pensiero aleggiava nella sua testa vuota. Il principe abbandonò la camera, come dimenticandosi Evelyne lì, lasciandola sola e con la testa turbinante. D'altronde, era una serva, agli occhi superficiali dell'erede era parte del palazzo come quelle stesse mura che lo circondavano. Tuttavia, il giovane non fece nemmeno due passi fuori dalla stanza. Quando la vide alzarsi a sua volta e uscire, si voltò subito verso di lei. «Per caso anche tu devi andare nel campo di addestramento?» domandò. Evelyne sussultò, non aspettandosi che il giovane le rivolgesse la parola. «Come lo sai?»

«Ho tirato a indovinare. Andiamo insieme?»

Quella proposta era un'allettante consolazione, la serva non poté non accettare. Si accontentò di quel tragitto, di quel silenzio condiviso. Silenzio e nient'altro. Sì, perché non c'era niente che li accomunasse: lui era frivolo, dedito ai fugaci piaceri della terra, lei era pedante e legata a una cultura immobile, che lei stessa era incapace di applicare alla vita moderna, come una vecchia foto destinata a prendere polvere su un mobile antico, vista da tutti e compresa da nessuno.

Non appena giunsero nel campo di addestramento, Lysander si

staccò velocemente da lei, camminando a passo svelto verso le driadi o, meglio, verso la sua nuova prediletta. Evelyne era rimasta indietro. In ogni caso non sarebbe andata con lui a guardare l'Ordine: non voleva certo fomentare così la propria invidia, già era bastato lo scoprente vestiario di Calista alla Mascherata. Per fortuna fu subito raggiunta da Lau, che le domandò se fosse tutto pronto per quella notte.

Evelyne non seppe esattamente come rispondere, dunque optò per la sincerità. «Sì, l'unico dubbio è come mescolarmi fra quelle persone. Non posso andarci vestita da serva».

«Credevo che tu sapessi benissimo come *mescolarti*, visto il tuo discorsetto di stamattina» ribatté prontamente, lasciandola senza parole. «Poche storie» aggiunse. «O vieni o non vieni. E se tu dovessi prender parte a questa missione non vorrei sentire alcuna lamentela da parte tua.»

Evelyne si voltò a guardare verso le driadi, osservando come Lysander sorridesse languidamente a Calista, mentre lei volava sopra il campo con le altre, seguite a ruota da una rapida Titania, impegnata a correre avanti e indietro per stare al passo. La serva trovò bizzarro quel dettaglio: Titania non volava e non ne comprendeva il motivo, nell'Ordine vi era il meglio delle driadi, eppure lì ce n'era una senza ali. Comunque, quello non era un suo problema, a differenza della pericolosa avventura in cui si stava per imbarcare.

«Verrò con te, Lau» affermò, decisa. «In ogni caso, non è che abbia qualcosa da perdere.»

5
Il Papa

Regina di Denari

Mettere i piedi in un formicaio brulicante di affamate testine rosse può essere un'esperienza pungente, Titania ne sapeva qualcosa, ma non era sua la caviglia sotto attacco. Quel giorno si era palesato Lysander: la forte luce esterna la metteva in difficoltà, tuttavia i sussurri inebriati delle sue colleghe erano inequivocabili, quella sagoma alta che di tanto in tanto rivolgeva cenni a Calista apparteneva proprio al principe. Ed era proprio il piede della driade del fuoco a essere metaforicamente incappato in quel malevolo formicaio.

L'ibrida non sapeva esattamente come sentirsi nei confronti di quell'improbabile principe. Non era così che immaginava l'erede al trono, il futuro di Arcadya, e non per quanto concerneva quel poco del suo aspetto esteriore da lei captato: Lysander non possedeva l'aura di un re, di un conduttore. Certo, si divertiva a fare il cascamorto, a bere e baccheggiare, ma non era stupido come molti avrebbero potuto pensare, Titania l'aveva immediatamente intuito. Era consapevole del potere da lui esercitato, infatti l'ibrida temeva gli usi che ne avrebbe fatto.

Quando Lysander rivolse, sornione, un saluto a Calista, avvicinandola durante la pausa, la tensione schizzò alle stelle. Questo era il potere esercitato dal principe, niente di tangibile o di tradizionale, ma sicuramente mal riposto.

«Non ti ho mai ringraziato per l'altra sera.»

La driade gli sorrise a labbra serrate, visibilmente imbarazzata, non tanto per lui, quanto per l'improvvisa attenzione ricevuta dalle sue compagne. «È il mio dovere, figuratevi, altezza. In realtà, Evelyne ha fatto la maggior parte del lavoro.»

Lysander ignorò imperterrito la seconda parte del discorso, posando una mano sulla spalla di Calista: un gesto che avrebbe fatto sciogliere chiunque, ma non lei. «Ti prego, niente titoli e formalità. Per te sono solo Lysander.»

Titania non poté non trovare grottesco quell'atteggiamento, un principe che irrompe nel campo di addestramento delle medesime driadi incaricate di proteggerlo per pavoneggiarsi? Era oltremodo ridicolo. L'ibrida non conosceva le convenzioni sociali di Arcadya ma persino lei era in grado di comprendere quanto fosse scorretto quel comportamento. Eppure, ciò che era palese a lei non lo era altrettanto per le sue compagne. Infatti, nelle ore successive, non fu più Titania il bersaglio di occhiatine e battute sussurrate, bensì Calista. Così, l'ibrida si trovò involontariamente testimone dei loro aberranti discorsi e poté scorgere una nuova rabbiosa testa ergersi dal tremendo corpo di quell'idra, Anaïs, la quale era fomentata soprattutto da Ronilda.

«Non riesco a credere che ti abbia fatto questo, tesoro» sospirava la rossa, ignorando bellamente la spiegazione di Liviana.

«Io non riesco a credere che Lysander si lasci sedurre da quella lesbica» aggiunse Anaïs, sferrando un'occhiataccia torva a Calista, la quale stava silenziosamente ascoltando l'insegnante.

«Una lesbica pompata» sghignazzò Eilir. «Dovrebbe andarci piano con gli allenamenti.»

«Che schifo, fra un po' sembrerà un uomo.»

«Fra un po'? Tesoro, quella si salva solo perché tiene i capelli lunghi.»

«Altro che Calista, dovremmo iniziare a chiamarla Carlo.»

Titania smise immediatamente di origliare, si sentiva sporca, colpevole all'idea di ascoltare senza intervenire, ma non sapeva nemmeno come irrompere nella conversazione. Loro erano belle, forti e maligne, l'avrebbero ridotta in brandelli e rispedita in camera con la coda fra le gambe.

Liviana ruppe il chiacchiericcio delle driadi, semplicemente fermandosi dinanzi a loro e schiarendosi la voce. Quando si pensa a una protettrice magica di un umano dal nobile ed eroico cuore, ci si figura una donna dalle forme morbide e il viso dolce; lei era il perfetto opposto, persino la sua voce era acuta e tagliente come un rasoio. Quando chiamò Titania per nome, la giovane sussultò dallo spavento.

«Hai mai provato a viaggiare da un reame all'altro?» Era la prima volta in cui né la sgridava, né tentava di farla sentire inferiore o a disagio. L'ibrida si sentì quasi emozionata. La loro mentore le parlava come faceva con le altre, era un gran bel successo!

Titania, sopprimendo quel patetico entusiasmo, si limitò a scuotere la testa.

«Allora ti dovrò sottoporre a una prova intermedia.»

«Prova intermedia per cosa?» domandò Calista, la quale si era appena allontanata da Lysander, sopraggiungendo alle spalle dell'ibrida.

«Per il viaggio verso Midian.»

Ci fu un improvviso rumoreggiare. Ronilda si era voltata a protestare con Eilir, Teodora stava sgranando gli occhi e Anaïs stava già sbuffando un pigro «io non ci vado». Titania, confusa da quella reazione, si voltò verso Calista, in cerca di spiegazioni. Ma quest'ultima stava guardando l'allenatrice, scuotendo vigorosamente la testa. «Perché dovremmo andare in quel posto? È uno dei reami dei morti, lì non c'è niente per noi.»

«Ci troviamo sull'orlo di un'emergenza, Calista. E i Grigi vedono ogni cosa.»

L'ibrida trovò finalmente il coraggio di dar voce a uno dei suoi molteplici dubbi e domandare: «Chi sono i Grigi?».

Liviana sollevò un sopracciglio, squadrandola con superiorità, come se considerasse ridicola l'ignoranza da lei appena mostrata. Tuttavia, si limitò a rispondere: «Sono i morti che infestano il reame».

«Credevo che non si potesse andare nel reame della Morte, a meno che, beh...»

«Quello non è il reame della Morte, e quelli non sono morti qualsiasi. Loro non riposano, non sono pacifici, il loro decesso è stato violento e hanno scelto di non dimenticarlo. I Grigi sono ossessionati dalla loro vita passata e farebbero qualsiasi cosa pur di riprendersela.»

Ronilda si levò in piedi, sorprendendo sia Titania sia Calista. Quella era la prima volta in cui obiettava le parole di Liviana. «Perdonate l'interruzione,» si intromise la rossa «ma proprio per questo non dovremmo andare lì. Sono pericolosi, vorrebbero le nostre vite e niente ci garantisce che siano disposti a parlare.»

«Ronilda, cara, io sono d'accordo con te» le si rivolse Liviana con sorriso affilato, sottile come quello di un felino dinanzi alla preda. «Purtroppo, questi ordini ci vengono dalla regina in persona e noi non possiamo opporci. Preparate Titania, mandatela nel reame di Deltora. Calista, fa' la guardia su di lei durante il viaggio. Quella su Midian sarà la sua prima missione e deve essere pronta.»

Asso di Spade

Quella stessa notte, Evelyne e Lau si trovarono di fronte al cortile del palazzo. La prima camminava a passo felpato e si guardava in giro con fare circospetto. Indosso aveva una tuta nera, un passamontagna e un paio di anfibi. A ogni fruscio si acquattava contro l'alta cancellata aurea, alzando i pugni. Era ridicola.

«Come diavolo ti sei vestita?» la riprese Laurell. «Stiamo andando in un luogo ostile, non a derubare i gioielli della corona.»

Il nuovo capo dell'esercito, infatti, non si mimetizzava affatto con il buio circostante. I larghi jeans e la maglia a righe non rendevano Lau invisibile, ma nemmeno facile bersaglio. Era strano vedere qualcuno vestito in quella maniera, Evelyne ormai si era abituata alle tuniche degli impiegati reali, alle gonne ampie e le giacche a doppiopetto dei nobili, le armature dell'Esercito e gli abiti corti dell'Ordine, una commistione di stili, l'unico confusionario reperto di una civiltà ormai perduta. Quei jeans risultavano fin troppo strani al suo occhio ormai assuefatto da antiche mode.

Laurell, a differenza degli altri armigeri, aveva sempre preferito abiti larghi e comodi, che mascherassero la sua slanciata figura. I suoi capelli neri, tenuti corti, ricadevano scompigliati intorno al suo viso, celandone in parte i lineamenti. Era la persona ideale per quel tipo di lavoro, sapeva bene come non dare nell'occhio senza sollevare sospetti su di sé.

Lau aveva fatto salire Evelyne sul proprio van e l'aveva portata fino ai confini di Arcadya, oltre i terreni del famigerato conte De Carintia. L'ufficiale aveva infatti osservato la mappa sul proprio palmare e i suoi terreni erano proprio quelli che occupavano la fascia più esterna del regno. Infatti, passando da contea a contea, Evelyne aveva osservato attraverso il finestrino come l'erba, a malapena illuminata dai lampioni, diventasse giallognola, paglierina, come gli alberi fossero man mano più radi e come gli orti si rinsecchissero con l'avvicinarsi del veicolo al periglioso confine.

La serva non aveva mai avuto l'occasione di osservare in prima persona com'era Arcadya al di fuori di quell'ovattato mondo intorno al palazzo. Non era nemmeno convinta d'essere sveglia, le pareva tutto un bizzarro sogno lucido dal quale era impossibile destarsi.

Il generale accostò l'auto in un cortile abbandonato della contea De Carintia e si guardò intorno con circospezione, come in cerca dell'eventuale proprietario di quel grande e giallognolo giardino. Non credeva sarebbe arrivato a reclamare la presenza del van sul proprio terreno, quel posto sembrava non appartenere a nessuno.

Laurell tirò il freno a mano e spense il motore con fare sbrigativo ma, prima di scendere dal veicolo, si voltò verso la giovane con volto serio. «Evelyne, ciò che vedremo al di là del reame è terrificante, potrebbe tormentarti per diversi giorni e non lasciarti riposare durante la notte. Se vuoi tornare a palazzo posso ancora riportarti indietro.»

La serva non pensò a nulla, trovò semplicemente curioso il fatto che Lau, la persona da lei ritenuta più fredda e asettica, mostrasse tanto riguardo nei suoi confronti. Nel tentativo di dissimulare l'imbarazzo creato dal suo prolungato silenzio, la serva scrollò le spalle. «Quindi hai già visitato i luoghi oltre il reame...»

«Prima rispondimi.»

Eve sfuggì allo sguardo del generale, voltandosi di nuovo verso il finestrino, questa volta fissando il panorama fermo e rinsecchito. «Ti ho promesso il mio supporto. Io tengo alla tua causa, anche se non sono direttamente coinvolta, come lo sei tu.»

Lau grugnì ed estrasse le chiavi dal quadro.

«Dunque, hai già visto cosa c'è oltre Arcadya?» insistette Evelyne.

Il generale aprì la portiera dell'auto compiendo un gesto secco, frettoloso, e uscì con un balzo dalla vettura, mentre la serva seguiva passo passo i suoi movimenti, tentando di emularne la sbrigatività. «Combatto nell'esercito da quando ne ho memoria» rispose Lau, andando a frugare distrattamente nel portabagagli. «Mi è capitato di condurre un raid in un mercato d'armi, non è stata una bella esperienza.»

«Ma oggi siamo sotto copertura, no?» La voce della serva aveva iniziato a tremare. Immaginava la furia di centinaia di strige esiliati ma, per qualche motivo, Laurell non aveva mai menzionato la presenza di quelle creature.

«Prega che la copertura non salti» sbuffò il generale, estraendo un vecchio zaino da montagna. «Io appartengo pur sempre ai Fae e tu sei una mia alleata, non dimenticarlo.»

La serva tacque. Avrebbe avuto tante domande, soprattutto riguardanti la natura degli eventuali pericoli oltre il confine, ma le soffocò, limitandosi a seguire in silenzio l'ufficiale. Non voleva arrecare ulteriore disturbo con le sue domande o, addirittura, farsi cacciare da quella spedizione prima che potesse anche solo mettere piede nel mercato nero. Camminarono per un po' e, soprattutto, lo fecero in silenzio. Lau non era un tipo particolarmente loquace ed Evelyne, la quale era tormentata da numerose domande, temeva il giudizio di eventuali orecchie indiscrete.

Mentre si addentravano in mezzo alle macerie di una vecchia metropoli demolita da millenni di guerre, la ragazza si trovò a fissare i palazzi fatiscenti, anneriti dalla distruzione, immaginando quante persone ancora si potessero nascondere lì.

E se i miei discorsi fossero troppo da abitante di Arcadya? Se il mio modo stesso di parlare mi tradisse?, si domandava, senza staccare gli occhi da quelle palazzine devastate, le stesse che secoli prima avevano ospitato un'enorme quantità di persone, di vita, ma che ora giacevano, scomposte, l'una accatastata sull'altra, come giganti avvolti da un sonno eterno.

Evelyne provava silenziosamente a contare gli appartamenti, i piani e i palazzi in cui incappavano, cercando di immaginare quante persone avessero vissuto in quella metropoli. E il numero era straordinariamente alto agli occhi della serva, ormai abituata a un mondo povero di gente, un'umanità ridotta all'osso. La quantità di viventi che aveva abitato il mondo la confondeva, era incapace di figurarsi una folla tanto grande. Certo, sapeva che il reame in passato era stato enorme rispetto al modesto regno di Arcadya, tuttavia quella somma continuava a sembrarle assurda, facendola sentire minuscola.

Dopo un paio di svolte, incapparono nei primi abitanti delle periferie, accampati fra le macerie. Avevano i visi emaciati, a molti di loro mancava qualche dente e si riparavano dalla pungente notte avvolgendosi con delle pezze di stoffa scolorite dal tempo. Evelyne incrociò accidentalmente lo sguardo di uno di loro. Dal corpo eccessivamente esile e cosparso di cicatrici sull'addome pareva debole, tuttavia i suoi occhi erano intrisi di violenza. Lau non lasciava mai niente al caso e aveva parcheggiato il furgone entro l'ultima contea, consapevole di dover camminare per chilometri. Se non avesse fatto così il veicolo sarebbe stato immediatamente assalito. Meno comfort avevano, più era facile per loro mimetizzarsi.

Camminando di via in via, l'ambiente si fece meno desolato. Persone iniziavano a sbucare da ogni dove, solo una piccola parte di loro aveva lo stesso aspetto da mendicante dei senzatetto nel vecchio quartiere abitato, gli altri parevano comuni cittadini di Arcadya. Avvicinandosi al centro di quella che, al suo tempo, doveva esser stata una meravigliosa città, ricca di vita e di cultura, gente di ogni tipo sbucava dalle varie viuzze. Fra le piccole abitazioni annerite, il via vai di persone s'intensificò ulteriormente. Pareva che il nucleo, dove quella modesta folla si addensava maggiormente, si trovasse in una via poco più in là.

«Da qui non si torna indietro, quello è il mercato nero» si chinò a sussurrare Lau, indicando la strada con un fugace cenno. «Sei ancora sicura di voler andare avanti?»

Evelyne annuì, questa volta con un po' più di esitazione. I mendicanti l'avevano inquietata e non riusciva a spiegarsi il motivo. Non che lei non avesse mai visto gente messa in ginocchio dalla povertà e dalla carestia: anche se era stata molto piccola, la serva aveva vissuto gli anni della guerra fra razze, aveva visto la popolazione venir decimata per colpa degli strige, aveva perso madre e padre, come quasi tutti gli abitanti di Arcadya. Tuttavia, c'era qualcosa di anomalo in quelle persone e, qualsiasi cosa fosse, era rimasto impresso nella mente di Evelyne, marchiando a fuoco la sua memoria di quel luogo. Ogni qualvolta avesse pensato al confine, quegli occhi, vuoti e dolenti, sarebbero riaffiorati.

Lau accettò con una scrollata di spalle quella risposta poco convinta della compagna e la condusse dentro al mercato nero. Eve non sapeva cosa aspettarsi, non ne aveva davvero idea. Sapeva bene che, su internet, pure in passato si potevano reperire armi e droga, ma un mercato dell'illegale, esistente in una dimensione fisica, era assurdo.

E assurdo fu anche lo scenario che si trovarono davanti: comunissime stoffe, pagnotte rinsecchite e utensili per la casa accanto a involucri contenenti droga, pezzi di braccia e gambe appesi come carne in macelleria.

Evelyne deglutì numerose volte, nel vano tentativo di ricacciare indietro il crescente groppo in gola.

«Se dai di stomaco, io ti lascio qui» sibilò Lau.

La serva non riuscì a formulare alcuna frase, tanto era contratta e rigida nel tentativo di sopprimere la nausea. Spostò lo sguardo altrove, via dalle bancarelle, dal sangue e dalla disumanità, si concentrò invece sulle persone, senza mai soffermarsi su nessuna di loro.

Lau riprese a camminare ed Evelyne fu subito sui suoi passi, riprendendosi da quel breve stato di trance terrificante in cui era rimasta intrappolata. Le pareva un incubo, sfilava fra vivande comuni e armi letali, stoffe malconce e organi freschi, non sapendo mai dove posare lo sguardo, su cosa soffermarsi. Credeva che, guardando le bancarelle, l'orrore avrebbe avuto la meglio su di lei, ma non poteva nemmeno fissare i numerosi passanti o sarebbe sembrata sospetta. Guardarsi i piedi, poi, era fuori discussione, non voleva apparire come la debole ragazzina terrorizzata che era in realtà.

«Hai una traccia o stiamo camminando a caso?» domandò, presa dalla frustrazione, in un vano tentativo di equilibrare il terrore con vuote lamentele.

«Ovviamente ho una traccia. Con chi credi di avere a che fare?» ribatté l'ufficiale. Poi, abbassando il tono di voce: «sto captando le tracce lasciate dalla magia di Valerius. Grazie a Calista sappiamo che è affine con l'oscurità, con la morte e, per fortuna, non ci sono tanti strige in giro».

Quell'affermazione lasciò Evelyne perplessa. Non c'erano molti strige in giro? Com'era possibile? Loro erano gli esiliati, questa era la loro casa. Con un sospiro, rimandò tale domanda e si limitò, invece, a chiedere: «Non credi che questa traccia ci condurrà nel suo covo? Insomma, molto probabilmente è a capo di qualche banda o possiede parte del mercato. Altrimenti come avrebbe fatto a sopravvivere così a lungo fuori da Arcadya?».

«È possibile, ma noi non siamo qui per sferrare un attacco, solo per reperire informazioni e sapere dove colpire la prossima volta. Ora come ora, Valerius non avrebbe motivo di aggredirci.»

Lau spinse repentinamente Evelyne dentro a un vicolo e bussò con prepotenza a una casa chiusa.

Intorno c'era un via vai di giovanissime prostitute, adornate di vecchi gioielli, in buona parte già ossidati dal tempo, e volti minuti sfregiati da un'eccessiva quantità di trucco. La serva distolse rapidamente lo sguardo, sentendosi sporca e sbagliata anche solo a posare gli occhi su quelle figure, e si concentrò sul legno annerito della porta. L'edificio pareva il grigio rimasuglio di un'esplosione potentissima: il cemento aveva retto bene, ma era impossibile non notare i vari elementi lignei aggiunti a posteriori, come la porticina contro cui Lau bussava, che doveva esser stata montata di recente. Nonostante le apparenze, era un luogo vivo, abitato, e qualcuno vi teneva particolarmente.

Non appena la porta in questione si aprì, Evelyne si strinse nelle spalle, aspettandosi di trovarsi di fronte al magnetico strige vestito da drago.

Accidenti, lui potrebbe ricordarsi di me, realizzò. *Abbiamo parlato per poco tempo, ma non è detto che mi abbia già dimenticato.*

Infatti, quando un uomo corpulento e per nulla somigliante a Valerius comparve sulla soglia, la serva tirò involontariamente un sospiro di sollievo. Era massiccio, alto, quasi del tutto privo di capelli e indossava un'aria truce, indurita dal suo occhio di vetro. Sì, decisamente non era il bel Valerius.

Il tale sollevò un folto sopracciglio, squadrando dall'alto al basso le bizzarre presenze di fronte alla sua porta. Dall'interno della casa proveniva un pungente tanfo di muffa, di marcio e di rovina. La sofferenza, le vite anzitempo distrutte da quel luogo permeavano le pareti di tutto l'edificio, persino i sensi deboli e umani della serva riuscivano a captare i pianti e il sangue che avevano bagnato quei letti, quelle coperte e quelle tende impolverate.

Il suo bell'aspetto trarrebbe chiunque in inganno, pensò, sentendo tutta l'ira di quel luogo e immaginando di scagliarla contro Valerius. *Quello strige è un despota capace di azioni orribili, questo posto ne è la prova. Noi lo dobbiamo fermare!*

Con voce estremamente rauca, così affaticata e trascinata che Evelyne la ricondusse subito all'enorme cicatrice al suo collo, l'uomo fece gli onori di casa. Chiunque fosse, doveva averne passate di brutte. «Cosa ci fanno due belle signorine qui?» ammiccò viscidamente.

Lau tentò malamente di sopprimere una smorfia, tuttavia non lo corresse, non disse niente, custodì quel disagio silenziosamente nel petto e lo sfruttò per alimentare l'urgenza nelle sue parole. «Stiamo cercando uno strige di nome Valerius.»

Lo sguardo dell'uomo cambiò immediatamente. «Valerius» ripeté, assorto. «Sono anni che non si fa vedere qui.»

«Avrai pure un suo contatto, no?» intervenne Evelyne, ricevendo istantaneamente un'occhiataccia da Lau.

«Un *contatto*?» rise l'uomo. «Voi due squinzie non siete di qui, vero?»

«Lei no» rispose l'ufficiale.

Evelyne si morse la lingua, prendendo consapevolezza dell'errore appena commesso, ma tentò comunque di mettere una pezza a quanto aveva combinato. «Credevo che il padrone di questo postribolo avesse modo di mandare avanti gli affari anche senza essere fisicamente presente.»

«Padrone?» ripeté il tale con tono vagamente canzonatorio. «Tesoro, Valerius non era padrone di niente, Valerius era una delle mie schiave.»

Sei di Coppe

Titania si lasciò scortare da Calista e da Sylvain in un angolo del cortile. Era notte, ma il cielo sorprendentemente terso brillava, l'immensa volta celeste pareva cosparsa di diamanti. Lo stesso cielo meraviglioso si stagliava oltre il confine, chissà, forse rallegrando qualcuno dei mesti reietti esiliati là fuori. L'ibrida aveva appreso quanto potesse essere infimo e crudele quel reame, all'apparenza così tranquillo rispetto a Faeree. La giovane, camminando con i leggeri sandali sul prato fresco del cortile, si chiedeva come fosse possibile che un posto del genere fosse così lacerato dal conflitto, sia in larga scala, sia intimamente. Il fratello di Eve era appena stato incaricato di vegliare su quel viaggio: Titania non era abituata a spostarsi fra reami, cosa finora accaduta un'unica volta in tutta la vita, ergo il giovane doveva premurarsi di placare qualsiasi nausea o emicrania con una tisana e degli asciugamani caldi.

Il servo e la bella driade camminavano qualche passo avanti rispetto all'ibrida, la quale era troppo immersa nella magnificenza di quel reame e dei suoi suoni per ascoltare le loro confabulazioni, troppo impegnata a lasciarsi cullare dal canto dei grilli e dal tenue sibilo del vento fra le fitte fronde degli alberi.

Calista, intanto, rispiegava in maniera concitata tutti gli elementi fondamentali a cui Sylvain doveva prestare attenzione. «Ricapitolando, il tempo nel reame di Deltora scorre più velocemente, Titania tornerà dopo appena qualche secondo, ma se dovesse star via più di un minuto, corri a chiamare Liviana».

Il ragazzo, però, era perplesso, e per tutt'altro motivo. «La vera domanda qui è: perché non fai tu questa cosa? Perché io, un umano, devo fare la guardia a, beh, qualsiasi cosa succeda quando vi teletrasportate da un universo all'altro?»

«Si chiamano reami, e non ci teletrasportiamo, entriamo solo in realtà differenti. È tutto chiaro?»

Syl sferrò una gomitata amichevole alla driade. «Prima rispondi alla mia domanda.»

Calista, dopo aver sospirato, lanciò un'occhiata alle sue spalle come per assicurarsi che Titania fosse ancora distratta. Dunque, si sporse sull'orecchio dell'amico, il quale la superava di poco in altezza, e sussurrò: «Temo che lo stesso strige responsabile dei due attacchi voglia qualcosa da lei».

«Due attacchi?» ripeté Sylvain. «Ma non era solo uno, all'incoronazione?»

Ovviamente, avendo bevuto quella sera, il giovane musicista non rammentava niente della Mascherata. A quel punto, Calista si accinse a raccontargli brevemente quanto era accaduto, riferendogli pure tutti i suoi indizi su Valerius. «La cosa peggiore è che Liviana sta organizzando una missione su Midian, il reame abitato dai morti tormentati.»

«Non è un po' avventata come decisione, mandare Titania in un posto tanto pericoloso? Lei non è appena arrivata?»

La driade annuì; poi, abbassando la voce: «Ho un altro timore, credo che Valerius possa essere interessato a lei e la voglia dalla propria parte».

Sylvain scosse la testa. «Non credo abbia senso, perché dovrebbe mettere gli occhi su una driade dell'Ordine? Mi hai detto che era stato confinato oltre i perimetri di Arcadya, lì troverebbe sicuramente altri strige banditi con cui allearsi.»

«C'è una cosa che ci hanno fatto giurare di non dire» rivelò Calista, prendendo l'amico sottobraccio. «Ma mi fido di te e della tua capacità di restare in silenzio.»

Sylvain sbatté rapidamente le palpebre, replicando concitato: «Allora, cosa aspetti? Spara».

«Titania non è una driade» sussurrò Calista, sentendo un peso allo stomaco. Le pareva di tradire quella sua nuova amica, ma Sylvain doveva conoscere ogni dettaglio per poterla aiutare. «Non completamente, almeno: sua madre era una strige molto potente, Inanna. Ha servito la corona per anni prima di guidare la ribellione contro di essa. Entrambi i genitori di Titania sono morti nella guerra fra razze, la cui colpa è degli strige.»

«Accidenti, ora capisco perché Valerius provi interesse per Titania, potrebbe alterare la storia e portarla dalla propria parte» osservò il ragazzo, poi esclamando: «ed ecco perché l'hai visto bazzicare nella biblioteca vicino alla cripta!».

Calista gli fece rapidamente segno di abbassare la voce, ammettendo però di non aver seguito il suo ragionamento.

«Il sortilegio che da secoli avvolge il governo di Arcadya! Ogni evento e ogni decisione presa dalla corona vengono automaticamente trascritti negli archivi reali all'interno della cripta, a cui solo Liviana ha accesso, no? Valerius deve aver provato a metterci le mani per manipolare quei documenti» dedusse.

La driade sgranò gli occhi, rendendosi conto di quanta ragione avesse l'amico. «Un altro motivo per seguire Titania a Deltora? Valerius le ha fatto promessa di ritornare, non mollerà facilmente la presa.»

«Ti fa onore esporti così per una tua collega» le sorrise lui.

Calista lanciò un'occhiata a Titania, così immersa nei suoni notturni della natura da poterla addirittura ammirare attraverso l'udito, limitandosi ad ascoltare le sue molteplici musiche.

Non è una collega qualsiasi, avrebbe voluto rispondere la guardiana. *Non ho tutto questo grande onore, per Eilir non l'avrei mai fatto, e nemmeno per Ronilda, il nostro capo. Ma neanche per Anaïs, non adesso almeno.* Probabilmente nemmeno per l'erede al trono, per Lysander, sarebbe stata disposta a rischiare così la propria vita. D'altronde era figlia unica, l'unico suo lascito della guerra fra razze erano due genitori più simili a vegetali che a persone, e avevano entrambi bisogno di lei. Calista non poteva assolutamente farsi male, o peggio. Che cosa avrebbero fatto in sua assenza?

Eppure un senso del dovere più grande, che nemmeno era capace di spiegare razionalmente, la spingeva in quella missione. «Se Valerius prova a farle del male, io lo ucciderò» sibilò, deglutendo e assecondando quella piccola fiamma nel proprio petto, ma spegnendone, allo stesso tempo, un'altra. Non avrebbe mai lasciato che un'infatuazione avesse la meglio sul suo raziocinio, non di nuovo. E non per uno strige.

I due si fermarono sotto alle fronde di un salice, vicino a un piccolo specchio d'acqua.

L'acqua, l'elemento comune a tutti i reami, dovrebbe aiutare Titania nel passaggio, pensò la driade, prendendo l'ibrida per mano e facendola sedere sulla sponda del laghetto. Era buio, l'acqua pareva nera, ma Titania sorprendentemente non era spaventata. Si era accomodata senza un fiato e aveva subito iniziato a concentrarsi.

Quella sera non era di molte parole; non che lo fosse spesso, ma solitamente almeno con Calista scambiava due chiacchiere. L'ibrida, però, non riusciva a togliersi dalla mente il modo in cui l'amica aveva riso davanti all'erede al trono, il modo in cui la sua voce si faceva appena più acuta e sottile quando gli rivolgeva la parola. Calista le era piaciuta dal primissimo istante, ma quando era in compagnia di Lysander la driade sembrava voler manipolare la propria persona per risultare più gradevole. Non l'avrebbe mai messa in un angolo per questo, Titania non era certo crudele quanto le loro compagne; tuttavia, non poteva negare a se stessa di essere un po' delusa dal comportamento insicuro della guardiana.

«Sei pronta?» le domandò quest'ultima.

Ecco, Titania preferiva di gran lunga la voce calda che Calista usava con lei. Era un dettaglio minimo, uno di quelli che solo lei notava. L'ibrida, non potendo vedere, aveva affinato i suoi restanti sensi, notando sottigliezze che ai più sfuggivano.

«Sì» annuì Titania, distendendosi sulla piccola spiaggia, dopo aver tastato bene il terreno sotto di sé.

Calista era profondamente insicura davanti a Lysander, l'ibrida lo percepiva dalla maniera in cui si rivolgeva, invece, a lei, così naturale e priva di quel filtro involontario.

Era buio e Titania paradossalmente vedeva meglio. I suoi occhi non erano capaci di assorbire adeguatamente la luce, ergo, ogni volta che si addestrava all'esterno con le altre a malapena era in grado di captare le ombre tracciate dagli alberi e dalle compagne; tutto il resto era un informe e accecante telo bianco. Al contrario, quando si trovava al buio, o meglio in penombra, poteva meglio usufruire del suo senso più inaffidabile: vedeva l'amica, la maniera in cui camminava verso di lei, il suo fisico forte e slanciato, e il ragazzo accanto a lei. *Ragazzo accanto a lei?*

«Lui chi è? Perché è qui?» domandò sorpresa, mettendosi sulla difensiva.

Sylvain sghignazzò. «Avevi ragione, non ha proprio filtri la ragazza».

Calista si sentì un po' presa in contropiede: il suo tono infatti era di nuovo cambiato, adesso era più simile a quello da lei usato con le altre driadi ma, di nuovo, erano dettagli che solo Titania notava. «Lui è Sylvain, ha suonato l'arpa alla Mascherata. È mio amico, ha promesso di darci una mano.»

«Credevo che la missione fosse un semplice viaggio per controllare la reazione del mio corpo» obiettò l'ibrida, accigliandosi.

«Sì, è che… » Calista sbuffò, avvicinandosi a Titania e dandole così modo di notare dettagli del suo viso che mai avrebbe potuto vedere, grazie alla fioca luce delle lontane lanterne che bagnava il suo volto. «A una certa ora dovrò scappare, incontrerò segretamente Lysander nelle sue stanze. Sai, è vietato e potrebbe provocare uno scandalo quindi ti prego di non dire niente. Sylvain resterà qui a vegliare sul tuo ritorno nel caso in cui io non faccia in tempo.»

Sylvain sferrò un rapidissimo sguardo alla driade e poi annuì.

Titania era un po' delusa: a ripensare alle idee che si era costruita sull'amica, a quella brillante armatura di affetto, si sentiva un po' sciocca. Non disse niente, scelse di non commentare la dissennata decisione di condividere il proprio tempo con un principe dalla dubbia morale. Ma, dopotutto, cosa sapeva lei di Lysander? Non lo conosceva, lui non le aveva mai parlato, era possibile che la guardiana avesse colto delle virtù invisibili al suo giudizio. Dunque, si limitò ad annuire, non potendo rifiutare il desiderio della sua amica.

Calista si sentì in dovere di aggiungere: «Dovrei esserci al tuo ritorno, è solo una chiacchierata quella col principe! Ma sai, male che vada, c'è Sylvain».

Il musicista fece un sorriso tirato, visibilmente in imbarazzo.

Titania non poté fare altro che chiudere gli occhi e preparare la propria mente al viaggio. Cercò di svuotarla da ogni pensiero superfluo, da Calista, dal misterioso Valerius, dal vociare impertinente delle driadi, niente doveva più infrangere la barriera della sua concentrazione.

Non appena dentro di lei ci fu solo il vuoto, eccetto il vago pensiero di un lontano reame, la figura dell'ibrida incominciò a perdere consistenza. A dissolversi furono prima le sue gambe e le sue braccia, poi il torace e, infine, la testa. Tutto il suo corpo fu avvolto da una densa nube, finché di lei non restò niente, solo una sottile nebbiolina che si disperse subito nell'aria.

«Idea geniale quella della scappatella con Lysander» osservò Sylvain, rompendo il silenzio e incrociando le braccia sul petto. «Ma a che prezzo...»

Calista lo guardò in cagnesco, redarguendolo con una rapida occhiata. «Nessun prezzo, mi devo solo sbrigare a raggiungerla, sperando di non comparire proprio davanti ai suoi occhi.»

«Hai visto quanto era delusa quando le hai detto che saresti sgattaiolata nelle stanze reali?» la punzecchiò il ragazzo.

«Non era delusa» reagì Calista, sdraiandosi accanto al punto in cui, poco prima, c'era Titania. «Probabilmente pensa solo che io sia una troia, come lo pensano tutte le altre driadi. Nessuna novità.»

Il ragazzo si accasciò vicino a lei sghignazzando. «Sì, una fanciulla cresciuta lontana dalla civiltà dovrebbe credere a questi antiquati stigmi sociali?»

«Adesso vado, tu resta qui e preparati» ordinò Calista, ignorando volontariamente il discorso dell'amico. Non aveva le forze di arrovellarsi su tale questione.

«Sì, signora.»

«E chiama Liviana se non la vedi tornare» aggiunse, chiudendo gli occhi e iniziando a scomparire lentamente nel buio della notte.

Nove di Spade

Titania sbatté le palpebre, cercando di mettere a fuoco il posto in cui si trovava. Non era tanto diverso da Arcadya, la temperatura era simile, il medesimo pungente freddo serale che rinfrescava il cortile dal quale era partita. L'ambiente era più luminoso, era come se le stelle non fossero solo in cielo, ma pure intorno a lei. Difatti la sua vista era notevolmente ridotta, ostruita da tanti e piccoli blocchi di luce, provenienti da ogni angolo, dalla spiaggia dove i suoi piedi affondavano nella morbida sabbia e dal mare, che scrosciava incessantemente.

La spiaggia sotto di lei aveva una consistenza stranamente morbida e compatta, pareva la carezza di un gigante, l'infrangersi delle acque era la musica con cui la cullava.

La giovane si alzò e provò a camminare verso le piccole fonti di luce di fronte a sé, ma l'acqua gelida le bagnò i piedi, facendola trasalire.

Titania si ritrasse di scatto al contatto con quel mare così inaspettatamente freddo. Deltora era un luogo accogliente, a detta di

Liviana era il posto ideale per esercitarsi a viaggiare fra i reami. Tuttavia, la giovane avrebbe davvero gradito una spiegazione più completa su quel posto, su cosa lo abitasse e quali entità aspettarsi. Ma nemmeno se avesse avuto tutte le informazioni del caso avrebbe potuto immaginare chi la stava attendendo.

Titania inspirò a fondo.

Quel profumo d'incenso, ancora. Riusciva a percepire la sua presenza nonostante lei gli stesse ancora dando le spalle e i suoi passi felini risultassero quasi impercettibili, perfino al suo spiccato udito.

«Mi hai seguita.»

Non era una domanda; tante persone, consapevoli della quasi totale cecità della giovane, tendevano a sottovalutarla, a credere che non si accorgesse del mondo intorno a sé, che pure tutti gli altri sensi fossero obnubilati. Ma così non era.

La lieve risata di un uomo la fece trasalire.

«Perdonami, era l'unica maniera per vederti senza maschera.»

«Tu puoi sempre vedermi, sono io che non posso vedere te, Valerius» ribatté l'ibrida, voltandosi verso il giovane. L'immensa quantità di bioluminescenza turbava i suoi occhi, voleva ardentemente guardare Valerius come aveva da poco fatto con Calista, ma le notti di Deltora erano troppo luminose per lei.

«Oh, sono io a non voler indossare maschere.» Le labbra dello strige si piegarono in un sorriso che, purtroppo, Titania non riuscì a scorgere. «Ma finché ci incontriamo nel reame di Arcadya ne dovrò sempre indossare una. Perché io sono un esiliato, uno strige.»

6
Gli Amanti

Otto di Spade

Evelyne non credeva alle parole di quel tale. Era impossibile che la più grande minaccia di tutta Arcadya fosse un semplice schiavo. Dove aveva potuto attingere tutta quella potenza? Come l'aveva appresa? Dove l'aveva studiata? Lau non ebbe alcuna reazione, il suo viso era una muraglia invalicabile. Solo Eve scuoteva ancora la testa, incredula. «Non è possibile» le sfuggì.

Purtroppo, il tale udì chiaramente le parole della giovane. «Cos'è? Ora ti impietosisci per una puttana?» la canzonò.

Laurell guardò la serva di sottecchi, i suoi occhi erano eloquenti, le intimavano di smettere, ma ormai era troppo tardi. Eve si stava lasciando travolgere dalla brutalità di quel luogo e non riusciva più a tenere le briglie delle proprie emozioni. «Valerius è uno strige forte, come può aver attraversato questo?» balbettò.

«Ma sentila!» rise il tale. «Dove credi vadano gli strige qui? O qualsiasi altro fricchettone con i poteri fuori dal confine? Si ritrovano appesi al mercato, se prima non schioppano per la fame. O sono abbastanza furbi da sloggiare, oppure questo è il miglior posto in cui possono finire. Valerius è stato trattato come una vera principessa, da piccolo era di una bellezza disarmante. Questo finché quel cazzone non ha iniziato a sfregiarsi di proposito, l'unica maniera per abbassare il proprio valore! Ma non toccò mai il proprio viso, gli piaceva troppo. Il ragazzo è vanesio tanto quanto lo era suo padre.»

Sta parlando di Belfagor, realizzò Evelyne, reprimendo un sussulto. *Non sapevo fosse attaccato al proprio aspetto, anche se in verità non so niente di lui o di suo figlio.*

La serva cercò disperatamente di non impietosirsi, di convincersi che Valerius era un malvagio e si meritasse qualsiasi atrocità gli capitasse, ma sapeva bene quanto questo fosse falso. Quello strige era stato un bambino, un innocente, e anche se il suo cuore non fosse stato così puro, non avrebbe meritato anni di agonia e sevizie, trascorsi lasciandosi usare da un crudele lenone e da spietati clienti dalla coscienza bendata.

Lau, una persona decisamente più pragmatica di Evelyne, passò subito al dunque. «Noi lo stiamo cercando, sai dov'è andato?»

«Credi che una tale informazione non abbia un prezzo, dolcezza?»

Il generale fece un passo indietro, schivando la grossa mano sudata dell'uomo. «Possiamo riportartelo qui, a titolo gratuito» rilanciò.

Evelyne sgranò gli occhi e si voltò a squadrare l'ufficiale con aria atterrita, ma senza dire niente.

«Cosa credi me ne faccia di una merce sfregiata e ribelle?» grugnì il lenone, indicandosi poi l'occhio di vetro. «Questo me lo ha fatto lui, sai?»

«Mi dispiace» bofonchiò la serva, non sapendo come rispondere.

Il lenone infilò un tozzo dito sotto la palpebra e ne estrasse la chiara biglia, affinché potessero vedere bene cosa aveva combinato Valerius. «Lo abbiamo trovato quando aveva quattro anni, all'interno di un tempio che dava asilo a quelli della sua razza. Gli strige erano appena stati banditi, una benedizione per noi. Sapete, tanti clienti ricercano esperienze un po' più esotiche. Quello strige ci procurò una vera fortuna, sfruttammo i suoi anni migliori; poi però crescendo è diventato subdolo e malvagio, proprio come il padre, ma d'altronde non è questo il destino di tutti quelli come lui?»

Lasciarsi corrompere dal marciume che infettava il loro sangue, questo era il destino degli strige. Tutti, dentro e fuori Arcadya, ben lo sapevano. Evelyne e Lau si scambiarono una fugace occhiata, senza dire una parola, continuando ad ascoltare il racconto dell'uomo.

«Le persone che erano state qui iniziarono ad ammalarsi e morire, io sapevo che era colpa di Valerius, lo vedevo nel suo sguardo. Era diventato cattivo, non era più il ragazzino obbediente di un tempo» ricordò giocherellando con la biglia di vetro, mentre Eve si sforzava di non guardare l'orbita annerita sotto la palpebra tumefatta. «Lo strige guadagnò una cattiva fama, lo chiamavano il Bacio della Morte. Molti clienti abituali si ritirarono e preferirono portare i loro soldi altrove. Avevo ragione, era lui il problema, è sempre stato lui! Per questo, iniziai a farlo seguire di nascosto da uno dei miei uomini. Non c'era niente di anomalo in quello strige, non era malato e si comportava come sempre, ma c'era una particolarità: prima di incontrare i clienti beveva un infuso da una strana ciotola. All'inizio pensammo fosse droga, aveva perfettamente senso che Valerius si stordisse da solo prima dell'atto, tanti altri schiavi qui fanno lo stesso. Poi, il mio inviato vide un'altra stranezza: Valerius baciava sulle labbra tutte le persone con cui faceva sesso, tutte, pure chi non voleva essere toccato o guardato in volto. Lui semplicemente li prendeva e metteva la propria bocca sulla loro, anche a costo di prendersi uno schiaffo in volto o un pugno sullo sterno. Qualche giorno dopo ho fatto esaminare il liquido che beveva prima di ogni rapporto: era un miscuglio di arsenico, limatura di piombo, di antimonio e belladonna.»

«Acqua Tofana» si lasciò sfuggire Evelyne e, quando il lenone la squadrò da sotto le sopracciglia aggrottate, specificò: «È un veleno leggendario, si dice che una cortigiana di una civiltà passata lo vendesse alle donne sposate con uomini violenti per aiutarle a sbarazzarsi di loro. È stato difficile scoprirla perché l'acqua Tofana causa giusto un po' di vomito e febbre, non lascia i segni evidenti dell'avvelenamento».

L'uomo annuì, inizialmente senza rispondere, lasciando Evelyne in una profonda laguna di preoccupante silenzio, nel quale la serva si sforzava costantemente di guardare l'occhio sano senza vacillare.

Poi il lenone domandò improvvisamente: «Tu lo sapevi che i Fae sono immuni a tanti veleni mortali per noi?».

Eve in un primo momento fece per annuire, ma poi, vedendo con la coda dell'occhio Lau scuotere la testa, rispose negativamente, sperando che l'uomo non avesse notato quell'attimo di esitazione.

Per fortuna, il tale continuò il racconto senza accennare minimamente a tutte le stranezze di cui la serva aveva involontariamente fatto sfoggio. «Quel figlio di puttana teneva il veleno in bocca, tanto sapeva che non gli sarebbe successo niente, e poi lo faceva bere ai clienti. Se necessario lo faceva passare per un afrodisiaco, ma trovava sempre un modo di avvelenare chiunque stesse con lui. Non gli importava niente di chi aveva di fronte, Valerius è una di quelle persone che vuole solo vedere il mondo bruciare, la razza più infima di schiavo. Quando ho trovato tutte le scorte di veleno che nascondeva le ho fatte ingurgitare in quantità massicce a lui e alle sue compagne di stanza, per punizione, e l'ho costretto a guardare le sue uniche amiche morire come lui non poteva fare. L'ho fustigato personalmente, legato con delle catene alla parete, ma non è bastato a tenerlo buono. Il suo è un male che proviene direttamente dal suo sangue, dalle sue origini, da suo padre. Sono dovuto intervenire mentre lavorava perché quel coglione aveva reciso a morsi la giugulare di un cliente. E mi fissava, con la bocca grondante di sangue, pareva il diavolo fatto persona. I suoi occhi mi dicevano chiaramente che io sarei stato il prossimo. Il mio solo errore è stato pensare di poter uccidere quello stronzo. A quanto pare, non ha solo le manie del padre, ma anche il medesimo potere. Deve aver trovato un modo di esercitarsi, mentre era qui, altrimenti non sarebbe mai stato capace di questo.» Il lenone strinse l'occhio di vetro con risentimento, come se quella fosse la sottile gola del tanto odiato Valerius.

Evelyne non sapeva come esprimersi, pronunciare una qualsiasi parola dopo aver udito una storia così densa di violenza le pareva quasi irrispettoso nei confronti dello strige. Un grosso macigno le gravava sul petto, voleva piegarsi in due e vomitare; le era impossibile credere al racconto del lenone, si auspicava vivamente che l'uomo stesse raccontando delle menzogne per apparire più forte, più terrificante, e che Valerius non avesse dovuto sopportare niente del genere. Era più facile per lei odiarlo credendolo un essere malvagio, voglioso di rovesciare il governo per un tornaconto personale.

Laurell lo dava molto meno a vedere, ma condivideva il medesimo disgusto di Eve. Infatti, mise accuratamente da parte qualsiasi bisogno di sapere dove fosse lo strige e iniziò ad arretrare verso l'uscita. «Ti ringraziamo per le informazioni, ora toglieremo il disturbo.»

L'uomo sistemò l'occhio finto nella propria vuota orbita e si voltò a squadrare l'ufficiale con volto affamato. Non voleva lasciarli andare, era palese, ma Lau ed Evelyne sgusciarono via da quella nauseante situazione a passo svelto. Eve non era lontana dalla soglia quando sentì la porta, la loro unica via di fuga, aprirsi con un penetrante cigolio.

Laurell si limitò a sgranare gli occhi nel riconoscere la figura che si era appena affacciata nel postribolo, appartenente a uno dei nobili più in vista di tutta Arcadya. Tuttavia, fu Evelyne a non trattenersi dall'esclamare: «Conte Silas?».

La serva realizzò troppo tardi l'errore appena commesso. Il conte incrociò prima il suo sguardo, poi quello di Lau. Sì, era decisamente lui. Alla Mascherata aveva un costume da leone, si presentava sempre agli eventi sfoggiando tutto lo sfarzo della sua abbiente famiglia, non ne mancava uno. La sua contea era una delle più ricche ed era uno dei personaggi più in vista di tutta Arcadya. Certo che Evelyne lo riconosceva, era impossibile non ricordarlo. E, nell'esprimere quello stupore, si era appena scavata la fossa da sola.

Cinque di Bastoni

«Speravo ci saremmo incontrati in circostanze un po' più favorevoli» sospirò Valerius, scrutando il mare accanto a sé con volto pensoso, annebbiato dal sottile velo di tristezza che da sempre lo accompagnava. «Ma Deltora è un bel reame, vi ho sempre trovato tanta pace.»

Titania non lo ascoltò, era ancora ferma nel tempo, come se il suo cuore avesse smesso di battere durante la sua infausta confessione: era un esiliato, un maledetto strige. Questo dato non la colpiva, aveva intuito da tempo la sua vera natura. No, a lasciarla sgomenta era la semplicità con la quale lui si era appena esposto, come se si fidasse di lei e del suo silenzio. «Sei tu il motivo per cui tutte quelle persone sono state male alla Mascherata?» domandò, con voce tremante. «Mi avevi detto di bere solo…»

«Ricordo bene cosa ti ho detto. Non volevo che un'innocente incappasse in questo fuoco incrociato, per questo ti ho avvisata.»

Titania arretrò istintivamente. Era tesa come una corda di violino, in guardia come se un famelico predatore la stesse puntando. Non sapeva cosa aspettarsi da quello strige, non aveva la minima idea di cosa potesse volere da lei, né del perché lui si trovasse lì dopo averla seguita.

«Non devi temermi» sussurrò lui, con voce improvvisamente morbida, pacata, quasi suadente. «Tu non ne hai motivo.»

«Allora perché seguirmi qui?» tremò l'ibrida, tentando di farsi piccola di fronte a quella figura della quale a malapena riusciva a tracciare i contorni.

Valerius si era già accorto alla Mascherata della quasi totale cecità della giovane, e in quel momento intuì; dal modo in cui i suoi occhi rifuggivano le piccole lucine prodotte dalle bioluminescenze nel mare, che al buio dovesse vedere meglio.

Titania si ritrovò con le spalle contro una palma e si rannicchiò a terra, intimorita. Non sapeva bene come reagire, quello era un nemico o no? Lo doveva attaccare? Oppure le era concesso parlargli? In base a quanto imparato ad Arcadya, l'Ordine le era amico e qualsiasi strige le era nemico, ergo doveva combatterlo, respingerlo con tutte le forze che aveva in corpo. Eppure il suo istinto, di fronte a lui, taceva, suggerendole il contrario.

Intanto, lo strige chiuse in fretta qualsiasi distanza fra loro e si chinò molto lentamente sulla giovane, trovandosi a un soffio da lei.

L'ibrida inspirò e il familiare odore d'incenso le investì le narici.

Ha un così buon odore, osservò, rinunciando sempre più all'idea di attaccarlo. *Sa di casa.*

«Forse, se mi potessi guardare, avresti meno paura» disse Valerius, protendendosi delicatamente verso la giovane. Titania percepì il calore emanato dalla sua pelle e si sentì ancora meno intimorita. «La mente è meno spaventata da ciò a cui può dare un nome e una forma.»

Le ginocchia dello strige affondarono nella sabbia quando lui si sporse in avanti per prendere la mano dell'ibrida. Lei non reagì, restò immobile, come una pezza nel pugno dell'uomo. Non credeva volesse farle del male; temeva solo, a prescindere, il suo potere, la sua risolutezza, il suo fascino.

Valerius portò le dita di Titania al proprio volto, un tenero invito a una morbida carezza. Non appena comprese il suo intento, la giovane fu meno spaventata. I suoi polpastrelli incominciarono a esplorarlo, curiosi. Sfiorarono prima la sua fronte levigata. Lo strige era giovane, non distante dalla sua età. Poi si adagiarono sopra le palpebre chiuse: i suoi occhi avevano un taglio sottile e allungato, come quello dei gatti selvatici. Le dita corsero su quella pelle liscia, sul naso diritto, le labbra soffici, schiuse nel profondo sospiro che s'infranse, tiepido, sui freddi polpastrelli di Titania. Poi scoprì il suo mento, la mascella definita, ma non aguzza. L'ibrida scese ancora, tracciando una linea sul collo, indugiando sulla cunetta disegnata dal pomo d'Adamo, ma senza mai fermarsi. Gli accarezzò le clavicole e il suo tocco si fece meno timido. La sua mano s'aprì, facendosi vista al posto dello sguardo e accogliendo a sé la liscia pelle del giovane prostrato alle sue curiose carezze.

No, non era perfettamente liscia, c'erano dossi sottili, ma abbastanza lunghi perché Titania li riconoscesse. Erano ferite di una lama, cicatrici mai completamente rimarginate. Più vi si concentrava e più ne trovava: erano numerosi tagli, accavallati l'uno sull'altro.

Valerius fu scosso da un improvviso brivido e si sottrasse istintivamente alla mano di Titania, che rimase immobile, con l'arto sollevato a mezz'aria, spaventata all'idea di aver sbagliato qualcosa. «Scusa» sussurrò quest'ultima, temendo di averlo ferito.

Lui scosse la testa, ma ormai era tardi, il suo sconforto era giunto a Titania e lei si era fatta da parte. «Non dovrei restare qui troppo a lungo» affermò l'ibrida, alzandosi in piedi, stranita dal modo in cui lo strige si era repentinamente chiuso in se stesso.

«Dicevi di essere un'ibrida, dunque.» In qualche inspiegabile maniera, lo strige riuscì a riavvolgersi nel suo usuale velo di freddezza, celando repentinamente ogni sintomo del suo viscerale disagio. Quando si rialzò, tornando a guardare in faccia la giovane, era di nuovo un muro invalicabile d'inespressività.

La giovane si fermò a fissare Valerius, il quale, allontanatosi dal suo tocco, era tornato a non essere più di un'ombra su uno sfondo lattiginoso. «Sì, è evidente.» Fu piccata nel tono, più per fretta che per stizza verso il ragazzo, ma lui parve comunque non farci caso.

«Non ti ho mai vista al confine di Arcadya, di dove sei?» indagò lo strige.

«Non capisco dove vuoi arrivare.»

Lui prese un bel respiro prima di rivangare l'orribile momento che aveva per sempre marchiato a fuoco la sua intera esistenza. «Quando mio padre è morto, c'è stata una ribellione da parte dei suoi sostenitori.» Il tono di Valerius trasudava rabbia e risentimento. Sebbene si stesse limitando a raccontare dei fatti oggettivi, fremeva quasi fosse prossimo all'esplosione. Esplosione che, però, non giunse mai. «Durante la guerra sono stato nascosto in uno dei templi dediti al dio della morte e della necromanzia, ma poi quel tempio è andato distrutto, come tutti gli altri dedicati ai nostri culti. Chi di noi era troppo piccolo e inesperto per viaggiare fra i reami è cresciuto oltre il confine. Io però non ti ho mai vista lì.»

L'ibrida non seppe bene come rispondere: la sua parte più razionale voleva lasciarlo nel silenzio, ma il suo cuore aveva ascoltato quel tono malinconico e accarezzato quel volto armonioso, non poteva lasciarlo senza risposta, non dopo che lui le si era gentilmente offerto. Dunque cedette e parlò. «Non so cosa accadde, sono nata a Faeree e non ho mai visto i miei genitori. Mi hanno cresciuta gli spiriti di quel reame, sono stati loro il mio unico mezzo di comunicazione con Arcadya; per questo credevo di non potervi mettere piede, fino a...» S'interruppe, gli stava già raccontando troppo e una terza presenza si era da poco messa in silenzioso ascolto.

Anche lo strige la percepì, ma non se ne preoccupò, era più importante arrivare al dunque. Infatti tagliò corto con quella conversazione, domandando invece: «Devi fare ritorno ad Arcadya, giusto?».

Titania non gli rispose: era palese che lui avesse degli interessi in quel luogo e non voleva dargli modo di tornare a cercarla, sebbene quel fugace incontro non le fosse dispiaciuto. In cuor suo sperava ce ne fossero altri, però il suo intelletto, la sua razionalità, le ripetevano incessantemente quanto questo sentimento fosse sbagliato.

«Sai come fare?» continuò lui.

Titania, di nuovo, non rispose.

Gli strige avevano il sangue corrotto e malvagio, glielo ripetevano sempre pure gli spiriti e lo diceva a chiare parole la storia. Apprezzare il tempo trascorso con lui era un peccato paragonabile al tradimento, doveva allontanarsi subito e, suo malgrado, non vederlo mai più.

«Sdraiati e chiudi gli occhi» la invitò, sbrigativo, facendole posto sulla sabbia accanto a sé. L'ibrida, con un po' di riluttanza, seguì le sue istruzioni. «Concentra i tuoi pensieri su Arcadya, pensa a com'è, ai suoi rumori, ai suoi profumi, alle persone che la abitano. Hai già viaggiato una volta, il tuo corpo sa cosa deve fare.»

In verità l'ibrida non esitava perché non sapeva come tornare, bensì perché parte di lei non era pronta ad abbandonare sul nascere quella conversazione così duramente piacevole. Desiderava osservare quello strige più da vicino; era il primo da lei incontrato, oltre la propria madre, che nemmeno ricordava. Non voleva ancora salutarlo ma, purtroppo, il dovere la reclamava. Così si lasciò andare alla morbida sabbia, chiuse gli occhi, cullata dall'infrangersi delle onde sulla costa, e sprofondò in un tetro buio.

Valerius la salutò, lasciandole un ultimo e breve avvertimento: «Ci rivedremo presto».

Al suo ritorno, aveva ancora il cuore a mille quando riemerse dal reame. Fu accolta dalle minuziose cure di Sylvain e da una grande delusione: Calista non era ancora tornata. Aveva cercato costantemente la driade tendendo le orecchie, tentando di individuare il suo solito profumo di vaniglia.

Niente, è ancora con Lysander a quanto pare, realizzò, bevendo la tisana offerta dal servo. *Certo, come potevo aspettarmi che tornasse per me, quando è con lui?*

«Dolori?» domandò Syl, notando il disagio della giovane.

Lei scosse la testa, profondamente delusa, ma al contempo incapace di dar voce a quel sentimento. L'unica persona interessata a lei era uno strige con chissà quali secondi fini.

No, Titania aveva bisogno di Calista, della sua spontaneità e della sua gentilezza; tuttavia era chiaro, Calista non aveva bisogno di lei. Solo un pensiero consolava Titania: Lysander non poteva comprendere la driade come faceva lei. L'erede era superficiale come sembrava e lei aveva bisogno d'altro, d'un sentimento più genuino, più vero. Un sentimento che lei solamente poteva offrirle.

Sylvain, a disagio per il lungo silenzio dell'ibrida, abbozzò timidamente: «Calista è ancora via e...».

«Lo so» lo interruppe lei, alzandosi bruscamente.

Il suo intento non era certo quello di risultare scortese nei confronti di chi era rimasta ad aiutarla, ma non voleva essere presente quando Calista sarebbe tornata con voce tremante e le guance riscaldate dall'infatuazione.

No, non avrebbe retto, ecco perché restituì la tazza ancora quasi interamente piena a Sylvain e si affrettò a farsi riportare dal ragazzo nelle sue stanze, dove l'aspettava Bastet. L'unica creatura esistente che non l'avrebbe mai lasciata sola.

Fante di Coppe

Non per piacere, quanto per dovere, Calista era rimasta appostata tra le fronde di un albero. Per quanto avesse un'unica affinità e solo con il fuoco, era diventata particolarmente brava nei viaggi fra i reami. Aveva un invidiabile controllo e la sua capacità di visualizzare mentalmente i luoghi le era di grande aiuto per scegliere in quale parte del reame ricomparire.

A Deltora era notte, la spiaggia illuminata solo dalle creature marine. Calista aveva immaginato che Valerius avrebbe scelto proprio quel posto per parlare con Titania. Era vicino all'acqua, una viaggiatrice inesperta come l'ibrida sarebbe quasi sicuramente capitata lì. In più, le bioluminescenze davano all'atmosfera quell'aria avvolgente e sensuale che lo strige sapeva di poter usare a proprio vantaggio.

Nel vedere i due insieme, il ventre della giovane bruciava e non solo per il timore che la nuova arrivata si gettasse fra le braccia del nemico. Valerius conosceva bene gli strumenti e i mezzi per ammaliare: la maniera languida con cui guardava Titania, il suo modo di fermarsi a squadrarle il volto con gli occhi sottili a mezz'asta e le labbra schiuse in un sensuale invito lo rendevano palese. Calista ricordava bene il loro primo incontro, come lui l'avesse aiutata e accolta, senza farle domande di troppo, mettendola perfettamente a suo agio, e ne concluse che doveva essere davvero un eccellente attore.

«Questa volta, mi aspetto che la lama del tuo coltello sia un po' più vicina al mio cuore» affermò lo strige, rivolgendosi all'oscurità intorno a lui. Stava parlando con lei, la guardiana ne era sicura: Titania era appena tornata ad Arcadya quando lui pronunciò queste parole.

Calista trasalì, chiedendosi come avesse percepito la sua presenza. Tuttavia, non lasciò che la sorpresa avesse la meglio su di lei e si calò agilmente dall'albero. Atterrò sulla sabbia con uno sbuffo, non aveva ben calcolato l'altezza del salto, il quale si era rivelato più alto del previsto. Ma dopotutto perché doveva mettersi a saltare quando poteva semplicemente usare le proprie ali? La risposta la trovò nello sguardo divertito che le lanciò Valerius, uno sguardo impregnato del fuoco di una tenace sfida. Ostentare la propria forza, tentare di stupire l'avversario mettendo in mostra quanto atletico e vigoroso fosse il suo corpo, questo era l'intento della driade.

Per qualche motivo a lei ancora sconosciuto, non desiderava altro che stupire quello strige, venir acclamata in silenzio da una sua espressione di sorpresa. E non rimase certo delusa.

Sebbene fosse consapevole della sua pericolosità, non poté non perdersi a guardarne il fisico aggraziato. La rete nera copriva il petto dello strige solo parzialmente, lasciandone scoperto il pallido incarnato e le armoniose linee tracciate da una corporatura atletica e slanciata. Quando fece un passo verso la driade le catene agganciate alla cinta dei suoi lunghi pantaloni neri tintinnarono. Era in netto contrasto con l'ambiente circostante, così vivido per le bioluminescenze che illuminavano il reame, a confronto con i suoi abiti opachi e la sua pelle eburnea, sbiadita, all'apparenza fragile come sottile porcellana.

«Ricordi cosa ci siamo detti l'ultima volta» appuntò Calista, sferrandogli un'occhiata torva. «Ma non ricordi bene tutto.»

«Non ho fatto niente a Titania, come hai potuto ben vedere» ghignò lui. «Sei stata qui tutto il tempo, non è così?»

«Abbastanza da vedere come tentavi di sedurla per portarla dalla tua parte.»

Valerius ridacchiò, un gesto di stizza che Calista percepì invece come scherno. «Fidati, se avessi tentato di sedurla se ne sarebbe accorta. Ma non è il mio modo di operare.»

«Giusto, tu agisci nelle tenebre e avveleni le persone.»

«Solo chi se lo merita.»

Calista aggrottò la fronte. Ricordò Sylvain accasciato con la fronte contro l'arpa, Corinna riversa a terra, Lysander incapace di reggersi in piedi. «Quindi tutti, per te» sibilò. «Servi, musicisti, guardiane dell'Ordine e nobili.»

Lo strige smise di camminare verso la driade e iniziò, invece, a girarle intorno, portando le mani dietro la schiena. «Servi, musicisti e guardiane non dovevano bere in primo luogo, essendo di servizio» la punzecchiò, divertito. «O sbaglio?»

«Non giustifica l'avvelenamento. E comunque rimangono i conti, loro sono tutti umani, ricordi? Gli effetti del veleno sono molto più potenti su di loro. Che cosa hanno fatto per meritarselo?»

«Ricchi parassiti intenti a succhiare il sangue di Arcadya, in panciolle nelle loro belle contee, consapevoli che esse non verranno mai sottratte a loro poiché metterebbero a ferro e fuoco l'ultima porzione di terra rimasta se solo perdessero un centimetro di prato» rispose lui, di getto. «Fidati, hanno più responsabilità di quanto credi.»

Calista lo tenne sotto tiro con la coda dell'occhio, senza indietreggiare, senza abbassare la testa o tentennare, tenendo i piedi piantati nella sabbia e un'espressione tronfia sul volto. «Sei uno di quei pazzi che vuole fare la guerra agli umani?»

«Agli umani che osano opporsi, sì.»

«Opporsi a chi? A te?» Lei ridacchiò, nella speranza di stuzzicare i suoi nervi scoperti, ma invano, non era il potere ciò che lui agognava. «Sei un'autorità a me sconosciuta?»

Valerius non cedette alle provocazioni, anzi sorrise a sua volta e si fermò davanti alla driade, rimanendo a meno di un metro da lei. Non era una vicinanza intima, anzi era una sfida a chi distoglieva lo sguardo, a chi arretrava di un passo, a chi vacillava prima dell'altro. «Sì, non lo sapevi? Ora rappresento gli strige marginalizzati e sfruttati oltre il confine.»

«Oltre il confine voi strige avete un impero. E siete pronti a dar battaglia a noi.»

Gli occhi del giovane s'incupirono leggermente, ma la sua espressione non mutò. «Perché non vieni a scoprirlo di persona?»

«Una creatura della luce sola in mezzo a strige esiliati. È un invito a danzare con la morte?»

«Niente di così romantico. Solo un invito a informarti su cosa realmente ci sia al di fuori del confine.»

Valerius fece un passo indietro e Calista si ritrovò a domandarsi per quale assurdo motivo gli stesse parlando così, perché si stesse comportando con lui come se fosse un flirt superficiale incontrato di sera in una taverna. Lui le piaceva, era ovvio, la guardiana aveva iniziato a far pace con questa sua pulsione. Valerius era un'ardente sfida, una di quelle che le faceva schizzare l'adrenalina alle stelle, un fuoco selvaggio e incustodito da arginare prima che divampasse. Le bastava la sua vista per metterle in subbuglio lo stomaco e annebbiarle i sensi. Ma era palese che lo strige non provasse niente per lei, se non fastidio. Lei era una pedina messa di traverso sulla sua strada, qualsiasi tono ammiccante da lui adoperato aveva un obiettivo strategico e nessuna spontaneità.

Valerius aveva appena perso quella piccola sfida sorta fra loro, ma quale pesante prezzo era appena stato pagato da Calista?

«Lasciamo perdere il confine per un attimo» recuperò lei. «È di Titania che stiamo parlando, tu non devi corrompere la sua mente con le tue falsità.»

Il volto dello strige fu indurito dal disprezzo. «Mai detta una singola falsità in tutta la mia vita. E poi perché parli di corruzione? Solo perché è una strige per metà credi che sia più incline alla violenza? O che io la possa manipolare più facilmente essendo, in parte, come lei?»

«Lei non conosce questo mondo.»

«Ma è sveglia abbastanza da prendere decisioni per sé, mentre tu la tratti come una bambina.» Valerius le diede le spalle e camminò verso il mare a testa alta. «Inquietante, direi, vista l'evidente ossessione che mostri di provare nei suoi confronti. Durante ogni nostro incontro parli sempre e solo di Titania.»

Sarò sincero un'altra volta: per quanto Calista mi piaccia, in questo frangente ha fatto la figura dell'inetta.

Qui nel Reame Grigio, anche detto Midian, non c'è molto da fare per ammazzare il tempo nell'attesa che la nostra anima impallidisca fino a diventare uno spettro vuoto, un residuo di coscienza. Possiamo solo fare attività mentalmente impegnative, come scoprire nuove imprecazioni origliando in vari reami o imparare a ballare il tip-tap. Oppure, per i più masochisti, sbattere la testa contro le pareti è un'altra interessante alternativa. Per fortuna esiste l'Occhio del Mondo! Chi disse che i morti sanno tutto aveva parzialmente ragione. Fra noi c'è chi sceglie di sapere e chi continua a vivere (forse sarebbe più appropriato dire non-vivere) nell'ignoranza. Non ho idea se questo aggeggio si trovi pure là dove vanno i beati e, al momento, nemmeno mi interessa. Da qui posso scorgere ogni cosa, guardare presente e passato di ogni reame e sperare che l'accapponarsi della pelle, causato dalle scemenze compiute dai vivi, sia abbastanza forte per salvarmi dal baratro. Lo ammetto, credo che Calista in quel momento mi abbia regalato un paio di anni in più. Si mise a discutere riguardo al confine con qualcuno che, il confine, l'aveva vissuto, e il suo affetto per Titania era stato messo a nudo. Un errore dopo l'altro.

Ah. C'è un'altra postilla che desidero lasciare nelle vostre menti, prima che io corra il rischio di apparirvi come un idiota. Agli inizi ripudiavo l'Occhio, detestavo chi era ancora vivo. Ricordare come la vita mi fosse stata strappata anzitempo faceva ribollire nelle mie vene rabbia e risentimento, trascorrevo le giornate escogitando un modo per tornare, assetato di vendetta. Però il mio corpo non esisteva più: neanche il più abile dei necromanti sarebbe stato capace di rianimarmi. Potevo solo sperare in qualcuno disposto a subire una possessione, ma mi mancava un tramite con i reami dei vivi, ergo pure la possessione era da escludere. Per questo motivo, anziché elaborare efficacemente un modo per non perdere la testa, mi limitavo a rimuginare. Poi ho realizzato che ciò stava soltanto velocizzando la mia scomparsa. I miei colori andavano sbiadendo e la mia mente era sempre meno in grado di ricordare avvenimenti o elaborare pensieri complessi, così ho ingannato il mio cervello, ho mimato il raggiungimento di una pace fittizia in maniera da guadagnare un po' di tempo. Tante fra le persone che ho conosciuto temevano la morte, spaventate da un eventuale Oltretomba rovente, ricco di torture e sadici carcerieri. Non immaginano che questo trovarsi costantemente vicino al baratro, alla consapevolezza di poter perdere se stessi in qualsiasi momento, sia assai peggiore di ogni altro supplizio.

Calista, sempre più in difficoltà a causa di quella scomoda conversazione, spostò il peso da un piede all'altro, dondolando con agitazione su di sé. «Sono solo preoccupata per lei» replicò, quasi sottovoce. «E per come le ronzi intorno. Tu sei un assassino e un necromante, credi non abbia capito che sei il responsabile di quel macabro biglietto da visita lasciato all'incoronazione?»

Valerius scrollò le spalle, voltandosi a guardare le bioluminescenze che dipingevano il mare. La tenue luce colpì di taglio il suo viso, evidenziando il suo zigomo alto, prominente. I suoi lineamenti parevano arte agli occhi meravigliati di Calista. «Non so chi sia l'artefice di quell'atto, ma certamente non sono io» affermò lo strige con noncuranza.

La driade rimase in silenzio, intenta a fissare come i suoi capelli chiari ondeggiassero sulla sua schiena, scossi da una leggera brezza. Si domandò per quale motivo le dovesse mentire in quella circostanza, ormai lei sapeva ogni cosa.

«Invece lo sei» insistette. «Hai un'affinità con la morte e poco fa raccontavi di come tu sia stato nel tempio del dio della morte e della necromanzia.»

Lo strige si voltò leggermente a guardarla di sottecchi, pareva quasi compiaciuto nel dar torto alla driade. «Hai le informazioni giuste, guardiana del fuoco,» sorrise «ma le usi in maniera errata. Vedi, io sono stato accolto dal dio Mors nel suo tempio, ma non ho mai abbracciato il suo culto. Io venero Sephtis, dea della morte e delle anime, non pratico la necromanzia per rispetto della mia Signora.»

Calista aprì la bocca per rispondere: ovviamente non credeva nemmeno a una delle sue parole, però nemmeno poteva affermare di conoscere bene i culti degli strige, al di là di qualche lezione generica impartita da Liviana.

Fece per replicare a gran voce, ma i suoi sensi si acuirono improvvisamente. Fu come se un'entità più grande e più potente levasse il tappo dalle sue orecchie, sollevasse la cupola sopra di lei e la invitasse ad ascoltare.

Le sue orecchie iniziarono improvvisamente a fischiare. Sibili lunghi e serrati si alternavano, sormontando fastidiosamente tutti gli altri suoni. Pure lo strige parve irrigidirsi.

Che lo senta pure lui?, si domandò la ragazza, notando la sua reazione.

Valerius si portò una mano alla tempia e serrò la mascella, confermando i sospetti della driade. Non era un semplice fischio. Era una magia molto rudimentale e antica, risalente al periodo in cui chi aveva i poteri magici doveva restare occulto, prima ancora di Arcadya. Questo era tutto ciò che ricordava di quell'unica lezione svolta con Elan. Qualcuno stava senza dubbio inviando dei segnali ai Fae di ogni reame, nella speranza che ci fosse ancora qualcuno capace di tradurre quel suono. L'immortale aveva spiegato come quello fosse un modo segreto per comunicare quando gli umani erano avversi a chi scagliava incantesimi, un appello a chiunque fosse nato con la magia. La mente della driade incominciò a correre, cercando di comprendere da chi potesse provenire quel criptico fischio.

«È una richiesta di aiuto» osservò lo strige.

Calista sussultò. «Da cosa lo hai capito?»

«Il fischio non è regolare, sta alternando frequenze diverse seguendo un antico codice Fae.» Poi sollevò una mano, come a intimarle di tacere. La giovane restò immobile, quasi temesse di poterlo infastidire anche solo con il proprio respiro. Passarono un paio di interminabili secondi, prima che i fischi cessassero; a quel punto lui si voltò verso la ragazza grugnendo, sarcastico: «Non sapevo che la corona mandasse i propri armigeri crepuscolari oltre il confine».

Calista sgranò gli occhi. «Non lo fa, infatti.» Poi rammentò la chiacchierata con Lau e fu colpita in pieno dalla realizzazione. Il nuovo generale non si era fatto scrupoli, era partito in missione senza esitare e stava cercando proprio lo strige in sua compagnia. «Devo andare lì» disse, sbrigativa.

«No.» Valerius camminò velocemente verso di lei, come se, così facendo, potesse impedirle di viaggiare fra i reami. «È troppo pericoloso.»

La driade indossò un ghigno compiaciuto. «Tesoro, non eri tu quello che un paio di minuti fa mi invitava a vedere cosa c'è oltre il confine? E poi questo messaggio proviene da una persona a me cara, non resterò qui con le mani in mano.»

«Quindi immagino tu sappia decodificare con esattezza tutte le frequenze appena ascoltate, avendo trascorso gran parte della tua vita oltre il confine, tentando di organizzare fughe con i tuoi simili.»

Calista esitò. In effetti non sapeva come fare, non aveva idea di come funzionasse quel codice, né tantomeno come decifrare le coordinate. Le mancava quella capacità pratica che Valerius, evidentemente, aveva invece ben appreso. Lei e la sua infanzia agiata non potevano comprendere la fatica di chi sopravvive nella miseria. «Non mi serve il tuo aiuto» proruppe, guardando il ragazzo diritto negli occhi e invitandolo a sfidarla. «Setaccerò ogni angolo oltre il confine, e sono pronta a dar fuoco a qualsiasi strige voglia impedirmelo.»

Valerius sbuffò, visibilmente contrariato, addirittura infastidito da quell'incosciente presa di posizione. Ma, d'altronde, chi era lui per impedire a quella driade dissennata di buttare via la sua vita?

«Sai che cosa succede a un umano quando nel suo corpo viene trapiantato un organo appartenente a una qualsiasi di noi creature dotate di poteri?» Le sorrise.

La giovane restò immobile. In effetti no, non lo sapeva: sapeva che oltre il confine c'era un fantomatico mercato nero, dove l'illegalità proliferava, dove pure qualche nobile metteva il naso, ma gli orrori menzionati da Valerius erano inimmaginabili per lei.

«Ascoltami, ho buoni motivi per detestare il confine e chi vi abita» confessò lo strige, avanzando d'un passo verso la driade e abbandonando qualsiasi maschera sagacemente ironica avesse indossato poco prima. Era all'improvviso diventato vero, autentico. Calista percepì un mutamento nella sua voce, s'era fatta più delicata, più morbida, più sincera. «Se non vuoi rinunciare a questa missione, almeno accetta il mio aiuto.»

Tre di Spade

Evelyne strabuzzò gli occhi. Sì, quello era decisamente il conte Silas, aveva visto il suo volto in televisione numerose volte. Spesso Sylvain guardava il reality sulla sua famiglia così da poter prendere in giro i comportamenti infantili sfoggiati davanti alle telecamere. Era uno dei nobili più abbienti e in vista di tutta Arcadya e stava mettendo piede nell'ultimo luogo in cui la serva avrebbe immaginato di incontrarlo.

Silas sbarrò la porta con le proprie braccia. Era un uomo alto, sulla cinquantina; tanta gente lo avrebbe pure ritenuto attraente, possessore di quella bellezza comune che non lasciava niente impresso, solo un po' di sorpresa nel momento in cui lui confessava la propria età, ma era un viso facilmente dimenticabile. Per sfortuna di Evelyne e Laurell, Silas non mancava a un singolo evento e, purtroppo per loro, aveva un'ottima memoria.

«Loro due lavorano al palazzo» disse il conte, pallido come un foglio di carta. «Se dovessero fare ritorno...»

«Non lo faranno» gli sorrise il lenone. «Nessuna di loro due uscirà.»

Eve riuscì a malapena a captare con la coda dell'occhio il movimento repentino dell'ufficiale, quando Lau si scagliò contro l'omaccione e gli fu immediatamente addosso, stringendogli il collo fra le mani. «Corri!» urlò a Evelyne.

La serva non se lo fece ripetere. Si gettò verso la porta, urtando il conte Silas, il quale però l'afferrò per il colletto della maglietta. Con inaspettata facilità, il nobile la fece rovinare a terra, come se fosse un inerme pupazzo di stoffa.

Eve rimase impressionata: quella forza era elevata, troppo per un umano con la sua corporatura. L'aveva presa e gettata a terra, utilizzando un unico braccio, come se lei pesasse poco più di una piuma.

Pure il lenone era riuscito a scaraventare Lau contro un vecchio tavolo in duro legno di quercia. Il fragoroso tonfo dell'impatto rimbombò nella stanza. Con la schiena dolente per la botta, Laurell riuscì a scartare il colpo successivo, evitandolo per un soffio.

Evelyne tentò di non perdersi d'animo, rotolò su un fianco e cercò ancora una volta di schizzare verso la porta, ma fu afferrata nuovamente. Questa volta, però, qualcosa di appuntito, acuminato, pungente le si piantò nel fianco. Un gelo viscerale le si insinuò nelle ossa. All'improvviso la serva sentì freddo, come fosse improvvisamente scoperta alla rigida atmosfera del confine. Abbassando lo sguardo, trovò una daga nella mano del conte e la sua lama nella propria carne.

«Mi dispiace» disse lui, con un filtro di fittizio dispiacere nella voce. «Ma non posso lasciare che la mia reputazione si rovini così.»

Intanto, il generale tentò di tirarsi in piedi, ma un colpo allo sterno lo stordì. Barcollante, si afferrò l'addome, piegandosi su di sé. Ma l'ultimo e decisivo pugno fece crollare il suo corpo e annebbiare la sua mente.

Come Silas estrasse la lama, Eve si accasciò a terra, premendo una mano sul fianco, in un vano tentativo di fermare il sanguinamento.

Non è una ferita fatale, pensò ricordando i rudimenti di medicina appresi anni addietro, quando tutti i servi a corte erano stati costretti a eseguire una certificazione di primo soccorso. In effetti, se quella fosse stata un'emorragia venosa, il flusso sarebbe stato lento e costante e il colore del sangue sarebbe stato scuro, mentre la pozza che si stava formando sotto di lei era chiara, vivida. Tuttavia, andava curata rapidamente, prima che il sangue iniziasse a scarseggiare. Per loro sfortuna, i due uomini non parevano intenzionati a lasciar andare né lei, né tantomeno Laurell.

«Quella lì è il nuovo generale dell'Esercito Incantato» affermò il conte, indicando con il mento l'ufficiale, mentre ripuliva la lama insanguinata con un panno nero, prontamente tirato fuori dalla giacca. «È un armigero crepuscolare, ti conviene tenerla con te. Questa qui invece non vale niente.»

Per Evelyne fu come ricevere un pugno allo stomaco: non solo era come se nemmeno considerassero persone lei e l'ufficiale, parlando di loro come se fossero merce, ma realizzò che il lenone neanche aveva motivo di tenerla in vita, a differenza di Lau.

L'uomo legò con difficoltà il generale, rischiando di beccarsi pure un paio di morsi. Poi si mosse verso la serva. «Tutti valgono qualcosa» affermò, arcigno.

Eve si sentì una codarda nel realizzare di aver appena tirato un sospiro di sollievo. La morte la terrorizzava, più di qualsiasi altra cosa. Non voleva morire giovane e da inetta, senza esser riuscita a concludere nulla, senza far niente della propria esistenza. Questo, in maniera un po' egoistica, le pareva terribile. Fu anche sollevata nel vedere Lau girare la testa dalla parte opposta e muovere la bocca in maniera frenetica. I più avrebbero pensato, dal suo volto contratto e dall'intima premura con cui la sua bocca si muoveva, che stesse semplicemente pronunciando le sue ultime parole, un affettuoso pensiero verso i cari in vita, ma così non era. Laurell era una persona caparbia e cocciuta, incapace di perdere la speranza pure nelle situazioni più tragiche. L'intuito di Evelyne l'aveva abilmente condotta dal suo Eremita. Lei si fidava del proprio intuito e si fidava di Lau: sapeva che probabilmente il generale non stava pronunciando una qualsiasi preghiera, bensì una formula magica.

Ti prego, pensava la serva, digrignando i denti, *qualsiasi cosa tu sia facendo, falla in fretta.*

Si rese conto di essere stata imbevuta di adrenalina finché non sentì una dolorosa fitta perforarle il fianco.

Non so quanto potrò resistere. Si voltò a guardare la piccola pozza di sangue sotto di lei e pregò silenziosamente che quell'incessante fluire rallentasse.

Due di Spade

La mattina dopo, Titania non aveva ancora visto Calista; la driade si era come volatilizzata. Immaginarla mentre rideva e si divertiva con Lysander le faceva gelare il sangue nelle vene. Lui non le piaceva, era definitivo. No, non perché lo trovasse malvagio, era più il suo atteggiamento di tracotante superiorità a renderla insofferente. E poi ricordava anche il racconto di Teodora: Titania non voleva che la sua amica diventasse come Anaïs, ormai trasformata in una comune vipera dalla freddezza di una relazione senza amore.

No, non era stata trasformata in niente. Lysander non era un armigero crepuscolare o uno strige, aveva solo tirato fuori il lato più brutto di Anaïs intrappolandola in una relazione piena di scontenti. Niente era cambiato, quella vipera da sempre abitava il corpo della driade. Titania aveva solo iniziato a temere che pure Calista celasse nel suo cuore della cieca cattiveria.

L'ibrida rimase distesa per un po' sul soffice letto, godendosi la calma mattutina e il placido silenzio di quell'ampia stanza. Con una mano coccolava Bastet, che si era addormentata sul suo cuscino e ogni tanto si lasciava andare a qualche sottile versetto nel sonno: Titania eseguiva piccoli disegni circolari sul suo capo, ascoltando in silenzio la reazione compiaciuta della micia. Quella gatta era l'unica in grado di tranquillizzarla, di darle un briciolo di fiducia nel suo futuro lì ad Arcadya. Valerius aveva parlato chiaro: quella docile creatura era un famiglio e si trovava lì per proteggerla. Non era apparsa prima, e Titania non aveva nemmeno creduto di poter avere dei famigli; ergo, nonostante Liviana affermasse il contrario, era destino che l'ibrida rimanesse ad Arcadya, almeno per un po'.

Giunta l'ora prestabilita, Titania si vestì controvoglia, infilandosi una maglia corta, che le lasciava la pancia scoperta, e dei pantaloncini larghi, sportivi. Dunque si diresse con calma verso il campo d'addestramento. Era in anticipo. Teodora l'aveva aiutata a impostare una sveglia sul suo nuovo e curioso dispositivo elettronico. Poteva prendersi tutto il tempo per camminare lentamente, ascoltare Arcadya in tutti i suoi rumori, abituarsi ai suoi innumerevoli stimoli.

Ma la caciara proveniente dal cortile dove si allenava con l'Ordine pareva esagerata, era irreale persino per quel reame così vivo. Incuriosita, affrettò il passo e seguì la fitta rete di suoni. Le driadi non si trovavano vicine al solito salice dove lasciavano le sacche con il pranzo e bazzicavano prima dell'arrivo di Liviana. Titania si lasciò accompagnare dal fitto e sommesso vociare fino ad avvicinarsi alla grossa arena dove si addestravano i maghi. A quel punto si arrestò e, alzando lo sguardo sulle ombre di fronte a lei, restò allibita. C'era Lysander, aveva riconosciuto il suo fisico slanciato, i capelli tenuti corti e curati, un tipico tratto degli esseri umani, e la bizzarra ombra che la pelliccia proiettava sotto al sole. E non servì il suo spiccato udito per captare l'alterazione nella voce dell'erede.

La voce di Liviana, invece, non era facilmente decifrabile in quel caos. «Ma, Lysander, voi non potete partire per la periferia, siete l'erede al trono.» Era così sottile e dimessa quando si rivolgeva al principe che l'ibrida faticò a riconoscerla.

C'erano anche Elan, Teodora e diverse figure a lei sconosciute. A intuito dovevano essere membri dell'Esercito Incantato.

«Proprio perché sono l'erede al trono io vi ordino di farmi partire!»

Titania avanzò un po' a tentoni verso la presenza per lei più amichevole, nonché la stoica guardiana della terra, e si mise in ascolto del litigio accanto alla driade, cercando pure di capire cosa bisbigliassero gli armigeri crepuscolari intorno a loro.

«Strano, da dove viene questo slancio di altruismo?» sghignazzò uno.

«Vuole imitare paparino» sopraggiunse un altro, mimando una vocina infantile, «e spacciarsi per l'eroe condottiero che si dirige al confine.»

«Crede davvero di poter sopravvivere là fuori? È proprio stupido come dicono, allora...»

Titania distolse rapidamente la propria attenzione da quei discorsi, non dicevano niente di importante in ogni caso e nessuno di loro aveva abbastanza fegato da intervenire a voce alta per fermare l'erede. Quest'ultimo era comunque talmente immerso nella sua scenata che per quanto mi riguarda avrebbero pure potuto dargli dello scemo a gran voce e non se ne sarebbe accorto.

Elan intervenne, calmo come la superficie di un placido mare: ciò di cui le orecchie di Titania avevano disperatamente bisogno in mezzo a quel caos. «Qualsiasi cosa metta a rischio voi, Lysander, è un pericolo per la corona e per tutta Arcadya. Siete l'unico erede interamente umano e, finché esistono obiettori che rifiutano i Fae, siete un elemento fondamentale per il mantenimento della pace.»

«Cosa credi mi possa ferire? Quattro strige drogati con le pezze al culo?» strepitò lui, facendo sussultare Liviana per l'inaspettata volgarità con cui diede voce al suo pensiero.

La driade aprì la bocca per rispondere, ma fu interrotta in tronco dall'arguto intervento di Elan. «Proprio perché sono quattro strige drogati con le pezze al culo è inutile che andiate voi.» L'uomo girò intorno a Lysander, il quale restò sorpreso tanto quanto gli altri presenti. «Sarebbe uno spreco di tempo e di fatica, lasciate che ci pensiamo noi.»

Per un attimo l'erede sembrò quasi convinto a lasciar perdere, a prendere la sua prima decisione intelligente, invece indossò il più irritante dei ghigni e guardò negli occhi Elan con tono di sfida. «Allora andrò lì da solo e farò un figurone da eroe.»

Se non fosse stata una persona estremamente austera ed enigmatica, immagino che l'immortale di Arcadya si sarebbe sbattuto una mano in fronte e avrebbe dato dell'idiota al ragazzo. Invece dovette inghiottire il naturale istinto di mettere a tacere l'erede mentre ne assecondava la sfrontatezza. «Va bene» annuì, con viso indecifrabile. «Ma l'Ordine verrà con voi.»

Liviana mosse due grosse falcate verso Elan, fino ad arrivare all'altezza del suo naso. «Assolutamente no» protestò sottovoce. «Non manderò l'erede al trono e tutto l'Ordine in missione per recuperare un generale qualunque e la driade più debole delle mie schiere.»

L'uomo la guardò in cagnesco. «Laurell ha un talento per la leadership, l'Esercito segue i suoi ordini come non ha mai fatto con nessuno prima. E considerare il potere di una driade solo in proporzione alle sue affinità è un grave errore: Calista è l'unica driade dell'Ordine capace di combattere corpo a corpo, sa ribaltare un uomo due volte più grosso di lei senza battere ciglio. Per un nemico, sottovalutare Calista potrebbe essere un ultimo, fatale errore.»

7
Il Carro

Nove di Coppe

In quel momento, Evelyne bramava la codardia e l'ignoranza. Se fosse stata un po' meno curiosa e un po' più facile da spaventare non si sarebbe mai cacciata in quella situazione. Tentava di sfuggire al proprio stato ripassando a mente la conversazione avvenuta con il lenone, andando a trovare tutte le sbavature, tutti gli errori, tutti quei momenti in cui la sua provenienza era accidentalmente trapelata dalle sue labbra.

Era doloroso sì, ma meno che concentrarsi sull'emorragia. Non sapeva quanto tempo fosse passato da quando due schiavi robusti l'avevano incatenata in una piccola stanzina interrata. Le facevano male i polsi e si chiedeva quando sarebbero venuti a medicarla, se mai avessero avuto interesse in ciò.

«Sei bianca» constatò Lau, a sua volta immobile, con grosse catene serrate intorno agli avambracci, che erano sollevati sopra la sua testa, appoggiati lungo la parete diroccata. «Riesci a prendere questo?»

Il generale sferrò un calcio a una pezza abbandonata; il suo anfibio in pelle la fece scivolare verso la compagna di sventure. Quest'ultima, facendo tendere le catene, tentò debolmente di farsi avanti ma, prima di raggiungere il panno, il suo corpo si accasciò e il metallo le si conficcò nella pelle, lasciandole grossi solchi rossi.

«Non ci arrivo» mormorò, lasciandosi andare sul freddo pavimento in cemento. «Come facevano a essere così forti? Come hanno fatto a sconfiggere te?»

Lau scosse la testa, con una maschera di disgusto sul volto. «Non sono completamente umani.»

Eve aveva già faticato abbastanza nel porre la domanda. Sulle prime stava per chiedere ulteriori delucidazioni, ma quando aprì la bocca per parlare si trovò subito a corto di fiato, come se avesse appena ricevuto un pugno sullo sterno.

Laurell si inumidì le labbra e continuò nella sua spiegazione: «Ti sei mai chiesta perché in giro non si vedano più alcune razze Fae, come gli elfi, che sono spariti da almeno una ventina d'anni? Sono stati sterminati tutti, dal primo all'ultimo. Chi sopravvive lo fa nel proprio reame d'origine, di certo non qui. Le loro carni e i loro organi sono stati venduti al mercato nero». Evelyne espirò rumorosamente, colpita in pieno ventre da una pugnalata di disgusto.

«Gli elfi erano conosciuti per il loro legame con la natura, la capacità di sopravvivere nel più ostile degli ambienti e con il minimo delle risorse, per la loro longevità e il ridotto bisogno di riposo. Purtroppo per loro, erano creature estremamente pacifiche.»

Lau si sforzò, dolente, cercando di piegare in avanti il busto muscoloso, stretto nella morsa di un'intensa fitta. «Ecco quello che credo vogliano fare con me: trapianti. Oltre agli strige, non si trovano molte creature capaci di lanciare incantesimi, e non sono abbastanza attraente o giovane perché loro mi facciano prostituire. Sarò l'elisir di lunga vita per qualche ricco bastardo.» Il generale sputò per terra con sdegno. Avrebbe fatto qualsiasi cosa pur di liberarsi, eppure le sue mani erano inchiodate lì e lo zaino che aveva portato con sé era finito nelle mani del lenone, il quale sicuramente lo aveva aperto e scandagliato. Non poteva usare alcuna pozione: stava valutando mentalmente quale incantesimo potesse tornare utile fra le lunghe formule contenute nel suo cervello, oltre all'allarme già lanciato da tempo nell'etere, ma niente di utile emerse fra suoi pensieri. Senza il suo prezioso grimorio non c'era molto che potesse fare.

Io ringrazierò sempre qualsiasi entità primordiale e divina mi abbia fatto strige, essere un mago è una tortura. Ci vuole tanta meticolosità, tanta memoria, tanti libri, che, per carità, non mi mancano assolutamente, ma, quantomeno, in qualità di strige mi bastava attingere agli elementi. È vero che le nostre energie si drenano più in fretta, tuttavia non avere lunghissime formule da controllare metodicamente su un grimorio avrebbe salvato Lau, che al momento ricordava solo i rituali di guerra, troppo caotici e distruttivi per una situazione in cui servivano destrezza e silenzio. Certo, poteva lanciarne uno, ma non vi era la sicurezza che Evelyne non si sarebbe fatta male; poi avrebbe attirato l'attenzione, il lenone sarebbe giunto da loro prima che avesse avuto modo di formulare un altro incantesimo in grado di colpirlo per davvero. Poteva solo sperare che il suo richiamo a tutte le creature dotate di poteri giungesse presto a destinazione e venisse decodificato in fretta.

«Quindi tutti gli umani in periferia hanno organi trapiantati per essere più forti e più longevi?» ansimò Eve, tentando di distrarsi dal pungente dolore.

«In periferia?» ripeté il generale. «Non sai quanti nobili di Arcadya abbiano fatto dei trapianti. A voler fare l'avvocato del diavolo, ti dico pure che in parte li capisco. Voi umani vivete poco e male, siete deboli e perite pure per i più banali acciacchi. Farsi trapiantare gli organi delle creature del nostro popolo è conveniente, veloce e non avete nemmeno davanti agli occhi la sofferenza del poveretto che ha dato la propria vita per il vostro benestare, la *nostra* sofferenza.»

La serva sbatté le palpebre, allibita. «Ma non è illegale?» biascicò.

«È illegale, sì, ma non oltre il confine» sbuffò Laurell, lasciandosi andare contro la parete di cemento. «Potrebbero essere arrestati ma non ci sono prove, solo supposizioni nella maggior parte dei casi. Basterebbe un controllo medico, ma, sai com'è, lederebbe la libertà di ognuno, ci sarebbe una rivolta.»

Evelyne non riuscì a dire nulla, solo un rapido «è terribile», prima di stringere i denti e accartocciarsi su di sé, dolente per la ferita al fianco e per la condizione dei Fae. Credeva che Arcadya fosse pacifica, che gli umani ormai vivessero ben miscelati con le creature provenienti da altri reami. Scoprire come quella fosse solo una bella facciata distrusse ogni sua speranza. Eve aveva assistito a innumerevoli problemi al di fuori del confine e stentava a credere che la corona non fosse riuscita a sopprimerli in maniera definitiva. *Caiden ha garantito protezione al regno, ma non ha potuto difendere tutto il reame*, realizzò. *Era solo un uomo e le sue risorse erano limitate.*

Si sentiva in parte come se fosse stata tradita. Certo non poteva incolpare i suoi sovrani, sapeva che quello di Arcadya era un piccolo popolo e il suo magro esercito non sarebbe mai riuscito a tenere sotto controllo terre tanto lontane e sconosciute, il suo lato più razionale ne era consapevole. Però le doleva assai.

Laurell si tese all'improvviso, tentando malamente di mettersi in guardia nonostante le mani legate. Evelyne fu allarmata nel realizzare di aver notato prima la sua reazione e poi il rumore proveniente dalla finestra sbarrata. Credeva di poter sopravvivere a una rapida spedizione, invece si sorprese di quanto fosse inadatta.

La serva cercò lo sguardo di Lau, tentando di leggervi dentro, di captare i suoi pensieri e prepararsi. Fu preoccupata di notare come il generale scrutasse rapidamente i dintorni, cercando freneticamente la fonte di quell'improvviso suono.

Eccolo di nuovo, un rumore secco e fugace proveniente da sopra le loro teste.

Laurell tornò a guardare Evelyne: i suoi occhi neri, sgranati, mostravano evidente preoccupazione.

Stanno arrivando per uccidermi, previde Eve.

Stanno arrivando per uccidermi, le avrebbe fatto eco Lau, se i loro pensieri avessero avuto forma sonora, quanto quella voce, decisamente reale, che piovve loro addosso. «Eve, Lau!»

Sia Lau sia la serva sussultarono vistosamente, quando un volto familiare fece capolino dalla bocca di lupo metallica.

«Calista, cosa ci fai qua?» bisbigliò Evelyne, soffocando il sonoro sollievo che desiderava emergere dalla sua bocca sfociando in un urlo.

«Ho percepito il richiamo di Lau e sono venuta quanto prima» disse la driade, sbrigativa, mentre perlustrava i dintorni con sguardi rapidi e veloci. Non impiegò molto a notare i grossi lividi sul volto del generale. «Laurell, stai bene? Le ferite ti fanno male?»

«Mi fa più male l'aver trascorso un'ora a sentirmi chiamare "fanciulla"» sbuffò. «Evelyne sta messa peggio di me, il conte Silas l'ha accoltellata.»

«Il conte Silas è qui?» domandò Calista. Dal suo tono di voce non pareva sorpresa dal fatto che quel nobile bazzicasse in un postribolo oltre il confine e questo spinse Eve a chiedersi effettivamente quanto fosse stata ingenua in tutto l'arco della sua vita a palazzo.

«Sì, c'è anche il lenone. E due schiavi di guardia al piano di sopra, dove ci sono le ragazze, ma non credo siano dei trapiantati» spiegò Lau, indicando con un rapido scatto della testa i piani superiori. «Le finestre sono tutte sbarrate, c'è solo un ingresso principale, ma te lo sconsiglio, finiresti nelle fauci del lenone. È molto forte e i soffitti sono bassi.»

Calista si fermò un attimo a fissare Evelyne attraverso le sbarre. «Posso provare a cicatrizzare la ferita da qui» propose, vedendo la giovane perdere ancora sangue.

Il generale scosse la testa. «Il tuo fuoco ha un calore troppo elevato, per quello dovremo aspettare le tue compagne, sperando che pure loro abbiano captato il messaggio. Prova a fondere le sbarre. Sono fatte di ferro e la temperatura di fusione è alla portata delle tue fiamme.»

Evelyne aggrottò la fronte e si voltò a squadrare la driade con aria a dir poco allibita. Essere una serva le garantiva uno status d'invisibilità, ergo le capitava di assistere a chiacchierate che nemmeno era suo intento ascoltare. Aveva spesso udito sia le altre driadi sia Liviana in persona parlare di quanto Calista fosse meno capace di tutte loro. Era complessivamente considerata come l'anello debole del gruppo, eppure fra tutti i Fae a palazzo era stata l'unica a captare il richiamo di Laurell e, a detta di quest'ultimo, le fiamme della driade potevano addirittura fondere il ferro.

Ma ce la farà?, si chiese titubante Eve, mentre guardava con la fronte corrugata la guardiana all'opera.

Calista appoggiò entrambe le mani su una singola sbarra. Una volta rimossa quella, lei ci sarebbe sgusciata attraverso, Laurell pure, ma Eve no, la bocca di lupo era troppo stretta. Avrebbe dovuto trovare un'altra uscita.

Fiamme e scintille blu si librarono dalle mani della driade. Inizialmente la ragazza emise due sospiri affaticati: quella sbarra era ancora lì, immobile. Poi spremette le meningi e chiuse gli occhi. Solo a quel punto il pezzo di ferro incominciò a piegarsi, ad accartocciarsi su di sé come un palloncino che viene sgonfiato lentamente.

La serva si lasciò sfuggire un'espressione di meraviglia, osservando la concentrazione con cui la driade faceva sciogliere la sbarra, tenendola saldamente fra le proprie mani. All'inizio faticò un poco: quel pezzo di ferro, nonostante fosse già in parte piegato dalla potenza del fuoco pareva non volersi proprio sciogliere. Vampate di calore entrarono nella cella, Evelyne sperò vivamente che nessuno, all'interno del postribolo, se ne accorgesse. Il ferro, dopo qualche lunghissimo secondo di sforzo, finalmente mutò ancora. Diventò viscoso e malleabile, appiccicandosi alle affusolate dita della driade, la quale raccolse metallo fuso nelle proprie mani in maniera da spostarlo, onde evitare che esso colasse all'interno della finestra. A quel punto, la guardiana si calò lentamente dentro il seminterrato polveroso.

«Bravissima» la incoraggiò Lau. «Evelyne, hai una forcina o una spilla con te?»

«Ne ho una fra i capelli» rispose debolmente la serva. Calista evocò un po' d'acqua, affinché le raffreddasse le mani e non bruciasse la testa di Evelyne con il proprio tocco. Non appena i suoi palmi tornarono alla loro usuale temperatura, la guardiana realizzò di essere profondamente spossata. Fu come bere diversi superalcolici durante una lunga serata e percepirne tutti gli effetti all'improvviso. Ancora fumante di vapore, si avvicinò alla serva ed Eve si sentì un po' in imbarazzo all'idea che la driade si mettesse a cercare fra i suoi capelli, ormai scompigliati e unti, ma non disse nulla. Aveva già reso la missione di Laurell ancora più difficile del dovuto, non avrebbe creato ulteriori problemi. E poi era veramente stanca.

Calista estrasse dalla chioma castana della giovane una piccola e sottile forcina. «Non so come usarla.» Aggrottò la fronte, osservando prima il lucchetto, poi la piccola spilla metallica fra le sue dita. Non poteva certo sciogliere con il fuoco le catene che bloccavano i polsi di Evelyne e Laurell, avrebbe ustionato le loro braccia senza possibilità di rimedio. Al contempo non aveva idea di come forzare una serratura, ed era meglio doversi amputare le mani che finire nelle brame di un crudele lenone oltre il confine.

Lau, con tono sbrigativo, si stava offrendo di spiegarle come fare, ma s'interruppe all'improvviso, sussurrando con tono concitato: «Sta arrivando qualcuno. Nasconditi».

Calista si guardò rapidamente intorno: quella stanza era piccola e spoglia, non vi era niente che potesse nasconderla adeguatamente. Per di più lei era alta e le sue ali proiettavano un'intensa luce violacea. Priva di altre soluzioni, riattraversò la finestra e pregò che nessuno notasse la sbarra mancante.

Tre di Bastoni

Titania era stretta nel furgoncino, accomodata fra Teodora e Anaïs; la prima guardava con circospezione l'ambiente fuori dal finestrino, la seconda non staccava gli occhi dal proprio cellulare. Alle loro spalle, si udivano i sommessi chiacchiericci di Eilir e Ronilda, le quali cercavano di attirare l'attenzione dell'erede seduto impacciatamente in mezzo a loro due.

Non c'era molta luce, i rimasugli gassosi delle lotte e delle esplosioni in quella zona del reame ancora permeavano l'aria, rendendola pesante e creando un fitto schermo marroncino che non lasciava passare alcun raggio solare, cosa che inquietava le driadi, ma giocava perfettamente a favore di Titania, la quale vedeva meglio al buio. Infatti, persino lei notò le magre figure che si avvicinavano al veicolo.

Elan s'irrigidì, stringendo il volante, ma nascose in fretta qualsiasi sintomo della sua preoccupazione. «Titania, saresti capace di occultare il furgone con l'oscurità?» propose all'improvviso, sterzando fra i mendicanti che si avvicinavano curiosi.

L'ibrida aprì la bocca per rispondere ma fu interrotta in tronco da Ronilda: «Non può usare la magia oscura! Ci penso io a loro, li posso abbrustolire con uno dei miei incantesimi».

La risposta dell'immortale fu una pedata ben assestata all'ego della driade: «Prima che tu mandi in malora la spedizione, fermati a usare il cervello. Abbiamo oltrepassato il confine, ergo qui non ci sono leggi. In secondo luogo, per quanto ad Arcadya sia illegale utilizzare la magia degli strige, dar fuoco ad altri esseri viventi è ugualmente illecito, oltre che immorale. Di grazia, ora lascia parlare Titania».

Il tono severo dell'uomo aveva intimorito l'ibrida, la quale era riluttante a rispondere. Per fortuna, Teodora le strinse una mano e la incoraggiò con un fugace sorriso, esortandola amichevolmente. «Lui è un brav'uomo» le sussurrò. «Ti ascolterà.»

Incoraggiata dalla gentile driade della terra, Titania prese un bel respiro e rispose: «A Faeree mi sono spesso occultata dai predatori». La voce le tremava: Elan aveva mostrato genuino interesse per lei, era il primo adulto in tutta Arcadya a valutarla in maniera equa e questo la metteva in soggezione. *Se davvero Liviana avesse ragione?*, si domandava. *Se non fossi abbastanza per l'Ordine? A quel punto, pure Elan smetterebbe di considerarmi, e non mi resterebbe altro che tornare a Faeree.* «Non ho mai usato le tenebre per occultare qualcosa di tanto grande, ma il sole è oscurato e fuori è buio, posso provare» si affrettò ad aggiungere.

Non appena finì di parlare, alle sue spalle sopraggiunsero le risatine sommesse di Eilir, Ronilda e Lysander. Erano troppo basse perché arrivassero alle orecchie dell'immortale, ma abbastanza forti da farsi udire dall'ibrida, la quale desiderava fortemente poter ficcare la testa sotto la sabbia come uno struzzo magico e sparire. Teodora le strinse nuovamente la mano e Titania si sentì un poco più a suo agio, il contatto l'aiutava a ignorare le cattiverie delle colleghe, la faceva sentire protetta, sebbene fosse un piccolo gesto banale. «Ignorali» le bisbigliò la guardiana, rivolgendole un sorriso malizioso. «Sono invidiosi perché loro non possono occultare la propria stupidità.»

Eilir tirò un calcio al sedile della compagna. «Hai appena insultato l'erede al trono?» squittì. «A casa ti aspetta una bella sanzione.»

Teodora si voltò a squadrare la driade in cagnesco attraverso la sottile fessura lasciata dai sedili, mentre Titania si accingeva a evocare le tenebre. «Siamo oltre il confine, tesoro» ghignò. «Quando fa il deficiente, posso liberamente insultarlo quanto mi pare e piace.»

Anaïs tentò di nascondere senza successo una risatina sommessa, sfuggita al suo controllo. Nel frattempo, Elan non riuscì a non domandarsi quando Liviana si sarebbe decisa a lavorare con l'Ordine al fine di creare un gruppo coeso e collaborativo. Non aveva mai approvato i modi della driade; d'altronde, lei era stata la protettrice personale di Caiden, era un'autorità per ogni creatura magica. Eppure era curioso vedere come le guardiane da lei addestrate si accapigliassero a vicenda durante le spedizioni, mentre gli armigeri crepuscolari di Elan avrebbero dato la vita l'uno per l'altro.

In quel momento, l'immortale desiderò fortemente il suo Esercito, l'aria seria e collaborativa che aleggiava fra i suoi maghi, la cieca fiducia che intercorreva fra tutti i suoi membri. Ma non li aveva portati per due precisi motivi: primo, i maghi non erano tagliati per il tipo di raid che stavano andando a compiere; secondo, c'era bisogno di Titania e della sua oscurità.

Regina di Spade

Il conte Silas varcò la soglia della prigione e si fermò davanti a Laurell. Dietro di lui c'erano gli stessi due schiavi che poco prima avevano imprigionato il generale e la serva. Erano pronti all'azione, in piedi, sul fondo della sala come androidi in attesa di comandi. Gli occhi dell'uomo saettarono verso la sua sinistra e si sgranarono nel notare l'assenza di una sbarra. Con la fronte accigliata, il conte si avvicinò alla finestra, scrutando verso l'esterno.

Evelyne trattenne il fiato.

È la fine, pensò. *È buio, trovare Calista sarà facile come scorgere una palla di fuoco in un tombino.*

Restò così, col fiato sospeso in gola, finché il nobile semplicemente non scosse la testa e non tornò a guardare i due prigionieri.

Non ha visto niente?, si chiese la serva, attonita. *Com'è possibile?*

L'uomo tornò al centro della cella e fece un segno ai due schiavi. «Perlustrate il perimetro dell'edificio» ordinò.

I due uomini non riuscirono a fare un passo. Le ombre si squarciarono, aprendosi in due e mostrando Calista, la quale si nascondeva al loro interno. La driade emerse dal velcro d'ombra, prese entrambi gli schiavi per il colletto e sbatté le loro teste contro il muro in cemento. Non fu un colpo fatale, ma comunque abbastanza forte da stenderli per qualche minuto.

Laurell pronunciò una formula a fior di labbra. Silas scattò verso il generale, nel tentativo d'interrompere in tronco il suo rituale; Calista fu su di lui con un balzo e, bloccandogli il braccio con una mano, afferrò la sua daga con l'altra.

«Questo ti sembra un disarmo?» la canzonò lui.

«Non doveva essere un disarmo, infatti» gli sorrise la driade, mentre fiamme blu scaturivano dai suoi palmi. Quel nuovo trucchetto imparato per merito di Laurell le piaceva molto. Come l'arma si sciolse nella mano di Silas, il ferro gli avviluppò la mano, stringendosi intorno alle dita, accumulandosi nel palmo e scivolando giù, fino al polso. Il conte urlò in preda al dolore. Era paonazzo, gli occhi lacrimavano copiosamente, era diventato una vistosa caricatura dell'avvenente uomo di mezz'età che tutti erano abituati a vedere in televisione.

La driade estinse le fiamme così che il metallo fuso rimanesse aggrappato all'ormai cocente pelle dell'uomo. Aveva il cuore a mille. In parte si sentiva a disagio, perché aveva toccato il più alto apice di violenza: non aveva ancora mai usato i propri poteri per ferire direttamente qualcuno. Era una sensazione strana, scomoda, non sapeva con quale forza sarebbe riuscita a guardarsi allo specchio dopo aver commesso una tale atrocità. Allo stesso tempo, sapeva quanto quell'intervento così cruento fosse necessario. Se non fosse stata la sua mano, sarebbe stata la testa di Evelyne, di Laurell o di entrambi.

S'incoraggiò pensando che fosse per un bene maggiore, che il suo violento operato avesse giovato ad Arcadya, che avesse in realtà punito quell'uomo seguendo una perversa legge del contrappasso. Riscaldata da questo pensiero si sentì vagamente meglio e la sua coscienza parve acquietarsi un poco.

Il rituale terminò e un sonno innaturale prese possesso del conte, il quale si addormentò, cadendo, pesante come un sasso, al suolo. Laurell, ancora a corto di fiato per la formula pronunciata così frettolosamente, sputò: «Porco schifoso!» sferrandogli un calcio all'altezza dei reni.

Evelyne non fece in tempo a gioire per quell'improbabile vittoria che si sentì scivolare fuori da sé. Fu come se la sua coscienza si facesse sempre più leggiadra. La fitta al fianco era un problema distante, che non la riguardava più. Persino la preoccupazione per quell'innaturale sensazione di pace era così lontana da risultare ormai impercepibile per la sua stanca mente. I suoi occhi erano già chiusi e restarono così anche quando le sue orecchie furono accolte e scaldate da un suono ovattato e distante, ma tremendamente familiare: «Non temete, sono qui per salvarvi!».

Lysander aveva appena varcato la soglia, gonfiando il petto come un galletto da combattimento. Gli mancava solo il mantello svolazzante per stagliarsi come un supereroe sulla scena di un salvataggio a cui non aveva contribuito. Giunto all'improvviso, copriva gli altri col suo ingombrante orgoglio, che risultò tuttavia inefficace.

«Titania!» esclamò Lau, percependo un genuino sollievo nel vederla. Il generale non riuscì a non sorridere ai nuovi arrivati e a lei in particolare. «Lo sapevo che non eri una driade qualsiasi» sogghignò. «Occultare Calista è stata un'ottima idea, complimenti. Non ti preoccupare, non farò parola con nessuno delle tue origini.»

L'ibrida aggrottò la fronte. *Occultare Calista?*, si stava domandando, mentre ancora tentava di captare i rumori circostanti per comprendere quante e chi fossero le persone presenti. *Io sono arrivata ora.*

La giovane stava per replicare, d'altronde non era corretto prendersi il merito altrui, però Calista intervenne subito: «Dobbiamo andarcene alla svelta, come siete arrivati fin qui?».

Lysander non le rispose, si gettò ad abbracciarla nel silenzio, mormorandole un sommesso: «Sono contento che tu stia bene». Calista si lasciò stringere, non senza un po' d'impaccio: la vista dell'erede al trono l'aveva lasciata interdetta, quello era davvero l'ultimo posto in cui si aspettava di incontrarlo. «Lysander, che cosa ci fai...» Non riuscì nemmeno a terminare la frase che lui le afferrò le spalle e, ergendosi a eroe, suggellò la scena con il più romantico degli epiloghi.

Titania avvampò. *No, non sta succedendo davvero!* Aveva riconosciuto quel gesto, quel languido schiocco delle labbra. *Lysander e Calista si stanno baciando*, realizzò, percependo una fitta alla bocca dello stomaco. Sebbene non potesse vedere i due, sentì in ogni caso l'urgente impellenza di spostare altrove la propria attenzione, dunque chinò il capo. Fu proprio così che scorse la figura incatenata per terra. «Fuori c'è il furgone con Elan, Ronilda sta sorvegliando l'ingresso principale, Eilir quello posteriore. Le altre sono di guardia al veicolo» spiegava, intanto, abbassandosi sulla figura distesa. Non aveva ancora notato la pozza di sangue, ma ne percepiva il nitido e pungente odore.

Non conosceva incantesimi di guarigione molto forti, ma in compenso sapeva come fermare momentaneamente l'emorragia in maniera che la donna riversa dinanzi a lei giungesse viva all'ospedale. Si accovacciò a terra per toccarle il ventre, ascoltandone il respiro sempre più affannato, poi evocò un'entità a lei familiare, la vita. Non aveva alcuna affinità, ma avendo abitato per due decadi in mezzo alla natura selvaggia le era spesso capitato di dover guarire le proprie ferite, pure le più piccole, onde evitare che s'infettassero o che l'odore del sangue attirasse mostri assetati. Chiuse gli occhi e, serrando la mascella, rimarginò in parte il taglio sul fianco di Evelyne, immaginando di ricucirlo con cura, visualizzando un ago che, trapassando la carne, la richiudesse.

Laurell, intanto, aveva sbuffato, guardando i due innamorati. «Molto interessante. Avete intenzione di liberarci o ci volete lasciare qui?»

Calista si era allontanata repentinamente dall'erede, come se la sua pelle scottasse; stringendo in mano la forcina di Evelyne, andò verso l'armigero, realizzando però di non sapere ancora cosa fare.

«La spada» sospirò Lau, indicando con la punta del mento l'arma legata alla cinta del principe.

«Eh?» esclamò quest'ultimo, ancora trasognato.

Calista, pur paonazza, intervenne rapidamente. Schivò accuratamente gli sguardi di tutti i presenti, sfilò la spada dal fodero legato al fianco di Lysander e la usò per colpire ripetutamente la catena. La lama cozzò contro il metallo con uno stridio fastidioso. Per qualche secondo alla giovane parve di trovarsi nella fucina d'un fabbro. Le sembrava quasi di colpire a vuoto, incastrando ulteriormente i ganci metallici. Infine, con un colpo ben assestato, la driade riuscì a spaccarne uno. Laurell si liberò con uno sbuffo, tastandosi i muscoli delle spalle e delle braccia mentre emetteva versi indolenziti. La guardiana raggiunse Titania, che aveva appena medicato Evelyne e, percepita la presenza della collega, si era subito spostata.

«Tutto questo fracasso attirerà sicuramente attenzioni indesiderate» affermò, asettica, l'ibrida. «Dobbiamo muoverci a uscire di qui.»

Calista non riuscì a comprendere la vera natura di quell'allontanamento improvviso, forse l'ibrida temeva di trovarsi nello stesso tragitto della lama, o forse provava fastidio per lei. In ogni caso, la driade non poté non sentire una fitta di delusione in mezzo allo sterno, mentre sollevava la spada e la calava sulle catene arrugginite.

«Voi andate, io distraggo il lenone così potete passare dall'ingresso principale» dispose la guardiana, una volta liberata Eve.

Laurell raccolse a sé le forze per prendere in braccio la serva e la sollevò con un grugnito contratto. Il suo corpo si era indebolito notevolmente dopo il combattimento con il lenone: dovevano uscire di lì al più presto, non credeva avrebbe avuto la fortuna di sopravvivere a un secondo incontro.

«Non servono diversivi» ribatté l'ibrida. «Possiamo occultarci con l'oscurità.»

«Come hai detto tu, abbiamo fatto rumore, sanno che siamo qui e non ci sono molte altre uscite che possiamo imboccare» obiettò il generale, emettendo un esausto sospiro nel realizzare quanto spossato fosse il proprio fisico. «E, a meno che tu non evochi incantesimi a un livello più alto, le ombre non ci proteggeranno quando verranno a stanarci con le torce e accenderanno tutte le luci. Le tenebre possono funzionare, ma non senza una persona che faccia da esca. Dobbiamo dividerci. Titania, io, te e Lysander portiamo al sicuro Evelyne. Calista, tu esci dalla finestra, vola ai piani superiori e tienili tutti impegnati.»

«Sì, generale.»

Lysander, però, non condivideva gli ordini dell'armigere, dunque scosse con fierezza la testa bionda, esprimendo il suo disappunto: «Io rimango con Calista, non sono solito agire nelle ombre come un codardo».

Se non fosse stata sicura di ritornare nel palazzo di Arcadya, probabilmente Titania avrebbe sferrato un pugno in faccia al principe.

Codarda? Io? L'ibrida dovette trattenersi dall'imprecare. *O Calista sa scorgere una profondità inimmaginabile nel cuore di Lysander, o è superficiale come speravo non fosse.*

«Come preferite, Lysander» replicò Lau a denti stretti e con tono visibilmente esausto. «Purché si faccia in fretta!»

Con un sospiro, Titania evocò la tenebra affinché potesse nascondere se stessa, Laurell e la serva. Senza nemmeno guardare la driade, si defilò silenziosamente da quel luogo nefasto, osservando le slanciate sagome di Calista e Lysander mentre si mettevano d'accordo sul piano da seguire. Lui le parlava sopra, la interrompeva, rifiutava le sue argute idee proponendone di peggiori. Titania sperò vivamente che il cuore dell'amica potesse al più presto guarire e vedere il marcio che si celava dietro la finta cavalleria dell'erede.

Dieci di Coppe

Evelyne era leggera, assente, come se avesse perso quasi tutto il proprio peso. Il suo spirito aleggiava libero fra le pareti dell'esistenza, galleggiava attraverso i piani della realtà. Le pareva quasi di poter superare quell'enorme barriera che le impediva di viaggiare fra i reami. Fu come bagnarsi nella luce divina per la prima volta, dopo aver a lungo sopportato il macigno delle proprie spoglie mortali. Fu come liberarsi, finalmente. In quel momento di vicinanza con il trapasso, mentre la sua mente era aperta, libera dal fatale peso del proprio corpo, avvenne quella che molti avrebbe chiamato un'esperienza ai confini della morte.

Fra tutte le persone che avrebbe potuto visitare in quel momento, non andò a trovare i propri genitori, certo che no, nemmeno li avrebbe saputi riconoscere nella folla di anime che avevano agitato il suo sonno infantile. Fu raggiunta invece da un altro spirito, uno molto più potente e ancora desideroso di nuova vita, una in cui spillare il sangue dei nemici nel nome della vendetta.

«Mi serve la cartella clinica della paziente.» Evelyne non conosceva questa voce, ovviamente. Non sapeva niente di quell'ospedale in cui si trovava, nemmeno era capace di ricostruire come vi era giunta. Era prevedibile che, a seguito di un accoltellamento, sarebbe finita fra gli affollati corridoi di un ospedale brulicante di medici e infermieri alle prese con un'emergenza. Ma immaginava di essere lei la persona sdraiata su una barella.

Invece era in piedi, e seguiva il passo rapido dell'équipe dentro una sala operatoria. Non aveva certezze, eccetto una: doveva seguire il primario dinanzi a lei. Le mani di quell'uomo potevano operare miracoli, aveva salvato pazienti in condizioni ben più critiche di quella in cui si trovava la donna sulla stessa barella che Evelyne aveva spinto dentro la sala assieme ai colleghi.

«Mi ascolti? Parli la mia lingua?» Il primario si sfilò un guanto in lattice, porgendo alla giovane una mano pallida e affusolata. «Ti ho chiesto la cartella clinica, Isolde.»

Il medico si voltò di profilo, squadrandola di sottecchi, e la glacialità dei suoi occhi la fece sussultare. Era impossibile non riconoscerlo. I capelli rosso sangue che facevano capolino da sotto la cuffia chirurgica, la pelle eburnea e le iridi color del ghiaccio non lasciavano spazio ad alcun dubbio. Quello era Belfagor e lei, della regina, aveva preso anche il nome.

Lo strige le strappò di mano la cartelletta e fece cenno a un'altra infermiera. «Sostituiscila, non abbiamo bisogno di rallentamenti oggi.»

Isolde si era così trovata esclusa da quell'operazione e costretta a una solitaria pausa pranzo. Aveva mangiato della pasta fredda seduta su una panchina all'esterno. Guardava le ambulanze fare avanti e indietro dal loro parcheggio, tracciava ipotesi nella sua mente. Immaginava diagnosi per ammazzare la noia e per sentirsi un po' meno sola, oltre che un po' meno imbarazzata. Evelyne voleva imporre al proprio corpo di alzarsi e andare da Belfagor, voleva parlargli, avrebbe avuto tante domande da porgli, una caterva di curiosità vaghe e superficiali. Ma quello non era il suo corpo, bensì un semplice ricordo del suo idolo, della sua ossessione, nonché della regina Isolde. E lei era condannata ad assistere come inerme spettatrice.

Infatti, la giovane affondò una mano nella tasca e vi tirò fuori l'accendino con cui si accese una di quelle sigarette sottili ed eleganti che spesso aveva visto fra le labbra di modelle e attrici.

Prese una bella boccata di fumo e chiuse gli occhi. Era una primavera più fredda del solito, ma stare al sole la scaldava, quel piccolo angolo di pace appena trovata le faceva quasi scordare la figuraccia appena fatta con il primario *e* ricercatore. Perché si era imbambolata? Per quale motivo il suo corpo non rispondeva più alla sua mente?

A un tratto, un'ombra alta si proiettò su di lei e due dita bianche come l'avorio si strinsero intorno alla sua sigaretta, spegnendola all'istante.

«Ma che fai?» protestò, arrestandosi di colpo nel riconoscere il medesimo dottore che l'aveva sgridata prima. Non aveva più la veste usa e getta da chirurgo, indossava il suo usuale camice a doppiopetto e i suoi lunghi capelli rossi erano morbidamente adagiati sulle sue spalle. Era una cosa da strige, la chioma è un'estensione dei sensi, lo aveva detto alla televisione un certo immortale di nome Elan, durante una conferenza. Non che lei passasse tanto tempo a guardare programmi, ma le spiegazioni dell'immortale di Arcadya erano sempre molto intriganti per uno spirito curioso come Isolde.

«Se vuoi che qualcosa ti deteriori i polmoni, la prossima volta chiedi direttamente a me.» L'uomo si sedette con uno sbuffo accanto a lei sulla panchina, spiluccando dell'insalata da una ciotola in plastica, probabilmente portata da casa.

Evelyne si voltò a guardarlo, sbattendo le palpebre numerose volte per la sorpresa. Aveva sempre creduto che Belfagor fosse, come tutti quelli della sua razza, un uomo di tanti vizi e pochissime virtù. Trovarsi di fronte a un tale con uno stile di vita così rigorosamente equilibrato la lasciò sgomenta. Non riusciva a non fissare lo strige accanto a lei: aveva un'aria amareggiata mentre mangiava, come se il suo pasto lo disgustasse, ma non poteva essere quello il motivo.

Belfagor sollevò lo sguardo e i suoi occhi incrociarono quelli di Isolde. Eve sussultò, era appena stata colta in flagrante mentre lo squadrava. La serva scrollò le spalle, nel tentativo di distrarsi dall'incombente imbarazzo, ma non fu lei a parlare. «Non era così che vi immaginavo.»

«E come mi immaginavi?»

«Più affabile.» Isolde si appoggiò allo schienale. «Ho letto numerosi articoli riguardanti le vostre ricerche, sapevo di voi prima ancora di iniziare a lavorare in quest'ospedale.»

Lui non la guardò nemmeno, richiuse bruscamente il contenitore in plastica dal quale stava mangiando e sbuffò: «Sei delusa perché in sala operatoria sono, giustamente, sbrigativo, non è così?».

Isolde scosse la testa, tornando a guardarlo. Sperava ardentemente di non averlo infastidito con i propri modi: le sembrava di lucidare con un panno una bellissima statua di cristallo, sospesa in precario equilibrio. L'intento era prendersene cura, pulirla per bene, ma una pressione troppo forte l'avrebbe sbilanciata e quella meravigliosa scultura sarebbe andata in frantumi. Doveva agire con cautela quando lui era nei paraggi. «In verità ho notato dei progressi, fino a una settimana fa non mi consideravate e, quelle rare volte in cui lo facevate, mi chiamavate Isabella.»

Lo strige, inaspettatamente, si voltò a sorriderle. C'era della crudele bellezza in quel volto affilato, pareva la più grande opera d'arte del più sadico degli artisti, uno capace di dare un'identità al male e renderlo così invitante da testare la rettitudine morale di chiunque. Isolde, attratta e incuriosita da quel viso, si sporse verso di lui, domandando: «Posso chiedervi su cosa state lavorando ora? Ho sempre provato grande curiosità e ammirazione per il vostro lavoro».

L'uomo esitò prima di rispondere. Evelyne notò come il suo volto s'increspasse, mimando un accenno di smorfia, i solchi nasolabiali erano più in evidenza di prima e le sue labbra erano leggermente incurvate verso il basso. Era stato bravo a nasconderlo, ma quella domanda lo aveva irritato assai. «Ho due ricerche in corso.»

Evelyne si sporse ancora, fissando lo strige con occhi sgranati. Che fosse realmente quello il momento? Avrebbe scoperto in quell'istante quale fosse il vero intento dello strige? Qual era la realtà nascosta dietro quelle fantomatiche ricerche?

Fece un ultimo tentativo, sia per compiacerlo, sia per comprendere qualcosa di più su di lui. «Posso assistervi in una di queste, magari» propose.

Belfagor si alzò di scatto, allontanandosi da Isolde a grandi falcate.

«Non ti interessa» borbottò, dandole le spalle. «Non sei ibrida.»

Non sei ibrida.

Come ripensò a queste parole, l'oscurità avvolse il cortile. Il sole era appena stato celato dalla più grande eclissi che Evelyne avesse mai visto. Il tempo si era fermato, Belfagor era in piedi davanti a lei, immobilizzato in un passo che non lo avrebbe mai portato da nessuna parte. Sentendosi di nuovo leggera, liberata pure dal corpo di Isolde, Eve galleggiò verso di lui. Tendeva la mano come se volesse afferrargli la giacca, ma mai giunse a destinazione. Più lei si avvicinava più lui si allontanava, entrambi intrappolati in un eterno moto senza direzione, un serpente così grande da inglobare tutto il mondo a partire dalla propria coda.

All'improvviso, un'esplosione lontana e ovattata la distrasse. Un caotico intreccio di rumori e cacofonie di urli si fece largo nella sua mente intorpidita, distorcendo sempre più quella visione. Le spalle di Belfagor incominciarono a squagliarsi, mescolandosi all'ambiente circostante, mentre la sua chioma perdeva il proprio vivace colore. Un altro tonfo eruppe nella sua testa, più forte, più vicino. E la serva si risvegliò.

«Che cosa sta succedendo?»

Questa è la voce di Laurell, riconobbe.

La commozione intorno alla giovane era tanto caotica da renderle difficile anche solo concentrarsi su una singola voce. Quando riaprì gli occhi, Evelyne realizzò di trovarsi nel buio abitacolo di un furgone.

Ero nella prigione di un postribolo con Laurell, rammentò, rimettendo insieme i cocci di tutte le disavventure che avevano preceduto il suo svenimento. *Quanto tempo è passato?*

Anaïs l'aveva allontanata da quel ricordo e la stava tenendo ancorata a quel reame, anzi, la stava tenendo ancorata alla vita. Sedeva accanto a lei sui sedili ormai impregnati di sangue, il suo volto era contratto e le sue mani lavoravano incessantemente. Piccoli luminari si libravano nell'aria, simili a lucciole in miniatura impegnate in una frenetica danza sopra la ferita della serva.

Evelyne, istintivamente, alzò con fatica la testa per guardare, tuttavia non riuscì a scorgere niente. La certezza era solo una: si trovava ancora oltre il confine, il cielo bruno e fuligginoso non lasciava spazio a dubbi. La driade le si parò davanti, intimandole di restare perfettamente immobile. «Fra poco ripartiremo» mormorò incerta, forse più per rassicurare se stessa che per consolare la serva.

Sul sedile davanti sedeva Titania, che si concentrava su un incantesimo. Eve non capì subito quale, ricordò solo di averla guardata e di aver pensato all'immane fatica che stesse facendo. Era esangue, sudata, quasi febbricitante, però resisteva senza emettere fiato o lamentela.

Devo averla sottovalutata, pensò l'umana. *C'è un buon motivo se si trova nell'Ordine, lei mi ha salvata.* Non riuscì a dire nulla, la sua bocca era troppo impastata dal sangue e dalla spossatezza ma, in cuor suo, le fu profondamente riconoscente per aver contribuito al suo salvataggio.

Intanto, Laurell era poco distante dal furgone e si stava lanciando verso il bordello, mentre delle altissime fiamme blu lo divoravano. «Calista!» gridava, fino a consumarsi i polmoni.

A un tratto, mentre si trovava quasi sulla soglia del postribolo, l'armigero vide un'ombra fuggire dal fuoco a gamba tesa. Era Lysander. Lau riuscì a fermare la sua folle fuga afferrandolo per entrambe le spalle, affondando le unghie nella seta, ormai logora, della sua giacca. «Dov'è Calista?» ringhiò il generale. «Voi dovevate fare da esca e poi scappare, perché lei non c'è? Perché quel postaccio va a fuoco?»

L'erede, ancora col fiato mozzato dalla fretta, incespicò sulle proprie parole, mentre tentava inutilmente di sottrarsi alle domande di Laurell.

«Dov'è Calista?» ripeté con voce furiosa l'ufficiale.

Lysander si passò una mano sulla zazzera bionda e lanciò un fugace sguardo all'edificio. «È rimasta dentro» balbettò, visibilmente imbarazzato. «Stavamo distraendo il lenone e poi, beh…»

Laurell sgranò gli occhi, in preda allo sgomento. «E tu l'hai lasciata lì?» esclamò.

«Non sapevo cosa fare» si difese timidamente. «Quell'uomo era più forte del previsto!»

A questo punto, la voce del generale divenne sottile e minacciosa come il sibilo di un serpente intento ad assaggiare l'aria in cerca di prede. «Tu l'hai lasciata sola con il lenone?» Vedendo lo sguardo ostile dell'ufficiale, l'erede deglutì, rammentando ancora una volta che, per quanto fosse potente ad Arcadya, lì non valeva niente. Tuttavia, Laurell si limitò a sfilargli di mano la spada, indicando il furgone. «Torna lì e prega che non ti spacchi la faccia finché siamo oltre il confine.»

Non fece in tempo a fare un passo, che la porta principale si spalancò. Lau arrestò all'istante la propria marcia e strizzò gli occhi, riducendoli a due fessure, nel tentativo di scorgere meglio attraverso il fitto fumo. E prepararsi all'azione.

Un giovane che Lysander non aveva mai visto prima camminava, lento e inarrestabile, verso i due. Il suo passo pesante sollevava polvere dal terreno, i suoi capelli risultavano di un colore scuro, opaco rispetto alle fiamme bluastre alle sue spalle. La sua chioma lunga ondeggiava libera nella fredda brezza serale, ma il suo volto era spezzato, contratto in un'espressione preoccupata, i suoi occhi fissi sulla figura inerme fra le proprie braccia.

Laurell notò con sgomento che adagiata nelle sue mani, con il capo rivolto all'indietro, vi era proprio Calista. Le sue braccia erano molli, penzoloni, il suo corpo completamente abbandonato alla mercé del giovane sconosciuto. Una morsa si strinse intorno alla gola dell'ufficiale, realizzando che la driade aveva perso i sensi e che quello era proprio lo strige descritto da lei. Quello che si era imbucato alla Mascherata. Il figlio del temibile Belfagor.

«Cosa le hai fatto?» strepitò Lysander, camminando a passo svelto verso l'estraneo, additandolo con fare minaccioso.

Un cane che abbaia, non è nient'altro, osservò Laurell con una punta di sdegno verso il principe.

Lo strige non batté ciglio; squadrò il principe dall'alto verso il basso, tenendo gli occhi a mezz'asta. «Quello che tu non hai avuto il coraggio di fare» mormorò poi, adagiando delicatamente la driade al suolo. Fece ben attenzione che non sbattesse la nuca e la riparò protettivamente tenendole una mano sotto la testa, in mezzo alla folta coltre di capelli castani.

Lau inclinò la testa di lato, osservando quel giovane. Ricordò le parole di Evelyne e di Calista: non c'erano dubbi, era proprio lui. I capelli lunghi, tipici degli strige potenti. L'incarnato pallido, gli abiti neri, corvini, gli occhi viola come due ametiste. Tornava tutto. A lasciare il generale nello stupore era l'inaspettata gentilezza con cui lo strige trattava la guardiana, una sua nemica. Era stato descritto come un uomo spregiudicato, uno dedito ai veleni e ai sotterfugi. Ma non vi era alcun sotterfugio nella delicatezza con cui si prendeva cura di Calista.

«La descrizione corrisponde. Tu sei il figlio di Belfagor, Valerius» affermò Laurell, con tono neutro.

Lui non batté ciglio. Si rimise in piedi, tornando a svettare con la sua notevole altezza. «Sono io» annuì, tenendo quegli occhi, tremendi nella loro curiosa bellezza, fissi su Lau.

«È figlio del mostro che ha rapito mia madre, lui ha ucciso il tuo generale!» urlò Lysander, tentando di sfilare nuovamente la propria spada dalle mani dell'ufficiale, ma la presa di quest'ultimo era troppo salda intorno all'elsa e l'erede non riuscì a fare niente. «Trafiggilo, tagliagli la gola, è un ordine del tuo futuro re!»

Laurell non reagì, continuò a guardare fisso lo strige, non riuscendo a sopprimere quel profondo sentimento di rispetto. Valerius era tornato nello stesso luogo che lo aveva rovinato, segnandolo a vita, pur di risparmiare a una sua avversaria la medesima sofferenza da lui attraversata. «Molto valoroso da parte tua riportare questa driade all'Ordine» ammise l'armigero, osservando il nemico e ripensando alla minuziosa cura con cui l'aveva posata. Non lo avrebbe colpito, non quel giorno almeno. Per quanto Lau fosse molto ubbidiente nella sua vita militare, dava un enorme peso all'onore e alle regole non scritte dei conflitti. In quel momento, Valerius aveva dato grande prova della propria moralità e Laurell gliene fu riconoscente.

Lo strige diede le spalle a entrambi e si dileguò nelle ombre, mentre la sua risposta ancora riecheggiava nell'aria appesantita dal fumo: «Non l'ho fatto per una qualche legge morale, ma per lei».

8
La Giustizia

Fante di Coppe

Tornare ad allenarsi fu straziante per Titania. Non che in parte non se lo aspettasse, ma non immaginava quanta ira le sue azioni avrebbero suscitato. Si era rivelata utile durante la spedizione, era orgogliosa del proprio operato e, per la prima volta, non provava vergogna per le proprie origini. A quanto pare, invece, si era macchiata di una terribile colpa: aveva scavalcato la prescelta, Ronilda. Lei, che era una reietta e un'esiliata, aveva osato mettersi davanti alla favorita della dea. La guardiana non le diede alcuna tregua quel giorno, le fu addosso come un'aquila che martoria le piccole prede con il suo becco acuminato. Fu infaticabile nel ricoprirla di critiche, tanto che, giunta la fine della giornata, a sovrastare l'ibrida fu più l'astio per una collega tanto avversa che l'effettiva stanchezza a seguito dell'allenamento.

Ma la sua preoccupazione più grande restava Calista. Non aveva chiuso occhio quella notte: la driade aveva abitato la sua veglia, talvolta presagendo un ritorno in salute e talvolta no. Titania non voleva pensarci. Avrebbe aspettato di visitare la guardiana e verificare con propria mano le sue condizioni. Teodora, durante la pausa, le propose di andare insieme alla clinica dove la giovane era ricoverata. Era tardo pomeriggio e dovevano affrettarsi, la driade fece giusto in tempo ad afferrare il proprio borsone che un urlo acuto e stridente squarciò il cielo.

«Lei ha usato la magia oscura?» Era Liviana ma, in quel caso, la vittima, l'immobile bersaglio delle sue grida, era il povero Elan. Per fortuna, l'uomo aveva una calma invidiabile.

Io davvero non so con quale forza impedì a se stesso di insultare quella deficiente alata.

«Tu mandi quell'incapace di Titania in avanscoperta, da sola, con l'unico possibile erede al trono di Arcadya?» strepitava la driade.

L'ibrida non reagì alla provocazione, ormai vi era abituata. Lo sguardo di Liviana non sarebbe mai stato capace di accoglierla nella sua interezza e lei lo aveva capito. Si limitò a seguire le voci, accompagnata dalla nobile figura di Teodora. Giunse in un largo spiazzo, privo di alberi o cespugli, Titania aveva già percorso qualche metro e non sentiva altro che cemento sotto i propri piedi. Lì trovò una serie di ombre accalcate fra loro, agitate come tante piccole fiammelle. Il litigio non stava avvenendo nel campo d'addestramento più piccolo e riservato, destinato all'Ordine, bensì dentro alla vasta arena in cui si allenava l'esercito di maghi.

Titania percepì la ripidità del suolo con la punta del piede e, accortasi di essere in cima alle gradinate, si fermò. Teodora non riuscì a trattenersi dal guardarla con un misto di sorpresa e ammirazione negli occhi. Era incredibile constatare quanto fosse brava a orientarsi, aveva una spiccata sensibilità all'udito e al tatto.

«Ronilda è la nostra driade più potente, lei è la prescelta dalla dea!» proseguì Liviana, interrompendo la replica che Elan aveva appena iniziato a elaborare. «Ha un'affinità con tutti gli elementi, è una cosa mai vista prima, quella ragazza è un talento puro e tu la metti a fare il palo?!»

Titania non sapeva molto di situazioni sociali, di usi e convenzioni, tuttavia intuì quasi subito che la protettrice di Caiden, per lasciarsi andare a una sceneggiata così sonora, doveva aver sicuramente ricevuto una lamentela sulla missione ed era certa che provenisse da Ronilda stessa. L'ibrida non riusciva a vedere fin là ma, in piedi sulla dura roccia, c'era proprio la leggendaria driade con un'affinità per ogni elemento che assisteva a braccia conserte, annuendo a ogni parola di Liviana.

«Il talento puro non serve a molto se non lo alleni. Sarà anche la driade più dotata, ma Ronilda non fa mai pratica, non prova mai a mettersi in comunicazione con le entità madri dei suoi elementi, né con la sua dea.»

L'ibrida aggrottò la fronte, segnandosi mentalmente la prossima domanda da porre a Elan.

Intanto, l'immortale approfittò dell'improvvisa e impacciata balbuzie di Liviana per continuare il proprio discorso: «Guarda Calista: ha una sola affinità, ma l'ha allenata ogni giorno, e ora padroneggia le fiamme come un artigiano coi suoi attrezzi».

Laurell s'intromise nella discussione, affiancando l'immortale con voce ben più piccata e un tono deliziosamente pedante. Sì, lo ammetto, mi piace quando le persone mettono a tacere quell'ignorante di Liviana. «Calista ha sciolto una sbarra di metallo davanti ai miei occhi! Né io né Evelyne saremmo qui se non fosse stato per lei e per Titania.»

La driade rispose aggredendo il generale: «E dov'è la tua Calista adesso? In ospedale».

«È in ospedale perché Lysander anziché coprirle le spalle è scappato come un codardo!»

«Vilipendio della corona!» accusò la driade.

«Non è vilipendio dare del codardo a un codardo!» urlò Laurell, mentre due armigeri crepuscolari prendevano le sue parti, esprimendo la loro opinione su Lysander. D'altronde, quello era il momento perfetto per sparlare dell'erede, non potevano certo multare tutti per vilipendio, no?

La voce di Elan, potente e antica come una quercia, ma prorompente come il tuono che squarcia un cielo terso, interruppe quella conversazione e, di conseguenza, qualsiasi chiacchiericcio: «Basta!».

Sull'arena calò il silenzio. Nemmeno Liviana aveva il coraggio di replicare a Laurell o di continuare con i propri sproloqui.

Qualsiasi domanda fosse sorta nella mente di Titania svanì con la stessa rapidità con cui si era palesata. Sentire Elan arrabbiarsi l'aveva terrorizzata. Certo, l'ibrida non era abituata a situazioni sociali, quindi mi potreste dire che qualsiasi tono di voce appena troppo elevato avrebbe potuto metterla a disagio, e qui vi sbagliate. Pure quelle teste dure di Liviana e Ronilda girarono sui tacchi e si defilarono da quella situazione. Teodora, la più stoica dell'Ordine, fece un passo indietro, invitando poi l'ibrida ad andarsene. Titania non se lo fece ripetere.

Durante tutto l'addestramento, la mentore fu insostenibile, tanto che la sua intrattabilità riuscì ad allontanare perfino la sua prediletta, con quel muro di nervosismo costruito intorno a sé. E l'imminente missione non aiutava a risollevare gli animi.

Tre di Bastoni

Evelyne detestava rimanere ferma. Il palazzo era diventato la sua vita così in fretta che non riusciva a immaginarsi lontana da esso. Beh, lontana... era comunque ricoverata nell'ospedale della contea più vicina!

Non aveva nemmeno i tarocchi con sé. A trascorrere le sue interminabili giornate lì, senza potersi occupare delle usuali faccende per il regno, le sembrava unicamente di perdere il proprio tempo. In più, non era ricca di famiglia, come Calista, la quale era comodamente ricoverata nella clinica privata di Tiberio. Immaginava avesse una stanza più grande, un letto più comodo e probabilmente pure un televisore al plasma in camera. E, di nuovo, la invidiava. La riteneva fortunata, non solo per le sue fattezze, ma pure per la famiglia in cui era nata. Pensava a tutti gli agi che poteva permettersi, alle attenzioni che era solita ricevere, e il suo petto ardeva di puro astio.

Quella povera disgraziata di una driade ha appena schivato l'evento probabilmente più traumatico della sua intera esistenza, cavandosela per il rotto della cuffia. Non sto dicendo che una pugnalata sia un nonnulla, so bene quanto poco sia piacevole, soprattutto per gli umani, ma sminuire il dolore altrui sulla base di un privilegio è scorretto.

Il terzo giorno di ricovero, la convalescenza di Evelyne trovò nuova luce in una visita inaspettata.

«L'erede al trono mette il suo sacro piede in un ospedale comune, fra un po' arriveranno i tabloid» ironizzò la serva, con voce bassa e rauca. Solo in quel momento si rese conto di non aver parlato per tanto tempo. Non solo la sua voce era gradevole come una lunga unghia stridente sopra una lavagna, ma la sua bocca era impastata e pronunciava ogni parola con l'impaccio di chi sta parlando per la prima volta.

Lysander le rivolse un sorriso timido. Non era assolutamente da lui, infatti in quell'inusuale frangente pareva piuttosto a disagio. Pure le candide pareti, bianche come la sua camicia, sembravano opprimerlo, facendolo sembrare piccolo. «Mia madre si vuole scusare.»

Eve restò di stucco. Per almeno un secondo non fu effettivamente in grado di rispondere. *La regina vuole scusarsi con me?* pensava, con il cuore a mille. *Per quale motivo?*

Neanche le avesse letto nella mente, l'erede aggiunse: «Ha emesso un comunicato stampa in cui si scusa pubblicamente per l'incidente avvenuto alla Mascherata e spiega quali sono le sue condizioni di salute. Immagino tu ne abbia sentito parlare alla tele».

Come risposta Evelyne fece un cenno con la testa, indicando la parete asettica, vestita giusto di un lieve strato d'intonaco che pareva pronto a sgretolarsi.

«Oh, non hai la televisione» notò Lysander, alzando entrambe le sopracciglia. Pareva genuinamente dispiaciuto, come se non avere un televisore nella propria stanza d'ospedale fosse una vera disgrazia. «Accidenti, dev'essere una rottura di coglioni per te. Vuoi che te ne faccia portare una? Voglio dire, non so se sia possibile, ma posso sempre provare.»

L'erede si passò una mano fra i capelli, visibilmente a disagio. Quel gesto, che normalmente compiva per pavoneggiarsi e mettersi in mostra, era sempre più simile a un tic nervoso. Quella proposta, per quanto altruista e genuina, pareva quasi un pretesto, una scusa per distrarsi da qualcos'altro.

Evelyne scosse la testa, rivolgendogli un grato sorriso, quando l'aveva visto attraversare la soglia della stanza il cuore le era balzato in gola e gli occhi le si erano illuminati. Non c'era televisore che potesse minimamente reggere il confronto con lui. «Ti ringrazio,» sospirò impacciata «ma non c'è bisogno che ti scomodi. I cruciverba e i libri mi bastano.»

Un'espressione genuinamente perplessa colorò il volto dell'erede, il quale probabilmente nemmeno immaginava di poter passare anche solo mezz'oretta senza telefono o senza televisione. «Ottimo» si limitò a dire, continuando subito il suo comunicato: «La regina ci tiene inoltre a farti personalmente sapere che si scusa per come ha reagito quando le hai mostrato la carta: la sua salute mentale non è stata delle migliori ultimamente, ma non è assolutamente colpa tua». Nel pronunciare quest'ultima frase, la dialettica usata da Lysander era stata fin troppo pulita; probabilmente qualcuno gli aveva spiegato per filo e per segno cosa dire e, soprattutto, *come* dirlo prima di entrare nella sala in cui era ricoverata Evelyne.

«Quando ti dimettono?» chiese all'improvviso.

La serva sussultò, colta alla sprovvista. «Domani. Perché? Sei ansioso di tornare a essere un mio allievo?»

Lui scosse rapidamente la testa. «Ma per carità» borbottò. Eppure, c'era qualcosa che non andava in lui, non era tronfio come al suo solito, teneva la testa bassa e raramente aveva guardato Evelyne negli occhi.

«Cosa c'è che ti turba?» domandò lei, notando l'atteggiamento inusuale del principe. Perché era giunto lui a lasciare quel messaggio per conto della regina? Con tutti i messi a disposizione, per quale motivo aveva mandato suo figlio? Ma d'altronde lui non pareva scocciato; certo non doveva essere contento di trovarsi in ospedale, tuttavia sembrava non voler abbandonare quella stanza, però non per il motivo che Evelyne avrebbe sperato.

Lysander scrollò le spalle, come in un vano tentativo di farsi scivolare di dosso una brutta sensazione o un ricordo sgradevole. «Mi vergogno» ammise, con solo un filo di voce tremante. «Ho fatto la figura del codardo, non pensavo che il confine potesse essere così pericoloso!»

Eve non seppe cosa rispondere; d'altronde anche lei aveva commesso lo stesso identico errore. Aveva sottovalutato i pericoli del confine e i limiti della perversione umana. Nelle ultime ore la sua cupa scoperta non faceva che riaffiorarle alla mente, ricordandole che il conte Silas, e chissà quanta altra ricca gente di potere, ospitava nel proprio corpo organi non umani. Erano tutti stati finanziatori di un orribile genocidio compiuto nel più assordante dei silenzi.

«Non potevi saperlo, c'è un motivo se l'Esercito non è mai riuscito a tenere sotto controllo la situazione fuori dal reame» lo discolpò la serva. «Ora sappiamo entrambi qual è.»

L'erede, con la schiena insolitamente ricurva, andò a sedersi su una spoglia poltroncina marrone accanto al lettino. «Una volta diventato re potrei far erigere delle mura» rifletté, appoggiando il mento sulla propria mano. «Terrebbe lontani i malavitosi e gli strige.»

Evelyne era perfettamente consapevole di quanto fosse pessima quest'idea. Gli strige che aveva scorto al confine erano perlopiù vittime di quell'esilio, gente che non era stata adeguatamente istruita al viaggio fra i reami e che era rimasta intrappolata lì, fra la vita e la morte, in un'interminabile tortura. E poi c'era Valerius. La serva avrebbe voluto replicare, raccontando ciò che il giovane strige aveva subito per colpa di quello stesso esilio imposto da Caiden, ma le sarebbe sembrato di violare per una seconda volta quel povero ragazzo. Il lenone non aveva risparmiato dettagli, era stato freddo e crudele nel raccontare come aveva seviziato il figlio di Belfagor. Non che questo potesse minimamente giustificare i suoi piani di vendetta, però ora la natura del suo odio e di quel suo crudele atto di terrorismo era finalmente limpida. Tuttavia Eve si morse la lingua e non replicò; d'altronde, cosa avrebbe potuto dire? Lei era solamente una serva, una mentore inascoltata. Poteva solo raccontare a Lysander quante volte le barriere avessero fallito nella storia e sperare che l'erede cogliesse il messaggio.

«Credi che lui se la sia fatta?»

Evelyne sbatté rapidamente le palpebre con imbarazzato stupore. «Come, prego?»

«Calista» grugnì il giovane, abbassando notevolmente la voce e sporgendosi verso la serva. «Credi che quello *strige* da due soldi se la sia sbattuta?»

La giovane non sapeva davvero cosa rispondergli. A scandalizzarla erano due cose: il semplice fatto che l'erede al trono di Arcadya stesse parlando con lei di argomenti così effimeri e il suo modo di parlare, tanto volgare quanto obsoleto. Aveva iniziato addirittura a sentirsi di troppo in quella stanza, come se vi si fosse intrufolata, tanto era sbagliato che sentisse quei discorsi, che il principe parlasse di *sesso* con lei. E ne parlava pure in maniera degradante nei confronti di Calista, come se la donna subisse unicamente l'atto, anziché prendervi parte. Evelyne lo voleva correggere, mostrare gli errori che emergevano dalla sua bocca, ma perché mai Lysander avrebbe dovuto ascoltare le sue parole? Dunque, la ragazza si limitò a balbettare: «Strige… da due soldi? Stai parlando di Valerius?».

«Non mi interessa quale sia il suo fottuto nome!» sbottò. «Era biondiccio, capelli lunghi, conciato come se stesse andando a un funerale.»

Sì, è lui, realizzò Evelyne. *Valerius con Calista?* Quest'accoppiata strideva nella sua mente, le appariva bizzarra, inusuale. *Il figlio di Belfagor, del motivo all'apice della guerra fra razze, con una driade i cui genitori sono stati irrimediabilmente rovinati, ridotti a infelici vegetali, da quella stessa guerra?* La serva scosse la testa. No, non aveva alcun senso.

«Non penso si siano nemmeno mai rivolti la parola.»

Preda di una crescente agitazione, Lysander scattò in piedi e iniziò a gesticolare animatamente, facendo avanti e indietro per la piccola stanzetta. «Io mi sono trovato con le spalle al muro! Non sapevo cosa fare, il lenone era più forte sia di me sia di Calista.

Delle puttane lì presenti ci hanno teso una trappola e l'hanno immobilizzata, l'hanno stordita con un colpo alla testa e le hanno conficcato una siringa nel collo, probabilmente droga. Lei non voleva fare del male alle troie, diceva che erano delle vittime, io le urlavo di ribellarsi ma non faceva nulla. Sapeva che qualsiasi incantesimo facesse sarebbe stato letale per loro, ecco perché sono scappato! Non volevo fare la stessa fine di Calista, capisci? Tutti mi dicono che sono l'erede, che sono l'unico reale rimasto con sangue puramente umano e che non mi devo cacciare nei guai, perché senza di me gli umani si rivolterebbero! Io me ne sono andato per Arcadya!»

Evelyne annuì distrattamente: «Certo, non lo metto in dubbio».

«E poi è esploso tutto mentre scappavo, quel capellone è saltato fuori dal nulla e Calista era addormentata in braccio a lui!»

La serva aggrottò la fronte. «L'ha salvata lui?»

«Sì! È questo il punto, la teneva fra le sue braccia come se la cullasse, e lei non si dimenava.»

«Forse era immobile perché svenuta? Era adagiata fra le sue braccia senza dimenarsi siccome era priva di sensi.»

Lysander mimò l'espressione di chi sta compiendo un enorme sforzo. Era difficile mettere in gioco i propri precetti impetuosi e irragionevoli contro la razionalità di Evelyne, della quale devo apprezzare l'onestà intellettuale. Sebbene l'erede le piacesse e avesse recentemente litigato con Calista, non la giudicava male né fomentava i dubbi del principe, che erano infondati, e tuttavia riposti nel giusto luogo.

Sei di Coppe

La driade delle fiamme aveva trascorso tutto il periodo di ricovero immersa nel dolore. Le doleva la pancia, la testa, gli arti erano intorpiditi, voleva farsi una doccia bollente, tanto calda da lavare via pure la pelle insieme alla sporcizia, così che nessun millimetro del suo corpo rimanesse toccato dal lenone. Si sentiva tradita, usata, le stesse persone che avrebbero dovuto aiutarla a fuggire, quelle che lei aveva scelto di proteggere, le avevano teso una trappola. Il suo buon animo l'aveva fatta esitare. Incrociare gli occhi spenti di una ragazzina e sentirne un'altra sussurrarle «scusa, ci ha promesso la libertà» erano piccole daghe nel suo petto, già dilaniato per il loro infelice destino. Quelle giovani sperdute l'avevano abbracciata, tenuta stretta nella disperata ricerca di un affetto materno mai trovato e ciò aveva fatto sciogliere il buon cuore di Calista, che, per usare il fuoco o qualsiasi altro elemento, avrebbe dovuto ucciderle.

Alla fine sono morte lo stesso. Una lacrima corse lungo lo zigomo. *E ciò mi rende un mostro.*

Non riusciva a dimenticare il modo in cui, una volta colpita, le mani ruvide e callose del lenone l'avevano afferrata. Si era sentita un pezzo di carne rimirato e maneggiato da un macellaio in cerca del taglio perfetto da offrire al cliente. Mentre lui la stava drogando, aveva usato l'ultimo rimasuglio delle sue forze per evocare la fiamma più alta che il suo stanco corpo riuscisse a produrre, un grido d'aiuto per Valerius che, Calista lo sapeva, era nascosto nelle tenebre e vegliava su di lei come un angelo dell'oscurità.

La sua principale compagna in quei giorni di ricovero fu la solitudine. Rimase quattro giorni in quel letto. A quanto pareva, la sostanza che le avevano iniettato era assai potente, credo che per un essere umano sarebbe stata addirittura letale. Non era scomoda, la clinica possedeva tanti agi. Aveva dei tasti da premere qualora avesse voluto che le si riscaldasse il letto o che questo le massaggiasse lentamente la schiena, e lei ne approfittava, anche solo per ingannare la propria mente e darsi l'illusione che stesse mettendo a frutto quell'inaspettata e forzata «vacanza». Si preoccupava che il lettino fosse sempre caldo e il massaggio fosse perfettamente allineato con i suoi trapezi. Distraeva il proprio cervello usando la smart tv per guardare via internet le puntate di un vecchio cartone animato, da lei adorato durante l'infanzia.

Voleva poter sprofondare nel lettino, dentro al materasso, diventare immobile e incosciente, qualsiasi cosa pur di cancellare quanto aveva appena vissuto. Lau l'andava a trovare ogni giorno, ma non era molto di compagnia. Solitamente era Calista a parlare e, in quel periodo della sua esistenza, le mancava lo spirito. Desiderava solo chiudersi in se stessa ed esser dimenticata da tutti.

A risollevare le sorti di quel deprimente mercoledì pomeriggio giunsero Teodora e Titania. La giovane allettata emise un sospiro di sollievo nel riconoscere i ricci corvini della prima, e sentì il cuore in gola non appena scorse la chioma lunga e bianca della seconda. Fece per sollevarsi sui gomiti, ma realizzò subito di non averne le forze; dunque, si limitò a salutarle con un cenno del capo. Calista era genuinamente emozionata nel vederle, eppure era come se fosse bloccata. Del suo vero intento, traspariva solo il fantasma di quanto provava. Era come se la sua spossatezza, fisica ed emotiva, avesse posto uno spesso filtro fra la sua mente e il suo corpo.

«Come stai?» le domandò Teodora.

Titania lasciò che i suoi occhi si abituassero a quella luce più tenue, e si avvicinò al lettino dove la compagna era ricoverata.

Calista aveva malamente tentato di sollevare le spalle, tuttavia quando rispose non guardò chi le aveva posto la domanda, bensì l'ibrida. «Sto migliorando, anche se temo non potrò partecipare alla vostra spedizione di venerdì.» Aveva la voce bassa e rauca, come se fosse costantemente sul punto di spezzarsi.

Teodora si lasciò andare a uno sbuffo: «Beh, ci mancherebbe altro, Calista! Per poco non sei morta, ti sei salvata grazie a...».

«Al nostro nemico, sì» proseguì lei, incupendosi. Non le piaceva dover tenere segreti, soprattutto con Teodora o con Laurell e, come se non bastasse, era davvero facile intuire cosa le passasse per la testa. Siccome si era già impegnata a sufficienza nel celare i propri sentimenti per Valerius, decise almeno di non nascondere quanto lui l'avesse aiutata. «Io lo avevo seguito a Deltora, lo volevo affrontare, sapendolo coinvolto nell'avvelenamento della Mascherata.»

Titania, per sua fortuna, era criptica. Nessuno era in grado di intuire cosa le passasse per la mente o cosa volesse. Quando sentì parlare di Valerius, il cuore le sussultò nel petto, ma non lo diede a vedere. Restò silenziosamente in ascolto, come da sempre era abituata. «Come sapevi dove trovarlo?» si limitò a chiedere.

«Vi ho visti all'evento mentre parlavate in terrazza» confessò la driade. «Sapevo del suo interesse nei tuoi confronti, immaginavo avrebbe approfittato di un tuo viaggio verso un altro reame per incontrarti e mi ero preparata pure a uno scontro, ma era come se lui non avesse la minima voglia di combattere.»

«Forse evita il combattimento perché è debole» ipotizzò Teodora.

«Non lo so, davvero. Lui non stava solo evitando scontri, mi ha aiutata, ha trovato lui le coordinate del bordello. Sono veramente confusa.»

«Non è che il nostro cattivone ha un debole per te?» ghignò la driade.

L'ibrida trasalì. Fortunatamente le sue reazioni erano così intime e ridotte da risultare pressappoco impercettibili per gli altri.

Calista rispose a quella battuta ridacchiando a sua volta: il sarcasmo era ottimo per deflettere il timore. «Non credo, una volta gli ho puntato un coltello contro la schiena.»

«E che ne sai? Magari queste cose lo eccitano!»

Le due scoppiarono a ridere e Titania si sentì costretta a voltarsi dall'altra parte per nascondere il calore che incominciava a prendere possesso del suo volto. Lasciò che la battuta si perdesse fra le risate delle due e cambiò argomento. «Quindi quella sera non sei andata da Lysander?»

La driade scosse la testa. «No, doveva essere una missione segreta, scusa se ti ho mentito» rispose con un filo di voce. L'ibrida si sentì improvvisamente più leggera: era un inatteso sollievo che non sapeva nemmeno spiegarsi a livello razionale.

«E meno male» sopraggiunse Teodora. «Non dimentichiamoci che Anaïs era una bella persona prima di avere a che fare con quell'essere.»

«Onestamente, non fatico a vederne il motivo» sospirò Calista. «Davanti ad altri è anche carino, ma quando siamo stati soli ha assunto atteggiamenti che non mi sono piaciuti. Faceva paragoni con altre donne, era estremamente critico, giudicava in continuazione il mio viso "non aggraziato". Mi faceva sentire brutta e a disagio.»

La driade della terra si lasciò andare a uno sbuffo: «Che idiota».

«Di certo non gli dispiaceva il tuo viso quando ti ha baciata» annotò Titania, con una punta d'invidia. Entrambe le guardiane sgranarono all'istante gli occhi: probabilmente non si aspettavano un'affermazione tale da parte dell'ibrida, che si era sempre mostrata timida e remissiva. Quest'ultima, percependo la sorpresa delle sue amiche, si schiarì la voce, domandando improvvisamente: «Quindi non ci uscirai più?».

La driade le rivolse un sorriso tenue, sapendo che l'ibrida mai avrebbe scorto quel delicato segno d'affetto. «No, voglio girare al largo da quelli come lui.»

Teodora abbassò la voce. «È solo un cialtrone nato nella famiglia giusta. Dovevi vederlo, ha piagnucolato tutto il tempo: perché voleva venire con noi in missione, salvo poi farsela sotto nel momento del bisogno.»

Titania, che non aveva mai espresso giudizio su altre persone prima di quel momento, aggiunse: «Mentre eravamo nel furgone di Elan faceva lo sbruffone, era insopportabile».

La riccia tirò un'amichevole gomitata all'ibrida, la quale sussultò impercettibilmente. «Persino uno strige malvagio come Valerius è un partito migliore di Lysander.»

Le tre ridacchiarono, la conversazione andò scemando lentamente e, quando l'orario delle visite terminò, salutarono l'amica.

Mentre Titania abbandonava la clinica per tornare dalla sua Bastet, non poté fare a meno di domandarsi cosa potesse legare quello strige a Calista.

Valerius ha dimostrato un indiscutibile interesse nei miei confronti, se non per me in quanto persona, per lo meno in quanto ibrida, rifletteva, avvicinando la chiave elettronica alla porta della suite. *Forse quella di Teodora non era soltanto una battuta. Che lei gli piaccia realmente? O è tutta una sua macchinazione per ottenere qualcosa di più grande?*

Era sinceramente preoccupata per l'amica, temeva che Valerius provasse qualche malsano interesse nei suoi confronti e che abusasse del suo cuore gentile.

Si era fatto inaspettatamente tardi e Titania non aveva ancora cenato, dunque riempì la ciotola di Bastet e afferrò un pacchetto di patatine da una mensola. Calista l'aveva accompagnata a fare la spesa, una pratica a lei totalmente sconosciuta. Mentre passeggiavano fra gli scaffali del supermercato, la driade le aveva detto quanto fossero buone quelle patatine e l'ibrida si fidava del suo giudizio. Infatti erano deliziose come promesso. Però la giovane notò con una smorfia come gli angoli della sua bocca si fossero irritati: prudevano ininterrottamente e, come se non bastasse, durante la notte fu costretta a svegliarsi ogni ora per bere ingenti quantità d'acqua.

Per carità divina, qualcuno per caso poteva spiegarle come si sopravvive? Quella poveretta era abituata a mangiare piante e a cacciare prede che poi cuoceva con un rudimentale fuoco evocato da lei stessa. Il grande piano cottura di quella suite la spaventava, così come il forno a microonde. Non sapeva come azionarlo o come usarlo per mangiare. C'erano le insalate pronte, sì, ma a mangiar verdura ogni singolo giorno si sentiva sempre più fiacca. Aveva un disperato bisogno che qualcuno si fermasse ad aiutarla, ma era come se nessuno si ricordasse di quanto effettivamente pervasive fossero le sue difficoltà in quel nuovo mondo.

Re di Denari

Giovedì fu il giorno delle dimissioni di Evelyne dall'ospedale il momento che più aveva atteso durante quelle lunghe giornate di innaturale stallo. Non ricevette tante visite, a parte quella di Lysander, il quale sembrava più interessato a una fuga dal palazzo che ad altro. Suo fratello la raggiungeva sempre verso la fine dell'orario di visita, quindi riusciva a cavare solo cinque minuti, decisamente insufficienti quando c'è molto di cui parlare. Purtroppo, la vita da servi era totalizzante, occupava ogni spazio della giornata: ecco perché Evelyne odiava restare ferma. Non era più abituata.

Restare immobile su un lettino, però, portava ogni volta la sua mente a Belfagor. Non sapeva ben spiegarsi quella scena vissuta mentre era priva di sensi, non sapeva nemmeno dire se fosse stato un sogno febbricitante o una realtà storica. Mostrava tanti aspetti della vita di Isolde che nemmeno immaginava, era assai esplicativo, ma al contempo profondamente assurdo. Assurdo e plausibile. Spiegava come Isolde fosse entrata in contatto con Belfagor, quale fosse effettivamente l'interesse di quest'ultimo e, soprattutto, perché la regina avesse reagito in quella maniera alla vista del Diavolo.

Belfagor non era un semplice sconosciuto, entrato di botto nella sua vita con l'unico scopo di farle male, realizzò. *Era una persona che lei aveva conosciuto e probabilmente pure ammirato. Ecco perché ha lasciato ferite tanto profonde nel suo animo.*

La notte prima delle dimissioni fu tormentata da incubi su un'interminabile tempesta che minacciava di spazzare via Arcadya. Vide alberi sradicarsi, vetri di case e auto infrangersi, poi un fragoroso tuono squarciò il cielo e la destò. La serva si raddrizzò sul lettino, nella vaga speranza di scorgere cosa stesse accadendo fuori dalla finestra, ma vide solo gli abbondanti fiotti di pioggia e le cime degli alberi piegarsi per la potenza del vento. Ghermita da un'innaturale spossatezza, piombò di nuovo in un profondo sonno.

La mattina successiva, mentre percorreva i corridoi dell'ospedale, chiese a un'infermiera della tempesta.

«Quale tempesta? Stanotte il cielo era sereno» le rispose sbrigativamente quest'ultima, tornando in fretta alle proprie mansioni.

Evelyne uscì dall'ospedale stordita e confusa. Il sole picchiava sopra la sua testa, il prato era asciutto, le fronde degli alberi non erano piegate dall'acqua e la fauna era viva, gli uccelli cantavano e gli scoiattoli si inseguivano su per i tronchi.

Non appena mise piede sulla strada per tornare a palazzo, un turbine castano la avvolse in un abbraccio: era suo fratello Sylvain, che la prese a sé, stringendola vigorosamente e facendola vorticare. Evelyne non era contenta, aveva solo la nausea e, nonostante fosse rimasta allettata per giorni, voleva solo tornare di nuovo a riposarsi, questa volta nel proprio letto.

«Ho preparato dei biscotti da regalare all'Ordine, a Elan e a Laurell, per ringraziarli di aver recuperato la mia cara sorellina!» annunciò Sylvain, gaudente, mentre accompagnava la giovane verso le stanze della servitù. «Oggi andiamo insieme a offrirli durante la pausa.»

Eve si limitò ad aggrottare la fronte. «Ma dove hai trovato il tempo di cucinare? Sei un servo, non hai chissà quanti momenti liberi» mormorò.

«Oh, sciocchina! La notte è tutta mia, lo sai» rise lui. «Secondo te come sono diventato così bravo a suonare l'arpa?»

«Nello stesso modo in cui avrai imparato a suonare la tromba» grugnì la sorella.

«Ma io non suono la tromba.» Syl scosse rapidamente la testa e si cacciò una mano nella tasca. «Guarda cos'ho fatto.»

Il ragazzo le porse una carta. Gli ornamenti floreali e le colonne con i capitelli corinzi ricordavano quella ormai perduta, ma la figura era differente. Il Diavolo non aveva più lineamenti virili e definiti, bensì un volto delicato, adornato da soffici ricci biondi, era coperto solo da un panneggio bianco e da morbide ali bianche che gli avvolgevano il busto, lasciando appena intravedere le sue forme. Aveva un aspetto rilassato, nonostante gli occhi fossero lattiginosi e le labbra piegate in un'espressione enigmatica. Era comunque troppo sensuale per i gusti di Evelyne, ma poteva indubbiamente sostituire la carta perduta. La serva ringraziò sbrigativamente il fratello e, subito dopo, si diresse con lui a prendere i biscotti da offrire. Era stata un'idea carina quella di regalare dei dolci a chi aveva combattuto per liberarla, ogni tanto suo fratello ne imbroccava una, ma la maggior parte del tempo le sembrava che quel ragazzone le ronzasse intorno principalmente per disturbarla.

Un'altra carta del Diavolo? Per di più rappresentato così... Evelyne lanciò uno sguardo scocciato alla raffigurazione, le sembrava quasi che Sylvain l'avesse sfidata brandendo pennelli e colori ad acqua. La prorompente e femminea bellezza del Diavolo in lei non suscitava desiderio, bensì cupa invidia.

«Mi sono ispirato a un'iconografia antica» disse improvvisamente il giovane, destando la sorella dai suoi pensieri. «Prima di diventare il Diavolo, era l'angelo più bello fra tutti.»

«Va bene, Sylvain» tagliò corto Evelyne, ancora più scocciata da quella spiegazione. Dunque, accelerò il passo, lasciando il fratello indietro di qualche metro.

I due raggiunsero il campo d'addestramento durante la pausa. Driadi e armigeri crepuscolari solevano fermarsi durante le pause a chiacchierare non troppo lontani fra loro. C'era stata qualche relazione in passato; poi, essendo due organizzazioni relativamente piccole, si era creata una di quelle situazioni in cui si conoscono tutti, anche solo per sentito dire. Le uniche leggermente in disparte erano Titania e Teodora, però non fu difficile attirare la loro attenzione, o almeno non lo fu per Sylvain.

«Evelyne e io vi siamo grati per il vostro operato, per questo ci teniamo a ringraziarvi personalmente regalandovi questi biscotti» esordì il ragazzo, allungando la teglia verso i diversi volti curiosi.

Le driadi si mostrarono riluttanti nell'avvicinarsi a mangiare ed Eve ne comprese presto il motivo. Come Ronilda ed Eilir presero un paio di biscotti ciascuna, la seconda dichiarò: «Prendo pure quello di Anaïs, tanto lei deve restare a dieta».

Teodora sbuffò, mentre Titania, che incominciava a comprendere un poco alla volta le regole di quel mondo, redarguì la bionda: «Non è carino esprimersi ad alta voce sul corpo altrui».

Udendo le sue parole, sia Ronilda sia Eilir scoppiarono a ridere. «Ehi, secondo te con chi parlava?» sghignazzò la prima.

«Forse quell'albero là in fondo, o quello di là» rise l'altra.

Evelyne restò basita dalla loro cattiveria. Prese singolarmente, quelle due non erano nemmeno tanto sgradevoli, come l'azoto e la glicerina. *Singolarmente sono innocue, ma se si trovano a un party con l'ossigeno, diventano nitroglicerina. Sai che casino se esplodono?* La situazione era già precaria e, se possibile, era pure precipitata ancora da quando l'ossigeno (Anaïs) aveva fatto gruppetto con loro. Erano tre erinni, tormentavano tutti i poveri disgraziati che capitavano per errore nelle loro grinfie. Era come se, in quell'ultimo periodo, la situazione fosse ulteriormente discesa verso gli inferi. Avevano iniziato a pestare apertamente i piedi di Titania e lo facevano senza alcun ritegno. Non si erano mai spinte così in là, tanto che persino Evelyne, pur essendo abituata a sentirle parlottare alle spalle altrui, ne fu sconcertata.

Solo Sylvain ebbe la prontezza di reagire, allontanando la teglia dalle mani di Ronilda, la quale era pronta a fare un secondo giro. «Niente biscotti per le strige cattive» ghignò, ironico.

«Allora anche Titania resterà a dieta» protestò Eilir, realizzando ahimè troppo tardi di aver violato un segreto delle forze armate di Arcadya dinanzi a un paio di servi. Riconoscendo il madornale errore, si portò istintivamente una mano alla bocca. Non so dire se lo fece di proposito o se fosse a tutti gli effetti pentita di quelle parole così istintive.

Eve sobbalzò. «Una strige?» Guardò Titania in tutta sua curiosa singolarità: i capelli eccessivamente lunghi e le unghie più affilate della norma, la mancanza di ali sulla sua schiena. *Sì, ha stranamente senso. Ma perché? Perché è qui con l'Ordine?*

«È un modo di dire» la soccorse Ronilda. «Non crederai davvero che Titania sia una strige... Sarebbe ridicolo. Da' a me.» La driade si sporse a prendere un biscotto e lo consegnò sbrigativamente nelle mani dell'ibrida, la quale era immobilizzata dal terrore. Dopotutto due estranei, due umani, avevano appena scoperto che lei non era una driade. Il popolo di Arcadya era terrorizzato dagli strige, ne aveva tutti i motivi storici per esserlo!

Nel tentativo di distrarsi da quei ronzanti pensieri, Titania addentò un biscotto, sorprendendosi di quanto fosse morbido e gustoso. Non era minimamente paragonabile a quelli che conservava nei grandi sacchettoni dentro al suo scaffale! Era un tripudio di sapori, il dolce del cioccolato non era mellifluo, ma ben bilanciato dal sapore più salato della frolla. Domandò subito chi fosse l'artefice di quella delizia culinaria e Sylvain fu ben felice di risponderle.

Mentre i due parlavano di cucina, Evelyne ne approfittò per defilarsi. Afferrò un paio di biscotti e raggiunse Elan, il quale stava facendo stretching all'ombra di un albero.

L'immortale teneva gli occhi chiusi e il busto rasoterra. Era sorprendentemente elastico: Eve si stupì di quanto i suoi muscoli si piegassero e si flettessero a ogni movimento. Non era uno sguardo completamente distaccato il suo, anzi, era carico di ammirazione verso quell'individuo enigmatico che stava da poco imparando a conoscere.

«Non sei qui solo per portarmi dei biscotti, non è così?» Elan non aveva nemmeno sollevato la testa o aperto gli occhi. Era fermo in quella posa plastica, aveva percepito la presenza di Evelyne e l'aveva riconosciuta solo dal ritmo dei suoi incerti passi.

«Sono grata per quello che hai fatto per me e Lau. È stata una spedizione incredibile» mormorò la serva, vagamente intimorita dal tono cupo dell'uomo.

L'immortale raddrizzò il petto e incrociò le gambe, lasciando andare un lungo respiro. «È stata una missione terrificante sotto molteplici aspetti, le continue diatribe interne all'Ordine rischiano di mettere seriamente a rischio l'incolumità delle driadi stesse. Ne parlo spesso con Liviana, ma lei non mi dà retta.» Il suo sguardo si posò su Evelyne: aveva occhi neri, scuri come profonde voragini capaci d'inghiottire ogni traccia di luce, che non lasciavano trapelare alcuna emozione. «Cosa sei venuta a domandarmi?»

«Mentre ero priva di sensi nel furgone, credo di aver avuto un'esperienza premorte» raccontò la serva. «Ma non è stata un'esperienza qualsiasi, ho vissuto in prima persona un momento della vita di qualcun altro. È possibile?»

«Decisamente» asserì Elan, prendendo uno dei biscotti di Sylvain. «Quando non è ancora il momento di entrare in Elisium o Midian, meglio noti come reami della Morte, ma non si è nemmeno più in sé, anche un umano può visitare regni che, altrimenti, gli sarebbero preclusi. Lete, detto anche reame dell'Oblio, custodisce tutte le memorie dimenticate da ogni essere senziente di ogni reame.»

«Quindi ho semplicemente visitato questo reame?» balzò su Evelyne.

La voce di Elan si fece più grave. «Non è così semplice, c'è sempre un prezzo da pagare, indipendentemente da cosa tu chieda ai reami. Hai assunto la memoria di qualcun altro, di qualcuno che ti stava a cuore in quel momento, immagino. Ma, in cambio, hai barattato una tua memoria, cedendo ogni sentimento legato a essa. Se mi è lecito chiedere, di chi era il ricordo da te vissuto?»

Evelyne esitò. Non sapeva quanto fosse conveniente dirglielo, ma tanto se non l'avesse confessato lei, l'immortale l'avrebbe scoperto da sé, avrebbe trovato una maniera, com'era solito fare. Non si possono tenere segreti con un uomo che vive dalla notte dei tempi. Quando Elan faceva una domanda bisognava sempre rispondere ed era necessario farlo con sincerità.

La voce le tremò, ma scelse comunque di dirgli il vero. «Ho visto un ricordo della regina, uno in cui c'era pure Belfagor.»

L'immortale si levò in piedi, come se un'impellente urgenza reclamasse la sua attenzione.

All'improvviso, Evelyne realizzò la gravità di quanto le era accaduto. Aveva involontariamente viaggiato verso un altro reame e barattato una propria memoria in cambio di che cosa? Un lontano ricordo di qualcuno che la ossessionava, davvero un pessimo affare. «Aspetta, io non ho accettato nessuno baratto! Non ho mai detto di volere questo ricordo, non ho dato niente in cambio» protestò Eve, nel tentativo di impedire a Elan di allontanarsi.

«Pensaci, Evelyne. Anche se non lo hai espresso a voce alta, i tuoi pensieri nell'ultimo periodo vorticavano intorno a qualcuno: Lete ha solamente risposto alla tua richiesta inconscia.» Detto ciò, l'immortale le diede le spalle, azzannando il biscotto.

Eve si fermò a fare ciò che l'uomo le aveva consigliato: riflettere.

In effetti, ora che ci penso persino la serva non ricordava più di aver stretto a sé suo fratello Sylvain durante la guerra, proteggendo il suo corpo, allora più minuto ed esile, dalle esplosioni che divampavano sopra le loro teste. Non ricordava come lui si fosse aggrappato piangendo alla sua vestaglia, o le parole che lei gli aveva sussurrato per rincuorarlo, né tantomeno del profondo affetto che li aveva legati in quegli attimi di disperazione.

9
L'Eremita

Quattro di Coppe

Trascorrere la notte prima dell'importante missione nel Reame Grigio in compagnia di Sylvain e della sua buona cucina fu un toccasana per Titania. Teodora, purtroppo, non si era potuta unire a loro, ma aveva garantito ai due che presto avrebbero fatto una cena tutti insieme, possibilmente pure con Calista.

Syl, quell'anima buona e gentile che durante il pomeriggio aveva spiegato alla giovane ibrida le basi della cucina – e, aggiungerei, della sopravvivenza –, trascorse la serata con Titania nella suite di quest'ultima. Ottenere i vari permessi richiesti per entrare negli alloggi reali dedicati agli ospiti gli portò via un'oretta, ma Sylvain era conosciuto e benvoluto da tutti i servi, e i suoi colleghi furono felici di chiudere un occhio per il ragazzo più virtuoso e gentile di tutta la servitù.

Il ragazzo scolò la pasta, mettendola poi sulla padella già sfrigolante grazie al morbido grasso della carne che si stava lentamente sciogliendo. Titania continuava a inalare profondamente, tentando di assimilare, di trattenere dentro di sé quell'aria profumata emessa dai fornelli.

«Ho cucinato diverse porzioni in più, così la puoi tenere in frigorifero e riscaldare.»

Il frigorifero, tenne a mente l'ibrida. Ne scorgeva spesso la stazza elevata e si soffermava di sovente ad accarezzarne la superficie liscia. Quel marchingegno aveva rivoluzionato la qualità della sua vita: era capace di raffreddare gli alimenti per meglio conservarli. La giovane ne avrebbe tanto avuto bisogno su Faeree, dove era costretta a far essiccare, a malincuore, gli avanzi della caccia. Aveva sempre detestato il cibo essiccato, ma la sopravvivenza non conosce preferenze.

Per fortuna ho chiuso con la roba essiccata.

Sylvain armeggiò con gli spaghetti, lasciando che s'imbevessero nell'ingrediente cremoso da lui appena aggiunto. «Apprezzo che tu non abbia provato a cuocere niente con il fuoco, è stato molto cauto da parte tua» osservò.

«Non volevo rovinare niente» rispose la giovane, tentando di scorgere cosa stesse facendo.

Usando due pinze metalliche, Sylvain estrasse gli spaghetti dalla padella, li mise dentro a dei piatti e li servì. Titania restò incantata dagli odori che ormai avevano invaso la sua stanza, non credeva che quel luogo così bizzarro potesse diventare tanto familiare. Usando la forchetta come Syl le aveva insegnato, assaporò uno spaghetto, e la sua bocca fu travolta da un tripudio di sapori. Non aveva mai assaggiato niente di simile: lei aveva sempre mangiato per sopravvivere e, grazie a quel cordiale giovane, aveva scoperto di poterlo fare anche per godimento.

Sylvain le chiese se la pasta fosse di suo gradimento e Titania rispose annuendo vigorosamente, con la faccia per metà dentro al piatto.

«Sai, anche mia sorella va matta per come preparo la pasta» sorrise. «Ti ho lasciato delle istruzioni sul bancone. Aspetta, tu sai leggere?»

L'ibrida scosse la testa con leggero imbarazzo. Sylvain si colpì la fronte, redarguendosi. «Ovviamente no, sono proprio idiota. Ti lascio dei messaggi vocali sul palmare allora, va bene?»

Titania annuì, deglutendo un bel boccone pieno. «La ragazza che era prima con te, è lei tua sorella?» domandò, con la bocca ancora impastata.

«Sì.» Il giovane si lasciò sfuggire un sorriso. «Evelyne. Non smetterò mai di ringraziare te e gli altri per averla salvata, non so cosa farei senza la mia sorellina.»

L'ibrida, per ovvi motivi, non era capace di comprendere l'affetto che legava un fratello a una sorella. Credeva che esser stati custoditi nel medesimo utero fosse come condividere l'aria che si respira, un po' come lei aveva imparato a condividere il prato su cui si allenava con le altre driadi dell'Ordine, ma quella sera apprese quanto fosse diverso l'affetto fraterno che legava i due.

«Siamo nati durante la guerra fra razze» raccontò Sylvain. «Quando il nostro rifugio è stato divorato dalle fiamme e i nostri genitori sono entrambi morti, circa cinque anni dopo lo scoppio, siamo rimasti soli. Eravamo abbandonati a noi stessi, all'epoca eravamo a malapena coscienti, le possibilità di sopravvivere erano quasi nulle.»

«E come vi siete salvati?»

«Per merito di Evelyne. Lei non era come gli altri bambini, è sempre stata una spanna sopra tutti i suoi coetanei, il suo cervello viaggia a velocità incredibile. È estremamente pragmatica e, nonostante avesse cinque anni, è riuscita a intrufolarsi nella cantina dei vini di un riccone. I nobili e i conti non c'erano, si riparavano tutti nei loro bunker. Le loro case erano il luogo ideale per nascondersi, ma anche il posto perfetto per subire imboscate e venir depredati o rapiti da altri sopravvissuti. Lei è riuscita a trovare quella cantina, abbiamo passato lì i mesi successivi.»

«Avete passato mesi in una stanza?» esclamò Titania, sollevando entrambe le sopracciglia. «E di cosa vi siete nutriti?»

«Il cibo non è mai mancato: probabilmente quella era la cantina di un ristorante, oltre al vino c'erano salumi, formaggi, legumi, marmellate, miele. Non abbiamo mai sofferto la fame.»

L'ibrida, che rammentava qualche periodo di magra, in preda ai crampi della fame, non poté non provare ammirazione per Evelyne, che, seppur così piccola, era riuscita a sopravvivere tanto abilmente.

«Poi il reame è tornato alla normalità e i nobili ci hanno trovati.» Sylvain prese una lunga sorsata d'acqua e affermò con voce sicura: «Se non fosse stato per lei non sarei vivo».

Titania s'incupì improvvisamente, aggrappandosi a una triste consapevolezza. Ormai, la sua identità non era più un segreto. Anzi, le venne quasi un dubbio sul reale motivo per cui Sylvain le avesse raccontato quella storia, ma non volle lasciarsi andare a giudizi troppo affrettati.

«Per quanto Evelyne sia talentuosa, non avrebbe mai dovuto soffrire niente di tutto ciò.» aggiunse Sylvain. «Nessuno dovrebbe.»

«Mi dispiace per la guerra» sospirò l'ibrida. «Non ne so molto, so solo che fu mia madre a scatenarla.»

Syl le posò rapidamente una mano sulla spalla, a quietarla dalle sue stesse paranoie. «Ehi, non è responsabilità tua. Non siamo noi a decidere in quale famiglia nascere, non è giusto che tu paghi ancora le colpe di tua madre.»

«Lei si era alleata con quel mostro che ha rapito la regina, non so nemmeno perché io sia qui, perché Caiden abbia revocato l'esilio.» Titania armeggiò non poco con la forchetta, nel tentativo di attorcigliarvi gli spaghetti, ma ogni volta in cui sollevava l'arnese su di esso restavano in bilico pochi filamenti. Forse non era il formato ideale per incominciare a mangiare pasta, ma Sylvain sul momento non ci aveva pensato: era difficile per lui realizzare cosa significasse vivere nella natura selvaggia per vent'anni e poi venir catapultata nella modernità.

«Chiaramente perché sanno che non hai colpe e vogliono farti reintegrare in società. Io la vedo come una cosa bella!»

«Ma allora perché lasciar fuori tutti gli altri strige e perdonare solo me? Solo in nome di quella parte di me che, per merito di mio padre, non è votata all'oscurità?»

Sylvain scrollò le spalle. «Forse i sovrani volevano solo essere cauti ed evitare rivolte, il popolo è ancora molto spaventato dagli strige. Ma è pure vero che tenerli lontani non eliminerà lo stigma che si è creato.»

I due mangiarono tutta la pasta. Per qualche minuto la stanza fu riempita solo dai rumori emessi da Titania quando risucchiava goffamente gli spaghetti. Non appena i piatti furono vuoti, Sylvain si alzò in piedi e li mise nel lavandino. «Posso chiederti un favore?» domandò all'improvviso.

Titania annuì senza esitazione. «Certo.»

«Ho saputo che domani andrete nel Reame Grigio.» Sylvain prese un bel respiro, come se si stesse preparando a confessare un delitto. «So che lì potrebbe esserci ancora una traccia dello spirito di Belfagor. Mia sorella è molto legata alla regina o, meglio, alla sua figura. Se la situazione lo permettesse, potresti scoprire perché lui l'ha rapita in primo luogo?»

L'ibrida non trovò niente di male in quella richiesta, perché anzi pure lei era curiosa all'idea di incontrare il famigerato Belfagor. Non fece promesse, ma garantì al giovane che, qualora la fosse stato possibile, lo avrebbe cercato.

La povera ignara Titania non aveva la più pallida idea di come funzionasse questo postaccio da noi soprannominato Midian. Né tantomeno di quello in cui si stava cacciando.

Due di Bastoni

Evelyne, dall'altra parte, aveva passato la serata in compagnia delle sue carte. Riavere di nuovo tutti i tarocchi la faceva sentire al sicuro, con più risorse a propria disposizione, le dava una vana illusione di controllo. Le carte erano per Eve le piccole lampadine che chi ha paura del buio tiene accese la notte. Lei era consapevole di non avere le armi per affrontare le minacce celate dall'ombra, ma sapere di poterle svelare in anticipo la rasserenava. Non fu per caso che la carta da lei estratta fosse proprio il Diavolo. Quel nuovo Diavolo era etereo e delicato, in una maniera che la serva trovava quasi irritante. Non capiva quale fosse il problema di suo fratello, quale psicosi lo avesse spinto a rappresentare così quell'arcano maggiore. Gli avrebbe chiesto di rifarla una terza volta ma, in quel momento, le carte le servivano.

Quando sia l'Ordine sia l'esercito terminarono gli allenamenti, Evelyne raggiunse Laurell. Il generale, a differenza sua e di Calista, aveva ricevuto giusto qualche punto e nessun giorno di ricovero. L'armigero era fisicamente piuttosto in forma; a essere più calante del solito era il suo umore.

A dirla tutta, Laurell non è certo un tipo estroverso, anzi pure nei momenti di vittoria o di tranquillità sorrideva poco, ma da quando aveva fatto ritorno dal confine il suo volto era più cupo che mai.

Evelyne inizialmente si sentì responsabile di quel malumore: non avrebbe dovuto proporsi di accompagnare l'ufficiale in quella missione. Aveva messo entrambi in pericolo perché i suoi preconcetti su quell'ambiente l'avevano completamente deviata.

Dopo un po' di convenevoli, infatti, la ragazza si scusò per esser stata d'intralcio alla ricerca. Si sentiva profondamente in colpa per quanto accaduto, tanto da percepire il peso di quella responsabilità gravarle sul petto simile a un macigno. Ma fu interrotta dallo scuotere del capo di Laurell. «Non autocommiserarti, la missione sarebbe fallita con o senza di te. C'erano numerosi fattori che non avevo preso in considerazione e che hanno giocato in nostro sfavore.»

Evelyne non poté non apprezzare l'onestà intellettuale dimostrata dall'armigero; tuttavia c'erano ancora dei dubbi, erranti e senza riposo nella sua mente. «Ma sapevi dei trapianti?»

«Sì, ma pensavo fossero frutto di leggende metropolitane, non che rendessero effettivamente più potenti gli umani» si rimproverò. «Invece quei bastardi avevano ragione. Ho una domanda per te, invece: avevi detto che Valerius si è vestito da drago nero per la Mascherata, non è così?»

«Sì, il tema erano gli animali di Arcadya e il suo vestiario era una delle ragioni per cui ho dubitato di lui» rammentò Evelyne. «Era una palese presa in giro, i draghi non esistono.»

Laurell, con la coda dell'occhio, notò degli armigeri crepuscolari avvicinarsi inconsapevolmente a loro e, volendo mantenere privata quella conversazione, invitò la serva a seguirlo fino al casolare degli ufficiali. «I draghi, come gli orchi e i giganti, esistono, insieme ad altre creature mitiche dalla mole enorme: ciclopi, ecatonchiri e via discorrendo» rivelò, abbassando il tono di voce. «Semplicemente, non possono giungere qui, in questo piano d'esistenza. O, meglio, possono, ma non sopravvivrebbero. L'aria nel nostro reame è più rarefatta della loro. Elan ha raccontato come un tempo, qui ad Arcadya, ci fossero delle piccole razze di draghi. Indovina dove sono finiti.»

«Al mercato nero» mormorò Evelyne, percependo un pugno di dolore allo sterno. «È terribile.»

«Solo i lanciatori d'incantesimi sono sopravvissuti al macello» ricordò Laurell, dirigendosi verso un cortile pieno di casette rettangolari. «Tutto il cosiddetto piccolo popolo della Sidhe e i draghi di taglia minuta sono stati consumati dall'avarizia e dalla perversione.»

«Ma i draghi sputano fuoco, no? Anche se sono di ridotte dimensioni dovrebbero...»

«Non tutti lo fanno» la interruppe Lau. «Senza contare che i draghi, indipendentemente dalle dimensioni, sono restii a usare il proprio soffio. Sono creature timide, schive e facili da spaventare, soprattutto i draghi di piccole dimensioni.»

Camminarono nel silenzio, finché non giunsero davanti a una casetta prefabbricata dalle pareti bianche. I muri avevano assorbito il calore della giornata e, anche solo stando in piedi accanto a essi, Evelyne percepiva un paio di gradi in più. Quelli erano gli appartamenti di cui l'Esercito usufruiva durante le esercitazioni; in quel periodo nessuno vi abitava, erano tutti a casa dalle proprie famiglie. Eccetto Laurell.

Evelyne fece per congedare l'ufficiale, ma si accorse che qualcosa non andava: il suo volto era più cupo, la sua voce più bassa. «Stai bene?» domandò la serva. «Vuoi che chiami qualcuno?»

Lau tenne lo sguardo a terra mentre scuoteva la testa. «No, sono solo triste per il generale. Niente di nuovo.»

La serva non era molto convinta. Certo non metteva in dubbio la pervasiva tristezza dell'armigero, che aveva appena perso una guida essenziale, ma c'era dell'altro sotto e non le fu difficile fiutarlo. D'altronde, però, cosa poteva fare Evelyne? Rispondere «non è vero, dimmi la verità»? Se il generale non voleva condividere qualcosa con lei, doveva semplicemente farsene una ragione. In effetti, dopo che si salutarono, quando Lau mise piede nella propria abitazione, evitò ogni specchio. Quando si lavò il volto, evitò d'incrociare i propri occhi riflessi. Quando si sfilò l'uniforme, diede le spalle allo specchio nella camera da letto e non si lasciò sfuggire nemmeno una rapida occhiata. Spense repentinamente le luci e s'infilò di corsa sotto le coperte, al riparo da ogni sguardo, persino il proprio.

Non avrebbe saputo spiegare il viscerale senso di inadeguatezza che provava, il modo in cui il suo stesso corpo suscitava disappunto, come se non riuscisse a sentirlo suo. Come poteva confessare quelle sensazioni a un'altra persona? Il pungente desiderio di potersi semplicemente sfilare la pelle di dosso come ci si toglierebbe un abito. Potersi esprimere per come la sua mente davvero immaginava. Evelyne non lo avrebbe capito, accidenti. A volte nemmeno Gareth, per quanto rispettoso e comprensivo fosse, riusciva a capire.

Laurell si raggomitolò su un fianco e si strinse al cuscino affondandovi il volto. *Quanto mi manchi, Gareth*, pensava, sull'orlo di un pianto al quale non si lasciò mai andare.

Cavaliere di Coppe

Titania fu svegliata di soprassalto quando il cielo era ancora appesantito dall'oscurità. A destarla fu l'acuto squillare del suo nuovo cercapersone, uno strumento usato da sempre ad Arcadya e a cui lei, però, non si sarebbe mai abituata. Si costrinse a uscire da quel giaciglio troppo comodo, troppo morbido e troppo tiepido per lasciarlo. Sgusciare fuori dal piumone, residuo di uno sfrontato inverno che tardava a far spazio alla bella stagione, le sembrò quasi una violenza autoinflitta, come se stesse abbandonando un pezzo di sé e del proprio calore corporeo lì, adagiato fra le coperte. Afferrato il palmare udì la stridula voce di Liviana, che la chiamava con tono pedante. Titania borbottò qualcosa e indossò la propria uniforme.

Si presentò al campo d'addestramento quando ancora le palpebre le si chiudevano, non ricordava nemmeno di aver percorso il tragitto dalla suite fino al vasto prato e le urla di Liviana a malapena scavalcavano le mura della sua sonnolenza.

«Che cosa?» bofonchiò.

«Spogliatevi» ripeté Liviana, parendo sull'orlo di una crisi di nervi.

Ronilda protestò, seguita a ruota da Eilir. «Non possiamo andare nei bagni o negli spogliatoi?»

«Chi pensi ti possa vedere? I gufi e le civette?» La canzonò Teodora, la quale stava uscendo sempre di più dal proprio guscio di irreprensibilità.

Anaïs scrollò le spalle, iniziando a sfilarsi la tunica. «Beh, per fortuna la lesbica non è qui.» Normalmente le battute su Calista e sulla sua presunta omosessualità facevano sghignazzare sia Ronilda sia Eilir (non chiedete a me il motivo, io non ho mai compreso questo tipo d'ilarità), invece quella volta ci fu silenzio. Anaïs, era palese, aveva appena tentato di suscitare il riso delle amiche e aveva fallito miseramente, poiché loro la ignorarono. Le uniche attenzioni che ricevette furono un'occhiata torva da parte di Teodora e un sospiro stanco di Titania.

Non senza un po' di riluttanza, tutte pian piano si spogliarono, eccetto l'ibrida, che si sfilò con sollievo la divisa dell'Ordine. Nella natura di Faeree non conosceva abiti: vestirsi era un'abitudine di Arcadya, come di qualunque altro posto civilizzato. Un'abitudine che, in verità, nemmeno le apparteneva. Anzi, a dirla tutta nemmeno capiva perché le sue compagne stessero ricurve su se stesse, tentando di nascondere i propri corpi. Lei si era tolta senza problemi la fastidiosa cotta di maglia delle guardiane, si sentiva libera senza quegli spuntoni argentei sulla pelle. Stava più dritta ed era più sicura di sé, ora che si era privata di quell'opprimente peso.

Solo Liviana rimase vestita. «Io non vi seguirò» disse, estraendo un pugnale dal manico finemente lavorato. «Ma vi aiuterò nel passaggio attraverso i reami, essendo Midian piuttosto difficile da raggiungere.»

«In che senso "difficile"?» chiese Eilir, a fior di labbra, mentre si abbracciava il petto tentando di proteggersi dal freddo e dagli sguardi altrui.

«Ci sono alcuni reami raggiungibili solo quando si è puro spirito, staccato dalle spoglie mortali» spiegò, sedendosi sotto le fronde del salice. «Si chiamano reami liminali.»

Dalle fronde emersero dei paramedici muniti di attrezzatura e le driadi sussultarono, cercando di coprirsi ancora di più, ottenendo solo un goffo risultato. L'unica immobile era Titania, la quale strizzava gli occhi nel tentativo di scorgere i nuovi arrivati. Le luci emesse dai loro lanternini la infastidivano, non riusciva a captare la forma degli oggetti contenuti nelle valigette che stavano aprendo, una alla volta. Dai tintinnii emessi poté solo intuire che si trattasse di bisturi e strumenti medici.

«Titania, siediti qui davanti a me e dammi le spalle.»

L'ibrida obbedì senza esitare. Ancora non era riuscita a mettere a fuoco quella situazione: avrebbe desiderato più tempo per porgere a Liviana tutte le domande del caso, ma non ve ne fu modo. Le parole sbrigative della mentore e i movimenti rapidi dei paramedici non le lasciarono nemmeno il tempo di elaborare cosa stava accadendo.

Solo Teodora riuscì a intervenire. «Staccato dalle spoglie mortali?» ripeté, assorta. «Credevo che questo fosse un modo prettamente umano per viaggiare nei reami.»

«Sì, loro possono solo visitarli per brevissimo tempo tramite esperienze extracorporee, ad esempio quando sono prossimi alla morte» chiarì Liviana, spruzzando del disinfettante sulla lama del pugnale. «E, in alcuni casi, questo è valido anche per noi.»

Come Teodora realizzò quanto stava per accadere, fece uno scatto verso Titania, ma le fronde dell'albero si allungarono e si piegarono su di lei, avvolgendola. Fu improvvisamente avviluppata dal ruvido abbraccio della natura e, per quanto cercasse di districarsi da quella presa, le fu impossibile sottrarvisi. Accadde lo stesso per tutte le sue compagne, inclusa Titania. L'intero Ordine si dimenava, nel vano tentativo di liberarsi dalle piante evocate da Liviana. Mentre gli alberi si attorcigliavano intorno a loro, le giovani si guardarono a vicenda, con il panico negli occhi.

Nonostante fosse una rassicurazione poco gratificante, Titania realizzò che pure la prediletta, Ronilda, era con loro in quel momento.

Non ci sta sacrificando, dedusse, calmando a poco a poco il proprio respiro. *Non permetterebbe la morte della sua preferita, no?*

«Ragazze, capisco quanto possa essere spaventoso, se ci fosse un altro modo vi assicuro che non ricorrerei a misure così drastiche.»

Percependo con la coda dell'occhio un paramedico estrarre dei defibrillatori da una cassetta metallica, Eilir si agitò ulteriormente. Solo l'ibrida era rimasta ferma, ma semplicemente perché era il suo modo di affrontare i pericoli. Inspirava a fondo, calmava i battiti del proprio cuore e valutava le soluzioni. Purtroppo per lei, in quel momento, non vi erano vie di fuga. Si sentiva in trappola, animata dall'unica vaga speranza rappresentata da Ronilda.

Dopo aver accuratamente pulito il pugnale fino a dargli un forte odore di alcol, Liviana lo sollevò in alto, sopra la testa di Titania. «Andate a Midian, trovate uno spirito cosciente di sé e indagate la verità. Dobbiamo scoprire cosa minaccia di Arcadya e come sconfiggerlo, prima che possa fare altrettanto con noi» ordinò, portando la daga davanti al volto dell'ibrida. «Ora, per poter viaggiare in questo reame, dovete morire.» Con un gesto secco, le recise di netto la giugulare e Titania crollò, lasciandosi andare al mortale abbraccio delle piante intorno a lei.

Mentre il sangue spillava a fiotti sul prato e sulle liane che la immobilizzavano, l'ibrida non riuscì a reagire. Era stretta così saldamente da non sentire più le membra come proprie. Era fredda, le sue gambe e le sue braccia si stavano assopendo, intorpidite da un intenso e incontrollabile formicolio. Stava perdendo coscienza. Non sentiva nemmeno le abili mani dei paramedici che intervenivano a bloccare l'emorragia e a suturare la ferita, tanto era assente sé. Fu proprio questa sensazione che l'aiutò a scivolare via dal proprio corpo.

Mentre si sentiva venir meno, percepiva una realtà intangibile. I suoi sensi si distoglievano dai vivi per trovare i morti. La sua vista e il suo olfatto incominciarono l'incessante ricerca di un morto in particolare, uno che in tanti già conoscevano: Belfagor.

Re di Spade

Ciò che forse Calista rimpianse di più del suo ricovero fu il non poter restare accanto a Titania durante il viaggio per il reame di Midian. Era pericoloso e, per quanto non avesse poi tanta esperienza in più di Teodora, l'idea di poter essere lì e assistere in prima persona le avrebbe dato la tranquillità che, al momento, non riusciva a trovare. I medici dicevano che l'avrebbero dimessa quel venerdì, ma ciò non accadde. Siccome era già preda di dolori cronici, decisero di tenerla un altro po' sotto osservazione.

Era una clinica privata che poteva permettersi solo perché i suoi genitori erano ancora vivi ed erano entrambi veterani della guerra fra razze. Era consapevole che, se si fosse affidata alla sanità pubblica, non avrebbe avuto neanche un quarto di tutte le attenzioni ricevute in quel momento e, molto probabilmente, non avrebbe avuto nemmeno una diagnosi. I suoi dolori sarebbero per sempre rimasti invisibili, considerati una messinscena per ottenere più attenzioni, come solevano affermare Ronilda ed Eilir. Invece, nella clinica di Tiberio la ricoverarono un giorno in più e le iniettarono della morfina per lenire ogni dolore.

A un tratto, quando già i suoi occhi si stavano socchiudendo per il sonno e la sua mente aveva fatto pace con l'idea che, quel giorno, nessuno l'avrebbe visitata, un'infermiera aprì la porta.

Strano, si trovò a pensare, *l'orario di visita è quasi terminato, di solito non fanno entrare nessuno a quest'ora.*

La guardiana sollevò leggermente la testa e per poco la mascella non le cadde sul pavimento. Un giovane dai familiari e lunghi capelli biondicci stava varcando, indisturbato, la soglia della sua stanza.

Come Calista riconobbe Valerius, trasalì.

Che cosa ci fa lui qui? Non è un criminale ricercato? Potrebbero riconoscerlo. Sorprendentemente, questo fu il suo primo pensiero. Non era preoccupata per la propria incolumità o per il banale fatto che lui fosse un potente strige, erede di un suo simile altrettanto potente. No. Lei era preoccupata per lui.

«Calista, tuo marito è passato a trovarti» annunciò l'infermiera con un sorriso, mentre Valerius marciava a grandi passi fino a raggiungere il lettino.

Mio… cosa? La driade sgranò gli occhi, fece per ribattere che quello non era suo marito e lei non era sposata, ma il giovane strige la fece delicatamente tacere, regalandole una tanto dolce quanto inaspettata carezza fra i capelli.

«Non sapevo fossi sposata. L'orario di visita sarebbe finito, ma vista la situazione vi lasceremo un quarto d'ora» disse l'infermiera dileguandosi e lasciando la porta socchiusa.

Calista, non appena la donna si fu defilata, scostò bruscamente la mano dello strige, bilanciando l'ostilità di quel gesto con un'occhiata complice e divertita. «Mio marito, eh? Passare a trovarmi a un orario consono e dire di essere semplicemente un mio amico era troppo convenzionale per te?» lo provocò, con giusto una punta di acidità nella voce.

Valerius non calò la maschera da marito e non smise di guardarla con l'affabile ammirazione di un amante nemmeno per un secondo. «Dove sarebbe il brivido d'emozione in questo?» ghignò. «E comunque avevo da fare.»

«Sì, non metto in dubbio che la più grande minaccia di Arcadya abbia l'agenda piena d'impegni.»

Lui soffocò una risata, lasciandosi sfuggire solo un cupo sussulto. «È stata la più grande minaccia di Arcadya a salvarti la pelle, mentre l'eroico erede al trono fuggiva» sorrise. «Probabilmente il pericolo maggiore per questo reame è che Lysander metta il suo deretano sul trono. Ma, lasciando da parte le questioni effimere, come stai?»

Gli occhi azzurri di Calista si posarono, curiosi, sul suo volto. «Ti importa davvero?» domandò, perplessa. «O è un'altra delle tue maschere?»

Valerius, con sorpresa della giovane, s'inginocchiò accanto al letto e le porse una mano. «Posso?» chiese. La driade si lasciò afferrare, non senza qualche titubanza. A quel punto si strinse a lei, il suo tocco tiepido, gentile. Senza esitare, lo strige socchiuse le palpebre e incominciò ad assorbire il suo dolore; dalle sue labbra emerse un tenue e indolenzito gemito. «Tu non sei malvagia, Calista, sei solo devota alla causa sbagliata, non meriti sofferenza» spiegò con voce rotta, tornando a guardare la driade. «Non avrei lasciato che ti succedesse qualcosa di brutto o peggio, che Settimio ti facesse qualcosa.»

«Settimio?» ripeté lei. «Intendi il lenone? Come conosci il suo nome?»

«Una lunga storia a cui ho promesso tempo fa di mettere fine.»

«Puoi raccontarmela?»

Calista non avrebbe dimenticato mai come gli occhi violacei di Valerius si fossero riempiti velocemente di odio, risentimento e tristezza. Erano meno limpidi del solito, come quando un bel mare tropicale viene scosso da una burrascosa tempesta. «Niente di entusiasmante, per anni la mia vita è stata nelle sue mani» raccontò, lanciando una fugace occhiata fuori dalla finestra.

La driade ripensò alle giovani che le si erano lanciate addosso nel postribolo, alla disperazione con cui si aggrappavano a lei e la guardavano con volti imploranti. Immaginare un Valerius giovane e indifeso in mezzo a loro le spezzava il cuore, più di quanto la situazione in sé non lo facesse già.

«Settimio ha ucciso e venduto al mercato il mio famiglio, un drago di piccole dimensioni, e poi ha avvelenato Kiera, il mio primo amore» ringhiò. «Quando sono scappato, mi son portato via il suo occhio destro. Gli ho promesso che lo avrei fatto a pezzi, così che non trovi mai la pace in Elisium.»

Il giovane serrò la mascella, percependo un'improvvisa fitta. Si sforzò, tentando di non ritrarsi, ma un'inaspettata carezza al volto lo fece sussultare. Le carezze, tanto tenere e così poco familiari. Quanto gli mancavano le carezze.

Calista aveva un tocco delicato e rispettoso: provava timore nei suoi confronti, un timore che non aveva percepito né nelle mani di Kiera, né in quelle di Titania. L'ibrida premeva i polpastrelli, assaggiava e vedeva con la pelle; Calista lo sfiorava, come si sfiorerebbe l'acuminato gambo di una rosa, con il medesimo timore di chi non vuole pungersi e sanguinare.

«Basta, hai sofferto a sufficienza» gli disse lei, riferendosi sia al suo triste passato, sia al fatto che, nel frattempo, le stava dando sollievo assorbendo il suo dolore.

Valerius allontanò le proprie mani da quelle di Calista e riprese fiato, socchiudendo appena le palpebre. Ormai, senza quell'opprimente daga al ventre, lui si sentiva vuoto, stanco, come sull'orlo di un collasso.

«Ancora non capisco perché tu lo faccia.» La driade ritrasse la propria mano, come se si fosse appena accorta che accarezzare il volto del nemico era un'azione immorale e illegale. «Ma grazie, in ogni caso, per aver lenito il mio dolore e per esserti aperto con me.»

Le iridi violacee dello strige parvero illuminarsi mentre riapriva gli occhi e li posava sulla guardiana. Quest'ultima si trovò, involontariamente, a trattenere il fiato, e non per l'improvvisa ventata di dolore che di nuovo la avviluppava. Lui le era incredibilmente vicino, e non capiva se fosse stata lei a chiudere quella distanza o no. Avrebbe mentito a se stessa se avesse affermato di non gradire la maschera di moglie, donna eternamente legata a Valerius, con il quale condividere letto, coperte, intimità. Lui sapeva come stuzzicarla, le faceva prudere le mani quando ribatteva con tono duro e, al contempo, la faceva avvampare quando si mostrava dolce.

«Quando vuoi» le sorrise lui, riducendo la propria voce a un sussurro. Una delle sue lunghe ciocche biondicce cadde, morbida, sul volto della driade, che si era erta sui gomiti e lo guardava con attesa, con trasporto, quasi ipnotizzata dalla bellezza dello strige.

I palmi di Calista prudevano. C'era una risposta che desiderava ricevere, una che bramava più di ogni altra. Ma non aveva modo di porgere la domanda. Non a voce, almeno.

Mossa dall'impulso, la guardiana affondò una mano fra i folti capelli di Valerius e lo attirò a sé. Desiderava assaggiarlo, percepire sulla propria pelle il suo sapore proibito e lasciarsi cullare da esso. Perse l'equilibrio della ragione e cadde in un bacio audace, delicato e voluttuoso, che colse lo strige totalmente alla sprovvista, tanto che lui non reagì subito, ma la sua risposta non si lasciò attendere troppo. Le sue braccia circondarono Calista in fretta e la strinsero a sé. La sua bocca si schiudeva, assaporava delicatamente quel fugace momento di vicinanza.

La guardiana lo accolse, si lasciò scaldare da quella fiamma proibita, da quel pungente fervore che l'aveva improvvisamente animata. Si appese alle sue spalle e, per qualche istante, non ci fu altro. Nessuna divergenza, nessuna fazione, nessun esilio. Solo la calda fiaccola della passione d'un momento.

Quando Valerius si allungò ad accarezzarle una guancia, la driade trasalì. Come se avesse ripreso improvvisamente coscienza, si voltò di lato e allontanò la propria bocca da quel bacio proibito.

«Non possiamo» mormorò a corto di fiato e delusa, non tanto per Valerius, quanto per se stessa, per aver ceduto senza esitazione.

«Certo che possiamo, Calista» sussurrò lui con malizia. «Siamo sposati.»

«Questo non è un gioco, Valerius» lo redarguì la giovane. «Tu sei responsabile di ben due attentati, stai minacciando il reame di Arcadya, lo stesso che io sono incaricata di difendere. Per quanto tu sia irragionevolmente buono con me, non ci sarà mai nulla fra noi due.»

Calista si aspettò uno scoppio di rabbia, una scenata magistrale o, peggio, che lui la prendesse contro la sua voglia e la rinchiudesse in qualche cantina fuori dal confine. Dopotutto lui era figlio di Belfagor, no? Come aveva potuto ignorare un dato tanto fondamentale come il padre mostruoso e potente lo strige che si ritrovava?

Remando contro ogni aspettativa della driade, Valerius si levò in piedi, indossando una rispettosa maschera di finta indifferenza e non insistette ulteriormente. Quel *no* era una barriera fragile, Calista temeva che lui questo l'avesse già capito, tuttavia il giovane non l'aggirò, né tentò di abbatterla.

La guardiana si voltò dalla parte opposta, portandosi una mano alle labbra, come se l'oscurità custodita nel cuore dello strige avesse lasciato l'indelebile marchio della sua empietà e ora dovesse rifuggire lo sguardo indagatore della dea. «Ora vattene, per favore» bisbigliò.

Valerius sorrise beffardo, ma non era la sua espressione meglio riuscita. Era infatti sporcata dalla tristezza che permeava quel primo e inaspettato incontro, un momento durato fin troppo poco. «Peccato» sospirò, arretrando verso la porta. «Tu mi piacevi davvero, e questa non era una delle mie maschere.»

Cavaliere di Bastoni

Titania odiava gli occhi. Quei bulbi enormi non la perdevano di vista, squadrandola mentre lei sfrecciava sul marciapiede grigiastro. La nebbia intorno a lei era così fitta da non permetterle di intravedere nulla oltre a quei giganteschi occhi, immobili, grossi quanto un'abitazione, impegnati a seguire ogni suo movimento. Aveva provato a rivolgersi a loro ma, come gli impassibili spettatori di una violenta rissa, si limitavano a guardare Titania e gli spettri alle sue spalle.

Gli spettri, creature vuote, galleggianti per aria, eteree e, al contempo, grondanti di sangue putrefatto, setacciavano il terreno che l'ibrida si lasciava dietro, annusando l'aria con le loro orride cavità nasali. I loro volti erano uno spaventoso oblio, una maschera di carne e disperazione. Ciò che restava delle loro bocche era spalancato, come se quelle anime emaciate fossero impossibilitate a chiudere la mascella, bloccate per sempre in un urlo eterno. L'unico accenno di colore in quel reame interamente grigio.

Non erano particolarmente veloci, ma sembravano prevedere ogni movimento di Titania, ogni svolta. Midian pareva quasi suddiviso in vie, come un qualsiasi quartiere abitato. Ogni volta in cui lei aggirava un occhio per lanciarsi in una nuova via, gli spettri la seguivano a ruota. Lei non li vedeva, ma ne udiva alla perfezione il costante lamento. Quelle creature erano intrappolate in una continua sofferenza, un gemito unico, regolare. Soprattutto, Titania percepiva nitidamente il loro odore di morte. Sapeva di sangue vecchio, marcio, ammuffito. Tanto che lei dovette ricacciare l'impulso di vomitare. L'ibrida si voltò a guardare quei mostruosi esseri un'altra volta, nel vano tentativo di captare la distanza a cui si trovavano, e si perse in quelle figure così scure da sembrare buchi neri intenti ad assorbire la tenue luce circostante. Per quanto fossero più lenti, il loro ritmo regolare stava divorando i passi che li separavano da lei e l'ibrida aveva il fiatone, le dolevano le gambe, non sapeva dove andare né come trovare le sue compagne.

Forse era davvero morta. Liviana l'aveva uccisa, i paramedici non erano riusciti a rianimarla in tempo e ora si trovava lì, intenta a correre per il resto dell'eternità. Si sentiva con le spalle al muro, messa alle strette in un luogo angusto che niente aveva da offrirle, solo il gelo mortuario che permeava l'aria circostante.

Sono in trappola, pensò afflitta. Nonostante vedesse molto poco, gli occhi giganti, fissi ai lati di ciascun vialetto, erano ben visibili, forse più per le loro dimensioni esagerate. Avvicinandosi a uno di essi le parve quasi di scorgere il rossore dei dotti lacrimali e i filamenti di carne che lo tenevano in piedi.

Questo reame non segue le leggi di Arcadya, né quello di Faeree, dedusse, proseguendo la sua corsa e attraversando altre vie. *Questo è uno dei due reami occupati dai morti, ed è un reame liminale. Le anime dei trapassati non agiscono con un corpo che non possiedono più, ma con il pensiero.*

Se Titania avesse pensato alle sue compagne, avrebbe sicuramente attirato il pericolo verso di loro e, nonostante quasi nessuna di loro le piacesse, non poteva farlo.

Improvvisamente, ricordò le parole di Sylvain, il favore che gli aveva promesso. *Trovare Belfagor*, si disse. *In base a quanto mi hanno raccontato di questo reame, lui deve trovarsi qui.*

Dunque, il suo pensiero si focalizzò su Belfagor, o su quel poco che sapeva di lui. Pensò alla regina, al rapimento, a quanto le era sembrata sofferente quell'unica volta che l'aveva vista. Pensò a Valerius, ai modi eleganti di quest'ultimo, alla sua ambigua maniera di raccontare una mezza verità, tacendo su tutto il resto.

Ecco che, attraversando una via, l'ibrida vide un occhio chiuso. Le palpebre erano pallide come se fossero fatte di porcellana, era l'unico che non la stava fissando. La giovane si scagliò contro di esso con tutte le sue forze. «Belfagor! Ti prego, aiutami!» invocava, mentre batteva con i pugni contro quell'occhio serrato. Intanto, i morti procedevano ininterrottamente verso di lei. Sentendoli sempre più vicini, Titania soppresse l'impulso di scappare ancora. *Non posso correre in eterno.*

Sferrò un altro paio di pugni e batté nuovamente contro quelle palpebre chiuse, con la voce rotta dalla disperazione. «Ti scongiuro, fa' presto Belfagor!»

Così, in quella cupa mattinata a Midian, fui svegliato da un insistente bussare alla mia porta.

10
La Fortuna

Sei di Denari

E va bene, odiatemi, datemi del bastardo. Belfagor, come hai potuto omettere un dettaglio così importante?

Tanto per cominciare, il mio nome non è mai stato *Belfagor*, questo è un ridicolo nomignolo, una macchietta, una maschera ideata di proposito per demonizzare la mia figura. È facile odiare un diavoletto rachitico e con le corna; invece scoprire che il tuo comunissimo vicino di casa, quello che ti salutava sempre e che badava ai tuoi gatti quando eri via, è un «rapitore senza scrupoli» sconvolge assai.

Quella di paragonarmi a un diavolo è stata la trovata di un giornalista, poi copiata da tanti altri negli anni, fino a far divenire *Belfagor* un nome proprio e non più lo pseudonimo per indicare la mia «diabolica persona», un'immagine sopravvissuta più a lungo di quanto non abbia fatto la mia vera identità.

Un peccato, però. Io avevo un bellissimo e glorioso nome, un autentico spreco. Immagino che per i giornalisti non fosse abbastanza macabro.

In quel periodo stavo ancora cercando un modo per tornare in vita, ero chiuso in me stesso e nella mia ricerca. Tuttavia, l'opprimente solitudine giocò un ruolo fondamentale nella mia decisione di aiutare quella malcapitata vivente.

«Sotto l'occhio!» Accidenti, quanto era rauca la mia voce! Quanto tempo era passato dall'ultima volta che avevo parlato? «Scava sotto l'occhio.» Non lo sapevo, non avevo mai realizzato quanto fosse trascorso da quando avevo avuto un briciolo di vitalità in me. Non ero ancora un residuo senza coscienza, ma già mi ero trasformato nel fantasma di ciò che fui.

La prima cosa che vidi di Titania furono le sue pallide mani, poi una massa di capelli bianchi e, infine, il suo corpo nudo in caduta libera, eburneo e così sottile da sembrare sul punto di spezzarsi.

Quando piombò, di faccia, sul pavimento della mia abitazione, scorsi giusto qualche macchia rossa, rimasugli di recenti scottature, ma poi mi apprestai subito a guardare altrove.

«Vado a prendere qualcosa da metterti addosso» annunciai, marciando fuori dal pallido soggiorno in cui era cascata. La mia abitazione nel Reame Grigio è... grigia, in poche parole. Ricalca un appartamento e tenta di imitarne il conforto, senza alcun successo. Le pareti sono scarne, attraversate da crepe, quei pochi quadri appesi raffigurano paesaggi tristi e incolori, il divano e il letto all'apparenza morbidi non sono affatto confortevoli. È la mia tomba; dopotutto, ho commesso tanti sbagli nella vita, come nella morte, perciò non potevo aspettarmi niente di meglio.

Aperte le ante cigolanti del mio armadio, vi infilai una mano e ne attraversai la parete. C'era un solo aspetto positivo: quel luogo era in parte soggetto alla mia mente. Potevo mutarlo in base ai miei desideri, anche se non troppo.

Sospirai affranto, accorgendomi di aver estratto un lungo camice. *Ancora penso al mio vecchio lavoro*, realizzai, accarezzando sconsolato quel tessuto che, quando ero in vita, ritenevo dozzinale. Avevo sempre preferito la lunga giacca a doppiopetto indossata nel mio studio o durante il tempo libero, più elegante, dal tessuto nero più pregiato e gradevole al tatto. Ma, in quel momento, avrei fatto qualsiasi cosa pur di indossare di nuovo quel brutto camice bianco.

Tornai nel falso soggiorno dove Titania si era raggomitolata e, senza sguardi indiscreti, le porsi l'indumento. «Non preoccuparti» le dissi, captando la sua paura. «I residui non hanno motivo di entrare in una tomba, loro si nutrono di vivi.»

«I miei poteri non funzionavano» ricordò lei con voce tremante. Povera, era davvero terrorizzata.

«Ovviamente no» sospirai, guardando pudicamente altrove mentre l'aiutavo a rialzarsi. «Quelli sono residui, quello che diventiamo quando la nostra coscienza decade. Un residuo non può essere ucciso o sconfitto, è già morto, allo stadio più semplice e infimo in cui ci si può trovare. Non esiste niente oltre. Ed è irreversibile.»

Quella giovane era una fresca novità, ma io ero troppo stanco, troppo logorato dal risentimento per mostrare anche solo un briciolo di interesse nei suoi confronti. In vita, però, fui sempre un uomo a modo, dunque decisi di esserlo pure nella morte e offrii alla giovane una tisana. Trascorremmo qualche minuto nel silenzio: nessuno di noi due si sentiva particolarmente loquace. Andai verso i fornelli e aprii lo scaffale, guardandone il contenuto con aria pensosa.

Chissà cosa le proporrà la mia mente, mi chiesi, rammentando il peculiare funzionamento di quel reame.

Notai, non senza stupore, come la mia casa offrisse solo aromi al gusto di vaniglia. Non c'era assolutamente nient'altro da bere. Solo vaniglia. Probabilmente era colpa mia, in vita avevo sempre apprezzato il suo sapore, in qualsiasi pietanza mi capitasse di assaggiarla. Dunque versai dell'acqua di rubinetto in un bollitore e presi fra le mani la bustina, rimirandola con curiosità. *È esattamente quella che bevevo quando studiavo in università*, ricordai, percependo la daga della nostalgia premere con dolore contro la bocca del mio stomaco. Cosa non avrei dato per tornare indietro e rivivere quei momenti.

Con mia sorpresa, fu lei a rompere il placido silenzio creatosi fra noi.

«Tu sei Belfagor?» domandò, esitante, mentre aspettavo il fischio del bollitore.

La squadrai di sottecchi. Detestavo quel nomignolo, all'epoca lo avevo udito alla radio, nel periodo in cui tenevo Isolde con me.

Quello che precedette la mia disfatta. «È uno dei miei nomi, sì» risposi, restando volutamente vago. «Come mai sei giunta qui viva? Ci sono tanti reami più interessanti e semplici da raggiungere.»

«Una missione per conto dell'Ordine. Arcadya è in pericolo, Liviana ci ha chiesto di interrogare i morti. Voi sapete tutto, guardate tutto. E noi siamo sotto attacco» spiegò. Si levò all'istante un lungo fischio e io mi apprestai a spegnere rapidamente la fiamma, poi versai l'acqua in una tazza di porcellana.

«Liviana. Da quanto non sentivo questo irritante nome» grugnii, afferrando la tazza. «Fu il suo incantesimo di protezione, quello che le driadi evocano per placare gli animi, a far vincere il principe Caiden e la sua bella dama, lo sai questo? Quel bamboccio non avrebbe nemmeno mai trovato il mio laboratorio senza la sua Liviana. E quest'Ordine di cui mi parli non c'era ai miei tempi.»

«È una novità, a quanto pare. Un ristretto gruppo di driadi incaricato di proteggere la corona.»

«Non prendermi in giro» risi, attraversando il piccolo appartamento per andare a porgerle la tisana. «O Caiden è completamente idiota o mi stai raccontando menzogne. Tu non potresti mai passare per una driade, giovane strige.»

La mia non era una provocazione, non voluta almeno, ma la ragazza si levò in piedi e, per poco, parve che i suoi occhi rossi guardassero effettivamente me. «Caiden è morto» annunciò a gran voce. «E io sono Titania una guardiana dell'Ordine. Mia madre è la strige Inanna, mio padre la driade Alister. Dentro di me scorre il loro sangue, ed entrambi i loro poteri.»

Ci fu uno schianto di vetri. La tazza era scivolata dalle mie mani e la tisana, come succede all'anima quando la morte rompe l'involucro carnale, si espanse senza confini sul pavimento della mia solitaria tomba.

Un'ibrida, realizzai sgomento. *E non un'ibrida qualsiasi, la figlia di Inanna!*

Conoscevo sua madre. Bella come la notte, una lunga chioma nera, un sorriso affilato come una daga. Solo in quel momento realizzai quanto tempo doveva essere passato. Inanna e io eravamo amici d'infanzia, lei poi si è allontanata da me quando ha iniziato a frequentare quel mollaccione di Alister, un consigliere reale totalmente privo di spina dorsale.

Ora che la guardavo più attentamente, Titania appariva come un miscuglio di quei due: i suoi lineamenti possedevano la fierezza della madre, ma anche la delicatezza del padre. In quell'istante, la giovane intrusa divenne il mio faro, la mia luce, la mia ritrovata speranza e il mio cuore fu di nuovo scaldato da quell'entusiasmo che in vita mai mi aveva abbandonato.

«Perdonami» le sorrisi, accennando un rapido inchino con il capo. «Ti porto subito un'altra tisana.»

Lei tornò a sedersi sul divano, lasciandosi andare a un sospiro mentre dondolava nervosamente la gamba. Non era abituata a parlare così a gran voce di sé; anzi, non lo era affatto. Beh, sembrava avessimo già qualcosa in comune! Tornai a prepararle un'altra tisana, questa volta con più impegno: dopotutto lei era un'ibrida pura, in lei non scorreva nemmeno una goccia di sangue umano. In vita avevo bramato gli ibridi come se fossero stati la mia linfa vitale. Se messi adeguatamente a frutto, hanno incredibili capacità: io ero il solo a conoscenza di questa preziosa informazione. Peccato non aver avuto il tempo di realizzare niente.

«Mi raccontavi di una minaccia» ripresi schiacciando papavero, biancospino e sambuco in un mortaio.

La risposta di Titania fu vaga e, al tempo, non ne compresi il motivo. Io non potevo comunque agire sui reami abitati dai vivi, ero ancorato a Midian, alla mia disgustosa tomba, e l'Occhio era solo uno sguardo passivo sul resto dell'esistenza. Era come sedersi di fronte alla televisione e guardare programmi spazzatura. Mai stato da me.

«Uno strige in cerca di vendetta» affermò.

«Strano. Arcadya tratta sempre così bene i suoi strige» ironizzai, versando l'acqua calda nella tazza.

«Puoi biasimare il popolo? Abbiamo fatto cose orribili. Noi *siamo* orribili.»

«Oh, tesoro, è triste vedere quanto ti abbiano indottrinata. Tu non hai fatto niente, e guarda già come parli di te stessa, di tua madre, di me.» Aggiunsi le erbe all'acqua e la girai distrattamente con un cucchiaino.

«È il nostro potere a farci agire così» ribatté. «Lo sanno tutti come l'oscurità corrompa gli animi.»

«Che brutta dialettica obsoleta e deresponsabilizzante.» Mi voltai a guardarla: non mi piaceva dare le spalle ai miei interlocutori, soprattutto quando si toccavano determinati temi. «Dimmi, Titania, se io fossi stato una driade, un armigero crepuscolare o un umano, credi che avrei agito diversamente? La risposta è no. E far ricadere la colpa sulla nostra razza anziché sulla nostra persona è un modo come un altro per liberarci da ogni responsabilità e puntare collettivamente il dito contro tutti noi.»

«Quindi stai dicendo che bandire la magia oscura è stato un errore?» domandò.

La magia oscura è stata bandita? La notizia mi stupì. Certo, ero perfettamente a conoscenza dei modi bruschi con cui noi strige venivamo trattati. Banalmente, ai tempi della mia giovinezza, eravamo privi di titoli nobiliari o di terreni nostri, potevamo sposare unicamente qualcuno che ne fosse in possesso. Avevo creduto che la situazione sarebbe migliorata; invece, a quanto pareva... *No, non posso dimostrare ignoranza, lei è giunta qui per informazioni e io ho bisogno che resti.*

Come mosso da una potente scarica elettrica alla base della nuca, afferrai velocemente la tazza e tornai dalla giovane con la tisana. «Ovviamente» sbuffai, porgendole la bevanda. «Tu cosa avresti fatto di male per meritare l'esilio? O cosa avrebbe combinato Inanna? È sempre stata un po' fuori dalle righe ma, a parte qualche atto di vandalismo, non ha mai fatto niente di preoccupante.»

Lei afferrò la tazza e ne guardò il fondo: non pareva riluttante a bere, solo in pena. «Mia madre, dopo la tua morte, ha guidato la ribellione contro la corona, è una traditrice.» Fece una brevissima pausa e i suoi occhi s'illuminarono. «Aspetta, tu la conoscevi?»

«Avevamo la stessa affinità e veneravamo il medesimo dio, Mors. Ci incontravamo spesso nel suo tempio.»

«Ho sentito dire che le affinità permettono di comunicare con le entità madri degli elementi. Quindi, queste entità sono dèi?» La giovane avvicinò la tazza alle labbra, ma non bevve.

«Parli come se non ne avessi alcuna» ghignai, sedendomi accanto a lei.

La giovane allontanò la tazza per rispondere, piccata: «Infatti non ne ho».

Sgranai gli occhi. *È davvero un'ibrida pura*, fu la mia tarda realizzazione. *Il suo potere siede perfettamente in mezzo, non si sbilancia verso nessuna delle due parti. È incredibile.* Se avessi voluto trattenerla con me, avrei dovuto farla bere; affinché ciò accadesse, dovevo parlare per un po', anzi era necessario che mi dilungassi in qualche spiegazione per lei interessante. Doveva ascoltarmi e distrattamente accostare le sue labbra alla tazza mentre parlavo. Non ero mai stato particolarmente loquace, non mi piaceva granché fare uso del verbo, lo utilizzavo solo quando necessario e restavo quanto più criptico nelle mie sentenze. Titania, però, aveva bisogno di conoscenze, e io gliele avrei cordialmente concesse. «Ogni elemento è governato da un'entità superiore. L'attiriamo a noi ogni volta che evochiamo un incantesimo, abbiamo bisogno del loro permesso per lanciare sortilegi oltre il secondo livello. Per quanto riguarda gli dèi, la Morte, fra gli strige, gode di numerosi culti. Io, come tua madre, in vita venerai Mors, un dio dalle radici antiche, che col passare dei secoli è stato riconosciuto pure come divinità della necromanzia, oltre che della morte. Io sono stato per anni un suo fedele… no, un suo devoto. Eppure lui mi ha mandato in questo luogo senza pace. Ero il suo adepto, il necromante più abile della mia epoca, e lui mi ha abbandonato qui.»

Sì, qualora ve lo stiate domandando, le battute su come io fossi sia un medico sia un necromante erano assai. L'una più sgradevole e inappropriata dell'altra.

La giovane dopo aver deglutito una bella sorsata domandò: «Sai se mia madre si trova qui o in Elisium?».

Inanna è morta?, realizzai, con una fitta al cuore.

Fu una doccia gelida della quale non avevo bisogno. Sebbene ci fossimo allontanati nell'ultimo periodo, le volevo comunque bene, era stata per me la sorella che mai avevo avuto. Quando mi recavo al tempio o in università cercavo sempre il suo volto amichevole. Non sono mai stato particolarmente socievole o gradito ai miei coetanei. Lei, nonostante tutto, mi era rimasta sempre accanto.

Serrai la mandibola e mandai giù il groppo: non potevo mostrarmi inconsapevole o ferito. Con espressione neutra, scossi la testa. «No, l'Occhio serve per seguire le vicende dei vivi, non dei morti.» Questa non era interamente una bugia: potevo scrutare attraverso l'Occhio e guardare cosa accadeva nei reami dei morti, ma solo qualora stessi seguendo le vicende di un vivo. «E, pure se fosse qui, non lo saprei. L'appartamento in cui ci troviamo è una proiezione della mia coscienza. Non posso muovermi da questo luogo, il momento in cui lo farò sarà quello in cui avrò per sempre perso la testa e ormai avrò completato la trasformazione. Prima o poi, toccherà pure a me diventare uno dei residui che ti inseguivano là fuori.»

Titania, intanto, aveva bevuto ancora. «Perché lo facevano?» chiese, biascicando leggermente.

«Si nutrono di vita, svuotano le loro vittime dall'interno come i ragni fanno con le proprie prede. Ti privano della coscienza, di ciò che ti rende *te*.» La guardai abbeverarsi ancora e ancora con avidità, fino a svuotare tutto il contenuto della tazza. «Non sono particolarmente veloci, ma sono inarrestabili e, se tu dovessi guardarli in volto, dentro il vuoto delle loro orbite, saresti persa per sempre. Immagino che esser quasi totalmente priva della vista ti dia un vantaggio non indifferente» osservai, notando i curiosi tremolii delle sue pupille. Avevo ragione, lei non vedeva. Tuttavia non si trovava a Midian da sola.

L'ibrida scattò subito in piedi, con fare instabile e barcollante. «Devo raggiungere le altre» mormorò. Era inusualmente esausta. Quella che, in origine, doveva essere un'esclamazione, anzi un imperativo, parve un mugugno. «Devo avvisare le altre guardiane» stava per aggiungere, però dalle sue labbra non emerse altro che un lamento.

Le sue gambe cedettero, collassò sul divano mentre ogni energia defluiva lentamente da lei. I suoi occhi, ancora svegli e consapevoli, mi cercarono e mi fissarono come se fossi il più sporco dei traditori, mentre il sonno prendeva lentamente possesso delle sue palpebre, chiudendole poco a poco.

«Non te lo ha mai detto nessuno?» affermai, avvolto da una coltre di forzata inespressività. «Non si accetta da bere dagli sconosciuti.»

Dieci di Denari

La sveglia all'alba era la cosa che Evelyne più detestava. Nonostante i suoi nuovi privilegi da mentore, non poteva alienarsi completamente dai doveri da serva. Era ancora scombussolata dalla fallimentare missione al confine, dal ricovero e dal loro tumultuoso ricordo, ma si mise al lavoro di buona lena, cercando di acquietare i propri pensieri. Però quel giorno non vi fu modo di trovare la tanto agognata concentrazione. Quella vocina nella sua testa non taceva. Quell'aleggiante memoria di Belfagor non abbandonava la soglia della sua mente, di tanto in tanto riaffiorava, facendosi poi prontamente scacciare dalla giovane. E c'era solo un modo per ritrovare la calma: parlare con la regina.

Evelyne non immaginava nemmeno che lei avesse lavorato fianco a fianco con Belfagor, (avete ragione, con *me*) c'erano tanti aspetti della vita di Isolde a lei completamente sconosciuti e voleva scoprirne di più, nemmeno fosse la più avida dei giornalisti.

Tentò di accaparrarsi le pulizie nelle sue stanze private. Di solito se ne occupava Corinna ed Evelyne non sapeva quanto sarebbe stata felice di cederle il posto. Invece riuscì nell'intento senza troppe difficoltà. La camera reale era enorme, tappezzata di tessuti e moquette che richiedevano lavaggi particolari, piena di soprammobili in cristallo bisognosi di un'attenta e delicata spolverata. In breve, una rogna che nessun servo si sarebbe spontaneamente accollato. Nessuno, eccetto Eve, la quale era ansiosa di rivedere la sua sovrana. Ovviamente, quest'ultima era a dir poco catatonica, non parlava e nemmeno dormiva. Fissava il soffitto come se scorgesse il volto del suo amato Caiden dipinto sulla volta.

«Come vi sentite, mia regina?» domandò la giovane, passando lo spolverino fra le numerose statuette.

Lei sospirò: pareva più in sé del normale, il che era indubbiamente positivo, ma continuava ad avere quell'aria estremamente fragile che preoccupata Evelyne. «Sono solo preoccupata per il futuro di Arcadya, io non sono più in forma e mio figlio mi deve succedere, è l'unico che può farlo» sospirò, seguendo con occhi distratti i rapidi movimenti della serva. «Mi dispiace per quanto accaduto quando mi hai mostrato la tua carta, la mente mi gioca brutti scherzi.»

«Posso confessarvi una cosa?» domandò la serva, smettendo improvvisamente di spolverare e guardando in faccia la sua sovrana.

Isolde era riversa a letto, livida in volto, i solchi dell'età non la graziavano e la sua iconica chioma dorata era secca e priva della lucentezza giovanile. Era come se, da quando era divenuta regina, il tempo avesse iniziato a correre più rapidamente per lei, nonostante avesse cercato incessantemente di rallentarne il decorso. «Dimmi pure» la invitò.

«Credo di aver vissuto un vostro ricordo.» Non appena vide la regina sgranare gli occhi, Evelyne si affrettò ad aggiungere: «Ve lo dico perché è stato un atto involontario, io credo di aver avuto un'esperienza vicina alla morte e di aver visitato il Reame Lete, quello che contiene tutti i ricordi dimenticati. Vi ho vista, lavoravate come infermiera».

«Che cosa hai visto?»

Belfagor. Eve aveva visto Belfagor.

La serva fu presa in contropiede da quella domanda. Certo, non poteva aspettarsi di andare lì, fare la sua bella confessione e uscire serenamente senza menzionare l'uomo che aveva catturato la regina, nonché l'origine del più recente attacco di panico di quest'ultima. Evelyne balbettò impacciatamente, voleva sviare il discorso, evitare di pronunciare quel nome, concentrandosi sugli altri aspetti del ricordo, ma ahimè era la parte che più la stuzzicava. «Era forse uno dei vostri primi giorni di lavoro. In verità non c'era niente di che, volevo dirvelo perché mi sembrava la cosa giusta da fare. Ho solo visto Belfagor.»

La regina aggrottò la fronte. Per un attimo Evelyne la credette sul punto di sgridarla, di bandirla dalle sue stanze e di sottrarle l'importante ruolo di mentore. Era così tesa da non accorgersi della presenza di Sylvain, il quale si era introdotto di soppiatto nella stanza reale.

«Chi è Belfagor?» si limitò a domandare la regina.

Alla serva per poco non cadde la mascella a terra dallo stupore. *Chi è Belfagor?*, ripeté a mente, chiedendosi se fossero le sue orecchie o la sua mente a trarla in inganno. Cosa succedeva? La regina aveva dedicato a Belfagor un attacco di panico, lo aveva rivisto in un'immagine che nemmeno gli somigliava, e ora non ricordava più chi fosse? Eve era così assorta che, quando sentì una mano sulla spalla, sussultò.

«Ci dispiace avervi arrecato disturbo, nostra regina» intervenne Sylvain, sottraendo la sorella alla conversazione. «Riposate pure in tranquillità.»

La ragazza si lasciò trascinare fin fuori dalla camera in silenziosa rabbia. *Sylvain, proprio ora mi devi interrompere?*, pensava, attraversando la stanza, squadrando con odio il fratello. Certe volte quel ragazzo era davvero irritante. Non appena la porta fu richiusa, quell'ira, custodita in segreto finché si trovava di fronte alla sovrana, poté esplodere. «Quale accidenti è il tuo problema, Sylvain?» sbottò, mantenendo comunque un tono di voce controllato: non voleva certo farsi ascoltare dalla regina o dagli altri servi. «Perché trascinarmi via così?»

«Ti sto salvando!» ribatté lui. «La stavi molestando, altre due parole e avrebbe avuto un attacco di panico. Di nuovo.»

«Io stavo indagando!» protestò la ragazza.

«Sospetti che la regina sia collegata ai due attentati?»

«No!»

«Qualcuno legato a lei allora?»

«Nemmeno.» Scosse la testa lei, accelerando il passo. Era sempre più irritata dall'ingombrante presenza di Sylvain: come aveva potuto allontanarla dalla regina? Ci stava parlando lei prima che lui si mettesse in mezzo e la trascinasse via. «Senti, che cosa ci fai qui?»

«Ti copro le chiappette» sorrise lui, tentando di ammorbidire l'animo acuminato della sorella, ottenendo solo il risultato opposto. «E comunque stavo cercando Tiberio, avevamo appuntamento.»

Evelyne s'accigliò. «Avevate appuntamento nelle stanze private della regina?»

Normalmente, per un'affermazione del genere, Sylvain le avrebbe scherzosamente dato della stolta, invece non disse nulla di divertente o di sarcastico, pareva genuinamente preoccupato. «L'appuntamento era ieri, pensavo di trovarlo qui a prendersi cura della sovrana.»

La serva scrollò le spalle. «Magari ti ha solo tirato un pacco» lo punse. «Essere bello non ti rende immune dai bidoni!»

«Non lo sento da giorni» s'incupì lui. «È un po' esagerato per qualcuno che vuole solo dare buca. E lui non avrebbe mai fatto così.»

Evelyne cambiò immediatamente discorso: siccome non poteva più usufruire della regina, sperava almeno di poter parlare a quattr'occhi con la medesima driade che Valerius, a detta di Laurell, aveva salvato con le proprie mani. «Sai dov'è Calista?» chiese distrattamente.

«Probabilmente è rimasta in clinica dai suoi genitori, l'ho sentita ieri al telefono» rispose Sylvain con fare sbrigativo; quasi non sembrava più lui senza i suoi modi scherzosi. «Io vado a cercare Tiberio.»

Il giovane si defilò così com'era arrivato, a passo svelto e con volto più serioso del normale. Eve restò stupita dalla preoccupazione insolita del fratello. Lui aveva sempre affrontato le relazioni in maniera superficiale, almeno questo era quanto la serva riusciva a vedere. Lei, che era sempre stata legata a un'idea molto tradizionale e quasi fiabesca di romanticismo, non comprendeva le abitudini di suo fratello, anzi le trovava addirittura snervanti.

Ma poi Calista?, pensava, scuotendo la testa. *Da quando lui e Calista si sentono? La libido di mio fratello non risparmia proprio nessuno.*

Sbuffando, Evelyne ritornò nella propria stanza e si accinse a preparare la lezione del giorno per Lysander, auspicandosi che, almeno quella volta, l'avrebbe ascoltata. Ma, ormai, le speranze di catturare l'attenzione dell'erede erano divenute preghiere a vuoto.

Fante di Spade

Io ero elettrico, preda di un'anomala euforia. Squadravo Titania immobile, legata di fronte a me, con il fiato corto come un animale. Sentivo la vita fluire di nuovo dentro di me, quell'ibrida era reale, sdraiata sul mio tavolo operatorio, completamente inerme. C'era ancora una vaga possibilità per me di rimettere piede nel reame dei vivi, respirare di nuovo l'aria di Arcadya, e riprendermi la vendetta che mi spettava.

L'avrei già aperta e studiata, avrei già inserito nel suo petto un pezzo della mia anima, preso un po' della sua luce. Questo era il mio intento però le mani fremevano e il bisturi, che sempre era stato saldo nella mia mano, rischiava di fare un taglio da macellaio. Non le sarebbe accaduto niente, era in forma pura coscienza e io non ero ancora uno spettro, ma da vivo esigevo sempre maniacale precisione e non volevo essere da meno neppure nella mia tomba. La sua magia, la sua capacità di evocare sia gli elementi della luce sia quelli dell'oscurità era insita dentro di lei: era quella il mio interesse.

Mi passai una mano sulla fronte, come a tergere il sudore che ormai non poteva più imperlarmi il volto.

Mi fai comportare di nuovo come se fossi vivo, Titania, pensai, fissandola con un sorriso divertito. Presi un bel respiro e placai qualsiasi fremito nel mio corpo. Non potevo lasciarmi sfuggire quell'occasione. Quell'ibrida incarnava la Fortuna e aveva appena bussato alla mia porta. Sapevo già cosa fare, lo avevo immaginato a lungo, però non riuscii a non sentirmi... sporco. L'unica colpa di quella giovane era aver cercato proprio me. Ero considerato il più famoso criminale e lei aveva spontaneamente pensato a me durante il viaggio. Quello era un momento tanto atteso e sognato. Un vivo, non un vivo qualsiasi, un'ibrida, aveva messo piede nella mia casa.

Feci un passo verso di lei, ma realizzai d'essere in grande difficoltà. I miei movimenti erano più lenti, come se fossi immerso fino al collo in un liquame viscoso. C'era un enorme campo di forza intorno alla giovane. Imprecai fra i denti. *Questo prima non c'era*, osservai, incuriosito. *Ma non sembra provocato da lei.*

Una voce flebile, appena udibile, mi trapassò il cervello. «Stai dimostrando che gli altri hanno ragione» biascicò l'ibrida, aggrappata all'ultima sponda della propria coscienza, riemersa anzitempo da quel flebile sonno.

Qualcuno la sta proteggendo, non può già essersi ripresa! realizzai, mio malgrado.

«Hanno ragione a odiarci.»

«Io sto agendo per me stesso» ribattei, tentando di combattere contro la forza ignota che mi respingeva. «Ho avuto la libertà di seguire una via e l'ho fatto. Se tu conoscessi la verità, se sapessi cosa noi strige abbiamo sempre subito, staresti dalla mia parte.»

«A differenza tua, ho visto l'occasione di migliorare la situazione» replicò lei, tentando di liberarsi dai lacci di cuoio che la tenevano ancorata al lettino metallico, mentre pian piano riprendeva lucidità. «Siamo stati allontanati per paura, ma ora posso dimostrare che le azioni di pochi individui non determinano quelle di tutta la nostra razza!»

«Noi non dobbiamo dimostrare niente, Titania.» Mi aggrappai al lettino, le mie unghie tintinnarono contro il metallo tanta era la mia foga. «Mentre gli altri fanno qualche fuoco d'artificio o impiegano mezza giornata per pronunciare una singola formula, noi possiamo evocare direttamente la Morte, la Malattia, potremmo portare l'apocalisse qui e ammirarne la potenza, se solo volessimo!»

«Io sono stanca di combattere. Voglio solo rimediare al male che i miei genitori hanno portato!»

«E potrai comunque farlo.» Feci un altro passo, avvicinandomi sempre più al centro di quell'ignoto campo d'energia. «Lascia che completi l'intervento su di te, se mi aiuterai a tornare sarò il tuo miglior alleato, Titania.»

«Non esiste!»

«La mia vita mi è stata strappata dalle mani in maniera ingiusta!»

«Perché tu ne stavi distruggendo un'altra.»

Oh, Titania, ci sono così tante cose che non sai.

Aprii la bocca per replicare quando l'aria intorno a noi pulsò d'un tratto. Nonostante fossi fatto unicamente di spirito, la mia pelle pizzicava, come se fosse rimasta troppo tempo esposta al sole. Chiunque stesse difendendo Titania a distanza lo faceva con consapevolezza. Inizialmente pensai fosse un'altra driade, però no, quel potere non nasceva da alcun elemento naturale, era molto più grezzo, più antico e rudimentale. Per mia frustrazione, non capivo chi fosse né tantomeno come fermarlo.

«Stavo cercando un modo di aiutare tutti» reagii, tirando un pugno al tavolo. «Sai da quanto conduco esperimenti sugli ibridi? Finora ho trovato solo persone per metà umane, ma tu sei la chiave.»

«Lasciami andare!» Titania si dimenò con tanta veemenza da spaccare uno dei lacci in cuoio che la tenevano ferma.

Istintivamente, le afferrai il polso libero e lo bloccai contro il tavolo. Avevo bisogno di lei. Era l'ultimo alito di vita nella mia vuota esistenza. «Lo farò, quando tu ti concederai al mio operato. Non hai idea di cosa tu sia in grado di realizzare con la tua magia!»

«Cosa credi di poterci fare?» sbottò lei, opponendosi alla mia presa. «Sono una metà incompleta di due opposti che non dovevano incontrarsi, sono troppo debole per esserti utile.»

Al tempo non compresi il motivo dietro al suo atteggiamento, mi pareva una falsa modestia attuata con l'obiettivo di depistarmi. Era un tentativo troppo patetico per appartenere alla sua persona. Infatti, ora che ho visto, grazie all'Occhio, cos'ha trascorso durante il soggiorno ad Arcadya, capisco il motivo delle sue parole. Quel luogo infimo e patinato d'illusioni l'aveva ingannata, convincendola di non valere nulla. Un reame governato da idioti lampanti e difeso da icone del nepotismo, ecco che cos'è Arcadya per me.

«Invece sai cos'è potente abbastanza da sovvertirti?» continuò l'ibrida. «La mia mente.»

Inaspettatamente, si aggrappò a me con la mano libera. Sobbalzai, colto alla sprovvista. Di certo non mi aspettavo che si avvicinasse a me e, addirittura, mi afferrasse un braccio. Era tanto vicina da permettermi di notare il costante tremolio delle sue pupille e le vene rossastre che attraversavano le sue iridi come fiumi in piena. Non era sgradevole, bensì destabilizzante. Era difficile decifrare il suo sguardo, le fini e pallide sopracciglia mascheravano la sua espressività già a sufficienza. Restai immobile, a fissarla, mentre la mia pelle iniziava a scottare. Quella luce era troppo potente perché riuscissi a sopportarla a lungo. I raggi che quel pulsante nucleo dentro al suo petto emetteva erano troppo potenti.

Mi ritrassi rapidamente, facendo due passi indietro. Il campo di forza intorno a noi permaneva, ma non sembrava intaccarla, anzi i suoi movimenti erano diventati rapidi come quelli di un felino.

Non è possibile. Mi accigliai. *Poco fa era catatonica, che cosa le sta succedendo?*

Titania serrò i denti e, con un gesto secco, si liberò di tutti i restanti lacci.

«Rimani con me» mormorai, rendendomi conto della mia impotenza. Volevo l'ibrida dalla mia parte, non potevo attaccarla! Per questo, quando la vidi evocare una colonna d'aria, restai fermo e incassai il colpo. Lasciai che quella proiezione del mio corpo venisse sbalzata via senza battere ciglio.

Rialzai lo sguardo su di lei, tentando nuovamente di parlarle, di spiegarle per quale motivo avevo agito in tale maniera. *Non voglio farle male, accidenti, è quanto di più lontano da quel che voglio fare!*

La giovane mi rivolse un sorriso vittorioso prima di dissolversi lentamente nell'aria stantia di quella stanza. Un vecchio trucco da strige: stava sfruttando le fitte ombre di quell'ambiente per darmi l'impressione di scomparire. Dimenticava che io, essendo non solo come lei ma anche affine a ogni elemento, conoscevo tutti gli assi nella manica dei miei simili, soprattutto quando si trattava di miseri incantesimi di primo livello, come in quel caso. Però, quando mi lanciai su di lei per afferrarla, strinsi soltanto aria, le mie braccia stavano avvolgendo il nulla. *Com'è possibile?*

Mi voltai verso il soggiorno e la guardai, inerme, mentre lei usciva per sempre dalla mia mente. Si arrampicò sul divano e balzò con agilità verso il soffitto. Le sue mani afferrarono per un soffio i bordi della voragine da cui era piombata poco prima. Feci uno scatto verso la giovane mentre ancora il suo corpo oscillava da una parte e dall'altra: era la mia ultima occasione di riacciuffarla. Ma lei fu più rapida di me. Scalciando come un cavallo imbizzarrito affinché non mi avvicinassi, riuscì a issarsi sui gomiti.

Per me era finita, la vidi scomparire lentamente e risalire in superficie. Restai fermo, incapace di trattenere l'unica vana possibilità di ritorno, costretto a guardarla mentre si allontanava per sempre dal mio eterno giaciglio.

La sua mente era forte, è vero. Nonostante le avessi indotto una momentanea paralisi, ancorando il suo spirito alla mia tomba, si era ripresa e, dopo un paio d'insulti, si era già defilata. Mi aveva lasciato in ginocchio e solo, la mia unica compagnia era il già vago ricordo della sua presenza.

Non lo avevo ancora realizzato, però, sebbene in vita non ne fossi particolarmente avvezzo, mi mancava la presenza di altri esseri viventi intorno a me. I rumori della folla, il vociare, il caos che tanto avevo detestato ora era bramato dal mio animo. Mi sentivo così solo. Quando Titania aveva socchiuso gli occhi per evocare la colonna d'aria che mi aveva sbalzato all'indietro, credevo sarei impazzito.

Avanzai di nuovo verso il punto in cui era sparita e alzai lo sguardo, sperando di trovarla ancora lì, in piedi sulla voragine, in cerca di riparo. Ma ormai dell'ibrida non era rimasto niente.

Crollai sulle ginocchia. *Se n'è andata.* Sferrai un pugno al pavimento e la stanza tremò, non tanto per la potenza del mio gesto, anzi. La mia mente era sempre più fragile, quello sprazzo di vitalità che mi aveva illuminato se n'era andato assieme a Titania. Purtroppo nell'Oltretomba governa chi ha una testa salda e non impazzisce. Io potevo vantare grandi poteri in vita, ma nulla di utile nella morte.

Nove di Spade

«Ma dov'è la copisteria?» Evelyne stava escogitando l'ennesimo piano per catturare l'attenzione di Lysander. Si stava ingegnando di più pure perché preoccupata per il futuro del reame da lei tanto amato. E lo credo bene. Noi strige, come driadi e maghi, potevamo andare altrove. Una volta appreso il modo per viaggiare fra i reami, eravamo liberi di esplorarli, mentre a lei non restava altro mondo in cui vivere. Gli umani sono ancorati al loro reame d'origine, come tante altre creature lo sono con i rispettivi piani d'esistenza. Poter viaggiare da un piano all'altro non è qualità di molti. Noi strige fummo ben contenti di trovare un luogo più accogliente e sicuro, uno in cui non fossimo in fondo alla catena alimentare. Ecco perché molti, pur sapendo viaggiare fra i reami, scelgono di restare nell'ostile Arcadya. I pericoli che ci attendono «a casa» sono assai peggiori.

Ed ecco perché mi si accappona la pelle ogni volta in cui qualche fantomatico studioso ci include sotto il termine ombrello «Fae». Assolutamente no. Fae è il nome moderno con il quale ci si rivolge all'ormai ex Piccolo Popolo, nonché le creature della Sidhe. Noi abbiamo tutt'altra discendenza, abbiamo la possibilità di evocare elementi, ma non c'entriamo assolutamente nulla con i Fae!

Perdonate lo sfogo, in vita mi capitò di litigare con ricercatori (umani!) che pretendevano di conoscere l'argomento meglio del sottoscritto. Dei babbei.

Dunque, Evelyne aveva passato la notte sui libri e preparato per Lysander degli schemi da completare e dei giochi che io personalmente avrei davvero apprezzato. Se avessi avuto cinque anni d'età. No, non ho intenzione di giudicare Evelyne, dopotutto stava disperatamente cercando un modo per far entrare qualche nozione in quella testa d'acciaio di Lysander. Ammiro la sua tenacia, davvero! Io, che odio interagire con gli idioti, avrei gettato la spugna da tempo.

La giovane era appena uscita da palazzo. Doveva fare delle fotocopie ed essendo l'unica persona, in questo secolo, ancora riluttante ad adottare il digitale, giustamente non trovava nulla. Fu costretta a dirigersi in una vecchia passateria, un negozio angusto e con qualche quadernetto impolverato. Qui era possibile trovare tracce di epoche precedenti e alcuni macchinari ancora funzionavano. Si trovò a implorare l'anziano cartolaio per una singola fotocopia, senza dover pagare l'intera fotocopiatrice che, oltre a non servirle, era una spesa eccessiva considerate le sue esigue disponibilità.

L'uomo fece un cenno d'assenso. Non parlava. Nessuno dei pochi sopravvissuti alla guerra lo faceva, a parte Elan.

Ringraziò velocemente il tale e gli passò il foglio. Non era dell'esercito, pareva umano anzi. A guardarlo bene non riportava nemmeno delle vecchie ferite, le braccia e il volto erano scoperti. Evelyne si aspettava di vedere almeno un taglietto, una linea bianca che gli attraversava le nocche, invece non c'era niente, era intonso. La sua era la pelle di un qualsiasi sessantenne.

Allora perché non parla?, si chiedeva Eve, osservandolo mentre inseriva il foglio dentro allo scanner. *Credevo che fosse un fenomeno legato ai traumi della guerra, però lui non pare averla combattuta.*

Mentre una luce bianca scorreva avanti e indietro, scrutata dall'occhio stanco del cartolaio, Evelyne realizzò che, per quanto fosse possibile smettere di parlare a seguito di un trauma, era decisamente improbabile che quasi ogni persona adulta nel momento del conflitto ora fosse muta.

«Conosci altre persone come te?» domandò all'improvviso, rompendo il fitto strato di silenzio, riempito solo dai regolari rumori dello scanner.

L'uomo la guardò aggrottando la fronte, e poi la indicò con un rapido gesto, facendo avanti e indietro col dito, alludendo prima a se stesso e poi alla giovane.

«No, non intendo umano, intendo muto.»

Il tale smise immediatamente di gesticolare, sembrava che quelle parole l'avessero lasciato basito. In effetti non era una domanda usuale, e nemmeno gentile, da porre. Evelyne si stava già pentendo di quella conversazione e di come l'aveva gestita. Ormai era convinta che il cartolaio l'avrebbe mandata a quel paese. Invece, lui annuì.

Ancora sconvolta per l'inaspettata risposta, la serva continuò: «E siete in tanti?».

L'uomo tracciò un cerchio con l'indice e annuì di nuovo.

In quel momento, le luci dello scanner si spensero e la macchina vomitò rapidamente un foglio. Il cartolaio interruppe quel gesto circolare e si chinò a raccoglierlo, porgendo a Evelyne sia l'originale sia la copia appena creata. Quest'ultima lo ringraziò e gli porse delle monete, ma lui scosse la testa, facendole un cenno con la mano. La serva lo ringraziò di nuovo ma, mentre congedava l'uomo, si accorse dell'ombra appena calata su Arcadya.

Era come se delle nubi scure e pesanti per la tempesta stessero passando davanti al sole, ma senza portare pioggia né fulmini. Anzi, no, somigliava più a una breve eclissi, era durata appena un secondo ed era passata.

Evelyne non esitò nemmeno per un attimo e uscì di getto dal negozio, affacciandosi sulla strada, ben consapevole della minaccia percepita dalle sue carte. Sapeva a chi poteva essere legato il grande pericolo che aleggiava sul suo adorato reame, sapeva di non poterlo fermare ma, allo stesso tempo, non era capace di restare nascosta e subire. Lei amava troppo la sua Arcadya.

L'ombra si stava spostando, la giovane ne vedeva la cupa proiezione sugli edifici e sui marciapiedi. Scrutando dinanzi a sé, scorse una leggera distorsione, come se ci fosse un punto, un buco nero che assorbiva la luce, riflettendo il paesaggio dietro di sé: uno scenario tanto distorto da apparire quasi irreale.

«Fermati!» affermò Evelyne. «Ti vedo.»

L'aria mutò. La giovane trasalì, vedendo i palazzi allungarsi e strizzarsi come bande elastiche, ma era tutta una deformazione della luce, e questo ben lo sapeva chi governava le ombre.

«Giovane serva, ti consiglio di stare alla larga dalle faccende che non ti riguardano.»

«Valerius!» lo riconobbe lei, vedendo il giovane incontrato alla Mascherata emergere a poco a poco dalla coltre d'illusione da lui generata.

«Noto che già conosci il mio nome» confermò lui, quasi compiaciuto. «Bene, non ho mai apprezzato i convenevoli.»

«Pensavi di poter usare la tua tenebra pure in piena luce?» ringhiò la serva. «Qui sei in una strada pubblica e tutti possono vederti.»

Udendo la commozione, alcune persone fecero capolino dalle finestre e dalle porte dei negozi. Non era una via particolarmente popolata, i ricchi erano pochi e i più poveri raramente potevano concedersi il lusso di fare compere. Lo strige notò i vari visi affacciati, un paio di ragazzini addirittura si ritrassero non appena incrociarono il suo sguardo. Ma lui non vi diede peso e tornò a guardare la serva di fronte a sé.

Sollevò un sopracciglio con noncuranza e diede le spalle alla giovane, facendo cenno di continuare a camminare. «Che guardino pure, io non ho nulla da nascondere» sbuffò.

Non ha senso, pensò la giovane. *Perché nascondersi fra le tenebre con un sortilegio?*

Nonostante lo strige fosse allo scoperto, il suo incantesimo permeava ancora l'aria accanto a lui. Ma non aveva alcun senso: si stava costringendo a mantenere la concentrazione su un incantesimo di alto livello, giacché stava usando le ombre in pieno giorno, sfruttandole per assorbire la luce, e questo nonostante fosse ormai emerso da tali ombre.

Ho capito!, realizzò la serva, sgranando improvvisamente gli occhi. *L'incantesimo non serve a proteggere lui, ma qualcun altro.*

Non poteva farsi sfuggire quell'occasione. Valerius era a pochi metri da lei e in compagnia di un suo aiutante, presumibilmente un doppiogiochista, un voltagabbana intento a svenare di nascosto il palazzo. Doveva assolutamente capire chi fosse.

Con uno scatto, la serva tentò di placcare la figura, ma fu prontamente bloccata dallo strige, che la spinse, facendola rovinare sull'asfalto diroccato. Stranamente, lui non l'attaccò. Evelyne si aspettò d'essere presa per la gola, sollevata in aria con violenza, invece niente. Era come se Valerius non volesse ferirla, né causare uno scontro.

La serva si alzò in piedi e, di getto, gli sferrò un pugno, che lo strige bloccò prontamente, fermandole la mano con il palmo. «Non voglio farti del male, ma se ti metti in mezzo sarò costretto a farlo» minacciò, guardandola negli occhi.

La serva non esitò: avrebbe fatto qualsiasi cosa pur di proteggere la corona, compreso sacrificare se stessa. Con la mano libera sferrò un poderoso schiaffo sul volto di Valerius.

Non gli aveva fatto niente, non ne aveva la forza, d'altronde. Quello era un gesto simbolico, un ultimo sputo sulla sua violenta oppressione, prima di capitolare.

Lo strige, infastidito, socchiuse gli occhi. «Bene. Questo è quello che vuoi.» Quando li riaprì, le iridi erano scintillanti come ametiste colpite dal sole. Evelyne fu improvvisamente colta dalla realizzazione. Che cosa aveva appena tentato di fare? Cosa credeva di ottenere? Come aveva potuto pensare di poter fronteggiare senza conseguenze quel giovane così invasato di potere e di follia?

Fece per arretrare ma lo strige le afferrò repentinamente un braccio.

«Tu non sei stupida, sei solo cieca. Non vedi la luce e per questo brancoli nel buio.» I suoi lunghi capelli biondicci si sollevarono in aria, il mondo intorno a Eve incominciò a roteare. Un opprimente vuoto avvolse nelle sue spire il cuore della serva, tanto da non farle capire quanto fosse dovuto alla paura e quanto al sortilegio di Valerius.

«Ti farò un regalo, l'illuminazione di cui hai bisogno.» Lo strige sollevò un dito. Sfiorò la fronte di Evelyne, poi le toccò la gola e, infine, tracciò una croce davanti a lei, tagliando l'aria con gesti rapidi e netti.

Evelyne cominciò a precipitare all'indietro, la tenebra incedeva su di lei, le si avvinghiava alle caviglie e alle spalle. Molti tentacoli la attiravano nell'oscurità. Lei si dimenava, ma non riusciva a muovere un muscolo, era come paralizzata dal sortilegio. La voce di Valerius già le sembrava distante e ovattata, come se le stesse parlando da un'altra dimensione.

«Sephtis, eterna scorta dei mortali, stringi questa giovane nel più breve dei tuoi abbracci.»

I piedi della giovane erano interamente avvolti, filamenti neri si allungavano voracemente sui suoi polpacci.

«Chiudila nel tuo reame, preparala ad abbeverarsi alla fonte della verità.»

Appena l'oscurità le si strinse intorno al petto, Evelyne si trovò a fiato corto, come se avesse ricevuto un pugno allo sterno.

«Custodisci il suo corpo, lascialo intonso e libero da ogni spettro.»

Ormai, pure il suo volto apparteneva alla tenebra. Non fece nemmeno in tempo a realizzare quanto stava accadendo, che le sue palpebre si schiusero all'ombra.

«Sephtis, io ti offro questo sacrificio. Tu mantieni fede alla tua promessa.»

L'ultima parola che le rimase in testa fu *sacrificio*. Poi il suo corpo cadde, inerme, al suolo. Le sue orecchie mortali, all'improvviso, non udirono più nulla.

11
La Forza

Sette di Coppe

Io ero ritornato al mio familiare vuoto, a quelle pareti grigie contro le quali combattevo per non scivolare nella follia. C'era un'ultima avvertenza, ma Titania non era rimasta per ascoltarmi. *Peggio per lei*, mi dissi mentre l'ambiente intorno a me mutava, ritornando ad avere l'aspetto di un appartamento qualsiasi. Mi sdraiai sul divano e pregai quei muri cupi e quegli spazi angusti di non crollare su quel poco che rimaneva di me.

«Dove sei stata?» Titania era appena sfuggita dalle mie grinfie e si era già trovata di fronte alle pedanti domande di Ronilda.

Il gruppo di driadi era riunito dietro un occhio quando l'ibrida si unì a loro, correndo via dalla tomba dove l'avevo ospitata. Aveva ancora il fiatone, il cuore le batteva impazientemente nel petto e le membra le tremavano con affaticata insistenza. «Da Belfagor» biascicò, cercando di riprendere fiato.

Solo Teodora parve sinceramente preoccupata. «Mi dispiace tesoro, ti ha fatto del male?» In un tentativo di conforto, le posò una mano sulla spalla.

«Ci ha provato» ansimò l'ibrida.

Bugiarda.

Anaïs aggrottò la fronte. «Belfagor è qui?»

«Perfetto!» sbuffava sarcasticamente Eilir, scambiando sguardi d'approvazione con Ronilda. «Per tua informazione, noi abbiamo raccolto dati utili, mentre tu perdevi tempo con un pervertito attempato e sudaticcio.»

Pervertito attempato e sudaticcio sarà stato l'idiota che ha avuto il coraggio di inseminare tua madre, scialba biondina. Per la cronaca, la mia igiene personale è impeccabile, come anche il mio rispetto del consenso.

«Abbiamo parlato con una ragazzina» intervenne Ronilda.

«Una stronza» aggiunse Eilir.

«Ci ha raccontato di una talpa. Qualcuno sta dando a Valerius le coordinate della cripta dove sono conservati tutti i documenti ufficiali» spiegò il capitano.

«Perché gli dovrebbero interessare dei documenti?» chiese Titania.

«Magari vuole fare il burocrate, ma cosa ce ne frega a noi!?» esclamò Eilir.

Teodora intervenne prontamente a correggere la collega: «Ce ne dovrebbe fregare, eccome. Il suo interesse specifico per i documenti può farci capire le sue intenzioni».

«Potrebbe volerci mettere mano» ipotizzò Anaïs, sorprendendo le ragazze presenti e anche me. «Il popolo sa che tutte le azioni svolte dalla corona vengono registrate negli archivi ufficiali dentro la cripta grazie a un sortilegio di cent'anni fa. Se manipolasse i documenti sarebbe in grado di farli passare per veri e usarli a proprio vantaggio.»

«Nei suoi sogni!» ribatté Eilir. «È un sortilegio centenario. A trascrivere i documenti non è certo Caio, il mio parrucchiere umano. Valerius non può mettere mano da nessuna parte.»

Teodora si fece nuovamente avanti. «Ne hai la prova?» chiedeva, squadrando la bionda. «Non possiamo lasciare che si avvicini alla cripta, dobbiamo comportarci come se fosse potenzialmente capace di qualsiasi cosa. Non sappiamo esattamente quali siano i limiti del suo potere e non possiamo permetterci di sottovalutarlo.»

Immediatamente calò il silenzio. La tensione era alta, Titania ancora tendeva le orecchie per scrutare con il proprio udito l'ambiente e prevedere in anticipo l'arrivo degli spettri. Erano vive ed erano tutte assieme: non ci sarebbe voluto molto.

«Dobbiamo tornare immediatamente» sospirò Ronilda. «Se è vero quello che mi ha detto Liviana, si può accedere alla cripta solo attraverso di lei.»

Quello si rivelò l'unico punto su cui erano tutte d'accordo. Nonostante le informazioni raccolte fossero poche, era necessario che facessero ritorno nell'immediato. Ogni secondo trascorso nel Reame Grigio metteva sempre più a rischio la corona e loro stesse.

Un lamento squarciò il cielo.

«Che cos'è?» domandava Eilir.

Titania scorse nel proprio campo visivo un'ombra rossastra, e poi un'altra, e un'altra ancora. «Non guardateli!» s'affrettò a gridare. Gli spettri erano ancora distanti, ma le mie parole ancora le rimbombavano in testa. Le sue compagne fortunatamente davano le spalle alla creatura, lei era l'unica con il volto girato a guardarla, e la sua vista già precaria era sporcata da una densa fuliggine. Qualsiasi fosse la fonte di quel campo d'energia, la stava ancora aiutando.

Non guardarli in volto, era questo l'avvertimento, realizzò.

«Sono lenti, ci basta allontanarci velocemente da qui e tornare ad Arcadya» spiegò l'ibrida.

«Aspetta, e tu come hai avuto tutte queste informazioni su quei cosi?» chiese Eilir, scettica.

«Belfagor. Mi ha dato riparo da un branco di spettri, e mi ha spiegato tutto» ammise la giovane. Oh, grazie! È sempre bello ricevere credito per le proprie opere di bene. «Prima che tentasse di rapirmi» aggiunse. Eh, pazienza. Non si può avere tutto.

«E tu vorresti dare retta a Belfagor?» la rimproverò Ronilda. «Ma si può essere più ingenui?! Quei mostri li avrà mandati lui e ti ha mentito per fare la figura dell'eroe, svegliati!»

«Dai dell'ingenua a Titania perché ha ascoltato Belfagor, ma tu non stai facendo lo stesso cercando questa talpa?» intervenne Teodora. «Per di più, stiamo dando retta a una ragazzina che ci ha fornito tante informazioni a metà.»

«Certo che voi due avete proprio la testa dura!» sbuffò Eilir, fiancheggiando il capitano delle guardiane. «Quella era solo una povera disgraziata finita oltre il confine, non un criminale del calibro di Belfagor!»

«Un criminale che, però, non avrebbe motivo di mentire a Titania» intervenne Anaïs.

«Sì, come non avrebbe motivo di rapirla» roteò gli occhi Ronilda. «Anaïs, certe stolte prese di posizione me le aspetto da queste due e dalla lesbica, non da te.»

La driade della vita si mise immediatamente sulla difensiva, abbassando il capo. «Sto solo cercando di essere obbiettiva e rendermi utile» si giustificò.

«Vuoi renderti utile?» sogghignò Eilir. «Quei mostri si stanno avvicinando e tu hai un'affinità con la luce. Evocala per debellare ogni traccia di tenebra, ti va?»

Teodora scosse immediatamente la testa. «Sei pazza? Assolutamente no.»

Anaïs esitò appena, guardando Titania con la coda dell'occhio. «Quel sortilegio funziona anche contro gli strige. Non le farà male?» bisbigliò.

«Sì che lo farà» protestò Teodora, intervenendo al posto di Eilir.

«Stai zitta!» sibilò quest'ultima. «Stiamo solo eseguendo degli ordini.»

Titania, rimasta interdetta per quell'improvviso e caotico vociare, aprì la bocca e fece per porre una domanda. Non conosceva l'incantesimo del quale stavano parlando e, forse, se avesse avuto qualche informazione in più avrebbe saputo dire con precisione qualora fosse dannoso per lei. Però venne zittita all'istante da Ronilda che, scostando bruscamente Anaïs, si era piazzata in testa al gruppo, fronteggiando le creature a braccia aperte.

Incominciò l'evocazione con espressione fiera, altera. Quello era un incantesimo di decimo livello, il più elevato, era difficile persino per chi poteva vantare un'affinità con la luce. Ma non per lei. Il suo corpo all'improvviso fu avvolto da una potente luce bianca, abbastanza da accecare completamente Titania, spingendola a schermarsi il volto.

Gli occhi di Ronilda si colorarono di bianco e il suo volto si rivolse al cielo, mentre pregava: *«Soverchia l'ordine, cacciatrice di ombre, elimina ogni oscurità, ergiti vittoriosa sulle tenebre»*.

«No, fermati!» tentò di bloccarla Teodora aiutata da Anaïs. Però era troppo tardi. Un muro di bianca luce si sollevò, investendo gli spettri, ustionando le loro carni esposte e sfrigolando al contatto. Ma, a bruciare, era pure qualcos'altro.

Titania sibilò a denti stretti mentre una profonda ustione si faceva spazio dentro le sue vene, come se stesse portando all'interno di sé un potente fuoco e le radiazioni la stessero distruggendo dall'interno.

«Merda!» esclamò Anaïs, lanciandosi subito addosso all'ibrida. Provò a evocare la dea della Vita nel tentativo di guarire Titania, la quale ormai si stava compulsivamente grattando la pelle, quasi volesse strapparsela di dosso.

«Eilir, spazzali via. Qui ci penso io» ordinò Ronilda, tenendo le mani sollevate e concentrandosi su quella luce tanto pervasiva e tanto dannosa per la collega che condivideva il sangue con gli strige.

La bionda chiuse gli occhi, intonando un canto. La sua voce, all'inizio sottile come il fischio di una timida brezza, si fece sempre più potente. Il sibilo del vento, nel quartiere grigio di quel piano liminale, divenne sempre più forte, fino a trasformarsi in una potente tormenta capace pure di spazzar via case intere. Pezzi di cemento si staccarono dal pavimento e furono inghiottiti dal turbinio. Gli occhi, ancorati al suolo da lunghi filamenti rossi, incominciarono a tremare, come grosse gelatine colte da un'improvvisa tempesta. Tuttavia agli spettri non accadde niente: la loro carne bruciava senza consumarsi, l'uragano assorbiva il loro sangue imbrattandosi di rosso senza che questo mai si esaurisse.

Anaïs e Teodora si riversarono su Titania, la quale ormai non riusciva più a reggersi in piedi. Una richiudeva le sue ferite appellandosi alla vita, l'altra placava il suo bruciore evocando la terra.

Entrambe pregavano il proprio elemento di essere delicato e di sollevare l'ibrida dalle proprie atroci pene, mentre la poverina, crollata a terra, si dimenava come un'ossessa.

«Brava, Eilir!» esclamò il capitano, sorridendo mentre l'intensa luce azzurra l'avvolgeva. «Resisti un altro po' e poi...»

Ma, non appena si voltò, con i capelli in aria e gli occhi riempiti dai riflessi bianchi dei raggi solari, la driade si fermò.

Le altre, chi più chi meno, si voltarono a guardarla, troppo intimorite per posare il proprio sguardo sugli spettri. Però era chiaro che uno di loro stesse esercitando su di lei la propria terribile influenza. La bianca luce si spense e un suono gutturale, strozzato, emerse dalla gola di Ronilda.

«Ronilda?» tremò Eilir, quietando l'uragano per piazzarsi di fronte all'amica. Quest'ultima teneva gli occhi sgranati, le pupille erano ridotte a due capocchie di spillo. La bocca era socchiusa, mentre le labbra si tingevano di un colore violaceo e la pelle perdeva rapidamente colore. Nei suoi occhi, un profondo e terrificante oblio, un infinito pozzo senza fondo, la più umana delle perdizioni. «Ronilda?!» ripeté la driade, afferrando l'amica per le spalle e scuotendola con insistenza.

Il panico eruppe nelle parole di Eilir, la quale singhiozzò un'unica, disperata volta. Nello stesso momento, per Titania fu come trovare riparo da un incendio e placare le fiamme che la divoravano. Poté tornare a respirare; pian piano si rialzò in piedi, stupita nel realizzare che le gambe ancora erano in grado di sorreggerla, nonostante l'atroce bruciore appena sopportato. Era stremata, però ancora reattiva. «Dobbiamo andarcene» mormorò con la gola secca, ustionata dalle radiazioni. «Non possiamo sconfiggerli.»

«Subito» acconsentì Teodora, lanciando un fugace sguardo ad Anaïs.

Quest'ultima evocò la propria dea un'ultima volta, supplicandola di salvare la sua amica, il suo capitano, la prescelta. D'altronde, era una sua favorita, no? Una driade unica, affine a ogni elemento. Perché non proteggerla? Perché interrompere lì la sua storia in modo così crudele? Nonostante ciò, nonostante fosse una potente, una predestinata, la dea tacque, abbandonando Ronilda al proprio fato.

«Sì» sospirò la guardiana della vita e della luce, toccando le mani gelide del suo, ormai, ex capitano. «È tardi per lei.»

La pelle di Ronilda già incominciava a indurirsi e a rompersi, alcuni pezzi già si spaccavano e cadevano al suolo.

«Dobbiamo andarcene» ripeté sbrigativa Teodora, nel vano tentativo di attirare l'attenzione di Eilir, mentre aiutava Titania a fare un primo passo per allontanarsi dagli spettri.

«Io non la lascio qui!» strillò Eilir, aggrappandosi a quanto restava della sua amica. «Lei è mia amica ed è il nostro capitano, non siamo niente senza di lei!»

«Guarda il tuo capitano, Eilir! Guardala» la provocò l'altra, evitando accuratamente di posare il proprio sguardo sui residui, quegli indecifrabili incroci fra spettri e morti viventi.

Intanto, uno di questi stava sollevando una mano sopra la testa bionda di Eilir, ma Titania fu più rapida. Percependo la sagoma opaca dello spettro, sentendo l'avvicinarsi incessante del suo lamento, si allungò verso la compagna e la tirò rapidamente a sé. Le dita ossute e grondanti di sangue schivarono per un soffio la guardiana, aggrappandosi al nulla.

Ronilda fu afferrata da uno dei residui e cominciò a sgretolarsi ancora più velocemente. La pelle rivelava il tessuto muscolare sottostante, già nero di marciume, e quando riprese a muoversi si sentì un profondo scricchiolio.

Titania tenne Eilir stretta saldamente, avvolgendola con le proprie braccia, nonostante quest'ultima si divincolasse con insistenza. «Sta diventando uno di loro. Andiamocene, ora» ordinò.

«Cos'è? Un altro dei consigli del tuo caro Belfagor?» ironizzò la bionda, tentando di sottrarsi alla forte presa dell'ibrida.

«Ronilda non l'ha ascoltato e guarda dov'è ora.»

Teodora intanto, guardando il pavimento grigio, evocò dei bambù, che crebbero dal terreno rompendo l'asfalto sovrastante. Anaïs diede manforte alla collega e, usando la sua affinità con la vita, ne accelerò all'istante la crescita. Una fitta e alta barriera si frappose fra loro e gli spettri, concedendo così alle giovani un po' di tempo per seminarli.

Le guardiane iniziarono ad allontanarsi dalla scena, nonostante le repliche, i pianti e gli strilli di Eilir. Quest'ultima, simile a un cane rabbioso, mordeva, scalciava, si dimenava come un'ossessa e provò pure ad attaccare Titania evocando i propri elementi. Ma l'ibrida era stata previdente abbastanza da neutralizzarla assorbendo parte della sua energia, così da renderla inerme, inoffensiva.

Quando furono lontane a sufficienza, dagli spettri e dall'amica, ormai perduta, si fermarono in mezzo a un incrocio fra più vie. Si sedettero sull'asfalto umidiccio e, preparandosi a un difficile e infelice ritorno, si guardarono reciprocamente, facendo la conta delle presenti con gli occhi. Eilir, Anaïs, Teodora, Titania. C'erano quasi tutte. Quel quasi, però, era già un pesantissimo vuoto. Anche Titania, che meno di chiunque la poteva avere in simpatia, avvertì il malessere di quella recente perdita.

Eilir continuava a piangere e lamentarsi, mormorando insulti fra una lacrima e l'altra: non ragionava con lucidità, era evidente. Anaïs squadrava il vuoto atterrita: doveva essere difficile per lei, Ronilda era stata il suo faro, la sua guida, un esempio da seguire. In sua assenza si sentiva vuota, persa. Teodora teneva la mascella serrata e gli occhi socchiusi: sicuramente si stava ancora concentrando sull'incantesimo, affinché rallentasse il più possibile quegli spettri, resistendo al loro tocco necrotico.

Fu Titania, non senza un po' di titubanza, a rivolgere un ultimo saluto a Ronilda: «Sei stata una driade talentuosa, avevi tutti in te gli elementi e in tutti gli elementi sei tornata». Raccolse dal suolo un pugno di polvere grigia e, lasciandosela scivolare tra le dita, la vide mutare mentre cadeva sottoforma di sabbia, acqua e piccole fiammelle. Dei colori tenui colorarono per pochi istanti quei granelli opachi e, infine, si spensero a terra.

Non era una situazione anomala: lei era abituata a celebrare dei piccoli rituali per tutte le creature da lei cacciate su Faeree. Era solita eseguire rudimentali riti funebri, nei quali ringraziava prima la divinità della vita per averle dato qualche giorno in più e poi pregava quella della morte affinché desse pace all'essere vivente appena ucciso.

In quel frangente, però, non se la sentì di parlare con la Morte, visto che le driadi non praticavano quel tipo di culto. Dunque, terminò la sua preghiera con un auspicio. «Ciao, Ronilda. Possa tu trovare un giorno la pace.»

Asso di Coppe

Evelyne era sorpresa. Non credeva avrebbe mai più provato nulla, invece sentiva un genuino stupore. Quello era un posto tranquillo, pacato, ogni rumore non era fastidioso, bensì le infondeva un placido benessere. Aveva un vago ricordo del suo viaggio fra i reami: era stato bizzarro, come scivolare nel freddo abbraccio di un genitore austero dal quale non ti aspetteresti alcun contatto. E poi più niente.

Fu il rumore d'acqua corrente a destarla. Credeva di essere morta, sarebbe stata la cosa più logica. Era d'intralcio a Valerius e lui non aveva motivo di tenerla in vita, eppure l'acqua significava che c'era qualcuno lì.

«La nostra nuova vicina è sveglia» disse una voce vellutata, seguita da un mugolio. «Finalmente.»

La serva aprì gli occhi e si sorprese di trovarsi sotto a un cielo violaceo, costellato di venature dall'aria quasi marmorea. Il morbido prato su cui era adagiato il suo corpo era nero, così come le fronde di alberi e arbusti intorno a lei. C'era un sottile vociare di sottofondo, ma molto sommesso, come il lieve sussurrio dei fedeli in una chiesa. Evelyne impiegò qualche secondo per mettere a fuoco la curiosa figura davanti a lei. La pelle grigiastra, i gioielli argentei che pendevano sulla fronte e le orecchie lunghe, appuntite.

È incredibile, pensò, *Valerius mi ha fatta viaggiare fra i reami, non mi ha uccisa!*

Voleva saltare per il sollievo, ma non fece nulla, si limitò ad abbozzare un sorriso. Non aveva molte energie rimaste in corpo, il viaggio l'aveva drenata.

«Curioso, in pochi giungono qui sorridendo» osservò l'elfo, rivolgendosi a un essere simile a un serpente alato. La singolare creatura aveva due zampe posteriori e un paio di ali da chirottero. Era nero come il carbone, ma le scaglie che gli ricoprivano il corpo erano così lucide da riflettere qualsiasi luminescenza intorno; per qualche attimo sembrava fosse lui a emettere quelle luci violacee. I suoi occhi erano verdi e le sue pupille sottili, quasi feline.

«Che bello, un elfo. E un drago» sorrise estasiata Evelyne, ricordando le parole di Laurell sui draghi di piccola taglia. Quelle creature esistevano e lei ne aveva appena incontrata una! Quale grande fortuna!

«Una viverna» la corresse l'elfo. «Piacere di conoscerti, io sono Dairon; lui è il mio amico Shen. Almeno, questo è il nome che gli ho dato io quando è giunto qui.»

«Non credevo avrei vissuto abbastanza per assistere a un tale spettacolo.»

L'espressione di Dairon si piegò nel goffo sorriso di chi tenta di trattenere una risata. «Oh, lo puoi dire forte!» L'elfo si sporse verso di lei, allungando una mano come a ripararla da un imminente pericolo. «Attenta! Non vorrai perdere la memoria.»

Evelyne sussultò non appena si accorse di trovarsi sulla sponda di un fiume. La sua acqua era di una tenue sfumatura lilla. La serva non capiva se fosse il suo effettivo colore o un riflesso di quel bizzarro cielo. Guardando poco più in là notò come il fiumiciattolo precipitasse nel vuoto, oltre il confine di quel mondo. Lungo la sponda vi erano diverse creature: alcune si bagnavano in quelle acque, altre fissavano il fiume con nostalgia e altre ancora vi si appisolavano vicino.

«È il fiume Lete» spiegò Dairon. «Chi vuole dimenticare il tormento della propria triste vita può lavarsi in queste acque e dimenticare tutto.»

Ma allora esiste davvero!, realizzò Evelyne, sgranando gli occhi. Ricordava qualche vaga nozione letta in tomi incompleti, reperti di civiltà perdute. *Il Lete, il fiume in cima al monte Purgatorio. Il luogo dell'aldilà dove si recavano gli iniziati. Il processo di metem-*

psicosi... è tutto vero. Non immaginava quanto a fondo potessero trovarsi le radici di quelle storie. «Sì, poi Lete è anche il reame dei ricordi dimenticati, dell'Oblio!» intervenne, compiaciuta nel ricordare tutte quelle nozioni, nonché l'involontaria spedizione che l'aveva condotta proprio lì.

«Esatto, questo fiume affluisce proprio là. Come lo sai?»

«Io vi ho viaggiato e ho acquisito un ricordo dimenticato» affermò la serva, fiera della propria missione e di quella nuova conoscenza. Isolde lavorava per Belfagor prima del rapimento, di certo, si erano conosciuti così.

«Strano, era una qualche esperienza extracorporea premorte? Di solito la vostra razza non lascia Arcadya, se non al momento del decesso.» C'era una vaga traccia di risentimento nelle sue parole, era flebile e a malapena individuabile, ma ancora ben presente. Evelyne non vi fece caso, si limitò ad assentire e poi tornò di nuovo a sporgersi sul fiume, scrutando oltre il bordo, dove l'acqua precipitava nel buio, sparendovi gradualmente e mescolandosi al vuoto sottostante.

Guardandosi meglio intorno, notò altre chiatte erbose sospese in aria; l'acqua formava varie cascate, collegandosi a ciascuna di esse. Scorgeva sagome distanti di persone d'ogni età, impegnate in una sfrenata danza libera, accompagnata dal ritmo incalzante dei tamburi e della cetra. Ogni tanto le sembrava d'intravedere dei bambini correre, inseguirsi giocosamente lungo le piattaforme, mentre le loro risate riecheggiavano nell'atmosfera festosa. Era una vista inusuale per lei: non vi erano molti bambini ad Arcadya, non dopo la guerra. Invece, questo reame ne era gremito.

«Cosa sta succedendo là sopra?» chiese improvvisamente la giovane.

Dairon scosse le spalle. «La gente qui cerca sempre un modo per passare il tempo, avendone in larga abbondanza.»

«Questo è uno di quei reami in cui il tempo scorre più velocemente, giusto?»

L'elfo la guardò di sottecchi, nascondendo la sorpresa nella propria voce. «Davvero trovarti di fronte a due creature estinte non ti ha fatto comprendere niente?»

«Siete estinti ad Arcadya» obiettò la giovane. «Voglio credere che esistano ancora delle specie altrove.»

«Sì, qui siamo in abbondanza» asserì cupo Dairon. «Perché questo è l'Oltretomba.»

Otto di Bastoni

Titania fu svegliata da un tenue e familiare rumore. Era sdraiata, finalmente libera dalle liane che l'avevano stretta in una poderosa morsa. Quando aprì gli occhi scoprì l'origine di quel pervasivo calore che l'aveva aiutata a respingere Belfagor e a restare sui binari della lucidità di fronte agli spettri. Bastet, la sua nuova gattina (anzi il suo famiglio), era appisolata sul suo petto. Emetteva delle fusa delicate e appena percettibili, teneva gli occhietti chiusi ma il suo muso aveva un'espressione contratta.

«Va tutto bene» le sussurrò Titania, accarezzandola sul capo. «Grazie, Bastet.»

Bastet riaprì gli occhi e, vedendo l'ibrida, parve quasi rasserenarsi.

Era stata la prima a svegliarsi. Le sue compagne ancora tenevano gli occhi chiusi ed erano rimaste adagiate sul fresco terreno, immerse nel più periglioso dei sonni. Il ritorno da Midian era stato tortuoso, la testa le pulsava dal dolore. I passaggi fra i reami andrebbero svolti in totale tranquillità, non mentre si è in fuga da un'orda di spettri.

Erano sole, dei paramedici non c'era più traccia e nemmeno della madrina Liviana. Era come se avessero voluto lasciar loro un attimo di tranquillità per riprendersi dalla ferita, e dall'esperienza traumatica appena vissuta. Però non aveva senso. Perché abbandonarle dopo averle soccorse? Potevano almeno accertarsi che nessuna ferita fosse stata inflitta troppo in profondità e che nessuna rischiasse la vita a causa di quella missione. Invece se n'erano andati tutti: solo l'amato famiglio di Titania aveva avuto l'accortezza di restare, ma non poteva proteggere tutti.

L'ibrida si sollevò sui gomiti, facendo involontariamente spostare

Bastet, che emise un versetto di protesta. La pelle del collo le tirava come se fosse rimasta agganciata da qualche parte, e in effetti, accarezzandosi lì dove Liviana aveva passato la lama, Titania trovò dei punti. Avrebbe dovuto chiedere a qualcuno con un'affinità per la vita di aiutarla a far sparire la cicatrice. Già odiava quel corpo da lei ritenuto disfunzionale e ripugnante. Era superficialmente convinta che una ferita in vista l'avrebbe resa più mostruosa.

Un improvviso rumore la destò dai suoi pensieri. Costringendo il suo fisico indebolito a darle la forza di alzarsi in piedi, Titania oltrepassò le fronde degli alberi.

Liviana!, ricordò all'improvviso. *La persona incontrata dalle altre driadi nel Reame Grigio aveva parlato dell'interesse di Valerius per la cripta e Liviana è colei che la custodisce.*

L'ibrida si chinò a toccare l'erba intorno ai propri piedi e notò come fosse piegata, protesa verso l'esterno di quell'intimo angolo di cortile. Erano le nitide tracce di una fuga. La giovane vide le sagome delle proprie compagne e si avvicinò a loro, tastò il collo a ciascuna delle sue colleghe in cerca di un battito regolare. Tutte parevano in salute. Tutte, eccetto Ronilda, il cui corpo diveniva man mano sempre più freddo.

Non l'ho potuta salvare, ripensò, con un po' di rammarico. *Ma lei non voleva farsi salvare.* Titania scelse di non dimenticare come la guardiana avesse evocato la luce senza alcuna riluttanza, mettendo a repentaglio la sua vita con quell'incantesimo.

L'eco distante e flebile di una nascente paranoia si fece lentamente spazio dentro di lei.

Debellare la tenebra. Io sono fatta di tenebra e Ronilda ha cercato di debellare pure me insieme agli spettri.

Titania scelse di non piangere la perdita di quella collega, l'avrebbe rispettata, non avrebbe insozzato il suo nome trascinandola nel fango ma, sicuramente, non si sarebbe dispiaciuta.

Un fugace trillo di Bastet la riportò al presente: la gatta si stava defilando da quella zona ed era ora che pure l'ibrida facesse altrettanto. *Non posso aspettare che le altre si sveglino*, realizzò. *Liviana potrebbe essere in pericolo e Arcadya ha bisogno di me.*

Seguì i rumori, camminando quatta e tenendo sempre una mano tesa dinanzi a sé. Non amava correre: le ombre, queste misteriose e scure sagome che si stagliavano nel suo bianco campo visivo, si avvicinavano troppo velocemente, c'era sempre il pericolo d'incappare in qualche radice d'albero. Infatti, tendendo l'orecchio e ascoltando con attenzione, Titania scoprì rumori di scoppi, tonfi e urla rabbiose. Trovò la parete del palazzo e lasciò che la sua mano percorresse la ruvida strada fino a una porticina posteriore.

E se Valerius fosse realmente coinvolto come affermavano le altre, riuscirò ad affrontarlo?, si chiedeva incessantemente. *Dopo tutto quello che ha fatto per me... e per Calista.*

Il rumore s'era fatto più intenso, divenendo frastuono e riempiendo le orecchie dell'ibrida di curiosità. Stava costeggiando la stanza dove divampava lo scontro, ne era certa. Quei rumori, per quanto ovattati, erano troppo vicini. La giovane trovò la maniglia e, forzandola, spalancò la porta.

Fu immediatamente travolta da un urlo, una voce maschile chiamò il suo nome.

Mentre i suoi occhi ancora tardavano ad abituarsi all'ambiente buio di quella stanza, percepì un rumore sopra la sua testa. Una potente folata di vento aveva agitato lo scaffale dietro di lei, il quale ora ondeggiava pericolante.

L'ibrida fu investita, ma non dal mobile. Qualcuno le si era lanciato di peso addosso, così che lo scaffale non la colpisse con il suo ingente peso.

Inizialmente si agitò, tentando di divincolarsi da quell'inaspettata presa, ma tiepide dita le accarezzarono la mano e se la portarono sul volto. Quel volto. I lineamenti affilati, gli zigomi alti, gli occhi sottili, le labbra piene, era tutto lì.

«Valerius» mormorò Titania, riconoscendo la sua familiare bellezza. Lui si affrettò a sfilarsi il lungo cappotto nero e lo avvolse intorno alla giovane, proteggendola. Un alito di polvere si sollevò da terra, solleticando le narici di Titania con il poco familiare olezzo di vecchi tomi e legno lavorato.

Le mani della giovane erano inermi, i palmi premuti contro il volto dello strige. Era quello il momento per attaccare: la sua guardia era abbassata, non si aspettava un'aggressione, non in quel momento e di certo non da parte di Titania.

Non riesco, realizzò, suo malgrado. *Non in questa maniera, non adesso.* Aveva sempre portato rispetto per ogni sua preda e ogni sua uccisione, già la sola idea di ferire Valerius la turbava, ma colpirlo per di più in quel momento di debolezza era a dir poco straziante.

Se mai ci dovremo affrontare, sarà perché io avrò decretato che tu sei malvagio, decise mentre sfiorava i delicati lineamenti del giovane. *E sarà uno scontro equo.*

«Lo sapevo, tu sei stata dalla sua parte fin dal primo momento!» La tagliente voce di Liviana affettò l'aria e colpì l'ibrida direttamente al cuore.

Non è così, voleva ribattere, ma cosa poteva dire in propria difesa? Era stata colta ad accarezzare il viso del nemico mentre pronunciava il suo nome a fior di labbra. Lei non desiderava combatterlo, ma non combattere Valerius significava dover combattere Arcadya.

«Eri una selvaggia senza casa, noi ti abbiamo accolta, ti abbiamo addestrata, e tu hai cospirato contro la corona.»

Lo strige si levò in piedi, troneggiando sopra gli scaffali ribaltati e i libri riversi sul suolo. «Tu hai un conto in sospeso con mio padre, Liviana. Lascia la ragazza fuori dalla questione.»

«Guarda come prendi le sue difese!» lo canzonò lei.

«Nella stessa maniera in cui tu stai impedendo a me di entrare nella cripta. La corona ha promesso trasparenza, perché i documenti ufficiali non sono sotto l'occhio di tutti?»

«Così che chiunque, tu compreso, ci possa mettere le mani?» Una sfera rossa, densa di luce e di calore, si generò dalle mani di Liviana, che la scagliò prontamente contro Valerius.

Lo strige schivò agilmente il colpo, lasciando che si frantumasse contro una scrivania, avviluppandola nelle fiamme.

«È un sortilegio centenario a trascrivere i documenti» intervenne debolmente Titania.

I due si voltarono, allibiti, verso di lei, increduli per le parole appena uscite dalla sua bocca. Quella frase non apparteneva a lei, bensì a Eilir, eppure l'ibrida si trovò a dar ragione alla sua collega. Per essere un sortilegio centenario, non poteva certo avere delle falle o essere facilmente raggirabile nella sua fase di trascrizione: chiunque lo avesse evocato ci aveva pensato a lungo.

«Possiamo anche solo dare un rapido sguardo sotto la tua supervisione» propose la giovane.

Il viso della driade s'indurì, divenendo l'espressione truce di chi sceglie la violenza, e Valerius, a quella vista, indossò un ghigno sconfitto. Titania però non poté scorgere il volto della dirimpettaia, e la folata di vento evocata da quest'ultima la prese totalmente in contropiede.

L'ibrida, che non si era minimamente preparata a incassare il colpo, si trovò proiettata di lato. Il suo corpo, sballottolato come una bambola di pezza, fu scaraventato contro una parete vuota. Eppure, una bizzarra sensazione l'avvolse. Quella parete, dal suono che emise all'impatto, pareva vuota, come se fosse fatta di cartapesta, ma nonostante ciò l'aveva respinta con solida durezza.

Valerius corse nella sua direzione, per accertarsi che stesse bene, però si trovò a dover deviare un altro incantesimo di Liviana. «Questa è la codarda risposta dei bugiardi, di chi ha degli scheletri nell'armadio» ribatté lo strige, alludendo a quella futile violenza.

E in effetti, mentre tentava di riprendere fiato, Titania fu piegata in due da un tanfo che, purtroppo, il suo inconscio aveva già memorizzato. Odore di morte. Era come se provenisse dalla parete. C'era qualcosa, intrappolato là dentro. L'ibrida era sovrastata dalla stanchezza, ma non poteva concedersi alcun riposo.

Non è necessario combattere, scosse la testa. *Perché Liviana non vuole mostrare cosa c'è qua dietro? Tanto da sembrare pronta a difenderlo con la propria vita.*

Mentre si rialzava in piedi, d'un tratto rammentò le parole pronunciate da Eilir a Midian. *«Stiamo solo eseguendo degli ordini.» Lo ha detto poco prima che Ronilda attentasse alla mia vita con quel sortilegio.* Poi aggiunse, tra sé e sé: *E se gli ordini in questione chie-*

dessero la mia morte? Se quell'invocazione per me fatale non fosse stata frutto di un incidente, un'idea poco ponderata?

Valerius evocò a sé le tenebre, pronunciando a voce elevata la formula e interrompendo il flusso di pensieri di Titania. Liviana rispose prontamente e fece tremare il suolo sotto ai loro piedi. Lo strige si lasciò avvolgere dalle tenebre e schivò di lato l'offensiva. Correva rapido, celato dallo sguardo aggressivo della driade, che scrutava da una parte e dall'altra, tentando di prevenire il suo attacco.

Titania riprese fiato a fatica, il suo cuore martellante non accennava a trovare quiete, la sua mente vorticava. Si aggrappò a una sedia, cercando di sorreggersi, ma si sorprese quando le sue mani incontrarono la familiarità del legno.

Lo strige emerse dalla coltre di ombre e scagliò un dardo avvelenato verso la driade. Quest'ultima lo schivò all'ultimo e fu presa di striscio, ma subito rispose con il fuoco, riuscendo ad abbrustolire solo le maniche della lunga maglia da lui indossata. Era un botta e risposta che Titania non riusciva a seguire e al quale nemmeno poteva partecipare. I luminosi bagliori emessi dagli incantesimi di Liviana limitavano la sua visibilità, quasi sicuramente di proposito. Pure se i suoi occhi fossero stati capaci di vederli, lei era troppo debole per una qualsiasi evocazione. Ma non abbastanza da non poter agire.

Con un gesto secco, l'ibrida afferrò una delle gambe della sedia, già indebolita dall'impatto, e la staccò di netto. Dunque intagliò la propria arma di fortuna finché non ne ricavò una punta acuminata abbastanza.

Alle sue spalle, i due combattenti ribaltarono uno scaffale e Titania sussultò. Non aveva tempo, presto sarebbero arrivati i rinforzi.

Devi agire adesso, Titania, s'incoraggiò, mentre il cuore pareva sul punto di esploderle in petto. La punta del suo pugnale di fortuna era acuminata, anche se non quanto l'ibrida aveva sperato. Doveva affidarsi alle sue forze e a nient'altro.

Camminava fra le scrivanie e gli scaffali accatastati per terra, seguendo con l'udito la fonte dei continui scoppi, e sfiorando con mano leggera l'ambiente intorno a sé, in modo da avere sempre un'immagine mentale della sua posizione, una che l'ancorasse alla realtà visibile agli altri.

Ci fu un improvviso schianto. Valerius aveva tramortito Liviana dall'interno, infettandola con un malanno che le bloccava parzialmente la respirazione. Ma la driade aveva risposto al colpo, scaraventandolo, con una colonna di vento, contro la parete. Era il momento ideale per intervenire.

Titania aggirò una scrivania e usò il suo paletto. Impiegò tutto ciò che restava delle sue forze per conficcare il legno e colpire in pieno cuore. Non per ferire, bensì per uccidere. Con forza, conficcò la punta della sua arma dentro al petto, spinse finché un gemito sommesso, il gorgoglio di una bocca piena di sangue, non la raggiunse; il corpo sotto di lei smise di agitarsi, lasciando che un'innaturale quiete avvolgesse la biblioteca.

Asso di Denari

A Evelyne girava la testa. In effetti, nient'altro avrebbe avuto senso. Dairon e Shen non esistevano già da un po' nel suo reame. E lei non poteva viaggiare altrove. A meno che non morisse, certo.

Le sue gambe cedettero, ma l'elfo si accinse velocemente a sorreggerla, mentre la piccola viverna zampettava curiosamente intorno alla giovane, come a studiarne il comportamento.

«Capisco la tua reazione brusca. Per molti passano anche anni prima che riaffiori il ricordo della propria morte. Soprattutto se si è trattato di un evento traumatico.»

Evelyne sudava freddo. «No, ci sono ancora troppe cose che devo fare.» Scuoteva la testa. «Non posso essere qui.» L'idea d'esser morta senza aver lasciato alcuna traccia significativa di sé la nauseava, la faceva sentire piccola e inutile, come se fosse stata sempre il contorno nella storia di qualcun altro più rilevante. Gli occhi le si riempirono di lacrime, impedendole di vedere dinanzi a sé, e si aggrappò alle braccia di Dairon come se lui fosse l'ultimo alito di vita da lei lasciato su Arcadya.

«Non è possibile» singhiozzava, biascicando le parole. «Io non ricordo, non può essere.»

Valerius stava pronunciando una strana formula, niente che lei ricordasse nitidamente. Non rammentava l'ombra che le si avviluppava intorno al corpo, e nemmeno il momento in cui era sprofondata nelle tenebre. Era tutto così profondamente ingiusto. Avrebbe voluto fare tante cose nella sua vita, c'erano tanti modi in cui desiderava rendersi utile per Arcadya e per la corona. Ma Valerius le aveva portato via tutto.

«Possiamo andare insieme al pozzo dei desideri, potresti trovare un po' di quiete, ti va?» propose l'elfo, aiutando la ragazza a rimettersi in piedi.

Eve si passò rapidamente una mano sul volto, provando pure un po' di vergogna per come si era lasciata andare allo sfogo fra le braccia di uno sconosciuto. Non che quest'ultimo sembrasse turbato, ma la serva ci teneva sempre a mantenere le distanze da chi non conosceva bene, pure per una questione di pudore. Scoprire d'esser morta aveva fatto crollare tutte le barriere costruite dentro e fuori di sé.

Annuì senza pensarci due volte e si lasciò accompagnare dal gentile elfo e dal suo bislacco amico. Dairon, nonostante il calore dimostrato nei confronti di una sconosciuta, era elegante e posato. Un diadema argenteo ricadeva in mezzo alla sua fronte e una lunga toga bianca lo copriva fino ai piedi. Non possedeva la bellezza geometrica che caratterizzava i visi della famiglia reale, il suo volto non era altrettanto armonioso. Aveva un naso sproporzionato, una fronte ampia e l'ombra di qualche ruga prematura. Evelyne lo trovò curioso. Gli elfi invecchiavano come la pietra e lui era indubbiamente più grande della media di quelli che la serva aveva intravisto in Elisium.

«Posso chiederti cosa ti è successo?» domandò la giovane, tirando su con il naso.

Lui si limitò a scrollare le spalle. «Quello che è successo a tutti gli altri elfi, sono solo riuscito a nascondermi un po' più a lungo.»

«Nasconderti?» ripeté la ragazza. «Perché sei rimasto oltre il confine? Lì commettono tanti crimini nei confronti dei Fae, potevi trasferirti ad Arcadya.»

Un mesto sorriso si disegnò sulle labbra di Dairon. «Quanto invidio la tua ingenuità» sospirò. «Io vivevo ad Arcadya. Non solo nel reame, proprio dentro al regno.»

Evelyne si fermò di botto. Tante erano le cose che non le tornavano. «È impossibile, se fossi realmente stato lì ti avrebbero protetto, è illegale.»

«Per una volta, ascolta il racconto d'altri senza prender partito, va bene?» la interruppe l'elfo, fermandosi a sua volta. «Rifletti un attimo con me. Arcadya è governata dagli umani, no? Lo è stata per millenni. Un giorno, da una dimensione parallela, sono giunte le creature di cui a lungo si è raccontato nelle fiabe e la scienza ha fatto interessanti scoperte, soprattutto per quanto riguarda i trapianti. È successo quattrocento anni addietro. Frisia e Adamante erano sposati e il loro era un amore puro, genuino. Lui era un umano, lei apparteneva alla mia razza. Era un caso più unico che raro: Fae e umani hanno aspettative di vita molto differenti, spesso le relazioni sono caldamente sconsigliate. Ma l'amore che legava Frisia ad Adamante era così intenso da azzerare ogni differenza. Un giorno, lui si ammalò gravemente, insufficienza renale cronica. Ormai la sua vita dipendeva dalla dialisi. Non era niente di prematuro o inaspettato, Frisia se lo aspettava, sapeva che quel momento sarebbe presto giunto. Gli umani vivono per una breve frazione, sono una parentesi nelle nostre vite. Adamante era pronto ad andarsene, la sua amata Frisia era stata tutta la sua vita, e non avrebbe potuto essere più felice di così. Lei, tuttavia, non era pronta ad abbandonare l'amato, a trascorrere una lunga e interminabile esistenza in sua assenza, il suo cuore non avrebbe retto. Pur di salvare l'amato, aveva fatto numerosi esami per verificare la compatibilità con il compagno. Era un trattamento sperimentale, nessuno immaginava quale sarebbe stato il risultato, cosa accade agli umani che portano in corpo organi appartenenti ai Fae. Infatti, ciò che accadde ad Adamante fu quello che gli uomini spesso chiamano "miracolo": non solo non aveva più avuto bisogno della dialisi, ma la sua vita, ormai quasi agli sgoccioli, era divenuta incredibilmente longeva. I numerosi malanni che normalmente affliggono gli uomini non sortivano il minimo effetto su di lui, non aveva quasi più bisogno di riposare e la sua resistenza alle temperature fredde era aumentata in maniera esponenziale.»

«E da qui è iniziato tutto?»

Dairon annuì gravemente.

«Un gesto d'amore incondizionato è diventato sfruttamento e feticismo. Noi elfi abbiamo sempre avuto un'indole troppo pacifica, per questo siamo stati i primi a soccombere.»

«Perché non ve ne siete andati da Arcadya?» chiese istintivamente la ragazza, riprendendo a camminare.

«Perché il male non si annuncia, si insinua silenziosamente nell'aria che respiri fino ad assuefarti, a convincerti che quella sia norma, anzi, privilegio.» L'elfo si affiancò a Evelyne, continuando a condurla verso il fantomatico pozzo. «Non eravamo consapevoli dei pericoli che ci attendevano e, quando abbiamo rilevato delle incongruenze e delle disfunzionalità, eravamo ormai troppo affezionati a quel posto per andarcene. Ci convincevamo di poterlo migliorare con le nostre forze, di avere qualche potere. Io ho vissuto durante il primo trapianto, ho assistito mentre gli umani accendevano la fiamma con cui poi ci bollirono lentamente tutti nella medesima pentola. I nostri iniziarono presto a sparire in circostanze dubbie, le forze dell'ordine ci garantivano che li avrebbero trovati, ma dubito abbiano mai fatto qualcosa.»

Evelyne non aveva più parole. Possibile che il luogo da lei tanto amato e osannato fosse un covo di disgrazie per altri? Il re Caiden e la sua famiglia erano stati a lungo elogiati per aver permesso una pace lungamente agognata. Quindi era stata tutta una menzogna? Una facciata? Uno specchietto per le allodole?

«Perché la corona dovrebbe permettere queste atrocità?» si limitò a chiedere con voce rotta.

«Un bel guadagno comodo per tutti.»

Man mano che si avvicinavano al pozzo, le persone intorno a loro aumentavano, così come aumentavano le chiacchiere, le risate, la vita. E, quando Evelyne se ne accorse, fu come ricevere un pugno allo sterno. La maggior parte di quella folla era costituita da elfi. Eppure, sembrava avessero ritrovato la pace nella tranquilla quotidianità dell'Oltretomba. «Per tutti meno che per noi.»

Shen fece un verso e, in lontananza, i due scorsero un muretto basso e nero. Diverse persone erano in piedi davanti a esso e pregavano.

Chissà cosa stanno chiedendo, pensò Evelyne, senza esprimere a voce alta quella curiosità. Invece si voltò verso Dairon e gli domandò con cautela: «Sembri più grande degli altri, come sei sopravvissuto così a lungo?».

L'elfo si voltò a sorriderle con nostalgia. «Mi sono finto umano. Tagliavo la punta delle mie orecchie, studiavo i vostri comportamenti e li facevo miei nella quotidianità. Quanto all'altezza, beh, forse millenni addietro eravamo più minuti, ma c'è un motivo se non ci chiamate più "Piccolo Popolo". Orecchie e carnagione a parte, potrei passare per uno dei vostri. Probabilmente fu un mio vicino a scoprirmi, in ogni caso ora non importa.»

Evelyne percepì una mano sulla propria spalla e incrociò lo sguardo incoraggiante di Dairon. Si sentiva a disagio, come se parte delle sue sofferenze fosse causata da lei stessa. Si guardava intorno, scrutava i visi gioiosi degli elfi e pensava a quale atroce strazio avesse troneggiato nelle loro vite terrene.

«Molti di noi, giunti al pozzo, esprimono un desiderio di eterna pace» continuò.

«Non è il concetto stesso di Oltretomba a implicare una condizione stagnante e immutevole?»

Dairon la prese per mano e la condusse verso il muretto. «Non è detto. La vita è una tensione continua, un caotico alternarsi di avvenimenti gradevoli e sgradevoli che danno colore alla nostra esistenza, dunque perché la morte dovrebbe essere differente?»

Eve si sporse, investigando l'interno del pozzo con lo sguardo: cercava di scorgere il pelo dell'acqua sul fondo. Sussultò quando non vide niente, se non un'enorme voragine che si estendeva fino al confine di Elisium.

«Io non sono giunto direttamente qui» proseguì l'elfo. «La mia morte è stata violenta e il mio desiderio di vendetta mi stava facendo perdere il lume della ragione. Midian, il Reame Grigio, la sede di chi ancora si aggrappa disperatamente alla vita è stata la mia casa per diverso tempo.»

«Credevo che la morte fosse immutabile.»

«Lo è per i nostri corpi deboli, non per il nostro spirito.» Dairon prese un bel respiro, guardando la gente accampata intorno a lui. «Uno spirito forte, solo questo mi ha permesso di giungere qui senza diventare un residuo.»

«Un residuo?» ripeté Evelyne. «Di cosa si tratta?»

«Il nome lo lascia già intendere. Sono gli spiriti inquieti di chi non è abbastanza forte e si lascia consumare dalla nostalgia. Credevo che tutto ormai fosse perduto, avevo smesso di piangere, di disperarmi, avevo accettato il mio destino: fu quello il momento in cui ripresi le redini della mia esistenza e tornai alla mia tranquilla quotidianità. Per questo oggi ho la fortuna di essere qui.»

«Hai una forza ammirevole» si complimentò Evelyne, lanciando un'occhiata sorpresa al tale. Egli aveva tutto il diritto di cercare vendetta, sangue, di arrabbiarsi, d'impazzire. Accidenti, aveva pure il diritto di detestare lei e tutta la sua razza. Eppure non lo faceva, anzi, le teneva compagnia e condivideva con lei la propria storia.

Lui scrollò le spalle: «Quanto mi basta per sopravvivere». Dunque, tornò a guardare il fondo del pozzo. «Immagino che tu sia già pronta a desiderare una vita piena d'azione.»

Evelyne, credendola una battuta, rise nervosamente: «È un desiderio stupido! Ormai sono qui».

Dairon aggrottò la fronte e indicò alcune persone che, in lontananza, si stavano bagnando nel fiume. Non erano molte, anzi si percepiva un timoroso rispetto nei confronti di quelle acque. «Quello è il Lete, se ti lasci bagnare da esso perderai ogni ricordo. Il tuo spirito verrà sottoposto al giudizio del dio della morte. Se ritenuta degna, sì, potrai reincarnarti e riabbracciare una nuova vita. Diventerai un nulla, rinuncerai ai tuoi ricordi, alla tua vita passata, a ciò che ti rende te stessa, nella speranza di ricominciare da zero.»

12
L'Appeso

Cavaliere di Denari

Il fiato corto, le mani tremanti, la voce flebile e fiacca impedivano a Titania di riprendere coscienza dopo quanto aveva appena fatto, di dare un nome concreto a quanto aveva appena compiuto. Aveva annientato una vita.

Non sapeva molto della morte, era l'unico elemento che non aveva mai invocato. Le dedicava preghiere di tanto in tanto, sì. Ma evocarla, mai! Provava un timore reverenziale verso di essa, la vedeva come un'autorità da rispettare, una alla quale non andavano poste troppe domande, affinché non s'infastidisse. Quando, durante la sua permanenza a Faeree, cacciava gli animali di cui si nutriva, prima di colpire la preda pregava sempre. Non evocava incantesimi, tuttavia si rivolgeva alla Morte, non a una divinità specifica (Sephtis, Mors o chicchessia) bensì al concetto stesso di Morte, chiedendole di rendere il loro trapasso più dignitoso e meno sofferente. C'era sempre stata una radicata etica nel suo modo di procacciarsi il cibo. Non colpiva mai dei cuccioli, e nemmeno le madri in loro compagnia; uccideva solo per fame, mai per esercizio o per sfogo. Le sue vittime non soffrivano, Titania si assicurava che non facessero in tempo. Era solo profonda riverenza verso la Vita e verso la Morte.

Lì, invece, nel modo brutale in cui aveva ficcato a forza il paletto, infilandolo fra le costole della sua vittima, ascoltandone i gorgoglii sommessi, sentendola mentre si dimenava, non c'era nessuna etica, nessuna preghiera, nessun sollievo. E ciò la faceva sentire sporca.

«Per un attimo, ho creduto che fosse finita per me.» La voce di Valerius la fece sussultare. Stava squadrando il corpo di Liviana. La driade era riversa sul pavimento, con gli occhi sgranati e la bocca spalancata in un urlo. Il petto grondava di sangue e le sue ali rosse erano lentamente sparite, mescolandosi alla pozza scura sotto al suo corpo.

Titania non rispose, rimase a fissare la figura immobile ai suoi piedi, quella chiazza opaca e sanguigna che, da quel momento in poi, macchiò per sempre il suo spirito. Non era stato un errore, aveva colpito esattamente chi intendeva. Dalla posizione in cui si era trovata poteva scegliere chi eliminare: i due combattenti si stavano sfinendo a vicenda, a suon di colpi, erano sempre meno concentrati sull'ambiente circostante e sempre più immersi nella loro lotta. È uno degli effetti negativi dei combattimenti eseguiti lanciando incantesimi. Per mantenere la concentrazione, devi tagliare qualsiasi luce o esplosione fuori dal tuo campo visivo e uditivo; alla lunga, ciò può portare a una fatale distrazione.

«No, davvero» continuò Valerius, schiarendosi la voce. Detestava rimanere inascoltato. «Non avevi motivo per non colpirmi, a meno che...»

«Ho sentito odore di morte quando sono stata scagliata di là.» L'ibrida levò in alto la testa, cercando quella traccia d'olezzo che le aveva stretto lo stomaco poco prima. Ed eccola di nuovo, flebile per quanto era lontana, ma presente.

«Io non sento niente» replicò lo strige.

La giovane lo ignorò e, muovendosi con incertezza su quel pavimento pieno di tomi riversi e schegge di legno, raggiunse la parete. Dunque protese le mani, tastando la parete ruvida. A quel punto camminò senza mai staccarsi dal muro, raggiunse quel punto angusto e più stretto, quello dove poco prima era stata brutalmente scaraventata. Ed ecco che l'odore si fece più forte, più perforante. «È qui» mormorò.

Valerius le si accostò. Teneva la fronte aggrottata e squadrava dubbioso la direzione indicata dalla ragazza. «È un muro.»

«Lo so.» Titania iniziò a bussarvi contro, accostando un orecchio alla parete sorprendentemente sottile e di pessima fattura. «Sono cieca, non stupida.»

Il palazzo reale era d'impareggiabile bellezza: tutti i materiali migliori che l'umanità, ormai caduta in miseria, era riuscita a raccattare erano stati messi a frutto per costruire quello splendido edificio. Un inno al passato, un viscerale desiderio di ritornare a un'antica gloria ormai abbandonata. Quella biblioteca, di contro, pareva realizzata in maniera rapida, approssimativa. Non era brutta, si elevava verso il cielo e molta era la luce che traspariva dalle vetrate lungo l'intera cupola, riflettendo sui muri tutte le sfumature del blu e dell'azzurro. Tuttavia, i materiali con cui erano stati costruiti mobili e, soprattutto, pareti erano scadenti. Tutto il resto del palazzo era stato realizzato con estrema cura e dedizione, affinché le travi, le colonne e i muri potessero resistere persino agli incantesimi. Quella stanza, ora che Titania ci faceva caso, pareva aggiunta a posteriori, e decisamente con meno fondi a disposizione.

«C'è qualcosa qui dietro» osservò l'ibrida, notando come i propri colpi risuonassero. «Dovremmo…»

Valerius non diede tempo alla ragazza di elaborare ulteriormente: prese la rincorsa e sferrò una spallata alla parete, che crollò su di sé, rivelando un vuoto dall'altra parte. Il giovane, notando una ripida e buia scalinata dinanzi, porse, vittorioso, una mano all'ibrida. «Prego» ammiccò.

I frementi occhi di Titania sostarono infastiditi, per qualche secondo, sullo strige, come a sgridarlo per il suo comportamento inappropriato. Lui si stava già apprestando a ritirare la mano, ma lei gliel'afferrò con improvvisa brutalità. Era sempre meglio che vacillare senza sosta.

I due discesero lungo la scala a chiocciola nel silenzio, e solo in fondo alla scalinata lui concordò: «Adesso lo sento pure io».

Per Titania, invece, l'odore era così prepotente da costringerla a schermarsi il naso con la mano libera.

«Grazie, comunque, per avermi risparmiato» le sorrise debolmente lui. «E per avermi portato qui.»

«Se ci sarà da combatterti lo farò» affermò duramente la ragazza, senza levare lo sguardo dalla cupa strada dinanzi a sé. «Ma solo quando *io* avrò un buon motivo per farlo.»

Valerius sghignazzò: «Mi piace il tuo modo di ragionare».

«E a me non piace che tu stia ridendo e scherzando con un cadavere, due se il mio naso ha ragione, nella nostra stessa stanza.»

Ci fu appena un attimo di silenzio fra i due. «Tecnicamente quella era la biblioteca. Liviana è lì, perciò noi siamo nella cripta.»

«Qui c'è la cripta con i documenti?» domandò la giovane, che ancora non aveva ben presente la planimetria del posto.

«Certo, altrimenti perché dovrei bazzicare in questo buco quando potrei avere l'intero palazzo a mia disposizione?»

Titania si fermò di colpo sui propri passi. Per quanto trovasse segretamente piacevole la presenza di quel giovane strige dalla parlata fin troppo facile, c'era qualcosa che non tornava nel suo naso e nelle sue orecchie. Era un flebile suono di sottofondo, appena udibile, come se ci fosse un qualche fiume sotterraneo nei paraggi. Si limitò a scuotere la testa, rimandando a dopo quella curiosità.

Perché stava camminando mano nella mano con il proprio nemico?

Non appena fu più consapevole di quella gentile stretta, se ne liberò e aumentò il passo. Non c'era la minima illuminazione in quel vicolo, ci vedeva quasi quanto vedeva qualsiasi altra persona al buio. Non aveva bisogno di esser scortata ovunque come una bambina.

Valerius non voleva offendersi per quel gesto, ma percepì inevitabilmente la daga della delusione premergli contro il petto. Sforzarsi di non pensare a Calista, al loro breve e passionale scambio e a come lei poi si era ritratta era abbastanza per il suo già martoriato cuore. Non poté fare a meno di imputare a se stesso e alla propria natura la colpa di quei rifiuti e ripensò a Kiera, una ferita ancora aperta e bruciante. Fissò la lunga chioma bianca di Titania, mentre lei si muoveva con sorprendente dimestichezza nel buio. Agli inizi aveva pensato che l'ibrida somigliasse al suo primo amore: l'aspetto fragile ed etereo, gli occhi spaesati e il viso delicato. La realtà era ben differente: Titania era un mondo a sé, anzi un universo tutto da scoprire, differente nel modo di parlare e di muoversi. Non si esprimeva tanto a parole, ma non per questo era dimessa e insicura come Kiera, anzi nella sua gentile fermezza c'era un'anima sicura che obbediva solo alla propria parola.

«Come mai ti trovi nell'Ordine?» domandò impulsivamente lo strige.

«Spesso me lo chiedo pure io.»

La risposta brutale di Titania lo lasciò interdetto. Non poterla ammaliare con lo sguardo e con i suoi sorrisi era a sua volta un bell'impedimento. Valerius non aveva imparato molto durante l'infanzia; quello che conosceva dei propri poteri lo doveva al suo famiglio ormai trapassato. Amava leggere, bramava la cultura, ma erano sempre state attività segrete, celate all'occhio severo di Settimio. L'unico insegnamento tramandato da quest'ultimo era stato come ammaliare: aveva imparato a leggere dentro le persone, vedere i loro desideri e plasmare se stesso per soddisfare ciascuno. Quelle due guardiane, Calista, la driade del fuoco, e Titania, l'ibrida, stavano mettendo a dura prova le sue capacità. Con loro non servivano trucchetti ed espedienti, loro non erano cieche per la lussuria, né disperate per il bisogno d'affetto. I suoi metodi non funzionavano.

«Sei una di loro, dunque?»

«Ne parli come se fosse una cosa brutta.»

«Non lo è?»

L'ibrida tentò di non reagire a quella provocazione. Il suo disagio all'interno dell'Ordine faceva fin troppo comodo a Valerius, era ovvio. Non disse nulla, ma persino il silenzio era assai eloquente.

La giovane si fermò sui propri passi e allungò le mani su un grosso portone. Il vecchio chiavistello era aperto, come se qualcuno l'avesse dimenticato così secoli addietro e non fosse più tornato. «Ecco, non metterci troppo» lo invitò l'ibrida, dopo aver aperto, non senza qualche difficoltà, una delle due ante, che grattò rumorosamente contro il vecchio pavimento.

«Non vieni?» Dalla voce di Valerius, il quale stava già attraversando la soglia della cripta, trapelò un'ombra di delusione.

«Per me non c'è niente là dentro.»

Lo strige si fermò e si mise di profilo, squadrando la giovane attraverso il pallido filtro dei propri lunghi capelli. «I tuoi genitori non erano Inanna e Alister?» domandò con cautela. «Non vuoi scoprire cos'è accaduto a loro?»

Titania trasalì, ricordando a sua volta la conversazione avuta con Belfagor.

I miei genitori sono criminali di guerra, ovvio che due strige malvagi del loro calibro vogliano sfruttarli per aizzarmi contro l'Ordine e contro la corona, rifletté, scettica. *Valerius non è lo squilibrato che gli altri vorrebbero farmi credere, ma la sua legge morale è malriposta. Era l'unico strige da me percepito all'incoronazione, lui è quello che ha ucciso e resuscitato un innocente, tutto solo per recapitare una minaccia e, avvelenare innumerevoli persone, non devo mai dimenticarlo.* Dietro quella voce ammaliante e quei modi affabili c'è un ragazzo mai guarito dalle proprie ferite, una dannosa mina vagante per chiunque si trova nel suo raggio d'azione.

«So già cos'è accaduto» replicò. «Per questo ho scelto di dimenticarli.»

«Sai cos'è accaduto o cosa ti hanno raccontato?» la provocò lui.

Titania restò in silenzio, la sua mente ormai era incapace d'ignorare la conversazione avvenuta con me nel Reame Grigio. La sua testa vorticava, ripetendo le mie parole a ruota, come un disco rotto. «Va bene, cinque minuti» si arrese, seguendo lo strige dentro alla cripta. «Poi saremo nemici come prima.»

Lui indossò un sorriso spavaldo, mentre finalmente dava le spalle alla giovane, e le rispose, varcando la soglia di quella stanza lungamente agognata: «Nemici come prima».

Asso di Coppe

Evelyne fissava il vuoto con occhi assorti, senza sapere più cosa chiedere. Resuscitare. Non aveva mai considerato quella possibilità. La vita era un continuo caos, un susseguirsi di eventi imprevedibili e incontrollabili: nella sua esistenza Eve aveva solo visto la morte come un'eterna e silenziosa pace alla quale fare ritorno.

Cambia la tua forma, il tuo genere, tutto è sorteggiato dal caso, di nuovo. Sospirò, ripensando alla breve spiegazione appena fornita da Dairon. *Diventi un nulla nella speranza di tornare a essere qualcosa. E se…*

«Qualcosa ti turba?» chiese l'elfo, sporgendosi su di lei.

«Hai detto che il dio della morte sottopone tutti a un giudizio, no?» rifletté la giovane, esprimendo ad alta voce il proprio dubbio. «E se non lo superassi? Se la Morte non mi ritenesse idonea?»

Dairon s'incupì. I suoi occhi violacei guardarono in basso, allungandosi verso il fondo del pozzo. «Non lo sappiamo» scosse la testa. «Di sicuro nessuno torna qui. Alcuni di noi pensano che i rifiutati vengano lo stesso inviati nei reami dei viventi, ma debbano affrontare più prove; altri pensano che ci siano dei reami appositi per loro; altri ancora sono convinti che diventino dei residui spediti nel Reame Grigio.»

Da quel poco che Evelyne aveva capito della morte e dei reami, niente era definitivo, tranne divenire un residuo, la morte della propria coscienza, la perdita del sé. Il suo cervello faticava a mettere insieme tutte quelle informazioni. Era come sedere fra i banchi di scuola senza comprendere niente di quanto spiegato. Come imparare quanto teorizzato da un filosofo drogato, mentre si è a propria volta in stato alterato di coscienza.

La ragazza voleva disperatamente tornare in vita, ma l'unica maniera per farlo era affrontare la Morte, di nuovo.

Una triste ironia, non è così? Chiunque abbia progettato l'universo in questa maniera dev'essere di certo un sadico bastardo.

«Perché ci sono solo elfi qui?» notò improvvisamente. «È una prerogativa della Morte o è un caso?»

In effetti, scrutandosi bene intorno, le creature e le razze da lei conosciute nella vita di ogni giorno ad Arcadya erano davvero poche. Lì, invece, poté vedere persone con lunghe orecchie a punta, oppure più tondeggianti. Le sfumature delle loro carnagioni variavano dalle tonalità di grigio più scure a quelle più chiare. C'erano principalmente giovani e bambini, ma giocavano tutti insieme indistintamente, in un'intensa atmosfera di pace e riconciliazione.

«Dopo quello che abbiamo vissuto, perché dovremmo voler tornare?» La parole sincere di Dairon colpirono al cuore Evelyne, ricordandole ancora una volta la sua condizione.

«Perché la vita è un regalo prezioso, non andrebbe buttata via.» Questa era la frase che lei ripeteva più spesso, soprattutto quando le chiedevano come aveva trovato la forza di sopravvivere durante la guerra. Era ormai un mantra che, cantilenando, ripeteva a se stessa per spingersi a dare il meglio.

«Per te non metto in dubbio che sia così.» La voce dell'elfo si fece più dura, più cupa e il suo tono divenne insolitamente sbrigativo. «Però non tutti possiamo dire lo stesso. Non tutti abbiamo avuto il tuo stesso privilegio. Forza, hai già espresso il tuo desiderio?»

Eve scosse debolmente la testa, ormai non sapeva più cosa chiedere. Anzi era incerta sul da farsi, si sentiva abbandonata e priva di qualsiasi ancora di salvezza. Lei avrebbe voluto la propria vita, quella vecchia, quella che Valerius aveva sacrificato. Le lacrime si accumularono nei suoi occhi, pizzicandola con insistenza, il cuore le doleva per un'esistenza mai portata a compimento e una scelta impossibile da compiere. Iniziare da capo significava tornare a vivere, sì, ma con un altro corpo, altri affetti, un'altra storia. E se fosse andata peggio? Se si fosse reincarnata in uno dei reietti? Se la sua anima fosse stata corrotta inesorabilmente?

«È vero che la corona non ha mai fatto niente per proteggervi?» domandò con voce flebile.

«È vero, Evelyne. Non sarei qui altrimenti.»

«Nemmeno il re Caiden ha fatto niente?»

Dairon scosse la testa. «Non so se tu abbia mai avuto a che fare con i nobili di Arcadya, ma se li osservi da vicino diventa palese.»

«Che cosa diventa palese?» insistette Evelyne, con voce rotta dalla disperazione.

«Che loro sono i maggiori fruitori del mercato nero.»

La serva non poté non ripensare a quando lei e Lau avevano attraversato il confine per incontrare il lenone di Valerius. Il conte Silas si era presentato lì come cliente, Eve aveva pensato fosse stato un caso isolato, una minuscola macchietta su un sontuoso vestito nuziale. Ma, stando alle parole di Dairon, Silas non era l'unico: tutti i nobili usufruivano del mercato nero senza remore, facendo del conte l'ennesima sozzura in un abito già lacero e grigio, che pare pulito solo perché mescolato ad altro sporco.

La giovane scosse la testa, allibita. «Non è possibile… Caiden ha portato la pace. Quindi lui avrebbe cooperato a questo?»

«Non ha cooperato, ma non lo ha impedito, il che è altrettanto grave.»

Evelyne si guardò intorno, osservando i visi degli elfi più vicini a lei. Il gruppetto che giocava a palla, la coppia seduta sul prato a spiluccare dei dolci, i bambini che si inseguivano intorno agli alberi. Ecco cosa la terrorizzava: rinascere là fuori, nei panni di una di quelle razze, reincarnarsi in un elfo. O uno strige.

Tante volte si era domandata perché il regno non avesse semplicemente mosso tutto l'Esercito contro gli aguzzini al di là del reame e la risposta era sempre stata sotto al suo naso. Aveva vissuto una menzogna e idolatrato un ignavo. Fu difficile prenderne coscienza, però lì di fronte ai suoi occhi c'erano tutti i segni della crudele indifferenza dei potenti.

Al trono ora c'è Isolde, e ho avuto la possibilità di educare Lysander, ricordò a se stessa. *Come ho potuto lasciare che mi venisse portata via l'occasione di fare qualcosa per chi ha realmente bisogno?*

«So cosa dire al pozzo» affermò all'improvviso.

Dairon si voltò a squadrarla, sollevando entrambe le sopracciglia in un'espressione di compiaciuta sorpresa. Per quanto si sentisse lacerata da quell'improvvisa decisione, Evelyne scelse di sacrificare tutto per Arcadya.

«Non è un desiderio, ma una promessa» continuò la ragazza,

riaffacciandosi sulla voragine oscura. Guardandoci dentro, parlò con voce sottile, sussurrando agli abissi, e una goccia di rugiada cadde nell'acqua stagnante, emettendo un lieve «plimpettio». Una lacrima senza pianto, questo fu il suo pegno per il pozzo. Una lacrima per la sua Arcadya.

«Sei pronta per lavarti nel Lete?» le chiese l'elfo. «Abbandonerai la tua vita per sempre, lo sai questo?»

Evelyne annuì. Era un sacrificio che sentiva di dover fare: rinunciare a tutto per tornare nel reame dei viventi e agire sul presente, migliorare la condizione di quanti ancora vivevano. Questa era divenuta la sua missione. O, almeno, desiderava provarci.

Si lasciò accompagnare dall'elfo e dalla viverna fino alla riva. Camminavano in silenzio, comunicando sì, ma solo con sguardi nostalgici nei confronti di un tempo che avrebbero voluto trascorrere insieme. Trovarono un angolo libero sul prato dove Dairon si sedette, tenendo in grembo Shen con fare protettivo, come se lo dovesse ancora difendere dai pericoli di Arcadya.

Eve diede le spalle a entrambi e si diresse, imperterrita, verso le rapide acque del Lete. Accortasi di esser rimasta da sola, si girò un'ultima volta verso i suoi compagni. «Voi due non venite?»

L'elfo scrollò le spalle, dando una veloce carezza alla testa squamata di Shen. «Entrambi ne abbiamo avuto abbastanza» sospirò assorto, lasciando che il suo sguardo si perdesse nel vuoto.

«Non volete avere almeno la possibilità di rendere il reame dei viventi un posto migliore? Trovare la forza di migliorare l'esistenza dei vostri colleghi di sventure?» lo incitò lei.

«Per ora stiamo bene qui» le sorrise lui. «Forse, domani la troveremo.»

Lacrime di sollievo e di nostalgia incominciarono a solcare il volto della serva. D'altronde, aveva appena abbandonato una pace eterna in cambio di supplizio, tutto per salvare il suo reame dalla disfatta. Il più amaro dettaglio è che nemmeno avrebbe ricordato tale promessa. «Grazie di tutto. Spero davvero di rivedervi, un giorno.»

«Non è stato il caso a farci incontrare in Elisium: siamo tutti legati alle radici dell'esistenza, siamo tutti figli e materia di un

Grande Spirito che ci unisce. Noi ci rivedremo certamente. A presto, Evelyne.»

«A presto.»

Come Evelyne immerse una gamba in acqua smise all'istante di essere Evelyne.

Nemmeno un pensiero o una preoccupazione bagnava la sua mente, si sentiva leggera e senza peso. D'impeto, si gettò in quelle acque fresche fino alla vita e rise di cuore. Si sorprese nell'udire la voce di una sconosciuta emergere dalla propria bocca.

Di chi è questa risata, limpida e un po' acuta, come quella di una bambina?

Arrivò con l'acqua fino al petto e a quel punto il suo aspetto cominciò a mutare, divenendo instabile e tremante come una piccola fiaccola in mezzo a una bufera. Si sorprese delle proprie mani, di quei polsi che in passato aveva ritenuto grossi e cicciotti, ma che ora non le facevano alcun effetto. Guardò verso la spiaggia per salutare chi l'aveva accompagnata, realizzando però di non rammentare niente, nemmeno perché si stesse girando verso il prato. I suoi occhi incrociarono quelli di un bizzarro elfo. *Che strano*, si ritrovò a pensare, osservando quella curiosa creatura. Non possedeva la bellezza geometrica che caratterizzava i visi della famiglia reale, il suo volto non era altrettanto armonioso. Aveva un naso sproporzionato, una fronte ampia e l'ombra di qualche ruga prematura. Lo trovò bizzarro, Evelyne non conosceva altri elfi, ma sapeva che invecchiavano come la pietra. E lui doveva certamente essere un elfo antico.

Curioso, pensò, trovandosi con la mano inconsciamente tenuta a mezz'aria, rendendosi conto di non riconoscere nessuna di quelle figure lì, davanti a lei. *Chissà di chi era quell'anima che dovevo salutare.*

Immerse prima il collo e, infine, la testa. Si lasciò consumare delicatamente dalle acque, le quali lavarono tutto di lei, i suoi ricordi, la sua pelle, il suo viso e la sua mente, fino a che diventò l'ombra d'un bagliore, una scintilla appena percepibile nel vuoto dove, trascinata dal fiume, precipitò.

Otto di Spade

Gli archivi parevano estendersi all'infinito: sedevano su scaffali di cristallo immobili, e nemmeno la polvere aveva osato posarsi su di loro. Un papiro ingiallito sedeva su un leggio mentre le parole affioravano dal nulla sulla ruvida superficie della carta. Era tutto pulito come se ogni giorno fossero passati dei servi a spolverare accuratamente ogni scaffale, ma così non era. Titania lo sentiva dall'odore di muffa e di stantio che aleggiava in quella stanza, mescolandosi con il pungente profumo d'incenso emanato da Valerius.

«Dobbiamo sbrigarci, tu sei stata la prima a svegliarsi?» chiese lo strige, frugando nel reparto degli atti giuridici.

«Sì,» confermò l'ibrida, stringendosi nel lungo cappotto «ma sicuramente ora saranno tutte sveglie, e poi c'è Calista.»

Valerius, udendo quel nome, sussultò. «Calista?» ripeté, aggrottando la fronte.

«Non è venuta con noi in missione, ora potrebbe essere ovunque.»

Lo strige fece scorrere un dito affusolato lungo tutte le cartelle conservate in quella sezione; infine ne estrasse una. Conteneva tutti gli avvenimenti dell'anno in cui era scoppiata la guerra fra razze, ben vent'anni prima. Poco dopo la mia morte, insomma. Il ragazzo prese un paio di fogli e li consegnò a Titania. «Qui c'è la verità sui tuoi genitori» affermò, mettendosi poi a frugare lì vicino, alla ricerca di altri documenti.

Le mani dell'ibrida tremarono al contatto con la carta sottile. Come poteva un oggetto così delicato custodire informazioni tanto importanti e tanto complesse? I suoi occhi rossi scrutarono i fogli, notando la presenza di un altro insormontabile ostacolo. «Non so leggere» mormorò.

Un tonfo improvviso distrasse Valerius dalla propria ricerca. Durò appena qualche secondo, poi subito lo strige tornò a ravanare nella cartelletta accanto. «Non abbiamo tempo» bisbigliò, estraendo altri due fogli. «C'è qualcuno di cui ti fidi?»

Titania rispose senza esitazione. «Calista.»

Di nuovo quel nome. Questa volta non aveva esitato, d'altronde doveva aspettarselo, Calista era intelligente, più delle altre compagne, la sua morale era retta e vigorosa. Era positivo che lei e l'ibrida si fossero trovate. «Va bene» proseguì lui, andando a sfilare rapidamente il papiro dal leggio. «Devi tutelarti. Se qualcuno lo chiede, *io* ho ucciso Liviana ed eliminato le prove.»

Titania fece per replicare, ma fu interrotta in tronco dallo strige, il quale continuò imperterrito con le indicazioni. «Ora dobbiamo lasciare questo posto alla svelta, qualcuno deve aver appena trovato il corpo di Liviana.»

I due si scapicollarono fuori dalla cripta. Valerius era rimasto indietro di qualche passo per richiudere il portone, intanto Titania avanzava, tendendo bene le orecchie e assaggiando l'aria circostante, alla ricerca di odori familiari. Eccola di nuovo: quella letale miscela di odori, era di nuovo vicina a quel tanfo di morte e putrefazione. Ma dov'era il corpo? Lo sentiva come se fosse lì accanto a lei, ma non c'era niente lì con loro.

Qualche secondo dopo riemerse pure quel lieve rumore di fondo, uno scroscio costante e lontano. Camminavano a passo felpato ma spedito, muovendosi accanto alle pareti per essere meno individuabili. All'improvviso una porta si spalancò e una luce calda e distante accarezzò il pavimento grigiastro.

«Sono qui» sussurrò Valerius, guardandosi nervosamente avanti e indietro. Li avrebbero trovati rapidamente. Quel corridoio non aveva diramazioni, conduceva diritto alla cripta e da nessun'altra parte. Non avevano modo di nascondersi, né lui, né tantomeno Titania, la quale sarebbe stata scoperta in compagnia del nemico. «Devi colpirmi, Titania. Dobbiamo fingere che ci sia stata una lotta fra noi.»

L'ibrida, tuttavia, era avvolta da un senso di placida calma. «Non lo farò» disse soltanto, fermandosi sui propri passi e camminando avanti e indietro sul pavimento nudo.

«Devi,» insistette lui, tentando di seguirla con lo sguardo «altrimenti arriveranno qui, ci troveranno entrambi e...»

Valerius si fermò improvvisamente e guardò Titania. La giovane stava facendo avanti e indietro in maniera ossessiva, come se stesse cercando qualcosa non con il proprio sguardo ma con la propria pelle. Quando lo notò tutto gli fu immediatamente più chiaro. La ragazza aveva ragione, non c'era bisogno di lottare. I suoi occhi individuarono un tombino, abbastanza largo affinché ci passasse una persona. Ecco che cosa stava cercando l'ibrida.

Con un gesto delicato, tuttavia rapido, la accompagnò verso di esso, e ne sollevò senza difficoltà il coperchio. C'era un condotto fognario proprio sotto ai loro piedi, e Titania comprese immediatamente l'origine di quello scroscio regolare da lei udito.

Nel frattempo, dal fondo del corridoio gli scalpiccii si facevano sempre più vicini, tartassanti come lancette di un orologio quando ci si trova in disperata attesa. L'ibrida si rannicchiò per terra, ma la forte mano di Valerius intervenne a sorreggerla. Gli scalini metallici erano stretti e verticali: se non fosse stato per la presa decisa dello strige, sarebbe quasi certamente scivolata. Con l'altra mano teneva il documento sui suoi genitori e se lo stringeva al petto, come a volerlo proteggere con tutta se stessa.

Perché fare qualcosa del genere per me? Afferrando la tiepida mano dello strige realizzò di provare gratitudine. Per il nemico di Arcadya! Eppure, in quel momento, lui per lei era tutto, meno che un nemico.

Mentre i passi si avvicinavano, Valerius, lasciata andare la mano dell'ibrida, si issò sulle braccia per calarsi più rapidamente dentro al tombino. «Presto, stanno arrivando!» lo allarmò Titania.

Il rumore metallico dei passi rimbombava sotto la volta, dichiarando la vicinanza di un gruppo di guerrieri armati di tutto punto.

«Di qua!» ordinò qualcuno. Era Laurell: l'ibrida riconobbe la sua voce senza alcuna difficoltà, aveva incontrato l'ufficiale in una sola occasione eppure già sapeva quanto la sua fredda risolutezza fosse pericolosa per lei.

«Fermati o ti ammazzo!» urlò l'armigero.

Titania si congelò sul posto: *Ecco, hanno scoperto Valerius.*

Strinse la mano in un pugno, sconfitta, inaspettatamente rattristata. Valerius era nemico di Arcadya ed era appena stato trovato da un pugno di armigeri. Lei era salva, al sicuro sul fondo del tombino, perché preoccuparsi?

«Chi c'è?» chiese uno dei maghi che seguiva Laurell.

Titania credeva che quei maghi potessero udire il suo cuore martellarle contro la cassa toracica, tanto forte batteva. Valerius non emise un fiato.

«Nessuno» sbottò il generale. «Solo un ratto.»

Lo strige aveva fatto appena in tempo a chiudere il coperchio del tombino. Un istante e sarebbero stati scoperti.

«Setacciamo i dintorni. Potrebbe essere ancora nella cripta.»

Ce l'avevano fatta. Erano al sicuro, nascosti dagli occhi vigili degli armigeri. Lau impartiva ordini sopra le loro teste, ignorando completamente la presenza delle fogne. I suoi passi si fecero sempre più forti, più vicini, ma poi si allontanarono gradualmente. Li aveva appena superati e non aveva la benché minima idea di dove si trovassero.

Titania non riuscì a non guardare Valerius e, tirando un sospiro di sollievo, a non sorridergli. Sorridere: non ci era abituata. Non era un'espressione a lei familiare; in passato non aveva avuto molto per cui rasserenarsi ma, per la prima volta dopo tanto tempo, si era sentita accolta, tanto da non percepire nemmeno il bisogno di esprimersi ad alta voce per farsi comprendere.

Anche lo strige, a sua volta, sorrideva, guardandola e lasciandosi andare a un sospiro di sollievo. L'ibrida lo osservò con curiosità. La tenebra stava concedendo per la prima volta ai suoi occhi lo spettacolo di quel viso. Strizzando appena le palpebre, Titania tentò di riconoscere nelle ombre gli stessi lineamenti da lei accarezzati e diede loro un aspetto, una forma. Una che lei trovava molto gradevole. Spinta da niente se non dal proprio istinto e da quel ribelle sussulto nel proprio cuore, la ragazza si strinse a Valerius in un vigoroso abbraccio. «Grazie» mormorò accostando il volto al suo petto. Erano tanti i motivi dietro quel gesto di gratitudine, tante piccole azioni, come il fatto che lui si fosse preoccupato di trovare i documenti per lei, il suo esser rimasto indietro a chiudere il coperchio del tombino, la sua decisione di coprire l'omicidio di Liviana. Tanti piccoli tasselli che riempivano il cuore di Titania, la quale si aggrappava con vigorosa foga alle sue spalle, elaborando per la prima volta il suo segreto desiderio di restare sempre con lui, in quella stretta.

Valerius rimase impalato, non sapeva come reagire. Non era abituato agli abbracci, men che meno era abituato all'energia vitale emanata da quella giovane. Ricambiò timidamente, lasciandosi cullare dalla tenerezza fugace di quel rapido scambio. Però, non appena il suo sguardo si allontanò da Titania per posarsi dietro la sua figura, il cuore gli salì in gola, tanto da farlo arretrare, sottraendolo involontariamente da quel contatto.

«Scusa» bisbigliò l'ibrida, arretrando a sua volta. «Continuo a dimenticare che...»

Continuava a dimenticare quanto lui fosse insofferente alla prolungata vicinanza fisica, e quanto, di contro, lei la bramasse con tutta se stessa. Questo voleva dirgli.

Lo strige si affrettò a scuotere la testa. «Non è quello» fece a bassa voce. «Dietro di te.»

Titania uscì dalla piccola bolla di felicità che l'aveva coccolata in quei pochi secondi e tornò alla cruda realtà. L'odore di morte, per quanto la sua mente fosse momentaneamente distratta, era sempre rimasto con lei. Si girò lentamente fino a trovarsi davanti la fonte di quel tanfo, coperto dai pungenti odori della fogna. Era semisdraiato, trafitto da parte a parte all'altezza del ventre da un palo metallico.

Titania s'irrigidì, osservandone la sagoma scomposta, ridotta a brandelli in alcuni punti. «Da quanti giorni è qui?» si domandò.

Valerius intimò alla giovane di restare indietro e si avvicinò al cadavere, riparandosi il naso nell'incavo del gomito, e si sporse a osservarlo meglio. Il volto era irriconoscibile, una maschera di sangue raggrumato e sofferenza; i pochi filamenti di pelle, già anneriti, tenevano la mascella appesa, in un'espressione terrorizzata. Parte dello scalpo si stava già staccando, era rimasto solo qualche ciuffo nero a incorniciare quel quadro di dolore. Uno spettacolo terribile al quale il giovane mai aveva assistito: dov'era cresciuto, i cadaveri non avevano la fortuna d'invecchiare. Doveva esser morto da tre giorni, forse anche meno, l'ambiente umido doveva averne accelerato il deterioramento.

Lo strige raddrizzò il volto e, chiudendo gli occhi, allontanò il braccio dal proprio viso per far scorrere la mano sopra a quel corpo maciullato dal tempo. No, non solo dal tempo: c'era una strana aura necrotica intorno a lui. Il sangue dei due giovani ben riconosceva quel potere, la morte che permeava quel corpo. Doveva esserci stata una breve lotta, chiunque avesse trafitto quella povera vittima doveva aver lanciato un incantesimo di primo livello per far marcire le sue carni e semplificarsi la vita.

Può davvero esser stato Valerius?, si chiese la ragazza, scacciando in fretta quel sospetto. *No, lui non sapeva ci fosse un tombino finché non l'ho trovato io. E non credo porterebbe mai a compimento una tale atrocità.*

«Sephtis, dea e incarnazione della Morte» pregò lo strige, muovendosi con cautela intorno al cadavere. La sua voce s'era ridotta a un sussurro delicato e armonioso, capace di deliziare le orecchie di Titania con la sua melodia. «Raggiungi quest'uomo e dai sollievo al suo spirito.»

Gli occhi violacei di Valerius s'illuminarono, diventando più vividi e intensi. Una scia dai colori accesi si librò dal suo corpo simile a uno spiritello, e danzò liberamente in quello spazio angusto, accompagnata dalla profonda voce del giovane.

Titania colse i fugaci bagliori di quel brevissimo spettacolo di luci, restandone stupefatta. Non credeva che pure la magia degli strige potesse essere così benefica, eterea. Valerius tenne gli occhi bassi durante tutta la preghiera, probabilmente inconsapevole della bellezza da lui evocata.

«Cancella la brutalità dalle sue ultime memorie e il dolore dal suo corpo. Accogli il resto della sua eternità nel tuo immenso regno.» Come smise di parlare, lo spiritello si avvicinò al morto e, pian piano, la sua luce si dissolse, assorbita dalle membra dilaniate di quel pover'uomo.

L'ammirazione provata dall'ibrida per quello strige crebbe ancora di più nel suo petto e la riscaldò, facendola sentire al sicuro in quell'inusuale compagnia. Eppure, con quell'incantesimo, Valerius aveva lasciato le proprie tracce su quel cadavere. *Non appena verrà trovato potrebbero dargli la colpa*, suppose Titania, realizzando quanto altruista fosse stato quel gesto. *Ma lui si è spinto a tanto lo stesso.*

Al cuore mancò un battito e il suo volto cercò di nuovo lo strige. Una sensazione mai sperimentata prima, il dolore più piacevole di tutti, la avvolse delicatamente.

«Non abbiamo trovato nessuno qui, Laurell» annunciò una voce sopra di loro, facendoli trasalire entrambi.

«Andiamo. Quel bastardo non può essere andato lontano.»

I tintinnii delle armi magiche e i rumori emessi dai tacchetti del generale si allontanarono man mano. I due restarono in silenzio, accompagnati solo dallo scroscio costante delle acque fognarie. Ascoltarono i passi e le voci dileguarsi e, infine, quei rumori furono sigillati da un tonfo. La porta era stata richiusa: erano scampati al pericolo.

Ebbero il tempo di ricomporsi e di congedarsi. A Valerius imbarazzava domandarlo così esplicitamente, ma Titania doveva restituirgli il cappotto: non poteva certo farsi vedere fra i colonnati del palazzo avvolta nei suoi indumenti. L'ibrida non se lo fece ripetere due volte, non aveva mai avuto problemi con il proprio corpo, lo stesso che lo strige, per pudore, cercava di non guardare. Si lasciava andare giusto a qualche fugace occhiata priva di lascivia, complice l'indifferenza della ragazza.

«Non so quando ci rivedremo, Titania» affermò, soffermandosi a guardare l'iride rossastra di quest'ultima e concentrandosi sui suoi piccoli scatti. Essa ondeggiava rapidamente, destra e sinistra, qualche volta presentava un'irregolarità e compiva un ampio balzo, altre volte restava quasi ferma, riducendosi a un leggero tremolio. Si sentiva invadente nel fissare con tanta insistenza quella peculiarità, ma era sempre meglio che guardarle spudoratamente il seno!

«Qui mi hanno dato un dispositivo per comunicare con gli altri, lo chiamano telefono.»

Valerius sorrise di fronte a quella tenera ingenuità. Ovviamente una giovane cresciuta a Faeree non era consapevole delle agevolazioni e dei rischi della tecnologia. «Mi rintraccerebbero in un istante» disse, declinando a malincuore quella proposta sul nascere. «Ma ti ringrazio per l'offerta. Prometto che troverò un modo per rivederti.»

Lei fece qualcosa di inaspettato: con uno slancio si gettò fra le braccia dello strige, schiacciando il proprio corpo nudo contro il suo, percependo la durezza delle cinghie e delle catene contro la morbida pelle. Lo stringeva a sé come se volesse essere parte di lui, di quella bellezza anomala che tante volte aveva toccato, rispondendo a un bisogno viscerale e animalesco. Valerius la cinse con le proprie braccia, sorprendendosi della facilità con cui si lasciava accarezzare. Fosse stato lui, al posto di Titania, si sarebbe sentito inferiore, in difetto, invece lei era perfettamente a suo agio. Gli dimostrava il suo affetto strofinando il proprio volto sulla spalla, come facevano i felini. Chiunque l'avrebbe trovato bizzarro e inappropriato, invece lo strige ne rimase incantato. Titania aveva un modo così vero e intimo di dimostrare come i propri sentimenti la travolgessero inesorabilmente, lasciandola spesso senza parole sufficienti.

«Tu sei un buono» si limitò a bisbigliare, a fior di labbra. «Non lo dimenticherò. A presto, Valerius.»

Trascorse una giornata.

Titania era riuscita a sgattaiolare via senza farsi notare ed era tornata in camera dalla sua Bastet. Prima di toccarla si fece numerosi bagni, nel vano tentativo di lavarsi di dosso il tanfo di morte e di fogna, che sembrava esserle rimasto attaccato alla pelle e ai capelli. Oziava immersa nella profumata vasca, mentre la gatta si teneva eretta, posando le zampe anteriori contro uno sgabello per meglio osservare l'ibrida. Eppure, in mezzo a quei profumi, al rumore regolare dell'acqua che scorreva dal rubinetto, e nonostante fossero passate ore dal fatto, la sua mente ancora esitava. Non riusciva a non pensare a lui. Valerius. Il suo nome le riempiva la bocca e le inebriava l'anima, bastava il profumo del suo corpo, la sensazione della sua pelle sotto i polpastrelli per provocarle una fitta nel basso ventre. Non capiva cosa le stesse accadendo, né perché Bastet la stesse fissando con tanta insistenza.

«La pappa!» realizzò, scapicollandosi fuori dalla vasca e portando con sé una quantità immensa di acqua e sapone, che fece involontariamente scappare la gattina.

Bastet la protegge contro di me a Midian e lei si scorda pure di nutrirla? Che padrona ingrata.

Il resto della giornata non fu particolarmente memorabile: Titania trascorse il tempo coccolando Bastet e tracciando in aria il volto di Valerius, nella speranza che la sua mente, nel frattempo, non ne dimenticasse la bellezza.

La sera portò con sé le paranoie che precedevano la notte. Poteva dirglielo, esprimersi come facevano tutte le altre persone lì, usare il verbo per eliminare ogni ambiguità, però lei non era brava con le parole. Poteva comunicarglielo a gesti, ma se ciò lo avesse infastidito? Il corpo dello strige portava con sé cicatrici di un dolore passato che ancora viveva sulla sua pelle e che ogni tanto tornava a divorare i suoi momenti felici. Come faceva Titania a prevedere che una carezza, un abbraccio o un bacio non avrebbero riportato in vita quel dolore?

A distoglierla dai suoi pensieri ci fu un lieve bussare.

L'ibrida si alzò in piedi e andò ad aprire la porta. Indossava una larga maglia e dei pantaloncini sportivi. Si trovava in un ambiente dove la nudità era malvista e, suo malgrado, quegli abiti ampi erano quanto di più comodo potesse portare.

Trovò Calista in piedi nell'atrio, aveva un'aria mogia. La sua testa era insolitamente china mentre le domandava debolmente di poter entrare.

Titania a malapena la riconobbe dalla voce, tant'era triste e bassa. «Come stai?» le chiese, facendola accomodare sul divano della propria stanza.

«Sono guarita, sono di nuovo pronta a combattere.»

Ma? C'era dell'altro nella sua voce rotta, era come se stesse trattenendo un intenso fiume di lacrime in procinto di straripare.

«Ho anche passato una bella giornata, sono andata a trovare i miei genitori» buttò fuori, d'un fiato. «Mio padre ha ripreso in mano il violino e mia madre è tornata a ballare. Stanno bene, *io* sto bene.»

L'ibrida restò in silenzio, lasciando all'amica il tempo di riprendere fiato, di lasciar uscire qualsiasi cosa le stesse rodendo il cuore. Infatti Calista deglutì, si posò una mano sul petto, calmò i propri respiri e annunciò: «Sylvain. Sua sorella Evelyne è morta per mano di Valerius. Domani ci saranno i funerali».

13
La Morte

Sei di Spade

A Calista rodeva il petto. Era consumata da una bruciante rabbia, principalmente proiettata verso se stessa. Quando era in vita non era mai andata particolarmente d'accordo con Evelyne, erano stati tanti i momenti di conflitto, prettamente effimeri e poco significativi, ma in quel momento per lei avevano un peso enorme.

Titania le stava accanto, più per darle conforto che per compiangere la vittima. Ricordava la voce e i modi di quella serva, incontrata durante i due eventi reali ai quali aveva preso parte; non rammentava altro. L'ibrida non proferiva parola, era immersa in un silenzio stupito e carico di rimorsi.

Valerius l'ha uccisa, le rimbombò nella mente, mentre ricordava le parole di Calista. Aveva pensato che quello strige così gentile avesse un cuore buono e un'anima nobile, invece quelle non erano altro che maschere create appositamente per ingannarla. Titania desiderava poter provare sdegno per Valerius, ma quel sentimento, quel profondo attorcigliamento alle viscere, non accennava a quietarsi. Per quanto lui si fosse rivelato deplorabile e falso, il cuore non smetteva di bruciarle nel petto.

Vicino a loro c'era Teodora, più per rispetto e vicinanza nei confronti di Sylvain che per sincero lutto. Nemmeno lei conosceva bene Evelyne: era tutto ciò che accumunava tutte quelle poche persone presenti. Eve era stata onnipresente e, al contempo, assente dalle vite di tutti.

Laurell forse poteva vantare di aver condiviso con la morta un tortuoso viaggio oltre i confini, l'aveva vista in uno dei momenti per loro più difficili. Si malediceva per non aver protetto la ragazza, si sentiva un fallito; improvvisamente la sua mente affondava in una densa pozza di autocommiserazione.

Sylvain, in piedi sul podio in legno circondato da lapidi in pietra, terminò il suo discorso in lacrime, mozzando la parola finale con un singhiozzo. Era l'unico a piangere, nemmeno il cielo terso si era degnato di bagnare l'erba. Il fratello, per quanto con lui ci fossero un paio di servi, oltre a Titania, Calista, Teodora e Laurell, era solo in quel triste compianto. Aveva ricordato la guerra, la precoce astuzia della sorella, la quale aveva salvato entrambi, ma nessuno davvero aveva ascoltato quella storia. Erano tutti concentrati sui propri ricordi condivisi con la vittima e sul rimpianto di quanto invece avrebbero ancora potuto condividere.

Syl alzò lo sguardo: era spaesato nella sua mestizia, cercava un volto amico che intendesse prendere posto al podio e raccontare di Evelyne, ma chi poteva dire alcunché? Eve era sempre rimasta la sua controparte femminile e brontolona, per i servi era la bizzarra ragazza delle carte, quella che si isolava a leggere finiti i turni, sotto gli occhi di tutti ma conosciuta da nessuno. Scuotendo la testa castana, il ragazzo fece un cenno ai servi e disse loro di seppellire la bara ricoprendola di terra.

Aveva speso tutti i suoi pochi risparmi per un funerale dignitoso. La bara era di legno scadente, ma almeno c'era una lapide in marmo con una dedica incisa sopra. Mentre fiotti di terra ricoprivano a poco a poco la cassa, la nuova ed eterna abitazione dove la sua adorata sorellina avrebbe soggiornato per sempre, le gambe gli cedettero. Sylvain scoppiò in singhiozzi tanto intensi da non lasciarlo respirare. Senza Evelyne lui non era nulla. Nulla. Sentiva un vuoto opprimente, come se Valerius, oltre ad avergli ucciso la sorella, gli avesse pure strappato il cuore dal petto.

Laurell fu la prima persona ad accorrere da lui, posandogli una mano sulla spalla nel tentativo di consolarlo da quel profondo dolore che non poteva comprendere. Per seconda giunse Calista, seguita da Titania e, infine, da Teodora. Loro erano le uniche tre driadi presenti a quel funerale così intimo e privato, soprattutto in confronto alla grande cerimonia in pompa magna che si sarebbe svolta il giorno seguente in onore di Liviana, anche lei straziata dalla mano di Valerius. Questo era ciò che tutti dicevano.

«Se hai bisogno di qualcosa, qualsiasi cosa, io sono a tua disposizione» mormorò Calista, senza saper bene che dire in tale situazione.

Sylvain annuì debolmente: non aveva più le forze di parlare, la voce gli si era spenta nel momento in cui aveva terminato il suo discorso.

«Ti prometto che catturerò il responsabile e appenderò la sua testa fuori dal palazzo» sibilò Lau. «Valerius ha un debito pure con me.»

Sei di Bastoni

Nonostante il lutto, trattandosi di una situazione urgente, la regina, terrorizzata dalla malvagia prole di Belfagor, aveva annunciato pubblicamente la minaccia, dichiarando il nome del ricercato, e aveva ordinato che gli addestramenti proseguissero. Soprattutto per l'Ordine, che necessitava di un nuovo mentore, una nuova guida.

Le ormai cinque giovani attendevano sedute sotto le fronde di un albero, con volti cupi e lugubri, quando un uomo, l'ultima persona che loro si aspettavano prendesse l'incarico, si palesò di fronte a loro. Camminava a passo spedito, mentre smanettava freneticamente sul proprio palmare, il volto velato da una cortina di capelli lisci e scuri.

«Dunque, ho prenotato per tutte voi delle sedute di meditazione, dei combattimenti corpo a corpo e psicoterapia. Vi ho appena inviato le schede con i vostri orari. Una volta al mese farete terapia di gruppo» annunciò, senza presentarsi. D'altronde lui era Elan l'immortale, l'uomo che aveva aggirato la Morte. Qualsiasi presentazione sarebbe stata superflua.

Eilir fu la prima a esprimere il proprio disappunto, levandosi in piedi e protestando a voce alta: «Abbiamo bisogno di fare pratica con i nostri poteri, non di raccontare i cazzi nostri a uno psicologo! Stiamo seppellendo un morto al giorno per colpa degli strige. Domani Liviana, oggi quella serva, ieri Ronilda».

La voce della giovane s'incrinò e i suoi singhiozzi aumentarono a dismisura fino a scatenarsi in un pianto nervoso e incontrollabile.

Elan, a differenza di come tutte si aspettavano, si avvicinò a lei e la consolò. Le ragazze dell'Ordine erano così abituate ai modi bruschi di Liviana, alla sua insofferenza verso i pianti e le lamentele, che il tono pacato dell'immortale risultò anomalo. «Se preferisci prendere una giornata di riposo per piangere la tua amica non ti fermerò, è legittimo che tu abbia il tempo di metabolizzare quanto è successo in questi giorni» disse con voce ferma e, al contempo, estremamente calma. «La psicoterapia serve pure a questo. Riguardo la terapia di gruppo, ho da dirvi una cosa importante, che forse vi farà un po' male, ma è fondamentale affinché voi possiate crescere. Voi non siete deboli individualmente, nessuna di voi lo è, ma lo diventate quando siete costrette a lavorare insieme. Mi è stata riportata la dinamica di quello che è successo a Midian. Quanto accaduto a Ronilda non è da imputare alla sua o alla vostra eventuale debolezza, ma alla vostra incapacità di collaborare e fidarvi reciprocamente. Se aveste ascoltato Titania...»

Eilir interruppe in tronco la spiegazione di Elan. «Le informazioni di Titania provenivano da Belfagor in persona, questo ti è stato riferito?» sputò.

L'immortale restò basito, un lume di sorpresa attraversò i suoi occhi neri, ma durò giusto un attimo. «Indipendentemente dalla fonte, la vostra compagna ha ritenuto vera quell'informazione, abbastanza da riferirvela» proseguì l'uomo. «Ascoltarla non significava fidarsi di Belfagor, bensì del giudizio di una vostra collega. Toglietevi dalla testa l'idea che una di voi valga più dell'altra: questa non è una competizione, non dovete superarvi a vicenda, ma essere complementari. Funzionare insieme come piccoli ingranaggi di un macchinario più grande.»

Eilir scosse la testa e iniziò ad allontanarsi a grandi falcate. «Se questo è il nuovo Ordine, io non ci resterò un secondo di più» affermò. «Tutto questo buonismo è inutile, c'è una gerarchia da rispettare, non siamo tutte ugualmente brave. Ronilda era superiore a tutti, e non starò qui ad ascoltare mentre un misero umano sputa sulla sua tomba!»

La driade se ne andò nel silenzio, osservata da tutti i presenti, consapevole che nessuno di loro avrebbe avuto il coraggio di ribattere.

Titania udì i suoi piedi allontanarsi sul prato e si sentì un po' codarda nel realizzare di esserne sollevata. Sì, Eilir appesantiva l'aria all'interno dell'Ordine, e lei non aveva la faccia tosta di Calista o la nobile noncuranza di Teodora. L'ibrida preferiva di gran lunga evitare le situazioni ostili, non si sentiva in grado né di combatterle né di conviverci. Nonostante la situazione fosse tragica, Titania era un poco più al sicuro, anche se mai lo avrebbe ammesso a voce alta. L'unico a proferire parola fu Elan, il quale disse, con molta flemma: «Sta soffrendo molto, lasciamole lo spazio e il tempo di riprendersi dal lutto».

Eilir sarebbe tornata: la gloria di essere una guardiana era maggiore del suo momentaneo disappunto, l'immortale ne era consapevole. Successivamente, diede inizio agli allenamenti. Per Titania quello era un modo nuovo e inconsueto di allenarsi. Elan insegnò loro le leve articolari, il disarmo, tutte quelle azioni che non impiegavano l'uso dei poteri. Il riscaldamento e il potenziamento, però, furono la parte più sfiancante: dieci giri di corsa, addominali, trazioni, squat – all'ibrida facevano male muscoli che nemmeno era conscia di possedere. L'unica a tenere botta era Calista, e infatti Elan non tardò a indurire pure i suoi esercizi, facendole eseguire il medesimo allenamento, ma con l'aggiunta di pesi ai polsi e alle caviglie. Erano distrutte prima ancora di iniziare, ma Titania era contenta di fare qualcosa che non fosse unicamente scagliare incantesimi appena imparati contro un bersaglio che nemmeno vedeva. Elan organizzò un paio di dimostrazioni, prendendo sempre l'ibrida come esempio. Sapeva della sua cecità quasi totale, dunque non poteva pretendere che riuscisse a scorgere e comprendere la dimostrazione come le altre: con lei ci voleva il contatto.

Si sentì un po' codarda nell'ammetterlo a se stessa, ma quelle due morti, di Ronilda e Liviana, seguite dall'allontanamento di Eilir, avevano depurato l'aria che si respirava nell'Ordine. Era come se tutte le erbacce del giardino fossero state estirpate, in modo che ogni fiore potesse crescere in pace.

Non appena le ragazze iniziarono ad allenarsi, provando a ruota la leva e il disarmo mostrati e scambiando in continuazione le coppie, l'immortale prese velocemente da parte Titania. Quest'ultima era sorpresa. Certo Elan aveva dimostrato più volte di riporre fiducia nelle sue capacità, più di quanto non facesse lei stessa, ma non comprendeva quell'improvviso bisogno di parlare con lei in privato.

«Hai detto di aver trovato Belfagor nel Reame Grigio?»

L'ibrida annuì.

«Se non è un problema per te parlarne, potresti raccontarmi quanto accaduto con lui?»

Titania lo fece senza esitare. Quell'uomo così calmo e flemmatico le ispirava fiducia, almeno in qualità di mentore. Non tralasciò alcun dettaglio, nemmeno l'intervento della sua gatta, che, purtroppo per me, fu fondamentale.

Io, un potente strige, sono stato sopraffatto dall'influenza esercitata da un felino di piccola taglia, quale umiliazione!

«Riassumendo il tuo racconto, mi sembra di capire che Belfagor è bloccato a Midian, desideroso di vendetta e… di vita?»

«Sembrerebbe di sì, covava molta rabbia la corona» osservò Titania. «È come se, ora, questa rabbia si riflettesse su suo figlio.»

Non vi era altra spiegazione. Valerius non era un malvagio, il suo cuore pareva solo oscurato da un'ira radicata a fondo nel suo animo. C'erano numerose incongruenze fra i crimini da lui commessi e il suo comportamento: potevano essere tutte menzogne, incomprensioni, oppure poteva essere una bella finzione ordita dallo strige per ottenere la fiducia dell'ibrida.

«Credi che lui sappia di Valerius? Che è suo figlio?» domandò Elan.

L'ibrida scosse la testa. Aveva tentato senza successo di scacciare quel nome dai suoi pensieri ed eccolo riaffiorare con facilità nei suoi ricordi. «Non lo ha mai menzionato, quindi credo di no. O, se lo sa, non gli importa.»

«La consapevolezza di un figlio vivo potrebbe aiutarlo a restare legato ai reami dei vivi e soprattutto a tenerlo cosciente.»

«In che senso?» domandò di getto Titania.

«È molto difficile. Belfagor potrebbe tranquillamente non accettare, o potrebbero comunque presentarsi altre complicazioni. Ma, secondo me, il gioco vale la candela. Se riuscissi a convincerlo, potresti farti cedere parte della sua anima. Significherebbe riportare qui parte del suo potere e usarlo come se fosse tuo, diventerebbe il tuo patrono. Un tempo questa pratica era assai più gettonata, è il modo migliore per acquisire velocemente potere, ma espone a grandi rischi.»

«Quali, ad esempio?»

«Lui vivrebbe costantemente in contatto con te, ogni incantesimo da te scagliato sarebbe influenzato e concesso da lui. Circa un centennio fa era d'uso comune che i lanciatori d'incantesimi siglassero accordi con esseri provenienti da altri reami per evocare gli elementi a livelli più alti. Se Belfagor diventasse il tuo patrono avresti a disposizione la forza di chi ha speso tutta la sua vita onorando la divinità della morte e saresti affine a ogni elemento in possesso degli strige, come lo era lui. In verità non so come funzioni con gli ibridi, è possibile che tu mantenga la tua autonomia sulle evocazioni da driade. Ma lui avrà il controllo sui tuoi poteri oscuri e, quasi sicuramente, dovrai pagare un prezzo.»

«Che prezzo? Che cosa intendi?»

Elan s'incupì. «Purtroppo, questo lo può stabilire solo lui.»

«Cosa accadrebbe se lui dovesse diventare un residuo?» chiese all'improvviso Titania, dando voce al mio stesso atroce dubbio.

«Dovrete evitarlo a ogni costo» rispose l'uomo, improvvisamente sbrigativo. «Potrebbe portarti alla follia, saresti persa come lui.»

Ci fu qualche attimo di sospensione. L'ibrida non era sicura, ma era pure stanca di sentirsi così impotente. Purtroppo per lei, io ero l'unico capace di aiutarla, di farle abbracciare il suo potenziale.

«Ha davvero senso stringere questo accordo?» si accigliò la giovane. «Gli strige sono esiliati, io non posso usare i miei poteri.»

«Non per molto» sorrise acuto Elan. «I tempi stanno finalmente cambiando.»

Sette di Bastoni

L'entità sostava, in mezzo a un tempio sospeso nel vuoto, in attesa di un verdetto, un giudizio o anche solo una parola. Gli occhi della Morte erano bianchi, non lattiginosi bensì brillanti, come se una luce l'accendesse da dentro. Aveva lineamenti androgini e delicati, che parevano dipinti dalla mano del più sensibile degli artisti. Lei era pura eleganza e magnificenza. Lui, dall'altra parte, era pallido, solcato dagli anni e dalla fatica, aveva profonde occhiaie, il broncio sottolineato dalla pesantezza delle sue rughe, la sclera color carbone e dall'aspetto vuoto, come gli occhi di chi perde ogni speranza. Lui era la Vita.

Occupavano il medesimo corpo, erano la stessa persona, ma due spiriti differenti, coesistenti in un'unica divinità, una che possiede molteplici nomi e indossa innumerevoli identità.

«Siedi sul piattello della bilancia.»

L'entità galleggiava: non possedeva né braccia, né gambe, né volto per guardare o orecchie per udire. Quell'imperativo divino risuonava dentro di lei, sebbene lei fosse solo un puntino luminoso, una scaglia di luce sospesa nel vuoto più assoluto dell'esistenza. Come si posò sul piatto dorato, esso ondeggiò, facendola inevitabilmente rotolare da una parte e poi dall'altra. Tuttavia, restò più in alto, come se il suo peso non ne influenzasse minimamente l'equilibrio, come se dall'altra parte ci fosse più d'una misera piuma. Come se lei non fosse nulla.

«Affinché tu e la piuma siate in perfetto equilibrio, scegli degli oggetti da mettere con te sul tuo piatto della bilancia. E sceglile con cura; perché eventualmente, determineranno la tua prossima vita. Hai un'ora di tempo.»

Sul marmoreo pavimento del tempio, poco distanti dall'aurea bilancia, sostavano sei piccole statuette di animali. Ne ritraevano solo la testa, non come se fossero state cacciagione, bensì come se l'artista avesse deciso di focalizzarsi con accuratezza sui loro musi, sulla vivacità dei loro occhi.

A destra c'era la testa di un falco messo di profilo, dallo sguardo fiero e imponente; poi un coccodrillo dall'aria minacciosa, scolpito così minuziosamente che l'entità aveva timore anche solo all'idea di avvicinarsi a esso. Al centro di quella linea vi erano un elegante ibis e una docile giovenca; accanto a quest'ultima, un bel gatto sornione teneva gli occhi socchiusi come se stesse ammiccando al padrone. Di fianco al gatto, l'entità trovò un animale irriconoscibile. A prima vista, il suo muso allungato ricordava un oritteropo o un formichiere, ma i denti aguzzi mal nascosti dalle sue fauci chiuse erano quelle di un canide. Doveva essere per forza uno sciacallo o una volpe, però quel muso spiovente non la convinceva del tutto.

Ecco come l'entità apprese il pensiero, nonché il potere del discernimento: considerò separatamente ciascun animale e pensò alle loro qualità, probabilmente vecchie reminiscenze di un'altra vita, di qualcuno che non era più.

La sua prima mossa fu quella di pensare a dove idealmente si trovavano quegli animali all'interno della catena alimentare, chi era più forte di chi e per quale motivo. In fondo a questa classifica mise l'ibis e poi la giovenca, erano gli animali più innocui e docili. Non appena pensò a questo, le statuette si mossero. Si scambiarono di posto, affinché in fondo a sinistra ci fossero gli animali appena menzionati.

Poi ci fu un po' d'indecisione: il falco era un abile predatore, ma il gatto non era da sottovalutare, anche se fra le vittime del primo vi erano tranquillamente eventuali cuccioli del secondo. La tentazione era quella di classificare il gatto come più debole del falco: questi d'altronde volava, sfruttando le correnti d'aria, gettandosi in picchiata sulle proprie prede. L'entità, tuttavia, fu colpita da un ricordo ancestrale: le gatte accompagnate dai piccoli e la loro tenacia, la foga con cui facevano indietreggiare animali ben più grossi di loro pur di difendere la prole. Fu il disinteresse con il quale si scagliavano contro chiunque si avvicinasse a essa a convincere l'entità che il gatto fosse più forte del falco.

In cima a questa scala di potere sedeva, senza ombra di dubbio, il coccodrillo. La sua intangibile pelle coriacea, il suo morso letale, la sua tecnica per dislocare e staccare gli arti della preda mentre essa annegava, temibile sia in acqua sia sulla terra ferma.

Restava fuori solo quello strano animale non ben identificato. Dando per scontato che si trattasse di un canide, l'entità lo mise sopra al gatto e sotto al coccodrillo. Le statuette si mossero.

La risposta era facile: il coccodrillo. Come l'animale fu scelto, il grosso piatto su cui si trovava quel piccolo barlume di luce precipitò verso il basso, facendolo ondeggiare vertiginosamente. Tuttavia, erano ancora più in alto della piuma: forse c'era spazio per dell'altro.

L'entità scelse il secondo animale da essa classificato come più forte, ovvero quello sciacallo dal muso spiovente. Era sorprendentemente leggero rispetto al coccodrillo. Il piatto oscillò appena e poi si fermò, perfettamente in linea con la piuma. Ci era riuscita, aveva trovato la soluzione.

«È la tua scelta definitiva?»

«No, non può essere questa la risposta» ritrattò l'entità, liberando il proprio piatto dai due animali e tornando a dondolare, mentre il peso della piuma la rispediva in alto. «Mi è stato detto di scegliere bene, i due animali più forti non possono essere la risposta.»

Provò a scegliere gli animali che aveva sentito più vicini a sé, apprendendo così l'arte della preferenza. Non lo sapeva, ma in un passato non troppo lontano, l'entità era stata vicina ai gatti, li aveva accuditi e cresciuti, così come i cani. Dunque scelse il gatto, e il piatto precipitò giù. Con l'aggiunta dello sciacallo, scelto per l'affinità con i tanto amati cani, tornò ad allinearsi con la piuma.

«Strano» notò. «Il gatto sembra avere lo stesso peso del coccodrillo. A quanto pareva, il peso che le statue esercitavano sulla bilancia non corrispondeva a quello dei rispettivi animali.» L'entità, sorpresa da questo nuovo elemento, si prese qualche secondo per chiamare singolarmente gli animali sul piatto per capire il loro peso. Il coccodrillo e il gatto erano i più pesanti, non potevano stare insieme, avrebbero sbilanciato i piatti e sollevato la piuma con il loro peso. L'ibis, anche lui, era gravoso rispetto all'animale che rappresentava, ma comunque più leggero del gatto e del coccodrillo, e lo stesso valeva per l'animale ignoto. La giovenca, invece, era leggera, poteva tranquillamente essere combinata con qualsiasi altro animale, così come il falco. «Ci dev'essere un motivo.»

«Ti rimane mezz'ora.»

L'entità fu stupita da quanto annunciato dalla divinità. Era già passata mezz'ora? Eppure, le era sembrato di aver speso appena cinque minuti. Tentando di non perdere la concentrazione, tornò a focalizzarsi sugli animali.

Quel peso doveva per forza avere un significato. Forse l'importanza avuta in una sua vita passata? No, non riconosceva il coccodrillo come aveva fatto con il gatto, ergo non doveva averci avuto a che fare. Forse era un modo per classificare la forza individuale della creatura? Ma allora perché l'ibis pesava più del falco? C'era qualcosa che le stava sfuggendo, che non stava prendendo in considerazione.

«Venti minuti.»

Ghermita dall'impellenza, l'entità galleggiò fuori dal piatto, sbilanciandolo, e atterrò vicina alle statue, così da poterle osservare meglio. Forse non le stava sfuggendo niente, tutti i dettagli erano esattamente sotto al suo naso. Chiunque le avesse scolpite si era focalizzato solo sul volto, nonostante l'animale raffigurato fosse vivo e non frutto di qualche battuta di caccia. Era una scelta peculiare, solitamente venivano rappresentati nella loro interezza.

«E se non fossero animali?» La realizzazione colpì l'entità. In effetti, osservando meglio il falco e la posizione in cui si presentava, ne realizzò la familiarità. La colpì soprattutto lo sciacallo, si rese conto che esso non era perfettamente riconducibile a nessun animale conosciuto. Era una via di mezzo fra tante creature esistenti, il prodotto chimerico di una società profondamente legata ai propri miti. «Questi sono dèi di una civiltà antica, archetipi ancora esistenti del genere umano.»

L'entità tornò sul piatto della bilancia, sorprendendosi ancora di quanto oscillasse.

«Dieci minuti rimanenti.»

Questa volta l'annuncio non la fece preoccupare: aveva la soluzione sottomano, ora che aveva un'idea del significato intrinseco di ciascuno di quegli animali. Il gatto era protezione: anticamente debellava i topi dai granai, era comune tenerne uno in casa. La giovenca era simbolo profondamente carnale: amore, sesso, bellezza, fertilità. L'ibis, così placido e mansueto, incarnava la sapienza e la magia. Il coccodrillo rappresentava il potere dei sovrani e la forza militare. Il falco era la luce, una guida interiore. Mentre quel grottesco animale ignoto altri non era che violenza e caos. Quelle informazioni avevano attraversato la morte numerose volte ed erano giunte a lei, immutate, perché quell'entità conosceva bene quei musi. Li aveva visti, disegnati su pareti e drappeggi, li conosceva uno a uno per nome e per dominio.

«Cinque.»

Il potere la tentava, ma sapeva che non era ciò di cui il suo mondo avrebbe avuto bisogno. L'ennesima persona con troppo potere fra le mani. I reami necessitavano di qualcuno o qualcosa capace di debellare tutti i parassiti pestilenziali che appesantivano l'esistenza con la loro avarizia.

«Scelgo il gatto.» La bilancia oscillò, i piatti ondeggiarono fino a stabilizzarsi. C'era ancora spazio per un altro animale, anzi due, volendo. Se avesse scelto la giovenca avrebbe potuto aggiungere pure il falco. Erano due animali che avrebbero indubbiamente portato qualità alla sua vita, ma sarebbe accaduto altrettanto con il resto del mondo?

Pure la giovenca le pareva una bella opzione, tanto bella quanto egoistica. Non ricordava il motivo, ma una promessa fatta chissà quanto tempo addietro le impediva di optare per quella scelta.

«Restano due minuti.»

No, quel mondo aveva bisogno di cultura, di sapienza. «Scelgo l'ibis.»

I piatti ondeggiarono, su e giù come due ascensori impazziti, fino a fermarsi definitivamente: la piuma sostava poco sopra l'entità. «No, com'è possibile?» si disperò. «Prima il coccodrillo e il canide erano perfettamente bilanciati! Il loro peso non differisce più di tanto.»

Che cosa le restava da fare? Rinunciare alla sapienza o alla protezione? Era un quesito fondamentale, doveva lasciar indietro qualcosa per ottenere la sua vita, ma cos'era più giusto sacrificare? Un importante elemento di difesa o la cultura, la capacità di comprendere e discernere il male? L'entità non si sentiva pronta, né degna di questa responsabilità.

«Dieci secondi.»

Era iniziato il temibile conto alla rovescia. Forse doveva rinunciare alla sapienza e pensare a se stessa.

No, c'era un motivo se adesso il piatto era più pesante, e non erano le statue, era lei. In quel lasso di tempo aveva richiamato a sé conoscenze recondite delle sue vite passate, aveva imparato a cogitare e a preferire, era passata dall'essere nulla all'avere un pensiero autonomo. Il peso sul piatto era aumentato perché lei era cambiata.

Al rintocco del terzo secondo, l'entità scese dalla bilancia e gli aurei piatti ondeggiarono, fino a ritrovare l'equilibrio allo scadere del tempo. Erano perfettamente bilanciati, sospesi nel silenzioso vuoto dell'attesa.

«È la tua scelta definitiva?»

«Sì.»

«Non sei sul piatto della bilancia, è stata una scelta consapevole?»

«Esatto.»

È stato uno spettacolo magnifico, ho a malapena le parole sufficienti per descriverlo. L'infinita volta celeste nera, costellata di stelle luminose, il tempio bianco, etereo, sospeso in mezzo al vuoto. Il dio...

Perdonate quest'interruzione. Mi sono un attimo allontanato dall'Occhio, ho difficoltà a riprendere il fiato e a calmare il cuore nel mio petto. Ci vorrà un po'. Ho assistito a qualcosa che non dovevo vedere in primo luogo, che nessuno, oltre al dio, può scorgere o ricordare. Tutto seguendo un vivo attraverso il reame della Morte.

Ho bisogno di sdraiarmi, di far riposare la mente e lo sguardo, ma al contempo ho bisogno di guardare ancora, di convincermi che quella da me attualmente vissuta non è l'unica realtà possibile e che persino io posso salvarmi dall'oblio.

Tre di Bastoni

«È stata una bella prova, piccola anima. È la prima volta in oltre cento anni che qualcuno pensa di togliere se stesso dal piatto. La maggioranza degli individui, a prescindere dalle maschere con cui si copre il volto e i gioielli con i quali adorna il corpo, pensa a se stesso, non vuole mai escludersi dal quadro. Bene.»

A parlare era stata Morte, con voce morbida e avvolgente, ma Vita prese rapidamente il suo posto, continuando il discorso.

«Tu non sei mai appartenuta a noi, non ancora almeno. Lo strige di nome Valerius non ha mai leso alla tua salute o alla tua vita. Ci ha solo chiesto un piccolo favore: mettere alla prova la tua lealtà verso Arcadya, lealtà che tu hai appena mostrato superando altruisticamente la prova.»

La voce di Vita era più rauca e decisamente meno eterea; se non fosse emersa dalla bocca di un'enorme divinità bifronte, avrei tranquillamente creduto che a parlare fosse stato un uomo qualsiasi.

«Hai attinto alle conoscenze recondite delle tue vite passate, aspettando che esse riaffiorassero con l'aiuto delle statue, anziché lasciare che fosse la fretta a scegliere al posto tuo. Questo è segno di maturità e pazienza, due qualità che ti saranno fondamentali per riaffrontare la vita.»

Quando a parlare furono entrambi, in contemporanea, mi vennero i brividi. Le loro voci si mescolavano perfettamente, risuonando da ogni angolo (o non angolo) di quel tempio sprovvisto di pareti, rimbombava ovunque come se fosse l'universo stesso a parlare.

«Tu sei Evelyne. Con queste parole, ti restituiamo la tua identità, da noi presa in prestito affinché tu potessi svolgere la prova in maniera equa e corretta.»

Non so cosa accadde. So solo che sbattei le palpebre e, in un attimo, l'entità astratta, quel minuscolo bagliore di luce, aveva di nuovo l'aspetto di Evelyne. I suoi ingestibili capelli castani, il naso a patata che tanto detestava, quel corpo da lei ritenuto troppo abbondante e flaccido. In quel momento non riusciva a non essere grata di riavere indietro pure quei dettagli a lei tanto sgraditi.

«Riacquisirai tutti i tuoi ricordi, eccetto quello da te barattato con il reame dell'Oblio. Affinché tu possa continuare a vivere regolarmente, dimenticherai quanto accaduto in Elisium e qui. Farai ritorno con un piccolo dono, ora è una sola la tua missione.»

Il misterioso luogo della sua rinascita iniziò a crollare. Le prime colonne marmoree furono abbattute, una ad una, da un vigoroso terremoto, che crepò il suolo sotto i piedi di Evelyne. Quest'ultima si lanciò in avanti, come in un vano tentativo di raggiungere la divinità. «Aspetta!» strepitava. «Quale dono? Che cosa devo fare?»

«Uscire incolume.»

La giovane non comprendeva. Doveva uscire incolume da cosa? Forse dal terremoto? Una colonna bianca crollò addosso a un'altra, facendola precipitare a sua volta contro il suolo. Il pavimento si ruppe ed Evelyne balzò di lato per evitare i frammenti di marmo. La bilancia e le statuette furono sbalzate nel vuoto, tintinnando fra loro e perdendosi nell'immensità di quel meraviglioso e stellato buio.

«Devi sbrigarti, ne hai ancora poco.»

La giovane scivolò su un blocco di marmo. Tentò malamente di aggrapparsi a esso ma, quando l'ultima colonna colpì quel suolo sospeso, Evelyne fu catapultata via, nell'oscurità. Per quanto tentasse di sbracciarsi e di nuotare verso la divinità, non ci riusciva. Era impotente, il suo corpo era capace solo di ruotare senza controllo, galleggiando lontano dal punto in cui, poco prima, c'era un tempio. «Ne ho ancora poco, cosa?» ripeté, disperata. Il suo corpo riprese a ruotare sempre più velocemente. Le stelle lontane si muovevano tanto in fretta da confondersi con lo sfondo nero, fino a scomparire, abbandonando Evelyne nel più tetro dei vuoti.

«Ossigeno.»

Il continuo e isterico movimento portò la giovane a ribellarsi. Per contrastare quella caduta all'indietro, fece uno scatto e la sua nuca incontrò una dura parete di legno.

Il suo corpo si fermò. O forse non si era mai mosso?

A corto di fiato, la ragazza mise le mani, tremanti, in avanti. Sì, c'era effettivamente qualcosa, un grande muro di legno. Ci bussò sopra. Emise un rumore sordo, come se al di là fosse pieno di qualcosa, di cemento, o terra.

Questa è una tomba, realizzò. Ricordava, certo, d'aver incontrato Valerius e di essere svenuta a seguito di un suo attacco, e poi c'era il vuoto. Eppure, questa sua assenza doveva esser durata abbastanza da convincere tutti che era passata a miglior vita. No, lei non lo avrebbe permesso. Teneva ad Arcadya, l'avrebbe difesa da Valerius con tutta se stessa, non era tempo di morire. Ma, se non si fosse sbrigata, sarebbe morta comunque.

Evelyne sferrò un pugno sopra la propria testa, poi un altro e un altro ancora. Mirò agli angoli, nella speranza di far saltare i chiodi. E in effetti riuscì ad aprire un piccolo angolo, facendo entrare uno sbuffo di terra. Con un po' di pazienza aprì pure l'altro e ne fu inondata. Sottile quasi quanto la sabbia e umida, la circondava, si stringeva intorno a lei tentando di soffocarla. Più lei cercava di rimuoverla dai propri occhi e dalla propria bocca, più essa si attaccava alla sua pelle. Purtroppo le era ancora fisicamente impossibile passare: doveva schiodare pure la base, e così fece.

Mentre il petto le si stringeva in una morsa e lo stomaco le doleva, riuscì ad abbattere un lato della bara. Aveva le mani insanguinate, livide, piene di schegge e luride di terra, però doveva continuare. Il dolore le anestetizzava le dita, con le quali scavò incessantemente, fino a sgusciare fuori dalla cassa.

Quanto è profonda? In quel momento ringraziò di non essere nobile, né ricca. *Un legno di maggior qualità non avrebbe ceduto tanto facilmente.*

«C'è nessuno?»

Evelyne trasalì. *La voce di un ragazzo.* Ed era pure una voce che lei conosceva.

Provò a rispondere, ma la sua bocca impastata, piena zeppa di terra, le impediva di parlare. Doveva solo stringere le meningi e continuare, continuare, continuare.

Quando le parve di esplodere, di non poter più andare avanti, quando la morsa al petto si propagò fino alla testa e al ventre, la sua mano destra non trovò più la terra, bensì aria, finalmente. Si distese verso l'alto, assaporando una nostalgica freschezza. Quella sensazione inebriante era quanto più il suo corpo desiderava e bastò a darle l'ultima spinta per emergere.

La boccata d'aria con cui riempì i suoi polmoni fu enorme e avvolgente, cercava di respirare quanto più possibile e ciò la portò inevitabilmente a tossire polvere e terra.

«Evelyne?»

Lysander era in piedi, dinanzi a lei. Non aveva l'aria sconvolta di chi aveva pianto, no, in effetti non doveva aver speso nemmeno una lacrima. I suoi occhi chiari, tuttavia, mostravano lo sgomento di chi ha appena visto un fantasma. «Sei viva?» mormorò l'erede, stringendo a sé un foglio stropicciato.

Istintivamente, la ragazza si portò due dita sotto al mento, tastando bene la gola, ad accertarsi di essere viva e non frutto di chissà quale necromanzia. E c'era ancora battito, ovviamente.

«Sì, accidenti, sono solo svenuta» balbettò, continuando a sputacchiare grumi di terra e radici. «Avevate proprio voglia di seppellirmi, non vi siete manco accertati che fossi effettivamente andata.»

«Ma se ne sono accertati, Evelyne» ribatté il giovane. «Un medico legale si è occupato di te all'obitorio, ti hanno sepolta stamani. Sei stata *svenuta* per tre giorni.»

Una fitta colpì la giovane allo stomaco. Non aveva avuto polso, non aveva respirato, il suo corpo era caduto vittima di un blackout totale per settantadue ore, eppure la sua pelle era morbida, i suoi occhi vedevano bene. Era calda e sudata per la fatica come solo un vivente può esserlo.

«Tu l'hai visto? Hai visto cos'è successo?» Evelyne si alzò in piedi e, ancora spossata per la fatica e per il torpore, barcollò.

Lysander fece un passo indietro, intimidito da quel movimento improvviso. «No, non ero lì, ma so quello che è successo.»

La giovane avanzò, realizzando con meraviglia la situazione: l'erede al trono era lì, davanti alla sua lapide, proprio per lei! «Eri venuto qui per me?» chiese timidamente.

Lui annuì, distogliendo lo sguardo. Era profondamente tanatofobico: tutto ciò che riguardava la morte lo spaventava e ancora non era sicuro che quella fosse la sua mentore e non un morto vivente in cerca di carne succulenta. «Sì, mentre non c'eri ho avuto modo di ripensare alle tue lezioni. Mi è dispiaciuto non averle messe a frutto e aver sprecato il tempo che dedicavi a me.» Sospirò, passandosi drammaticamente una mano in mezzo alla chioma bionda. «Eri l'unica a impegnarsi e a credere in me.»

Evelyne sgranò gli occhi, colta alla sprovvista da quella dichiarazione.

Davvero, anch'io sono esterrefatto. Quelle erano scuse? Non le scuse piene e sincere di chi non è vittima del proprio fragile ego, certo. Era il tipico «mi dispiace» dei codardi incapaci di chiedere scusa per davvero, però era comunque la prima volta in cui Lysander mostrava consapevolezza. Un magro successo, ma pur sempre un successo, no?

L'erede le porse il foglio che, poco prima, stringeva a sé. «Questo è tuo, lo hai dimenticato sulla scrivania della mia stanza.»

La giovane sbatté le palpebre, allibita. «Non l'ho dimenticato, sono esercizi. Era per te.»

«Ah.»

Ci fu un secondo d'imbarazzato silenzio, poi Evelyne, tentando di scrollarsi di dosso la terra, domandò: «Mi… mi riaccompagneresti al palazzo?».

14
La Temperanza

Sette di Spade

«Mi hai chiamato?»

Valerius era in piedi, in mezzo alla cupola gigantesca. Era una grande serra riempita da alte piante dalle fronde rosee, e lucciole violacee. Di tanto in tanto, timide volpi bianche dalle molteplici code facevano capolino dalla stravagante natura di quel luogo, per poi scomparire di nuovo dietro a qualche pianta bluastra. Tutto era straordinario e placido. Titania, pur non potendo vedere i meravigliosi dettagli offerti da quel reame, ne percepiva l'aura pacifica, così come aveva sentito la presenza di Valerius, prima ancora che egli parlasse.

«Io non ho chiamato nessuno.»

Saltare il funerale di Liviana era stata una buona idea. No, in verità era stata pessima, ma i sensi di colpa stavano divorando l'ibrida, pezzo dopo pezzo. Lei era la vera assassina, non Valerius. La consapevolezza di essere il motivo dietro al lutto delle sue compagne la distruggeva. Solo Calista era meno triste delle altre. «Non era una bella persona in vita, non lo è stata dal momento in cui sono entrata nell'Ordine e fino a quando non è morta. Presenzierò al funerale, ma lo farò solo in onore di ciò che ho imparato da lei.»

Queste furono le sue parole e Titania non poté non ringraziare l'intelligenza di quella driade, l'unica a non fare dell'assenza dell'ibrida dai funerali una questione di stato. Per fortuna, Elan aveva in programma un duro potenziamento fisico: le sarebbe servito per affrontare il passaggio fra reami e la mutazione che avrebbe subito. Per questo Titania ebbe la fortuna, o la sfortuna, di trovare una scusa pronta per saltare il funerale.

Aveva cercato di mettere a frutto quelle ore per prepararsi ad affrontare nuovamente me, Belfagor, ma l'idea di rivedermi, di ritornare nelle mie grinfie, in questo misero angolo di Midian soggetto al mio controllo, la terrorizzava. Non ero tanto io a spaventarla, quanto l'idea alla base di quel piano, la possibilità di lasciarmi libero di fare ciò che volevo. E io che credevo d'aver reso chiare e inequivocabili le mie intenzioni!

La notte prima della missione pianse a lungo, per tutta la responsabilità che sentiva gravare sulle proprie spalle, come la morte di Liviana o l'imminente missione nel Reame Grigio. Bastet le si accoccolò vicino, strusciando il proprio musetto bianco contro la sua nuca, finché la giovane non trovò un po' di calma e il suo pianto non si placò.

Il fabbricante di sogni, l'anziano uomo chiuso dentro la scatola di vetro, lavorava incessantemente su quello che, all'apparenza, poteva sembrare un grammofono d'altri tempi. Era impossibile parlargli o comunicare con lui. Occupava uno spazio minimo nella serra; era in piedi, stretto in un angolo e curvo sul marchingegno. Stava in una posizione scomoda, ma al contempo pareva così immerso nel suo operato da non rendersi conto del dolore alla schiena e alle articolazioni. *Chissà da quanto è qui*, si domandò Titania, scorgendo la sua figura sottile e ricurva.

«Forse lo hai fatto involontariamente» proseguì lo strige, notando a sua volta il magro uomo nella teca e osservando come la concentrazione trapelasse fra le rughe della sua fronte corrucciata.

«Stavo solo sognando, e poi mi sono ritrovata qui» tagliò corto l'ibrida, ricordando quanto accaduto alla giovane serva da lui aggredita e il suo solare fratello, ormai rimasto solo. A causa dello stesso uomo da cui si era lasciata aiutare e consolare.

Dovrei fuggire, ricordò a se stessa. *Ma perché non lo sto facendo?* Pure se non fosse stato il malvagio corrotto dipinto dagli altri, così era rappresentato, e lei doveva stargli alla larga, anche solo per non sollevare sospetti su di sé. Eppure, le risultava così difficile allontanarsi da quello strige, quando le voci nella sua testa si quietavano solo in sua presenza e una nuova agitazione si faceva largo dentro di lei.

Valerius riconobbe la tensione nella voce della ragazza, dunque si avvicinò a lei e le prese una mano, accostandosela al viso, come ormai era solito fare.

Titania accarezzò il suo volto, assaggiandone la delicata bellezza. «Il tuo sonno era tormentato, avevi bisogno di qualcuno con cui parlare» proseguì lo strige, lasciando che le mani della giovane solcassero con curiosità il suo volto, come se ancora fosse la prima volta.

«Avrei chiamato Calista, non credi?»

«Avevi bisogno di qualcuno con cui parlare riguardo a quanto accaduto a Liviana.»

Percependo la dura realtà dietro quelle parole, Titania si ritrasse, tuttavia senza riuscire ad allontanarsi dal giovane. Veniva attratta verso di lui, le era impossibile non orbitargli intorno, c'era qualcosa dentro di lui che parlava direttamente alla sua natura.

Calista nemmeno lo immagina, realizzò l'ibrida, sentendo un groppo in gola.

Non aveva avuto il coraggio di confessare la sua malefatta all'amica. Temeva, più d'ogni altra cosa, che lei s'allontanasse. Era affezionata a quella driade in maniera indissolubile, unita a quella ragazza da un legame profondo e ancora incomprensibile. Gli allenamenti con l'Ordine nei quali lei non c'era le parevano lenti, vuoti, privi di significato. Così come quando viaggiava in un reame senza incontrare Valerius. Il suo petto era un turbinio di sentimenti ognuno impegnato in un'intensa lotta per la supremazia, mentre lei era relegata al ruolo immobile di un arbitro costretto a giudicare una gara nella quale tutto è lecito.

«L'ho sognato di nuovo» confessò, emettendo un sospiro affranto. «Ho sognato di uccidere Liviana ancora. Ogni volta in cui chiudo gli occhi rivivo quella scena.»

Improvvisamente, si sentì avvolta. Valerius, lo stesso giovane che a Deltora si era scostato bruscamente, colui che ancora aveva difficoltà a stabilire un contatto con gli altri, la stava stringendo calorosamente a sé. Titania si sentiva cullata dalle sue braccia, accolta dal battito regolare del suo cuore e inebriata dal suo tepore. Sapeva che purtroppo indipendentemente dagli orrori da lui commessi, l'avrebbe sempre compreso e perdonato, proprio come lui faceva con lei.

Il suo stomaco era sottosopra, le doleva, tuttavia lo trovava estremamente gradevole. Il suo petto si era riscaldato diventando simile a un braciere.

È questo l'innamoramento? si chiedeva, confusa da quelle molteplici sensazioni, quegli incomprensibili impulsi che il suo corpo le lanciava.

«Anche a me succedeva spesso. Sai, ero uno schiavo di Settimio, il lenone che aveva catturato Laurell ed Evelyne» confessò, stringendola come a proteggere lei, oltre a se stesso, da quel passato crudo. «Mi ha trovato durante la guerra, rapito e tenuto con sé per anni. Sono stato usato come sfogo personale da uomini ricchi, desiderosi di esercitare il proprio potere.»

«Mi dispiace» commentò sommessamente Titania, accarezzando la sua chioma liscia, sperando di poter quietare le voci del suo violento passato.

«Avevo iniziato ad avvelenare i clienti del postribolo, nella speranza di alleviare le sofferenze mie e delle altre schiave. Le prime notti mi sentivo in colpa, vedevo i loro volti gonfi, pallidi e febbricitanti. Le loro bocche violacee mi tormentavano nel sonno, facendomi sentire uno sporco assassino. Quegli uomini avevano dei figli, dei genitori, amici e cari ai quali fare ritorno, persone alle quali stavo rubando un amato, cancellandolo dalle loro esistenze.» Valerius iniziò a tracciare dei cerchi concentrici sulla spalla di Titania, un modo per estraniarsi dal racconto, per dare a se stesso l'impressione di riferire la storia di qualcun altro, per salvaguardare quel bambino senza infanzia che ancora piangeva nel suo cuore. «Poi è stata come una lenta anestesia; i clienti di Settimio erano tremendi con me, potevano farmi qualsiasi crudeltà non lasciasse segni visibili o permanenti. Mi sono chiesto che cosa avrebbero insegnato ai loro figli, come li avrebbero cresciuti, come avrebbero trattato i loro cari. So che, strappare una vita è un atto ingiusto, che dovrebbe spettare solo alla dea della morte, certa gente però sporca questo mondo già corrotto, calpesta i deboli e si diverte a sottomettere per esercitare il proprio potere. Costoro non meritano la vita.»

Un fremito scosse il corpo dello strige. Al ricordo delle loro languide mani e sudicie bocche, il suo corpo realizzò che non era un estraneo ad aver vissuto quegli orrori, bensì lui stesso. Si allontanò di scatto, sfuggendo all'abbraccio dell'ibrida, e portò istintivamente una mano al petto, come a schermarsi da ogni possibile aggressione. Titania restò immobile: non era d'accordo, trovava sbagliata l'idea che qualcuno fosse immeritevole di vivere, peggio ancora il farsi giudice di tale decisione, però non disse una parola. Valerius stava soffrendo ancora per quel passato che tornava a fagocitare la sua sanità mentale, non era il momento di dibattere. E se gli avesse rammentato ciò che i clienti di Settimio gli infliggevano? No, non poteva ferirlo una seconda volta. Nel timore, restò ferma, immersa nella tristezza condivisa con lui.

«Nemmeno Liviana. Lei ha concesso tutto questo, era una di loro» proseguì, ricomponendosi lentamente, tornando freddo ed estraneo a ogni crudeltà subita in passato. «Hai fatto del bene ad Arcadya nel momento in cui hai deciso di piantare quel palo nel suo cuore, anziché nel mio. A proposito, la mia non è certo una lamentela, però ho bisogno di chiedertelo: perché lo hai fatto? Fai parte dell'Ordine, lei era la vostra mentore, io il nemico. Dovevo essere io la tua vittima.»

«È stato istintivo, credo.» Titania scosse la testa, tentando di ricordare bene cosa le fosse balenato nella mente in quel momento. «Ho sempre avuto brutte sensazioni su Liviana, mai su di te. Ormai sono abituata a seguire ciecamente il mio istinto, a Faeree mi ha salvato la vita più di una volta.»

Gli occhi violacei dello strige s'illuminarono di meraviglia. «Non hai mai dubitato di me?»

«No, aspetta» lo fermò lei, troncando sul nascere il suo entusiasmo. «Io dubito continuamente di te, il mio istinto no. Esso non percepisce malvagità in te, solo tanta rabbia. In tutta onestà, adesso che conosco la tua storia, ne comprendo il motivo.»

Valerius le sorrise debolmente. «Ti ringrazio, la comprensione non è una qualità di molti.» Poi si guardò nervosamente intorno: l'ambiente iniziava a mutare, a piegarsi lentamente su di sé. «Il tempo stringe, stai per svegliarti. Dimmi dove ti posso raggiungere, qual è la vostra prossima missione?»

Titania aggrottò la fronte, mentre i vetri della serra cominciavano a incrinarsi. «Credevo avessi una talpa.»

«Non ho avuto modo di parlarci recentemente, è una talpa impegnata. Questo come lo hai scoperto?»

«Non l'ho scoperto io, ma le mie colleghe. Fa' attenzione.» L'ibrida fu tentata di mordersi la lingua per averlo detto. Fa' attenzione? Al nemico di Arcadya? Ma cosa le passava per il cervello? «Domani andremo a Midian, da Belfagor. Non raggiungermi lì, vediamoci a Deltora dopo il mio ritorno.»

I vetri si ruppero, le luci si dispersero nell'aria, come se l'atmosfera esterna alla cupola le avesse risucchiate via. Titania non ebbe tempo di chiedere a se stessa come mai avesse lasciato sfuggire così tante informazioni sul proprio conto e sull'Ordine, come mai non avesse esitato. Forse era impietosita dal suo racconto, o forse c'era dell'altro. Non riuscì a mettere insieme due pensieri che il suo sogno cadde in mille piccoli pezzi e lei si svegliò.

Durante la giornata, l'ibrida non riuscì a non ripensare a quanto aveva sognato. Era la realtà? Lei e Valerius si erano davvero incontrati? Oppure era stato tutto un gioco di una mente che si stava lentamente ammalando? Purtroppo per lei, lo avrebbe scoperto solo dopo la sua pericolosa missione nel Reame Grigio.

Titania non riusciva a concentrarsi sul presente, nemmeno sulla piccola riunione indetta da Elan all'interno di una cella nel sotterraneo della clinica privata di Tiberio. La stanza, illuminata solo da pochi neon attaccati alle pareti, era di un inquietante bianco freddo, sterile. I paramedici presenti nella stanza e le alte colonne cilindriche coperte dai teli proiettavano lunghe ombre addosso alle ragazze, come se le stessero inghiottendo. Di questo fantomatico medico Tiberio non vi era alcuna traccia: Titania lo trovò anomalo, ma non disse nulla e ascoltò il proprio mentore.

«Essendo questa una missione ufficiale, sono riuscito a ottenere i fondi per fare le cose per bene» affermò Elan. Questa sembrava quasi una frecciatina nei confronti di Liviana, ma non vorrei vedere il male dove non esiste, l'immortale si è sempre mostrato fin troppo tranquillo e flemmatico per lasciarsi andare a questi infantilismi.

L'uomo scostò il telo e rivelò dei marchingegni metallici, alti fino a quasi il soffitto, con vetri trasparenti e luci a led che illuminavano dall'interno. Un denso e pesante fumo sfuggiva dagli spiragli di ciascun portellone. Quella gelida brezza s'insinuava sotto i vestiti dei presenti e la temperatura nella stanza crollò. Anaïs per prima si strinse nelle braccia; già s'iniziava a udire il rumore di denti che sbattono convulsamente fra loro, un macabro ticchettio.

«Come già sapete, per visitare Midian è necessario morire, almeno per un po'. Il tempo nel Reame Grigio è estremamente dilatato, porta più in fretta i morti alla follia. Verrete ibernate nell'azoto liquido, è indolore ed è come addormentarsi lentamente. Il team di paramedici terrà sotto controllo attività cerebrale e cardiaca; resterete per meno di due minuti senza battito, poi inizieranno a rianimarvi. È tutto chiaro?»

Titania era di gran lunga più rilassata: Elan era stato limpido ed esaustivo nella spiegazione del procedimento. Si trattava di una piccola accortezza, è vero, ma in cuor suo l'ibrida si sentì più convinta della decisione istintiva presa in libreria. Liviana non era una bella persona e ancor meno una brava guida. Con la coda dell'occhio vide i paramedici chiedere alle giovani, prima di attaccare loro gli elettrodi addosso, se preferissero tenere l'intimo addosso. Sì, la destinazione era la medesima, però l'organizzazione di gran lunga migliore. La tecnologia era parecchio recente, da quando son morto io ne hanno fatti di progressi! L'ECG era svolto interamente a distanza, con dei congegni che erano un incrocio fra un elettrocardiogramma da tasca e un radiotrasmettitore. C'erano molti meno cavi in giro, le placche da attaccare sul corpo delle giovani erano rivestite da una membrana di silicone e il trasmettitore riusciva a monitorare il battito cardiaco delle driadi, nonostante non fosse collegato da alcun cavo, ma solo da onde radio!

Oh, perdonatemi, probabilmente non vi interessa il mio divagare sulle apparecchiature mediche. Se solo sapeste quanto mi manca il mio lavoro.

Una volta che furono tutte spogliate e piene di elettrodi, Elan le fece accomodare una a una nelle celle. Erano piccole, c'era giusto lo spazio per stare in piedi e, soprattutto, si congelava. Calista guardò Titania attraverso il vetro: la vide tastare le pareti con circospezione. Aveva la fortuna di essere proprio davanti a lei. «Ci vediamo dall'altra parte» le disse col labiale, tanto lei non avrebbe comunque visto quel suo saluto.

Poi, la botola sopra di sé si spalancò. Del fumo denso e bianco invase la sua cabina, fu immersa completamente in una sostanza che nemmeno riuscì a scorgere, in mezzo a quella fitta nebbia.

Si trovò sospesa, galleggiante in quel liquido sconosciuto, attraverso il quale non si vedeva niente per l'ingente quantità di fumo. Anche se il freddo avrebbe dovuto spaccarle la pelle e congelarle i bulbi oculari, niente di tutto ciò accadeva: era proprio come aveva detto Elan, come se si stesse addormentando. Ma, prima di cedere alla sonnolenza e chiudere gli occhi, Titania compì un ultimo sforzo e mi pensò. Pensò a Belfagor.

Regina di Denari

Quando Evelyne si presentò a lavoro, fu inondata dalle domande degli altri servi. Era un chiacchiericcio unico, la ragazza nemmeno sapeva più come rispondere a quei continui interrogativi. Ma si sentì accolta e benvoluta come mai prima d'allora. I suoi colleghi non avevano mai avuto grande considerazione di lei, però in quel momento era attorniata dalle loro curiose attenzioni. *Chi avrebbe mai detto che servisse morire e poi tornare per essere finalmente considerata dagli altri?*

A un tratto, scorse un guizzo castano fra le colonne. Suo fratello stava trottando come non mai nella vita e aveva un'aria cupa. Sembrava che si stesse costringendo a lavorare intensamente pur di non pensare alla sorella, a lei, che lo stava guardando in piedi in mezzo all'atrio. Era strano vederlo sgobbare, non aveva mai lavorato di buona lena, tanto che per qualche istante Evelyne addirittura pensò che quello non fosse suo fratello. No, era proprio lui: la figura slanciata, i capelli castani e sempre spettinati, il volto lentigginoso. Solo il suo sguardo pareva aver perso quella fiamma smeralda che da sempre l'aveva animato.

La giovane, ghignando fra sé e sé, corse a mettergli le mani sugli occhi. «Chi sono?» gli domandò giocosamente.

Lui si scostò brutalmente da lei. «Non è divertente» brontolò con voce rotta, ma quando si voltò a guardarla quella fiamma perduta tornò a illuminare i suoi occhi. «No, non è possibile» esclamò esterrefatto.

«Sì invece» gli sorrise la ragazza.

Sylvain la avvolse con le proprie braccia, stringendola a sé, come se quella tanto adorata sorella potesse scivolargli dalle mani in ogni momento, come se la vita di Eve fosse ancora in bilico fra la vita e la morte. Il ragazzo iniziò a singhiozzare, liberandosi come un rubinetto a lungo inceppato, aggrappandosi alle spalle della gemella, ripetendole, fra le lacrime, quanto le fosse mancata e quanto misera fosse la sua vita senza di lei.

La nuova Evelyne, senza la memoria della vecchia, non capiva il motivo di quella sviolinata. Certo, era affezionata a Sylvain, ma più come ci si affeziona al cane randagio sotto casa: gli fai due carezze e gli lasci qualcosa da mangiare quando varchi il portone, senza però mai lasciarlo entrare nel tuo cortile. Ecco, questo era ormai il giovane per la sorella, niente di più. La serva si staccò delicatamente da quell'abbraccio così esagerato e opprimente. «Stai bene?» gli domandò.

Sylvain scosse vigorosamente la testa. «No, Evelyne, non sto bene. Tu non c'eri più, i giorni che ho passato senza di te sono stati orribili e vuoti.» Non percependo alcuna reazione da parte della sorella, proseguì con voce rotta e sguardo basso. «E Tiberio è morto.»

«Aspetta» lo interruppe lei, colta alla sprovvista da quell'inaspettata e tetra notizia. «Tiberio è morto? Come? Quando?»

«Lo hanno trovato nelle fogne» raccontò lui, rievocando un pianto copioso che era rimasto fermo, in attesa di un altro momento di debolezza per tornare nuovamente a sfogarsi. E lo trovò. Sylvain si lasciò andare a forti singhiozzi intervallati dalle poche e diradate parole che riusciva a pronunciare. «Era lì da giorni. Non me lo hanno nemmeno fatto vedere, è in condizioni pessime, mi hanno detto, lo hanno riconosciuto solo dal calco dei denti.»

Evelyne posò una mano sulla spalla del fratello, mormorando un imbarazzato «mi dispiace». Non sapeva bene come reagire alla disperazione del ragazzo, non conosceva modi per consolarlo, non più almeno.

Lui tirò sul col naso e tentò malamente di ricomporsi. «Ho bisogno di riflettere, sono accadute tante cose in questi giorni.» Detto ciò, le diede le spalle e sparì fra i corridoi.

Evelyne avrebbe voluto ricordargli di prendere un giorno di permesso dal lavoro, ma le sembrò una cosa molto inopportuna da dire in tale situazione; e poi, lui che cosa faceva quando era disperato e in preda al dolore? Purtroppo, la giovane non se lo ricordava più. Per questo motivo si limitò a fissarlo, inerme, mentre lui si allontanava in lacrime.

Restò a squadrare la sua schiena, la sua postura insolitamente ricurva su di sé, i suoi abiti stranamente austeri e il suo braccio inusualmente solo, privo di compagnia.

Presto gli passerà, si disse la serva. *Incontrerà un'altra persona e Tiberio sarà solo un brutto ricordo.*

All'improvviso, l'aria nella stanza mutò, divenne più fredda, più seria. Con la coda dell'occhio, Eve vide tutta la servitù prostrarsi e si sbrigò a fare altrettanto. La regina e suo figlio Lysander stavano varcando la soglia. Erano in abiti informali ma, per quanto tali, pur sempre regali e distanti dalla misera realtà di Evelyne, che si sforzava di non lanciare continue occhiate al giovane erede mentre era piegata nel profondo inchino.

«Prego, ritornate ai vostri doveri, non badate alla nostra breve intrusione» dispose la regina. Pareva improvvisamente rinsavita: la donna fragile e paralizzata dalla paura era ben lungi dalla sovrana che in quel momento marciava nella sala del trono. «Fatta eccezione per te, Evelyne: puoi seguirci un attimo?»

La serva non se lo fece ripetere due volte. Era tornata in vita da meno di ventiquattr'ore e già aveva attirato l'attenzione della sua amata regina Isolde e del suo splendido figlio Lysander?

Li seguì con piacere, preparandosi a qualsiasi domanda su come fosse tornata dal reame dei morti. Certo, non che sapesse bene come ciò fosse accaduto; d'altronde lei non rammentava niente, nemmeno della divinità bifronte o del patto che essa aveva stretto con Valerius. Era solo convinta di aver avuto molta fortuna, di aver sbattuto la testa e di essersi ripresa con qualche giorno di ritardo.

Isolde si fece prima scortare dalla giovane nelle proprie stanze. Lysander camminava in silenzio, dinanzi a loro, un inusuale velo di serietà incupiva il suo volto. Fece segno alle due di entrare in camera, come un vero gentiluomo, e poi chiuse la porta alle loro spalle. Dopo di che restò in un angolo, avvolto da un'innaturale timidezza. Forse Evelyne stava solo avendo visioni, frutto di una mente ancora scombussolata. L'erede aveva la testa alta e lo sguardo sprezzante come al solito; probabilmente era solo scocciato dalle richieste della madre, come potrebbe esserlo un qualsiasi figlio.

«Evelyne, mi è giunta voce che tu sia... risorta» iniziò la sovrana, accomodandosi su una poltrona di tessuto e invitando Eve a fare altrettanto. «È corretto?»

La serva si sedette, tentando di imitare i modi raffinati della regina, tuttavia senza grandi successi, e annuì.

«Sapresti descrivere com'è avvenuto tutto ciò?»

La ragazza scosse la testa, percependo una punta di vergogna. Le era accaduto qualcosa di miracoloso, indescrivibile, qualcosa a cui tanti agognavano da tempo immemore e lei non ricordava assolutamente nulla. «Non credevo nemmeno di essere morta, in tutta sincerità» ammise. «Credevo di aver semplicemente perso i sensi.»

«E di quanto accaduto prima del tuo trapasso, invece? Di quello hai memorie?»

«Ero stata assalita da uno strige, Valerius.» Evelyne colse un'ombra sul volto della regina, ma la imputò alla sua immaginazione e continuò con il racconto. «È il responsabile dei recenti attacchi e non era da solo. C'era un'altra persona con lui, ma la teneva nascosta con la magia.»

Gli occhi cerulei di Isolde si assottigliarono. «Lo proteggeva, come si protegge un utile infiltrato» intuì. «Quest'individuo ha parlato? Ne hai udito la voce?»

«No, è rimasto immobile, a malapena mi sono accorta della sua presenza.»

La sovrana aggrottò la fronte. Era stata brava a rimandare i segni del tempo, ma tutti i pensieri che le turbinavano nella mente stavano riaffiorando uno a uno sul suo viso, marchiandolo a fondo. «Ti ringrazio» mormorò. «Farò informare l'Ordine, le guardiane devono sapere che c'è un infiltrato a corte. So che tu e il nuovo generale siete in buoni rapporti, dopo la vostra missione non autorizzata fuori dal confine.»

Evelyne avvampò. *Già, quella. Me n'ero dimenticata.* La giovane incominciò a balbettare qualche scusa, incespicando sulle sue stesse parole. Cosa che Isolde trovò estremamente ilare.

«Non devi chiedere perdono. In realtà, quando Elan mi ha riportato gli esiti della missione ero incuriosita. Certo, vista la tua fragile natura umana, non conveniva spedirti in missione! Tuttavia, questa resurrezione, questo "favore divino", potrebbe ritornarti utile. Dimmi, Evelyne, sarebbe per te un dispiacere lavorare per me?»

La serva s'affrettò a scuotere energicamente la testa, come un bravo cagnolino addestrato.

«Ti ho convocata personalmente, senza messi o altri servi che riportino la mia richiesta, perché ho bisogno di segretezza. C'è una talpa nelle nostre fila, ho bisogno di un paio di occhi fidati che seguano driadi e armigeri crepuscolari nei vari reami. Credi di poter ricoprire questo ruolo?»

«Assolutamente sì.»

La regina sorrise e i solchi ai lati delle labbra si fecero un attimo più profondi, nonostante la pelle del suo volto fosse tirata come una corda di violino. Non era un sorriso pieno, anzi risultava quasi fittizio. Nemmeno da giovane Isolde era mai stata particolarmente gaudente, ma negli ultimi anni era come se qualcosa, dentro di lei, si fosse rotto. Ricercare una fantomatica bellezza perduta era un modo come un altro per riempire un vuoto: lei era sempre rimasta splendida ed elegante come un cigno, la mano del chirurgo era solo un mezzo per scampare non al tempo, bensì a qualcos'altro da esso portato.

«Ti ringrazio per la disponibilità, Evelyne. Chiederò a Laurell di addestrarti personalmente e di supervisionarti» concluse la sovrana.

«Perdonate l'interruzione, credevo che le mie missioni fossero segrete.»

«Lo sono, ma tu hai bisogno di un supporto, non voglio che rischi nuovamente la vita, men che meno in maniera... irreversibile» spiegò, afferrando un palmare e digitando rapidamente su di esso. Evelyne fu, ancora una volta, stupita. Non immaginava che pure la sovrana avesse in dotazione tali aggeggi elettronici. «Laurell ha un conto in sospeso con Valerius, non si alleerebbe mai con l'assassino del suo generale. Considera tutti gli altri, al di fuori di Lau e di mio figlio, come potenziali traditori, e non parlarne con anima viva. Nemmeno con tuo fratello.»

La serva sussultò, percependo l'improvvisa vibrazione del proprio dispositivo.

«Questo è il mio contatto. È strettamente personale, perciò confido che tu non lo divulghi in giro: lo userai solo per aggiornarmi in tempo reale sulle tue ricerche.»

«Certamente.»

«Un'ultima cosa, prima che tu vada: nell'Ordine c'è una nuova arrivata, una fanciulla ibrida, capace di attingere sia alla luce, sia all'oscurità. Farla entrare nell'organizzazione è stata un'idea di mio marito, un modo per iniziare a riconciliarsi con gli strige» spiegò, posando lo sguardo su uno dei numerosi soprammobili di cristallo sulla cassapanca accanto a lei, un piccolo pesce rosso le cui scaglie riflettevano sull'antico legno i colori dell'arcobaleno. «Caiden ha sempre avuto grande fiducia nel buon cuore delle persone, io no. Controlla Titania, pedinala se necessario. Qualsiasi cosa lei faccia, tu me la devi riferire.»

Evelyne uscì nel silenzio, accompagnata dall'ancor più silenzioso Lysander, il quale non aveva espresso una sola parola davanti alla madre. Coda di paglia? L'erede si offrì di accompagnare la serva fino al campo dove Laurell si addestrava, ma specificò subito che non sarebbe rimasto. A quanto pare, il suo orgoglio era ancora ferito. Uno sporco strige era stato più eroico di lui: preferiva abissarsi nella convinzione che fosse Calista la subdola ammaliatrice. Questo lo fece sentire leggermente più in pace con se stesso.

«Comunque, Titania non mi è mai piaciuta» commentò a bruciapelo il principe, come se quella fosse un'informazione fondamentale, una da non tralasciare. «E nemmeno Teodora o Calista. Loro tre sono molto unite.»

«Credevo che avessi una cotta per Calista» lo punzecchiò Evelyne, pentendosi quasi immediatamente di averlo fatto, visto lo sguardo adirato che le sferrò il principe.

«Mi piaceva, sì,» sibilò «ma ho buoni motivi per credere che sia alleata con Valerius. Stasera hai da fare?»

Nove di Denari

Quando mi ritrovai di nuovo davanti a Titania, credetti di essere impazzito e preda delle allucinazioni. Sbattei le palpebre più volte, come fanno i fessi. Lei era veramente lì, di fronte a me, in tutta la sua peculiare stravaganza, i capelli lunghi e bianchi, l'incarnato pallido, gli occhi rossi. E non era da sola!

«È una festa o sto delirando?» domandai, squadrando una a una le curiose driadi appena cadute dentro la mia grigia abitazione.

Le cinque giovani avevano tratti unici. La bionda aveva capelli lisci e lo sguardo sprezzante di chi è fin troppo abituato al lusso per sedere sopra un misero divano in pelle come quello su cui si trovava.

Accontentati, bella, questo è quanto il dio della morte mi ha concesso.

Accanto a lei c'era una giovane dalla movimentata chioma mora, la pelle olivastra decorata da fini lentiggini e un grazioso naso aquilino. Mi squadrava con increduli occhi ambrati, come se avesse visto un fantasma – cosa che, a conti fatti, non si allontanava troppo dalla realtà. La fanciulla in piedi, colei che rifiutava categoricamente di sedersi o di toccare qualsiasi cosa all'interno della mia abitazione, era fiera, scura come l'ebano, con vigorosi e neri ricci erti sul suo capo, a renderla più alta e imponente di quanto già non sembrasse. Alla sua sinistra, una giovane dalla corporatura atletica e slanciata, tanto da farla sembrare un'amazzone. Il suo volto non possedeva armonia o delicatezza, aveva il viso duro d'un guerriero, gradevole per il terrore che era capace d'incutere; tuttavia tale fierezza nel corpo e nei lineamenti si perdeva nello stupore emanato dai suoi occhi azzurri e nella cascata di capelli che, disordinati, le ricadevano oltre le spalle e sul viso.

E poi, c'era Titania, colei che avevo a lungo atteso.

Non sapevo il motivo per cui si trovasse lì, ero troppo immerso nei miei rammarichi per dare anche solo una sbirciata attraverso l'Occhio. Poco importava, lei era lì. Con me.

«Qual buon vento vi conduce qui?»

A farsi avanti per prima fu la bionda. Teneva gli occhi a mezz'asta, come se stare lì con me fosse un'inutile perdita di tempo e le mie eventuali risposte non valessero tanto quanto le sue pretese. «Siamo qui per uno scambio, abbiamo bisogno del tuo potere.»

Misi immediatamente le mani avanti, sfoderando il sarcasmo

che lungamente avevo sepolto con me. «Pazienza, cara. Nemmeno "ciao", "come stai", "che tempo fa nell'Oltretomba"?»

«È urgente» insistette, sprezzante, la bionda. «Arcadya è in pericolo.»

«Per quello che mi, importa di Arcadya, guarda...» sbuffai, ripensando involontariamente a tutte le ingiustizie subite da me e dagli altri strige. «Può sprofondare all'inferno con me, e voi potete tornare a farvi mangiare dai residui. Tranne te, Titania.»

La driade in piedi, quella che sembrava un'imperatrice di qualche lontana civiltà, parlò per seconda. «Perdona l'irruenza della nostra collega, la sorte del nostro reame le sta particolarmente a cuore. Il mio nome è Teodora, sono una driade dell'Ordine, ho un'affinità con la terra e con la luce.»

«Sì, dagli il codice fiscale e l'indirizzo di casa, già che ci sei!» intervenne la pedante bionda.

«Lei è Eilir, driade affine con l'acqua e con il vento» aggiunse rapidamente Teodora, mettendo a tacere la collega. «Poi ci sono Anaïs, luce e vita, Calista, fuoco, e infine Titania.»

Mi fermai di fronte alla pallida giovane, prendendo in mano una liscia e bianca ciocca. «L'ibrida pura» sorrisi. Avrei dato qualsiasi cosa pur di tenere con me quella ragazza, per poterla studiare da cima a fondo, capire com'era strutturata la sua essenza magica e come due poteri dalla natura tanto diversa potessero coesistere così pacificamente dentro di lei. Non c'era niente di lascivo nel mio gesto, solo tanta curiosità, eppure fece scattare qualcosa nella driade del fuoco, che attirò rapidamente a sé Titania, sottraendola al mio tocco. Dovevo moderare le mie reazioni: se avessi agito disperatamente come avevo fatto durante la precedente visita, avrei fatto fuggire tutte, e questa volta per sempre.

Lasciai da parte l'ibrida e mi apprestai a tirar fuori il mio sorriso più invitante. Dopotutto, in vita, ero stato spesso elogiato per il mio aspetto. Non potevo più vedere il mio riflesso, per quanto mi riguardava potevo pure essere già una grottesca maschera di putrefazione e sangue marcio, ma sperai vivamente di aver custodito qualcosa del mio antico fascino. «Bene, sono molto più disposto a collaborare con persone di cui conosco il nome» affermai. «Avete detto di volere il mio potere, è corretto?»

«Sì» rispose Teodora. «Il nostro mentore ci ha spedite qui, al fine di riesumare ciò che ha fatto di te lo strige più potente del nostro secolo.»

Mi crogiolai in quel gradevole quanto involontario complimento. *Strige più potente del secolo*, mi ripetei sornione. *Non l'avevo mai vista così.* Ero sempre stato così assorbito dalle mie ricerche e da ciò che non ero, da non vedere cosa ero diventato. Quelle potenti driadi si erano fatte uccidere per giungere a Midian e trovare proprio me. E, seppur inconsapevolmente, bramavano la stessa cosa da me desiderata.

«Grazie per le moine, noi morti ne abbiamo molto bisogno» ammiccai, prima di giungere al dunque. «Il potere in questione lo potrà ricevere solo Titania.»

Eilir, che già avevo faticato a sopportare prima, s'intromise a gamba tesa, interrompendomi con irruenza. «Solo perché è la tua favorita? Ci sono altre persone qui che ne farebbero un uso migliore.»

Nella vita ci sono due grandi categorie di persone capaci di irritarmi più d'ogni altra: gli stupidi e chi mi interrompe. Eilir aveva il privilegio di rientrare in entrambe. «Specie di flatulenza parlante sottoforma di driade, il cervello lo hai dimenticato ad Arcadya o la decolorazione per capelli te lo ha ammorbato definitivamente?» attaccai. «Non metto in dubbio la tua buona volontà, ma mi dispiace informarti che tu non potresti mai ricevere il mio potere, perché tu non hai il sangue infernale dei nostri antenati, dei mostri mutaforma che noi strige eravamo un tempo. A meno che tu non voglia passare i tuoi ultimi giorni di vita vomitando sangue e dimenandoti per le convulsioni, Titania riceverà il mio potere. Hai ulteriori obiezioni con cui farci perdere tempo o riesci a infilare quella tua lingua irriverente in una trappola per topi e non parlare per il resto della giornata?»

Il labbro inferiore di Eilir prese a tremare. Eccola, un'altra cosa che mi mancava del mio lavoro: bullizzare i tracotanti. I tirocini con me hanno fatto vacillare i più orgogliosi degli studenti e ciò mi rendeva fiero. Trasformai la mia cattiveria nella fama, finché, ecco, ciò non divenne il mio marchio indelebile. Inanna trovava divertenti le mie espressioni, era una delle poche persone disposte a chiudere un occhio su di me. Mi mancava la mia migliore amica, e non da quando ero deceduto, da molto prima. Da quando Alister era entrato nella sua vita, causando la frattura della nostra amicizia decennale. Tuttavia, se Alister non si fosse mai avvicinato a Inanna, quella grande opportunità di nome Titania non sarebbe stata con me vent'anni dopo la mia morte.

La bionda inopportuna tacque ed io proseguii: «Dunque, io cederò a Titania parte del mio potere, ma questo significa concederle parte della mia anima e non è esattamente un qualcosa che darei in beneficenza senza chiedere niente in cambio».

«Che cosa desideri?» domandò l'ibrida, ancora protetta dalle forti braccia di Calista.

«Un pezzo di te, mia cara» le sorrisi. «Sarebbe uno scambio equo: io ti do una parte di me, tu mi dai una parte di te.»

Perfetto. È tutto perfetto, pensai, ebbro di soddisfazione e speranza. *Proprio quello che voglio.*

L'«amazzone» si parò davanti all'ibrida, frapponendosi fra lei e me con braccia larghe e mento alto, fiero. Io, di fronte alla sua presenza, mi arrestai all'istante sui miei passi. «Non Titania» protestò, assottigliando gli occhi con fare minaccioso. «Quello che vuoi, ma lei no.»

Aveva appena preso un bel respiro, si era appena data coraggio per sfidarmi. I suoi occhi limpidi mi scrutavano, reggevano il mio sguardo senza vacillare. Confermai la mia prima impressione sul suo conto. Calista possedeva davvero l'aggraziata durezza dei guerrieri, era intrigante in una maniera che non riuscivo bene a spiegarmi.

«Non è contrattabile» replicai.

Lei schiuse le labbra, socchiudendo lievemente gli occhi. No, a riguardarla una seconda volta mi resi conto, un po' troppo tardi, che quella non era una minaccia. Percepii il vivo calore della sua mano sulla mia spalla e trattenni il respiro.

«Tutto quello che vuoi.»

Feci giusto in tempo a riconoscere l'ombra di un tacito languore nelle sue parole, che mi sentii afferrare repentinamente per il colletto della giacca. La giovane infilò una mano fra i miei capelli e si avventò su di me a labbra schiuse. Mi baciò con un trasporto che ormai avevo dimenticato da tempo. Fu un bacio volgare, di quelli che ti fanno contorcere dal piacere e maledire la tua assenza di controllo. La sentii emettere un gemito contrito contro la mia bocca, pareva dispiaciuta nel compiere quel gesto. I suoi occhi erano chiusi, probabilmente sognavano qualcun altro.

Mi allontanai in fretta, prima di perdere la lucidità. Calista era imbarazzata, era ovviamente sicura che il suo piano sarebbe andato in porto. Mi squadrava dal basso verso l'alto, offesa come se le avessi appena sferrato uno schiaffo.

«Ti ringrazio per l'offerta.» Chinai leggermente il capo, un piccolo segno di reverenza per il suo coraggio, che sperai vivamente fosse riconosciuto, e proseguii. «Ma il mio desiderio è un altro, e non è contrattabile. Voglio quella luce che rende Titania una driade. E poi non mi abbasserei mai a barattare per del sesso che l'offerente mi concederebbe a titolo gratuito».

Mi stavo divertendo a osservare i volti sgomenti delle driadi, erano un bel quadretto comico. Guardare a una a una le loro espressioni era impagabile. Calista, a quel punto, era paonazza, le guance rosse come un semaforo spiccavano sulla sua pelle chiara. Nonostante ciò, si ostinò a replicare: «Prendi me, anche io sono una driade, ho la sua stessa luce!».

Titania accorse dall'amica e l'accarezzò in fronte. «Non c'è bisogno che tu faccia questo» le sussurrò. «Starò bene.»

Oh, che bel duo. Sollevai entrambe le sopracciglia, osservando la guardiana sciogliersi per le tenere e preoccupate carezze dell'ibrida. Non commentai ad alta voce la situazione ambigua creatasi fra le due, ma la tenni ben a mente. «È inutile contrattare, ho passato la mia vita a studiare gli ibridi e questa cosa non cambierà. Lei è la prima ibrida pura, figlia di una strige e di una driade, che mi capita a tiro. Qualsiasi altra proposta verrà rifiutata.»

L'ibrida fece un passo verso di me, allontanandosi dalla compagna. «Se accetto cosa mi succederà?»

«Niente di brutto, assolutamente, mi servi viva e in salute. Tuttavia...»

«Tuttavia?» m'incalzò Teodora.

«La opererò e, se tutto andrà a buon fine, non sarà più una driade» spiegai. «Ma avrete il mio potere, ho un'affinità con tutti gli elementi. Titania diventerà la strige più potente fra tutte, potrà mettere in ginocchio chiunque. Certo, con la mia supervisione. Allora?»

«Accetta!» la incitò Eilir. «Non hai affinità come driade, almeno saresti una strige più forte.»

«Non è una decisione che spetta a te» replicò Calista, sferrandole un'occhiata tagliente.

«Quanto tempo abbiamo per decidere?» domandò Anaïs. «Non vorrei che da un momento all'altro dovessimo tornare.»

Titania deglutì. Era visibilmente preoccupata. Le mani le tremavano e così pure la voce, ma tenne la testa alta e si offrì a me senza ulteriori patteggiamenti. «Va bene» accettò all'improvviso. «Lo farò.»

Calista sgranò gli occhi, io non dissi nient'altro.

Invitai le giovani ad aspettare nel mio salotto e intimai all'ibrida di seguirmi. Questa volta non disse niente, nessuna obiezione, nessun famiglio impegnato a rovinarmi la giornata, niente. Potevo raccogliere il potere di Titania e tenerlo con me.

La strada per ritornare in vita si stava accorciando. Ne percepivo l'emozione, ero elettrico.

Anestetizzai la giovane con la magia, che solo fino a quel punto poteva essere efficace per il mio fine. Guardai Titania perdere i sensi sul tavolino metallico, mentre m'infilavo impazientemente i guanti in lattice, estasiato all'idea di poter tornare al lavoro. L'operazione per accedere al mondo dei vivi doveva essere compiuta nelle modalità che esige la carne. L'ambizione dell'immortalità impone le regole della mortalità.

15
Il Diavolo

Fante di Spade

Operare Titania fu una gioia e una grande frustrazione. Dinanzi a me c'era una forma corporea, ma si trattava pur sempre del suo spirito, non era come operare una persona vivente ad Arcadya. Quello, sì, mi mancava assai.

Negli ultimi anni mi ero incaponito con la ricerca, convinto d'essere sprecato in sala operatoria. Ora, invece, è quello che più mi manca del mio lavoro. Aiutare attivamente gli altri, intervenire sui loro organismi, sistemare ciò che non funziona e intervenire su ciò che potrebbe funzionare meglio. Sfruttare non solo le mie conoscenze mediche, ma pure la mia affinità con la magia del sangue. La nostalgia mi aveva pervaso completamente, dovetti ricacciare indietro quel prurito agli occhi e rimandare i sentimentalismi a quando sarei rimasto solo. *Non voglio mettermi a piangere durante un'operazione*, mi dissi, cercando di mantenere un po' di contegno.

Quella era per me una situazione anomala. Nessun apparecchio per monitorare la sua attività cardiaca o cerebrale, nessuna intubazione, nulla. Solo un incantesimo di primo livello per farla dormire. Non ero nemmeno convinto che potesse sentire dolore, ma, sapete com'è, era la mia prima ospite in oltre due decadi, dovevo pur metterla a suo agio!

Mi guardai in giro e trovai una moneta. Una semplice moneta da un centesimo. Aveva a malapena del valore, anzi ne aveva così poco da esser percepita come un qualcosa di cui sbarazzarsi, che appesantisce solo il portafogli senza effettivamente arricchirlo. Non sapevo perché si trovasse lì: quel locale sotterraneo in teoria rispecchiava la mia mente, non c'era motivo per cui il mio intelletto avrebbe dovuto immaginare una moneta da un centesimo sul carrello con gli strumenti per l'operazione. Tanto valeva, dunque, trarne il maggior profitto.

Fu in quel momento e a quella moneta che sacrificai parte di me.

Non credevo lo avrei mai fatto, men che meno nella situazione in cui mi trovavo, ma era necessario. Dovevo aggrapparmi con le unghie e con i denti alla mia ultima possibilità di ritornare.

Non so quanto durò esattamente il rituale, ero tanto concentrato sulle mie parole da lasciare da parte tutto ciò che mi circondava. C'eravamo solo io, la moneta e le entità. Le evocai una a una e le pregai di abbandonare il mio corpo, di entrare in quell'oggetto magico. Pregai Malattia, Tenebra, Tempo, Vuoto e infine il mio unico dio: Morte. Le entità non risposero, ma la magia sì, la sentii fluire via da me, alleggerendomi lo spirito. Mi svuotai a poco a poco, diventai sempre più debole, più sottile. Parte della mia anima se n'era andata via da me, lasciandomi in compagnia di un gelido oblio.

Terminate tutte le invocazioni, io ero un frammento di niente e quella banalissima moneta era un potente talismano.

Potevo ancora fare incantesimi. Non era certo come se fossi tornato umano, ma comunicare con le entità, con il dio… queste cose non le avrei mai più fatte. Stavo concedendo a Titania quest'opportunità, in cambio del mio ritorno in vita. Avrei controllato a distanza quei poteri tramite l'ibrida, di cui sarei stato il patrono indiscusso, ma a me? Che cosa sarebbe restato a me?

Disinfettai la moneta e la posi dentro al petto dell'ibrida, vicino al nucleo del suo potere, e sperai con tutto me stesso. Con quel talismano non aveva solo accesso al mio potere: essendo un oggetto di Midian, fungeva da ponte fra me, un morto, e lei, una viva. Quando ancora abitavo il colorato reame di Arcadya, avevo condotto dei fallimentari esperimenti sulla possessione. Chissà, forse avrei convinto Titania a concedermi qualche minuto del proprio tempo. Abbandonando la moneta, nonché il mio potere, lì nel suo petto, mi auspicai vivamente che ciò fosse finalmente possibile.

Lì, poco distante, risiedeva il pulsante centro della sua magia, che in realtà consisteva in due nuclei. Non so come dovrebbe essere il fulcro della magia, era la prima volta che mi trovavo a operare post-mortem in un reame liminale, ergo non sapevo cosa avrei trovato. In ogni caso ero quasi sicuro che possedere due nuclei fosse una vera anomalia. C'era una sfera bianca, così luminosa da darmi quasi fastidio agli occhi, e un'altra nera come la pece.

Ripensando a quel momento, adesso che, a distanza di tempo, guardo nell'Occhio e conosco le angherie subite da Titania nell'Ordine, posso confermare quanto sempre sospettato: Liviana era un'emerita cretina senza gloria e, cosa più importante, l'ibrida non era una misera metà di due elementi incompatibili, come le avevano fatto credere per troppo tempo. Lei non aveva niente in meno rispetto alle altre driadi, niente che non funzionasse. Era solo l'ambiente intorno a lei a essere inadatto e disfunzionale.

Sono sempre stato calmo durante le operazioni; persino dinanzi ai casi più complessi, nemmeno un'ombra d'insicurezza o di preoccupazione aveva mai calcato il mio viso. Sono sempre stato sicuro delle mie capacità e, nei momenti più difficili, ero bravo a mascherare le mie emozioni per non mandare nel panico il mio team. Invece, quella volta sudavo, avevo il fiato corto, le mani mi tremavano più del dovuto.

Con il bisturi troncai i bianchi filamenti di luce che tenevano la sfera luminosa ancorata al petto di Titania. Era molto calda, quando l'afferrai mi scottò attraverso i guanti. Per un attimo temetti che ne avrebbe fuso il lattice.

Sollevai la sfera fino a tenerla davanti al mio volto. Gli occhi mi si stavano seccando, ero convinto che quel nucleo mi avrebbe bruciato le ciglia per quanto era bollente. Lo feci scivolare dentro a un barattolo di vetro sterile e realizzai, mio malgrado, d'esser l'unico a percepire quell'intenso calore. Il lattice dei guanti era scaldato a malapena dal tenue calore del mio corpo, non era bruciato, né sciolto e nemmeno tiepido.

Suturai per bene, chiudendo lo squarcio nel suo petto, e mi affacciai sul disimpegno, dove mi aspettavo di trovare il resto dell'Ordine.

Non c'è più nessuno, constatai, inaspettatamente deluso.

È normale, mi dissi. *Loro sono vive, si saranno svegliate ad Arcadya, questo non è il loro posto, non ancora almeno.* Poi mi lasciai andare a un sospiro pensoso. *Spero che rimanere qui più a lungo non danneggi Titania.*

In ogni caso, non c'era niente che potessi fare: doveva svegliarsi e tornare nel suo reame da sola. Io, nell'attesa, procedetti con il mio esperimento. Mi levai la giacca a doppio petto, mi sfilai la camicia e poi la canottiera.

Restai a petto nudo, una sensazione ormai quasi sconosciuta. Durante la mia permanenza a Midian avevo avuto paura di spogliarmi, ero pervaso dal terrore di guardare il mio corpo e realizzare quanto fosse invecchiato o, peggio, decomposto. Temevo di vedere la mia pelle sciogliersi, la carne corrompersi, i muscoli e il sangue imputridirsi fino a trasformarmi in un misero residuo.

Invece fui sorpreso di vedere il mio corpo identico a come l'avevo lasciato, eburneo, glabro, tonico. In vita avevo sempre avuto un'estrema cura della mia persona, non per compiacere gli altri, quanto per accontentare me stesso. Volevo innamorarmi del riflesso nel mio specchio ed ero condannato a non riuscirci mai, nonostante gli sforzi. Accarezzare la mia cute ancora liscia e morbida, come se non fossi mai morto, fu un sollievo per la mia anima.

Tuttavia, quando afferrai la sfera e l'accostai al mio cuore, la mia pelle bruciò. Serrai i denti e cercai di spingere quella sfera più a fondo, di assorbirla, di far mio quel potere. Avevo bisogno della luce, della capacità innata delle driadi di prenderla e manipolarla. Se mi fossi affacciato in uno dei reami dei vivi l'avrei usata per costruire un simulacro, uno spettro, qualcosa che mi permettesse di comunicare.

Come sentii lo sfrigolio della mia pelle, mi apprestai subito ad allontanarla da me. Ancora spaventato, con il fiato corto e niente nel petto, se non una profonda delusione, andai a rimetterla nel barattolo. Una grossa chiazza rossa, la scottatura di chi si è esposto troppo tempo al potente sole estivo, marchiava il mio petto bianco.

«No» ansimai, passandomi istericamente le dita sull'ustione.

Bruciava per davvero. Non avrei mai potuto assorbire il potere di Titania.

Ho commesso l'errore dell'idiota, realizzai, piegato da una dolente una fitta all'addome. *Ho redarguito la bionda per poi commettere il suo stesso sbaglio.*

Non c'era la minima traccia di luce dentro di me, il mio spirito non era fatto per accogliere quel potere, lo avrebbe rigettato in eterno. *Perché ho pensato funzionasse?*, mi dannai. *Perché non ho avuto quel barlume di lucidità necessario per vedere questo madornale errore?*

Forse non me n'ero ancora accorto e già stavo impazzendo, la mia mente veniva già consumata e i miei passi mi avevano già condotto oltre il punto di non ritorno. Non ero più lucido, non lo ero da anni. Il mio era un baratro assoluto, una caduta nell'oblio infinito, un oscuro pozzo senza fondo.

Prima che me ne accorgessi, Titania era in piedi dietro di me. Fosse stata un'operazione normale, lei sarebbe stata ancora sdraiata o in carrozzina, nella più improbabile delle ipotesi. Ma quella non era una situazione qualsiasi, lei aveva subito una mutazione. Era tutto andato a buon fine. Per lei, non per me.

«Le visioni» mormorò, sconvolta. «Sapresti spiegarmele?»

Io non mi voltai verso di lei, continuai a fissare un quadro sulla parete, uno raffigurante una scogliera in mezzo alla tempesta. Non era niente di memorabile, ma era meglio che guardare Titania e ammettere l'errore madornale compiuto.

«Ho operato non il tuo corpo, ma il tuo spirito» affermai con la voce ancora piegata dalla fatica. «È normale, suppongo. È andato tutto bene, ma ti chiedo di lasciarmi solo adesso.»

L'ibrida mi sfilò davanti ed eccola, la palpitante aurea violacea dentro al suo petto s'illuminava a intermittenza, allargandosi e contraendosi come un cuore. Bagliori colorati tracciavano disegni intricati sul suo collo e intorno ai suoi seni, come radici di una pianta magica. Un'arte per me insostenibile allo sguardo.

«Ovviamente lo sai. Non è così?» sospirò Titania, sembrando quasi abbattuta.

Quando scrutai il suo volto in cerca di risposte, incrociai uno sguardo mesto, inusuale. «So che cosa?»

L'ibrida replicò prontamente, come se io fossi già a conoscenza della risposta, ma troppo pigro per elaborarla da solo. «Di Valerius, è lui il nemico di Arcadya. Eppure tu ci hai aiutate lo stesso. Perché?»

Valerius?, mi domandai. Era la prima volta che udivo quel nome. Stanco, abbattuto, affranto, privo delle energie necessarie per portare avanti quella conversazione, calai la maschera senza ulteriori scrupoli. «Ascoltami, lo so quello che si dice su noi morti. La prima volta sei giunta da me in cerca di risposte che io non possiedo. Io non so cosa accade nel mondo, non l'ho voluto vedere» sbuffai. «Qualsiasi cosa tu mi voglia dire sarà meglio che tu la dica per bene.»

Gli occhi di Titania si sgranarono. Stavo per mandarla in malora, ho sempre detestato le conversazioni in cui si dà per scontata l'altrui conoscenza; non sono mai stato amante delle ambiguità, almeno non quelle degli altri, ma di fronte a quell'espressione insolitamente terrorizzata rimasi di stucco. Avrei voluto esortarla a parlare, mosso dall'impazienza, ma non ci riuscii: dietro a quel volto spaventato c'era una miriade di sentimenti, così tanti che non fui in grado di discernerli. Per la prima volta vedevo brulicanti emozioni abbattere il muro d'impassibilità che normalmente proteggeva Titania. Qualcosa lo aveva rotto, lentamente, mattone dopo mattone.

«Valerius è tuo figlio.»

Dalle sue labbra era emerso appena un filo di voce, appena udibile, ma impossibile da ignorare. Le gambe mi cedettero.

Un figlio, io? Mi trovai involontariamente costretto ad aggrapparmi a una mensola nera. *No, è impossibile.*

«Mi stai mentendo» ribattei a denti stretti, mentre le mie unghie segnavano il mogano. «Io non ho mai avuto figli.»

Il cuore riprese a battere con foga dentro al mio petto, così tanto da dolere. *Io, un padre?* Era una sorte atroce, ero un padre mai nato, non avevo neanche avuto il tempo di esserlo. Inerme e inutile per il proprio figlio. *Se così fosse, non avrei perso solo la mia vita.* Quel pensiero mi logorava lentamente, bussava ai portoni della mia mente, rimbombando, facendo un chiasso inaudibile. *No, io non posso essere un padre.* Ero incapace di pensare ad altro. Per quanto mi sforzassi, la mia anima si era appena incagliata contro quello scoglio e i miei occhi non vedevano altro.

«Tu non lo sapevi?» Il suo modo di mormorare così soffice e inconsistente, come se una febbrile illusione proveniente da un altro reame, una che non dà risposte, solo complessi enigmi e vaghe affermazioni, mi fece bollire il sangue.

«Io non ho figli» ripetei. La mia voce s'incrinò, la mia mano si strinse in un pugno e mi trovai costretto a ricacciare indietro… lacrime?

Titania, accorgendosi della mia reazione, fece un passo in avanti, e tutt'ora non so dire se lo fece per effettiva preoccupazione nei miei confronti o per banale curiosità. «Io non voglio usare il tuo potere contro di lui, sono stata costretta!»

Colpii la parete con tutta la mia forza e una crepa squarciò il grigio muro. Quell'affermazione portava con sé il mellifluo sapore delle menzogne, lo detestavo. Mi avevano usato, elogiato e baciato per sottrarmi quel barlume di me che ancora mi restava. E la mia mente vecchia, trasandata, non aveva sospettato nulla. Mi ero fatto raggirare come un babbeo e non ne avevo ricavato niente.

Qualsiasi traccia di pacatezza abbandonò il mio corpo. Ormai era rimasto solo un cupo labirinto di rabbia senza vie di fuga.

«Vattene immediatamente! Non voglio mai più vedere la tua faccia qui. Sparisci dalla mia vista, stupida e inutile ragazzina!» La mia memoria non è lucidissima. Ricordo solo un'ira nera, avvolgente, che prese possesso di me e chiuse le mie palpebre alla ragione. «Vai fuori, vai! Fatti divorare viva da uno di quei residui! Ti ho dato un pezzo della mia anima, ma non lascerò *mai* che tu faccia uso dei miei poteri.»

Le pareti della casa iniziarono a tremare. Il quadro cadde per terra e la fragile cornice si ruppe. No, non era un terremoto, né alcun fenomeno esterno o appartenente al reame. Io stavo collassando, o meglio, a collassare era il mio raziocinio.

«Resterò chiuso qui a dilaniare quel poco che resta di me, ma godrò nella consapevolezza di trascinare pure te nel baratro!»

Titania abbandonò ogni presunto eroismo e si catapultò fuori dalla tomba. La mia furia ormai era divenuta violenta, opprimente, uno strepitio assordante nel quale era difficile far emergere la mia voce.

Gridai a pieni polmoni, lasciai andare il dolore, la frustrazione, l'ira. Lanciai il mio ultimo urlo, finché mi trovavo ancora sull'orlo dell'abisso.

Poi, sfinito, mi accasciai al suolo e restai inerme.

Quattro di Denari

Era rimasta solo Calista, solo lei ormai attendeva nel seminterrato della clinica.

Titania era avvolta dalla coperta termica; i parametri vitali erano stabili, questo almeno a detta dei medici. Se n'erano da poco andati per svolgere il proprio lavoro in altre stanze della clinica, ma prima intimarono alla driade e al mentore di chiamarli in caso qualcosa cambiasse.

Calista non riusciva a non fissare il volto addormentato della compagna, a non osservare come i delicati lineamenti le donassero un'aria pacifica, facendola sembrare avvolta dal sonno anziché intrappolata in un reame, soffocata dalle grinfie di uno degli strige più potenti mai esistiti.

«Quindi Belfagor le ha chiesto la luce» mormorò Elan. «Sospettavo lo avrebbe fatto, non è uno stupido. Lui vuole tenerla ancorata a sé e probabilmente non sapeva se, in qualità di suo patrono, avrebbe avuto controllo pure sulla magia chiara. È stata una mossa intelligente.»

La driade si limitò ad annuire, ripensando con imbarazzo alla sua maldestra proposta. *Certo, la magia, come ho potuto pensare che a Belfagor interessasse altro*, si rammaricò, evitando accuratamente lo sguardo del proprio mentore.

Lo ammetterò: per quanto il sesso non rientri nei miei interessi, ho apprezzato l'offerta, forse in un'altra vita non avrei nemmeno rifiutato. Ma ora, per l'appunto, il sesso non rientra nei miei interessi.

«Guarda!» indicò Elan. Un riflesso violaceo comparve sul volto di Titania. Calista si sporse in avanti per scorgere cosa stesse accadendo al di sotto della fitta e opaca coperta termica e notò un'intensa luce propagarsi dal suo petto, attraverso la sottile camicetta bianca.

«Chiamo i paramedici?» domandò Calista a fior di labbra, preparandosi a uscire nel corridoio.

«No» la fermò Elan, sollevando una mano. «È il potere di Belfagor. L'operazione è andata a buon fine.»

Passò qualche secondo, poi gli occhi di Titania si sgranarono. La sua bocca si spalancò, come se tentasse di prendere una boccata d'aria.

La giovane aveva il fiatone, era agitata quasi avesse corso intorno al palazzo per un'ora. Incominciò subito a dimenarsi, come se quella coperta termica anziché aiutarla la stesse trattenendo.

Elan la liberò in fretta e Calista l'accolse fra le proprie braccia, tirando un sospiro di sollievo. Era contenta che fosse tornata ma, al contempo, era spaventata dalla profonda irrequietezza che l'ibrida aveva portato con sé. Tentò di calmarla con tenere carezze. «Va tutto bene, è finita» le sussurrò inutilmente, perché il disagio di Titania era ben più radicato.

Quest'ultima prese a scuotere la testa in maniera convulsa, come se stesse rifiutando qualcosa con tutta se stessa. «Non posso farlo» ansimava, visibilmente scossa. «Non posso.»

L'immortale sollevò un sopracciglio, incuriosito da quella scena. «Non puoi fare cosa?»

L'ibrida lo fissò, rabbiosa, come una belva inferocita pronta ad attaccare. «Mi hai costretta a fare una cosa crudele!» lo accusò, con voce rotta. «Belfagor non sa niente di Valerius! Mi hai mandata a rubare il suo potere per usarlo contro il figlio che lui nemmeno sapeva di avere!»

Elan prese un respiro profondo, ponderando bene le parole da usare. «Spesso gli atti nefandi sono l'ultima risorsa, ma ti ricordo che lui è…» iniziò a spiegare con invidiabile calma.

«Io ho visto *solo* atti nefandi da quando sono nell'Ordine!» sbottò Titania. «Non farò proprio niente con questi maledetti poteri, men che meno ho intenzione di ferire Valerius.»

Calista sgranò gli occhi, terrorizzata di fronte alla reazione impulsiva dell'ibrida. Temeva si cacciasse in qualche guaio con le proprie parole, anche perché Elan era alleato della corona da tempo immemore. Se ci fosse stato qualche disguido avrebbe rapidamente riferito tutto alle autorità. E per Titania sarebbe stata la fine.

Nonostante la driade sperasse vivamente che l'ibrida tacesse, quest'ultima si levò in piedi e si raddrizzò con fierezza. «Ho commesso tante brutte azioni nell'Ordine, ma questa è l'ultima» sentenziò.

«L'ultima?» ripeté Elan, sollevando un solo sopracciglio.

«Sì» proseguì lei. «Io ritorno a Faeree.»

Quattro di Spade

Evelyne aveva trascorso la mattina con Laurell. Ciò non solo su ordine della regina, ma pure perché iniziava a gradire assai la presenza del generale. Inizialmente temeva che quest'ultimo non la sopportasse o che addirittura la ritenesse un peso, ma l'abbraccio tiepido e sollevato che le riservò nel rivederla dissipò ogni dubbio. L'aveva stretta a sé come chi ha paura di perdere per sempre una persona cara, come chi vuole assicurarsi di non essere vittima di una dolce illusione, un sogno febbricitante. E poi l'aveva pure bonariamente insultata per aver fatto stare tutti in pensiero.

Il sole brillava, caldo sopra la testa di Evelyne, che già incominciava a scottare per le ore passate in piedi a esercitarsi. L'armigero aveva preparato su due piedi una serie di esercizi per verificare la forza, la velocità e l'elasticità della giovane e si accorse del notevole miglioramento. «Accidenti! Se non fossi morta, direi che hai fatto un trapianto» osservò il generale, guardando con soddisfazione il numero sul cronometro dopo l'ultimo giro di corsa. «Sei la più veloce di tutti gli umani non trapiantati. Dopo Elan, naturalmente.»

«Era necessario farmi correre così tanto?» ansimò Evelyne, brancolando verso la propria borraccia d'acqua.

«I primi dieci giri erano per testarti, i successivi cinque per mio sadismo personale» scherzò Laurell, squadrando a braccia conserte la giovane.

La giornata trascorse in fretta. Sia la serva sia il generale si erano divertiti, nonostante la prima fosse distrutta e piena di acido lattico fino al midollo spinale. «Se avessi saputo prima che i tuoi allenamenti sono così terribili non avrei accettato la proposta della regina» commentò dopo aver mandato giù un'ingente sorsata d'acqua.

Laurell le sferrò un pugnetto amichevole sulla spalla. «Questo perché sei una pigrona. Non hai idea di cosa ci faccia fare Elan. Prima ti trae in inganno con la terapia, la meditazione, l'incontro fra più culture, il Grande Spirito; ti fa credere di essere un mentore tranquillo e poi ti spezza in due con il suo addestramento. In tutta onestà, queste spalle sono merito suo» rise, arrotolando le maniche della sua maglietta per mettere in mostra i deltoidi ben definiti. Poi un'inattesa sensazione si fece spazio nel cuore del generale. Quanto era passato dall'ultima volta in cui aveva riso? Un'infinità di tempo. Di recente non aveva avuto più alcun motivo per cui gioire, fino a quando una serva impacciata non si era offerta di affrontare insieme quella folle spedizione oltre il confine. Ormai aveva imparato a tenere le distanze da tutti, tanto che persino Gareth si era trovato in difficoltà nel fare breccia attraverso quella fredda parete. Coltivare quel nuovo affetto, proteggere Evelyne dal crudele mondo intorno a loro era un'eccitante novità.

«Come hai trovato la regina?» domandò improvvisamente Lau, ritornando ad assumere un'espressione seria.

«Meglio» confessò Evelyne. «Spesso ho avuto l'impressione che lei fosse assente, che non fosse realmente la regina.»

Il generale si avvicinò alla giovane e sussurrò: «Che rimanga fra noi, Isolde è gravemente malata, da anni. La sua salute mentale è appesa a un filo da quando ne ho memoria».

Evelyne scavò nella propria mente e riafferrò quel ricordo trovato per sbaglio durante la sua esperienza premorte. Isolde era giovane, in salute, non rammentava particolari acciacchi, era lucida anche se un po' destabilizzata, ma era comprensibile vista la situazione creatasi con Belfagor. «Sai di cosa si tratta?» chiese la serva, tenendo basso il volume della sua voce, evitando che gli armigeri poco distanti potessero origliare quella conversazione.

«No, Tiberio è sempre stato estremamente riservato a riguardo e faceva bene.» Laurell sospirò. Poi, ricordandosi subito di un piccolo dettaglio: «Però lui e tuo fratello erano molto intimi. Se ha parlato con qualcuno delle condizioni della regina, quel qualcuno è sicuramente Sylvain».

Trovare Sylvain fu relativamente facile: non c'erano molti posti in cui poteva essere andato. Attraversando il salone principale e le cucine non lo aveva visto. Neanche quando si fermò a pranzare con Lau e altri armigeri nella loro mensa lo trovò a servire. Infatti, il giovane era riverso sul proprio letto e teneva il cuscino fra le braccia. Evelyne lo trovò così quando, nel primo pomeriggio, varcò la soglia dei dormitori comuni e non riuscì a non domandarsi da quanto fosse in quello stato.

Il ragazzo non stava singhiozzando, ma probabilmente aveva appena finito di piangere, a giudicare dal volto rosso e gonfio. Era strano che nessuno fosse con lui. La servitù dormiva in una sala comune; in quella stanza vi erano una decina di letti, ciascuno di essi occupato da qualcuno, ergo la situazione emotiva del giovane non era passata certo inosservata. Sylvain era benvoluto dagli altri, era surreale che nessuno fra i loro colleghi gli tenesse compagnia.

Forse gradivano il giovane solare e divertente, mentre quel ragazzo inconsolabile non aveva niente in comune con il beneamato Syl.

Evelyne non sapeva bene come approcciare il fratello. Era sempre stato un raggio di sole, era lei la sconsolata e nera nuvola densa di negatività, quella da rassicurare e supportare in continuazione. L'improvvisa inversione dei ruoli appena verificatasi turbava la giovane serva, che non sapeva come reagire. Da quando ne aveva memoria, era sempre stato lui ad aiutare lei, non era mai accaduto il contrario.

Non appena riconobbe la sorella con la coda dell'occhio, Sylvain sollevò la testa e la salutò. La sua voce era quasi completamente afona, come se avesse anche preso un colpo di freddo. In realtà era solo stata consumata dal pianto, Eve lo sapeva bene. «Grazie per essere passata a trovarmi» sospirò. «Mi sento molto solo.»

Eve restò sorpresa da quell'affermazione. Non sapendo come spiegargli la verità, ossia che lei era andata a trovarlo per un motivo ben diverso, si limitò a una goffa e insoddisfacente affermazione: «Credevo *volessi* restare solo».

Sylvain non rispose, né tentò di dar troppo peso alle parole della sorella, chiedendo invece: «Domani verresti con me al funerale di Tiberio, per favore?».

Evelyne s'incupì. Ormai lavorava per la regina, doveva seguire qualsiasi driade o armigero crepuscolare che avesse attraversato i reami, e in particolare doveva stare alle calcagna di Titania. Un funerale dura circa due ore, tempo prezioso che la serva non poteva assolutamente perdere. «Mi spiace, non credo di poterci essere» rispose.

Sylvain tirò su col naso. «Non preoccuparti, coprirò io il tuo lavoro non appena finisce.»

La giovane scosse la testa. «Non è questo il punto.»

«Allora qual è?»

La serva s'immobilizzò. Non poteva certo dirgli che lavorava per la regina: era un segreto, solo Laurell ne era a conoscenza e così doveva rimanere. La sovrana stessa le aveva chiesto specificatamente di non farne parola. «Nemmeno con tuo fratello» aveva detto.

«Un appuntamento» inventò. Non era mai stata brava a inventare scuse e questa era meno credibile delle precedenti.

«Potresti rimandarlo?» implorò il fratello. «Ho davvero bisogno di te.»

«No, Sylvain, non posso.»

«È per un lavoro nuovo? Vuoi lasciare il palazzo?»

«Assolutamente no!» esclamò lei, inciampando sulle sue stesse parole. «Devo vedere Lysander.»

La faccia di Sylvain crollò. Qualsiasi espressione di perplessa curiosità cadde, lasciando spazio a una vuota e profonda delusione.

«Va bene» si limitò a rispondere, dando le spalle alla sorella.

Evelyne si sporse, cercando di captare i sentimenti del fratello, nella vana speranza che non se la fosse presa troppo. «Non ti sei arrabbiato, vero?» mormorò.

Il ragazzo scrollò le spalle e si alzò di scatto dal letto, come se volesse allontanarsi al più presto da quella presenza maligna, a lui sconosciuta, che aveva preso il posto della sua amata sorellina. «Sono solo deluso, Evelyne» sbuffò. «Da quando hai iniziato a lavorare per Lysander sei solo cambiata in peggio.»

«Questa è una bugia.»

«Ah, davvero?» la incalzò lui. «Quand'è l'ultima volta che hai consultato le tue carte o letto un libro? Prima lo facevi ogni giorno, erano le tue passioni. Adesso è come se tu stessi lentamente perdendo te stessa.»

Eve roteò gli occhi, stancata da un dibattito che non comprendeva. «Hai detto bene, quelle sono passioni, questo è lavoro. Se ti impegnassi di più in quel poco che fai, lo capiresti» ribatté a muso duro.

Gli occhi verdi di Sylvain saettarono verso di lei. In passato avevano discusso, ma mai a questi livelli, mai con questa rabbia. «Lavoro? Dimmi, quanto ti pagano?» la provocò.

Evelyne non rispose, si limitò a sostenere lo sguardo adirato e rosso di pianto del fratello; di fronte alla mancata risposta della sorella, il giovane continuò imperterrito. «Te lo dico io come ti pagano, ti pagano illudendoti di essere una di loro, facendoti fare una vita da nababbo nella suite di lusso. Ma è tutta finzione,

Evelyne! La tua amata regina non ha sborsato un soldo per il tuo funerale, ho pagato tutto io con quei pochi fondi che mi rimanevano. Ho dovuto chiedere a Calista i soldi per la spesa, giusto per mangiare qualcosa in questi giorni!»

«Mi dispiace» provò a replicare la sorella, subito interrotta da un'altra ondata di risentimento.

«Il tuo caro Lysander, con cui hai passato lunghi pomeriggi, nemmeno si è degnato di affacciarsi al tuo funerale!»

«Non è vero!» reagì la serva. «Lui era lì con me quando mi sono risvegliata.»

«Passava per caso, Evelyne! Andava a trovare altri parenti nelle cripte più in là oppure all'ultimo si era ricordato della sua tutrice delle ultime settimane, niente di più. Quelle persone se ne fregano di te, nemmeno ti pagano i soldi che meriteresti per stare appresso a quel babbeo.»

«È solo un funerale, Sylvain! Ne stai facendo una scenata inutile. Tiberio non tornerà in vita se io vado al suo funerale!»

Evelyne si accorse tardi dell'errore nelle sue parole, di come fosse maldestramente inciampata sul suo stesso ego, e lo vide negli occhi spenti del fratello, il quale si calmò prima di affermare: «Il funerale non è per i morti, ma per i vivi. È un momento delicato in cui avrei gradito il tuo supporto, ma ovviamente non è qualcosa che ti posso imporre. Le tue priorità sono cambiate, è ora che pure le mie facciano altrettanto». Detto ciò, attraversò la soglia, urtando la spalla della sorella nel tragitto.

Evelyne non poté fare altro che fissare come un'ebete le spalle del fratello, mentre egli si allontanava ad ampi passi da lei. Quello non era stato un qualsiasi litigio. Non avevano discusso perché Eve non cucinava mai, né perché Sylvain saltava il lavoro per provare con l'orchestra. Qualcosa si era appena spezzato. Ma d'altronde è sbagliato, da parte mia, far ricadere tutta la colpa sulla giovane serva. Di certo, lei non sapeva né rammentava il motivo per cui suo fratello era tanto legato a lei né perché avesse tanto bisogno della sua compagnia.

Cinque di Coppe

Titania ritornò a passo spedito verso la propria suite. Pareva davvero intenzionata ad abbandonare Arcadya, non era mai stata tanto determinata. Calista la seguiva a ruota, si assicurava di condurla fino alle sue stanze, eludendo le guardie a palazzo e spacciandosi come sua guida. Ma condurla sana e salva alla propria camera non era l'unico motivo che spingeva la driade a restare con lei. C'era dell'altro e l'ibrida lo percepiva.

Il modo in cui si era lanciata su Belfagor, uno strige potente e spregiudicato, solo per avere una vaga possibilità di salvarla, l'aveva lasciata senza parole. Titania voleva accennarvi, ringraziare la guardiana del fuoco per il tentato sacrificio, ma non sapeva bene come porre l'argomento; dunque decise di non menzionarlo mai più, sebbene in cuor suo le fosse grata per quel gesto.

Calista, pensò fermandosi all'improvviso sulla soglia della stanza, con una mano sullo stipite di legno laccato. *Se ritorno a Faeree, lei verrà con me? Lei è una driade, un'eccellente guardiana, ha una famiglia e un lavoro. Non posso costringerla ad abbandonare tutto, a tradire Arcadya per seguirmi nella mia follia. Le dovrò chiedere di restare qui, ci dovremo salutare per sempre.*

«Stai bene?» le domandò la guardiana, notando come si fosse improvvisamente fermata.

Eppure, perché mi fa così male l'idea di lasciarla qui?

L'ibrida aprì lentamente la porta, sospirando e soppesando bene le parole da pronunciare, quando percepì Bastet strofinare il muso contro le sue gambe. *E non posso nemmeno lasciare te*, realizzò. *I famigli rimangono con noi finché ne abbiamo bisogno.*

Titania le aveva lasciato le finestre aperte, come sempre, nel caso in cui la gatta avesse voluto andarsene o seguirla. Ma lei era rimasta lì, non aveva mai abbandonato il palazzo, tranne per la prima esercitazione dell'Ordine a Midian.

«Non so cosa fare» ammise, avvicinandosi esausta al divano e lasciandovisi cadere con un sospiro. «Non voglio andarmene.»

«Allora non farlo» insistette Calista, raggiungendola con occhi ancora illuminati dalla speranza. «Rimani qui.»

«Ho avuto a che fare con Valerius, non l'ho mai detto perché non volevo che gli altri pensassero che io fossi la talpa, ma…» L'ibrida s'interruppe, non sapendo bene come confessare quanto accaduto.

Calista, udendo il nome dello strige, aveva sussultato. Non sapeva cosa aspettarsi. Certo l'interesse di Valerius nei confronti di Titania era palese, ma era pure ricambiato? La guardiana indagò lo sguardo enigmatico della compagna. Era palesemente triste, i suoi occhi rossi erano cupi e persi nel vuoto. Di solito, nonostante la sua quasi totale cecità, l'ibrida era solita cercare gli altri con le pupille: aveva imparato a memorizzare le sagome delle sue compagne e associarle alle voci, era un modo come un altro per sentirsi meno in difetto. Quella volta, però, i suoi occhi evitavano accuratamente Calista, la quale colse questo indizio come un brutto presagio, un'ansia brulicante sotto la sua pelle.

«Tanto vale arrestarmi, sono stata io» sbuffò, lasciandosi andare.

La driade le si avvicinò con cautela. «A fare cosa?»

«A uccidere Liviana» confessò, liberandosi. «Se vuoi denunciami, consegnami alle autorità, io non mi pento di quel che ho fatto. Valerius è sempre stato gentile con me, a differenza di tutte le altre persone in questo posto. Io non credo a loro, ma a lui. E a te.»

Effettivamente, registrare la confessione, correre via e avvertire le autorità sarebbe stata la cosa giusta da fare. L'azione più saggia. Perché invece la guardiana rimaneva ferma? Fissava il viso mesto della collega, i suoi lunghi capelli bianchi sparsi sul divano. Lei e Teodora erano le uniche dell'Ordine a gradire Titania. Per di più, Calista era di buona famiglia, le avrebbero creduto senza troppi problemi. Perché, invece, non si muoveva? Perché restava immobile, in attesa, come se aspettasse a sua volta di fare la propria confessione?

«Sai perché mi sono offerta a Belfagor?» svelò improvvisamente la driade, inginocchiandosi di fronte alla compagna, affinché la potesse guardare in volto. O, almeno, affinché ne potesse scorgere i contorni.

«Per proteggermi… no?»

Calista le afferrò le mani, ghermita dall'impulso, e le confessò a cuore aperto: «Perché tu mi piaci, Titania».

L'ibrida non rispose. Non sapeva cosa dire. Era la prima volta che qualcuno le confessava apertamente i propri sentimenti per lei, anzi non credeva plausibile che qualcuno potesse gradirla, men che meno qualcuno come Calista. La driade era straordinaria per lei, imponente, forte, audace, bella. Titania si era sempre vista come un abominio, un errore, ma la guardiana davanti a lei e lo strige da poco incontrato nei suoi sogni le dimostravano il contrario.

Ho udito bene? Si sentì avvampare. *Io le piaccio?*

«E sarei stata disposta a sacrificare qualsiasi cosa pur di saperti al sicuro.»

«Davvero?» mormorò Titania, sporgendosi istintivamente verso la compagna. Riusciva già a sentirne il respiro tiepido e dolciastro sulla pelle. Rimase ferma in questa tesa sospensione, in attesa che Calista riempisse quella breve distanza fra loro.

Quest'ultima, però, si scostò, mancando per poco le labbra dell'ibrida. «C'è dell'altro» anticipò, sentendo una fitta al petto al solo pensiero di quello che era stata costretta a rinunciare. «Fra me e Valerius c'è stato… qualcosa.»

Gli occhi rossi di Titania sfavillarono. Che cos'era quella sensazione? Quella morsa intorno allo stomaco? Per quale motivo l'idea che ci fosse stato un legame nascosto fra Calista e Valerius la feriva? Non aveva senso, lei teneva a entrambi e non voleva altro che il meglio per tutti e due.

«Lui mi ha salvata dal lenone, e poi è passato a trovarmi in ospedale per assicurarsi che stessi bene.» Il suo volto avvampò, rammentando quel fugace momento d'intimità, quel bacio rubato alla norma e alle circostanze avverse. «Ma, al contempo, non riesco a contare tutte le morti di cui lui è responsabile, come quella di Tiberio.»

Titania si affrettò a scuotere la testa. «Non lo è. Abbiamo trovato insieme il corpo di Tiberio: eravamo nella cripta, eravamo sfuggiti a Laurell nascondendoci nelle fogne e lì abbiamo rinvenuto il suo corpo decomposto. Valerius ha invocato la dea della morte per rendere il suo trapasso più semplice, le tracce di magia oscura trovate sul suo corpo risalgono a quello e a un incantesimo di primo livello che di sicuro non ha lanciato lui. Per quanto mi riguarda, può valere lo stesso per tutti gli altri crimini di cui è accusato.»

Calista aggrottò la fronte, mettendosi sulla difensiva. «Voi due siete…»

«Alleati.» Titania evitò accuratamente di pensare a quanto il suo petto bruciasse. Seppellì quella sensazione dentro di sé e promise a se stessa che mai avrebbe più considerato Valerius come qualcosa d'altro, in nome del legame che la univa con Calista. «Domani dopo il funerale di Tiberio andrò a cercarlo nel reame di Deltora. Sei la benvenuta, se vuoi unirti a noi.»

Cavaliere di Spade

Non sapevo quante ore fossero trascorse, potevano esser passati pure dei giorni, io non me n'ero accorto. Ricordo solo che, quando realizzai di esser per terra, ringraziai il dio poiché ancora non ero un residuo. Peccato non potesse più ascoltarmi.

Qualsiasi legame avessi con lui, ora era Titania a custodirlo. Certo, soltanto io potevo concederle il permesso, ma non avrei mai più comunicato direttamente con Mors, mai più, per il resto di quel breve spicchio d'eternità che mi spettava.

Mi alzai in piedi, indolenzito e stanco. Il mio tremendo scoppio d'ira mi aveva consumato. A malapena stavo in piedi. No, non era la mia furia il motivo per cui non mi reggevo più, no. Era la rivelazione dell'ibrida.

Non posso essere padre, non ha senso, mi ripetevo, sempre meno convinto. D'altronde che motivo avrebbe avuto Titania di mentirmi? Cosa ci avrebbe guadagnato? Io ero il suo patrono, poteva usare i suoi poteri oscuri soltanto sotto la mia giurisdizione, e per quanto riguardava i suoi poteri di luce… beh. Io non ne avrei fatto grande uso: ormai scaldavano uno scaffale in soggiorno. Ma nemmeno lei li avrebbe mai più utilizzati. Così, sarebbe per sempre stata ancorata a me.

A maggior ragione, però, perché avrebbe dovuto mentirmi e causare la mia ira?, mi domandai di nuovo. *Se non avesse mentito, se le sue parole fossero veritiere, io avrei un figlio.*

Nella vita avevo avuto tanti flirt e pochissime amanti. Il sesso non m'era mai interessato, così come l'idea di giacere con qualcuno mi era indifferente; lo vedevo più come un modo per stare emotivamente vicino a una persona cara, questo sì. Gradivo assai le attenzioni, gli sguardi fugaci, i sorrisi rubati, ma nella maggior parte dei casi l'emozione finiva lì. Non appena conoscevo meglio la persona in questione e realizzavo di non condividerci niente, il mio interesse si dissipava. Per me non esistono le storielle da una notte, le trovo impossibili. Non giudico chi vi si lascia andare, per carità, tuttavia per me sono sempre state irrealizzabili. Trovo la bellezza nelle altre persone come chiunque altro la potrebbe trovare guardando un quadro o ascoltando una sinfonia e ogni volta mi duole il petto, poiché anch'io vorrei essere parte di quella bellezza. Questo per dire, in breve, che in vita non ebbi molte amanti. Il numero di persone con le quali potevo aver concepito un figlio era assai ridotto.

Quella fu la prima volta in cui mi affacciai sull'Occhio del Mondo, finalmente avevo un motivo reale per farlo, uno che non fosse il volgare rimpianto per la mia vita, strappatami troppo presto. Non sapevo come cercare, sapevo solo che nella mia tomba c'era questa sfera gigantesca, alta più di me e larga il doppio. Era sempre stata nera, dopotutto io non mi ero mai rivolto a lei. Quella volta, però, non appena mi ci avvicinai, s'accese. Non serviva a molto, ma nei reami della Morte è la mente più salda ad avere la meglio: mi bastò pensare al nome udito da Titania, Valerius.

«Mostramelo» ordinai. «Mostrami com'era da neonato.»

La sfera sfavillò: vidi un pargolo bianco, placido, calmo come non ti aspetteresti da un bambino. Il mio cuore mancò un battito quando notai gli occhi violacei, gli stessi di mio padre, solo più diluiti dalle venature color del ghiaccio.

È mio figlio. Il cuore mi si riempì all'istante, una travolgente gioia e un'ingombrante ansia danzavano freneticamente dentro di me, scuotendomi e risvegliandomi dal mio torpore. Il respiro accelerò e una lacrima corse lungo il mio zigomo. *Io ho un figlio!*

Era tutto vero. Per quanto non fossi riuscito a concludere molto in vita, avevo lasciato qualcosa ad Arcadya: uno splendido bambino, pallido come l'avorio e biondo come una divinità.

«Mostrami tutto» intimai, aggrappandomi alla falsa illusione d'esser sempre stato lì con lui. «Tutta la sua vita! Lo voglio conoscere, come se gli fossi sempre stato accanto.»

L'entusiasmo iniziale si spense in fretta. La cupezza che avvolse fin da principio il piccolo Valerius era soffocante, opprimente. Quella notte, assistetti alle crudeltà dalle quali non avevo potuto proteggere mio figlio. E morii per la seconda volta.

16
La Torre

Re di Denari

Al funerale pioveva, come se il cielo stesso lacrimasse. Nel reame di Arcadya le piogge erano diventate eventi rari, il clima era perlopiù secco, con forti escursioni termiche portate dalla vicinanza con il mare. Mare che nessun abitante poteva vedere, a meno che non si spingesse oltre i confini. Tiberio non l'aveva mai visto, sebbene lo avesse spesso sognato; era uno dei motivi per cui amava l'enorme acquario nel suo studio privato e ciascuna delle rare creature in esso contenute. Sognava di noleggiare una barca e solcare le onde con Sylvain; purtroppo, però, il destino aveva tagliato anzitempo il filo della sua vita, e le uniche acque che Tiberio avrebbe solcato sarebbero state quelle del Lete.

Tante persone si ammassavano intorno alla bara, medici, servi, nobili. I suoi familiari parlarono uno a uno, lodando l'arguzia del medico e i casi più difficili da lui risolti.

«Lui non era solo questo» mormorò Sylvain fra le lacrime. «Non era solo il suo lavoro.»

Calista si strinse amichevolmente a lui. Restarono in piedi, distanti dalla celebrazione, lasciando che fossero gli altri a starne al centro, a comparire nelle foto e nelle riprese dei giornalisti. A Sylvain non importava, a lui bastava esser stato nel cuore di Tiberio, anche se solo per un momento breve della sua altrettanto breve vita.

I giovani attesero finché la cerimonia non terminò e parenti, colleghi e amici non sgomberarono il cimitero, lasciando il ragazzo solo con le sue poche vere amiche, tutte appartenenti all'Ordine.

«Grazie per essere rimaste con me» sospirò.

«Scherzi?» esclamò mesta Teodora. «È il minimo che possiamo fare, Sylvain.»

«Ridicolo che non ti abbiano fatto spendere nemmeno due parole per Tiberio» si lamentò invece Eilir.

Il giovane scosse la testa. «Va bene così. In ogni caso io non sono mai piaciuto alla sua famiglia, sono solo un servo con interessi troppo frivoli.»

«Prenderemo il bastardo che ha fatto del male a Tiberio e lo faremo pagare.» Anaïs non disse neanche un nome, era scontato, non c'era bisogno di pronunciarlo ad alta voce. Titania lo capì ugualmente; e anche Calista, la quale invece s'apprestò a cambiare argomento. «Se hai bisogno, la porta di casa mia è sempre aperta.»

Titania ripensò involontariamente a come lei e Valerius avevano ritrovato Tiberio, ai pochi scrupoli che il primo si era fatto nell'aiutare il secondo, pure se questo significava essere imputato della sua uccisione. Tutto senza nemmeno sapere chi fosse il vero responsabile, chi si celasse dietro quella sanguigna maschera di violenza.

E se fosse sempre successo questo?, si domandò. *E se non avesse ucciso né il precedente generale, né la sorella di Sylvain?*

A detta del giovane, la sorella era «miracolosamente» tornata, dunque i dubbi dell'ibrida erano legittimi. Era come se qualcuno o qualcosa si nascondesse nell'ombra, preparandosi a spingere Valerius giù da una torre, gettandolo in pasto a un popolo mutilato dalla guerra e inferocito per le ingiustizie. La ragazza ripensò ai documenti che lo strige le aveva dato: riguardavano i suoi genitori, almeno questo era quanto le aveva riferito. Non le piaceva pensare a sua madre, né a suo padre, né alla guerra scoppiata fra le razze. La facevano sentire sporca e colpevole, come se quella guerra l'avesse causata lei in prima persona. Per tale motivo aveva custodito quei fogli senza mai osare parlarne con nessuno. Nonostante ciò significasse escludersi dalla verità, da un potenziale sollievo.

E se pure questa fosse una bugia? Su Faeree l'udito le era fondamentale per captare eventuali predatori e sapere esattamente dove si trovavano rispetto a lei; ad Arcadya, però, il suo orecchio era inaffidabile tanto quanto il suo occhio. Non sapeva più a chi o cosa credere.

L'ibrida, dunque, seguì le altre guardiane fuori dal cimitero, ma contava di restare sola con Calista. Quest'ultima, entrata di soppiatto nel palazzo, s'intrufolò nella suite di Titania, nascosta agli occhi vigili di servi e guardie. Si era accertata che nessuno nel corridoio la scorgesse prima di richiudere rapidamente la porta alle proprie spalle.

«Che cosa stai facendo?» domandò, ancora sulla soglia, notando l'agitazione della compagna che ravanava fra gli scaffali della dispensa.

«Ma dove l'avrò messo?» brontolava ininterrottamente Titania, tastando tutte le superfici della cucina. Non aveva voluto scoprire niente sui propri genitori per timore. Quei documenti potevano essere ovunque: non li aveva riposti con cura ripromettendosi di farseli leggere, li aveva abbandonati da qualche parte e poi si era semplicemente dimenticata di averli.

«Sono questi?» domandò Calista, prendendo dei fogli trovati per terra, fra il televisore e la lettiera di Bastet. Li tenne in alto, davanti al volto della compagna, finché questa non disse: «Non lo so, Calista, io non ci vedo».

«Ah, giusto.» La driade, leggermente imbarazzata, sollevò entrambe le sopracciglia e, girando il foglio verso di sé, si apprestò a leggerlo. «Stavi cercando qualcosa riguardante i tuoi genitori?»

«Sì, è quello» affermò l'ibrida, tirando un sospiro di sollievo. Se avesse perso davvero quei fogli, non se lo sarebbe mai perdonato.

«Dove li hai trovati?» chiese la guardiana, aggrottando la fronte.

«Me li ha dati Valerius nella cripta» spiegò sbrigativamente Titania, sedendosi per terra accanto alla ragazza. «Secondo lui era giusto che conoscessi la verità.»

«È un ragazzo così gentile a volte, mentre altre...» si lasciò sfuggire Calista.

«Che cosa c'è scritto?»

La driade rimase in silenzio, leggendo quanto riportato. I suoi occhi scorrevano veloci sulla sottile carta, mentre Titania restava in trepidante attesa. Quest'ultima giocherellava con le mani per il nervosismo, trattenendosi dall'esortare la compagna. Non voleva infastidirla né tantomeno distrarla. All'improvviso, però, la sentì espirare.

Non era sollievo e nemmeno dolore, era un sospiro di puro sgomento. Aveva appena finito di leggere i fogli. L'ibrida sentiva la sottile carta venir girata e rigirata molteplici volte, come se Calista, insoddisfatta, stesse ancora cercando qualcosa fra le fitte righe. Come se quel documento non potesse esser finito lì e stesse cercando l'ultimo pezzo di un puzzle incompleto.

Cinque di Spade

Evelyne aveva seguito di nascosto la cerimonia, restando in fondo al gruppo di invitati. Nemmeno suo fratello si era accorto della sua presenza, sebbene pure lui non fosse tanto avanti rispetto all'ingente folla.

La serva sarebbe volentieri andata da lui a salutarlo, ma era in compagnia dell'Ordine e, soprattutto, di Titania: le stesse persone che era incaricata di pedinare. Notò come l'ibrida avesse stretto un legame particolarmente ambiguo con Calista. Le due erano sempre insieme, appiccicate nemmeno Titania fosse la cozza e Calista il suo scoglio. La seconda era gli occhi e il braccio della prima, la quale si affidava completamente alla guardiana. Eve non riuscì a decifrare la natura di quel rapporto, ma la driade di sovente guardava Titania, più spesso di quanto non facesse con gli altri interlocutori. Quest'ultima non reagiva, o così pareva: era difficile leggere attraverso i suoi occhi che per lunghi tratti restavano persi. Eppure, di tanto in tanto, per qualche fugace ma intenso attimo, si svegliavano, svelando, dietro la simulata indifferenza, un vivo e palpitante cuore. Ogni tanto la giovane compiva dei gesti piccoli e quasi impercettibili, strizzava gli occhi, si stringeva a Calista. Si muoveva come un felino, cercava il suo sguardo come un gatto domestico cerca quello del proprio padrone quando desidera conforto: con occhi trasognati e carichi di aspettativa.

Quando la cerimonia finì, loro due se ne andarono insieme.

Non fu difficile seguirle, la lunga chioma bianca di Titania era assai riconoscibile, pure da lontano. In più, Calista era la più alta delle driadi. Essendo quasi un metro e ottanta, svettava sopra la maggior parte delle persone che incrociavano per strada.

Stanno ritornando entrambe a palazzo, perché?, notò la serva, riconoscendo il tragitto. Non restava altro che seguirle, presto le risposte sarebbero venute a galla.

«Che cosa stai facendo?» L'improvvisa voce di Laurell la fece sussultare.

«Mi hai spaventata!» reagì sottovoce la serva, tentando di riprendersi dall'improvviso terrore d'essere scoperta.

«Credevo dovessi pedinare l'ibrida» la canzonò il generale, mettendosi accanto a lei.

«È quello che sto cercando di fare.»

Lau mise un braccio davanti a Evelyne, impedendole di proseguire. «Tu stai facendo una passeggiata all'aperto, sei troppo riconoscibile, Evelyne! Se quelle due non fossero così immerse nella loro amicizia omoerotica, ti avrebbero già notata.»

La serva sollevò un sopracciglio. Indubbiamente Laurell aveva uno spiccato senso d'osservazione che a lei mancava. Un'eventuale relazione fra Titania e Calista era ampiamente sfruttabile, dunque quell'informazione, apparentemente sterile, divenne essenziale agli occhi di Evelyne. «Un attimo, stai dicendo che Calista e Titania...» abbozzò, non sapendo bene come formulare quella domanda così intima, lasciata inespressa, a cui tuttavia Laurell, intuendola, diede seguito.

«C'è interesse, poi se siano effettivamente in una relazione non lo so, ma c'è di sicuro molto affetto e protezione. Soprattutto da parte di Calista. Questo potrebbe tranquillamente diventare un problema, perché significherebbe avere a che fare con due talpe. O con una talpa e una miscredente emotivamente coinvolta. Non so cosa sia peggio.» Varcando uno degli ingressi laterali del palazzo, il generale e una guardia di turno si scambiarono il saluto.

Evelyne rimase in silenzio per qualche secondo, aspettando di essersi ben allontanata dalle orecchie indiscrete degli altri maghi. Trattenne a sé ogni dubbio finché non furono nell'ampio corridoio che conduceva alle stanze degli ospiti. Laurell dimostrava una certa sicurezza, era come se avesse già previsto dove le due giovani erano dirette. «Quindi credi che la regina abbia ragione? Che Titania sia la talpa?» chiese la serva.

«Sai bene come la magia nera degli strige corrompa il loro animo» sospirò Lau, riducendo la propria voce a un flebile sussurro. «Non avrei voluto crederci, ma visti gli ultimi avvenimenti, e vista la crudeltà di Valerius, mi risulta difficile pensare che pure Titania non sia come lui.»

«Ma Titania non è stata invitata da Caiden? Lui voleva riappacificarsi con gli strige, provare che loro non sono così malvagi, no?»

«Questa era la sua idea, sì» confermò Laurell. «Però hai fatto caso a tutte le follie capitate da quando il re ha invitato Titania a unirsi all'Ordine? Tanto per cominciare, il sovrano stesso è morto, come poi è morto pure Gareth, il quale poi è stato resuscitato e mandato all'incoronazione per portare un "messaggio" di vendetta. È opera di uno strige, non c'è dubbio: la necromanzia è una loro arte, e il messaggio presente sulla schiena di Gareth, beh, era abbastanza inequivocabile.»

Evelyne aggrottò la fronte, cercando di seguire il filo del discorso. «Dici che l'ha architettato Titania?»

«O lei o Valerius, sono gli unici strige entrati ad Arcadya ed entrambi avrebbero un movente. Titania potrebbe voler vendicare i propri genitori» osservò poi, incupendosi e ripensando involontariamente a quanto scoperto sul passato dello strige, a quanto aveva ingiustamente sofferto. «Valerius… lui avrebbe pure ragione. Arcadya è stata crudele con lui. Quando ha soccorso Calista dal postribolo in fiamme avrei potuto colpirlo, aveva le mani occupate e la guardia abbassata, sarebbe stato facile. Eppure, mi è risultato impossibile alzare anche solo un dito. Tutt'ora non so dirti se fosse pietà o debolezza.»

Evelyne posò una mano sulla spalla di Laurell e sorrise, incoraggiante. «Ti fa onore, in qualità di ufficiale e in qualità di combattente. Io, insomma, non ero proprio presente in quel momento, ma da ciò che mi è stato riferito, non avresti potuto comportarti meglio. Tu rispetti l'avversario.»

Lau guardò la serva con la coda dell'occhio e rispose debolmente al suo sorriso. «Ti ringrazio, Evelyne. Sai, sono felice di averti al mio fianco, le persone come te mi ricordano perché ho intrapreso questa carriera. Per proteggere quel po' di buono che ancora è rimasto nel mondo.» La sua espressione si fece man mano più vivida, più sicura: finalmente il generale sembrava tornare alla vivacità di un tempo. I due svoltarono l'angolo e si fermarono, restando appostati finché non videro un guizzo castano sparire dentro una porta. Eccole: Titania e Calista erano là dentro, da fuori potevano ascoltare ogni loro conversazione. *Ce l'abbiamo fatta*, pensò Eve, con vittoriosa anticipazione. Anche Laurell si lasciò sfuggire un'espressione inaspettatamente gioiosa, nonché carica di speranza. «Una volta sconfitto Valerius, la mia missione consisterà nell'efficiente interruzione dei traffici di organi e schiavi. Io metterò al sicuro ogni singolo Fae presente sul suolo di questo reame.»

Sei di Coppe

«Che cosa c'è scritto?» Titania fremeva, impaziente di scoprire la verità, ancora più stimolata dall'improvviso silenzio di Calista.

Quest'ultima scosse la testa, incredula di fronte al testo contenuto in quel documento. «I tuoi genitori non hanno causato proprio nessuna guerra.» La sua voce tremava per l'incredulità, era come se fosse da sempre cresciuta in un castello le cui fondamenta erano appena crollate.

«Sì che sono stati loro» ribatté l'ibrida. «Mi viene ripetuto da sempre, come potrebbe essere altrimenti?»

La guardiana scosse la testa, squadrando accigliata i documenti. «In base a quanto riportato qui, sono stati imprigionati prima che scoppiasse.»

«Imprigionati?» ripeté Titania, esterrefatta. Certo, era contenta di non essere un abominevole errore, come invece le avevano da sempre fatto credere; però voleva scavare più a fondo nella questione, scoprire quali tasselli ancora mancavano all'appello. «Con quale accusa?»

Gli occhi di Calista corsero velocemente sul documento. «Alto tradimento. Hanno imprigionato prima Alister, perché Inanna era scappata in un altro reame: risultava non rintracciabile all'interno di Arcadya per una settimana, dal trenta marzo al sette aprile.»

«Allora è probabile che quello sia il mio periodo di nascita.»

La driade aggrottò la fronte. Per lei era difficile realizzare come la sua compagna fosse cresciuta fino a quel momento, niente date impresse nella mente, nessun compleanno o ricorrenza, solo un vuoto confusionario e un'infanzia immersa nella natura selvaggia, priva di regole e convenzioni.

«Sono nata a Faeree, probabilmente la settimana in cui è sparita l'ha trascorsa lì» ipotizzò l'ibrida.

«Ma allora perché ritornare ad Arcadya e non restare al sicuro con te?» chiese Calista. «Sabato nove aprile, ore diciotto, questa è la data della cattura.»

«Poi cos'è successo?» la incalzò Titania.

La driade assottigliò gli occhi. «Non è più riportato nulla riguardante i tuoi, solo dati sulla prigione e gli altri detenuti» affermò, dando rapide occhiate ai nomi degli imputati e alle loro accuse. «Tutti incolpati di tradimento verso la corona, quasi tutti strige, ma c'è pure qualche driade. Nessun umano. Il dodici maggio la Torre della Muda, questa prigione, è stata chiusa definitivamente.»

«E i detenuti? Sono stati trasferiti o...»

«Non c'è più scritto niente a riguardo. Il documento finisce qui.»

Il tono di Calista era deluso; tuttavia, una nuova speranza si accese nel petto di Titania. «Non si sono uccisi a vicenda, ma non sono nemmeno stati giustiziati.» Quello non era un documento qualsiasi. Era stato generato magicamente, ergo finché non vi era alcun riferimento alla dipartita dei suoi genitori, poteva voler dire solo una cosa. «Sono ancora vivi» s'illuminò Titania, riscaldata da quel nuovo auspicio.

«Probabilmente» l'assecondò l'altra, fissando esterrefatta quei fogli.

Quella possibilità era calda, avvolgente, creava una fitta rete di sogni e speranze. Se avesse rincontrato i suoi genitori, se avesse avuto l'opportunità di stabilire un legame con loro, si sarebbe sentita un po' meno sbagliata, meno anomala. Ma qual era l'anomalia in quel luogo e in quel periodo storico? Le generazioni precedenti erano state quasi totalmente spazzate via, solo una piccola porzione di persone era rimasta ad Arcadya. I pochi adulti che avevano ricordo della guerra erano come i genitori di Calista, i quali erano lungamente rimasti muti, incapaci d'intendere e di volere, vegetali incapacitati sul girello. Non era una prospettiva speranzosa, anzi sembrava proprio che qualcuno volesse cancellare la guerra dalla memoria, persino a costo di cancellare anche le persone.

«Dobbiamo andare a Deltora» affermò l'ibrida, levandosi in piedi.

Calista si accigliò di fronte alla curiosa reazione dell'amica. «Sei... felice?» domandò.

«Non felice, speranzosa» la corresse lei, ridente. «Quel documento è la prova che io non sono un mostro! E, cosa più importante di tutte, forse i miei genitori sono vivi da qualche parte, nascosti in un reame sconosciuto.»

Laurell, udendo quelle parole, sgranò gli occhi. Evelyne era rimasta qualche passo più indietro ma anche lei, grazie a un'improvvisa e inaspettata amplificazione dei propri sensi, era riuscita a percepire ogni parola da quando Calista aveva iniziato a riassumere quanto contenuto dal documento.

«Dove lo avranno preso?» domandò la serva, non appena le voci dentro alla stanza tacquero.

«Nella cripta, ovviamente, il che rafforza i miei sospetti.» Di fronte all'espressione allibita di Eve, l'ufficiale proseguì abbassando la voce fino a un sussurro. «Liviana aveva posto un sigillo sulla cripta, che era diventata inaccessibile a tutti. Con la sua morte, provocata da Valerius, il sigillo si è rotto. Quelle due squinzie sono entrate nella cripta e hanno avuto accesso a quel documento con l'aiuto del figlio di Belfagor.»

Evelyne portò una mano al volto, in segno di stupore. «Quindi è definitivo? Sono tutte e due alleate con Valerius?»

«Sì, è sicuro. Ciò che non è sicuro è che lui sia un loro alleato.»

La serva scosse rapidamente la testa: «Non ho capito».

«Lui potrebbe aver manipolato il documento, o qualsiasi altra informazione, per aizzarle contro la corona.» Laurell si allontanò dalla stanza, conducendo Evelyne lungo l'ampio corridoio e verso il retro del palazzo. «Non ho avuto occasione di conoscere bene Titania, ma potevo dire di aver stretto una buona amicizia con Calista e mi delude vedere la velocità con cui lei si è schierata dalla parte del nemico.»

Evelyne percepì molto risentimento nelle parole di Lau: l'improbabile coalizione fra Calista e Valerius era un vero e proprio tradimento, ardente nel suo petto. «Adesso cosa facciamo?» domandò, tentando di cambiare argomento.

«Le raggiungiamo a Deltora e raccogliamo le prove che ci servono.»

Il passaggio da un reame all'altro fu da una parte pacifico, dall'altra permeato da un'inaspettata ansia. Calista aveva in segreto atteso il momento nel quale finalmente avrebbe rivisto Valerius, certo non immaginava sarebbe stato con la complicità di Titania.

È meglio così, si ripeteva fra sé e sé; *è meglio dell'evenienza da me immaginata all'inizio, del malvagio strige ucciso dalle virtuose guardiane. Io non sono virtuosa, lui non è malvagio. E va bene così.*

Condusse Titania lungo le spiagge di Deltora, immersa in un

teso silenzio; la guidò tenendola accuratamente per l'avambraccio, badando bene a dove metteva i piedi.

Spero solo non sia troppo tardi per ottenere di nuovo almeno la sua fiducia, si trovò a pensare. *Non chiederò di più. Non voglio tornare a com'erano prima le cose. Mi basta saperlo al sicuro e in pace.*

La driade scorse da lontano un giovane seduto sulla sabbia, il bel profilo illuminato dal riflesso lucente delle creature strane sotto il pelo dell'acqua. I suoi occhi erano persi nel vuoto, il suo viso tranquillo era macchiato dalla tristezza. Era come se, nonostante la calma, ci fosse sempre un'ombra del suo passato intenta ad appesantirgli il cuore.

Percependo il tanto atteso arrivo dell'ibrida, Valerius si voltò, salutando Titania con un accogliente sorriso; tuttavia si bloccò immediatamente non appena scorse Calista accanto alla compagna.

«Sei in compagnia» affermò lo strige, mettendosi subito sulla difensiva.

«Calista è dalla nostra parte» replicò Titania, anticipando la driade.

Un ghigno compiaciuto colorò le labbra di Valerius e i suoi occhi violacei scrutarono a distanza il volto di Calista. Quest'ultima sussultò, colta alla sprovvista da quei curiosi sguardi che lo strige le lanciava. Era riuscita a tenerlo lontano dalla propria mente e dal proprio cuore, ma non era sicura di riuscirci ancora a lungo. La sua mano strinse quella di Titania, trovandovi il conforto e l'appoggio necessari per non iniziare a tremare come una foglia al vento mentre il figlio di Belfagor si alzava in piedi e le si avvicinava. «Sapevo che avresti ritrovato il senno, sei una ragazza intelligente» ammiccò. «Cosa ti ha fatto cambiare idea, se posso chiedere?»

«Leggere il documento che mi hai dato» intervenne l'ibrida. «Grazie, a proposito.»

Gli occhi di Valerius si posarono sul viso di Titania, restando intrappolati nella sua delicatezza. «Sempre al servizio della verità, mia cara.» C'era un po' di mestizia nelle sue parole: nemmeno quel successo gli dava la pace sufficiente a placare il suo animo irrequieto.

«Ero in errore, lo riconosco, ti ho giudicato troppo in fretta» ammise Calista, arrossendo appena. «Stiamo pianificando entrambe di andarcene, il palazzo sta diventando un cimitero e le persone sono inaffidabili.»

«Bastet?» domandò improvvisamente Valerius.

«Cosa?» trasalì Titania, udendo il nome della propria gattina.

«Bastet, non è il nome del tuo famiglio?» proseguì lo strige. «Lei sembra volersene andare?»

«No, perché?»

Valerius fece cenno alle due giovani di seguirlo, poi diede loro le spalle, camminando in testa a quel curioso trio, restando sempre un paio di passi più avanti. «Quando ero uno schiavo avevo un famiglio, una delle poche viverne nane sfuggite al massacro. Era nera, sputava acido a sufficienza quando si trattava di bruciare la pelle dei nemici, ma non abbastanza da uccidere.» Né Titania né Calista vedevano il suo volto, ne udivano solo la calma e profonda voce, accompagnata dal regolare infrangersi delle onde sulla spiaggia. «Era estremamente intelligente, è merito suo se sono riuscito a scappare dal postribolo. Sin da quando ero bambino, lui volava fuori dalla finestra e mi portava papiri e piccoli libri; ho imparato a leggere e, infine, pure a evocare gli elementi. Tutto solo per merito suo. Settimio lo ha trovato e ucciso solo quando io avevo già imparato a viaggiare fra i reami, così sono scappato. Se Bastet non sente l'impellenza di fuggire, nonostante la pericolosità del palazzo, vuol dire che la tua missione lì non è ancora conclusa.»

Titania si passò una mano sul volto, sbuffando: «Sono un'idiota, ho mandato a quel paese l'immortale incaricato di addestrare l'Ordine».

Valerius si voltò, mostrando il suo bel profilo accigliato. «Perché avresti fatto una cosa simile?»

Mentre l'ibrida ancora faticava a trovare le parole per raccontare quanto subito, senza tangere più di tanto la sensibilità dello strige, Calista intervenne in suo supporto: «Elan l'ha costretta a viaggiare fino a Midian, da tuo padre, con il quale ha fatto uno scambio. La sua luce in cambio dei poteri oscuri di Belfagor… poteri che verranno utilizzati contro di te».

Il ragazzo non reagì: continuò solo a camminare, tornando a scrutare dinanzi a sé. Stavano camminando verso un faro, Calista lo vedeva nitidamente. Si domandò cosa ci facesse lì, quel faro, in un reame abitato solo da minuscole creature marine. Forse aveva soltanto sottovalutato Deltora e quelli non erano gli unici abitanti. Non formulò alcuna domanda, in cuor suo si fidava già dello strige.

Camminò guardando le spalle del giovane, accarezzata dalla morbida sabbia in cui, a ogni passo, i piedi le affondavano. Era un momento pacifico e indubbiamente gradevole. La guardiana realizzò di non aver mai ascoltato il rumore dell'acqua che s'incontrava con la terra: si domandò se pure ad Arcadya il mare fosse così.

Valerius aprì la porticina lignea del faro e si spostò da parte, per far passare le due ragazze.

«Non sei minimamente preoccupato?» chiese improvvisamente Titania, varcando la soglia assieme alla driade.

Lo strige scosse la testa, richiudendo la porta e guidando le due su per la vertiginosa scala a chiocciola. «Nella mia vita niente mi ha mai preoccupato tanto quanto la possibilità di ritornare fra le grinfie di Settimio. Morire è nulla a confronto.» Gli scalini scricchiolavano a ogni passo, riempiendo quella stretta torre di rumori, di vita.

«Attenta!» Calista vide Titania scivolare su un gradino e si apprestò a sorreggerla. Le dita infreddolite della guardiana sfiorarono accidentalmente quelle tiepide di Valerius. La driade sollevò lo sguardo incrociando a mezz'aria gli occhi curiosi dello strige, il quale era a sua volta intervenuto.

Dopo qualche attimo di silenzio, Valerius afferrò la mano di Titania, mentre Calista la prese sottobraccio dall'altra parte. A quel punto, senza proferire alcuna parola, lasciando che fossero i continui cigolii della scala a parlare per loro, proseguirono insieme la salita.

«Scusate. Non ci vedo con le luci forti» mormorò l'ibrida, imbarazzata, alludendo al forte fascio di luce emesso dal faro che, puntualmente, ogni sette secondi attraversava l'interno dell'edificio.

Lo strige le accarezzò il dorso della mano. «Non hai niente di cui scusarti, Titania. Spegnerò la luce appena raggiungeremo la cima, se per te va bene.» Come l'ibrida annuì, lui continuò rivolgendosi anche a Calista. «Questo è un luogo sicuro: il tempo scorre più velocemente rispetto ad Arcadya, perciò, quando avete bisogno di riposare o di riprendere fiato, potete venire qui. La porta del faro sarà sempre aperta per voi, che io ci sia o meno.»

Il soppalco che si estendeva sopra le scale era piccolo ma accogliente. Il pavimento di legno teneva compagnia ai tre giovani, accompagnandone i passi curiosi. C'era un'ampia vetrata, attraverso cui filtravano i colori notturni e azzurrini di quel reame, le luminescenze nel mare, il fascio di luce che, girando, si stagliava dentro quella piccola stanza di legno, ravvivata anche dalle stelle grandi e lontane nel cielo. Calista pensò che Valerius dovesse aver trovato la propria pace in quel reame, sia per le somiglianze sia per le differenze con Arcadya. Era spaventosamente simile, il cielo e il terreno non avevano colori assurdi o improbabili. Era silenzioso e pacato, vi era la mano dell'uomo (di una qualche creatura umanoide, almeno, dato che gli umani comunque non potevano viaggiare fra i reami) ma, al contempo, tale intervento non ne aveva corrotto la bellezza.

Vicino alla vetrata c'era un materasso da una piazza e mezza, coperto da un sottile copripiumone vuoto, sul quale vi erano piccoli disegni. Era pulito ma lacerato dal tempo: probabilmente Valerius aveva passato tanti anni su quel materasso e sotto quelle coperte, nascosto e riparato dalle violenze che avevano macchiato la sua infanzia. Abbandonato su quel giaciglio di fortuna vi era un libro con un'orecchietta più o meno verso la metà. La guardiana pensò fosse una lettura in corso dello strige, dunque vi si avvicinò per guardarlo meglio. Era un vecchio testo teatrale, la storia di un uomo che, in cerca di potere, si trova a barattare con il diavolo. La driade lo trovò curioso, non credeva che Valerius fosse un lettore, men che meno un appassionato di teatro.

C'è ancora così tanto che non conosco di lui, realizzò, prendendo quel libro fra le mani.

Lo strige spense la luce del faro andando a premere un pulsante poco distante. I tre furono inghiottiti dalle ombre, accarezzati solo dalla tenue luce del mare. Calista, non abituata all'oscurità, si fece piccola, mentre il viso di Titania si distese in un sorriso che gli altri non poterono notare.

Si accomodarono sul materasso, insieme. Per primo si sedette Valerius, mettendosi sul bordo, e accanto a lui si sistemò Titania.

«Non vuoi sederti con noi?» fece quest'ultima.

Calista era ancora in piedi, con il libro in mano, bloccata nel tentativo di leggerne il contenuto, anche se oramai le tenebre glielo impedivano. Lo mise a posto e, per accomodarsi vicino ai due, si sporse sul materasso. Non potendo vedere bene gli altri, il suo fianco sfregò accidentalmente contro quello di Valerius. Sentendo il corpo tiepido dello strige, avvampò e si ritrasse immediatamente. «Scusami» mormorò, spostandosi dall'altra parte. Scivolò accanto a Titania, che nel frattempo stava toccando ripetutamente la parte ancora libera di materasso con fare invitante.

Calista si sistemò lì, di fianco all'ibrida, e si perse a guardare le stelle. Il fragore del mare sotto di loro era una delicata melodia per le sue orecchie, accompagnata dal lieve respiro dei suoi due compagni.

Vorrei poter restare qui, sospirò, intrecciando le proprie mani sul ventre, in maniera da rendere la sua stessa figura più sottile e meno ingombrante, e far spazio ai due. *Niente regole, niente aspettative, solo noi.*

Lo spazio era stretto, intimo; la guardiana si sorprese nel realizzare come fossero già trascorsi diversi minuti nel completo silenzio. Non aveva bisogno del verbo per comunicare con Titania, né con Valerius. Con loro condivideva l'anima, i pensieri e il respiro.

Si accorse, per la prima volta, di esser felice, a tutti gli effetti. Si sentiva accolta, amata, era con le due persone alle quali più si era affezionata durante la sua permanenza ad Arcadya e non c'era niente che desiderasse di più. O, forse, qualcosa c'era.

Sette di Bastoni

Evelyne desiderava scoprire la verità, così come Laurell. Non stavano specificatamente pensando né a Valerius, né a Titania o a Calista, anzi Lau sperava vivamente che la sua amica non c'entrasse niente con quella storia. Avevano bisogno di sapere cosa stava accadendo e Deltora rispose prontamente alla loro chiamata.

Dopo il passaggio fra i reami, furono acque gelide ad accogliere i loro corpi. La serva e l'ufficiale piombarono dentro il mare, provocando un enorme fragore di onde. *Queste acque non sono come quelle di Arcadya*, realizzò Evelyne, sentendosi improvvisamente risucchiare verso il fondo. Non aveva mai conosciuto il mare prima di quel momento, ma le era capitato di immergersi in una vasca per lavarsi. Non era sua usanza, la doccia era molto più rapida ed economica, però ricordava la consistenza dell'acqua, come fosse veloce e sfuggente al suo tocco. Le acque di Deltora, così pesanti e vischiose, risultavano *sbagliate*. Era come se una forza esterna stesse tirando i loro piedi verso il basso.

Laurell stava a galla con difficoltà, ma riusciva a tenere naso e bocca sopra il pelo dell'acqua. Aveva le palpebre socchiuse, onde evitare che quell'acqua così ostile entrasse nei suoi occhi. La punta del suo delicato naso era arrossata per il freddo, ma i suoi arti vorticavano agilmente sotto il pelo del mare, permettendo al suo volto di restare asciutto. O quasi.

Evelyne, dal canto suo, si sbracciava e scalciava, schizzando ovunque. Per quanto la sua forza fosse aumentata notevolmente, non era infallibile: i muscoli delle braccia e delle gambe dolevano e pulsavano. Continuava ad agitarsi per restare a galla, ma le stava diventando sempre più difficile, più stancante.

Un'improvvisa sonnolenza stava prendendo possesso delle sue membra, finché una voce non si levò sopra le loro teste.

«Issate le reti!»

Non l'avevano vista. L'imbarcazione era interamente ricoperta da una vernice nera e nessuna luce proveniva dalla nave, né dal faro. La serva avrebbe pure potuto credere che quello fosse un reame disabitato, se non fosse stato per quell'improvviso rumore di voci, passi e attrezzi vari provenienti dalla scura barca.

L'ufficiale e la giovane finirono accidentalmente nella nera rete di quei marinai.

Come il meccanismo si mise in azione, il rumore metallico della rete, issata dalle catene dentro gli ingranaggi, riempì il cielo, i due furono sollevati in aria. Evelyne trattenne un gemito di dolore: degli ami le si erano accidentalmente conficcati nella pelle. Fu costretta ad aggrapparsi alla dura corda fino a far bruciare i palmi, affinché il suo stesso peso non la trascinasse giù e le ferite non si aprissero.

«Caccia grossa stasera!» sentì esclamare. Ma, quando lo strano duo fu sollevato a mezz'aria sopra la superficie del mare, uomini dal volto stranito si sporsero oltre il bordo dell'imbarcazione. Erano i marinai più bizzarri che Evelyne avesse mai visto: indossavano tuniche dorate e avevano numerose ali tatuate, chi sulle braccia, chi sul petto e chi addirittura sul viso.

La rete fu issata oltre il bordo ligneo e la serva cadde addosso all'ufficiale con un tonfo.

«Voi non siete qui per la chiamata» osservò un tale che la serva non riuscì bene a indentificare. Era più alto degli altri, i suoi morbidi boccoli biondi ricadevano oltre le spalle, aveva un viso dolce, senza età. I tatuaggi di quest'ultimo erano più dettagliati e complessi, raffiguravano un vero angelo a figura intera, uno con molteplici ali e grandi occhi incastonati dentro di esse. Era così intricato e inquietante che la serva non poté non percepire un leggero vuoto allo stomaco osservando quella figura, sebbene fosse solo un disegno sulla pelle di una persona.

«Chiamata?» ripeté Evelyne, tentando di liberare la pelle dell'avambraccio da un amo.

«È quello che facciamo qui!» annunciò il ragazzo. «Benvenute sul *Giudizio Universale*, io sono Rodeh.»

La barca ripartì, ondeggiando pacatamente sul tranquillo mare, in contrasto con i passi agitati dei vari marinai, i quali si muovevano avanti e indietro sul ponte, animandolo con i rumori dei sandali sul duro legno. L'imbarcazione procedeva con velocità sorprendente: qualche secondo prima erano in mare aperto e, gradualmente, la costa incominciava ad affacciarsi sul pelo dell'acqua.

«Fammi capire» si incuriosì Laurell, mentre un paio di marinai aiutavano il duo a liberarsi dagli ami. «Tu hai chiamato la tua imbarcazione "Giudizio Universale"?»

Mentre il generale navigava nell'incertezza, una lampadina si accese nel cervello di Evelyne. Era una grande allegoria, una che lei conosceva molto bene. «È la resa dei conti» mormorò, avvolta da un velo di speranza. «I morti resuscitano per affrontare il giudizio finale sul proprio operato, è questo che stavate pescando, vero?»

Rodeh indossò un sorriso malinconico. «Esatto. Prima di gioire, però, mi assicurerei di controllare a che polo di Deltora ci troviamo.»

Evelyne non comprese quell'ultima affermazione, dando involontariamente ragione al fratello: ormai non aveva più guardato le carte, né studiato. Tutte le cose che la rendevano se stessa stavano lentamente scivolando via da lei, trasformandola in qualcosa d'altro. Non sapeva più come rapportarsi agli arcani con l'ingenua curiosità che da sempre l'aveva caratterizzata. Quel lato di lei non esisteva più.

«Deltora è il reame della Divinazione, non è così?» domandò improvvisamente Laurell.

«Esatto» confermò Rodeh, dopo aver gridato ai suoi uomini di cambiare rotta.

«È qui che troveremo le risposte alle nostre domande?» proseguì la serva.

«Solo se le domande saranno giuste.»

«Valerius e Calista sono davvero alleati?» chiese il generale con tono fermo, deciso e pungente come un ago.

Rodeh scosse la testa. «Domanda sbagliata.»

Lau sbatté le palpebre condividendo la muta perplessità di Evelyne: che cos'era una *domanda sbagliata*? Cosa poteva esserci di sbagliato nel cercare l'obiettivo della propria missione? Forse non conosceva il modo in cui quelle creature comunicavano. Si fece da parte, facendo cenno alla serva di continuare. Nemmeno quest'ultima, però, sapeva come approcciarsi all'arcano, era persa tanto quanto l'armigero. «Valerius si trova qui, in questo reame?» chiese esitante Eve.

«Domanda sbagliata» ripeté Rodeh, sospirando, come se l'ignoranza degli interlocutori lo stesse frustrando.

«Che cosa vuol dire?» sbottò Lau. «Stiamo cercando Valerius, Calista e Titania, Arcadya è in pericolo a causa loro. La domanda è giusta.»

L'indecifrabile essere diede loro le spalle, camminando verso l'altro bordo dell'imbarcazione. «E se Arcadya fosse in pericolo, ma non a causa delle persone da voi menzionate?»

«È impossibile» obiettò Evelyne, accigliata. «Valerius è il figlio di Belfagor e vuole attaccare la corona, sarà il responsabile della disfatta di Arcadya se non lo fermiamo.»

«Corretto, corretto, sbagliato» giudicò Rodeh, continuando a guardare la scura costa avvicinarsi. «Calate l'ancora!» urlò ai suoi uomini. Poi, voltandosi di nuovo verso Laurell ed Evelyne: «Vi accompagnerò a riva con una scialuppa, da lì dovrete dividervi e intraprendere strade diverse».

«Dividerci? Perché?» si oppose il generale. Di solito, separarsi dal proprio gruppo quando si viaggiava in luoghi sconosciuti era sempre una pessima idea. In più temeva per Evelyne, lei era fragile, indifesa e nuova a quell'inspiegabile universo di reami. Abbandonarla significava metterla in pericolo. Lau non avrebbe compiuto due volte lo stesso errore.

Uno dei marinai afferrò una manopola e iniziò a girarla: un rumore meccanico coprì in parte la risposta di Rodeh, tuttavia la serva ne udì nitidamente la fine. «Dovete mettere da parte ogni preconcetto, abbandonare l'idea che la vostra verità sia la sola e unica, altrimenti crollerete come la torre di Babele e il labirinto vi inghiottirà».

Quattro di Spade

Intanto nel palazzo di Arcadya si respirava un'aria pigra, sonnolenta. La giornata procedeva più lentamente del previsto, perfino la servitù era calma. Quel giorno, Lysander aveva avuto più compiti del solito. In primo luogo, si era vestito. Questa cosa farà ridere a molti, ma quando non c'erano impegni che includessero incontri con membri della corte, l'erede restava volentieri in mutande e canottiera tutto il giorno dentro alle sue stanze. D'altronde possedeva un'enorme camera, ricca di agi e comodità, perché abbandonarla?

Raggiunto il proprio aureo bagno privato, si fermò davanti all'ampio specchio. Con una smorfia, si passò il rasoio elettrico sul volto. Tenere il mento glabro e liscio gli dava l'impressione di essere più ordinato, più regale. Quando non stava bene con se stesso o cadeva vittima di qualsiasi disagio, correva subito in bagno per curarsi del suo aspetto. Lo faceva sentire subito meglio.

Di solito niente osava scuotere la sua indifferente calma, però gli avvenimenti degli ultimi giorni erano fin troppo sospetti. Lysander per la prima volta provava paura. Per sé, per il suo futuro e per sua madre. Questo fu il motivo per cui, dopo esser passato davanti agli alloggi della regina a salutarla, si diresse verso la biblioteca.

La scusa era una semplice ricerca da svolgere per le lezioni di Evelyne: di sicuro la regina avrebbe apprezzato l'impegno messo dalla giovane nel suo insegnamento e l'avrebbe tenuta qualche settimana in più. Eve gli piaceva come insegnante, gli dava la libertà che altri mentori, al contrario, non gli concedevano. Certo, anche lei come i precedenti colleghi desiderava disperatamente qualcuno che l'ascoltasse, tuttavia non si lamentava quando lui non lo faceva. Aveva imparato la sua lezione.

Il ticchettio delle sue scarpe dorate contro il bianco pavimento marmoreo lo rendeva facilmente individuabile: era esattamente ciò che voleva. Gli abiti chiari, i gioielli, i biondi capelli laccati perfettamente, tutto costruiva ad arte lo sfarzo che sfidava orgogliosamente la bellezza senza tempo del palazzo.

Lysander scese lo scalone principale, dove svariati servi lo salutarono. Lui non rispose, ormai era tanto abituato alla loro cortesia da non sentirli più.

Attraversò l'ala ovest e giunse nella biblioteca. Non quella grande e largamente utilizzata, no: si recò nella biblioteca più piccola, quella in cui raramente qualcuno metteva piede. Aveva meno libri, meno posti a sedere ed era distante dal resto del palazzo.

L'erede, una volta dentro, ne accarezzò le pareti. C'era una piccola porta, dello stesso colore dorato dei muri, realizzata apposta per nascondersi.

Non era di questo colore prima, notò il giovane.

Aveva passato la sua infanzia in quel palazzo e non era solito uscirne se non per qualche evento mondano particolarmente intrigante. Lo conosceva a menadito. Era vero, alcuni luoghi gli erano meno familiari di altri, come le biblioteche, però era bravo a ricordare le immagini ed era sicuro che quella porta, in passato, fosse stata più visibile.

Da quando Liviana non c'è, è svanito pure l'incantesimo protettivo intorno alla cripta, ricordò. Non gli importava molto degli affari del reame, ma spesso gli capitava di origliare conversazioni utili, non tanto per lui quanto per sua madre. Lei aveva preso delle precauzioni per tenere d'occhio le due driadi meno affidabili, Lysander si sentiva in dovere di fare altrettanto.

Aprì la porta spingendola con forza. Era come incastrata nella parete, ma niente che una bella scossa non sistemasse; dunque s'inoltrò in un corridoio buio. Era pieno di nastri adesivi gialli e di segnali che intimavano a chiunque di farsi indietro. Nessuno aveva ancora svolto un rituale per proteggere la cripta. Per quanto i cartelli triangolari decorati con inquietanti teschi lasciassero intendere l'opposto, sapeva che non gli sarebbe accaduto proprio niente laggiù.

Prendendo il proprio cellulare e accendendo la torcia, Lysander si fece strada fino a un'altra porta dorata, quella della cripta.

Era l'unica parte del palazzo che mai aveva visto prima. L'incantesimo protettivo di Liviana esisteva già quando era nato. A dispetto di tutto il resto, provava curiosità per la cripta, solo poiché aveva il gusto proibito di ciò che non era lecito visitare.

Quando vi entrò fu sorpreso di fronte alla magia che permeava quel luogo. Una penna trascriveva tutto autonomamente su un grande papiro e tutti i fogli, anzi, tutto il passato era conservato su alti scaffali di vetro. Non c'era nemmeno un po' di polvere, la magia teneva quel posto vivo, attivo, come se quella parte del palazzo fosse stata una creatura a sé stante.

Lysander aveva quasi paura a frugare fra i documenti, come desiderava fare, ma non vi era altra maniera di scovare possibili indizi che potessero rivelare l'operato del nemico. Dunque, si rimboccò le maniche e si mise alla ricerca.

Iniziò controllando gli avvenimenti di quello stesso anno e non trovò niente di anomalo. Dentro al palazzo non era stato registrato niente di inusuale, oltre agli attacchi di quello strige, dei quali era già a conoscenza.

Notò, invece, come non fosse minimamente menzionato l'avvelenamento accaduto alla Mascherata. *Dopo aver ucciso Liviana deve aver cercato di impossessarsi dei documenti che lo incriminano*, intuì. *Ecco perché non trovo niente in merito alla morte della custode di mio padre.*

Stranamente, non trovò nulla nemmeno riguardo Caiden. Diversi documenti dovevano esser stati sottratti, era palese, ed era ovvio che il responsabile fosse lo strige incontrato al postribolo, quello con cui Calista fornicava. Quella ferita ancora ardeva con dolore nel petto di Lysander, il quale non concepiva come quella driade potesse essersi allontanata da lui, cedendo al becero eroismo di facciata usato da quel criminale.

Ghermito dalla curiosità, no, dall'ebrezza di avere a disposizione tutti gli avvenimenti del palazzo, incominciò a curiosare, gettando uno sguardo ai registri degli anni precedenti. Quel sistema aveva registrato tutto, perfino le sue scappatelle amorose. Aveva senso, dopotutto lui era il principe.

Si fermò solo quando vide una sconcertante anomalia, una che gli fece mancare un battito per lo spavento. Si attardò a leggere un documento di quando aveva appena una decina d'anni: l'ultimo elfo presente nel reame di Arcadya era morto, sancendo l'estinzione dell'intera razza. Questo era accaduto quasi una decade prima, ma pure allora era quasi impossibile vedere un elfo, ciò non era un'informazione a lui sconosciuta. A far sussultare Lysander fu il patto a cui rimandava quel documento stesso, un accordo di non belligeranza con i popoli presenti a sud della contea De Carintia, stipulato da Caiden stesso l'anno in cui era salito al trono.

Qual è il nesso fra l'estinzione di una razza e un patto di non belligeranza?, si chiedeva, mentre andava a frugare nell'anno indicato, alla ricerca del documento che attestasse quel patto. Lo trovò non senza sforzi, era un giovane distratto e decisamente non abituato alla ricerca. Tuttavia, quell'archivio si era dimostrato piuttosto intuitivo.

Non appena il foglio fu fra le sue mani, il principe non perse tempo e subito s'immerse nella lettura. Non era particolarmente bravo a comprendere il linguaggio tecnico ed estremamente specifico usato nei documenti, di solito quello era compito di sua madre. Lui ne ascoltava solo la «traduzione». Quella volta però ne percepiva l'enorme importanza e spremette le meningi, sforzandosi di superare la barriera posta da quei paroloni complicati.

Il commercio di organi e il cannibalismo sono illegali dentro i confini di Arcadya, ma non vi sono ripercussioni se svolti al di fuori. Lysander aggrottò la fronte. *Il documento fa tanti giri di parole per dire questo.* A seguito del patto, Caiden aveva ricevuto dei finanziamenti provenienti da oltre il confine.

Perché? Da dove vengono quei soldi?

Le mani dell'erede incominciarono a tremare. Aveva passato tutta la sua vita a sentirsi ripetere quanto suo padre fosse nobile di cuore, come avesse portato la pace nel reame. Quello che leggeva non poteva essere vero, suo padre era un eroe, non un malvagio.

«Dovevo immaginarlo che ci fosse qualcosa sotto, non sei mai stato un assiduo studente.»

«Mamma!» trasalì il principe, quasi saltando sul posto dalla paura.

La regina era in piedi all'ingresso della cripta, con un'espressione enigmatica in volto, Lysander non capì se fosse compiaciuta di vederlo curiosare o se fosse sul punto di sgridarlo. «Tu sapevi di tutte queste cose?» mormorò esterrefatto, guardando con viso preoccupato la sovrana.

Isolde annuì gravemente. «Questo non ha reso Caiden un re meno bravo. Tutto quello che ha compiuto, lo ha fatto per il bene degli umani» lo difese. Pareva stranamente lucida, dopo giorni di amnesie febbricitanti, finalmente era tornata a essere se stessa, o quanto più vi si avvicinasse. «Tutti abbiamo dei segreti, Lysander.»

Il principe scosse la testa con agitazione. «Mio padre non era un bravo re. Lui doveva proteggere, non vendere così le vite degli innocenti.»

«Non voglio giustificarlo, ha compiuto azioni atroci» sospirò la sovrana, avvicinandosi al trafelato figlio. «Però lui aveva visto un vantaggio in questo sfruttamento, uno che avrebbe giovato a tutti i suoi simili e li avrebbe fatti sentire meno esclusi dal nuovo mondo portato dagli altri reami.»

Il cuore nel petto di Lysander accelerò, si sentiva affaticato come se stesse correndo chilometri su per una collina senza discesa. Ancora la sua mente arrancava, rifiutandosi di accettare la verità su suo padre, di mettere insieme gli orribili pezzi di quel quadro e guardare l'orrido scenario in tutta la sua interezza. Caiden era un mostro senza cuore, un approfittatore non diverso da quelli incontrati oltre il confine. Pensare che il nobile re non fosse affatto diverso da loro era devastante per il giovane Lysander. Gli sembrava di vedere la propria casa crollare in pezzi, tutto ciò in cui credeva, tutto ciò che gli era stato insegnato non valeva niente. Dunque domandò, senza riuscire a completare la frase: «Questo documento parla di traffico di organi, trapianti. Tu hai mai…».

Isolde scosse rapidamente la testa. «No, non ne avrei il coraggio.» Vedendo l'espressione spaesata sul volto del figlio, aprì le braccia, invitando il giovane a trovarvi conforto.

Lysander, che normalmente non era affettuoso, quella volta non se lo fece ripetere due volte. Si chinò verso la madre, appoggiò la testa sopra la sua magra spalla e si lasciò cullare.

«Non voglio che tu ritenga Caiden un cattivo padre. Ti abbiamo cresciuto con amore, affinché tu potessi diventare re e, chi lo sa, magari rimediare pure ai suoi sbagli» gli sussurrò mentre il giovane si lasciava andare a un pianto sommesso, immergendo il volto nella familiare chioma bionda di Isolde. «Abbiamo tutti dei segreti oscuri che ci portiamo appresso.»

«Tu non ne hai» biascicò l'erede, lasciandosi accarezzare dalla madre. «Sei sempre stata trasparente. Sui tuoi problemi di salute, sulla tua amnesia.»

«Oh, invece ne ho. La mia amnesia mi ha portato via tante cose, ma non tutto. Io fingo di dimenticare alcuni aspetti del mio passato, per proteggermi» gli sorrise appoggiando la guancia sui suoi capelli. «Tuo padre non è stato il mio primo amore, né il più importante, ma il più conveniente di sicuro. Come sai io sono figlia di operai, il fatto che Caiden avesse anche solo guardato nella mia direzione è stata un'opportunità senza pari.»

«Quindi hai sposato mio padre per soldi e potere?»

Isolde prese un bel respiro, mentre l'abbraccio con Lysander si scioglieva. «Ho amato tuo padre, a prescindere dal resto, ma non tanto quanto io abbia amato un altro uomo.»

L'erede si accigliò: era davvero inusuale affrontare certi discorsi con sua madre. Quasi si vergognava, gli sembrava di sbirciare nel diario della sua giovinezza e di analizzarne tutti gli scarabocchi. Però, ormai, la sua curiosità era stata sufficientemente stuzzicata, tanto valeva accontentarla.

«Come si chiamava?» domandò.

«Aelius.» L'ombra di un sorriso nostalgico colorò le labbra di Isolde, ma sparì altrettanto velocemente. «Tante volte mi domando come sarebbe oggi la nostra vita se fossi rimasta con lui.»

«Ti manca?»

«Sì, penso a lui ogni notte, domandandomi se, magari, pure lui stia facendo altrettanto.»

Lysander, a questo punto, si lasciò andare al pessimo e insensibile umorismo che lo caratterizzava: «Mamma, ti ricordo che, tecnicamente, ora sei vedova. Potresti riprovarci. Sei ancora una bella donna, e poi sei una regina, secondo me questo Aelius ci starebbe».

La regina scoppiò a ridere. Le sembrava di esser tornata adolescente, a parlare di amore con quel ragazzone biondo che aveva imparato a chiamare «figlio». Spesso ripensava alla propria giovinezza e le veniva voglia di cancellare ogni cosa, di tornare indietro e intraprendere una nuova strada, solo per vedere cosa l'avrebbe attesa. Ma l'allegria passò in fretta: non esisteva un modo per tornare indietro nel tempo e rifare tutto. I tempi della sua libera giovinezza erano scaduti, si erano ridotti a una macchia sfocata su un fondale che a malapena scorgeva fra i flutti. Tornando a indossare un'espressione seria, si fece consegnare il documento dal figlio. «Dammi l'accendino.»

Lui scosse la testa con un ghigno. «Sono bravo, ho smesso di fumare.» Ma, notando il sopracciglio alzato della madre, si ricompose subito e allungò l'accendino a Isolde.

Lei lo tenne ben saldo sotto al documento e guardò l'erede negli occhi. «Ricorda: qualsiasi cosa accada, devi proteggere te stesso, la corona sul tuo capo e la famiglia vicino a te. Questo è più importante di tutto. Nient'altro può impedirlo.»

Una fiammata divorò il documento e, così, ogni traccia delle malevole azioni paterne scomparve in quel fuoco. Un vero peccato che chiunque abbia ideato l'incantesimo di quella cripta non abbia anche pensato a un modo per rendere indistruttibili quei documenti.

Dunque, la regina e il futuro re abbandonarono la scena del delitto e tornarono a indossare le loro usuali maschere, come se niente fosse successo.

17
Le Stelle

Tre di Coppe

Non aveva idea di come si fosse trovata lì, in quella situazione. Titania aveva da sempre imparato a non avere certezze né appigli, a essere lo scoglio di se stessa, a non avere altri punti di riferimento, a non fidarsi dell'ambiente intorno a lei. La natura era una matrigna indifferente e gli altri viventi erano ostili cugini. Chiunque era corrotto o corruttibile, questo aveva imparato dagli spiriti di Faeree e dalle colleghe di Arcadya.

Invece quel faro, la casa di Valerius, era presto diventata una capanna calda e accogliente. Non voleva abbandonare quel luogo, desiderava restare lì, stretta fra lo strige e la driade.

Ancora non so molto della vita o dei sentimenti. So solo che qui sono al sicuro, osservò, apprezzando quei tiepidi attimi di silenziosa intimità.

Gli spiriti dei due giovani con lei erano puri, sebbene qualcosa, dentro ciascuno di loro, fosse spezzato. Calista era tormentata da un male senza cura che la lasciava agonizzante, costretta a vedere ogni giorno il guscio vuoto che i suoi genitori avevano lasciato in quel reame. La mente di Valerius era scossa dai fantasmi del passato, da Settimio e dalle sue angherie che ancora gli turbavano il sonno e lo derubavano di ogni pace. Titania si sentiva come loro:

inadeguata, malfunzionante, inadatta. Arcadya non era il suo posto, eppure l'idea di abbandonare lo strige o la guardiana le doleva, le stringeva il petto e la lasciava senza respiro. Un'inspiegabile fitta all'addome la martoriava non appena considerava la possibilità di vivere a Faeree e non vederli mai più.

Tutto iniziò con una carezza. Le mani, il tatto, erano il suo sguardo sul mondo. Sfiorò la liscia fronte di Valerius. Era lui, lo riconobbe dal naso diritto e sottile, dai sospiri regolari che emetteva contro il suo palmo.

Poi, accarezzò Calista. Risalì dalla clavicola al collo, raggiunse il mento e le sue labbra soffici. La driade, al contrario dello strige, tratteneva il fiato come se fosse in apnea, in attesa di permesso.

La sospensione durò poco. Valerius chiuse rapidamente la distanza che lo separava dall'ibrida e si fermò, esitante, a un soffio da lei. Titania restò con il fiato sospeso. Aveva passato così tanto tempo sospirando al ricordo del suo tocco, della sua voce. Aveva aspettato, assaporato con vorace anticipazione il momento in cui si sarebbero rincontrati. Non intendeva lasciare che quel poco tempo a disposizione le scivolasse via da inermi mani, troppo timide per reagire e aggrapparvisi.

Titania era con le due persone per le quali provava più affetto in assoluto. No, forse c'era dell'altro, forse quello non era solo affetto. Ancora faticava a concepirlo, a dare una forma nella propria mente a quel sentimento. Il rapporto che li legava non si fermava a un'amichevole collaborazione. Quel fremito d'anticipazione, quel dolore alla bocca dello stomaco era indice d'altro. Mentre le sue labbra si avvicinavano a sfiorare quelle di Valerius, rammentò la duplice confessione di Calista.

Titania si sentiva in bilico, come una trapezista al centro di una corda sospesa nel vuoto. Poteva solo scegliere da che parte andare. A destra o a sinistra? Oppure lasciarsi andare e cadere nella vuota ed eterna attesa di poter accogliere qualcuno, ma senza rete di protezione.

Si fermò sui propri passi, incerta sulla direzione. A sinistra, per tornare verso la piattaforma ormai familiare? O a destra, verso un punto ignoto di quella fune dove i suoi piedi non si erano ancora mai posati? O nel vuoto? Si lasciò cullare dai sospiri sommessi dello strige e dalle morbide carezze della driade, che intrecciava le proprie dita con la lunga e bianca chioma dell'ibrida.

Ma nessuno di loro due mi costringerebbe a camminare su una corda tesa sopra al vuoto, né tantomeno mi costringerebbe a buttarmi.

D'impulso, diede le spalle a Valerius. Si aggrappò con entrambe le mani alle spalle forti di Calista e la baciò. Le sue dita corsero lungo la pelle delicata della driade, affondarono nei suoi folti capelli castani. Sentiva il cuore correre all'impazzata nel petto. Le sue mani e le sue labbra esploravano, curiose e voraci, la compagna che, in cuor suo, aveva a lungo desiderato senza rendersene conto. La driade rispose a quel bacio con la sua medesima foga e la strinse a sé, afferrandole con decisione la vita.

Non appena si staccò da Calista, ancora confusa e febbricitante, si girò a cercare il volto di Valerius. Si incontrarono a metà strada, senza esitazione, senza dubbi e senza restrizioni. Si lasciò assaggiare dalla sua bocca e avvolgere dalle sue braccia, le quali ghermirono con decisione i suoi fianchi, spingendoli contro di sé. L'inebriante profumo d'incenso, da lei spesso cercato fra gli odori del palazzo, le invase le narici.

Una mano liscia e sottile le accarezzò il volto, mentre le labbra di Calista si chinarono a sfiorarle la clavicola, lambendole la base del collo. Un brivido scosse Titania, la quale si abbandonò al tocco della guardiana, reclinando indietro la testa e adagiandola sulla sua spalla. Valerius scivolò a baciarle il mento e poi la gola, assaporando ogni centimetro di quella tela bianca e inesplorata. Poi un altro respiro si unì al suo.

L'ibrida lo sentì irrigidirsi, come se qualcosa lo stesse bloccando. Notò come egli esitasse nell'avvicinarsi a Calista, quasi temendola. Ma ciò che provava per la guardiana era quanto di più lontano ci potesse essere dal timore.

«Fra me e Valerius c'è stato qualcosa.» Queste le parole usate dalla compagna, molto vaghe e molto ambigue, non specificavano cosa di preciso ci fosse stato, né dove questo *qualcosa* si fosse fermato, non avevano osato. Ma a Titania non importava. Calista e Valerius facevano l'uno la gioia dell'altra ed era giusto che così fosse.

Inizialmente non lo aveva capito, ma quel pungente dolore da lei provato non era gelosia. Lei non bramava la disfatta di quella relazione ancora mai nata. Era troppo innocente e il suo spirito troppo puro per desiderare il male altrui. Lei era stata male poiché voleva far parte di quella bellezza, lasciare che quel nascente amore lavasse via ogni suo affanno, liberandola dalla gabbia della propria mestizia. E sperava che pure Calista, a sua volta, fosse pronta a fare lo stesso.

La driade, percependo l'esitazione dello strige, si fermò a sua volta e lo guardò. Accarezzò con i propri occhi il suo volto finalmente rilassato, tranquillo, e portò una mano sul suo petto. I suoi polpastrelli percepivano il tessuto sottile della sua camicetta leggera e tutti i segni che il giovane portava sulla pelle. La sua sofferenza era tutta lì: tanti colpi inferti da una sottile lama, cicatrici di un'infanzia strappata via dagli abusi. Aveva timore di rompere le barriere della sua fragile sensibilità, di turbare quella quiete e rompere quella magia.

Si sentiva quasi di troppo in quella situazione, come se fosse un impedimento, un fastidio. Ma, quando percepì la tiepida mano di Titania stringersi intorno alla sua, trovò il coraggio d'incrociare lo sguardo di Valerius: non trovò traccia di dolore o di risentimento in quelle iridi violacee che tanto aveva sognato, vi era solo desiderio. Gli sfiorò le labbra con l'esitazione di chi teme un rifiuto ma, quando lui le cinse con vigore la vita, ogni dubbio svanì. Il bacio si fece man mano più intenso, più libero.

Calista aveva abbandonato ogni perplessità, ogni catena, non le importava di Arcadya, della guerra, dei veri responsabili di quella minaccia. Aveva chiuso ogni agonia della sua esistenza in un antro lontano ed escluso ogni timore dalla sua mente. In quel momento esistevano solo loro tre, si assaporavano con la voracità di chi ha trascorso una vita di stenti, di chi troppo a lungo si è abbeverato nella propria sofferenza, nel rifiuto e nel dolore.

Regina di Bastoni

Laurell aveva la terribile sensazione di aggirarsi a vuoto: davanti ai suoi occhi lo scenario pareva sempre il medesimo. Gli alberi sgualciti, come rovinati da una tempesta passata, il terreno così fangoso da rendere ogni passo uno strazio per le gambe, le piccole pozze di melma odorosa che si affacciavano di tanto in tanto ad appesantire l'aria con il proprio tanfo. Quel posto non aveva niente di Deltora, di quel meraviglioso mare da poco solcato con Evelyne sul *Giudizio Universale*, anzi era come se nel frattempo avesse attraversato un altro reame, uno più inospitale e periglioso.

Avremo fatto bene a fidarci di Rodeh?, si domandava senza sosta, pensando non tanto a sé quanto a Evelyne. Per quanto fosse divenuta improvvisamente forte, non era addestrata e non poteva in ogni caso evocare la magia in suo soccorso.

Non che i miei rituali siano poi così immediati in ogni situazione. A volte Lau provava un pizzico di risentimento nei confronti della propria natura e si chiedeva come sarebbero andate le cose se il suo potere avesse avuto una sede diversa, come gli strige o le driadi. Poi ricordò la dilagante oscurità che avviluppava i primi, i preconcetti che attorniavano le seconde, e non si sentì poi tanto in difetto rispetto a loro.

Laurell conosceva Calista dai tempi dell'accademia: rammentava tutte le prove che l'amica aveva dovuto superare prima di poter essere ammessa nell'Ordine, le sue difficoltà nel socializzare con le altre driadi, così come uno dei pregiudizi più popolari riguardanti le razze dei lanciatori d'incantesimi: la magia bianca, di luce e creativa, appartiene alle donne. La guerra e la distruzione, invece, erano affari da uomini. Era rarissimo che un uomo nascesse driade, ma non impossibile. Lau non era un uomo, ma nemmeno una donna. La divisa diceva che era un maschio, ma sulla pelle quel vestito categorico prudeva. L'Ordine, la società, anteponeva alla sua identità un articolo determinativo. Era il generale, ma di determinato, in lui, c'era solo la volontà di non esserlo. Per essere una driade ed entrare nell'Ordine avrebbe dovuto celare la propria identità, vivere come una lei e fingere che pure quella veste non fosse altrettanto sgradevole, e non sapeva quanto quella maschera sarebbe potuta durare.

Lasciandosi attanagliare da questi dubbi, continuò ad attraversare la desolata palude. Il fango ormai era così denso e appiccicoso da inghiottire i suoi anfibi a ogni passo. Camminare era sempre più faticoso.

Il generale stava per arrendersi alla spossatezza e concedersi una sosta, quando scorse una torre in lontananza. Si ergeva sopra gli alberi con le sue guglie appuntite, pareva quasi perforare il cielo oscuro con la sua imponenza. Senza esitazione, Laurell avanzò in quella direzione, faticando a estrarre i propri piedi dalla densa fanghiglia.

Calista, in quale guaio ti sei infrattata? Fu impossibile non pensarlo. La loro era una conoscenza che durava da anni, divenuta stretta confidenza e, infine, amicizia. Non voleva perderla. Temeva che Valerius corrompesse il suo animo gentile. L'armigero ripensò involontariamente al momento in cui quest'ultimo l'aveva salvata dal postribolo, reggendola fra le braccia. Il suo sguardo, Laurell non lo avrebbe mai dimenticato. Era denso di genuina preoccupazione: come poteva un giovane capace di un gesto tanto altruista essere pure responsabile dell'orribile uccisione di Tiberio, di Evelyne e di Gareth?

Più si avvicinava alla torre e meno profonda era la palude. Laurell si trovò a camminare, con inaspettato sollievo, su un piccolo appezzamento di prato. Era corto e curato come se ogni giorno qualcuno fosse passato di lì per tagliarlo, anche se ciò pareva irrealizzabile. Non aveva mai scorto anima viva a Deltora. *Chissà quali sono gli esseri autoctoni di questo reame.*

Emergendo dalla scura poltiglia, Lau realizzò che il fango in cui aveva camminato fino a quel momento arrivava alle sue caviglie, marchiandogli di nero i pantaloni. Trovò innaturale l'assenza totale di odore: quella fanghiglia non odorava di terra bagnata, anzi non sapeva proprio di niente.

Quando giunse nel vasto piazzale sotto l'enorme torre, poté tirare un sospiro di sollievo. La struttura era alta, costituita interamente da grigi mattoni. Pareva più tozza e rudimentale del faro intravisto sulla spiaggia, ma dall'aria più viva e accogliente. C'erano tante strette finestre che ne mostravano l'interno, alcune di esse illuminate da luci di candele. Quel luogo doveva essere abitato. *Forse là dentro troverò qualcuno*, si disse.

Laurell fece per avvicinarsi all'ingresso di quella torre quando un improvviso squarcio fendette il cielo. Lo scuro panorama fu illuminato a giorno e spaccato a metà. La terra d'un tratto tremò. Un fulmine colpì in pieno la cima della torre, che iniziò a ondeggiare pericolosamente.

Il generale si apprestò a schermarsi il volto dall'eccessiva luce, percepiva gli occhi pulsare dal dolore per aver guardato i rami di quella potente folgore. Sentendo i grossi blocchi di pietra cadere intorno a sé, Lau si allontanò di corsa. Teneva lo sguardo basso, evitando la tremenda luce che ancora intossicava il cielo.

Si lanciò fra gli alberi, sentendo i grossi mattoni cadere nel prato e nelle pozze, rompendo le fronde e mutilando gli alberi. Il generale fece uno scatto, schivando in tempo un grosso ramo. A furia di correre, i suoi piedi ritrovarono il fango e riaffondarono in quella melma viscosa. L'impulso della sua corsa fece precipitare il suo corpo per terra, esposto al pericolo.

Credeva di non avere più protezione contro quella pioggia di mattoni, quando una sensazione familiare si erse sopra la sua testa e una cupola aurea si stagliò intorno all'armigere.

Qualcuno mi sta proteggendo!, realizzò, tornando a sollevare il proprio sguardo. Una figura alta e scura si fece avanti con le mani alzate, terminando la formula e solidificando quel trasparente muro appena creatasi intorno a loro. Sottile come il vetro, elastico come la tela di un ragno, respingeva i precipitanti blocchi, difendendo entrambi da quelle intemperie.

Subito, l'incantatore misterioso si voltò verso Laurell e avviluppò il suo corpo in un caloroso abbraccio.

All'inizio Lau si ribellò a quell'inaspettato contatto; tuttavia, non appena sollevò lo sguardo, incrociò delle familiari iridi marroni, due occhi che aveva imparato ad amare.

«Gareth?» mormorò, preda di un'improvvisa e incontrollabile estasi. Il suo generale, colui che aveva a lungo amato in segreto, la stessa persona che aveva sepolto prima ancora di poter confessare al mondo quel sentimento, era lì. «Sei davvero tu?»

Gareth non disse nulla, si limitò ad annuire, sorridente e vittorioso.

Laurell ancora non si lasciò convincere, la sua mente era stata ingannata fin troppe volte da sogni tanto vividi da apparire reali, sogni nei quali Gareth non era mai morto. «È impossibile.» La sua voce si spezzò. Aveva fatto appena in tempo ad assimilare la sua assenza dall'addestramento e dalla sua vita, da non poter credere alla sua presenza in quel momento. «Tu sei morto, Valerius ti ha ucciso.»

«Valerius non ha fatto un bel niente» sorrise l'uomo. «Il mio corpo è morto, ma il mio spirito è libero. Posso andare dove mi aggrada.»

Laurell, però, ancora faticava a convincersi. «Non dovrebbe essere possibile, questo non è un reame della Morte.»

Il volto di Gareth s'incupì, come se una mesta ombra di delusione fosse appena calata su di lui. «Davvero stai ignorando il legame che ci ha uniti in vita? Stai banalizzando l'amore che io ho provato per te e che mi spinge a cercarti oltre i confini della morte?» L'uomo afferrò il volto di Lau e posò la propria fronte contro la sua, mentre si lasciava andare alle lacrime.

«Mi sei mancato moltissimo.» Piangeva.

«Anche tu mi sei mancata.»

Laurell s'irrigidì improvvisamente.

Non aveva sentito male: la torre aveva appena smesso di crollare, il mondo intorno a loro taceva, le parole del suo generale erano state limpide come acqua lustrale. Com'era possibile che Gareth, il *suo* Gareth, avesse commesso un simile errore?

Lau si scostò per guardarlo in faccia: non vi era nemmeno una traccia di rammarico sul suo volto, come se non si fosse nemmeno accorto dello sbaglio. Eppure, si conoscevano da anni. Osservandolo meglio notò che il giovane uomo s'era fatto più attraente: il suo naso era più piccolo e grazioso, la fronte era meno stempiata, della cicatrice sul labbro non vi era nemmeno l'ombra, come se la morte fosse direttamente intervenuta sul suo aspetto, rendendolo gradevole, ma nel senso più dozzinale del termine. Non era certo più bello agli occhi di Laurell.

Anche un altro dettaglio non tornava: Gareth era un armigero crepuscolare, un mago, non lanciava incantesimi bensì svolgeva rituali. Nonostante ciò, la cupola protettiva intorno a loro era apparsa all'improvviso, con velocità sorprendente. I tempi dei rituali erano lunghi, richiedevano diversi minuti di elaborazione, alcuni duravano addirittura ore. Un sospetto si risvegliò nel cuore di Lau. Il potere a cui il suo ex generale aveva attinto non aveva niente a che vedere con maghi o armigeri.

«Tu non sei Gareth» affermò severamente, facendo un altro passo indietro, così da sottrarsi al tocco di quello sconosciuto che indossava la maschera del suo amato.

L'uomo sorrise: «Hai un notevole intuito, nuovo generale».

L'ufficiale gli voltò le spalle, auspicando che distogliendo il pensiero da lui ne avrebbe allontanato l'essenza. «Vai via!» intimò con un sibilo rancoroso, fremente per il peso del crudele inganno appena sopportato.

«Va bene!» esclamò il tale, con voce così forte da far arrestare Lau sui suoi passi. «Mi sono voluto presentare a te nella forma che avresti trovato meno inquietante, non volevo certo terrorizzarti con le mie vere sembianze.»

«Illudermi è stato meglio?»

«Non credevo che quel mago avrebbe sortito tale effetto su di te. Sai, non sono bravo con i sentimenti dei mortali. Ad averlo saputo prima...»

«Pochi giri di parole» lo interruppe il generale, ignorando l'ultima parte di quella sua prima sentenza. «Dimmi chi sei o vattene.»

«Sono una delle incarnazioni dell'arcano e del profetico che puoi trovare qui, a Deltora. Ma la mia identità non è importante tanto quanto il motivo per il quale mi trovo qui.»

Laurell trasalì. Solo uno stolto sarebbe rimasto lì ad ascoltare le proposte di quell'essere e lo sapeva bene. Il suo istinto ripeteva che era meglio andarsene, ma le sue gambe erano come ancorate al suolo.

«Sono qui per una proposta, un nonnulla che potrebbe aiutarti nella vita di tutti i giorni» rivelò la creatura. In assenza di risposta da parte di Laurell, che non riusciva a parlare per lo sgomento, aggiunse: «Ti voglio regalare una candela, è molto facile da usare. Tu la accendi, formuli la tua richiesta e poi la spegni. A quel punto io giungerò in tuo soccorso con i miei poteri, come ho appena fatto».

Laurell voleva fare orecchie da mercante e ignorare quella proposta, ma la sua curiosità era assai più forte. «Che tipo di soccorso?»

Il tale, senza abbandonare la maschera di Gareth, sollevò le spalle. «Qualsiasi. Un nuovo potere, un forte alleato, il ritorno di un certo amante segreto dal reame dei morti...»

Gli occhi del generale si sgranarono, colti dalla sorpresa e da un viscerale bisogno. Ma, dall'altra parte, aveva visto in prima persona quanto un ritorno in vita potesse rivelarsi tremendo: Valerius tecnicamente aveva riportato in vita il suo Gareth, peccato che quello fosse solo un guscio vuoto, animato da vile necromanzia. Non vi era più nulla del suo amante in quel corpo. Lau non poteva lasciare che il suo desiderio e le sue emozioni prendessero il sopravvento, decidendo al posto suo. Infatti replicò: «Il suo spirito non può tornare nei reami dei vivi, non vi appartiene più. Per quanto tu sia potente, non puoi piegare le leggi dell'universo».

«Ragionamento corretto, non lo nego, peccato non vi sia alcuna legge del genere in quest'universo. È una caotica entropia di reami che si mescolano l'uno nell'altro: la morte non segna realmente la fine, solo un nuovo inizio, e i morti, presto, cammineranno fra noi.»

«Bugie!» esclamò l'ufficiale, sulla difensiva. «Stai cercando di ingannarmi.»

L'arcano sorrise. «Non ne ho alcun bisogno. Hai già incontrato il Giudizio Universale, non è così?»

Laurell si limitò ad annuire.

«Le mie promesse sono vere, Laurell. Lo vedrai a breve con i tuoi stessi occhi.»

«E il prezzo da pagare?» domandò Lau. Di fronte all'espressione apparentemente confusa che colorò le espressioni di Gareth, aggiunse: «Ci dev'essere un prezzo da pagare, è sempre così».

L'essere sollevò entrambe le sopracciglia e spalancò le braccia in maniera esasperatamente teatrale. Il generale non lo disse a voce alta, però trovò disturbante vedere il corpo del proprio amato compiere gesti e assumere espressioni che a lui, in realtà, non appartenevano. «Nessuno. O, almeno, ne discuteremo quando la candela si sarà completamente consumata» replicò, gaudente. «Solo allora pagherai il tuo prezzo.»

Laurell non voleva fidarsi. Cercò di convincersi a restituire subito quella candela, a rifiutare quel dono, però non riuscì. Un grande dolore squarciava il suo petto, un lutto che credeva elaborato si stava aggrappando con le unghie al suo cuore, facendo obbedire la sua mente a quell'irrazionale decisione. «Va bene» si limitò a sospirare, tenendo la testa bassa. Il mondo intorno a Lau incominciò a sfumare, la sua vista venne gradualmente meno, tant'è che all'inizio credette d'esser vittima di un sortilegio. Le ultime parole dell'arcano giunsero alle sue orecchie, distanti e poco limpide. «Al tuo risveglio nel reame di Arcadya, troverai la candela. Essa resterà con te, a prescindere da ciò che sceglierai di farne. Tienila accesa mentre formuli la tua richiesta, non deve spegnersi per alcun motivo.»

Otto di Spade

Rodeh, lasciato l'ufficiale a terra, si era girato a guardare Evelyne con occhi vispi. «Tu devi incontrare Lei» aveva annunciato, riafferrando i remi.

«Lei chi?»

«La Papessa.»

Il curioso giovane l'aveva accompagnata sulla piccola barca di legno lungo la costa. «La fine del mondo», così Rodeh aveva chiamato quanto si trovava oltre il sipario. Il sipario era un taglio netto, surreale, separava il reame dal Vuoto. Il Vuoto non era altro che buio, semplicemente.

Evelyne non voleva mettervi piede, convinta che sarebbe precipitata, invece Rodeh l'aveva esortata a procedere, assicurandole che non sarebbe successo niente. E, infatti, nulla accadde: i piedi di Eve si posarono sopra il vuoto, come se ci fosse stata una spessa lastra di vetro a sorreggerla.

«Di sopra troverai tutto.»

Di sopra?, si domandò la serva.

Con sua sorpresa, realizzò che, di passo in passo, si stava sempre più allontanando dal suolo. Era sollevata fra il Vuoto e Deltora, non fluttuante ma stabile, scalino dopo scalino.

Ogni passo era una voragine che spalancava le fauci dentro al suo stomaco e si richiudeva nel momento in cui il suo piede incontrava la piattaforma invisibile. Passo dopo passo, perse Rodeh di vista dietro a una nera tenda.

Quel reame, in verità, altro non era che un grande teatro.

Si ritrovò dietro le quinte, sull'impalcatura dove numerosi faretti, nonché tante piccole stelle, illuminavano il reame sotto al soffitto violaceo, erroneamente chiamato cielo. Le americane di metallo, strutture su cui si trovavano i fari, erano gigantesche. Evelyne sembrava a malapena delle dimensioni di una formica a confronto. Chiunque operasse in quelle zone doveva avere una mole enorme.

Camminò verso l'alto ancora e uscì dal teatro. La serva spinse a fatica una pesante e grossa botola, dunque si affacciò sul tetto del teatro.

Sorprendentemente, il pavimento era nero, così come i vetri intorno a lei; l'aria era immobile e tiepida, come se fosse ritornata a casa.

Di fronte a lei, in mezzo al Vuoto, si ergeva una figura altissima, una donna coperta da un velo azzurro. Non una ciocca di capelli sfuggiva alla morbida seta del suo copricapo e un'ampia aureola d'oro si ergeva sopra la sua testa con curiosi tralicci. Diversi gioielli le pendevano sopra la fronte, lungo le braccia, il collo e sulle mani.

Accanto a lei vi era un'altra donna delle medesime dimensioni, ma più modesta. Il suo velo non era adornato da gioielli, il suo sguardo era basso, timido, fra le mani teneva un grande tomo e un antico simbolo religioso.

«Chi di noi due è la persona che cerchi?» risuonò una voce.

Evelyne si voltò a scrutare in tutte le direzioni per capire da dove provenisse quella voce, ma non riuscì a comprenderlo. Era risuonata da entrambe le parti, come se la bocca di ciascuna donna facesse riecheggiare a sua volta la voce dell'altra.

«Mi è stato detto che avrei dovuto parlare con la Papessa» rispose, notando come le labbra delle due donne restassero immobili pure mentre la voce parlava.

«E chi di noi due è la Papessa?»

Evelyne non esitò.

Era una prova, qualcuno sapeva ciò che suo fratello aveva sospettato. Lei si stava allontanando dai tarocchi, dalla sua passione e, soprattutto, da se stessa.

La serva si sentì quasi offesa da quella prova così banale. Aveva usato meno le carte, certo, ma non avrebbe mai dimenticato il viso delicato della Papessa, la candida purezza che trapelava dai suoi lineamenti, la timida pudicizia con cui teneva gli occhi bassi, sulle proprie mani conserte, la semplicità del suo abbigliamento e la sua inconfutabile fede, custodita fra mani elegantemente conserte. L'aveva vista così tante volte attraverso l'arte meticolosa di Sylvain.

La serva indicò la donna più modesta.

L'altra la guardò e si alzò in piedi.

«Corretto» affermò, asettica. «Ora potete parlare.» Poi, con un leggero gesto di riverenza, si allontanò, lasciando sole le due.

La Papessa teneva ancora lo sguardo basso; non lo staccava dai propri simboli religiosi, come se, anziché rivolgersi alla serva, lo facesse a loro. Era silenziosa. Inizialmente Evelyne ebbe il timore che, con una sua parola, l'avrebbe disturbata, interrompendo bruscamente il suo flusso di pensieri. Invece, poi, le venne il dubbio di dover essere lei a interrogarla, come aveva sempre fatto con i tarocchi.

«Ho chiesto a Rodeh… no, al Giudizio Universale, dove trovare Valerius» spiegò la serva. «Mi è stato detto che la domanda era sbagliata. Questo vuol dire che lui non è la minaccia? Non è lui che dobbiamo cercare, è corretto?»

La Papessa s'immobilizzò, tanto che Evelyne per un attimo si spaventò, credendo di averla alterata. Ma lei si limitò ad aprire il proprio tomo, sfogliando la carta sottile con dita affusolate. «Il mondo non è bianco o nero.» La sua voce era lieve, appena udibile. «Valerius a suo modo è una minaccia, non per Arcadya, ma per qualcun altro.»

«Per chi?» si allarmò.

«La regina.»

Evelyne aggrottò la fronte. Sì, questo lo sapevo, avrebbe voluto rispondere, ma sarebbe stato troppo scortese. La Papessa, con i suoi modi criptici, voleva dirle qualcosa, ma non sapeva bene come invitarla a proseguire. «Valerius non distruggerà Arcadya, ma la regina?» riformulò.

«I loro destini sono incatenati dal fato.»

«Ma perché? Valerius non ha nemmeno mai visto in faccia la regina, per quale motivo dovrebbe volere la sua distruzione?»

La Papessa richiuse il libro, raddrizzandosi lentamente sulla poltrona. «Troverai la risposta solo guardando nel passato del giovane erede Lysander e della sua famiglia.» La donna misteriosa sollevò lo sguardo, lasciando che si posasse con delicatezza su Evelyne, trapassandola con il suo pallore lattiginoso. «Hai fatto una promessa per assicurare il tuo ritorno, una promessa alla quale non sarai in grado di venir meno, neanche se ci provassi.»

L'iride e le pupille erano dello stesso bianco della sclera, era impossibile capire dove la Papessa posasse i propri occhi. Nonostante ciò, Evelyne era sicura che la stesse guardando in volto quando una potente vertigine prese possesso delle sue membra e scosse con vigore il suo corpo. I suoi arti formicolarono come se numerosi insetti le stessero brulicando sottopelle, le sue gambe cedettero, il suo corpo cadde pesantemente all'indietro. E il buio l'avvolse di nuovo.

Sei di Denari

Era impossibile per Titania spiegare quegli abbracci e quei baci, giustificare il pungente dolore che le trapassava il petto ogni volta in cui valutava l'opzione di andarsene da quel reame. Ma non lo avrebbe più fatto, sarebbe rimasta e avrebbe combattuto, per entrambi. Quel breve scambio le era bastato per trovare un attimo di pace in mezzo a quel trambusto che era diventato la sua vita e raccogliere le energie sufficienti per tornare ad Arcadya. Tuttavia, non era a palazzo che avrebbe fatto ritorno.

«Titania, se vuoi prendere le distanze dalla corte, cerca il tempio di Mors.»

Valerius era riverso sul bordo del materasso; la sua chioma si confondeva con quella di Calista, stretta fra le sue braccia, intenta a dargli le spalle mentre le mani della driade sfioravano la pallida chioma dell'ibrida. Titania ancora si scaldava nel ricordo di quel tenero abbraccio mentre attraversava le lande devastate oltre il confine. E continuò a ricordare.

«Il tempio di Mors?»

«Mors è uno degli dei della morte, il suo tempio è un luogo di culto per gli strige» aveva spiegato la guardiana, riportando alla memoria un insegnamento ricevuto durante l'accademia. «Credevo fossero andati tutti distrutti dopo la fantomatica guerra fra razze.»

Valerius aveva scosso lievemente la testa. «Ed è corretto. Questo però è stato ricostruito e, da allora, niente lo ha più scalfito. Si trova lungo il confine, è dominio sia del regno sia degli esiliati. In più è infestato, almeno questo si dice. In realtà, ha solo una sacerdotessa molto scaltra.»

«Aiuterà Calista e me?» aveva domandato Titania.

«Aiuterà te. Per quanto io e la mia dea non approviamo la negromanzia, si dice che mio padre ne fosse un abile praticante, dedito a quel culto e assiduo frequentatore del tempio di Mors. Lì potrai esplorare il suo potere, ma Calista... tu correresti un grande rischio. Se avessi modo di restare a corte mi faresti dormire sonni molto più tranquilli.»

«Dovrei lasciare Titania da sola ad affrontare il suo patrono?» aveva ribattuto Calista. «Per di più fuori dalla protezione del regno?»

Valerius aveva sospirato e si era rimesso a sedere, in maniera tale da potersi voltare per guardare bene in volto le due donne mentre parlava. «Lo so, vi sto chiedendo una cosa molto difficile, non biasimo la tua riluttanza. Ma i sacerdoti di Mors sono spietati con chiunque non sia uno strige, Fae inclusi. Fino a quando non troveremo un'altra soluzione ti chiedo, per favore, di rimanere nel palazzo. È il luogo più sicuro per te, al momento, e ti darebbe modo di verificare se la regina vuole attaccare me o Titania.» Lo strige le sistemò con cura una ciocca di capelli dietro l'orecchio, concedendosi una lieve carezza sul capo della giovane guardiana. «Le potrai guardare le spalle accanto all'Ordine, e io guarderò le tue.»

Custodendo quella triplice promessa di protezione nel cuore, Titania giunse di fronte a una struttura imponente e guardò davanti a sé, usando la mano come specchio sul mondo circostante. Percepiva un campo di energia oscura: doveva esser giunta a destinazione. I suoi piedi incontrarono l'inizio di una gradinata. Senza esitare, incominciarono a salire piano, scalino dopo scalino. Aveva ancora indosso l'ampio vestito nero con il quale aveva presenziato al funerale. Grazie a Calista e Teodora il suo armadio non conteneva solamente la divisa in maglie metalliche dell'Ordine; tuttavia, era stato impossibile farle indossare un paio di pantaloni aderenti, come quelli indossati ogni giorno dalle altre guardiane. Le davano un gran fastidio e le impedivano di camminare adeguatamente, motivo per il quale aveva solo gonne e pantaloncini sportivi con sé.

La giovane raggiunse abbastanza in fretta la cima delle scalinate e, tenendo la mano tesa di fronte a sé, assaggiò l'atmosfera, finché i suoi polpastrelli non incontrarono qualcosa di freddo e ruvido, ma anche fragile al tocco. C'era una sfera, sottile, ricoperta da uno strato di polvere e dalla consistenza friabile. Titania, non capendo bene cosa fosse, tracciò il perimetro di quella sfera, riempiendosi di sottile fuliggine; quando le sue dita incontrarono un piccolo dirupo continuarono a seguirlo senza remore. Non era una forma circolare perfetta, in un punto era addirittura spiovente. L'ibrida lo seguì fino a quando i suoi polpastrelli non caddero nel vuoto. Anzi, nei vuoti. Due cavità orbitali.

La giovane ritrasse immediatamente la mano con un sussulto. Chiunque fosse stato in vita, doveva esser morto in maniera atroce. Quello scheletro accasciato contro la colonna emanava un'aura potentissima, tanto che dovette sforzarsi per non girare sui tacchi e correre nella direzione opposta. Tuttavia, quell'energia repulsiva non stava agendo contro lei.

Uno scalpiccio improvviso la fece sussultare. Girandosi, intravide la sagoma di un energumeno. A giudicare dal peso dei suoi passi, doveva essere armato fino ai denti e protetto da una spessa armatura: quel tale aveva una mole troppo grande per appartenere a un umano.

L'uomo la notò e affrettò il passo, dirigendosi verso la giovane. Lei lo capì da come lo sentì accelerare. «Belfagor, ti prego» mormorò, realizzando con sgomento come la sua magia non le rispondesse più, come nemmeno faceva il suo patrono.

Realizzando di essere inerme, senza poteri e senza difese di fronte a quell'uomo, il suo istinto le suggerì di scappare. Stava per darsela a gambe, quando una voce femminile, calda e piatta, le sussurrò dolcemente: «Non temere, figlia».

Titania, sul punto di fuggire, restò ferma, immobile, col fiato sospeso.

Figlia? Ancora tentava di comprendere chi avesse parlato quando l'energumeno mise il piede sul primo gradino. A quel punto, un fulmine verdognolo ruppe l'atmosfera e lo trapassò. L'uomo cadde a terra, privo di energie e di vita.

Era questa l'aura respingente che sentivo, intuì l'ibrida, avanzando verso il portone; *qualcuno, o qualcosa, non vuole visitatori esterni. Ecco che cosa intendeva Valerius...*

«Benvenuta nel tempio di Mors, figlia» la accolse la medesima voce che poco fa era risuonata nella sua testa.

Il portone si spalancò e un pungente odore penetrò le narici di

Titania, spingendola a portare involontariamente una mano davanti alla faccia. L'odore di incenso e di oli era forte, pizzicante, aveva colto alla sprovvista la ragazza, che raggiunse lentamente la soglia del tempio.

C'era qualcosa di strano. La donna che la stava accogliendo sull'uscio, tenendo il portone aperto, non era l'unica presenza che percepiva all'interno del tempio. Ce n'erano altre in piedi, fra i colonnati, ma immobili, e non emettevano alcuna energia. E quell'odore così peculiare...

«Sei alla ricerca di un dio o di protezione?»

«Protezione» rispose Titania, ancora intimidita dalla breve (benché eloquente) descrizione che Valerius le aveva fatto.

Diglielo, dille la verità.

«... e istruzione» aggiunse subito, spinta da un arcano desiderio. Non sapeva perché lo avesse detto. Lei non aveva più poteri, non poteva allenarli in alcuna maniera. Eppure le risultò così naturale aggiungere quell'altro desiderio, quello di conoscenza.

«Dimmi il tuo nome e quali sono le tue origini.»

L'ibrida esitò appena, prima di sputare il rospo, aveva un disperato bisogno di aiuto e doveva mostrarsi onesta affinché la sacerdotessa si fidasse di lei e l'accogliesse. «Titania, sono nata a Faeree. Mia madre è la strige Inanna, mio padre la driade Alister.»

La misteriosa donna si avvicinò alla ragazza, le sue scarpe argentee che ticchettavano sul marmo nero. «Sei un'ibrida pura!» C'era sorpresa nel suo tono, Titania non seppe comprendere se fosse una cosa positiva o negativa. «Sei la prima persona dotata di poteri di luce che abbia messo piede qui. Da viva, s'intende.»

La sacerdotessa spalancò le braccia, alludendo alle figure ferme sotto ai colonnati. Ecco che cos'era quell'odore: oli profumati. Conservavano i corpi dopo la morte, ritardandone la putrefazione. Titania non percepiva alcuna energia da quegli individui poiché essi erano morti.

«Benvenuta!» ripeté la sacerdotessa, richiudendo il cigolante portone alle spalle dell'ibrida. «Qui potrai trovare riparo finché ne avrai bisogno e avrai modo di lavorare sui tuoi poteri con gli altri novizi.»

«Aspetta, io non possiedo più alcun potere» confessò di getto, sentendo una daga perforarle il petto. *Aveva abbandonato suo padre quando aveva scelto di cedermi il suo potere.* Il ricordo, folgorante, le era apparso nitido nel momento in cui aveva pronunciato il suo nome. All'improvviso Alister non era più parte di lei, del suo lignaggio, della sua eredità, bensì solo un insieme di lettere che, oramai, avevano perso ogni traccia di familiarità. «Ho ceduto a Belfagor la mia luce, quando sono andata a Midian. E la tenebra, beh, è in mano sua ora.»

Le sopracciglia della donna scattarono in alto, mosse da evidente stupore. «Belfagor… il tuo patrono…» osservò, pensosa. «Perché?»

Prima che Titania potesse formulare una risposta, lo zaino sulle sue spalle fu agitato da uno scossone dopo l'altro. L'ibrida mormorò timidamente delle scuse, prima di posarlo delicatamente per terra e aprirlo.

«Ho portato il mio famiglio, Bastet» spiegò, mentre la gattina usciva, con il manto scompigliato e l'aria frustrata, dallo zaino. «Spero non sia un problema.»

«Questo tempio dà asilo agli strige da decenni, ogni famiglio è benvenuto. E non ti preoccupare per i tuoi poteri. Chiunque custodisca in sé anche poca magia oscura è ben accetto in questo tempio.» La sacerdotessa fece segno alla giovane di seguirla. «Avrai comunque modo di studiarne la teoria e di lavorare sul legame che ora ti unisce al tuo patrono.»

Sempre che voglia rispondermi, aggiunse mentalmente la giovane.

Titania non capì subito di doverla seguire; solo quando udì la sua voce allontanarsi all'interno dell'ampia navata le venne il dubbio. Dunque si affrettò a raggiungerla: aveva ancora tante cose da domandare a quella singolare donna.

«Ho notato il vostro modo di respingere le creature indesiderate, è un po' brutale» balbettò, alludendo all'uomo fuori dal tempio.

«Siamo odiati, cacciati, dilaniati, venduti, ad Arcadya come al di fuori di essa» la interruppe la donna, conducendola dietro all'altare. «Chiunque non sia uno di noi non giunge qui con intenti nobili o per caso.»

Titania aveva qualche difficoltà nel seguire la donna dentro a quel nero tempio. Le luci delle candele e del lampadario confondevano i suoi occhi, le colonne in marmo e la statua del giovane alato sopra all'altare proiettavano ampie ombre intente a ingannare quel poco che coglieva la sua vista.

La donna aprì una porticina sul fondo della navata e iniziò a scendere delle ripide scale di pietra. L'ibrida si vide costretta ad appoggiare le mani contro la ruvida parete, in cerca di un appiglio che non la facesse cadere.

«Dunque, mi dicevi...» riprese la sacerdotessa «hai incontrato Belfagor in uno dei reami dell'Aldilà, dove ti ha ceduto il suo potere?»

Titania annuì, dunque la donna si lasciò andare a un sorriso nostalgico. «È bello vedere come, pure nella morte, lui e Inanna continuino ad aiutarsi. Lui e tua madre erano amici d'infanzia, sai?»

«Me lo ha accennato, sì.»

«Frequentavano questo tempio insieme, lavoravano sulla loro affinità con il dio della morte, sotto la mia guida.»

«Anche mia madre ha quest'affinità?»

«Sì, era diventata molto cara al dio, forse più di Belfagor stesso» ricordò la donna, iniziando a frugare fra le chiavi nascoste nelle tasche della sua ampia e pesante veste nera. «Poi ha preso le distanze dal culto, ha iniziato a trovare poco etico il nostro lavoro da manipolatori di corpi.»

«Manipolatori di corpi?» ripeté Titania. Non accorgendosi che la sacerdotessa si era fermata di fronte a una porta, continuò a camminare, scontrandosi accidentalmente con la donna.

È fredda, notò, basita. *Non è solo la sua mano a esser fredda, ma tutto il suo corpo.* La sua veste non era scaldata dal calore corporeo, i pesanti gioielli metallici che pendevano dal suo collo e adoravano i suoi polsi erano gelidi. Se non l'avesse sentita sussultare, l'ibrida avrebbe pensato di essersi scontrata con un attaccapanni o un manichino. Le chiese immediatamente scusa, senza però mai abbandonare i suoi atroci dubbi sulla reale natura di quella donna.

«Sì, gli strige adepti (o novizi) di Mors studiano per diventare esperti necromanti, ovviamente in pieno rispetto di ciascun morto. Noi ripudiamo chi assembla e sfrutta i morti a proprio piacimento, ci sono regole molto ferree da seguire per mantenere integra la dignità di ciascun defunto. Loro sono stati come te un tempo. Se avrai fortuna il tuo corpo diventerà come il loro. I morti che vedi qui all'interno del tempio appartengono anche ad adepti caduti: mi prendo personalmente cura di ciascuno di loro, senza lasciare mai che il mio desiderio di potere abbia la meglio sul loro benestare. In ogni caso, tu non mi sembri una strige dall'indole malvagia.» La sacerdotessa, spingendo con forza sulla dura maniglia, aprì la porta, rivelando uno stretto corridoio, quasi interamente spoglio. L'ibrida provò a strizzare gli occhi: vedeva delle sagome indistinte. Mobili forse?

Istintivamente, sfiorò la parete con le dita, mentre seguiva la donna.

«Tu non vedi» osservò la sacerdotessa, accigliandosi appena.

Titania scosse la testa. «È un problema?» chiese timidamente. «Cioè, non vedere mi permetterà ugualmente di studiare?»

«Assolutamente, troverò una soluzione che ti permetta di consultare senza difficoltà i volumi utili per imparare quest'arte.» La donna prese sottobraccio la fanciulla, conducendola lungo lo stretto corridoio di cemento. L'ibrida confermò quanto percepito prima. Quella sacerdotessa non emetteva calore corporeo, era calda come poteva esserlo un soprammobile in legno. Non riuscì a non pensarci, a non domandarsi il motivo di quella condizione. Lei non pareva morta, non aveva il medesimo odore delle altre presenze percepite dentro al tempio. Allora cos'era? Titania ci pensò fino a quando la donna non si fermò davanti a uno stretto ingresso, allontanandosi poi da lei. La sacerdotessa prese una chiave dal folto mazzo e aprì una porticina in legno, che scricchiolò in risposta. Mettendole delicatamente una mano dietro la schiena, la strige accompagnò la giovane dentro a una stanza essenziale e modesta. Non era comoda o lussuosa quanto la suite del palazzo, anzi era un po' fredda e il materasso del letto pareva abbastanza duro.

Bastet, ignorando le due, sgattaiolò fra le gambe della sacerdotessa e, con uno sbuffo, si piazzò sopra al cuscino. Questo gesto tranquillizzò all'istante Titania: quello era un posto anomalo e inquietante, ma il fatto che la sua gatta si fosse appena acciambellata lì era un dettaglio non indifferente: quel luogo, per quanto bizzarro, le era ospitale.

Grazie, Valerius, pensò, percependo una lieve fitta di nostalgia al cuore. Già le mancavano quei fugaci attimi di compagnia.

«Questa sarà la vostra stanza finché avrete bisogno di riparo e di insegnamenti sull'uso della magia nera. Sulla porta ci sono scritti gli orari di colazione, pranzo e cena, nonché i turni per le faccende domestiche. Puoi chiedere a uno dei novizi che lo legga per te. Non sono socievoli, qui crediamo in un tipo di lavoro più individuale e personalizzato, ma ripudiamo qualsiasi competitività. Gli altri strige saranno felici di aiutarti, qualsiasi cosa tu abbia bisogno.» La sacerdotessa tornò verso l'uscita ma, prima di varcarla, annunciò: «Io sono Ker, la sacerdotessa della morte, al servizio del dio. Mors e io ti diamo il benvenuto nella sua preziosa dimora».

18
La Luna

Otto di Spade

Evelyne odiava le perdite di tempo. Per quanto Laurell l'avesse raccomandata, prima di viaggiare a Deltora, di riposarsi al proprio ritorno lei non ci riuscì. C'era una fretta ancestrale dentro nel suo animo, un terrore ancora più radicato di una banale preoccupazione. Lei aveva visitato il Vuoto, aveva visto cosa si celava oltre il velo della predestinazione, al di là del sipario su Deltora. Doveva indagare la famiglia di Lysander: quale miglior modo per farlo, se non parlando direttamente con l'erede in persona?

Recarsi nelle sue stanze fu la prima cosa che fece. Non si fece bella per lui come avrebbe desiderato, non ne ebbe il tempo. Indossò la sua austera uniforme da serva e andò direttamente verso le camere dell'erede.

Aveva bussato alla porta con la scusa di una lezione extra e lui inizialmente aveva sbuffato. Evelyne temette di esser lasciata fuori o mandata a quel paese, invece il principe si era apprestato ad aprire la porta con andatura ciondolante e spalle ricurve. Non sprizzava gioia all'idea di studiare, ma non l'aveva nemmeno cacciata come la serva sospettava: qualcosa doveva esser cambiato nel suo cuore. Almeno questo sperava Eve.

Il giovane, però, notò presto le braccia della mentore, inusualmente prive di tomi e di appunti. «Ti sei scordata i tuoi soliti libri?» si accigliò, la voce ancora impastata dal sonno.

Eve marciò dentro alla stanza sorridente e andò a sedersi alla scrivania. «Ho un'idea. Oggi sarai tu a tenere una lezione a me» annunciò, tentando di mostrarsi entusiasta e sperando che pure il suo svogliato allievo condividesse tale sentimento. Non aveva avuto grandi idee su come far parlare il giovane, si stava affidando unicamente al desiderio che quest'ultimo aveva di raccontarsi, auspicandosi che fosse abbastanza.

«Ma io non so niente» protestò il principe, afflosciandosi sul letto. Era particolarmente mogio in quel periodo – anzi, non in quel periodo, da quando aveva visto Calista con Valerius. Normalmente era spavaldo e partecipe alla vita di corte, ma l'atto di eroismo di cui si era fregiato il nemico aveva sfregiato lui, deturpando il suo smisurato ego.

«Non sai niente nemmeno sulla tua famiglia?» lo stuzzicò lei, appoggiando i gomiti sul tavolo.

Il giovane sbuffò, sporgendosi ad afferrare una cartina abbandonata sul comodino. «La mia famiglia non è niente di speciale...»

«Disse l'erede al trono di Arcadya» lo canzonò Evelyne. «Ho pensato che forse, se raccontassi la storia di questo reame partendo dalla tua famiglia, potresti imparare più facilmente. Ma mi dovrai aiutare tu, in questo.»

Gli occhi di Lysander s'intristirono improvvisamente. Le sue dita incominciarono a giocherellare con la cartina, veloci e nervose. «Io, beh,» incominciò, con inusuale titubanza «non è che abbia un rapporto così bello con la mia famiglia.» Lysander spostò lo sguardo e lo puntò per terra, la sua voce si fece flebile e sottile, simile a quella della sua fragile madre. «Mi è sempre stata imposta questa visione di mio padre come re perfetto e infallibile. Mi è stato detto che devo diventare come lui, eppure io sono arrivato a provare fastidio nei confronti dei miei genitori. Caiden non era buono, non sempre. L'ho visto per anni, ma solo da poco l'ho capito.»

Evelyne percepì dell'insolita maturità nelle parole dell'erede. Solo qualche settimana prima non avrebbe avuto l'intelligenza emotiva appena dimostrata. Era successo qualcosa in quel lasso di tempo, qualcosa che era sfuggito all'occhio vigile della serva. Certo, il suo non era un atteggiamento maturo o adeguato, però aveva riconosciuto il motivo dietro le proprie azioni: era già più di quanto Evelyne si aspettasse. La serva fece per chiedere al ragazzo che cosa intendesse con quell'ultima affermazione, quando fu interrotta bruscamente.

«Aspetta!» esclamò l'erede, rinvigorendosi all'improvviso. Il ragazzo afferrò il proprio telefono e iniziò a frugare nell'archivio delle immagini. Dando una fugace sbirciata alle foto che scorrevano rapidamente sullo schermo, la serva fu stupita nel vedere quanto potesse essere caotico l'album fotografico di un giovane principe. Ci si sarebbe aspettati immagini sfarzose di quadri, statue, qualsiasi costosa forma d'arte. Al contrario, i ricordi di Lysander erano mossi, poco eleganti, in più di qualche immagine lui teneva gli occhi chiusi, era coperto di sudore e reggeva una bottiglia di champagne in mano; in altre stava abbracciando un gabinetto, presumibilmente dopo aver appena dato di stomaco. «Eccola» esclamò all'improvviso, facendo sussultare la serva. «Questa foto riassume bene la mia situazione familiare.»

Nella fotografia vi era Lysander, in piena preadolescenza e con il volto abbrustolito da un intero pomeriggio al sole. Stava sorridendo, visibilmente imbarazzato, mentre faceva capolino da dietro una torta di molteplici piani. In piedi, alle sue spalle, vi erano sua madre Isolde, la quale sorrideva a sua volta, ma con un'immensa tristezza negli occhi, e Caiden, che invece mostrava un'aria fiera. Ai rispettivi lati del tavolo marmoreo vi erano due coppie più anziane: una signora dai corti capelli biondo cenere e un uomo dalla pelle olivastra, completamente pelato. Dall'altra parte, altri due signori con la stessa inconfondibile chioma corvina di Caiden. Evelyne ignorò questi ultimi: erano evidentemente i nonni paterni di Lysander, la somiglianza con l'ormai deceduto re era schiacciante. Al contrario si concentrò sull'uomo calvo, che non assomigliava a nessuno dei presenti. A rigor di logica, doveva essere il nonno materno del principe, ma il suo aspetto era nettamente diverso da quello di Lysander, o di Isolde.

«Lui è tuo nonno?» domandò Evelyne, incerta per la netta mancata somiglianza fra quell'individuo e il resto della famiglia.

«Sì, in un certo senso. Mia madre è nata fuori dal matrimonio, quando mia nonna ancora aveva diciassette o diciott'anni» raccontò. «Non so molto dei suoi primi anni di vita, solo che era molto in difficoltà, non erano ricche ed erano sole. Però io non ti ho detto niente.»

«Grazie mille» gli sorrise vittoriosa Evelyne. Adesso sapeva che cosa domandare al Lete, una volta ritornata nel reame dell'Oblio.

La serva si alzò, pronta ad andarsene, ma una mano la fermò. Le dita di Lysander s'intrecciarono con le sue e la strinsero, come in ricerca di familiare protezione. «Tu non mi abbandonerai, vero?» mormorò, incerto e balbettante, somigliando più a un bambino sperduto che a un potente e tracotante erede. «Indipendentemente da quello che ti dirò sul passato della nostra famiglia?»

Eve, arrossendo per quel tocco improvviso, si affrettò a rispondere: «Certo che no, Lysander. Ho promesso di stare accanto a tua madre, ricordi? Qualsiasi cosa sia, non potrà mai allontanarmi da te o dalla tua famiglia».

L'erede, con sgomento della serva, iniziò a singhiozzare. Pianse rumorosamente e con dolore, come se un profondo disagio fosse incastrato dentro al suo petto e faticasse a uscire. Non era un capriccio, né semplice malinconia. C'era dell'altro in quella disperazione, in quel nodo stretto che gli paralizzava la gola, strappandogli via ogni parola, lasciandolo inerme e incapace di esprimere più di una sillaba per volta. Evelyne si sentiva come sul bordo di un precipizio: voleva spronare il giovane a parlare, però temeva una reazione brusca. Dunque rimase in silenzio, lasciando che fosse lui a prendere una decisione per sé.

«Mio padre è responsabile dell'estinzione degli elfi» sputò l'erede.

Evelyne rimase immobile nello sbigottimento. Certo, si era aspettata tante cose dalla famiglia reale, tradimenti, corruzione, dissolutezza. Il genocidio, però, decisamente non rientrava nella lista.

«È colpa sua se esiste un confine privo di leggi ed è stato lui a sotterrare tutte le ricerche quando i Fae sparivano» confessò con voce rotta, spezzata dai singhiozzi. «Non dovrei dirtelo, lo so, ma io… non so più che pensare di lui.»

Evelyne, istintivamente, abbracciò il giovane, nella speranza di calmare il suo pianto e consolare il suo animo. Non sapeva se fosse vero, in cuor suo non voleva crederci. Era facile ricordare Caiden come il re dal cuore nobile osannato da tutti. Quella era una realtà impossibile da mandar giù, davanti a cui avrebbe preferito addirittura bendarsi e fingere di niente pur di continuare tranquillamente con la propria vita.

«Ormai non importa, tu sei il futuro» gli sussurrò, posando una mano sulla sua spalla con fare rincuorante. «Qualsiasi atrocità abbia commesso tuo padre, ora lui non c'è più. Capito perché è importante che tu diventi un degno erede? Per impedire che cose del genere accadano di nuovo.»

«Ma io non ne sono capace.»

Pianse. La serva voleva continuare a consolarlo, ma un improvviso tremore la fece sussultare. Qualcuno la stava chiamando. Evelyne non aveva alcuna voglia d'interrompere quella conversazione ma, non appena afferrò il palmare e vide che a cercarla era proprio Laurell, non esitò a rispondere. Qualsiasi fosse l'argomento trattato con Lysander, doveva attendere, purtroppo. «È un brutto momento» precisò, dopo aver salutato il generale. «Posso richiamarti io?»

«Non c'è più tempo» tagliò corto l'armigero. «Titania e Calista sono in combutta con Valerius, esattamente come sospettavamo. L'ibrida ha chiesto asilo in un tempio dedicato al culto della morte, ma la nostra guardiana si trova ancora nei paraggi. Dobbiamo prenderle e procedere con l'arresto. Ho già comunicato tutto alla regina.»

Eve sbatté rapidamente le palpebre, sovrastata da quell'immensa quantità di informazioni. Prima il passato tortuoso di Caiden, poi la conferma di quella combutta ordita da Calista e Titania. «Scusami, tu come hai trovato le prove di tutto ciò?» domandò, accigliandosi.

«È una storia lunga. Dobbiamo sbrigarci a partire.»

«Posso venire con voi?» Lysander aveva ascoltato la conversazione per intero ed era entrato a gamba tesa nella discussione. Il suo volto era ancora rosso e gonfio, però aveva smesso di piangere, pareva deciso e cosciente nella sua spregiudicata risoluzione. Teneva il petto in fuori, tronfio come quello di un galletto da combattimento, e non vi era assolutamente niente dentro a quella sua testa bacata.

«No» obiettò Laurell. «Siete l'erede al trono, abbiamo il dovere di proteggervi, l'ultima volta che vi abbiamo portato oltre il confine non è andata bene.»

«Hai ragione» sospirò il giovane, avvicinandosi al palmare per farsi udire meglio. «Ma ho deciso di non voler essere quel tipo di re codardo e indifferente. Valerius va sconfitto e io sarò in prima linea per proteggere il mio trono e la mia famiglia. Sono l'erede di Arcadya e, in questo momento, ordino a voi due di includermi in tale missione.»

Per quanto Evelyne apprezzasse quella presa di coscienza, non riusciva a ignorare le parole pronunciate dalla Papessa e da Rodeh a Deltora. Valerius non era una minaccia per Arcadya, questo lo avevano reso palese, il vero pericolo risiedeva all'interno della famiglia di Lysander, ed effettivamente Caiden era più responsabile dei problemi attuali di quanto non avesse immaginato. Dare la caccia al figlio di Belfagor e alle sue alleate era una perdita di tempo e aveva bisogno di guardare nel passato di quella famiglia e comprendere la verità. Le dispiaceva lasciare Laurell in balia dello strige, ma non poteva rifiutarsi di ascoltare gli arcani.

«Andate voi due» disse improvvisamente. «Io devo svolgere un'altra missione.»

«Quale missione è più importante della nostra regina?» chiese Lau, con tono piccato.

«È sempre per lei che lo sto facendo» si affrettò a specificare. «Nel reame di Deltora ho parlato con l'arcano della Papessa, mi ha dato delle indicazioni specifiche.»

Laurell emise un grugnito poco convinto, tuttavia accettò. «Va bene, andremo noi due, Lysander. E nessun altro. Eravamo convinti che ci fosse una talpa e ne abbiamo trovate due: potrebbe esserci qualche altro infiltrato, non dobbiamo parlare con anima viva della nostra missione. Procederò con l'arresto di Calista in giornata, come concordato con la sovrana. Lysander, voi e io ci vedremo allo scadere della mezzanotte davanti al cancello del palazzo. Non azzardatevi a tardare.»

Lau chiuse la chiamata. Un'improvvisa sensazione di vuoto aveva avvolto la stanza, lasciando Lysander perplesso ed Evelyne nell'angoscia. L'idea di abbandonare l'erede alla crudezza del confine la preoccupava, tuttavia non poteva ignorare le indicazioni della Papessa. Non sapeva ancora cosa Laurell avesse incontrato nel suo viaggio a Deltora, ma sperava vivamente che si trovasse sulla traccia giusta. Se non altro, il principe era ben protetto e, almeno questa volta, sapeva esattamente che cosa aspettarsi. Questo, almeno, pensava Evelyne.

Fante di Spade

Calista, come ogni settimana, era andata dai suoi genitori. Aveva cercato di lasciarsi alle spalle il ricordo di Valerius e Titania nel faro di Deltora e andare avanti con la sua vita ad Arcadya come se nulla fosse. Per quanto la sua mente continuasse ad attorcigliarvisi intorno, bramando il loro incontro successivo, dovette ricacciare indietro quelle gradevoli memorie.

Presto, quando questa follia finirà, ci rivedremo tutti, sospirò trasognata, varcando la soglia della stanza dove erano ricoverati i suoi. *E, finalmente, potremo stare insieme.*

La clinica era permeata dal fastidioso odore di disinfettanti e detergenti. Un tanfo nauseante per la driade. Le ricordava le lacrime spese davanti al silenzio innaturale della madre e del padre. Agli inizi erano state frustranti quelle visite, era un dolore continuo e senza via d'uscita; poi aveva imparato a raccontarsi. I due non parlavano, ma erano reattivi agli stimoli, seppur in maniera estremamente ridotta. Dunque la driade aveva deciso, per il loro bene, di mettere da parte la propria sofferenza e proseguire con le visite. Ogni giorno portava qualcosa per decorare la loro stanza o per intrattenerli. Sperava che un'attività come il cucito o la musica li avrebbe aiutati a trovare un modo per comunicare. Appena qualche giorno prima, durante la visita precedente, seppur tacendo, entrambi avevano ripreso le proprie attività. Avevano ripreso in mano la danza e il violino e, in generale, erano sembrati più reattivi, più liberi dall'opprimente silenzio che impediva loro di esprimersi. Non erano stati gli unici: tutta la clinica si era animata, da un po' di tempo a quella parte, come se il Morbo avesse allentato la presa sulle sue vittime.

Quel giorno in particolare, Calista si sentiva sospesa a tre metri da terra per l'improvvisa gioia e leggerezza. Dopo aver passato anni a sentirsi sbagliata e inadatta, finalmente il filo rosso del destino l'aveva fatta incontrare con loro due, Titania e Valerius. Era solita raccontare ai suoi genitori qualsiasi cosa le accadesse per tenere le loro menti occupate. Certo non riceveva risposta, ma sperava comunque in cuor suo di tener loro compagnia, di ridurre l'ostile silenzio provocato dal Morbo.

«Mi sono innamorata» raccontò loro, con aria trasognata. «Non è la prima volta che pronuncio queste parole, però adesso è diverso, decisamente. Loro sono anime gentili e sono, beh, sono due. Lei ha una tenacia invidiabile, è forte e non si lascia abbattere da nulla. Lui, nonostante l'apparenza, è buono e caritatevole verso il prossimo. È un periodo difficile, ma sono contenta di averli entrambi dalla mia parte, loro lo sanno. Non mi hanno imposto di scegliere, nessuno di noi deve farlo, noi ci siamo innamorati insieme e, onestamente, la mia vita sembra molto più luminosa da quando loro due ne fanno parte. Finché ci sono loro con me, io mi sento al sicuro.»

Inizialmente non ci fu alcuna reazione. Pure dinanzi alle storie più sconvolgenti (come quando Calista aveva raccontato della missione al postribolo e di come aveva imparato a usare la fiamma per fondere i metalli) le loro repliche si limitavano a un rapido movimento oculare e un cenno con la testa. Poi, improvvisamente, come già successo nella visita precedente, i due risposero ai suoi racconti con l'arte della musica e del ballo.

Il padre di Calista si alzò dalla sedia a rotelle. Fece giusto due passi, zoppicava, dopotutto le gambe non erano più abituate a sorreggere il suo intero peso. Si chinò per terra con un grugnito dolente e prese il violino.

Calista gliel'aveva lasciato almeno un anno prima. Ogni tanto, di visita in visita, le capitava di trovarlo in posizioni differenti ma, vista l'immobilità dei suoi genitori, era convinta che fossero le infermiere a spostarlo.

Quando la mano dell'uomo si strinse intorno all'archetto e una malinconica melodia riempì il silenzio, Calista trattenne il respiro. Era migliorato notevolmente rispetto all'ultima volta, doveva essersi esercitato. Oppure nuove melodie dovevano esser riaffiorate alla sua memoria.

La driade restò colpita dall'agilità con cui aveva ripreso a suonare, era come se non fosse passato nemmeno un giorno da quando si esercitava in casa davanti alla finestra, mentre la sua famiglia lo ascoltava. Quella parte di lui era ancora viva, intrappolata da qualche parte in quell'oceano di freddezza nel quale la guerra lo aveva gettato. Calista, ascoltandolo, meravigliandosi della musicalità di quei gesti delicati, promise a se stessa che lo avrebbe liberato da quel male.

Se ne andò sorridente dalla clinica, asciugandosi per la prima volta lacrime non di tristezza, bensì di pura gioia. Era tanto contenta del suo rapporto con Titania e Valerius, dell'improvviso e parziale rinsavimento dei suoi genitori, che per poco non si scontrò con Laurell sul vialetto.

«Accidenti, scusami, non stavo guardando» balbettò, ancora trasognata. «Come stai? Come mai ti trovi qui? Niente di grave, spero.»

Il generale prese un bel sospiro, guardando i suoi armigeri come a ritrovare conforto nei loro volti, e sospirò. La driade sospettò quasi di essere un peso per l'ufficiale, il quale sembrava non avere la minima intenzione di parlare con lei. «Sto bene, Calista» replicò con inaspettata durezza. «Non sono qui per la clinica.»

La guardiana non fece in tempo a chiedere per quale motivo,

dunque, si trovasse lì che Laurell fece un gesto rapido a due dei quattro armigeri in sua compagnia. I due maghi avanzarono in fretta: uno di loro teneva un paio di manette, che Calista prontamente schivò.

«Ehi, cosa credete di fare?» protestò, mettendosi sulla difensiva.

«Calista, io ti dichiaro in arresto per alto tradimento verso la corona» annunciò Lau, con volto mesto e occhi bassi.

La driade non fece in tempo a digerire quanto appena udito, che l'altro armigere le strinse intorno al collo un marchingegno metallico e pesante. La guardiana cercò di evocare a sé il fuoco, non tanto per ferire gli armigeri o Laurell, quanto per usarlo come deterrente, ma i suoi poteri non risposero, erano bloccati dietro una spessa e invalicabile parete.

La presa di consapevolezza fu un pugno nello stomaco: la giovane conosceva quello strumento, ma l'aveva visto solo nei libri e nei documentari, non credeva sarebbe mai stato usato contro di lei. Era stato ideato dagli umani per tenere sotto controllo i poteri dei Fae, un neutralizzatore. Finché indossato, assorbiva la magia del portatore, impedendogli di usarla. Come se ne accorse, sentì una fitta perforarle il petto. *Mi hanno trovata, ma come?* Non riuscì a formulare alcuna domanda, perché il fiato le si mozzò in gola.

Intanto, Lau teneva lo sguardo basso, schivando la driade come se provasse vergogna delle proprie azioni. «Tu e Titania siete complici di Valerius. Non vorrei arrestarti, ma ho promesso di proteggere Arcadya.»

«Non proteggerai un bel niente arrestando me» replicò Calista, con il cuore a mille. «Lui non è una minaccia!»

«Basta, sono consapevole di quanto ho visto.» In quel momento, la driade notò che l'armigero stringeva fra le mani una candela rossa spenta da poco; lo stoppino era nero e si percepiva ancora odore di cera bruciata nell'aria. «Sei stata deludente, Calista. A quanto pare, basta un bello strige per farti voltare le spalle al tuo regno. Io e te abbiamo fatto lo stesso giuramento, ti ricordo.»

«E vi sto ancora prestando fede» ribatté la driade, squadrando implorante il generale.

Gli occhi neri di quest'ultimo, però, furono impassibili. «Valerius intende uccidere la nostra regina, questo lo sai?» Di fronte alla mancata risposta della guardiana, che stava deglutendo il groppo formatosi in gola, aggiunse, nel tentativo di tranquillizzarla: «In ogni caso, hai modo e tempo di contattare il tuo avvocato, affronterai un tribunale dove potrai difenderti dalle accuse. In tutta onestà, io spero si tratti solo di un brutto malinteso».

Si voltò verso gli altri, ordinando loro di accompagnare Calista in prigione. Lau non riusciva a guardare tale spettacolo. Vedere la sua amica di vecchia data venir trascinata via per uno sporco tradimento era un peso insostenibile per il suo cuore, già stremato dai recenti avvenimenti.

Non vi assistette, non era presente, ma poco dopo che Calista fu chiusa in carcere, giunsero degli armigeri a liberarla.

No, non a liberarla, a spostarla.

Le misero un cappuccio sul capo e ignorarono ogni sua domanda o protesta, mentre la portavano via. Erano troppi perché le sue difese a mani nude fossero efficaci e, non appena aveva iniziato a dimenarsi, subito si erano apprestati a immobilizzarle le braccia. Ogni tentativo di fuga era vano, così come ogni domanda era destinata a non ricevere risposta.

Calista fu dunque accompagnata in un'antica e desolata torre più a nord. La sua cella fu chiusa e il chiavistello del vecchio edificio serrato per sempre.

Quattro di Spade

Titania aveva passato una settimana distante dal palazzo, al sicuro con la piccola Bastet. Quelli furono per lei giorni di intenso lavoro sul tempio e su se stessa. Durante la mattina si dedicava allo studio di quel culto estraneo e imperscrutabile, di quel dio e di quelle magie che ora, potenzialmente, poteva evocare. Tutto ciò attraverso le registrazioni lasciatele da Ker, la quale aveva appreso della sua cecità ed era intervenuta tempestivamente con questa soluzione. L'ibrida, in quel tempio surreale tuttavia accogliente, non si sentì mai di troppo o sbagliata. Ogni sera l'attendeva una faccenda diversa da sbrigare, che fosse pulire gli scalini o le panche della navata, rimuovere le erbacce dal giardino nel retro, e via discorrendo.

Quella sera le toccava lucidare la statua di Mors. L'ibrida non aveva mai immaginato che il dio della morte potesse custodire tanta bellezza, eppure le sue mani, accarezzando la pietra levigata, incontrarono con sorpresa lo splendore senza tempo di un bel giovane. Il dio era coperto da pochi drappeggi, scolpiti con cura, in maniera da aderire al suo corpo di pietra. Non era prestante o particolarmente muscoloso, ma il suo fisico emanava pura armonia. Un po' come quello di Valerius.

Il dio teneva le ali spalancate, pareva sul punto di spiccare il volo e librarsi in cielo in un turbinio di piume corvine; i tendini delle sue mani emergevano dalla pietra, deliziosamente tesi, mentre sorreggeva un'enorme torcia rovesciata.

Titania aveva sempre imparato a temere la morte, a rifuggirla se possibile e a pregarla quando era inevitabile. Non capiva proprio come io o Valerius potessimo venerarla, seppur devoti a diversi culti, nelle sue molteplici sfaccettature. Ma lo imparò durante quella settimana, osservando gli altri novizi e i vari morti al servizio del tempio. Solo osservando e senza alcun tipo di pratica, naturalmente, visto che in mia assenza i suoi poteri erano inutilizzabili.

Ker era a conoscenza di ogni cosa, aveva fatto studiare Titania su alcuni volumi (o, meglio, sulle registrazioni di questi) riguardanti la storia degli strige e i cosiddetti Patti Infernali. Non avevo idea si chiamassero così, sarò onesto. Le insegnò esercizi di meditazione utili per rafforzare i legami fra un incantatore e il suo patrono. Certo, funzionavano, io la potevo udire mentre bussava alla porta della mia mente; solo, non reagii.

Non che l'ibrida avesse fretta di riprendere in mano i poteri promessi, anzi, pareva più tranquilla senza. Meditava solo quando Ker glielo imponeva come esercizio ma, al di fuori di quei momenti, non la sentii mai. Aveva categoricamente smesso di cercarmi e forse era meglio così per entrambi. Di sicuro, pensare allo studio della necromanzia e dei Patti Infernali la calmava, distraendola dalla pungente daga della nostalgia che la feriva ogni volta in cui ripensava a Calista e a Valerius, a quei fugaci scambi dentro al faro del reame di Deltora. Non lasciò che quelle languide sensazioni prendessero ancora possesso di lei. Le scrollò via scuotendo il capo e si concentrò sulla statua di Mors, cercando di non pensare a quei due, a quanto desiderasse che le sue dita, anziché incontrare la dura pietra, accarezzassero il delicato viso di Valerius o la pelle morbida di Calista.

Stava lucidando il bel naso greco del dio, quando una voce sopraggiunse alle sue spalle.

«Belfagor si è palesato nelle ultime ore?»

Titania trasalì, colta alla sprovvista.

Era stata Ker a parlare, aveva un passo estremamente silenzioso e il suo respiro era inaudibile. Di solito Titania era brava a captare l'arrivo delle persone, discernendone l'identità dal passo, dalla sua pesantezza e dalla cadenza della camminata. La sacerdotessa, invece, risultava quasi invisibile ai suoi sensi. Addirittura, l'ibrida si domandò da quanto la donna si trovasse lì a guardarla, giacché non l'aveva percepita arrivare.

La giovane scosse la testa: non aveva sentito niente, anzi era semplicemente convinta che io la volessi sabotare prendendo le distanze. Il che non era completamente falso, ma c'era dell'altro.

«È strano» osservò Ker, accigliandosi. «Deve essergli accaduto qualcosa, questo è da sempre stato il suo desiderio. Lui passava tutto il tempo a pregare il dio di renderlo eternamente giovane e immortale, è il motivo delle sue ricerche sugli ibridi. Spero non sia divenuto un residuo. Ma non può esserlo diventato, tu saresti già fuori di senno se così fosse.»

«Gli ho detto di suo figlio» confessò di getto Titania, smettendo immediatamente di lucidare la statua. «Era devastato.»

«Allora immagino abbia motivo di ritirarsi così. Alla fine, gli è stata strappata l'occasione di essere un buon padre per Valerius, di proteggerlo, di fargli dono di un futuro. Dagli tempo, ritornerà.» Ker si avvicinò a Titania e l'aiutò a scendere dalla scaletta porgendole una mano. Eccolo di nuovo, quel tocco glaciale che più di una volta aveva fatto trasalire l'ibrida.

«Tu sai cosa è accaduto a Valerius?» domandò, una volta posati i piedi per terra.

«Non esattamente, l'ho visto mentre lo portavano via, verso il mercato nero. Il resto lo posso solo immaginare» sospirò tristemente la sacerdotessa. «Tua madre lo aveva condotto qui, affinché io potessi proteggerlo e nasconderlo come lei non poteva fare. E come nemmeno Belfagor stesso poteva, essendo già morto al momento della nascita del figlio. Valerius era troppo piccolo per sopravvivere all'attraversamento di un reame, questo era il luogo di Arcadya più sicuro per gli strige. Almeno lo era un tempo.»

Gli occhi di Titania si sgranarono, colti dalla sorpresa, «Mia madre ha conosciuto Valerius?»

«Sì, sebbene lei e Belfagor si fossero allontanati già da un po', lui era comunque stato il suo amico più caro. Non aveva avuto modo dirgli addio, ma almeno avrebbe protetto la sua prole in segno di quell'amicizia che li aveva legati» raccontò Ker, dirigendosi verso l'altare, seguita a sua volta dall'ibrida. «Se tua madre fosse rimasta a Faeree non sarebbe mai stata catturata, ma sai perché è tornata?»

«Per Valerius?» ipotizzò l'ibrida, allontanandosi di un paio di passi dalla statua di Mors.

Ker annuì gravemente. «Purtroppo. Il tempio era crollato e i predoni oltre il confine se l'erano già preso.» La sacerdotessa aggirò l'altare e vi si sistemò dietro, iniziando a versare olio lustrale in una coppa. Sdraiato sulla gelida piattaforma vi era un corpo dormiente e dalla mole enorme, Titania se ne accorse perché, credendo di appoggiare la mano sulla pietra, toccò accidentalmente un polpaccio ancora morbido, ma già freddo. *È morto.* Trasalì, ritraendo immediatamente la mano.

Tentò di non concentrarsi troppo sulle bizzarrie di quel luogo, e di pensare invece a una domanda che davvero premeva dentro la sua mente. Nel documento procurato da Valerius non vi era riportata alcuna morte, né di sua madre, né di suo padre. Si parlava solo di com'erano stati imprigionati. Dunque Titania, un po' timorosa, domandò alla sacerdotessa se sapesse qualcosa dei suoi genitori, se fossero vivi in qualche reame o se il dio della morte se li fosse già presi.

La donna versò il contenuto della coppa sul cadavere e il profumo pungente di erbe essenziali si fece largo nelle narici dell'ibrida, la quale ne restò stupita. Con le mani, Ker incominciò a massaggiare vigorosamente le gambe, le braccia e il petto del morto, i suoi polpastrelli scavavano bene dentro alla sua pelle e ne rivitalizzarono i muscoli. Titania ascoltò il rumore delicato e rimase sorpresa dalla cura con cui la sacerdotessa accudiva quel corpo. «Ecco fatto, ragazzone. Puoi andare» disse al morto, con fare quasi materno nella sua innaturalezza. Era incredibile notare come Ker si comportasse con i non-morti che lavoravano dentro al tempio. Non li teneva come schiavi, a differenza di molti necromanti studiati da Titania, bensì come semplice personale, tant'è che l'ibrida e gli altri novizi spesso si alternavano a loro nelle faccende.

Il cadavere subito si levò in piedi e se ne andò sulle proprie gambe, accennando a una lieve riverenza nei confronti della donna.

Quest'ultima, afferrato un panno, iniziò a pulire l'altare e tornò a rivolgersi a Titania. «Non ne ho idea. Da quando Inanna e Alister sono stati imprigionati non mi è più giunta voce di loro».

L'ibrida restò in silenzio. La risposta di Ker l'aveva delusa; tuttavia, il suo non era stato un *no* assoluto. Inanna e Alister potevano ancora essere vivi, da qualche parte, in qualche reame lontano.

Allora perché non venire a cercarmi? Non venire a vedere come sto e che cosa mi succede? Non vogliono sapere cosa sta facendo la loro unica figlia? Non provano nemmeno un briciolo di curiosità?

Per quanto l'ibrida se lo auspicasse con tutta se stessa, le era sempre più difficile crederci. La fiamma della speranza traballava sotto al gelido vento della cruda realtà.

Forse, dato che non li ho ancora mai visti, mi stanno semplicemente ripudiando. Se non sono morti, mi hanno dimenticata o comunque non vogliono avere niente a che fare con me. Sperare di rincontrarli è un inutile peso al cuore.

Titania stava ancora tentando di mettere insieme i suoi frammentati pensieri quando un tonfo improvviso riverberò nel tempio.

L'ibrida si voltò freneticamente da una parte e dall'altra, cercando di capire da dove provenisse quel suono, ma un secondo tonfo più forte si propagò sotto l'alta cupola.

Ker agì immediatamente, aggirando l'altare e preparandosi a combattere, ma non riuscì a salvare Titania dall'esplosione.

Un inatteso e biondo giovane, in felpa e anfibi, stava correndo lungo la navata principale, dopo aver appena scagliato una bomba Molotov contro la statua di Mors.

Ci fu un fragore di vetri rotti. Le varie fiale e boccette sull'altare si erano rotte e il fuoco, a contatto con gli oli, divampò, estendendosi velocemente fino al transetto, quasi a raggiungere il colonnato. L'ibrida, percependo l'improvviso calore delle fiamme, si diede alla fuga mentre l'alto rogo avvolgeva l'altare, minacciando pure la stessa statua del dio che, appena poco prima, lei stava pacificamente pulendo.

Confusa da quei suoni e dal repentino tepore del fuoco, Titania non perse tempo e corse a perdifiato lungo la navata. Senza poteri, senza Belfagor, non poteva fare altro. Poteva solamente fuggire.

Purtroppo per lei, capiva in base alle sue sensazioni d'esser lontana dalla fiamma, ma i suoi occhi, avvolti dalle tenebre, ignoravano dove le sue gambe la stessero portando.

Nella sua folle corsa, appena qualche metro più in là, ci fu un improvviso impatto. Non fu con la sacerdotessa o uno dei nonmorti. No, quel corpo era troppo caldo. In più era alto e slanciato, la sua figura era gradevolmente familiare. Titania percepì il tepore delle sue mani mentre questi cercava di fermarla durante l'impatto, ma senza riuscirci.

I due rovinarono per terra.

La mano di Titania subito si apprestò a brancolare nel buio della cecità, finché non incontrò un volto familiare. Il naso sottile e dritto, gli occhi dal taglio felino, le labbra morbide. Il sollievo travolse la giovane come un fiume in piena. Lui era tornato per lei, per proteggerla e per fuggire insieme.

«Valerius!» sospirò, riconoscendo la delicatezza di quei lineamenti.

Però, una mano brusca si strinse intorno al suo polso, allontanandola da quel viso.

È strano, notò, sentendosi il respiro mozzato in gola, *lui non è mai stato brusco con me.*

«Valerius?» ripeté una voce diversa, più tagliente. Una voce che, in passato, le aveva già fatto storcere il naso.

No, lui non può essere qui.

Asso di Denari

Laurell era immobile. Il suo volto indossava un'espressione basita. Aveva riconosciuto l'aura di quel tempio. Cacciava, anzi drenava chiunque non possedesse magia oscura. Dopo giorni di ricerca con Lysander l'aveva finalmente trovato. Certo, lo aveva visualizzato grazie al potere della candela, ma nonostante ne conoscesse l'aspetto esteriore, il manufatto non era stato in grado di scorgerne le precise coordinate. Chiunque fosse il proprietario di quel tempio non voleva farsi trovare.

Per non parlare di quella sensazione di profondo disagio. Laurell dovette resistere alla tentazione di girare sui tacchi e correre. Non era suo il terrore innaturale che aggrovigliava le viscere. Era impossibile non percepirlo, un'intensa cappa di oscurità ricopriva tutta la zona. Il mistico tempio di Mors non era un luogo invisibile o non rintracciabile, anzi era sotto gli occhi di tutti; a renderlo così ostico da trovare era solo quella forte aura repellente che lo attorniava. Le sue pareti bianche erano impregnate di necromanzia, tutto l'edificio emetteva un forte tanfo di morte. Il generale arricciò il naso notando, con stupore, quanto Lysander apparisse tranquillo, come se quell'olezzo insostenibile non arrivasse alle sue narici, come se quella macabra aura di terrore nemmeno lo sfiorasse.

Subito si apprestò a scuotere la testa, decidendo di non dar troppo peso a quel curioso dettaglio. *Forse il principe è raffreddato e non sente bene gli odori*, ipotizzò; *o forse è solo tanto sconsiderato da non ritenere questa puzza una minaccia.*

Sebbene l'ufficiale sapesse con certezza che vi avrebbe trovato Titania (la candela glielo aveva mostrato), quel tempio dava l'inquietante sensazione di non contenere nulla se non una morte invano, un mero pericolo senza fine, una scommessa senza palio, un gioco senza candela.

Nonostante quella fosse una semplice sensazione, facilmente trascurabile per una persona addestrata alla magia come Lau, appena i due giunsero di fronte all'ingresso l'armigero fu colto da puro sconforto. Nessuno di loro poteva entrare là dentro senza venir brutalmente ucciso dal tempio stesso.

Fissavano entrambi con terrore le alte colonne in osso, il frontone adornato da teschi e i numerosi scheletri bloccati nella parete portante nel tempio, immobilizzati come se stessero ancora tentando di fuggire da quel luogo nefasto.

Lysander fece un passo in avanti, ma Lau lo bloccò immediatamente, tenendo un braccio fermo, sollevato davanti al suo petto. «Fermatevi» aveva ordinato, indicando poi un'incisione sul marmo. «"Chiunque abbia nel cuore l'oscurità è benvenuto, chi non la possiede diventerà una marionetta del dio." Non possiamo entrare.»

«Ma Titania è là dentro!» protestò l'erede, indicando i portoni chiusi del tempio.

«Dobbiamo trovare un modo per attirarla fuori» ragionò Laurell. «Noi non possiamo superare questa soglia.»

«Qualsiasi cosa questo culto di esaltati mi mandi contro io la sconfiggerò, questa volta sono pronto e non puoi trattenermi» obiettò il giovane.

«No, Lysander. Cosa credete di fare? State fermo!» gli urlò Lau, vedendo il ragazzo avanzare verso l'ingresso. Non avrebbe mai perso l'erede al trono in quella missione, non lo avrebbe permesso.

Si aggrappò alla sua felpa grigia e cercò di trattenerlo a sé. Però Lysander era più alto e più pesante e Laurell non avrebbe certo potuto usare la forza bruta solitamente sfruttata contro i nemici per fermare l'unico erede al trono di Arcadya, correndo pure il rischio di ferirlo.

Quando il principe si ribellò alla presa dell'ufficiale, quest'ultimo fu sballottato all'indietro. A causa del violento e improvviso strattone, Lysander cadde sulle scale, finendo direttamente dentro l'aura del tempio.

La cupola che lo sovrastava s'illuminò di un'intensa luce verdognola, che adornò di terrore quel già macabro tempio con colori acidi, rendendolo ancora più minaccioso nella sua inquietante magnificenza.

Laurell, dinanzi a questo spettacolo, sgranò gli occhi con incredulità.

«Lysander...» balbettò, come vide l'erede riverso sulle gradinate, all'interno di quella terrificante aura mortale «state bene?»

Il giovane si tirò in piedi di scatto. Aveva l'aria spaventata di un cervo che ha appena schivato il proiettile del cacciatore.

Stava bene, sì. Contro ogni prognostico, non gli era accaduto assolutamente niente.

«Com'è possibile?» si accigliò Laurell.

Lysander si guardò intorno, perplesso. «Forse non funziona?» ipotizzò. «O forse uscirà qualcuno a cacciarmi?»

L'ufficiale si tirò in piedi, scuotendo la testa. «No, io riesco a vedere la magia oscura che permea questo luogo. Avrebbe dovuto uccidervi, e poi trasformare il vostro corpo in uno schiavo, conosco la formula scritta sulla gradinata. E posso vedere con i miei occhi l'incantesimo a protezione di questo luogo. Siete sicuro di non avere alcun parente... *strige*?»

Lysander squadrò il generale, offeso come se quest'ultimo gli avesse appena tirato uno schiaffo. «Ovviamente no! Solo gli umani hanno diritto a regnare, tutta la mia linea è pura» affermò stizzito.

Laurell voleva consigliargli di svolgere qualche ricerca sulla propria famiglia, anche solo per comprendere da dove provenisse quel potere, ma rinunciò subito all'idea. Lysander era umano e, se non lo era, lo doveva sembrare. Per Arcadya. Solo questo avrebbe mantenuto la precaria pace nel regno. Dunque, si limitò ad affermare che lo avrebbe aiutato da lontano e preparò per lui l'arma con la quale voleva distruggere il tempio di Mors.

Due di Spade

Appena qualche minuto dopo, quell'importante luogo di culto era divorato dalle fiamme. Un profumo destabilizzante si levava in aria, scaturito dagli oli ardenti, mentre il fuoco scivolava con facilità lungo il transetto e persino sui corpi rianimati.

Strige e non-morti facevano avanti e indietro reggendo ingenti secchi pieni di una fitta sabbia per spegnere i roghi, dando la priorità ai cadaveri che bruciavano.

Nonostante la situazione fosse preoccupante, c'era una sovrannaturale quiete nei loro animi. Dopotutto, erano strige provenienti da oltre il confine, avevano visto orrori inimmaginabili e assistito a emergenze ben più gravi.

Titania arretrava inorridita, riconoscendo la voce dell'erede. Che cosa ci faceva lui in quel luogo? Il tempio di Mors proteggeva tutti coloro in possesso di magia oscura. Lui era un umano ed era ostile. Perché quell'edificio non lo aveva respinto?

Se lui è qui, vuol dire che è uno strige, realizzò l'ibrida, arrivando a toccare la fredda parete dietro di sé.

«Non dovresti essere qui» mormorò intimorita.

«Eppure nemmeno il tuo pietoso dio è capace di proteggerti.» Lysander sollevò una mano. La vista di Titania era ancora più ridotta. Il fuoco la circondava da tutte le parti, facendo capolino nella navata e da dietro le colonne. Per quanto esso fosse lontano, la sua intensa luce le rendeva quasi impossibile captare i movimenti dell'avversario.

Come l'erede afferrò l'ibrida per la gola, con l'intento di scaraventarla per terra, lei scattò in avanti e affondò i denti nella carne del suo avambraccio. Il principe si staccò bruscamente da lei, colpendola in volto con un manrovescio e sibilando per l'improvviso e inaspettato dolore.

«Stupida cagna bastarda, se morissi faresti un favore a tutto il reame!» Lysander sfoderò una spada argentea.

Titania se ne accorse dal rumore metallico che emise a contatto con il fodero e tentò di scappare. Rotolò di lato e si levò immediatamente in piedi ma, una volta stabile sulle proprie gambe, realizzò di non sapere dove andare. Era tutto un enorme tunnel di bagliori luminosi, lingue di fuoco pulsanti e pericolose che si affacciavano a intermittenza nel suo campo visivo.

«Lascia in pace la mia discepola.» Ker, giunta in soccorso dopo aver spento le fiamme sull'altare, si frappose coraggiosamente fra il principe e l'ibrida, allargando le braccia, senza mostrare alcun timore. Era disarmata non possedeva né lama né corazza, indossava solo la sua veste sacerdotale, un indumento troppo lungo e ingombrante per combattere adeguatamente. Eppure, si parava eroicamente di fronte al nemico, quasi invitandolo a colpire.

«Spostati, o farai la sua stessa fine!» sputò lui, tenendo ben alta la spada.

Titania sussultò, intimorita. Quella donna e il suo tempio erano la sua unica protezione dal mondo esterno, non doveva accadere niente a loro. Altrimenti lei sarebbe stata persa per sempre, assieme al suo futuro e a ogni possibilità di rincontrare i suoi amati.

La sacerdotessa non si mosse, anzi sollevò il mento verso l'erede, in segno di sfida. Segno che lui non tardò a cogliere: con un gesto repentino, Lysander scattò in avanti, conducendo la propria lama fra le costole della donna.

L'ibrida sentì il rumore della lama attraversare e lacerare la carne. Il suo cuore mancò un battito. Non fece in tempo a rivolgere alcuna preghiera che subito sopraggiunse un'altra cupa affermazione.

«Riprova» lo sfidò Ker senza battere ciglio.

Riprova?, ripeté a mente Titania sbigottita.

L'erede estrasse la spada ed eseguì un taglio netto, perfettamente parallelo al pavimento. Viscere nere caddero sul marmo, un fitto odore di sangue vecchio e putrefatto invase la stanza.

La donna era inamovibile.

«Ancora» lo incitò, spingendolo a una violenza senza pari.

Titania scuoteva la testa, continuando a richiamare a sé i poteri, ma invano. Non poteva far niente, solo assistere a quel macabro trionfo di morte.

Il principe, provocato da quelle parole, caricò il colpo sopra la propria spalla e, con uno scatto repentino, recise senza esitazione il capo della sacerdotessa.

Il fiato si mozzò in gola all'ibrida, le sue ginocchia si trovarono sul punto di cedere. Aveva riconosciuto il tanfo del sangue e delle viscere, il rumore del corpo senza vita di Ker che precipitava al suolo. Inspirando più a fondo, un dettaglio si fece spazio nel cervello dell'ibrida: il sangue non aveva l'odore fresco emesso dalle bestie appena uccise durante la caccia, pareva vecchio. Quasi certamente era raggrumato, antico. Sebbene gli oli ne avessero a lungo protetto l'immagine, Ker era già morta da tempo.

«Io non cesserò mai di esistere finché le colonne reggeranno questo tempio e l'altare rimarrà intatto.»

Sia Titania sia Lysander sussultarono.

Tutto il tempio fu improvvisamente permeato dalla presenza inconfutabile della sua sacerdotessa, le cui parole rimbombavano fra gli alti soffitti.

«Perché io sono l'essenza di questo tempio.»

Lysander si guardò freneticamente intorno, tentando di scrutare pure in alto, come per vedere da dove provenisse quella voce. Ma invano.

«Dopo la sua distruzione durante la guerra fra razze, molti strige sono rimasti senza riparo, vittime dei predoni, dei mercanti e dei lenoni fuori dal confine. Ho sacrificato a Mors la mia anima affinché questo diventasse un luogo sicuro per chiunque lo meritasse.»

Poco alla volta, intanto, strige e non-morti erano riusciti a spegnere l'incendio, permettendo a una figura cupa di attraversare, indisturbata, la navata. Un pungente ma gradevole profumo d'incenso inondò il tempio. Titania lo riconobbe, questa volta era veramente lui.

«Ospitando anche me» proseguì Valerius, affiancandosi a Titania. «E te, naturalmente.»

Lysander protese in avanti la spada, già insanguinata. «Vuoi batterti?» lo sfidò minaccioso.

Lo strige scosse la testa. «Voglio solo che tu legga un documento per me» disse, porgendo al giovane un foglio.

«Non accetto niente da te, mostro!» ribatté il principe, restando sulla difensiva.

«Oh, ma questo viene dalla cripta, non da me. È il tuo certificato di nascita» rivelò Valerius, ma poi si corresse, indossando un mesto sorriso. «O meglio, il nostro.»

Titania trasalì. *Ho sentito bene? Ha detto nostro?*

«Leggilo» lo invitò lo strige, tenendo gli occhi fissi sull'erede.

Gli occhi di Lysander corsero velocemente sulla carta, mentre mormorava a fior di labbra «no, no e no» come un disco rotto, come se la sua bocca non fosse capace di elaborare la complessità di quanto la sua mente stava assimilando.

Le sue mani strinsero vigorosamente la carta, quasi a volerla strappare, ma senza la forza per farlo. Era atroce, per l'erede, realizzare all'improvviso che quanto da lui vissuto fino a quel momento era interamente costruito su un aberrante castello di menzogne. Aveva perso ogni certezza e stava precipitando in un vuoto infinito.

«È una bugia.» Si stava aggrappando agli ultimi scogli sopra al baratro, già consapevole di quanto fossero finti, fragili. «Tu non sei mio fratello. Questo documento è stato manomesso da te.»

«Questo documento è stato trovato nella cripta, così come lo vedi ora.»

«Non è vero! Tu sei un bugiardo!» strepitò Lysander, tenendo ben alta la spada, come se avesse potuto difendere anche i propri pensieri dall'improvvisa invasione di quello strige. «Sei solo un invidioso, hai inventato questa farsa per prendere il mio posto! Ma tu sei uno sporco strige.»

Gli occhi di Valerius si ridussero a due sottili e minacciose fessure. «Anche tu, fratello. Sbaglio o ti trovi qui, indisturbato?»

«Non può essere!» strepitò, incominciando a parlare sempre più velocemente. «Il tempio non funziona. Tu sei un mostro, tu sei figlio di Belfagor e niente di buono può venire da uno come lui.»

Un ghigno si fece spazio sul volto dello strige, che squadrò il fratello come se fosse pronto a sbranarlo. Sorrideva compiaciuto, già convinto di avere la preda nel proprio pugno. Si avvicinò al principe con il passo maestoso di un felino mentre una folata di vento proveniente dal portone spalancato sollevava il suo lungo cappotto nero.

«No, hai ragione.» Valerius guardò negli occhi il fratello e, protendendo in avanti una mano, lo costrinse ad abbassare la lama con la punta delle dita. Dunque, indossò il più triste dei sorrisi vittoriosi e si preparò a vuotare il sacco. «Infatti, anche tu sei suo figlio.»

19
Il Sole

Sette di Coppe

«Posso farti una domanda?»

Evelyne trasalì. Alzò subito la testa e incrociò due occhi glaciali, sottili e ridenti come quelli di un gatto. Con un po' di rossore in viso, realizzò come essi non l'avessero mai abbandonata, l'avevano accompagnata in silenzio sulla stessa panchina su cui sedeva ogni giorno per mangiare.

Non era stata realmente lei a sussultare, tenendo il proprio magro pranzo in grembo; tuttavia la sensazione le parve reale, come se fosse lei stessa a trovarsi lì, di fronte a quel pericoloso strige.

«Dimmi pure» lo invitò timidamente, portandosi una mano alla guancia.

Fu immediatamente travolta da un sentimento di… vergogna?

Perché?, si domandò. *Che cosa mi sta succedendo?*

Toccandosi il volto, la serva lo sentì gonfio e pulsante. In effetti, lì c'era una dolente contusione: la mascherina chirurgica l'aveva protetta finché era stata dentro l'ospedale ad assistere medici e curare pazienti, ma là fuori, mentre era intenta a mangiare sotto al minuzioso sguardo del primario, non vi era alcuna protezione. Abbassò il capo, coprendosi il livido con una cascata di lunghi capelli biondi, ma era già troppo tardi.

«Perché ti nascondi sempre qui fuori?» Gli occhi di Belfagor si assottigliarono maliziosamente. «Scappi da qualcuno? Magari da me?»

A Evelyne venne da ridere, ma quella non era la sua risata. «Potrei chiederti la stessa cosa. Sono qui da sei mesi e non ti ho mai visto parlare con nessuno al di fuori del lavoro.»

Belfagor andò ad appoggiarsi al muretto lì vicino con noncuranza. Era alto, ma indubbiamente atletico: Evelyne notò come il lungo camice fosse più teso in prossimità dei pettorali.

Deve essere uno che si allena spesso: pensò, scrutando attentamente la sua figura.

Le fu difficile non arrossire quando lui la guardò ancora, e non comprese bene chi, fra lei e Isolde, stesse effettivamente avvampando. «Sto parlando con te adesso.» Le rivolse un affilato sorriso, guardandola attraverso una sanguigna ciocca di capelli. «E non mi pare ci sia un paziente aperto in due qui davanti a noi. La verità è che non sopporto la maggior parte dei miei dipendenti, e nemmeno loro sembrano sopportare me.»

«Beh, fatti due domande.»

Isolde si era accorta all'ultimo di aver bofonchiato a voce alta. Giusto quando vide gli occhi dello strige sgranarsi e le sue labbra restare schiuse nella sorpresa realizzò l'errore appena commesso. Imbarazzata, si portò entrambe le mani alla bocca, come se volesse tapparsela, e si scusò. Per quanto fosse abile, quell'uomo era stato a dir poco insopportabile, tuttavia era inutile negare quanto eccellesse nel proprio lavoro.

Belfagor fece qualcosa che stupì sia Isolde sia Evelyne: gettò la testa all'indietro e scoppiò a ridere.

La giovane infermiera trasalì. Non lo aveva mai sentito ridere, né tantomeno lo aveva mai visto felice o sorridente per qualcosa. Pure a seguito di una difficile operazione ben svolta o di una nuova entusiasmante scoperta, tutto ciò che si riusciva a tirargli fuori era una smorfia e un vago «ottimo lavoro». Nulla di più. Pareva proprio che niente potesse scalfire quella costante aura di malinconia che si portava appresso. Solo lei ci era riuscita.

In effetti, rivedendo le memorie di Isolde tramite gli occhi di Evelyne, mi rendo conto di quanto poco mi conoscessero le persone intorno a me. Conoscevano Belfagor, una maschera che continuano a indicare quando parlano di me, ma non hanno mai conosciuto *me*.

Come gli occhi dello strige si posarono ancora su Isolde, la sua risata tacque e un'espressione cupa si fece largo fra i suoi lineamenti. «Chi ti ha fatto quel livido?» chiese, improvvisamente severo.

Isolde scrollò le spalle, evitando con cura lo sguardo del medico. «Nessuno, sono solo caduta» rispose.

Belfagor fece un paio di passi in avanti e le si avvicinò vertiginosamente.

Isolde trattenne il fiato, sentendo la propria pelle bruciare per quella vicinanza così inaspettata e improvvisa. Lui non parve farci caso: dopotutto era un medico, non poteva certo lasciarsi intimidire o distrarre dalla vicinanza con gli altri. Allora perché il cuore della giovane sembrava farle i salti mortali nel petto?

Chissà se si è mai trovato così in intimità pure con altre persone, si sorprese a domandarsi.

Anche lei era un'infermiera, avvezza alla vicinanza con pazienti nelle più disparate condizioni. Ma quello non era un paziente.

Non appena Isolde percepì il respiro caldo dello strige sulla pelle le vennero i brividi, ma non di paura. Anzi, in quel momento desiderò poter chiudere quella distanza, agganciarsi alle sue spalle e lasciarsi trasportare dalle sue labbra. Le guardò, trasognata, immaginando come potessero baciare. Le aveva viste spesso lamentarsi, impartire ordini e piegarsi in smorfie di disapprovazione, ma un bacio? Come l'avrebbero fatto? Sarebbero mai state capaci di dolcezza? A lei piaceva pensare di sì, per quanto non fosse pronta ad ammetterlo: nelle sue fantasie quello strige era il più gelido degli uomini e il più focoso degli amanti.

Isolde fu costretta a scacciare velocemente quei languidi pensieri. Non poteva, era in ospedale, sul posto di lavoro, non era il caso. In più, il suo fidanzato non doveva scoprirlo. Per nessun motivo al mondo.

«Non mentire a un medico» la redarguì Belfagor, con voce bassa e rauca, sfiorandole il viso con le dita mentre i suoi occhi studiavano il livido. «È un ematoma superficiale e relativamente piccolo, un impatto del genere mi fa pensare che qualcuno, qualcuno poco forte o comunque incapace di tirare pugni, ti abbia colpita.»

Isolde abbassò lo sguardo, intimidita dalla veridicità nelle parole dello strige.

«Vieni con me» la invitò quest'ultimo, allontanandosi dalla giovane e tornando alla formale distanza che erano soliti mantenere. «Ti darò del ghiaccio istantaneo e, se gradisci, anche un orecchio per ascoltare, una spalla su cui piangere e una mano per aiutarti a uscire da questa situazione.»

Isolde esitò. Desiderava quell'aiuto più di ogni altra cosa, ma se *lui* l'avesse scoperto? Se avesse saputo che si era appartata con un altro uomo, seppur senza alcuna ambiguità, per lei sarebbe stata la fine.

L'infermiera si vide costretta a ricacciare indietro pungenti lacrime. Quello strige non solo le stava offrendo un aiuto di cui lei necessitava, lui le piaceva. Ogni volta che posava il proprio sguardo sul suo viso sentiva un vuoto alla bocca dello stomaco, come se fosse in caduta libera. Ogni giorno si recava al lavoro nella speranza di condividere almeno un istante con lui. Bramava il suo tocco e la sua voce, come un viandante desidera dell'acqua fresca dopo una lunga camminata nell'arido deserto di una relazione senza amore. Il primo respiro dopo una lunga apnea sott'acqua. Il primo bocciolo nato da una terra sterile, vittima di una carestia durata decenni.

È questo l'amore?, si chiese con il cuore in gola, mentre osservava il viso preoccupato dello strige. *È davvero questo ciò che dovrei provare?*

Fra sé e sé, decise che non poteva lasciarsi imprigionare da un uomo che non la amava né la rispettava. Si sarebbe aggrappata a quello scorcio di meravigliosa libertà che Belfagor le offriva, un piccolo atto di ribellione che, ne era convinta, non avrebbe avuto alcuna conseguenza. La giovane esitò appena e poi annuì debolmente, accettando di seguirlo.

Come la sua mano si allungò e le sue dita s'intrecciarono a quelle dello strige, Evelyne fu sbalzata via da quel ricordo.

La serva si ritrovò sola e piena di domande nella propria suite. Si accorse di star stringendo le coperte come se quelle fossero la mia mano.

Il suo cuore pompava incessantemente, convinto d'essere ancora lì. Il fiato corto, rapido, la costringeva a prendere tanti piccoli respiri per compensare. I suoi occhi grandi, sgranati e allibiti, fissavano il soffitto come se là sopra potesse esserci la risposta ai suoi quesiti.

Com'è possibile?, si domandava. *Belfagor è colui che l'ha rapita, ma quell'uomo non sembra capace di orrori. Sembra solo un po' lunatico, niente di preoccupante.*

I conti non tornavano, era come se i ricordi dimenticati da Isolde non coincidessero con quella realtà da lei appresa, attraverso i giornali e le parole di Liviana.

Il segnale sonoro del suo palmare la destò dai pensieri. La serva si sporse sul comodino e lo afferrò. Sullo schermo riconobbe lo username di Corinna: chiedeva informazioni ai colleghi sul server dedicato alle comunicazioni per i servi.

Ah, certo, l'evento di domani sera. Evelyne si accigliò.

Quel regno organizzava decisamente troppi balli per il suo gusto. Avrebbe volentieri passato il resto della giornata in stanza, magari avrebbe fatto altri due viaggi. Percepiva il bisogno, anzi l'urgenza, di ritornare. Come se ad attirarla nei ricordi perduti di Isolde ci fosse qualcuno, un amore perso ancor prima di conoscerlo.

No, non posso star dietro anche ai miei obblighi di serva. Scosse la testa, rifiutandosi di alzarsi. *Devo continuare la mia ricerca, per Arcadya, per Isolde e pure per me stessa.*

Vedere Belfagor attraverso la lente dorata della sua regina aveva creato in lei uno strano effetto. Vivere quei ricordi come se lei fosse stata al posto di Isolde, dandole l'illusione di aver conosciuto e toccato con mano il famigerato strige, la stava lentamente assuefacendo come una droga letale.

Ancora. Ho bisogno di vedere altro.

Nove di Bastoni

Di Calista stava rimanendo sempre meno in quella cella.

Da quando era stata misteriosamente trasferita, aveva trascorso prima le ore, poi i giorni, in attesa che qualcuno aprisse il chiavistello e le desse cibo e acqua con cui rifocillarsi. Niente. La bocca le si era seccata, la gola le doleva, pareva che numerosi spilli la trafiggessero a ogni respiro, la sua pelle era tanto ruvida da atrofizzarle il tatto e non sembrare nemmeno più sua.

I primi giorni si appendeva alle sbarre, facendo addominali, trazioni o qualsiasi esercizio che potesse tenerla in forma, anche solo per distrarla da cosa sarebbe accaduto. Si aspettava che da un momento all'altro quelle persone tornassero per rimetterle un cappuccio in testa e condurla verso la sua morte. Ma non giunse mai nessuno.

Poi le sue forze vennero sempre meno, finché i suoi allenamenti furono costretti a ridursi fino a interrompersi del tutto.

Mi hanno abbandonata qui, pensava, trascinandosi di giorno in giorno e chiedendosi quando sarebbe venuto qualcuno a trovarla o, eventualmente, quando il suo corpo avrebbe ceduto per sempre.

Non aveva le forze per disperarsi, a malapena riusciva a star seduta. La testa le doleva, le sue labbra stavano lentamente avvizzendo, sanguinando là dove gli spacchi erano più profondi. Quando la fame non la lasciava sola aveva preso l'abitudine di mordersele voracemente, come se esse fossero l'illusione di un caldo e morbido pasto.

Peggio della fame, c'era solo la sete. Era una driade, poteva sopravvivere ben oltre la media, ma anche lei aveva un limite. E stava per raggiungerlo.

Non ho neanche potuto salutare Titania o Valerius. Il suo era un singhiozzo senza lacrime, vuoto, secco.

Era la fine, prima ancora che potesse iniziare a vivere. Il fato era stato terribilmente crudele con lei: le aveva permesso di abbeverarsi nel vivido sentimento che la univa a Titania e a Valerius, aveva fatto intrecciare i loro destini, e poi l'aveva strappata da loro due.

Esausta, si sdraiò per terra e chiuse gli occhi, allontanandosi dal dolore, dalla sete e dalla pungente nostalgia. Decise che sarebbe rimasta così, quella era la posizione in cui avrebbe accolto la morte. Immobile e stoica, nutrendo un atroce risentimento verso chiunque le avesse permesso di innamorarsi poco prima della sua eterna dipartita.

Era ferma contro la pietra fredda del pavimento, col volto contratto per il dolore, quando, d'un tratto, la terra tremò.

Forse era quello il modo in cui la morte si manifestava? Un gigantesco terremoto nel suo cervello?

La driade non poteva saperlo; d'altronde lei non aveva contatti con Mors, Sephtis o altri culti minori degli strige.

Ma ecco che ci fu un altro scossone. Questo era reale, Calista ne era convinta.

Senza nemmeno perder tempo a domandarsi cosa stesse accadendo, la giovane si vide costretta ad arrancare debolmente verso la parete per cercare riparo. Credeva che la torre stesse per crollarle addosso quando un tonfo riverberò nella cella e la pietra sotto i suoi piedi si squarciò.

Non riuscì né a cacciare un urlo, né a mettersi in piedi, era priva di ogni energia. Pure se non avesse avuto il neutralizzatore sarebbe stata incapace di usare i suoi poteri. Un fischio le trapassò il cranio e la vista le si annebbiò.

«Calista, com'è potuto succedere?»

La driade riconobbe la voce delusa della sua cara amica Teodora, attraverso le confuse nubi della propria mente. Si guardò in giro con circospezione, tentando d'individuare la guardiana.

«Sì, sono un fallimento» avrebbe urlato, se solo ne avesse avute le forze. *Sono un fallimento e mi sono innamorata del nostro nemico.*

Con sua sorpresa, si accorse che l'altra era appena emersa dal terreno e si domandò come avesse fatto a non notarla subito. Forse stava già scivolando fra le braccia della morte, forse i suoi sensi non erano già più in questo mondo. Voleva saltare incontro alla sua inseparabile collega, ma fu a malapena capace di tenere la testa sollevata per guardarla.

La guardiana sgusciò fuori e si affrettò a raggiungere Calista, mentre una viscerale preoccupazione trapelava dai suoi lineamenti. Qualcosa fece trasalire quest'ultima: alle spalle di Teodora emerse una figura, un uomo dai lunghi capelli neri e dalla pelle scura.

«Usare la tua affinità per aprire un tunnel sotterraneo così da arrivare qui è stata un'idea geniale» commentò Elan, posando un sacchetto della spesa, accuratamente richiuso, sulla pietra, prima di issarsi dentro la cella.

Calista s'irrigidì, emettendo una voce sottile e rauca. «Teodora, stai lontana da lui. È pericoloso.»

Teodora si accigliò, prima di girarsi a guardare il suo mentore. C'era il dubbio nel suo sguardo: l'immortale doveva averle raccontato qualcosa, o almeno questa era l'ipotesi di Calista.

Elan affiancò la driade, iniziando a tirar fuori una bottiglia d'acqua dal sacchetto. «Non preoccuparti, Teodora, c'è stata una piccola incomprensione fra noi.» Dunque le porse l'acqua, invitando la guardiana a far bere Calista a piccoli sorsi.

Teodora afferrò la bottiglia e si avvicinò con cautela all'amica, ma quest'ultima protestò ancora: «Tu hai costretto Titania...». Non aveva le forze di continuare, non ci riusciva. Svuotata da ogni energia, poté solo attaccarsi debolmente alla bottiglia, mentre la guardiana della terra le intimava di far piano.

Rendendosi conto, suo malgrado, di quanto la driade si fosse indebolita, Elan andò a sorreggerle la testa con una mano. «Punto primo, io non ho mai costretto nessuno» spiegò, sussurrando. «Punto secondo, se ricordi bene, qualche tempo fa si parlava di una certa talpa all'interno del palazzo.»

Gli occhi di Calista si spostarono lentamente su Elan.

È sempre stato lui? Fu travolta dalla sorpresa. Avrebbe voluto esprimere quello stupore a voce alta, ma il suo bisognoso corpo reclamava ardentemente quell'acqua da lui offerta, impedendole di allontanarsi.

«Il mio comportamento è stato deplorevole, lo ammetto, i piani di Valerius spesso sono... articolati, sebbene arguti. Ho chiesto a Titania di prendere il potere di Belfagor e di parlargli di suo figlio per un motivo ben preciso: portare il più potente strige mai esistito dalla nostra parte» proseguì. «In vita non è mai stato malvagio, Valerius mirava a fare leva su questo, a riaccendere il suo cuore.»

Peccato che Belfagor abbia dato di matto e non risponda più, voleva replicare Calista, ma non ne ebbe le forze. Non poteva farsi un altro nemico. Dopotutto, Elan aveva agito subdolamente nell'ombra perché Valerius glielo aveva chiesto. *Io gli ho raccontato tutto, perché lui non è riuscito a fare altrettanto?*, si chiedeva, ferita dal silenzio del giovane strige.

Calista aveva appena finito di bere, si sentiva tanto piena da credere di trovarsi sul punto di vomitare. «Perché non siamo state avvisate?» mormorò.

Elan prese un pezzo di focaccia e la porse alla giovane. «L'ultima persona che ha scoperto la verità e si è alleata con me è stata trovata da Titania e Valerius nei sotterranei, senza vita, impalata da parte a parte.» S'incupì. Affondando i denti in quel tanto agognato pasto, Calista realizzò di chi stava parlando l'immortale: il medico di corte, Tiberio. «E poi, c'era il veto imposto da Liviana. La madrina di Caiden non andava eliminata solo per motivi personali, ma anche strategici. Liviana impediva l'accesso alla cripta e impediva a *me* di pronunciare determinati nomi o determinati termini.»

Ecco, tutto torna adesso, realizzò Calista, ripensando a quelle volte in cui aveva visto l'immortale interrompere in tronco certi discorsi poiché ghermito dalle emicranie. *Non erano malori qualsiasi allora...*

«Aspetta, non potevi menzionare certi fatti?» intervenne Teodora, accartocciando la bottiglia, ormai vuota, fra le proprie mani. «È sorprendentemente simile al Morbo. E se ne fosse la responsabile?»

Elan scosse la testa. «La natura dell'incantesimo è diversa, chi ha provocato l'epidemia del silenzio non padroneggia gli stessi elementi e non ha la stessa esperienza. Liviana ha ancora molti alleati e non sto necessariamente parlando di altre driadi.»

Quando Calista si sentì sul punto di esplodere, si allontanò con un gesto repentino dalla focaccia e si portò una mano allo stomaco. «Teodora, tu come hai scoperto tutto questo?» le chiese debolmente.

«Ho sempre avuto i miei dubbi su Liviana e sull'Ordine, non te ne ho mai parlato perché mi sembravi così devota alla corona e al giuramento.»

«Cosa?» Aggrottò la fronte Calista. «*Io* credevo di non poterne parlare.»

Alla driade della terra sfuggì un sorriso. «Diciamo che entrambe abbiamo indossato bene le nostre maschere. Da quando ho iniziato a lavorare come guardiana mi è sempre parso che qualcosa non tornasse. La cripta sigillata, il Morbo e pure la nostra prima missione a Midian. Questa era pressappoco una spedizione suicida, e in effetti, secondo me, il suo vero obiettivo era eliminare qualcuno, presumibilmente Titania. È solo morta la persona sbagliata.»

Ha senso, si trovò a pensare, Calista, *altrimenti perché non allontanarla subito? Avevano ogni motivo per non farla entrare nell'Ordine e tenerla a distanza. Invece l'hanno accolta con l'obiettivo di eliminarla...*

«E se questo piano non fosse stato solo di Liviana, ma fosse impartito da autorità più alte, da chi per primo ha proposto la riconciliazione con gli strige?»

La guardiana scrutò gli occhi di Elan in cerca di approvazione e lui fece un rapido cenno con il capo.

«I miei sospetti erano fondati, ma senza prove. Dopo aver visto i documenti ho solo certezze» continuò Teodora. «La regina è malvagia, va allontanata da Arcadya.»

Calista annuiva, spostando lo sguardo dalla collega al mentore. «Dobbiamo avvisare le altre guardiane. Eilir non prenderà mai le nostre parti, ma forse Anaïs...»

La driade del fuoco fece per alzarsi, ma le braccia cedettero. Elan si apprestò a sorreggerla, impartendo il da farsi: «Per prima cosa, troviamo un modo per liberarti dal neutralizzatore e ti rimettiamo in sesto».

Otto di Spade

Intanto, lontano da Calista e dalla sete da lei patita, il tempio di Mors taceva dinanzi all'orrore del principe. Era come se il tempo stesso si fosse arrestato, silenzioso di fronte al suo sgomento, in modo da donargli qualche momento per comprendere quanto appena accaduto, per digerire l'atroce notizia che lo aveva appena scagliato giù dal suo comodo piedistallo dorato.

«Non è possibile» singhiozzava Lysander, guardandosi con sgomento le mani. Quelle mani così eleganti, regali, da principe. Non potevano essere le mani di uno strige. Lysander non aveva mai visto uno strige, oltre a Valerius, ma aveva sentito parlare di artigli, unghie affilate e lunghe, accompagnate da denti aguzzi e sporgenti, fatti per lacerare la carne. Le sue mani curate non potevano appartenere a una di quelle bestie. Le sue erano le mani di un reale e tali sarebbero sempre state. «Io sono l'erede al trono, il figlio del valoroso Caiden. E non sono un mostro.»

Valerius tentò di avvicinarsi al fratello, anzi, al gemello. Si auspicava vivamente di potergli far vedere la ragione, di poter forgiare con lui un'alleanza o, meglio, un vero legame fraterno. Sapeva quanto fosse difficile che quello sconosciuto con il quale condivideva solo il sangue prendesse dal nulla le sue parti.

Forse, con qualche prova…

Ma l'erede si scostò repentinamente da lui, guardandolo in cagnesco. Subito ficcò una mano nella tasca della tuta, da cui estrasse un accendino.

Il volto dello strige crollò nel guardare il fratello. Non poteva nemmeno affermare d'essere deluso: in verità non doveva aspettarsi proprio niente e ne era conscio. Infatti, restò perfettamente impassibile, una vera maschera di pietra, mentre Lysander incendiava quel documento, annerendone la carta e sciogliendone le parole, tuttavia senza cancellare quel legame di sangue che li univa.

Non reagì. Guardò con gli occhi a mezz'asta le fiamme, intente a divorare l'unica possibilità di avere qualcosa in comune con quel fratello così diverso da lui. Non era tanto infastidito dal foglio di carta perso, ne aveva preventivamente fatto numerose copie. A farlo inferocire era il gesto. Suo fratello lo stava rifiutando ed era il secondo familiare a fare questo nei suoi confronti.

Aveva passato tutta la sua vita a sentirsi sbagliato per la sua nascita, per suo padre, per la specie a cui apparteneva, per innumerevoli motivi al di fuori del suo controllo. Valerius realizzò che quel giovane di fronte a lui non sarebbe mai stato un alleato e nemmeno un empatico spettatore, solo l'ennesima persona intenta ad additarlo come mostro.

Guardò con una smorfia il sorriso vittorioso del principe, il quale stava riponendo con soddisfazione l'accendino, dopo aver bruciato la prova della loro fratellanza, nel vano desiderio di cancellare qualsiasi ponte lo collegasse allo strige. «Sei davvero idiota come dicono» ammise, riducendo gli occhi a due fessure.

«Idiota io?» sbottò Lysander. «Sto proteggendo mia madre! La stupida plebe la metterebbe al rogo per una prova del genere!»

Il viso contratto di Valerius fu trapassato da un'ombra. Il fantasma di quel bambino, sofferente, violato, assassinato, urlava ancora vendetta, scagliandosi contro le pareti di quel suo petto dolente. «Il rogo?» ripeté, sempre più cupo e minaccioso. «Nostra madre ha paura di un rogo? Sai di che cosa dovrebbe aver paura?»

Lysander iniziò a indietreggiare, strisciando nervosamente i piedi sul marmo. «Di te?» chiedeva con terrorizzato sarcasmo.

«Dovrebbe aver paura di essere abbandonata dalla propria famiglia.» Lo strige iniziò ad avanzare verso il principe, i suoi passi appesantiti dall'astio rimbombavano in tutto il tempio come la più oscura delle marce. La sua voce si faceva man mano più potente, tanto da far venire la pelle d'oca a Titania, la quale mai avrebbe creduto di poter scovare tanta rabbia nel cuore dell'amato. «Dovrebbe aver paura di esser strappata via dalla sua unica casa, di essere rapita, torturata, abusata per tredici lunghi anni!»

Ghermito dalla foga, lo strige sferrò un calcio a un candelabro metallico. Questo cadde e per poco non colpì Lysander, il quale sussultò, spaventato dalla furia del fratello.

L'erede tentò di affrettare il passo, malfermo sulle gambe tremanti, ma la sua schiena incontrò il marmo della statua di Mors, la stessa che aveva inutilmente tentato di vandalizzare e che ora lo squadrava con un impassibile sorriso. Non aveva più vie di fuga. Era alla mercé di quel fratello che non poteva cancellare, di quello strige senza famiglia e senza remore, quel mostro con il quale condivideva il sangue. «Non puoi odiarmi perché tengo a mia madre!» strepitò, atterrito, schiacciandosi contro la statua nel vano e ridicolo tentativo di farsi più piccolo. «Sto solo cercando di proteggerla!»

«Proteggerla?!» Valerius afferrò l'erede per il colletto e lo strattonò, come a volerlo riportare alla realtà, facendolo scendere dalla sua felice e ignorante nuvola di privilegio. «Credi che se fossi stato tu il figlio anomalo, quello troppo pallido, quello con gli occhi viola, ti avrebbe tenuto con sé? Credi che ti avrebbe amato e cresciuto? Credi che avresti condotto la stessa disgustosa vita da principe a palazzo? Lei non ha mai voluto bene a nessuno di noi due, e nemmeno al suo regno. Basta guardare come sei cresciuto, un inetto piegato dall'accidia e dall'ignoranza che distruggerebbe tutta Arcadya con la sua stupidità.»

La mano dello strige scivolò fino al collo del giovane, poi raggiunse il mento e si strinse intorno al suo volto, costringendolo ad avvicinarsi alla torcia di pino, ancora accesa. Percependo il calore della fiamma così pericolosamente vicina, Lysander trasalì, aggrappandosi al polso di Valerius. «Fermo!» gridò con voce spezzata dalla disperazione. «Lo hai detto tu, siamo legati dal sangue. Tu non potresti mai uccidere tuo fratello!»

Gli occhi dello strige si ridussero a due spietate feritoie, lo sguardo crudele di qualcuno che nella sua giovinezza non ha conosciuto pietà. E pareva non volerla concedere nemmeno ad altri.

Poi quell'ombra svanì. Il suo viso tornò a essere quello morbido e delicato di sempre, i suoi occhi si addolcirono e la sua bocca si schiuse. «È vero» sospirò.

La sua presa si allentò; con un gesto secco del braccio liberò Lysander, il quale collassò per terra, a carponi e a corto di fiato. «Non sei tu il mio obiettivo, tu non mi hai fatto niente. La tua unica colpa è quella d'essere il fratello più fortunato.»

Titania, la quale era rimasta in disparte fino a quel momento, anche ostacolata dalla ridotta visuale della scena, camminò verso Valerius. Teneva le mani dinanzi a sé, tastando attentamente l'aria che la separava dallo strige.

Quando le sue dita incontrarono una sottile e lunga chioma, aprì il palmo in una carezza.

Lo strige si fermò a riprendere fiato. Si era lasciato andare a un alienante scoppio d'ira. Per poco si stava scordando che pure Titania era lì con lui, portando con sé tutta la bellezza e la tranquillità che era riuscita a donargli in quei brevi momenti condivisi con lei.

Si fermò ad apprezzare quel gesto così intimo e rassicurante, si lasciò coccolare da quella piccola e tenue carezza, fino a quando i brividi, nonché il terrore di un antico padrone impossibile da dimenticare, non s'impossessarono di lui.

Valerius si girò repentinamente verso Titania e, afferrata la sua mano, la strinse protettivamente a sé. *Il suo tocco non è quello che tormenta i miei incubi*, si ripeté. *La sua mano non sarebbe mai capace di violenza.*

L'ibrida interpretò quel rapido gesto come una tacita scusa, un genuino dispiacere per aver lasciato che l'ira a lungo covata prendesse il sopravvento.

«Domani, al ballo, andrò dalla regina. Da mia madre» le bisbigliò.

«Cos'hai intenzione di fare?» La preoccupazione ruppe la voce di Titania.

«Giustizia.» Il tono dello strige era sicuro, imprescindibile, potente e minaccioso, come una spada acuminata sospesa sopra la testa del nemico. «Per me stesso, per te, per i tuoi genitori e per tutta Arcadya.»

Quella promessa le diede coraggio ma, al contempo, la spaventò. Su Faeree temeva i ruggiti potenti degli animali, i loro artigli e le loro zanne; aveva imparato a starne alla larga, a non entrare mai nei loro territori, a riconoscere subito quando un terreno era stato marcato dalla presenza di qualche bestia feroce. Allo stesso modo, le minacce di Valerius non erano parole al vento, erano reali, tangibili, era come il ringhio di una belva affamata che punta la propria preda. E, per quanto non fosse rivolto a lei, Titania lo temeva.

Un improvviso scalpitio fece sussultare l'ibrida. I due giovani si voltarono giusto in tempo per veder Lysander scappare a gambe levate verso l'uscita, facendo lo slalom fra i novizi rimasti a fissare la scena.

Nel tempio risuonò il sospiro della sua sacerdotessa. *«La novizia non è pronta»* constatò. *«Qualcosa interrompe il dialogo con il suo patrono e ostacola il Patto.»*

L'ibrida si voltò verso Valerius e gli accarezzò il viso, un tocco che portava con sé il mesto sapore del dispiacere. «Io vorrei aiutarlo» protestò debolmente.

«Lo puoi fare, io non trattengo nessuno contro la sua volontà. Ma non sei pronta. Affrontare qualcuno di importante per la vita del tuo patrono può portarlo a un risveglio violento. E a terribili conseguenze.»

Titania ritrasse la propria mano dal volto dello strige per fermarsi a riflettere. «E la regina era... amante di Belfagor?»

«Non solo» intervenne Valerius. «Anche la sua assassina.»

«Credevo fosse stato Caiden.»

«Caiden ha salvato Isolde, affrontando Belfagor, ma il colpo fatale lo ha sferrato lei.»

Titania scosse la testa, ripensando a quel poco che aveva imparato di come funzionava il complesso mondo delle relazioni e delle persone. «Non capisco, allora perché farci due figli? Credevo che i figli nascessero dall'amore.»

«Purtroppo, alcuni di noi nascono dalla violenza.» Lo strige si soffermò ad accarezzare il volto della giovane, sistemandole un paio di ciocche, con fare distratto. «Non dico sia necessariamente questo il mio, nostro, caso. Non so cosa passasse per la mente di Belfagor, né per quella di Isolde. Però rimane la risposta più plausibile, più realistica.»

Dopo quella triste parentesi, l'ibrida non tornò più sull'argomento. Il passato di Valerius era un intricato e oscuro groviglio di dolore che aveva timore a sfiorare. Lei aveva avuto fortuna, non era ancora nata allo scoppio della guerra. Sua madre Inanna l'aveva potuta portare in salvo, permettendole di avere qualcosa che somigliasse a un'infanzia, ma quel piccolo orfano, il figlio del suo amico più caro, non era riuscita a salvarlo. L'ibrida comprendeva ogni giorno di più la rabbia del suo amato. Per quanto il suo istinto la temesse, il suo cuore l'abbracciava e la faceva sua.

I due si congedarono, senza sapere quando si sarebbero rivisti. Valerius insistette affinché Titania restasse nel tempio e non l'aiutasse. E là, in un tenero abbraccio, si soffermò ad accarezzare la sua lunga chioma bianca, il suo volto liscio, le sue labbra gentili. Aspettava con trepidazione il momento in cui si sarebbe nuovamente potuto perdere in loro.

Ma quel momento era ancora distante.

«Se tutto va bene, verrò a trovarti dopo il ballo» le sussurrò, sporgendosi sul suo orecchio. «Altrimenti, ci rincontreremo in Elisium.»

Una sola lacrima sgorgò dall'occhio destro di Titania. La giovane si affrettò ad asciugarla con pudico imbarazzo. Salutò lo strige, mentre un muto pianto le serrava la gola, e la sua mente silenziosa pregava Mors affinché lo risparmiasse.

Cavaliere di Coppe

Conoscevo Isolde, fin troppo.

Sapevo che indossava il suo unico tailleur, un elegante completo blu, quando era sicura d'incontrarmi, nonostante poi dovesse subito cambiarsi per mettere lo scrub. Quando i nostri turni coincidevano era una certezza: io l'avrei vista attraversare l'atrio con quel tailleur. E le stava d'incanto.

Avevo imparato a leggere il suo volto. Ne appresi ogni dettaglio, dal suo modo di arricciare il naso quando rideva o quando mangiava una pietanza troppo piccante, alla frequenza con la quale la sua pelle delicata si scottava o il modo in cui le sue lentiggini facevano capolino all'arrivo della bella stagione. Durante le pause eravamo soliti chiacchierare nel cortile. Lei mi raccontava tutto, della sua vita con i colleghi, del suo rapporto difficile con il padre biologico, della sua relazione segreta e disfunzionale con il principe Caiden. Ricordo nitidamente una sua confessione.

«Ho sempre pensato che voi strige foste tutti dei bastardi» mi diceva, sogghignante, mentre era intenta ad accendere una sigaretta. «Come mio padre. Freddi, distanti, opportunisti.»

Un'ibrida, avevo realizzato, sollevando entrambe le sopracciglia.

Non me lo aveva detto in maniera esplicita. Non le piaceva affatto parlare di suo padre, evitava accuratamente il discorso cambiando argomento o iniziando a dare risposte monosillabiche, così io non insistevo. Però mi aveva fatto capire in maniera molto sottile e nascosta di non essere solo umana, di condividere in parte lo stesso sangue di noi strige. *Impura, ma pur sempre ibrida.*

Io avevo aggrottato la fronte, fingendo di non dar peso alla questione, soffermandomi invece su una parte un po' più superficiale del suo discorso. «Stai cercando di farmi un complimento?»

«Sì, no...» s'impappinò, arrossendo debolmente dietro al fumo della sua sigaretta. «È una constatazione. Poi non è che tu all'inizio fossi esattamente l'emblema della simpatia.»

«Ma come osi?» contrattaccai con ilarità. «Io sono l'anima della festa.»

«Sì, e io mi chiamo Isabella.»

Colpito e affondato.

Come io avevo appreso molto, ascoltandola e guardandola ogni turno, lei faceva altrettanto, dimostrando anzi una memoria e un'attenzione per i dettagli nettamente superiore alla mia. Scoppiammo entrambi a ridere e, inevitabilmente, mi domandai fra me e me come fosse possibile lasciarsi scivolare così velocemente fra le braccia dell'infatuazione. Ma le bende intorno ai polsi, i lividi sugli avambracci, la tristezza nei suoi occhi erano tanti pugnali nel mio cuore. Desideravo allontanare Isolde dal principe non solo per una remota gelosia che a malapena comprendevo, bensì per genuina preoccupazione nei suoi confronti.

Ritornando alla mia solita austera serietà, pensai a un modo per allontanarla da Caiden, e in effetti avevo la soluzione a portata di mano. Anzi, lei stessa me l'aveva appena consegnata. «Sto lavorando per trovare un modo che permetta ai morti di restare sempre connessi con i reami dei vivi o almeno con Arcadya» spiegai. «Se ti chiedessi di prestarti per qualche, chiamiamolo esperimento, tu accetteresti?»

Isolde mi guardò perplessa. «Che cosa dovrei fare?» chiese, visibilmente incuriosita.

«Vedere se un paio di spiriti riescono a occupare il tuo corpo. Non so come andrà, lo ammetto. Ho studiato a lungo il fenomeno, ma non ho mai avuto occasione di sperimentarlo direttamente.» Poi mi sbrigai ad aggiungere: «Ovviamente è previsto un compenso, oltre a vitto e alloggio».

«È interessante» affermò lei, con mia sorpresa. Di solito le persone si prestavano a questo genere di attività in vista di un compenso, non per soddisfare una curiosità.

La parte del vitto e dell'alloggio era stata una mia personale trovata. Un subdolo sotterfugio, ne sono consapevole, ma non avevo altro modo di allontanarla dal principe. Sarebbe stata lontana da lui per un po', si sarebbe presa una pausa e, magari, Caiden avrebbe spostato altrove la sua attenzione. Almeno così speravo.

Per quanto la mia magia fosse forte, lui possedeva un altro tipo di potere, uno che gli permetteva di isolare la sua vittima e farne ciò che voleva senza alcuna conseguenza. Promisi a me stesso che lo avrei annientato senza pietà non appena ne avessi avuta l'occasione. A differenza sua, io non ho mai temuto l'effetto delle mie azioni.

«Perché proprio gli ibridi?» chiese all'improvviso.

«Possedendo una duplice natura, ho modo di credere che il vostro corpo possa ospitare due anime. È solo una congettura, ma vale la pena fare un tentativo.»

«E se non funzionasse?» m'incalzò lei.

«Vuol dire che il mio amico se ne starà da solo ancora per un po'.» Con un sospiro, mi alzai. La pausa era terminata, dovevo tornare al lavoro. Mio malgrado. «Se non vuoi prendere parte a questo esperimento non ti biasimerò, però potrebbe essere divertente per una mezza strige osservare un necromante al lavoro. E ti darebbe un po' di tregua da tutto ciò che *lui* ti sta facendo.»

Isolde terminò in silenzio la propria sigaretta, fissando assorta i rivoli di fumo che si libravano in aria.

Evelyne diede un poderoso colpo di tosse e fece ritorno da Lete.

In bocca sostava, placido e pungente, il sapore del tabacco e della nicotina; i ricordi della regina si facevano man mano più nitidi, come se fossero parte della sua stessa vita.

Questo non è il comportamento di un uomo malevolo, realizzò, atterrita, mentre tentava di scacciare il saporaccio rimastole in bocca andando a prendere un bicchiere d'acqua. *Quindi Belfagor non è malvagio.*

Grazie a Mors lo abbiamo capito, eh!

Meglio tardi che mai.

Le gambe della serva tremavano, doveva tornare a Lete e scoprire altro.

Com'è morto allora? Com'è che tutti hanno iniziato a crederlo un rapitore? Ma era spossata, il suo stomaco gorgogliava intensamente e il cielo nero fuori dalla finestra anticipava l'arrivo del tanto atteso ballo. Era esonerata dai preparativi, certo, però le pareva brutto rifiutarsi di dare un aiuto.

Attraversò il corridoio con la testa rigogliosa di memorie non sue, una vita che credeva di aver vissuto in prima persona: l'astio per un padre tirchio e assente, l'infatuazione per uno strige apparentemente arrogante e freddo, il terrore per un uomo che aveva giurato di amarla. Evelyne aveva appena realizzato di odiare Caiden.

Non credeva sarebbe mai stato possibile. Quando uscì nel corridoio e vide i grandi quadri che ritraevano lui e la sua famiglia, un'opprimente sensazione di nausea le attanagliò lo stomaco, stringendosi a lei come una piovra malevola.

Come ha fatto Isolde, in tutti questi anni, a sopportare quest'idea fasulla che da sempre è stata propinata al popolo?, si chiedeva, squadrando con odio il viso del re, così ovale, morbido e ingannevolmente fanciullesco, nonostante la barba nera e folta. *Come ha fatto a trattenersi dal bruciare questi quadri su un rogo, dal pugnalare la tela con le sue stesse mani?*

Dall'altra parte del corridoio spuntò Sylvain, il quale camminava in direzione opposta, portando con sé una pila di vassoi e argenteria varia. «Ciao Eve, vieni a darci una mano?» Il suo tono non era amichevole e pimpante come sempre, però nemmeno scontroso come l'ultima volta in cui si erano parlati. Aveva la faccia speranzosa di chi desiderava riallacciare i rapporti, nonostante tale rottura non fosse da imputare a lui.

Colta alla sprovvista da quell'inaspettata interazione, Evelyne gli rivolse un sorriso cordiale e imbarazzato: «Sì, arrivo subito» ma non poté non domandarsi chi mai fosse quel ragazzo alto, gaudente e dal volto così familiare.

Tre di Spade

Un'ombra rapidissima schizzò, rapida e determinata, fuori dal tempio di Mors. Laurell fece giusto in tempo a pararsi di fronte all'erede per placcarlo con il proprio corpo, assorbendo il colpo con uno sbuffo indolenzito.

Lysander era affaticato, nervoso, le mani gli tremavano, emetteva continui mugugni come se tentasse di affermare qualcosa. C'era vero terrore nei suoi occhi cerulei.

L'ufficiale ruppe la concentrazione del rituale e la sua connessione con l'interno del tempio tacque. Le voci di Titania e Valerius scemarono, affossandosi in mezzo al sibilare del vento e al rumore lontano dei mezzi di locomozione.

«Mi dispiace immensamente, Lysander» solidarizzò, tentando di tranquillizzare il ragazzone che, per poco, non ribaltava il suo corpo. «Ho... sentito ogni cosa.»

L'erede si scostò bruscamente dall'armigero, sottraendosi a quell'abbraccio protettivo e quasi genitoriale. «No!» ribatté, arrabbiato. «Tu non hai sentito niente, solo bugie!»

«In verità ho sempre avuto il dubbio» ammise con un sospiro.

Il principe guardò Lau di sottecchi. «Che cosa stai dicendo?» ringhiò.

Laurell non si lasciò intimidire e proseguì con la riflessione. «Lysander, voi siete biondo e avete occhi azzurri.»

«Grazie, genio» sbuffò lui, iniziando ad allontanarsi dal tempio con grandi falcate. «Ho preso da mia madre. Che osservazione del cazzo.»

L'ufficiale si trattenne dal mandare in malora il giovane e affrettò il passo, così da raggiungerlo. «Il fenotipo chiaro è una caratteristica recessiva» spiegò, sperando capisse. «È semplice genetica. I vostri nonni paterni avevano entrambi occhi e capelli neri, ergo è impossibile che voi siate figlio di Caiden... figlio biologico, s'intende.»

«Ho capito! Va bene, è vero. Quello strige non mentiva! Caiden non è mio padre» sbottò il principe, voltandosi repentinamente verso Laurell. «Ma se provi a farne parola con qualcuno, io prometto sulla mia vita e sulla mia eredità che ti ammazzo con queste stesse mani.» Il suo tono si era fatto basso e minaccioso. Con una mano aveva afferrato lo zaino di Lau per trattenere il generale accanto a sé, impedendogli di superarlo nella camminata, e si sporgeva sul suo orecchio.

L'ufficiale dovette sopprimere la tentazione di neutralizzarlo e riportarlo al palazzo mentre era ancora svenuto. Erano ancora fuori dal confine e non ci sarebbero state ripercussioni, certo, tuttavia non poteva prevedere i problemi che ciò avrebbe causato. Né tantomeno quale punizione avrebbe inflitto l'erede una volta ripresa coscienza. Dunque, mantenne la calma, placò i propri respiri, abbandonando qualsiasi fantasia. Rifiutò di guardare il giovane negli occhi e si limitò ad annuire con faccia imperscrutabile.

«Giuramelo» insistette lui, continuando a trattenere lo zaino, ergendosi sopra il capo dell'ufficiale.

«Lo giuro» grugnì, scostandosi dalla sua presa. Solo a quel punto i due ripresero a camminare, nel più profondo e ostile dei silenzi.

Lavorare con Evelyne era molto meglio. Laurell desiderò ci fosse lei al posto di quel principe ignorante e ottuso. Anzi, si domandò fino a che punto quel giovane si sarebbe spinto pur di mantenere intatta la sua vita da rampollo reale. L'aveva nitidamente udito mentre uccideva la sacerdotessa o, almeno, mentre ci provava. Lysander, per quanto all'apparenza fosse un pigrone senza obiettivi, non si faceva scrupoli a difendere il proprio malsano stile di vita con unghie e denti. Aveva tentato di uccidere un'innocente, una sacerdotessa strige che viveva oltre il confine e non aveva mai rappresentato alcun pericolo per la corona. Questo per Laurell, che da sempre aveva prestato spada e servizio nella speranza di difendere chi non poteva farlo, era semplicemente aberrante.

Sto davvero facendo la cosa giusta?, s'interrogò, piantando i semi del dubbio nella propria mente. *Faccio bene a schierarmi con la famiglia reale? E se invece Calista, Titania e Valerius avessero sempre avuto ragione?*

Quel pensiero era doloroso. Pensare di aver causato la prigionia di Calista e la fuga di Titania, tutto solo per un dannato errore, gettava il generale in una fitta spirale di terrore. Aveva giurato di proteggere Arcadya, ma si chiese se, con le proprie azioni, non la stesse invece condannando, scagliandola fra le braccia di un principe maligno.

Lysander è un malvagio, un approfittatore, però non è detto che pure sua madre sia così, rifletteva. *Ha sbagliato ad abbandonare Valerius, non si è rivelata una buona madre, ma ciò non significa che non sia una buona regina.*

«Ah, un'ultima cosa...» aggiunse l'erede.

Laurell non vi fece caso: si stava già dissociando da quella realtà, tentando di immaginare cosa potesse aver spinto Calista e Titania a tradire la corona così spudoratamente, cercando di convincersi di essere nel giusto, di star effettivamente proteggendo il regno. Certo, Valerius aveva subito un enorme torto, però bramare la morte della regina, di sua madre, restava comunque malevolo ed estremo.

Lau si accorse troppo tardi di Lysander, il quale si era allungato ad afferrare la pistola segnaletica dalla sua cinta. Non fece in tempo a fermarlo che lui sparò un colpo diretto in cielo.

Un fumogeno rosso sangue esplose nel nero firmamento, illuminandolo a giorno.

«Ma cosa cazzo fai?!» imprecò l'ufficiale, fulminando il principe con lo sguardo. Non si trattenne, non ci riuscì, questa volta l'erede l'aveva combinata grossa. Nemmeno gli aveva rivolto il voi, normalmente usato per nobili e reali, tanto era stata travolgente la sua improvvisa ira per la sconsiderata stupidaggine appena commessa da Lysander.

L'espressione determinata di quest'ultimo lasciò spazio alla vuota mimesi di un improvviso stupore. «Ah, pensavo che segnalando la nostra posizione altri armigeri crepuscolari ci sarebbero venuti a prendere» balbettò.

«Sei un idiota, non abbiamo una scorta appostata, dal castello non ci vedranno mai!»

L'erede si sporse curiosamente verso l'armigero. «E perché ti stai arrabbiando?»

«Perché così hai segnalato la posizione del tempio a chiunque si trovi nei dintorni.» Laurell si passò nervosamente una mano fra i capelli corvini. «Mercanti, schiavisti, trafficanti...»

Il principe sollevò entrambe le sopracciglia. «Il che non è un problema, tutte le persone dentro a quel tempio sono nemiche nostre e della corona. No?»

Lau non rispose. Non poteva impedire alla nube rossa di espandersi nel cielo, né aveva potuto trattenere a sé il razzo segnaletico o la lesta mano dell'erede. Riprese a camminare, sbuffando, concedendo al principe solo il proprio silenzio senza risposta.

Lysander proseguì, adattando il passo a quello del generale. «Mi sto solo assicurando che tu rimanga dalla parte giusta, Laurell».

La parte giusta, ma qual è? Di sicuro non era quella di Lysander; l'unica «parte giusta» che il principe conosceva era il proprio comodo, qualunque esso fosse.

Posso atterrarlo con un colpo, pensò improvvisamente. *Lui non è addestrato quanto lo sono io, non avrei alcuna difficoltà a ucciderlo.*

Immaginò di prendere il pugnale dalla cinta e trascinarlo lungo la trachea del giovane, bastava davvero poco. Un singolo colpo, nient'altro. *Potrei portare il corpo al tempio, farebbero di lui un servo di Mors.* La sua mente correva, immaginando i vari scenari. *Una volta a palazzo, potrei riferire che ha realizzato qual era la sua vera natura e trovato il suo dio, non ci sarebbero ripercussioni per me.*

Il pensiero si fece sempre più vero, vivido e tangibile. Lysander era una persona nociva, sul trono avrebbe unicamente fatto danni e messo in pericolo tutta Arcadya. Avrebbe fatto un favore a tutto il regno eliminandolo. Poi, all'improvviso, un'ondata di vergogna si fece spazio nel suo cuore. Si sentiva in imbarazzo, anzi in difetto, per quella violenza aleggiante nella sua mente.

Che cosa mi passa per il cervello? Aveva il fiatone, tanto quei pensieri avevano scosso il suo animo. *Uccidere Lysander non rimedierà ai problemi di Arcadya. Il ragazzo va rieducato, e pure con urgenza.*

Tutto era durato pochi intensi minuti. Minuti insignificanti per Lysander, il quale aveva appena, inconsapevolmente, rischiato la propria vita per mano del generale. Quei minuti, comunque, svanirono assieme ai dubbi che li avevano abitati.

Non appena rientrarono nella contea De Carintia, Laurell tornò a chinare il capo. Dalle sue labbra emerse un sottomesso mormorio. «Sì, principe. Rimarrò dalla parte giusta.»

Fante di Coppe

Evelyne abbassò lo sguardo sulle proprie mani, insolitamente affusolate e sottili.

Già, queste non sono mie, realizzò, scorgendo il pallido riflesso distorto di Isolde su una grande ampolla metallica.

Ormai era peggio di una droga: aveva raccolto tutte le informazioni utili, non era necessario fare ritorno al reame dell'Oblio, eppure lei non poteva farne a meno. Tornare alla realtà attuale del palazzo le aveva lasciato un incolmabile vuoto nel petto, come se avesse dimenticato una parte di sé nel Lete.

Quando notò un guizzo di capelli rosso sangue, le guance le si colorarono e un sorriso si aprì sul suo volto. Sentì un'indomabile agitazione nel proprio ventre, come se quella sola presenza bastasse a darle la scossa. Belfagor aveva appena posato sul mobile il sacchetto della spesa e stava facendo scivolare dalle proprie spalle il lungo cappotto nero con il quale era solito uscire quando non era di turno.

«Dici che sta facendo sul serio?» domandò lo strige, sentendo distrattamente il notiziario al televisore.

Caiden era al centro della piazzetta nella contea Godiva, circondato da telecamere. Indossava con fierezza artefatta, tuttavia ingannevole, una delle armature dei maghi, ma naturalmente le sue placche metalliche erano impreziosite da pietre incastonate e sfumature auree.

Evelyne non riuscì a sopprimere una smorfia, la stessa che colorò il viso di Isolde. «Non saprei, non si è mai curato di me, anzi» sbuffò, distogliendo lo sguardo con fare quasi vergognoso. «Spesso era in ritardo agli appuntamenti, o se ne scordava completamente. Una volta abbiamo discusso in macchina e lui mi ha lasciata in mezzo alla strada. Eravamo nei pressi del palazzo, ho camminato a piedi e attraversato tre contee per tornare a casa.»

«Che pezzo di merda» grugnì Belfagor.

Evelyne pensò che Caiden dovesse realmente innervosirlo: era raro che lo strige ricorresse al turpiloquio e, quelle rare volte in cui lo faceva, era solamente per insultare il principe.

La giovane si strinse nelle spalle, ammettendo: «Probabilmente ora si è infervorato perché l'ho lasciato».

Il medico restò interdetto, i suoi occhi di ghiaccio si sgranarono. Quando alzò lo sguardo su Isolde sul suo viso vi era un misto di sorpresa e paura. «Lo hai lasciato?» Si accigliò.

La donna, che ancora era rimasta a letto, si sporse verso lo strige accarezzandogli il petto con fare lascivo. «Sì, io sto con te adesso. Non ti era chiaro?» Una delle sottili spalline della vestaglia scivolò giù. Evelyne non si era mai sentita sensuale, men che meno quando si svestiva. Ma nei panni di Isolde era convinta di avere un fascino stravolgente, le piaceva tutto di quel corpo, che sentiva appartenerle addirittura più del proprio. Si mise su un fianco, mostrando con orgoglio le proprie sinuose forme, la sensualità con cui la vestaglietta sottile ricadeva sul suo fisico. «Sdraiati un po' con me» sussurrò, invitante.

Belfagor arrossì lievemente, parve quasi tentato di gettarsi fra le braccia di Isolde, di lasciarsi andare, di divorarla. Evelyne sperò vivamente che lo facesse.

Invece distolse pudicamente lo sguardo, diventando paonazzo. «Prima mi devo cambiare, non è igienico che i vestiti con cui sono uscito o entrino in contatto con il letto nel quale dormiamo.» Detto ciò, si diresse a passo svelto verso il bagno.

Eve non riuscì a trattenere una risata, che rimbombò attraverso la bocca della regina. «Sei il solito guastafeste» sghignazzava, guardandolo allontanarsi.

Per dissimulare l'improvviso imbarazzo, lo strige cercò di continuare la conversazione tenendo il tono di voce alto, in maniera da farsi udire anche dall'altra stanza. «Ti senti ancora male? L'antiemetico ha funzionato o hai avuto ancora nausea?» le chiese.

«Ha fatto qualcosa, grazie» rispose Isolde, incupendosi appena. «Sai, penso sia principalmente ansia la mia. Il mio ex ti sta demonizzando ovunque, vuole darti la caccia, e come se non bastasse a breve diventerà re. Forse dovrei tornare a casa, farmi rivedere da lui, mostrargli che non mi hai fatto alcun male e lasciare che le acque si calmino.»

Belfagor riemerse dal bagno indossando dei pantaloni della tuta e la maglietta di una band semisconosciuta, probabilmente un reperto di quando era adolescente. «Non devi tornare a casa, a meno che non sia tu per prima a volerlo» le disse preoccupato, avvicinandosi al letto. «Isolde, lui è stato abusante con te. E per quanto quella ridicola facciata possa trarre in inganno, non smetterà mai di esserlo. Finché restiamo qui nascosti, lui non può farti niente.»

Isolde gli prese una mano e se la strinse al petto. Lo strige sussultò interrompendosi in tronco. «Non voglio nascondermi, o *nasconderci*» gli sorrise lei. «Io ti amo, con tutta me stessa. Prima di conoscere te, credevo che sarei per sempre stata succube di Caiden e delle sue angherie, che non avrei mai conosciuto l'amore. Tu me lo hai fatto conoscere, solo tu. Per la prima volta dopo anni sono felice, ma ora devo reprimere l'impulso di urlarlo al mondo.»

Il medico si chinò a baciarle la fronte, scostandole con cura una ciocca dorata dal volto. «Caiden è un bastardo che si arrapa esercitando il proprio potere sugli altri, ne ho conosciuti tanti così. È il motivo per cui, nemmeno se si presentasse la più invitante delle occasioni, lavorerei mai a corte.» Stava sbuffando, poi però la sua espressione cambiò. I suoi occhi azzurri furono trapassati da una luce improvvisa, come se avesse d'un tratto realizzato qualcosa. «So come ci sbarazzeremo di Caiden. Lo attireremo qui.»

«Sei impazzito?» trasalì Isolde.

«Sì, e sono pure un potente necromante, ho in mente di architettare una trappola che sembrerà uscita dal peggiore dei suoi incubi» ghignò, rivolgendo uno sguardo sognante verso il soffitto. «Lo terrorizzerò, fidati di me, quelli come lui si limitano ad abbaiare. Dopo un bello spavento gli passerà la voglia di fare il prepotente con te. E ti lascerà in pace.»

Eve distolse lo sguardo. L'idea che lui facesse così largo uso della propria affinità con la morte le creava un po' di disagio. «Sai, non mi va a genio questa tua pratica, lo so che sei molto legato al tuo dio Mors, ma ecco...» si interruppe, non senza un po' d'imbarazzo.

Lo strige le accarezzò il volto con delicatezza, aveva un tocco tiepido, rassicurante. Come le sollevò il viso, lei trasalì e un brivido di piacere corse lungo la sua schiena. «Non hai da preoccuparti» le sussurrò. «La necromanzia non è terribile e sregolata come la vogliono far apparire, almeno non quella che pratichiamo noi al tempio. Rianimiamo solo predoni che perdono la vita mentre ci aggrediscono nel tempio e sacerdoti, novizi, adepti di Mors. Quando il mio spirito non riempirà più queste spoglie, esse verranno messe al servizio del dio e del suo tempio. Chiederò a Ker di prestarmi uno dei suoi morti, lei odia il principe quasi quanto lo detesto io.»

Isolde si lasciò andare a un sospiro e appoggiò la propria fronte contro quella dello strige, affondando una mano nella sua rossa chioma. «Non hai motivo di portare avanti questa guerra, è la *mia* battaglia, non la tua» lo implorò.

«È solo uno spauracchio» la tranquillizzò lui, a fior di labbra. «Non posso ignorare tutti i patimenti che ti ha fatto soffrire. Lo hai detto tu stessa che vuoi gridare al mondo la tua felicità, allora fallo. Gridala.»

Le loro bocche si incontrarono a metà strada e un brivido scosse Evelyne, facendola trasalire. Era così vivida quella visione, più tangibile di un ricordo, il delicato profumo di vaniglia indossato dallo strige era reale, così come le sue mani intorno alla vita, il corpo tonico premuto contro il suo, le labbra schiuse, intente ad assaggiarla con dedizione.

La giovane si perse nella sensualità di quel bacio e dimenticò se stessa. Per qualche breve istante lei e il medesimo strige che a lungo aveva temuto furono insieme, uniti. Quando la bocca di quest'ultimo scivolò lungo il suo collo, raggiungendo la clavicola, un brivido potente prese possesso del suo corpo, sigillandola fuori da quella deliziosa memoria.

«Merda!» imprecò, con le lacrime agli occhi, mentre si aggrappava al bancone delle cucine.

Gli occhi dei presenti furono subito su di lei. Per fortuna gli ospiti non erano ammessi lì, nessuno dei nobili l'aveva sentita.

«Ti senti bene?» le domandò uno dei servi, un ragazzo alto e castano con due brillanti occhi smeraldo. Evelyne non l'aveva mai visto prima, quasi dubitò fosse un servo.

«No» esclamò la serva, afferrandosi il capo.

Lui, sorprendentemente, posò una mano sulla sua spalla. *Per quale motivo si prende tutta questa confidenza?* Trasalì, scostandosi. «Capisco, forse sei stressata per il tuo lavoro con il principe» le bisbigliò, comprensivo.

Come fa a sapere delle lezioni? Impallidì. *Che la voce sia girata fra i servi?*

«A volte, quando si è sovraccarichi, non si riesce a ragionare. Come puoi vedere, anche io ho preso una pausa dal suonare l'arpa e...»

«Ma cosa mi importa della tua arpa, non ti conosco nemmeno. Lasciami stare!» sbottò la giovane, uscendo a grandi falcate dalle cucine.

Devo capire cos'è successo, pensava, ormai incapace di darsi tregua. *Perché qualcuno dovrebbe uccidere un amante così gentile? Perché io dovrei?*

Evelyne si fermò all'ombra del deambulatorio, in un angolo più solitario e intimo. Si strinse nelle braccia: percepiva ancora il tepore dello strige sulla sua pelle. Socchiuse gli occhi e le parve quasi di riviverlo, di sentire ancora una volta i suoi polpastrelli sfiorarle la vita attraverso la leggera camicetta e le sue labbra scorrere, lascive, lungo il collo. Per qualche attimo quell'illusione fu realtà. Lei si aggrappò alle sue forti spalle, immerse le dita nella sua folta chioma e si lasciò divorare dalla lussuria. Boccone dopo boccone.

Amore mio, cosa ci è successo?, immaginò di chiedergli.

La sua domanda non fu accolta da alcuno strige, bensì dal reame dell'Oblio. Il Lete ben sapeva come contrattare con le persone, dissetando ogni bisogno di conoscenza. Ed Evelyne, in quel momento, aveva una sete terribile. Di verità e d'amore.

Si lasciò accompagnare di nuovo nel reame. Le prime volte era stata più riluttante, forse temeva di perdere qualcosa. Ma che cosa? Tutto ciò che lei desiderava era lì, negli oblii dimenticati della sua regina. E comprendere la realtà dietro all'ingiusta morte del suo amante perduto fu assai atroce per il suo debole cuore.

20
Il Giudizio Universale

Due di Coppe

Il mio spirito era ancora a pezzi, distrutto. Avevo visto il passato di Valerius, di mio figlio. Avevo assistito, inerme, alla sua nascita e al barbaro rigetto della madre che ordinò di abbandonarlo al freddo abbraccio di Mors.

«Toglietemelo dalla vista» aveva ordinato, spingendo il pargolo lontano da sé con stizza nervosa. «Toglietemelo dalla vista.»

Il panico negli occhi di Inanna era vivido, tangibile, guardava la principessa con occhi sgranati, domandandosi come fosse plausibile tanta crudeltà. Era l'unica dottoressa in sala, Isolde non aveva voluto che nessun altro assistesse al parto oltre a lei e a Liviana. Quest'ultima era in piedi, in silenzio, in un angolo della sala. Era stata una richiesta specifica della principessa, non voleva che quel delicato momento avvenisse sotto gli occhi di troppe persone. E la strige comprese presto il motivo.

È suo figlio, pensò, ricacciando indietro le lacrime. *È tutto ciò che è rimasto di lui in questo reame.* Quelle due ametiste brillanti, che Inanna aveva scorto tante altre volte nel viso severo di mio padre, non lasciavano spazio a dubbi.

«Mia regina...» tentò di opporsi, ma la sovrana le riconsegnò bruscamente il bambino fra le braccia, voltando la testa dall'altra parte.

Normalmente, l'ostetrica si sarebbe confrontata con i colleghi: il parto era da sempre un momento difficile, non era raro che le madri avessero crolli emotivi, non riconoscessero il figlio o, in un primo momento di crisi, lo rifiutassero. Ma quella volta era diverso.

«È un mostro, ha gli occhi di un demonio. È figlio di un maleficio!» strepitava la regina, sull'orlo delle lacrime.

Inanna abbassò lo sguardo sul pargolo il quale giaceva, insolitamente tranquillo, fra le sue braccia, avvolto in un sonno pacifico. Non vi era niente di mostruoso in lui, niente di demoniaco o malefico. No, la strige vide solo me in quel piccolo visino addormentato. Incerta sul da farsi, cercò lo sguardo di Liviana. La driade le afferrò bruscamente un polso, stringendolo con minaccioso vigore. «Fa' quello che la regina ti ha ordinato» impose. «Uccidilo. Annegalo, brucialo, non mi interessa il modo. Mi interessa solo che questo piccolo demonio sparisca.»

La strige fissò la sovrana con il terrore negli occhi. *Come può una madre arrivare a tanto?*, si domandò, pensando alla vita che, intanto, cresceva nel suo ventre. Volle convincersi che Isolde fosse pazza, che quello fosse solo un effetto di qualche depressione post-partum. Invece la vide stringere a sé amorevolmente l'altro bambino, quello nato per secondo, più roseo, vispo, intento a piangere e strillare come se volesse declamare al mondo la propria nascita. I suoi occhi azzurri avevano un aspetto decisamente umano, nessuno avrebbe mai sospettato che suo padre fosse uno di quei temibili strige. Isolde non era pazza, era estremamente lucida, o almeno lo era chiunque stesse tenendo le redini delle sue crudeli decisioni.

Inanna si scostò dalla driade e tornò a guardare il neonato, sperando che la regina ritrovasse un po' di pietà nel proprio cuore e lo risparmiasse. Temporeggiò appena, cullandolo dolcemente come nessun altro mai più avrebbe fatto con lui, ma Isolde abbassò la ghigliottina della sua decisione. «Fa' come ti ho detto, Inanna!»

«Va bene» rispose a bruciapelo la strige. «Se ne occuperà il fiume.»

L'ostetrica uscì dalla sala parto. Il pargolo, appisolato contro il suo petto, inconsapevole di ogni nascente male, ne sentì il cuore frenetico di compassione. Poteva abbandonarlo, Liviana avrebbe coperto quell'omicidio, sarebbe stato come se non fosse accaduto niente. Invece Inanna lo portò in casa propria, lo accudì e, quando i tempi si fecero più ostici, lo portò al tempio di Mors. Fra le coperte in pile che lo avvolgevano lasciò un biglietto.

Suo padre era il più potente strige mai esistito ad Arcadya, ingiustamente ucciso a causa di un re crudele e della sua ignava sposa. Io, Inanna, collega e amica del padre di questo bambino, ho scelto il nome di quest'ultimo. Un nome che ricordi il suo genitore, defunto prima ancora che egli potesse divenir tale: Valerius.

Ancora mi è impossibile non pensare a quale grande pericolo la mia amica si fosse esposta. In vita la giudicai troppo in fretta e lasciai più di una volta che fosse l'invidia a parlare al posto mio.

«Io ho un secondo figlio?» espirai rumorosamente, ricordando quell'altro bambino, quello dall'aspetto più umano, quello intento a strillare come un'aquila. Diedi una rapida occhiata alla sua vita: lo potei osservare mentre viveva a corte, accolto e, al contempo, abbandonato. Libero di crescere in una pericolosa incompetenza e, intanto, spinto verso un odio irrazionale per la sua stessa razza. Per tutti gli strige.

Se solo avessi potuto far qualcosa per intervenire sulla sua vita, mi rammaricai, *per educarlo a dovere.*

Lo stupore mi aveva attanagliato ancora, ma questa volta la rabbia non si fece sentire e giacqui al suolo, tramortito da una vita ancora mai vissuta, da una storia che mi pareva incompleta. *È questa la fine*, pensai, abbandonandomi alle accoglienti tenebre di una tristezza senza fondo. *Ho perso me stesso. Ho perso me stesso, per sempre. Il dolore mi sta strappando pure l'ultimo barlume di lucidità. Sto per diventare un residuo, ma almeno lo diventerò nella consapevolezza di aver lasciato qualcosa ad Arcadya.*

Un ricordo balenò nella mia mente annebbiata dal dolore. Avevo incontrato Inanna, già in quel periodo in cui la mia relazione con l'ostetrica proseguiva a intervalli dilatati. Avevo da poco invitato Isolde da me e attendevo con trepidazione una risposta. La strige ormai bazzicava nelle zone del palazzo con Alister, il suo fidanzato, ed era sempre più riluttante a recarsi nel tempio di Mors. Non gliene faccio una colpa, lei era senz'auto, fare avanti e indietro a piedi fra il palazzo e il tempio era difficile. Per questo, incontrarla lì fu una vera sorpresa. Rivederla allietava il mio nostalgico cuore, ma appesantiva la mia ragione, la quale mi rammentava incessantemente come la mia amica mi stesse pian piano abbandonando.

Stavamo riordinando in silenzio la biblioteca del tempio, uno dei lavoretti da noi svolti volentieri per Ker, la sacerdotessa. Quello era un periodo particolarmente delicato. Diversi elfi erano spariti negli anni precedenti, noi davamo asilo a chi aveva appena perso un familiare ed era convinto di essere il prossimo sulla lista. Alcuni novizi strige si erano mobilitati per cercare gli scomparsi oltre il confine. Io mi ero offerto volontario, ma Ker si era messa di traverso. «Tu hai un lavoro, una vita qui. Oltre il confine ci attende una morte sconsacrata e maledetta.»

Avevo insistito un po', ma la sacerdotessa era stata inamovibile. Dunque mi ero arreso, limitandomi a darle una mano all'interno del tempio. Nei primi tempi, era l'appuntamento fisso mio e di Inanna. Poi, progressivamente, la strige si era fatta sempre più assente, tanto che la sua presenza all'interno del tempio di Mors era diventata comparabile a un miracolo divino.

«Sei un po' per aria, o sbaglio?» Fu questa la fastidiosa osservazione con cui ruppe il silenzio.

Io accusai il colpo. Per qualche motivo a me ignoto, quella frase mi aveva irritato, anzi, offeso. *Lei davvero rivolge a me queste parole? Lei?* Avevo digrignato i denti. *La stessa persona che, da quando ha incontrato un certo consigliere reale di nome Alister, sta trascurando sempre più il tempio, i suoi poteri e il suo dio?* Cercai con lo sguardo il suo volto, ma era di profilo e una fitta cortina di capelli neri m'impediva di guardarla negli occhi.

«Davvero ironico detto da te» grugnii. «Ti vedo sempre più raramente al tempio.»

Inanna sospirò. «Ne sono consapevole e mi dispiace, sai quanto amo venire qui. Ma credo che il mio posto sia altrove.»

«Accanto ad Alister?» la provocai, passando lo spolverino su una vecchia mensola poco più distante.

Non dimenticherò mai l'espressione tronfia che il viso della mia amica assunse mentre si voltava a guardarmi e scandiva, sillaba per sillaba: «Ostetrica reale». Poi si affrettò ad aggiungere: «Farò le stesse identiche cose per cui ho studiato, ma lavorerò per reali e nobili che mi pagheranno a peso d'oro».

Io avevo mugugnato, senza formulare una vera e propria risposta. Mi soffermai a guardare le vecchie decorazioni intagliate nel mogano e le opache copertine in tessuto dei volumi. Ormai conoscevo a menadito la biblioteca del tempio, l'avevo spesso consultata, mi ci ero immerso perdendomi nella sua bellezza, a differenza della più svogliata Inanna. Ma, sebbene quella familiare e conosciuta vista mi annoiasse, era comunque meglio che essere costretto a guardare l'espressione vittoriosa della mia collega.

«Se vuoi posso chiedere ad Alister di mettere una buona parola per te» propose lei, inaspettatamente. «Sì, sei un medico ricercatore con tante pubblicazioni, non sarà difficile.»

«Non credere che io abbia bisogno di passaparola e sotterfugi vari per operare a corte. Sono bravo nel mio lavoro e lo so, grazie» avevo sbuffato, afferrando il disinfettante e apprestandomi a pulire una nuova area della biblioteca. «Lavorare a palazzo per nobili e reali viziati, con la puzza sotto il naso, sarebbe la mia morte. A me bastano il mio laboratorio e i miei pazienti.»

Lei aveva sollevato entrambe le sopracciglia. «Ma da quando abbiamo finito il tirocinio sei sempre nello stesso ospedale pubblico.»

«Stai diventando snob?»

«E tu stai diventando scemo?»

Mi voltai rapidamente a squadrarla con espressione truce in volto. *Come osa arrecare un tale affronto a me?*, pensavo, sentendo il petto gonfiarmisi per la rabbia.

Quando frequentavamo le scuole insieme ero superiore a lei in tutto. Io studiavo incessantemente, mentre lei preferiva girarsi i pollici fra gli ultimi banchi, con la sua cricca di nullafacenti. Anche nei corsi in comune, quando entrambi intraprendemmo la carriera universitaria, la battevo. Mettevo passione e dedizione persino nel fare suture ai manichini di silicone sui quali mi esercitavo! Studiavo notte e giorno, non per competizione, bensì per desiderio. Volevo scoprire nozioni nuove, mettere in pratica, e perché no, magari anche aiutare gli altri.

Non era la prima volta che ci insultavamo a vicenda, sia chiaro. L'amicizia che ci legava era fondata su fiducia e rispetto reciproco, sapevamo bene entrambi quando fermarci e nessuno di noi osava oltrepassare la linea. Nemmeno quella volta la oltrepassammo, ma un duro astio permeò tutto il nostro rapido scambio di battute.

«Se quello che la tua tipa ti racconta sul principe è vero, faresti meglio a tenere le distanze» aggiunse lei, incupendosi. La strige, afferrato un taglierino, incominciò a dividere le pagine di un vecchio tomo.

«E abbandonare una persona che ha bisogno di me?» avevo replicato, praticamente urlando alle sue spalle. «Farei prima a stracciare direttamente la mia laurea in medicina.»

«Quella tizia è in una relazione abusante con il principe!» ribatté Inanna, restando concentrata sul proprio lavoro. «Ti trascinerà in una voragine con lei.»

«Quella *tizia* si chiama Isolde, ed è vittima di un bastardo infame, lei non ha nessuna colpa.»

Si udì un improvviso rumore di carta strappata e uno sbuffo, esausto. Inanna si girò a guardarmi, tenendo distrattamente il taglierino in mano mentre gesticolava con agitazione. «Non sto dicendo che ce l'abbia!» esclamò, colpendo, il libro in preda alla frustrazione. «Ma il suo carnefice è il principe, e tu sei uno strige. Se ti scopre, e non è detto che già non sappia di te, può farti qualsiasi cosa, anche farti scomparire. La sua famiglia cancellerebbe le tue tracce in un istante. Come stanno facendo con gli elfi!»

«Vedi? È esattamente questo il motivo per cui io e te non potremo mai lavorare insieme, tu non sei disposta a sacrificare te stessa.»

«Sacrificarsi così è stupido. Ti stai mettendo contro la famiglia reale!»

«E tu che vuoi lavorarci a stretto contatto, pur essendo a conoscenza di tutto il loro operato? Sei una loro complice» sbottai, additandola con fare accusatorio. «Io agirò pure con stoltezza, ma tu sei una mera approfittatrice, incapace di amare qualsiasi cosa al di fuori di sé.»

«Adesso basta» una voce improvvisa irruppe.

Ci zittimmo all'istante. Inanna in particolare tornò subito alla propria mansione, come a volersi esonerare da quel rimprovero, come ad affermare silenziosamente: «No, io non stavo facendo niente». Tipico di lei.

Ker entrò a passo spedito nella libreria, con aria alterata. Teneva in mano una ciotola della zuppa che serviva ai rifugiati, il suo volto alterato appariva rosso, come se avesse appena pianto per le sorti di chi richiedeva asilo. O come se avesse scorto qualcosa del suo futuro.

La sacerdotessa era affine al tempo, oltre che alla morte, non era raro che scorci di guerre future e conflitti devastanti infestassero la sua mente.

Quando ci sgridò, la sua voce era rotta dalla disperazione tipica dei veggenti inascoltati e impotenti, e solo il rumore della lama contro la carta infettava quell'aria tesa. «In questo tempio ci sono famiglie di sfollati che tentano di riposare. Imprecate di nuovo nella dimora di Mors e vi assicuro che non ci rimetterete piede da vivi. Avete capito bene?»

Io avevo semplicemente scosso la testa, dirigendomi verso l'uscita con un grugno infastidito. Ero convinto che Inanna avrebbe tirato fuori qualche scusa patetica, di certo non volevo restare lì ad ascoltarla. «Nessun problema, sacerdotessa» dissi, afferrando la mia tracolla. «Me ne stavo giusto andando.»

Varcai la soglia della biblioteca, attraversai la navata del tempio, sfilando fra quei pochi elfi rimasti ad Arcadya in cerca di asilo, dunque uscii definitivamente dalla casa di Mors. In quel momento il cuore mi doleva e l'ira mi consumava il petto. La migliore amica di una vita era inevitabilmente mutata, divenendo una sconosciuta dall'aria familiare, una che non riconoscevo più. Quella fu in assoluto l'ultima volta in cui io e Inanna ci rivolgemmo la parola. Da allora non avevo più saputo niente di lei.

Eppure, nonostante tutto, nonostante le cattiverie da me pronunciate nei suoi confronti, il nostro brusco litigio e le distanze sempre più incolmabili, lei aveva protetto mio figlio. Lo realizzai in quel momento, a Midian, guardando l'Occhio. Quando aveva riconosciuto le scaglie violacee nelle iridi di Valerius il suo volto era crollato. I suoi occhi s'erano riempiti di lacrime guardando quel bimbo così unico, così simile a me.

«Se ne occuperà il fiume» era stata la sua crudele risposta, ma io, che ben la conoscevo, riuscii a leggere la menzogna nelle sue parole. La mia amica non avrebbe mai accettato, non si sarebbe mai piegata a quella richiesta malvagia. Aveva detto che lo avrebbe portato verso il fiume e annegato lì, in modo da farlo sembrare un incidente, uno di quelli che fin troppo spesso uccidevano gli elfi. D'altronde, gli occhi di quel bambino portavano il loro colore, era sensato che condividesse pure il loro infelice destino.

Invece aveva abbandonato il palazzo: semplicemente non era mai più tornata a corte. Quando realizzò di essere ricercata, il suo pancione era già ampio e teso. Era questione di giorni, sua figlia sarebbe presto venuta al mondo, ma la strige non voleva sacrificare mio figlio e nemmeno la sua bambina. Avrebbe messo in croce se stessa pur di sapere entrambi al sicuro. E così fece.

Inanna scappò con il piccolo. Attraversò il regno a piedi, nascondendolo fra le pieghe della sua giacca e consolando i suoi rari pianti. Valerius, per quanto minuto, era sorprendentemente imperturbabile, pareva quasi consapevole di quale infelice vita lo aspettava. La strige lo portò al tempio di Mors: i novizi strige erano sorpresi di vederla, ma non Ker, lei lo sapeva. Aveva esplorato il futuro del tempio, conscia di quale crudele destino lo avrebbe atteso.

«Questo figlio, credo sia suo. Ha gli stessi occhi di suo padre» le disse, trafelata per il viaggio, tuttavia abbastanza risentita con me da evitare accuratamente di pronunciare il mio nome. «Lo vogliono morto, ho bisogno che tu lo custodisca qui.»

La sacerdotessa accolse il piccolo fra le proprie braccia. Inanna non la vide ma, non appena le sue dita affusolate sfiorarono la morbida guancia di Valerius, una lacrima aveva solcato il suo volto. «Farò il possibile» rispose a fior di labbra, guardando con mestizia tutto ciò che in quel mondo restava di me, dentro gli occhi innocenti di quel neonato. «Noi non lasceremo che questa duplice crudeltà rimanga impunita, padre e figlio saranno vendicati. Tu recati a Faeree e rimani lì: la tua bimba erediterà il tuo sangue e il tuo potere, correrebbe grossi rischi qui.»

«A Faeree?» ripeté confusa Inanna. «Non è un reame popolato da bestie feroci? Perché dovrei esporre Titania a tale rischio?»

«I reami più sicuri sono ovattati, il tempo scorre troppo lentamente. Titania dovrà essere pronta a tornare e a combattere» affermò sicura la sacerdotessa. «A Faeree non ci sono solo mostri, è popolata anche da piccoli spiritelli.»

«E saranno benevoli?»

«Difficile a dirsi. Sono come le divinità di questo luogo, talvolta si mostrano gentili con noi, talvolta ci prendono in odio e ci ingannano. Ma mi sentirei più al sicuro a sapere tua figlia lì con loro, piuttosto che qui con gli umani.» Il tono di Ker si fece aspro, ostile. Aveva preso in odio gli umani, i quali spesso organizzavano spedizioni verso il tempio nella speranza di rapire qualche strige o elfo con cui rimpinguare il grosso ventre del mercato nero. Ancora la sua anima era slegata da quella di Mors e l'unica linea di difesa contro i predoni erano i poteri suoi e dei suoi novizi. Un'innaturale e spaventata fretta si fece largo nella sua voce e Inanna non tardò a captarla. «Per carità di Mors, Inanna, resta su Faeree. Noi ci occuperemo del piccolo, faremo tutto ciò che è in nostro potere per tenerlo al sicuro.»

Ma, purtroppo, l'inaspettata preoccupazione nel tono della sacerdotessa aveva allarmato Inanna, il cui eroismo non si fermò al semplice salvataggio di mio figlio. La mia amica, consultati gli spiriti di Faeree, si immerse nelle acque basse di un lago e partorì lì, sotto una fredda garanzia di protezione. L'area di quella piccola spiaggia sarebbe rimasta al sicuro, ma le entità non garantivano protezione qualora le due si fossero addentrate in altri territori. Era un buon patto, Inanna avrebbe potuto tranquillamente restare lì con la figlia, niente glielo impediva. La loro sarebbe stata una vita triste, un po' desolata, ma indubbiamente più pacifica.

Al contrario, però, la strige si rivolse agli spiriti, chiedendo loro di prendersi cura della bimba finché non fosse diventata grande abbastanza da cacciare in solitudine. Dunque tornò nel reame di Arcadya a cercare Valerius. E lì incontrò la propria disfatta. Il suo fu un sacrificio tanto nobile quanto inutile: il tempio degli strige era stato preso d'assalto dai predoni e di mio figlio non era rimasta nemmeno l'ombra.

Due di Coppe

Era un favore che non avevo modo di ricambiare, non direttamente almeno. Potevo, però, per ringraziarla un'ultima volta, tendere la mano a Titania. Raccolsi a me quel poco di senno restante e presi la mia decisione finale. Non sapevo che cosa fosse esattamente successo, né quanto tempo fosse trascorso da quando aveva lasciato Midian. Però l'avrei ascoltata, sarei stato il suo patrono, ci saremmo scambiati equamente i poteri e l'avrei guidata. Com'era giusto.

Socchiusi gli occhi e tentai di connettermi con lei, di ottenere uno scorcio sul mondo, ma realizzai presto di non aver la più pallida idea di come si facesse. Ero ancora bloccato in quel luogo grigio e infausto, mi era possibile affacciarmi sul reame dei vivi, ma come potevo parlarle, farle udire la mia voce o addirittura cederle il mio potere?

Lei porta con sé una parte della mia anima, se mi concentrassi a sufficienza dovrei riuscire a raggiungerla.

Appena rivolsi la mia mente non tanto a lei, quanto a quel pezzo di anima rimasto al suo interno, una fitta dolorosa mi perforò il cranio, trapassandolo da parte a parte. Fu come se qualcosa, o qualcuno, tentasse di aprirmi in due la calotta con una lama acuminata. Mi afferrai la testa, tentando inutilmente di mettere a tacere quel lancinante male, quando iniziai a udire delle voci.

«È possibile che qualcosa sia andato storto mentre ero a Midian? Forse è già un residuo?»

Erano sue quelle parole, e quei pensieri, non c'era dubbio. Chissà quanto tempo aveva trascorso cercandomi, chiamandomi, guardando dentro se stessa nella speranza di trovare il mio ausilio. Sollecitato da un'improvvisa urgenza e non ben conscio di come mi dovessi comportare, racimolai quel poco di me che restava e concentrai i miei pensieri verso Titania.

«Sono qui» annunciai a voce alta, sperando non fosse troppo tardi e che volesse ancora lavorare con me.

Non udii più nulla. Dopo la mia risposta ci fu il vuoto. *Forse non sono abbastanza concentrato*, pensai. *Forse la mia voce non riesce ad arrivare a lei.*

Chiusi gli occhi e presi due grandi respiri.

«Dove sei, Titania?»

Tornai a focalizzarmi sulla giovane e su quel poco che sapevo di lei. Pallida come l'avorio, i lunghi capelli color perla le ricadevano scomposti e spettinati sul torace e sulla schiena. I suoi occhi sanguigni, penetranti, rifuggivano la luce, vagando verso le accoglienti ombre. Ripensai al suono fragile della sua voce e alla decisione nel suo tono quando mi era sfuggita per la prima volta.

Ancora niente. Sbuffai, frustrato. Non era abbastanza, la realtà era questa: io non conoscevo Titania, non sapevo ancora cosa le passasse per la testa o quale fosse la sua personalità. Le mie conoscenze sul suo conto restavano vaghe e indecise.

Tuttavia, conoscevo bene sua madre. Preso dalla disperazione, non vedendo altre soluzioni, ripensai a Inanna. La mia amica era sempre stata irriverente e spericolata, fin dall'infanzia. Quando avevamo dieci anni, uno dei nostri giochi preferiti era lanciare escrementi di drago contro le case dei nobili.

Beh, lei li lanciava, io facevo il palo. Non mi ero mai sbilanciato, avevo troppo timore.

Un sorriso nostalgico colorò le mie labbra, mentre riassaporavo quei lontani ricordi di gioia. Ricordai di quando aveva portato una cerbottana a scuola, avevamo circa dodici anni e il suo obiettivo era un'insegnante driade particolarmente rognosa. Aveva già avuto due reclami, non poteva permettersene un terzo. Per questo, non appena la maestra si era accorta delle palline di carta rimaste impigliate fra i suoi capelli, non aveva tardato ad assumermi la colpa di quell'atto.

Sedici anni, il cuore mi si era spezzato per la prima volta, ero uno straccio, mi sentivo vuoto, imbecille, usato. Però lei era lì, con me, a consolarmi, a farmi ridere con le sue scemenze e, ovviamente, a propormi di lanciare altri escrementi di drago.

Vent'anni, c'incontrammo al primo giorno di università: io avevo perso un paio d'anni intraprendendo un percorso sbagliato per me, lei aveva trascorso quel periodo viaggiando in altri reami e prendendosi il suo tempo per scoprire la propria strada. Quando ci ritrovammo davanti alla porta dell'aula magna ci corremmo incontro, gridando e balzando in giro come due festosi bambini. Avevamo saltato tenendoci per mano e ridendo come due matti, senza curarci degli sguardi perplessi dei colleghi d'ateneo.

Trasportata da quei ricordi, la mia mente vagò, i miei occhi non vedevano più le pareti grigie di Midian, ma furono accolti da un atroce spettacolo di violenza e disperazione. Le fiamme si elevavano sempre più in alto, verso le cupole. Uomini armati facevano avanti e indietro lungo le navate, puntando e caricando i loro fucili. Novizi dalle tonache a me familiari evocavano morte e malattia per difendersi. Ma i predoni erano numerosi e violenti, diversi strige furono tramortiti e afferrati per i capelli o per le vesti. Della sacerdotessa non vi era traccia, la sua squadra di morti era inerme per terra.

Lei è morta, per sempre. Non ha più vestigia, realizzai, con un groppo in gola, cercandola con lo sguardo. Quando una trave precipitò al suolo sussultai, e per poco non recisi la connessione con l'ibrida.

Era successo. Il tempio stava capitolando e Ker con lui.

Mi focalizzai sulla grande statua di Mors, i suoi occhi placidi nei miei. Guardavano Titania mentre il suo corpo di pietra la schiacciava lentamente sotto al suo peso, eppure in quel momento mi sentii come se a venire squadrato dalla divinità fossi io.

«Che cosa sta succedendo?» domandai, in panico. «Alzati, Titania!»

Vidi uomini correre imperterriti contro gli strige più grandi, lasciando i più giovani e inesperti senza alcun sostegno. Per quanto i novizi si difendessero, quegli umani erano di gran lunga più forti, i poteri a malapena li scalfivano.

Assalirono in massa gli strige lì presenti, rallentati dai loro incantesimi, ma di poco. Chi evocava la malattia, per serrare le gole degli avversari, o la morte, per necrotizzare gambe e braccia degli aggressori, guadagnava giusto pochi minuti.

C'è qualcosa di sbagliato e corrotto in questi uomini, notai.

«Titania, devi alzarti e scappare.»

Mi accorsi tardi che, purtroppo, la ragazza non poteva muoversi. Le gambe non rispondevano più al suo appello, non le sentiva più. Per quanto tentasse di sgusciare da sotto la statua della divinità, non riusciva a muovere gli arti inferiori.

«Ti concedo il mio potere, invocalo!» la esortai. «Sono qui per aiutarti.»

Qualcuno spostò bruscamente i blocchi di marmo e afferrò l'ibrida per le braccia. Il dolore era tanto pungente da giungere fino a me.

«Fai qualcosa!»

La spossatezza mi colpì come una ventata in pieno volto e una cupa realizzazione mi raggiunse. Quella statua, interamente scolpita nel marmo, le era caduta addosso in chissà quale folle dinamica di fuga. Oltre ai suoi arti, nemmeno il resto del suo corpo aveva l'energia sufficiente per un'evocazione, accidenti. Da medico non sapevo nemmeno come non avesse ancora perso i sensi per il dolore!

Incrociò giusto in tempo gli occhi indagatori di un mercante e poi non vidi più niente. La mia connessione con lei s'interruppe: non potevo più vedere niente attraverso il nostro legame, né potevo rivolgerle la parola.

«Merda!» urlai.

Non appena fui di nuovo in me, il mio primo istinto mi condusse alla rabbia. *Se solo l'avessi raggiunta prima, se solo non mi fossi abbandonato ai ricordi di quel figlio mai conosciuto, avrei potuto salvare Titania*, mi dannavo, passandomi le mani sul volto e fra i capelli. Ero sul punto di strapparmeli dal cranio per la frustrazione. Ma mi fermai, non sarebbe comunque servito a niente. Potevo stracciarmi le vesti, farmi lo scalpo, pure staccarmi la pelle dal viso con le unghie, tanto era feroce la mia rabbia, però in quale maniera ciò avrebbe aiutato Titania o il sottoscritto?

Restai così, immobile, con le dita fra la chioma e la mascella serrata, espirando lentamente e chiedendomi cosa potessi fare da qui. Dunque, partii con l'analizzare la situazione e il nemico.

Ero a conoscenza delle malevole pratiche di certi umani, del consumo di carne dei Fae e dei trapianti. Già esistevano ai miei tempi, pur essendo un fenomeno molto più raro, che colpiva prettamente gli elfi. Però la situazione doveva essere peggiorata con Caiden al governo. Un tempo i trafficanti non avrebbero mai nemmeno immaginato di mettersi contro noi strige, men che meno di irrompere in un nostro tempio.

Quei trafficanti avevano la pelle coriacea, erano resistenti agli incantesimi e avevano tutti una stazza imponente, riflettei. *Devono aver subito numerosi trapianti, sono più resistenti anche di noi.*

Sentii il sapore acre della bile in bocca. Quegli uomini rappresentavano tutto ciò contro cui io avevo combattuto. Non solo mio figlio aveva sepolto la propria infanzia per mano loro, ma avevo pure appena perso Titania.

È impotente contro di loro. Forse io potrei fare qualcosa, se solo fossi ancora vivo.

La parte peggiore di tale situazione era proprio quella. Per quanto spremessi le meningi, per quanto mi sforzassi di trovare un legame con quel reame, abbastanza da esercitare la mia influenza, non potevo fare assolutamente niente. Io ero morto, d'altronde.

Dieci di Coppe

I preparativi del ballo proseguivano senza sosta, come se qualche chilometro più in là non stesse imperversando il caos per mano degli stessi uomini che la corona aveva agevolato senza scrupoli, mentre i medesimi danni provocati dall'odio e dall'avarizia di un re ingiusto si rivoltavano contro gli innocenti e gli indifesi.

Evelyne tornò al proprio lavoro ancora scossa e tremante per la visione appena avuta. Dovette impegnarsi a fondo per reprimerla dentro al suo cuore e impedirsi di urlarla al mondo. Le sue mani tremarono, il suo passo era incerto, tuttavia tacque. Riuscì addirittura a ignorare gli sguardi offesi di quel ficcanaso che poco prima l'aveva disturbata. Non comprese cosa volesse ma, d'altronde, nemmeno le interessava.

La serva, però, notò con curiosità come la regina non l'avesse più convocata. Immaginò si stesse semplicemente preparando al ballo. Il suo trucco e il suo vestiario spesso richiedevano un'ingente quantità di tempo, per cui passava tutta la giornata nelle sue stanze, fra le mani esperte dei truccatori.

Chissà se, sotto quello spesso strato di gioielli e cosmetici, c'era ancora la semplice Isolde, quella ragazza che odiava restare inerme mentre altri suddetti esperti le toccavano il volto, la donna fragile ma determinata che aveva improvvisamente messo piede nella mia vita.

Il salone si stava già riempiendo gradualmente, però l'aria era stranamente tesa. I nobili osservavano i dintorni con circospezione, quasi volessero guardarsi le spalle pure dai pochi membri dell'esercito presenti e dalle guardiane.

Teodora controllava le uscite, la sua testa si muoveva ossessivamente avanti e indietro. Persino il disagio più composto di Anaïs era palpabile, tant'è che a Evelyne, per qualche secondo, venne il dubbio di aver in qualche maniera proiettato i ricordi della regina nelle menti degli altri, il suo disagio durato anni, il controllo esercitato da Liviana... In pochi attimi s'affrettò a scacciare quel pensiero insensato. Era impossibile: nessuno, per quanto potente, poteva controllare l'operato altrui da un reame all'altro, figurarsi mostrare a tutto un popolo quanto lei aveva visto.

Mancava Eilir all'appello, ma Eve non vide stranezze in quell'assenza. Da quando non c'era Liviana e il suo posto era stato occupato da Elan, l'Ordine era diverso, almeno a detta di Laurell. Qualsiasi gerarchia precedente era stata completamente smantellata dall'immortale, e la driade dell'acqua e del vento non voleva certo vedersi sottrarre il proprio piedistallo sotto al naso.

Evelyne aveva già iniziato a servire gli invitati, ma con inusuale lentezza. Da serva qual era sempre stata, era abituata a farsi spazio tra gli ospiti a capo chino e senza porsi troppe domande. Quella sera, però, era più in difficoltà del solito e non erano solo i suoi pensieri, o meglio i suoi ricordi acquisiti a turbinarle per la mente: c'era un'anomala quantità di persone! Era difficile sgusciare fra loro con il vassoio pieno, infatti aveva incominciato a riempirlo meno, cosa che richiedeva più giri per il salone, giri comunque estremamente lenti visto l'elevato numero di ospiti.

Evelyne raggiunse con difficoltà la cucina e si fermò, appoggiandosi al bancone con sguardo atterrito. *Che cosa succede stasera?*, si chiese, accigliata. *Arcadya non possiede molte contee; per quanto sfarzosi siano gli eventi a corte, sono riservati a conti, contesse e rispettive famiglie, è difficile che la sala si riempia a tal punto*, osservò, ripensando con sorpresa a quanto fosse stato difficile anche solo camminare da un punto all'altro del transetto, generalmente riservato alle guardiane. Solo il deambulatorio dietro al trono era percorribile, infatti era lì che i servi, confusi, si riunivano per riprendere fiato. «È come se tutta Arcadya fosse riunita qui, dentro a questa sala.»

«Evelyne.»

La voce acuta di Corinna, la sua collega, la riportò immediatamente al presente. La serva alzò subito la testa. «Dimmi» rispose.

«Teodora sta avendo un calo di pressione. Vai a recuperare dei farmaci nel ripostiglio, qui ho da fare.»

Evelyne levò gli occhi al cielo, ma ubbidì. Tipico di Corinna sbolognarle il suo lavoro. Era una scocciatura, sì, ma almeno si sarebbe presa una pausa da quell'aria afosa creatasi dentro al salone del trono.

La giovane rientrò rapidamente nello stanzone marmoreo, ma evitò la folla, defilandosi per il deambulatorio e attraverso una delle porticine di servizio.

Una volta sola, al cominciare di quel lungo corridoio, la giovane fu assalita dai dubbi. Era impossibile non notare la stranezza di quella richiesta. Teodora era inusualmente agitata, sì, ma non pareva la classica vittima di una pressione sanguigna troppo bassa. Poi era una driade, aveva un fisico molto più resistente di quello umano (umano non modificato, s'intende!): un malore così banale era semplicemente assurdo, soprattutto agli occhi di Evelyne, che aveva da sempre visto le driadi come creature ineluttabili e potenti.

Nella testa di Eve iniziò ad aleggiare un dubbio atroce. *E se questa fosse una messinscena?*, pensò, scrutandosi nervosamente alle spalle nell'attraversare l'isolato corridoio. *Quasi sicuramente lo è. E se lo scopo fosse proprio allontanare me dal salone?*

Stava ancora guardando dietro di sé, in cerca di un'ombra, una sagoma acquattata nell'oscurità, un silenzioso nemico avvolto dalla tenebra, quando i suoi dubbi ricevettero conferma.

Una forza estranea la afferrò per la gola e la sua schiena cozzò rovinosamente contro la parete. Su di lei balzò, come una bestia selvatica, una figura alta e scombinata, mentre una lama metallica premeva sulla sua carotide.

Evelyne si sentì il cuore balzare in gola, e i suoi occhi si sgranarono su quella belva umanoide che l'aveva assalita. La sua mente ripercorreva ininterrottamente i suoi ultimi giorni, indagava con silenziosa disperazione i motivi per cui quella creatura selvaggia ce l'avesse con lei. La osservò nella sua interezza: gli abiti semplici, bianchi e intonsi, le labbra screpolate, spaccate, gli occhi incavati e le ali sbiadite, seppur di un familiare color glicine.

Inizialmente tutti quei dettagli presi singolarmente la ingannarono, poi la serva strizzò gli occhi annebbiati dalla paura e quel viso le divenne sempre più riconoscibile, fino a quando la realizzazione non la colpì.

«Calista?» balbettò. Le pareva impossibile: era stata arrestata, doveva essere in prigione, eppure era lì davanti a lei, devastata ma libera. Qualcuno l'aveva aiutata a scappare.

«Non un'altra parola» ordinò la guardiana, minacciosa. Era così spossata, svuotata da ogni energia, che il suo corpo s'incurvava su se stesso, troppo stanco per reggersi e restare eretto. Ecco il motivo del coltello: era troppo sfinita per evocare gli elementi, o forse voleva preservare le sue energie per un nemico più degno. «Adesso tu mi fai entrare nel salone. Travestimi, nascondimi dentro a un carrello, quello che preferisci. Tu mi devi far entrare là dentro.»

Evelyne sollevò entrambe le mani in aria. «Calma» affermò, più a se stessa che a Calista. «Non c'è bisogno di ricorrere alla violenza.»

«No?!» esclamò adirata la giovane. «Laurell ha cercato di uccidermi!»

«Stai delirando! Laurell non avrebbe mai fatto niente del genere» obiettò la serva, schiacciandosi contro la parete nel vano tentativo di sottrarsi alla lama. «Eri solo in carcere, saresti comunque uscita dieci mesi dopo il processo se fossi stata colpevole.»

«Dieci mesi di carcere e avreste trovato solo il mio cadavere!» Un tremore prese possesso del polso di Calista, la quale allontanò con frustrazione il coltello da Evelyne, afferrandosi il viso ormai emaciato. «Dopo avermi imprigionata mi hanno trasferita in una torre, hanno chiuso i battenti, e sono rimasta una settimana senza acqua o cibo. Chiunque mi abbia catturata aveva intenzione anche di uccidermi.»

Evelyne rimase basita.

Senza acqua o cibo? A guardarla bene era evidente. La driade, che sempre aveva avuto una forma fisica smagliante, aveva perso massa muscolare, le clavicole erano sporgenti e sottili come lame, il collo le si era assottigliato. *Lau non avrebbe fatto niente del genere. Calista ha detto di esser stata trasferita in una torre, dev'essere stata opera di qualcun altro.*

«Laurell ha dato l'ordine ai suoi sottoposti di arrestarti, però ci sarebbe stato un processo» raccontò. «Conosci Lau, per il generale non c'è niente di più importante dell'onore e, soprattutto, della legge.»

«Allora vorrei sapere quale sia effettivamente la sua legge, dato che io non lo so più!» sbraitò Calista, tornando a puntare il coltello contro la serva, ma restando più lontana. La driade era a pezzi, così come la sua voce, ma non c'era dubbio che comunque avrebbe avuto la forza di compiere un gesto estremo. A detta di Elan era la guardiana più forte, nonostante avesse un'unica affinità, e lui non sbagliava mai.

C'era però ancora un dubbio aleggiante nella testa di Evelyne, non era uno solo l'elemento che non quadrava in quella storia. «Ma com'è possibile che ti abbiano tenuta senza cibo o acqua? Fai parte dell'Ordine, proteggi la corona, nessuno vorrebbe eliminarti!»

«Non lo hai ancora capito?» La driade allontanò nuovamente il pugnale dalla serva, squadrandola con il più amaro dei sorrisi, facendola sentire stupida per non aver ancora compreso la realtà intorno a loro. «È la regina a volermi morta.»

La serva iniziò a scuotere la testa. «No» iniziò a ripetere, «no» era la sua risposta. La sua amata regina non poteva aver fatto niente di male. «No» era improvvisamente divenuta l'unica parola che le sue labbra riuscissero a formulare.

No, non può essere, pensava, a corto di fiato. *Non Isolde. Lei non ne sarebbe mai stata capace. Ma Liviana sì.*

Evelyne ripensò a quell'ultimo ricordo della regina, quello che spiegava ogni cosa, dalle amnesie alle crisi. Aprì la bocca per replicare, ma fu subito interrotta. «Accettalo» proseguì Calista, con tono mesto ma sbrigativo. «Ora fammi entrare nella sala del trono, non lo ripeterò una seconda volta.»

Evelyne, di fronte alla minaccia della giovane che, per quanto fosse fuori forma, era comunque in grado di ribaltarla senza difficoltà, accettò a testa bassa. La condusse in uno stanzino nascosto, uno di quelli riservati alla servitù, dove si tenevano stracci per il pavimento e aspirapolveri. Addentrandosi nella stretta stanzetta, Evelyne trovò un carrello solitamente adoperato per portare le torte multistrato durante i compleanni di Lysander. Prese una lunga tovaglia da banchetto e la usò per coprirlo. Calista le rivolse una rapida occhiata d'assenso e s'infilò dentro al carrello, raggomitolandosi sulla piattaforma inferiore. Evelyne, guardandola, non poté trattenersi dal pregare silenziosamente che niente accadesse alla sua regina.

Dieci di Denari

Mentre ancora gli ospiti stavano affluendo dentro alla sala, Elan si muoveva come un gatto selvatico. Sfilava in mezzo ai presenti per raggiungere gli armigeri crepuscolari a guardia dell'entrata, consegnando a quante più persone possibili dei fogli. Una pratica inusuale.

Prima che il salone si fosse riempito, l'immortale aveva già fatto recapitare diverse copie agli armigeri all'ingresso, così che potessero consegnarli loro agli invitati.

Presto l'enorme stanza divenne impraticabile per l'eccessiva quantità di gente. Non di nobili, bensì di popolani. Gente comune, con abiti opachi, talvolta sgualciti, adulti e anziani mutilati dalla guerra o incapaci di parlare. Fissavano il trono con rabbia famelica a lungo repressa e squadravano i nobili con viscerale disgusto.

Lysander e Laurell erano appena arrivati al ballo, nessuno dei due aveva ancora avuto modo di ripulirsi e, a giudicare dalla calca dentro alla sala del trono, difficilmente il principe avrebbe raggiunto le proprie stanze. Erano lontani pure dalle porte di servizio, un'improbabile e ingombrante fiumana di persone si frapponeva fra loro e le pareti.

«È strano che ci sia già così tanta gente» osservò Lau.

L'erede storse il naso, notando le persone intorno a sé. «Questo non dovrebbe essere un evento per la plebe.»

Non appena varcarono la soglia, un armigere giunse dinanzi ai due giovani, porgendo dei fogli. «Il programma della serata.» Si limitò a sorridere, prima di defilarsi per rivolgersi a qualche altro invitato.

«Programma della serata?» Laurell s'accigliò. Quella era una novità, gli eventi reali non comprendevano alcun programma scritto, né avevano mai aperto le porte al popolo. Non appena i suoi occhi caddero sui fogli consegnati dal soldato, il generale percepì una fitta alla bocca dello stomaco. Quella non era una lista di attività da svolgere durante la serata, erano documenti, e si trovavano fra le mani di tutti i presenti.

Leggendone il contenuto Lau sentì il mondo crollargli addosso.

Non è possibile, no.

Il respiro divenne sempre più corto, mentre girava e rigirava quelle pagine, sperando di trovare una falla nelle loro parole, un elemento discordante che indicasse un errore, una menzogna. Ma niente. Quelli erano documenti inequivocabili, provenienti dalla cripta, della cui magia erano impregnati. I fatti riportati su di essi erano indubbiamente veritieri.

Gli occhi di Lau si sgranarono, aprendosi a una bruciante delusione. Era il più infame e subdolo dei tradimenti quello che ardeva nel suo petto.

Allora io per chi ho combattuto tutto questo tempo?

Aveva passato anni a prestare la sua spada e la sua magia a una corona che si reggeva solo su menzogne. L'epidemia del silenzio era stata attuata per ordine del re Caiden, il quale otteneva finanziamenti dai trafficanti oltre il confine. C'erano testimonianze di attivisti scomparsi per opera di Liviana e, ultimo fra tutti i documenti, vi era il certificato di nascita di Lysander e Valerius, quello di cui Lau aveva sentito parlare restando fuori dal tempio di Mors. La prova inconfutabile della loro fratellanza.

Incrociò lo sguardo terrorizzato del principe, lo vide sudar freddo, mentre i suoi occhi cerulei si sgranavano, vagando da una parte all'altra della stanza. Le sue parole ancora rimbombavano nel cervello di Laurell. «Protezione», di questo parlava. Lui avrebbe agito per proteggere la sua famiglia, la sua corona e la reputazione di Caiden. Non c'era bontà nel suo cuore e nemmeno uno straccio d'onestà. Tutti quei segreti da proteggere ora si trovavano in mano al popolo e Laurell non riuscì a trattenere un sorriso vittorioso: finalmente sapeva da che parte stare.

«Dammi quel foglio» intimò frettoloso al generale, mentre il suo tono di voce sfuggiva al controllo, facendosi man mano sempre più acuto, più stridulo. «Sono menzogne, tutte menzogne! Voi creduloni ci cascate pure.»

Le sue grida attirarono le attenzioni dei popolani più vicini. Ci volle un po': nessuno aveva mai visto l'erede in tuta d'altronde, però lo riconobbero. La chioma corta e bionda, quel viso elegante e un po' affilato che spesso avevano osservato attraverso la televisione e i social, era lui, non c'erano dubbi. Era il figlio di quella malevola stirpe ma, a differenza di Valerius, lui aveva a lungo nuotato nel privilegio della corona e nelle disgrazie altrui. Parte dei suoi agi gravava sulle vite innocenti delle creature catturate oltre il confine.

«Laurell, non lo ripeterò una seconda volta» minacciò lui, di nuovo. «Dammi quel foglio, non puoi tradire così Arcadya dopo tutto quello che abbiamo fatto.»

Il generale squadrò prima lui, poi gli ospiti intorno a loro. Guardò i loro volti permanentemente sfregiati dalla guerra e dal fuoco, le loro bocche immobili, incapaci di emettere suono. Non aveva mai realizzato effettivamente quante fossero le vittime del Morbo: queste non uscivano quasi mai, non potendo comunicare con il mondo esterno. Ma trovandosele lì davanti, comprendendo la gravità della situazione in cui Caiden aveva gettato tutto il reame, non riuscì più a chinare il capo.

Additando l'erede al trono di Arcadya, Lau prese un respiro e annunciò: «Sei tu che tradisci Arcadya, nel momento in cui rifiuti di studiare per renderla un posto migliore e insabbi le malefatte della tua famiglia pur di assicurarti un posto sul trono».

Lysander ribollì di rabbia: «Laurell, un'altra parola e mi farò consegnare la tua testa.»

Lau sollevò in alto una mano come a interromperlo. «Non oggi. Io sono Laurell, armigero crepuscolare e generale dell'esercito. Ho giurato fedelmente di proteggere Arcadya e non resterò qui, inerme, a guardare il suo popolo che viene calpestato da un despota.»

Alcuni popolani, inaspettatamente, incominciarono a battere i propri piedi. Prima uno soltanto, lasciandosi andare a un solitario scalpitio, poi un altro lo seguì e un altro ancora, fino a quando tutti i sopravvissuti nei dintorni, i muti e i mutilati della guerra, non si unirono in un unico movimento, una danza macabra, adirata. Era una coreografia inusuale, simile a una marcia. Lau impiegò qualche secondo prima di realizzare che quelle persone stavano acclamando il suo discorso. Era un applauso senza mani, un elogio senza voce: quella gente, a lungo privata della possibilità di comunicare, aveva sviluppato un altro tipo di linguaggio. Quel popolo era vera resilienza. Laurell promise a sé che, da quel giorno in avanti, avrebbe prestato solamente a loro la propria lama e la propria magia.

Lysander, preda dell'ira, si lanciò contro il generale, ma fu bloccato da un pugno al mento sferratogli da un cittadino. E poi da un altro, che gli afferrò il braccio libero. Fu bloccato alla schiena da una terza persona. E una quarta.

Laurell non reagì di fronte a quella violenza: non avrebbe più difeso quel despota viziato, non lo avrebbe aiutato a salire sul trono, il suo capo non si sarebbe più chinato di fronte alle sue stolte angherie. Finalmente poteva assaporare la dolce libertà.

«Non uccidetelo!» ordinò ai cittadini che stavano vigorosamente colpendo il principe allo stomaco. «Non vogliamo abbassarci al suo livello.»

«Lasciatemi, devo avvertire mia madre!» gridò Lysander, dimenandosi.

Un ricordo balenò all'istante nella mente di Laurell. Il tradimento di Calista. *Probabilmente lei non ha tradito Arcadya, forse si trova dalla parte giusta di questa battaglia.* Ripensò alla candela: gli aveva mostrato la posizione sua e di Titania, la loro relazione con Valerius e gli intenti di quest'ultimo. Ma non aveva mai visto i motivi, i retroscena, il dramma nella sua interezza. *Valerius ha tutti i motivi di odiare Isolde, visto il suo trascorso. Questa candela mi ha mostrato una mezza verità che ha tratto in inganno la mia mente.* Rammentò Rodeh e le sue criptiche risposte: ora finalmente le capiva. *Devo andare a liberare Calista. Non posso lasciare che un'altra innocente soffra per le conseguenze delle mie azioni.* Voltò rapidamente le spalle al principe e si allontanò a grandi passi dalla scena, sgusciando via. *Ho servito per anni dei demoni corrotti, è giunto il momento di rimediare a tutti gli sbagli.*

Lysander sferrò una testata al popolano che lo tratteneva e, mentre questi si copriva il naso sanguinante, lo spinse via con un calcio. Con la mano libera si allungò verso la cinta e afferrò la spada. I cittadini, vedendo la minacciosa lama venir agitata con dissennatezza contro di loro, improvvisamente si aprirono, lasciandolo andare e creando un varco intorno a lui.

Il principe non smise nemmeno per un attimo di far roteare la lama come un pazzo. Si avvicinava minacciosamente a tutti coloro che, fino a poco fa, lo stavano trattenendo e godeva nel vedere le loro espressioni terrorizzate. Lui aveva una spada, possedeva ancora potere su quei popolani, loro non avevano nient'altro che pugni nudi. «Io sono il vostro principe, chiunque non mi porti il dovuto rispetto ne pagherà le conseguenze immediate!» gridò, con volto livido di rabbia.

All'improvviso, uno squarcio ruppe il pavimento. La folla urlò, alcuni si riversarono fuori dall'uscita. Per fortuna Laurell aveva avuto la prontezza necessaria per abbandonare la sala prima che la folla spaventata travolgesse il suo corpo.

Lysander, nella commozione, fu spinto e un blocco di marmo sollevato lo fece inciampare. L'erede cadde lì, dove il pavimento non proteggeva più il palazzo, dove solo la nuda terra lo accoglieva. Precipitò nella fanghiglia appiccicosa e, non appena si rialzò in piedi, realizzò con orrore che quella melma lo aveva inghiottito fino alle caviglie. Il giovane si dimenò, tirò uno strattone da una parte e dall'altra, cercava di scalciare via quel fango appiccicoso, ma niente. Anzi, più si muoveva più i suoi piedi affondavano in quelle sabbie mobili. Qualcuno aveva manipolato la terra, era impossibile che sotto al palazzo ci fosse una palude.

Alzando lo sguardo, il principe vide Teodora volare sopra la sua testa con aria soddisfatta, con le sue ali verdi, simili a rami ricchi di rigogliose foglie, spiegate nella navata. Accanto a lei, volteggiava Anaïs. L'erede le tese una mano, in nome di quella relazione che, tempo addietro, li aveva legati, ma niente. La driade della vita sbatté le sue ali rosse più velocemente e si allontanò dalla scena.

Ghermito da un'inusuale ansia, Lysander faceva saettare gli occhi per la sala, in cerca di un volto amico, ma inutilmente. Nemmeno Eilir, l'unica guardiana ancora dalla sua parte, si trovava all'evento. Tutti i presenti si tenevano a debita distanza dal giovane onde evitare le sabbie mobili, però – dettaglio più scottante fra tutti – ridevano. Non vi era nemmeno un viso alleato in quella folla, solo crudeli sconosciuti intenti a godere, vedendo il nobile principe immerso nel fango.

Solo due giovani non lo deridevano, restando ricurve in un angolo, guardando in alto, verso le due driadi, con reverenziale timore. Erano le celebri figlie di Silas. Lysander spesso le aveva viste, in televisione e dal vivo. Quella situazione era avversa e complicata per loro quasi quanto lo era per lui, non potevano negargli il soccorso.

«Aiutatemi!» gridò, rivolgendosi all'angolo dove sostavano le due ragazze. Una di loro, la più piccola, si avvicinò al principe e gli tese la mano, badando bene a non sporcare l'orlo del suo lungo abito. Diede un paio di strattoni decisi, ma, per quanta forza ci mettesse, il giovane erede continuava a sprofondare, e presto fu immerso nella fanghiglia fino al bacino. «Puoi chiamare tuo padre?» domandò Lysander, lasciandosi andare a uno sbuffo di frustrazione. «Forse lui riuscirà a tirarmi fuori.»

La ragazza guardò il principe come se lui le avesse appena tirato uno schiaffo. «Mio padre non è qui» ribatté, con velata tristezza, l'altra sorella. «Non lo vediamo da settimane.»

L'erede non fece in tempo a formulare una risposta che il portone della sala si spalancò con un tonfo. Una ventata gelida entrò nel salone, fino a insinuarsi nelle ossa di Lysander, che serrò i denti, scivolando un altro poco dentro le sabbie.

I presenti si voltarono repentinamente verso l'entrata, dove una figura cupa e alta attendeva: un uomo dall'armatura nera come la pece era fermo, in piedi, in cima alla scalinata d'ingresso.

«Gentili ospiti,» annunciò la voce metallica di Elan, il quale parlava attraverso un radiomicrofono munito di archetto «ho l'onore di presentarvi Valerius, il vero erede al trono di Arcadya.»

Cavaliere di Bastoni

Avevo perso ogni contatto con Titania, era scomparsa. La sua voce assente dalla mia testa, i suoi dubbi, angosce e sentimenti scomparsi. Ero di nuovo solo. Questa volta era più pesante la solitudine che gravava sul mio petto: la consapevolezza d'esser giunto a un soffio da una parziale libertà mi martoriava l'animo e m'inchiodava al suolo, nell'impotenza.

Mi ero accovacciato sul pavimento della mia tomba in futile attesa. Era come se i reami stessi si fossero uniti di comune accordo in una cospirazione contro di me. Mio dio, Mors, davvero mi hai abbandonato così?, pregavo, sull'orlo della pazzia, ma invano. Ormai qualsiasi connessione avessi con Mors era persa per sempre. Io ero la fonte, il patrono dei poteri di Titania, ma era solo con lei che il dio comunicava. Io non lo avrei mai più udito.

Che cosa ho fatto?

Ancora una volta mi chiusi al mondo esterno, rifiutai di guardare l'Occhio e preservai quel poco che mi restava della mia sanità. Forse avrei trovato un modo per mettermi in comunicazione con Arcadya e, qualora questo fosse stato definitivamente impossibile, avrei combattuto la mia follia fino alla fine. Mi sdraiai sul pavimento e restai così, muto, senza parole da spendere o lacrime da versare. Quanto accadde in quel momento a Titania lo vidi solo anni dopo, scrutando attraverso l'Occhio.

L'ibrida era bloccata a mezz'aria. Il vento la sferzava violentemente, rendendole impossibile muovere anche solo di un centimetro gli arti, immobilizzandola in una caduta infinita verso l'eternità senza speranza, un cinereo oblio. Era come se il fantasma di un gigante impetuoso la stesse trattenendo contro la sua volontà.

Tutto intorno a lei vorticava ininterrottamente, ma uno solo era il colore che lei vedeva: grigio.

È la fine, si disse. *Se solo non avessi lasciato che Elan mi convincesse a barattare i miei poteri...*

Era troppo tardi per rimuginare. Preda di una disperazione senza confini, provò a invocare Mors. Purtroppo per lei, usare i poteri senza il mio permesso le era impossibile. Solo lei parlava con il dio, ma lo doveva fare attraverso me. Io ero assente, dunque il dio non le rispondeva. E non aveva altra possibilità di fuga. La sua luce, ormai, era persa per sempre. Non sarebbe più stata una driade. Mai più.

Il suo corpo divenne man mano sempre più pesante. Per primi furono i suoi arti a diventare pesanti e densi, come fossero fatti di piombo. Lei tentò ancora una volta di dimenarsi, di opporre resistenza, ma invano. Poi una morsa si strinse intorno al suo petto, soffocandola. E, infine, la testa fu inchiodata da un dolore potente e pervasivo, abbastanza da tramortirla. Un sonno innaturale s'impossessò della sua mente, avviluppandola fra nere spire, rispedendola dritta fra gli abissi di Midian.

Piombò in un'abitazione spoglia e grigia, come quella di chiunque altro in quel reame desolato. Il quadro appeso alla parete di quel misero soggiorno raffigurava una donna esanime, soverchiata da un grottesco demone. Quella era l'unica nota di particolarità, l'unico accenno di colore in quel luogo grigio, che lei, però, a malapena riusciva a scorgere.

Perché mi trovo qui?, si chiese, stranita. L'ibrida si trovava a Midian, eppure non era stata accompagnata da nessuno: quella non era una missione. Non c'erano le driadi, né Elan e, soprattutto, mancavo io.

La realizzazione piombò su di lei, simile a un'incudine, e la colpì con tutto il suo peso. Era successo, la morte l'aveva sopraffatta senza che lei potesse opporvisi.

Perché?

Titania non riusciva a piangere, né a ribellarsi a quel crudele destino.

Cadde in ginocchio, boccheggiando come se il dio le avesse tolto pure il fiato, oltre alla vita. In effetti, nel regno dei morti, non lo si faceva più coi polmoni, ma con la mente, e impiegò alcuni minuti per ricordarsene. Tutte quelle attività naturali e istintive non avvenivano più nella maniera da lei conosciuta.

Perché?, continuava a domandarsi, tenendo gli occhi sgranati nel vuoto.

Fra tutte le morti in cui poteva incorrere le era capitata la più atroce e ingiusta. Non aveva nemmeno avuto modo di salutare Valerius o Calista. Loro nemmeno sapevano dove si trovasse. Lo strige era riuscito a respingere il malevolo fratello, nemmeno aveva visto i predoni arrivare, lui aveva già imboccato la strada verso il palazzo.

Il tempio non ha fermato quegli uomini, realizzò, trattenendo il fiato; *è stato distrutto, non c'è più niente per noi. Nessuno strige è più libero. Ker…*

Ker era morta. Titania se ne rese contò lì, a Midian, e percepì una fitta di dolore trapassarle il ventre come se fosse stata ancora in vita. Ker era essenza stessa del tempio, al quale aveva donato il proprio spirito. Finché quelle pareti restavano in piedi, lei era viva, dentro di esse, intenta a proteggere con la propria magia i novizi. Ma l'ibrida aveva assistito a quell'atroce attacco: i trafficanti avevano iniziato distruggendo il tempio da fuori, attaccando con fucili, esplosivi e altre violente armi nate dall'ingegno umano e vietate all'interno di Arcadya.

Titania non immaginava che gli uomini potessero custodire un tale potere; invece, contro ogni sua aspettativa, il tempio capitolò. Vide travi cadere, colonne creparsi, l'altare venir brutalmente distrutto dalla furia dei trafficanti. Il potere, l'aura magica che animava quel luogo mistico, si era semplicemente spenta senza un fiato. I non-morti erano crollati al suolo, privi di un padrone che li animasse. E i predoni erano entrati indisturbati.

Ci erano riusciti, avevano fatto breccia nella casa di Mors, il potere che lo animava si era spento. Quello era stato l'ultimo, brutale assalto che il tempio avrebbe sostenuto, e Ker non vi era sopravvissuta. Era morta difendendolo, sacrificandosi per il suo dio e i suoi apprendisti.

Riposa in pace, sacerdotessa, sei stata una mentore eccezionale.

Per quanto fosse stato poco il tempo da lei trascorso in quel tempio, già aveva cominciato ad affezionarvisi. Nonostante fosse angusto, quel luogo così freddo e ostile, era diventato la sua nuova casa. Non era ancora riuscita a piangere, aveva perso troppe case, troppi rifugi e troppi ripari perché lacrimasse per ciascuno di loro.

Gli strige non hanno più un posto dove tornare, realizzò, sentendo il gelo di quel reame ostile entrarle nelle ossa. Titania non poteva far altro che riporre la sua fiducia in Valerius, nel suo piano di soverchiare l'ordine delle cose, così che potesse aiutare i suoi simili. Anzi, i nostri simili. Le tornò in mente il palazzo, con tutti i suoi corridoi fitti, le piccole porticine di servizio, un labirinto di passaggi nascosti. Valerius non li conosceva, però era intelligente, aveva usato la sua affinità con le ombre per restare nascosto a lungo. Per giunta nessuno, prima di lui, era riuscito a entrare nella cripta protetta da Liviana. Doveva aver trascorso diverso tempo nascosto a corte, intento a studiare ogni anfratto del palazzo. Non vi era cresciuto, ma era certamente pronto a far suo quel luogo. Lui era l'unica salvezza della sua specie.

E poi, qualcuno dovrà prendersi cura di Bastet.

Un groppo le si formò in gola quando ricordò la sua gatta, il suo adorato famiglio.

Ti prego, Mors. Fa' sì che sia viva, proteggila da quel mondo crudele. La giovane si sdraiò per terra, assumendo una posizione fetale. *Perché io non potrò più farlo.*

«Titania?»

All'inizio Titania credette di star impazzendo. Midian era un reame desolato: per quante persone avessero potuto accompagnarci in vita, la morte andava affrontata in solitudine. Non aveva coinquilini e non potevano esserci altre voci, oltre la sua. Forse non era così salda come credeva, la sua mente debole già veniva inghiottita dalle spire di quel reame.

Meglio, almeno non avrebbe assistito lentamente alla propria disfatta, non avrebbe sofferto, poiché nulla avrebbe attraversato la fitta barriera della sua pazzia.

«Titania?»

Ancora questa voce...

Stavolta, ne era sicura, aveva veramente udito qualcuno.

Titania alzò la testa, i suoi occhi vagarono nel lattiginoso vuoto che la sua misera vista le offriva. Finché una figura alta e biancheggiante, più pallida di quelle stesse pareti, non le si piazzò di fronte. C'era qualcuno lì con lei. Ed era reale, consistente, non pareva frutto di allucinazioni.

«Chi ha parlato?» mormorò l'ibrida, strizzando gli occhi. Una potente luce, alle spalle dell'individuo, la infastidiva. Inizialmente Titania pensò fosse una lampada rimasta accesa ma, come il tale si avvicinò, quella luce si mosse con lui. Non era una qualsiasi illuminazione artificiale, quelle erano ali.

La giovane non riuscì a trattenersi dallo strabuzzare gli occhi. Era davvero improbabile, una driade che fosse pure un uomo. Era raro quasi quanto un'ibrida per metà driade e per metà strige. La ragazza non conosceva molti uomini driadi, anzi, ne conosceva uno soltanto, e unicamente per sentito dire.

«Sono il proprietario di questa tomba, ormai non so più da quanto» rispose lui, con la stessa trascinata mestizia che caratterizza noi morti. «Il mio nome in vita era Alister.»

L'ibrida sussultò, riconoscendo immediatamente quel nome che tante volte era stato associato a lei, al suo sangue, a quell'identità a lei indissolubilmente legata.

«Papà?» esclamò stranita.

La voce di Alister si ruppe, non voleva che le lacrime solcassero il suo volto, non lì, non davanti a quella figlia che mai aveva avuto l'occasione di conoscere. «Tu non dovresti trovarti qui» affermò, annaspante fra le nascenti lacrime.

«In effetti, dovrei essere sola» sospirò l'ibrida, controllando i dintorni. *Belfagor lo era*, ricordava. *Forse sto simpatica al dio della morte, o forse queste sono le sue scuse. Farmi parlare con quel padre che non ho mai incontrato.*

Non sapeva come sentirsi a riguardo. Avrebbe dovuto esser triste. Suo padre era morto, ne aveva appena ricevuto la conferma. «Com'è successo?» gli chiese. «Come sei morto?»

«Mi ha ucciso Liviana. È stato uno scontro leale, in battaglia» sospirò, facendo accomodare la giovane su un vecchio divano sgualcito. La sua abitazione era apparentemente più malmessa della mia, più logora, ma al contempo le sue fondamenta parevano più solide. A differenza della mia tomba, doveva aver resistito a diversi scossoni, e non aveva vacillato per nessuno di essi. «È stata più leale con me di quanto non lo sia stata con tua madre.»

«Perché? Cosa è accaduto a lei?» domandò tutto d'un fiato la giovane, sedendosi lì dove Alister le faceva posto. I due formavano un bel quadretto: un padre e una figlia che si incontravano per la prima volta. La bellezza aggraziata ed eterea di Titania era un riflesso del volto delicato di Alister. Quando ho visto l'ibrida per la prima volta ho riconosciuto gli occhi grandi e vivaci della madre, che mi hanno fatto cadere in fallo, ma mi sbagliavo, lei ha ben poco di Inanna. Forse era solo quel mio affetto per un'amica perduta che mi ha indotto a trovare somiglianze pure dove non ce n'erano.

«L'hanno accusata di alto tradimento per aver portato in salvo un figlio illegittimo della regina e di un suo amico strige» raccontò con voce spezzata, sintomo di un dolore ancora vivo. «Le avevano chiesto di ucciderlo, ma lei non ce l'ha fatta, ha abbandonato il suo lavoro a palazzo, e così anche io. Eravamo entrambi troppo inorriditi, ma non ci misero molto a trovarla. L'hanno imprigionata, portata dentro una torre e poi questa è stata chiusa per sempre. Lei è lentamente morta di stenti.»

Udendo queste parole potei sentire il cuore spezzarmisi nel petto, una lancia dolente mi trapassò da parte a parte. Non ero sorpreso, non accadeva mai niente di buono quando ci si associava con la famiglia reale, con Caiden nello specifico, ma la tiepida fiamma della speranza mi aveva tenuto vivo per anni, rasserenandomi con la fallace convinzione che, da qualche parte, Inanna fosse ancora viva, impegnata nel lavoro dei propri sogni, con quella driade, quel consigliere reale che a lungo avevo disprezzato.

Quest'ultimo ingoiò il groppo, faticava a parlare senza piangere, era evidente. Pure a distanza di anni ricordare quegli avvenimenti gli portava grande sofferenza. «Io avevo radunato un gruppo di strige, suoi ex colleghi del tempio di Mors e suoi familiari, e driadi mie amiche» proseguì. «La sua storia aveva rapidamente fatto il giro, si è presto saputo dell'ingiustizia subita dagli strige, da Inanna, dal suo amico e dal figlio di quest'ultimo. Insieme, organizzammo una spedizione per andare a liberarla, ma ci scontrammo con un esercito… e noi eravamo impreparati.»

«Aspetta» lo fermò Titania. «Mi hanno sempre detto che questa è stata una guerra driadi contro strige! Quindi tu e le altre driadi non eravate schierati contro mia madre?»

Alister scosse la testa, mostrando un mesto sorriso. «Assolutamente no. Ti hanno mentito, lo fanno da sempre. Secondo te perché tutti i sopravvissuti della nostra generazione sono morti o stroncati dal Morbo? Perché loro hanno visto, Titania. Loro ricordano. Non esiste nessun Morbo, è solo una subdola trovata per cancellare la memoria al popolo. Senza memoria storica si è impotenti nel pugno dei despoti. Purtroppo, non erano molte le driadi dedite alla nostra causa, molte di loro ricoprivano ruoli importanti a corte o erano troppo spaventate. Solo pochi funzionari reali e i membri dell'esercito si sono ribellati con noi, ma il loro coraggio non verrà mai dimenticato. È più facile restare impassibili di fronte al dolore altrui, immersi fino al collo nel proprio privilegio, che rinunciare a tutto e combattere per gli altri.»

Il cuore di Titania si fece improvvisamente più leggero. *I miei genitori allora non sono malvagi.* Questa notizia la investì in pieno con tutto il sollievo da essa portato. Lei non era un mostro, non lo era mai stato e finalmente ne aveva prova. Al contempo, però, la sua mente turbinava, ancora oscurata dal dubbio. «Ma mi è da sempre stato raccontato il contrario, pure dagli spiriti di Faeree. Perché avrebbero dovuto mentirmi?»

«Gli spiriti sono distaccati dal reame di Arcadya, non hanno interesse nel favorire una creatura al posto di un'altra. Raccontandoti la realtà che in pochi conoscevano ti avrebbero privilegiata» spiegò, lasciando che il proprio sguardo vagasse libero in quella casa così spoglia e fatiscente.

Il cuore di Titania si rischiarò, trovando un nuovo sole intento a far capolino fra le fitte nubi di un inganno ben riuscito per anni, ma fallimentare all'ultimo. «Quindi, è sempre stata questa la realtà?» Voleva saltare dalla gioia, lanciarsi fra le braccia di quel padre mai conosciuto e stringerlo a sé, come se fosse stato lui a crescerla, come se gli spiriti di Faeree, la malvagia famiglia reale e le loro maliziose elucubrazioni non avessero mai sfiorato la sua mente. Eppure non riusciva a scuotersi di dosso quell'innaturale sonnolenza. Le sue membra formicolavano, come se fossero rimaste schiacciate in una scomoda posizione troppo a lungo, e la sua mente era avvolta dal velo placido della confusione. Neanche la tristezza per suo padre, o la sorpresa per le nuove strabilianti scoperte, riusciva a raggiungerla. Tutte quelle sensazioni erano come ovattate da uno spesso muro di gomma, capace di respingere abilmente tutto, difendendo quell'artificiale quiete. Era già difficile restare a galla e non addormentarsi lì, davanti a lui.

«No» scosse la testa lui, come ridestandosi da un sonno troppo lungo. Si alzò di scatto dal divano, quasi volesse improvvisamente allontanarsi dall'anomala presenza di sua figlia, come se la giovane non fosse altro che uno spettro ingannevole dal quale tenersi alla larga. «Perché siamo qui a parlare?» domandò con tono inusualmente affettato. «Tu non dovresti essere nel reame dei morti.»

Titania sbatté le palpebre, confusa da quell'affermazione. «No? Non sono appena morta?» I suoi occhi vagarono verso il volto di suo padre. La poderosa luce proveniente dalle sue ali gli bagnava il viso, illuminandolo a tratti, dando alla giovane quasi l'impressione di poter scorgere i lineamenti di quel volto così armonioso, quasi femmineo. «Non sei contento che io sia qui con te?»

Alister prese un respiro: voleva impedirsi di piangere, questo ormai era diventato palese pure alla figlia, sebbene lei non potesse scorgere i suoi occhi lucidi. «Hai ancora tanto da vivere e, per quanto io desideri passare con te il resto dell'eternità, devi curare in fretta le tue ferite e scappare dai trafficanti prima che sia troppo tardi.» Aveva guardato attraverso l'Occhio, era palese. Aveva controllato la figlia passo dopo passo per tutta la sua vita, immaginando di poterle

tenere compagnia nei momenti di solitudine. In vita non lo avrei mai ammesso, ma tutto sommato non ero poi così diverso da Alister, quella driade che a lungo avevo disprezzato solo perché lavorava a corte. Ero stato stolto, non era possibile delineare fazioni precise in questa guerra senza inizio e senza fine. Lui era una vittima, così come lo ero io e come lo era Inanna, finalmente l'ho compreso.
«Chiama a te i tuoi poteri, i *nostri* poteri, e guarisci.»

«Non lo sai?» chiese Titania, cupa nella sua disperazione. «Belfagor s'è preso la mia luce, i miei poteri da driade, ciò che mi rendeva simile a te, non ho più alcuna capacità di guarigione. Non posso curarmi e non posso tornare, io sono già morta.»

«Titania, calmati.» Alister si era sporto in avanti ad afferrare le spalle della giovane, abbandonando ogni remora. Lei non l'aveva mai visto, ma lui la conosceva da sempre: aveva per anni pregato la dea della vita di aver cura della sua unica, adorata figlia. Invece, in quel momento, erano le divinità della morte a stringere in un pugno il suo destino. «Nessuno può appropriarsi della tua luce. Belfagor potrebbe averla copiata, neutralizzata per qualche attimo, ma non rubata. Tu sei sangue del mio sangue, la tua luce è anche la mia, quella parte di me che ancora vive attraverso te. Nessuno sarebbe mai in grado di rubartela, di sottrarre questo profondo legame che ti tiene stretta a me, nemmeno uno strige del calibro di Belfagor.»

Titania sollevò lo sguardo, tentando di scrutare attraverso la lente pallida dei propri occhi il viso di suo padre. «Non sono mai stata come te,» replicò «io sono una metà incompleta, non ho nemmeno le ali, il mio corpo non funziona come dovrebbe, io non sono niente.»

«Credi che il medico ricercatore di Arcadya, lo strige più potente del suo tempo, il caro e scapestrato amico di Inanna, anche detto Belfagor, si sarebbe mai interessato a te se fossi incompleta e malfunzionante come dici?» replicò Alister. «Ci sono tanti aspetti del nostro potere, della nostra luce, che rimpiango di non esser mai riuscito a insegnarti. Alcune caratteristiche possono restare latenti per molti anni, ma fanno ugualmente parte di te.»

«Aspetta, che cosa vuoi dire?» lo incalzò la figlia.

Ma il padre stava già socchiudendo gli occhi, preparandosi a invocare un'ultima volta la sua dea. «Le ali, Titania, sono solo un artificio di luce» sospirò prendendo fiato per bene, racimolando tutta l'energia circostante come più non era abituato a fare. «Le driadi non le possedevano fino a quando non hanno appreso come piegarla al proprio volere.»

«Aspetta, come?»

L'ibrida afferrò il padre per i polsi, voleva altre risposte. No, voleva parlargli, essere la figlia che non aveva mai avuto occasione di essere. Ma lui già stava invocando la sua dea della vita. Alister fece qualche passo indietro, allontanandosi dalla giovane, e pregò. Desiderò che aiutasse la dea Titania, che le donasse la forza necessaria per ritrovare se stessa e combattere. E che sopravvivesse alle atrocità fuori dai confini.

«Papà?» lo chiamò Titania, riavvicinandosi di nuovo a lui. Era così anomala quella parola per lei, che da sempre era stata abituata a parlare dei genitori in terza persona. «Padre», lo aveva sempre chiamato quando si riferiva a lui. «Papà» era più affettuoso, più familiare, le dava l'illusione d'aver sempre avuto una famiglia a cui fare ritorno, come se lui in questi anni fosse sempre stato a casa ad attenderla. «Papà, per favore, non lasciarmi di nuovo.»

Non era solo bisogno di affetto quello, bensì genuina paura. Titania era spaventata. Dopo aver conosciuto il familiare e paterno calore, l'idea di tornare fuori a combattere la terrorizzava. E poi quel tiepido sonno era così avvolgente e confortante, uscirne sarebbe stato un vero strazio.

«Mi dispiace, Titania. Davvero mi dispiace tanto» rispose Alister, trattenendo ancora una volta le lacrime. «Ma devi vivere finché puoi. Io ti aspetterò qui.»

Un improvviso tepore scaldò il petto di Titania, che si strinse istintivamente nelle braccia, avvolgendosi il busto, nel vano tentativo di resistere a quella potente trazione, la stessa che la spingeva a tornare. No, lei desiderava rimanere nel freddo reame di Midian. Lì aveva un padre, una famiglia, qualcuno che la accudisse e la ascoltasse. Ad Arcadya non c'era niente, solo un'atroce morte per colpa di una dispotica famiglia.

La giovane serrò gli occhi e soppresse un singhiozzo.

«Mors lasciami qui, ti prego» implorò, aggrappandosi al tessuto sgualcito del divano nel tentativo di ancorarsi lì e non muoversi. Ma senza alcun successo: le divinità della vita la reclamavano, era tempo di tornare.

Fitti filamenti di luce si avvilupparono intorno a lei, avvolgendola pian piano. La giovane tentò di allungare le mani per raggiungere il padre, ma quella forza estranea e divina glielo impedì, inghiottendola fra le sue spire.

«È tempo di fare ritorno fra i vivi» sospirò l'uomo, guardando per un'ultima volta sua figlia. «Verrà il giorno in cui staremo finalmente tutti insieme, la nostra famiglia sarà riunita. Ma è ancora un giorno distante.»

Regina di Bastoni

Titania fu sbalzata all'indietro. Provò a ribellarsi, a tornare dal genitore, c'erano ancora tante cose che desiderava chiedergli, raccontargli, condividere, ma lui era sempre più lontano. Una forza arcana, ancestrale e divina la risucchiò. Il mortale sollievo che aveva accolto il suo corpo si fece da parte, lasciandola in un dolore intenso e lancinante. Tremendo e assordante, indubbiamente vivo nella sua agonia.

La prima cosa che l'ibrida percepì fu il sapore metallico del sangue, presto seguito da un fitto odore di morte. Era buio; non adombrato affinché i suoi occhi riuscissero a percepire le sagome degli oggetti intorno a lei, ma un buio pesto, assoluto. Più buio del sonno e della morte.

Il suo corpo era immobilizzato sotto un ingente peso: le era impossibile alzare un braccio e lo era ancor di più piegare una gamba.

Che male, spero non ci sia niente di rotto: questo fu il suo primo pensiero. *Altrimenti non avrò modo di andarmene da qui.*

Titania non impiegò molto a realizzare dove si trovava. Il movimento irregolare delle ruote su un terreno scosceso, il tanfo opprimente che permeava quel luogo, la schiena congelata dello strige morto sopra di lei. Era sotto una pila di cadaveri destinati al macello.

Devo andarmene da qui. Poteva evocare senza muovere braccia e gambe, ma non poteva farlo senza la bocca. La sua testa, schiacciata contro un corpo, si voltò di lato con difficoltà e finalmente la giovane poté prendere una piccola boccata d'aria, trovando spazio fra le gelida membra accatastate dei novizi.

Raccogliendo a sé quel poco che restava delle sue energie si appellò alla vita, a quel bagliore che la teneva sveglia, senza permetterle di assopirsi, di cedere all'oscurità. Prese un altro respiro, sforzandosi di gonfiare il torace contro l'opprimente peso dei suoi compagni appena periti. Ignorò il pungente odore di morte e spinse quelle energie giù, verso le proprie gambe. Il dolore si fece meno intenso, fu come se un panno caldo e profumato si fosse avvolto intorno alle sue tibie, lenendo gli effetti delle contusioni e regalandole un fugace attimo di sollievo.

Titania scavò verso il cielo nero. Si fece largo in quel fiume di morte con una forza bruta che non credeva di possedere. Spostò di lato i corpi degli strige. Uno di loro, in cima al mucchio, rotolò per terra e lei pregò che i suoi carnefici non se ne accorgessero. Scavava verso l'alto, facendosi largo in quella montagna di morti, sollevata all'idea di non poterne vedere la smorfia contratta con cui quel violento decesso aveva sfregiato i loro visi.

Si fece spazio tra i corpi, ricavando cunicoli di speranza tra un morto e l'altro, quando trovò un'uscita laterale da quel macabro antro di morte e riemerse nella fresca aria della notte. Quando poté finalmente respirare, giunta in cima a quella massa di cadaveri, non tardò ad appiattirsi contro di essi, spaventata all'idea che qualcuno potesse vederla e darle il colpo di grazia.

Si trovava su un pick-up, che sbuffava e sobbalzava fra le stradine scoscese oltre il confine. Era di nuovo in grado di muovere le gambe, ma non sarebbe riuscita a correre molto lontano.

Ripensò alle parole di suo padre, a tutte le frasi non dette, alla velocità con cui l'aveva accolta, come se avesse sempre vissuto al suo fianco.

Se solo avessimo avuto più tempo si maledisse.

Alcune caratteristiche possono rimanere latenti, almeno queste erano le sue parole.

Si aggrappò ancora a quell'energia vitale capace di guarirla; questa volta pronunciò una preghiera a fior di labbra. Socchiudendo gli occhi, immaginò di toccare la luce. Non era la prima volta: spesso a Faeree, nel buio delle foreste incontaminate, vi aveva attinto, chiamando a sé tenui lucine danzanti che illuminassero il suo percorso, abbastanza soffuse da non disturbarla e abbastanza luminose da permetterle di scorgere le sagome degli alberi e degli eventuali predatori nascosti in mezzo alle fronde. Tutti incantesimi di primo livello, richieste semplici e molto dirette.

Suo padre, però, aveva parlato di manipolazione.

Non doveva essere un incantesimo più difficile, solo differente. Titania toccò la luce, vi immerse prima le dita e poi tutta la mano. Stendendo il braccio sopra di sé descrisse prima una spirale, poi un'altra. Tracciò un ovale, furtiva e silenziosa, disegnando nell'aria con le mani imbrattate di luce.

Poi le ricongiunse, ancora impregnate, sul petto. Disegnava con la punta delle dita, rapida e curiosa in quel buio sconfinato e senza speranza, quando una spirale di luce l'avvolse, una luce simile a quella vitale evocata da suo padre, solo più debole, meno calda nella gelida notte oltre il confine.

Titania spremette le meningi, senza interrompere la formula. Pensò al genitore, al suo sangue, a quanto tutto questo la rendeva simile a lui, e si lasciò bagnare da quell'intensa luce.

Io sono figlia di Alister, ex consigliere reale, e sono una driade. Come lui.

Le gambe, sempre più leggere, si distesero pian piano. Le punte dei piedi si sollevarono, come se non potesse toccare quel compatto tripudio di morte.

Il veicolo si arrestò all'improvviso, ma Titania non si accorse di nulla. Fluttuava a occhi chiusi, sollevata da quella macchina carica di desolazione.

«Uno di quegli strige è vivo e sta scalciando» sentì sbuffare. «Torno subito.»

Come la portiera si spalancò, Titania riaprì gli occhi. Scorse una figura confusa scendere dal pick-up e si preparò a reagire. Il trafficante, accecato da quell'improvvisa luce, si trovò costretto a schermarsi il volto, mentre una morbosa gioia prendeva possesso di lui. Colei che credeva una comune strige da macello galleggiava a diversi metri dal suolo, i suoi lunghi capelli bianchi fluttuavano e una nuova luce riaccendeva i suoi occhi color sangue. Sulla sua schiena tre coppie d'ali si spalancavano, candide come la neve, iridescenti come diamanti e leggere come l'aria. I suoi palmi erano rivolti verso lo scagnozzo, donandole un aspetto quasi sacrale, simile a una divinità, un essere celestiale sceso fra i mortali.

L'uomo non riuscì a trattenere un'esultanza. Quella davanti a lui era una strige *e* una driade, al mercato nero avrebbero fatto follie per lei. Prima, però, doveva catturarla. Di nuovo.

«Cazzo!» imprecò l'uomo. «Prendete i fucili, questa vola.»

Le enormi e iridescenti ali sulla schiena di Titania sbatterono due volte, sollevandola in aria e illuminando quell'abbandonato angolo di mondo. Unendo le mani evocò a sé la terra, le chiese di crescere in quel terreno arido, di sopravvivere fra le crepe dell'asfalto diroccato e di emergere.

Delle liane scure si fecero spazio attraverso il terreno fatiscente e s'avvilupparono intorno alle gambe del trafficante. Le loro spine si conficcarono nei suoi polpacci e nelle sue cosce, trafiggendo vestiti, pelle e muscoli.

Il tale diede un rapido strattone e si trovò a urlare per il dolore. Le sue mani si aggrapparono a quelle radici dure e pungenti, le sue dita si graffiarono contro le loro spine, iniziando a sanguinare.

Subito uscirono dall'auto pure gli altri due colleghi, Titania se ne accorse dal rumore delle portiere. Poteva combattere contro uno di loro, batterne tre era molto più difficile. Per quanto si fosse riappropriata dei suoi poteri, continuava a non avere alcuna affinità con gli elementi delle driadi. Gli incantesimi di primo livello potevano rallentare, infastidire, ma non neutralizzare.

Realizzò in fretta che la sua unica missione non si sarebbe limitata a una fuga: voleva anche impedire che quel carico di organi giungesse a destinazione, il che significava affrontare pure i trafficanti sugli altri furgoni.

Alle sue spalle percepì l'arrestarsi di un altro veicolo, sentì schiamazzi di voci e rumore d'armi che venivano afferrate.

No, non posso scappare, si disse, appoggiando i piedi sopra al freddo cumulo di morti sotto di lei. *Ma devo trovare una soluzione immediata.*

Le sue gambe, ancora deboli, cedettero. Per non ricadere a peso morto sul furgone, Titania tese una mano in avanti. Le sue dita incontrarono il viso addormentato di uno strige. Quelli erano corpi destinati al mercato nero, merce che lei doveva trattenere, affinché quella pratica orribile non proliferasse ulteriormente. Aveva visto quelle diverse decine di cadaveri come un peso durante una parte della sua missione, una zavorra da trascinarsi dietro. Ma se non si fossero limitati solo a quello? Se fossero stati anche il mezzo per raggiungere il suo obiettivo?

E quale miglior modo di impedire che un carico di cadaveri giunga a destinazione se non dando ai cadaveri stessi modo di alzarsi e combattere?, pensò, ghignando convinta.

C'era solo un piccolo problema. Il suo potere da solo non bastava: per sconfiggere quegli uomini, per consentire a quei corpi di alzarsi e ribellarsi contro i loro carnefici, c'era bisogno di me.

In quel momento, mentre mi crogiolavo nella mia stolta inerzia, convinto d'aver perso ogni speranza, ogni connessione con il reame dei vivi, ogni vaga possibilità di rimettervi piede, una debole voce mi chiamò: «Belfagor, ascoltami, ho bisogno del tuo aiuto».

Re di Bastoni

Era passata circa una decina di ore dalla ribellione oltre il confine quando Isolde riemerse dalle sue stanze con il passo stanco di chi ha passato una vita a rimuginare. Qualcosa aveva risucchiato le sue energie, l'aveva derubata dei suoi ricordi e, ogni tanto, le capitava di percepire un'inspiegabile nostalgia verso un'esistenza non sua. Non sapeva nemmeno con chi arrabbiarsi per quel furto, se con se stessa o con il ladro invisibile che le aveva sottratto parte della sua vita.

Stranamente non trovò servi a scortarla lungo il corridoio. I suoi abiti avevano uno strascico molto lungo, qualcuno doveva accertarsi che non s'impigliasse da nessuna parte. Con una smorfia, la regina rammentò a se stessa di informare il capo della servitù, certi disguidi non erano più ammissibili. Tuttavia, si prese del tempo per esplorare tutti i vuoti della sua memoria, tutte quelle voragini incolmabili dentro ai suoi ricordi: si sentiva come se la sua coscienza fosse attaccata a un filo, appesa sopra al baratro di un cupo e inconsapevole oblio.

Giunta di fronte al salone principale, non c'era nessuno pronto ad aprire la porta al suo posto, nessun servo, nemmeno la fidata Evelyne.

A Isolde sembrò di esser tornata indietro nel tempo, quando la sua vita era un po' più semplice e lei nel palazzo era solo un'intrusa, la squattrinata ragazzina che il principe Caiden faceva sgattaiolare dentro dalle porte sul retro.

Il ricordo degli anni trascorsi con Caiden era permeato da una costante sofferenza alla quale non sapeva dare un motivo: non ricordava niente al di là di qualche litigio poco importante. Allora perché il cuore le doleva tanto? Perché ogni tanto sognava di fuggire dal palazzo? Perché continuava a sognare un altro uomo che nemmeno rammentava?

In quel momento, riassaporando quell'insormontabile dolore provocato dalla sola presenza del marito deceduto, Isolde non riuscì a sopprimere un sorriso. Avvelenarlo era stata la sua liberazione.

La regina strinse il pomello d'oro e aprì finalmente la porta.

Ciò che vide all'interno del salone le fece crollare lo stomaco in una voragine.

In piedi davanti al trono c'era un viso a lei familiare, uno che sperava di non rivedere più, non tanto per la minaccia che esso rappresentava, quanto per l'opprimente senso di colpa che si strinse intorno al suo torace nel riconoscere quei due occhi viola. Lo stesso vuoto allo stomaco che l'aveva ghermita quando lo aveva stretto fra le braccia per la prima volta, vent'anni prima. Non sapeva per quale motivo avesse cercato di allontanarlo da sé, non lo ricordava, era una delle memorie che temeva di più, una nella quale era consapevole di non aver avuto il controllo di sé.

Quel bambino piccolo, indifeso e terribilmente anomalo che lei aveva ripudiato era cresciuto, era diventato un giovane uomo dallo sguardo carico d'odio, un odio perfettamente comprensibile. Quello non era un fantasma del suo passato, una mera illusione che tormentava i suoi sogni, era reale, tangibile, come i patimenti da lui sofferti.

Una voce ruppe il sommesso vociare dei presenti: «Scappa!». Suo figlio, quello che lei aveva accolto e cresciuto, era immerso fino al torace in una strana melma. Le stava urlando di andarsene, mentre cercava inutilmente di divincolarsi.

Isolde strabuzzò gli occhi quando si accorse delle persone presenti nella sala. Non erano i nobili che lei aveva imparato a conoscere da quando Caiden l'aveva accolta a palazzo, erano popolani qualsiasi! Infatti nessuno di loro parlava, facevano rumore battendo i palmi o i piedi. Tutta la sala era riempita da quel fragore umano, di stivaletti, sandali, mani nude che schioccavano e vibravano, riverberando nell'alto soffitto del salone.

Alzando lo sguardo, notò che Teodora e Anaïs le avevano voltato le spalle, così come Elan. Le due driadi usavano i poteri per immobilizzare i nobili che tentavano di ribellarsi contro Valerius o contro il popolo. La moglie di Silas aveva tentato di colpire Teodora, lanciandole un piatto, ma la contessa Godiva impedì il lancio, afferrandole rapidamente il polso. A quanto pare, nemmeno tutti i nobili si erano schierati con la corona.

Isolde diede le spalle alla scena e fece per ritornare nelle sue stanze, ma fra lei e la porta si frappose Elan, il quale la sfidò: «Cento anni che servo la famiglia reale, cento anni nei quali non hai mai potuto parlare liberamente. Cos'avete da dire a vostra discolpa, mia regina?».

«Non sono responsabile dell'operato di Caiden e della sua famiglia!» si difese lei, arretrando di un passo. «Io ricordo a malapena gli ultimi anni!»

Da sotto una tovaglia emerse Calista. Isolde impallidì nel riconoscerla. Non ricordava molto dell'ultimo periodo, questo era vero, però rammentava bene cosa aveva ordinato. Non aveva motivo di detestare quella guardiana, ma lei aveva conosciuto quel suo figlio anomalo, si era alleata con lui e ciò bastava a renderla una minaccia.

Quella minaccia, però, era fuggita dal suo destino, aveva scavato fuori dalla sua prigione di morte ed era tanta la rabbia che ribolliva nel suo sguardo.

«Anche nascondermi in una torre e lasciarmi morire di fame e di sete è stata opera vostra?» La sua gola secca gracchiava, ancora assetata. «Anche uccidere Tiberio?»

La regina si accigliò, squadrando con disprezzo la driade. «L'ho fatto per proteggere me e mio figlio. Niente di personale.»

La voce di Valerius si levò, calda e potente, sopra tutte le altre. «Pure condannarmi a passare l'infanzia schiavo di un crudele lenone fuori dal confine?»

Gli occhi della regina s'inumidirono, tanto che sia Elan sia Calista si domandarono se quella fosse una tristezza genuina per il figlio perduto, o banale preoccupazione per la propria sorte. La sua voce tremava nell'affermare: «È stata un'idea di Liviana, non sai cosa mi avrebbe fatto Caiden se ti avesse visto, se avesse scoperto di me».

«E Belfagor» la interruppe il giovane. «Lo stesso uomo che tu hai ucciso.»

Isolde scosse debolmente la testa, come a negare le parole del figlio. In quel momento, Evelyne uscì da dietro il banchetto e si mise fra Valerius e Isolde.

«Spostati!» le intimò lui. «Non voglio colpire un'innocente.»

«Allora non devi colpire nemmeno lei!» obiettò la serva, spalancando le proprie braccia, a difesa della sovrana. «Sta raccontando la verità, è stata sotto il controllo di Caiden e di Liviana per molti anni. Ha amnesie provocate da quella driade, non ricorda gran parte della sua vita.»

Valerius fece per replicare, ma Elan sollevò una mano, troncando sul nascere la sua risposta. «Evelyne,» intervenne «tu hai viaggiato nel reame dell'Oblio, dicci che cosa hai visto.»

Un tonfo improvviso fece sussultare tutti i presenti. Era come se il tempo si fosse appena fermato. Il conte Lunden approfittò della commozione per tirare un calice d'oro in faccia a Valerius.

Lo strige schivò per un soffio il colpo: qualcosa aveva attirato il suo sguardo e l'aveva distratto dal combattimento. Qualcosa che mai avrebbe creduto di poter vedere.

In piedi sulla soglia c'era una squadra di corpi rianimati, freschi. Ancora grondavano di sangue dalle bocche e dalle mani. Erano novizi del tempio di Mors, reduci di una strage ma, in qualche contorta maniera vincitori. In mezzo a loro, diritta, imponente, con enormi ali spiegate sulla schiena, si stagliava Titania. Somigliava a una regina dei non-morti, della luce e della tenebra, della vita e della morte. Valerius rimase a guardarla, incantato da quella dimostrazione di potere.

Sì, l'ibrida aveva contratto un debito non indifferente con il sottoscritto. Io mi ero impegnato a procurarle un esercito di morti, le avevo salvato la vita, avevo adempiuto alla sua missione e impedito che quei corpi arrivassero al mercato. Era giunto il momento di ricambiare.

«Il re Caiden la maltrattava, da quando lei era un "segreto"» proseguì Evelyne, ignorando la nuova arrivata. «Non era un bravo re e nemmeno un essere umano decente. Invece Belfagor era gentile con lei, non l'ha mai rapita, le ha solo offerto un riparo.»

Titania si levò in volo, sotto lo sguardo meravigliato di Elan e di Calista, che la fissavano, estasiati. Sfruttò le correnti d'aria generate dalle sue ali per capire quanto lontana si trovasse dai muri e dalle pareti, in modo da atterrare davanti alla regina, la quale era ancora persa nei suoi ricordi. «Io credo di averlo amato» mormorò, con le spalle al muro.

Era giunto il momento. Finalmente, toccava a me.

Dieci ore dopo il nostro patto arrivò l'ora di salire sul palco.

Sarei stato una terribile spina nel fianco se Titania si fosse tirata indietro. Però non lo fece, non avrebbe mai osato: io ero il suo patrono, e i suoi poteri da strige, ormai, dipendevano unicamente da me.

Per quanto fosse pericolosa la mia richiesta, doveva obbedire. La giovane ingoiò il groppo formatosi nella sua gola e si preparò a farmi spazio.

«Se davvero hai amato Belfagor come dici,» ringhiò l'ibrida, «diglielo di persona.»

Il suo corpo fu scosso da un improvviso tremore. Una convulsione si aggrappò ai suoi muscoli, tirandola e strattonandola dall'interno.

Calista corse immediatamente da lei e la circondò con le proprie braccia. Il corpo dell'ibrida, scosso, precipitò, lasciandosi andare a un'ondata di tremori. La guardiana la sorresse durante la caduta e impedì alla sua testa di battere contro il suolo marmoreo. Valerius lasciò il conte Lunden nelle grinfie delle driadi e corse anche lui a soccorrere l'ibrida. Ma ormai era troppo tardi, io ero già lì.

Mi adattavo al suo corpo come se stessi infilando una scarpa troppo stretta e rigida, con violenti strattoni da una parte e dall'altra. Tutta la sua essenza veniva riassorbita, respinta indietro, il suo fisico si adattava man mano al mio.

Elan, con le sue centinaia d'anni di esperienza, riconobbe immediatamente quei movimenti. «È vittima di una possessione!» esclamò. «Calista, usa i tuoi poteri per ricacciare indietro lo spirito di Belfagor!»

La driade digrignò i denti, si apprestò senza esitazione a portare le mani sopra al mio petto. Pardon, volevo dire il petto di Titania. Evocò la vita, con una rapida preghiera mormorata con il fiato corto e il cuore a mille. Per quanto i suoi incantesimi si fermassero al primo livello, ci doveva pur essere qualcosa che poteva fare.

Provò a rimarginare le ferite che si aprivano dentro al corpo di Titania per far spazio a me, tentava di ricacciarmi a Midian, impedirmi di prender posto, ma non riuscì a far nulla. Io ero più forte, più veloce, più disperato.

«Non riesco!» si lamentò, con la disperazione nella voce. «Solo Anaïs ne è capace.»

«Vado a chiamarla» si apprestò Elan, gettandosi in mezzo alla folla di nobili e popolani, evitando colpi e oggetti volanti.

Evelyne era subito accorsa dalla regina. «Andatevene, è pericoloso» le suggerì, preoccupata.

Ma la sovrana era immobile, attonita, fissava Titania. Anzi, no, fissava me.

Dopo un'ultima, definitiva, scossa, sentii il freddo del marmo sotto i polpastrelli, la spossatezza di un corpo diverso dal mio, che era stato tirato, allungato, affinché si adeguasse al mio spirito.

Avevo ancora il fiatone per lo sforzo, come se fossi stato io a subire la possessione, a fare spazio nel mio stretto guscio per qualcun altro.

Per un attimo, la mestizia e la nostalgia per una vita e una prole strappatemi troppo presto si fecero da parte. Per qualche istante, ci fu solo pura estasi. Ero di nuovo vivo, avevo una forma corporea in un luogo che non fosse una vacillante proiezione della mia mente, costituita da memorie tattili e immaginazione. Avevo una forma, occupavo uno spazio, respiravo. Ed era meraviglioso.

Non mi sentivo così in forma da tempo immemore; persino il dolore, il sangue colante dai dotti lacrimali erano parte di quella vita, di quell'estasi, di quel sentimento che a lungo mi era mancato. Il freddo sulla mia pelle, la stanchezza nelle mie membra, le lancinanti ferite dentro al mio corpo. Per quanto singolarmente fastidiose, avevo a lungo provato nostalgia per quelle sensazioni, per quel luogo disfunzionale che era Arcadya.

Guardandomi intorno vidi il caos riecheggiare nel palazzo ma, finalmente, anche io ne facevo parte, anche io potevo intervenire attivamente in quel posto.

Cinque minuti, ripetei a Titania. *Mi hai promesso cinque minuti, non ti concederò di meno.*

Quando parlai non lo feci con la voce sottile dell'ibrida, ma fu il mio petto a risuonare, le mie corde vocali a vibrare, la mia bocca a emettere quel suono. «Dimmelo, Isolde».

Lei mi riconobbe, lo so per certo. Il suo volto si addolcì, le sue difese si abbassarono, come il tempo le aveva insegnato a fare con me. Tuttavia non disse nulla, restò con le labbra schiuse per la sorpresa. Mi squadrava come se fosse una donna qualunque, felice di rivedere l'amante della sua giovinezza, nessuno sdegno, nessun senso di colpa. Era come se non fosse accaduto niente. Non vi era alcun dolore, alcun risentimento trapelante dai suoi occhi. E questo mi fece imbestialire.

Che cos'ha da sorridere?, mi chiesi, furioso. *Perché mi guarda come faceva anni addietro? Contenta di vedermi, come lo era quando ci incontravamo al lavoro.*

Feci un passo nel silenzio. Fu lancinante. Per un attimo credetti che la mia gamba fosse sul punto di spezzarsi. Invece non accadde niente. Avanzai lentamente; restai impassibile, neanche una nota di dolore o di fatica doveva trasparire nel mio viso. Superai il trono e mio figlio. Lui nemmeno lo guardai, non volevo affrontarlo, non ancora. Raggiunsi il deambulatorio, adombrato dalle colonne. Uno dei nobili rampolli provò a raggiungermi, tenendo ben alto il vetro frantumato di una bottiglia. Evocai una fitta cortina d'ombra e di gelo intorno a noi, per proteggerci da occhi e interventi indiscreti.

Vediamo se funziona, mi dissi. Sfruttai i poteri da driade custoditi nel corpo di Titania e chiamai a me piccole particelle d'acqua, che spedii dentro alla densa coltre di nube nera, dove si congelarono, tagliuzzando l'intruso e chiunque si avvicinasse a noi.

«Ora abbiamo un po' di riservatezza» affermai. Voleva essere un ironico moto di spirito, ma per come emerse dalle mie labbra parve più una minaccia.

Ancora guardavo la stupefatta Isolde, quando un flebile e meravigliato sussurro mi fece trasalire.

«Aelius?»

21
Il Mondo

Cavaliere di Coppe

Il tempo che avevo trascorso su Arcadya era stato fin troppo breve. Le molteplici sensazioni che mi avevano circondato e inebriato erano scomparse, lasciandomi immerso in un cupo silenzio d'emozioni. La desolazione di Midian era tornata ed era più intensa, più opprimente. Il grigiore pallido di quelle tristi pareti animava in me una viscerale rabbia.

Non ho avuto abbastanza tempo, mi dannai, ripiegandomi su quel freddo pavimento. Mi sentivo come se mi avessero strappato di nuovo la vita dalle mani. Il petto mi doleva, una fitta lacerante minacciava la mia presenza in quel reame.

Calmati, mi dissi, guardando le piccole crepe che attraversavano i muri spogli di quell'abitazione. *Se ti lasci andare alla rabbia, potrebbe essere l'ultima cosa che fai.*

La mia esistenza era precaria, flebile, la mia proiezione corporea era fatiscente. Non come in quei brevi minuti di vita, no. Lì ero saldo e forte, ma quella forza non apparteneva a me.

Presi un grande respiro, poi un altro, e un altro ancora. La fitta non si attenuò, divenne solo più sopportabile. Ero confinato lì, dovevo accettarlo. Quel barlume di estatica energia non proveniva da me, bensì dal corpo giovane di Titania. Tale forza non mi appartiene più da decadi. Mi accorsi di essere scarico, svuotato, solo in quel frangente, quando, dopo essermi abbeverato nell'estasi della vita, ero piombato nella desolazione di Midian.

Mi alzai a fatica, emettendo un verso indolenzito. *Il dolore va bene*, mi convinsi. *Vuol dire che sono ancora cosciente.*

Barcollai verso l'ultimo ponte che mi restava con il reame dei vivi, l'unica possibilità di restare minimamente vicino a lui, a mio figlio Valerius.

Probabilmente ora mi odia, realizzai. *Sono il patrono di Titania, ma come può prediligere una giovane da poco conosciuta a suo padre?*

Una smorfia invidiosa si fece largo fra i miei lineamenti, ma la soppressi rapidamente. Ripensai agli orrori da lui vissuti, inflitti da Settimio, un uomo orribile che avrei fatto a pezzi con le mie stesse mani se solo ne avessi avuto l'occasione, al suo famiglio, al suo primo amore Kiera. Io non ero stato parte della sua vita, dovevo farmene una ragione. Mentre Titania...

L'ibrida era stata operata d'urgenza per un'emorragia interna. I cinque minuti da noi concordati non erano stati rispettati ma, viste le circostanze, avrei chiuso un occhio. Certo, una parte di me provava una profonda gelosia. Lei era amica di mio figlio, gli poteva star vicino più di quanto non potessi fare io, e lui pareva preoccuparsi per lei più di quanto non avesse mai fatto per me. Ancora non avevo seguito interamente le vicende dei giovani attraverso l'Occhio e molte parti della vita di Valerius mi erano ignote. Scrutare nel suo passato era stato un insopportabile dolore, potevo osservare i suoi trascorsi solo a piccole dosi. Il peso che gravava sul mio fragile cuore non mi concedeva altro. Ma quella volta, quando ero appena tornato a Midian e, avido di vita, guardavo attraverso l'Occhio, imparai che il legame fra i giovani andava ben oltre l'amicizia.

La solitudine di Titania durò poco, a differenza della mia. Calista l'aveva rapidamente portata in quella che era stata la clinica di Tiberio e l'ibrida era stata subito operata. La vidi mentre era avvolta nel sonno innaturale donatole dagli anestetici e i medici la suturavano agilmente. Guardavo con invidia le loro mani, i guanti sporchi di sangue e i loro volti concentrati dietro le mascherine. Fui costretto a distogliere lo sguardo per qualche secondo, onde evitare che la nostalgia prendesse possesso della mia mente.

I giorni successivi Titania restò a riposo, ricoverata all'interno di una stanza sorprendentemente colorata per una clinica. Le pareti erano di un rosa delicato, con appesi dei dipinti astratti, nei quali si alternavano sfumature di verde e viola. Dinanzi al letto c'era una televisione, inutilmente grande per lei, che d'altronde non poteva certo guardarla, ma si dilettava ad ascoltarla, dopo che un'infermiera l'aveva gentilmente sintonizzata su un canale dedicato alla musica.

Non ebbe nemmeno il tempo di provare un briciolo della pervasiva solitudine da me sofferta ogni giorno che Valerius, tanto preoccupato, andò a trovarla in compagnia di Calista.

Curioso, pensai, riconoscendo la driade del fuoco incontrata qualche tempo prima a Midian. *Lei si è scagliata su di me pur di salvare Titania.* Non era strano che andasse a trovare l'ibrida in clinica, certo, però non riuscii a ignorare la tenerezza con cui stringeva la mano di mio figlio, il modo intimo in cui parlavano del più e del meno, sussurrandosi a vicenda nelle orecchie come un duo sotto copertura, e gli sguardi trasognati che lei gli lanciava quando lui non guardava.

Notando quell'atteggiamento così intimo, avevo sollevato entrambe le sopracciglia. *Si fa interessante.*

Sì, da quel momento non volevo più perdermi nulla. La mia breve visita ad Arcadya mi aveva gettato in un mare di curiosità. È stato quello il momento in cui è divenuta mia abitudine guardare attraverso l'Occhio.

A quanto pare, Kiera non è stata l'unico amore di mio figlio.

I due, entrando nella clinica, si erano allontanati rapidamente. Era stato un movimento repentino, istantaneo, si erano separati con velocità incredibile. Il viso di Calista, colorato dall'innamoramento, era divenuto serio, inespressivo, come se stesse semplicemente scortando uno sconosciuto. All'inizio non compresi quel gesto, ma non ci volle molto prima che lo capissi.

Non appena la coppia entrò nella camera dove tenevano Titania, la driade si chinò a baciare la fronte dell'ibrida. Lo strige, invece, si sedette sul lettino e la salutò come faceva sempre: prendendole delicatamente una mano e mettendosela sul viso. La giovane, inizialmente avviluppata dalla noia e dalla confusione, s'illuminò all'istante. Era difficile identificare il motivo della sua gioia. Il bacio di Calista o la carezza di Valerius? Poi diventò ovvio.

Lui, anziché allontanarsi e terminare quel loro peculiare saluto, s'inginocchiò al capezzale della ragazza. Le strinse la mano fra i propri tiepidi palmi e la giovane, nonostante il lancinante dolore e le fastidiose suture, fu rincuorata nel profondo da quel contatto. Una vampata gradevole le scaldò le guance, coccolandola. Qualsiasi fastidio sentisse, in quel momento si era fatto più distante. Valerius stava assorbendo il suo dolore.

«Grazie per essere venuti qui» sorrise debolmente Titania, mentre Calista le accarezzava il capo.

Non poteva desiderare di meglio. Finalmente era con loro due, era riuscita a rivederli entrambi nonostante il fato avesse remato contro. Nonostante fosse quasi morta al di là del confine e nel palazzo stesso, donandomi tre minuti di tanto agognata vita. Nonostante il suo corpo fosse affaticato, dolente e tirasse da tutte le parti. Nonostante tutto, in quel momento lei era in pace. Qualcosa, però, turbava l'animo dello strige. Titania se ne accorse dai profondi respiri che prendeva, simile a un atleta pronto a lanciarsi nel vuoto. Non era per il dolore che stavano condividendo, c'era dell'altro.

Valerius schiuse finalmente le labbra, prendendo fiato, ma non emise alcuna parola, solo l'ennesimo, affaticato, sospiro. Calista, accortasi di quel disagio, si sporse ad accarezzare la chioma biondiccia dello strige, prestandogli la voce. «C'è una cosa della quale dobbiamo parlarti».

Tre di Spade

Quando ero a palazzo, avevo potuto udire il mio vero nome, quello affidatomi dalla nascita, lo stesso con cui mi avevano chiamato i miei genitori, quello che mio padre urlava nervoso fra i corridoi della mia vecchia casa, il medesimo nome pronunciato da tutte quelle persone a me care, i parenti, Inanna, Isolde... era come se una parte di me a lungo assopita fosse stata risvegliata in quell'istante.

Sentendo quel nome, una morsa si era stretta intorno alla bocca del mio stomaco. Avevo quasi dimenticato quanto fosse bello. In vita lo avevo portato con fierezza nella morte quasi lo avevo dimenticato, ormai avvezzo alle vesti che gli altri mi forzavano indosso. Per la prima volta dopo decenni, mi ero sentito di nuovo me stesso.

Ma non mi ero fatto distrarre dall'improvvisa dolcezza di Isolde. Io ero stato ingiustamente derubato di un futuro, di un figlio e, in venti anni, non ne avevo mai compreso il motivo. Era il momento di ottenere risposte. *Perché sono morto? Perché proprio Isolde mi ha ucciso? Perché non mi ha semplicemente chiesto di andarmene dalla sua vita?*

Fomentai quella rabbia, la stessa che a lungo avevo represso dentro di me pur di non perdere il senno. Ero riuscito a tornare; era una condizione momentanea, anzi precaria, a giudicare dalle numerose fitte che il corpo di Titania mi stava assestando, ma ero lì, dinanzi a Isolde, e non me ne sarei andato senza una spiegazione.

Mi avvicinai passo dopo passo a lei, a colei che aveva brutalmente reciso il filo della mia vita, dopo averlo amorevolmente intrecciato alla propria. Mi guardava con occhi grandi, svuotati dal terrore e dallo sgomento.

«Perché lo hai fatto?» le chiesi a fior di labbra. «Perché mi hai ucciso?»

Lei era trasalita, come se non si aspettasse una simile domanda da parte mia. Lo trovai incompatibile con la sua persona. Lei era una sfrontata, mai irriverente o scomposta nella propria sfacciataggine, ma pur sempre dotata di ammirevole audacia. Non ha mai temuto le conseguenze delle proprie azioni in giovinezza. Un malevolo dubbio s'insinuò nella mia mente. *Caiden l'ha spinta a sfigurare la propria bellezza, convincendola di essere sgradevole, di aver bisogno della mano del chirurgo per trovare un po' di grazia nel proprio viso. Chissà se non ha mutilato pure la sua personalità.*

«Tu sei morto?» aveva sussurrato, con le lacrime agli occhi.

Io avevo sbattuto le palpebre.

Un crescente fastidio si faceva largo nel mio petto, scottando come fiamma viva contro debole carne. Ero lì per ricevere delle risposte concrete, da persona matura. Se anche mi avesse risposto di aver agito per motivo strategico, per sedurre Caiden e vivere in maniera agiata a corte, lo avrei compreso. Non giustificato, solo compreso.

Ma quella patetica messinscena, quella finta amnesia, quello sguardo vitreo e privo d'intenti no. Anzi, mi fecero adirare ancora di più.

«Sì, per colpa tua» l'accusai, avvicinandomi ancora di più.

«No! Fermo, io non ho fatto niente!»

Per qualche secondo ero rimasto allibito, avevo creduto fosse un'allucinazione, uno sprazzo di follia. Invece, non ero stato ingannato. Una voce acuta era intervenuta, ma non apparteneva alla debole sovrana di fronte a me.

Una serva dalla scarmigliata chioma castana, il volto ricoperto dalle lentiggini e sormontato da grandi occhi verdi mi squadrava, dal basso verso l'alto. Si era messa proprio davanti a Isolde, come a difenderla. O a sostituirla. In lei lessi tutta la vivacità che la regina, ormai, aveva perso.

Come avanzai, la sovrana si fece sempre più piccola dietro la schiena della sua servitrice. Quest'ultima, al contrario, quando si trovò di fronte a me sospirò. I suoi occhi si socchiusero per qualche istante, poi, quando li riaprì, vi vidi… infatuazione, desiderio. No, era più profondo. Quella ragazza mi stava guardando come se mi conoscesse da una vita, come se mi amasse.

Non è possibile. Dev'essere folle. Scossi la testa. *Io non ho mai avuto niente a che fare con questa ragazza.* Era troppo giovane perché ci fossimo conosciuti in vita, eppure nei suoi occhi scorrevano memorie trascorse in mia compagnia. Memorie non sue, ma estremamente vivide, reali per la sua mente confusa.

«No?» ironizzai, con sarcasmo, rivolgendomi invece a Isolde. «Strano, eppure ricordo molto bene di aver visto il tuo coltello sulla mia gola.»

Isolde scosse ancora la testa; i suoi occhi incominciarono a lacrimare. «Non è possibile» mugugnò.

Io avevo bramato vendetta a lungo, avevo scavato dentro di me in cerca di una scarica d'adrenalina potente abbastanza da darmi quello slancio di cui avevo bisogno per agire. Bastava stringere le mani intorno al suo collo sottile. Sarebbe stata una cosa da poco, avrei impiegato appena un po' di forza, non mi serviva neanche un'arma, lei era inerme, spaventata, confusa. Sarebbe stato spaventosamente semplice. Eppure, la sola idea di causarle dolore mi straziava. Lei non era la donna che avevo amato, era una vittima, una malata, anni di ininterrotti abusi avevano sotterrato la solare Isolde, lasciando al suo posto un'ombra spaurita.

«Sono stata manipolata da Liviana» intervenne la serva, singhiozzando. «Io non volevo fare niente. Io ti ho sempre amato, Aelius.»

Re di Spade

Guardando mio figlio cercare le parole con le quali rivolgersi a Titania, non riuscivo a distogliere i miei pensieri da Isolde, da quel breve addio che non ci eravamo mai scambiati. Valerius avrebbe sempre portato con sé il peso della follia materna. Dopo quello sfortunato incontro, pareva quasi invecchiato, il suo volto si era indurito, come se fossero trascorsi tre anni, anziché tre giorni. In quel momento, per la prima volta, percepii in lui un'ombra di me stesso, della mia atroce malinconia. Osservando la sua giovinezza attraverso l'Occhio avevo sempre pensato che fosse più simile alla madre. Di me aveva ben poco, forse solo il taglio degli occhi, ma nemmeno il colore, per quanto chiaro, era del tutto assimilabile al mio. Aveva ereditato un azzurro più denso e vivido, mescolato alle curiose scaglie violacee di mio padre, una possibile eredità di qualche elfo più a fondo nei rami del nostro albero genealogico.

In quei momenti, invece, mi pareva quasi soffocato dall'ambiente ovattato della clinica, il suo viso giovane solcato da un'incurabile amarezza molto simile alla mia. Calista lo aveva notato, per questo era intervenuta al posto suo, per aiutarlo. E gli accarezzava il capo con tenerezza, affondando le dita nelle sue morbide ciocche, mentre i suoi occhi si perdevano, meravigliati e assorti, in quel tormentato intreccio di emozioni che si accavallavano sul suo viso.

All'improvviso, un'infermiera irruppe nella stanza, chiedendo servilmente se gli ospiti avessero bisogno di qualcosa. La driade ritrasse all'istante la propria mano dalla chioma dello strige e fece prontamente un passo indietro, come a nascondere una malefatta.

«Lasciaci soli, per favore» ordinò Valerius, senza mai smettere di guardare l'ibrida che teneva dolcemente per mano.

«Come volete.» La porta si richiuse e i tre tornarono nella loro bolla di pacata riservatezza.

Prendendo un respiro, il giovane finalmente annunciò: «Sono uno strige, non durerò un giorno sul trono da solo. Per quanto io detesti questa situazione, devo sposarmi. E devo farlo con una driade, per unire le forze delle tenebre a quelle della luce».

Fu la stessa dolorosa daga a trafiggere sia Calista sia Titania, il rischio di doversi allontanare tra loro, di troncare sul nascere quel meraviglioso rapporto. Di essere costrette a separarsi, a restare escluse.

In quell'istante, compresi il motivo dietro tanti curiosi atteggiamenti di Calista e di Valerius, perché i due si fossero allontanati rapidamente sotto agli sguardi altrui e per quale motivo lo strige non avesse fatto altrettanto con Titania.

«Dopodomani ci sarà la mia incoronazione ufficiale e, subito dopo, ti chiederò la mano, Titania. Certo, dovresti nascondere i tuoi poteri da strige al pubblico, ma non sarà difficile ora che possiedi quelle ali» affermò Valerius, tentando malamente di nascondere la preoccupazione con un sorriso di circostanza, uno di quelli che avevo spesso visto nella sua adolescenza, quando non sentiva di avere il controllo di sé e del proprio corpo. Quel matrimonio era una catena di piombo stretta intorno alle caviglie di tutti e tre, minacciava di trascinarli in un abisso di obblighi e convenzioni sociali da cui sarebbe stato impossibile riemergere.

Chiedere la mano. Valerius mi vuole sposare. Per quanto fossero espressioni a lei poco familiari, Titania ne comprendeva il significato, ne aveva sentito parlare spesso ad Arcadya. Il matrimonio era sempre sulla bocca di tutti, annoverato come passo fondamentale di una relazione e momento culmine della propria vita. Ma lei non si sentiva pronta, anzi era terrorizzata all'idea di attraversare quella soglia da sola, senza Calista.

«Non possiamo semplicemente stare tutti e tre insieme per sempre?» domandò ingenuamente l'ibrida, con il cuore a mille.

Udendo quelle parole, a Valerius sfuggì una triste smorfia. Lui detestava non avere controllo su di sé e sul proprio futuro, più di qualsiasi altra persona in quella stanza. «Non possiamo, purtroppo. Ho già piegato molte leggi per arrivare fin dove mi trovo, in più sono il primo strige a diventare re e attualmente non ci sono diretti successori di Caiden. Verrei messo in croce se ci sposassimo tutti e tre. Arcadya cadrebbe nell'anarchia.»

L'ibrida sentì un nodo stringersi intorno alla gola. Sposare Valerius significava non solo diventare regina di un popolo che a malapena conosceva, ma soprattutto escludere Calista dalla loro relazione. Non poteva farlo, né a se stessa né tantomeno alla sua amata.

Gli occhi di Titania vagavano, persi, dallo strige alla driade. Il cuore le martellava nel petto, insistente e angosciante, pareva non volerle dare tregua, come la terribile richiesta appena fatta da Valerius. Non potevano stare insieme: erano costretti a una precoce separazione, prima ancora che avessero potuto iniziare a vivere quel nascente sentimento. «Allora devi sposare Calista.» La sua voce era decisa e ferma, per quanto le risultasse difficile agire razionalmente in quella situazione per lei tanto estranea e complicata. «Lei conosce Arcadya meglio di me. Lei è una vera driade. È in questa *cosa* tanto quanto noi due. Non possiamo escluderla, non possiamo farle questo.»

Calista si sporse ad accarezzare la tempia di Titania, sorridendole debolmente. «Sei cara a preoccuparti per me, ma Valerius e io ne abbiamo già discusso.» A quel punto prese un bel respiro anche lei, preparandosi a vuotare il sacco, a confessare. «Non te l'ho mai detto, a essere sincera ho ancora molte difficoltà a parlarne. Ho una malattia incurabile, mi provoca dolori cronici molto forti e, fra le tante complicanze, mi rende sterile.»

«Le tradizioni dei reali sono dure a morire» proseguì Valerius, con voce stanca, rauca. Quel discorso lo infastidiva: aveva ricercato a lungo libertà e giustizia ma, per garantire lo stesso trattamento ai suoi simili, era di nuovo costretto alle catene. «Purtroppo, generare un erede è il modo più veloce per assicurarsi il trono.»

Titania ripensò ai primi giorni ad Arcadya, ricordò quando Calista si era assentata dall'addestramento senza dare spiegazioni. Ricollegò senza difficoltà tutti i dettagli e fu dispiaciuta per la ragazza, lacerata da un male senza cura ed esclusa da quella relazione. La driade aveva definito come incurabile quel suo male, i dolori l'avrebbero piegata fino alla fine dei suoi giorni, non avrebbe mai conosciuto la pace. Una daga premette sul petto dell'ibrida: era ingiusto che quella driade così buona e gentile soffrisse tanto. Era ingiusto che venisse esclusa da quel matrimonio o dalla possibilità di generare figli.

«È una richiesta difficile, me ne rendo conto, e capirò se rifiuterai» riprese Valerius, smorzando l'ovattato silenzio creatosi, «ma accettare la proposta è l'unico modo che abbiamo a disposizione per restare tutti e tre insieme.»

Una fiamma, tenue e debole, si riaccese. *Restare tutti e tre insieme*, ripeté a mente l'ibrida. *Sì, non voglio altro.*

«Allora esiste un modo per stare insieme?» chiese, ardente di speranza.

Lo strige esitò per qualche secondo, prima di spiegare schiarendosi la voce: «Non ufficialmente, però sì. Ma dovremo essere molto discreti, niente sarà più come prima». A quel punto la sua voce si fece più bassa, più profonda, più implorante. «Promettimi, anzi, *promettici*, che ci penserai.»

Titania ricacciò indietro le lacrime, rifiutando di lasciarsi andare a un pietoso pianto. Doveva prendere quella decisione con quanta più lucidità possibile. Quello era il più aspro dei matrimoni, basato su giochi di potere e di convenienza, giunto a incatenare un nascente rapporto per troncarne a sua volta un altro. E non vi era libertà. Ancora le bruciava la gola per il pianto che reprimeva, quando annuì gravemente, rassicurandoli: «Ci penserò, ve lo prometto».

Re di Spade

La mia mente faceva avanti e indietro come un pendolo mentre guardavo dentro l'Occhio. Io mi sforzavo di restare focalizzato sul presente, di seguire le vicissitudini che coinvolgevano Valerius, ma gli occhi cerulei e terrorizzati di Isolde mi attiravano ogni volta nelle loro spire, costringendomi a ricordare quei nostri ultimi e desolanti momenti insieme.

A lungo mi ero figurato il nostro incontro finale, che cosa le avrei potuto dire, ma nulla di quanto immaginavo si avvicinava a quanto accadde.

Avevo superato il punto di non ritorno e perso ogni controllo. Un imponente fiume traboccante di emozioni mi aveva travolto, annebbiandomi il raziocinio. Strepitavo come un pazzo, un malato. Ero di nuovo sull'orlo di perdere me stesso, ma questa volta il forte corpo di Titania mi teneva ancorato, proteggendomi dalla follia assoluta, dalla morte dell'anima.

«Smettila di aggirarmi, tu!» sbottai, rivolgendomi alla serva. «Non so a che gioco tu stia giocando, ma se quella donna avesse provato la benché minima pietà nei miei confronti non mi avrebbe aperto la trachea con un coltello!»

«Non sto giocando!» esclamò, facendosi avanti e prendendomi

il volto fra le mani. Inquietato da quel gesto così familiare ma, al contempo, tanto invadente, sentii un brivido lungo la spina dorsale. *Chi è questa ragazza?* Atterrito e sgomento, mi allontanai di scatto, restando col fiato sospeso. Quella giovane non stava fingendo, né recitando. Mostrava tutta la disperazione che non riusciva a trapelare dall'espressione vuota di Isolde. «Prima di venir ucciso, Tiberio, il medico di corte, aveva diagnosticato...»

Aveva diagnosticato? Che cosa?

Quelli non erano suoi ricordi, qualcuno le aveva parlato spesso di Tiberio e delle sue cure. Qualcuno vicino sia a lei sia al celebre medico. *Però chi?* Evelyne realizzò subito di non conoscere alcuna persona tanto vicina a Tiberio. Nessuno le aveva mai parlato di lui, la serva si stava confondendo coi ricordi di un'altra vita.

Se solo la giovane non avesse annichilito se stessa e le sue memorie, se avesse avuto un più spiccato senso di sopravvivenza, forse avrebbe ricordato la diagnosi, forse avrebbe contattato il fratello Sylvain e, forse, le cose avrebbero preso una piega diversa.

Valerius aveva colto nel segno. Il ragazzo era sveglio, intelligente, aveva passato tutto il tempo acquattato, in attesa del momento giusto per intervenire. Non troppo presto, affinché Titania non subisse le ripercussioni del suo patrono, ma nemmeno troppo tardi, onde evitare che il suo cupo prospetto di vendetta gli sfuggisse.

Il giovane strige, approfittando della distrazione generale, in particolare la mia, spalancò il suo nero mantello. Il fruscio del raso distolse il mio sguardo da Isolde e dalla serva, spingendomi a guardare, invece, lui. Valerius, in tutta la sua gloriosa crudeltà, avanzava accompagnato dal costante e meccanico tintinnio della sua nera armatura, simile più a una macchina, a un bieco esecutore, che al giovane indifeso da me conosciuto attraverso l'Occhio. Nemmeno mi guardò: era come se io, in quel momento, non esistessi. Certo, non mi aspettavo che mi gettasse le braccia al collo e mi chiamasse «papà», ma venir completamente ignorato non mi era sembrata nemmeno una lontana possibilità.

I miei occhi guizzarono sulla sua figura, attirati dal metallo delle lame legate alla sua cinta, e capii immediatamente. «Fermati!»

urlai, nel vano tentativo di fermare il giovane e guadagnare più tempo.

Le mie parole rimasero inascoltate. Per qualche frazione di secondo, addirittura, mi domandai se potesse effettivamente vedermi e sentirmi.

Come lo strige sguainò la spada, la serva si gettò su di lui. Evelyne si era aggrappata al suo polso, cercando maldestramente di disarmarlo con tutte le sue forze, tirando e strattonando. Ma Valerius era molto più forte, più sicuro: gli bastò un rapido gesto con la mano libera e la ragazza fu per terra.

Quando si trovò di fronte a Isolde, quest'ultima fece qualcosa di assurdo, di innaturale: anziché sottrarsi, gli si avvicinò, anzi si aggrappò alle sue spalle. Guardava il figlio con occhi imploranti, la resa di una donna troppo inerme e ammalata per combattere.

La risparmierà, mi dissi. *Lui non è un mostro, ha vissuto in prima persona cosa vuol dire cadere preda di un carnefice spietato.* Solo con quei pensieri il cuore nel mio petto riuscì a calmarsi appena. *Valerius ha sofferto molto, ma deve aver pur imparato qualcosa da tutta quella sofferenza.*

I miei pensieri vennero stroncati sul nascere da un urlo di terrore. «Nooo!» Mi voltai verso la fonte di tale grido e scorsi, al di là della cortina di tenebra, un giovane, somigliante nel fisico e nel viso a Valerius ma, al contempo, del tutto differente. Era immerso fino alle spalle in una fitta fanghiglia e si dimenava come un ossesso. Quando tornai a guardare Isolde, compresi il mio terribile sbaglio.

Non avevo fatto in tempo a leggere il vuoto nello sguardo di mio figlio. Un animo cieco che ripudia qualsiasi guida è il peggior nemico di se stesso. Con un gesto repentino, lo strige aveva già sfoderato la spada.

Io non riuscii a intervenire, non feci in tempo. Nel salone si levò un grido, il lamentevole pianto di un figlio che ha appena perso la madre. Il mio cervello si annebbiò, mi ritrovai senza forze, incapace di mantenere la concentrazione sull'incantesimo, e la fitta nube d'oscurità da me creata si disperse.

Nel palazzo, le lotte si quietarono. La famiglia Silas era fuggita, Lunden era avvolto da fitte liane, Teodora e Godiva respingevano i nobili, aiutate a loro volta dai pochi cittadini rimasti. Molti di loro erano riversi a terra, privi di sensi. Fino a poco prima Anaïs stava curando le loro ferite, invocando Hayia.

Ma subito il tempo si era fermato, spezzato da un grido: quello di Lysander, immobilizzato dalla sabbia, incapacitato dalla natura che Teodora stessa aveva evocato contro di lui. Incapace di eseguire quell'unico ordine che sua madre gli aveva impartito: proteggere se stesso e la sua famiglia. Per quanto condividesse parte del proprio sangue con Valerius, lui non ne era parte, anzi ne era il distruttore.

Il giovane strige sfilò la spada dal ventre della regina con una smorfia. Non pareva intristito, era come se provasse solo disgusto. Sprezzante e sbrigativo, ripulì rapidamente la lama contro il lungo vestito della madre e arretrò di un passo.

Nonostante lui l'avesse appena trafitta e lei sputasse grumi di sangue scuro, incapace di formulare anche solo una parola, Isolde si protendeva ancora verso il figlio. Le sue mani tremanti cercavano di aggrapparsi alle sue spalle, in cerca di un affetto che mai avrebbe ricevuto. Valerius si sottrasse a quel contatto con uno scatto felino, quasi spaventato. Quello era il fantasma che ancora si trascinava dietro dall'infanzia, il riflesso degli abusi subiti.

Ricordo ancora l'espressione persa e confusa di Isolde. Non si aspettava quel colpo, né tantomeno comprendeva la sua natura. La sovrana, esanime, con le palpebre deboli sul punto di chiudersi, barcollò in avanti.

Io, mosso dall'istinto, le corsi incontro. La strinsi fra le mie braccia, mentre il suo corpo sorprendentemente leggero mi si accasciava addosso. Doveva aver perso peso in quei vent'anni, pareva che una sanguisuga le si fosse attaccata al collo e avesse succhiato via ogni energia.

Dopo la mia morte, ho passato anni a desiderare il mio ritorno per ucciderla, per vendicare il mio stesso decesso e l'infamia che aveva ricoperto il mio nome, ma mentre mi trovavo lì non potei fare altro che provar pena. Più la guardavo e più me ne rendevo conto. Lei non era mai stata responsabile della mia morte, perché *lei* non era più in vita da tanto tempo.

Alle sue spalle, Valerius, cieco di rabbia, infieriva. Il suo sguardo era vuoto, non c'era niente del bel giovane sofferente che mi aveva mostrato l'Occhio. Quella era una cupa ombra che da sempre aveva accompagnato il bambino maltrattato dal lenone. Quello che non aveva avuto tempo e nemmeno modo di curare le proprie ferite. Neanche ricordo cosa le disse, ormai era concentrato sulle solite, conosciute accuse, come un disco rotto, come se non riuscisse più a pensare a nient'altro. Era vuoto, anche lui.

Intanto, ancora fra le mie braccia, Isolde diventava sempre più fredda. La vita stava lentamente sfuggendo dal suo corpo, le sue labbra si erano fatte violacee e la sua pelle era divenuta bianca come un foglio. Le afferrai il viso, affinché potesse guardarmi un'ultima volta.

Contro ogni mia aspettativa, la sovrana ritrovò la voce, fragile, rauca, bagnata dal sangue, ma ancora presente. Un ultimo spiraglio di vita fra le sue labbra. «La cosa bella...» mormorò, sempre più debole «la cosa bella è che adesso potremo stare insieme per sempre.»

Scossi la testa, sopprimendo la pungente tristezza nel mio petto e stringendo a me quel guscio ormai morente. «No, non è così che funziona l'Aldilà» affermai, accigliato e forse un po' troppo severo.

Aprii la bocca per aggiungere qualcos'altro ma, non appena tornai a guardare la regina, mi fu impossibile non notare il suo sguardo vitreo e le sue labbra schiuse. Lei non c'era più.

Ripensandoci, avrei avuto tanto altro da raccontare e, certamente, non volevo che le mie ultime parole fossero un'altezzosa correzione. Ma, d'altronde, che cos'altro potevo dirle? Quella non era più Isolde da diversi anni.

Poco distante, la strana serva piombava al suolo, priva di sensi, come se la morte avesse raggiunto anche lei.

Non feci in tempo a domandarmi cosa stesse accadendo, che una fredda lama si accostò alla mia gola e sentii sulla pelle il respiro agitato di una giovane. Allo stesso tempo, una punta metallica premeva con anticipazione contro il mio petto.

«Non fare un passo» intimò Valerius, puntando minacciosamente la sua spada contro di me. Incrociando lo sguardo ostile di mio figlio, mi lasciai sfuggire un sospiro di sollievo. Quell'ombra pareva essersi dissolta nelle nebbie violacee delle sue iridi, il suo volto era di nuovo vivo ed espressivo. Valerius era tornato a essere lo scaltro ragazzo conosciuto attraverso l'Occhio. Il che, tuttavia, poteva non essere del tutto positivo per il sottoscritto.

«Abbiamo lasciato che tu parlassi con Isolde, ma questo corpo non ti appartiene» ringhiò a sua volta Calista, sopra la mia spalla. «Lascialo immediatamente, o te lo faremo abbandonare noi.»

No, il mio tempo qui non è ancora terminato.

L'idea di dover abbandonare anzitempo quel corpo, prima ancora d'aver rivolto una parola a quel figlio mai incontrato, mi agitava. Ad agitarmi ancora di più era la consapevolezza che era proprio lui, per primo, a non volermi lì.

Una giovane giunge nel reame di Midian a chiedermi dei poteri da usare contro mio figlio e lui la protegge? Certo, alla fine tali poteri non sono né sarebbero mai stati usati contro il ragazzo, ma era una strana coincidenza.

Io rivolsi un sorriso mesto a Valerius. Non potevo andarmene, non ancora, e lui doveva accettarlo. Avrei spremuto fino all'osso ogni millisecondo di quegli attimi a me rimasti. Già, se solo avessi saputo cosa dirgli.

Molteplici volte, osservando la sua giovinezza attraverso l'Occhio, mi ero sentito costretto a distogliere lo sguardo dinanzi alle sofferenze da lui patite, per dispiacere e per pudore. Ora che si trovava in piedi, di fronte a me, tutte le parole di conforto che gli avevo rivolto nel silenzio di Midian parevano essersi prosciugate. Quale sentenza poteva mai consolarlo dalla solitudine, dall'abbandono, dall'abuso?

Nonostante ciò, rimasi con i piedi ben piantati per terra e lo guardai in silenzio. *Spenderò quel che rimane di questi cinque minuti senza proferire parola se necessario*, mi dissi. *Ma voglio passare del tempo con Valerius, se lo merita. E anch'io me lo merito.*

Puntarmi le armi contro era un mero bluff, quei due non avrebbero mai osato ferire le spoglie della loro amata. La mano di Calista era incerta, la sua lama non era pronta a ferire, così come non lo era la punta della spada di Valerius. Adagiai nel silenzio il corpo di Isolde, lo feci accomodare sul marmo con calma, prendendomi il mio tempo, assaporando quell'ultimo, tiepido contatto. Quando mi alzai in piedi, i due minacciosi giovani non poterono che indietreggiare, onde evitare di ferirmi accidentalmente.

Mai distolsi lo sguardo dallo strige: percepivo un viscerale bisogno di parlargli, di incominciare a esistere nella sua vita, non come un maligno fantasma del passato, bensì come un padre.

«Non sono qui come minaccia, Valerius.» Queste furono le prime frementi parole che gli rivolsi.

«Sei uno spirito violento di Midian» replicò lui. «Fai ritorno da dove sei venuto e lascia subito Titania.»

«La tua amica mi ha concesso queste spoglie per un tempo limitato» affermai. «Intendo farne uso.»

«Conoscendo Titania, di sicuro non sapeva che cosa stava accettando» s'intromise Calista.

«Voi tutti ricordate solo quella fetta di storia che vi conviene, non è così?» Aggrottai la fronte. «Ormai siete così abituati a dipingermi come un mostro da non voler vedere altro.»

«Non sei un mostro,» sospirò mio figlio «ma stai facendo del male a una persona a noi cara con la tua sola presenza. Vattene, e a quel punto accetterò di ascoltare qualsiasi parola tu abbia da dirmi.»

Aprii la bocca per ribattere. Quanto mi stava offrendo era un controsenso: come potevo andarmene *e* parlargli? Non era minimamente possibile, stava bluffando di nuovo. Le minacce non avevano funzionato, dunque puntava su un metodo più infimo e codardo.

Alle mie spalle percepii un rapido scalpiccio e una crescente sensazione di disagio si fece pian piano spazio nel mio petto. Si manifestò come una fitta al costato, leggera all'inizio, ma sempre più potente col passare dei secondi.

A un tratto, sentii qualcosa di morbido strusciarsi intorno alle mie gambe. Quando abbassai lo sguardo notai una graziosa gattina dal lungo manto bianco. Per quanto fosse una sensazione gradita e in vita avessi sempre amato gli animali, non riuscii a provare sollievo. Quella gatta mi squadrava miagolando a gran voce, si aspettava qualcosa da me. No, non da me, da Titania. L'ibrida aveva assunto le mie fattezze durante la possessione, ma lei la riconosceva comunque.

Gli avvenimenti più recenti mi avevano scombussolato la mente, era divenuto sempre più difficile rimettere insieme i miei ricordi e i miei pensieri, sempre più frammentati e confusi. Non realizzai subito perché quella creatura stesse miagolando insistentemente al mio guscio e, quando me ne accorsi, fu troppo tardi.

I miei occhi non la riconobbero, ma il mio animo sì. Aveva protetto Titania a Midian, e lei a sua volta aveva sfruttato parte del mio potere per difenderla oltre il confine.

Dietro di me sopraggiunse una voce: «Abbiamo fatto il prima possibile, più nobili del previsto hanno attinto al mercato nero». Elan era appena tornato, in compagnia di una delle driadi da me incontrate a Midian: la riconobbi subito. Si stava facendo largo fra le ombre che, ormai, si erano quasi del tutto diradate.

Ho perso la concentrazione, constatai, accigliandomi. *Non sono più bravo come una volta nel mantenere attivi gli incantesimi.*

La guardiana, non appena mi vide fra le nere nubi, sgranò gli occhi. «Lui non dovrebbe essere qui. Dov'è Titania?» mormorò, rivolgendosi al mentore, come se io fossi solo un soprammobile lì per caso, un fastidioso oggetto fuori posto.

«È il corpo che Belfagor sta possedendo!» rispose sbrigativa Calista. «Rispediscilo a Midian, presto.»

Cacciarmi non fu molto difficile, non dopo l'intervento di Bastet. D'altronde, c'era un motivo ben preciso se il famiglio di Titania si era presentato sotto le spoglie di un gatto.

Mi voltai, con l'intento di scappare.

Non è ancora giunto il mio momento, mi ripetevo, *no.*

Però, non riuscii a fare nemmeno due passi. Come Anaïs incominciò a pronunciare la formula, il corpo da me occupato crollò.

All'improvviso non avevo più il controllo delle braccia, delle gambe e nemmeno del petto. Era come se fosse appena stata scollegata la corrente. Piombai al suolo con un tonfo, senza poter nemmeno dar voce alla mia disperazione, al mio bisogno di restare lì e parlare con mio figlio. La vista mi si oscurò, la mia anima fu sbalzata fuori dal reame dei vivi. Ero morto, di nuovo.

Intanto, il corpo di Titania riassumeva lentamente la sua forma originaria, come un palloncino sgonfiato. E fu subito aiutata dai presenti, quanta invidia provai per lei! Valerius gettò di lato la spada e accorse dalla giovane. Calista invece la strinse fra le braccia, tenendole la testa sollevata e riempiendole il volto di preoccupate carezze. Elan si affrettò a chiamare l'ambulanza (l'ennesima della serata) e nel frattempo Anaïs continuava a evocare la vita per richiamare a sé l'anima dell'ibrida.

Mentre precipitavo sul freddo e asettico suolo di Midian, un ghigno amaro colorò il mio volto. *Una gatta... una fortunata coincidenza. Proteggono dalle energie negative, scacciano gli spiriti maligni.* Ormai ero questo, nient'altro. *Se non fosse stata presente, non sarebbe stato così facile scacciarmi e rispedirmi qui.*

Abbattuto, restai sdraiato sul pavimento, a squadrare il soffitto grigio. Dovevo ancora digerire quanto era appena successo, con Isolde, con Valerius e con quella bizzarra serva. *Se solo avessi avuto il tempo di parlare adeguatamente con loro!*, mi ripetevo, dannandomi. Ma, presto, qualsiasi dispiacere svanì, lasciando posto alla viva fiaccola della speranza.

Non ci vorrà molto prima che Titania abbia bisogno di attingere al potere oscuro e, a quel punto, io tornerò.

Re di Bastoni

Durante il giorno che precedeva l'incoronazione, c'era frenesia nell'aria, soprattutto fra la servitù. Qualche umano aveva già lasciato il palazzo e Corinna stessa aveva espresso i suoi dubbi verso Valerius, il re che con la forza si era impossessato del trono. Non solo umani: anche Eilir, la quale aveva rifiutato di schierarsi con Elan e Valerius, abbandonò per sempre l'Ordine, affermando che non avrebbe mai combattuto per quello strige.

Teodora e Anaïs, nonostante le numerose perplessità, restarono. Non lo fecero tanto per il nuovo sovrano, quanto per Calista, per restarle accanto e, nel caso di Anaïs, pure per rivolgerle le dovute scuse. L'Ordine era ridotto all'osso, ma mai prima d'ora era stato così coeso. Calista accettò le scuse della collega e, fra sé e sé, decise che le avrebbe dato l'opportunità di ricucire la loro amicizia, giorno dopo giorno. Era stato raggiunto uno stadio di pace, di stabilità. Almeno per il momento.

Evelyne era uno straccio. Non sapeva cosa fosse successo all'evento, quale forza avesse preso possesso di lei. La sua mente continuava a vagare, vedermi in carne e ossa l'aveva disturbata più del previsto. Continuava a ripensare a me, a come l'avevo ignorata, la lama del rifiuto le perforava l'addome. La feriva in maniera che nemmeno lei era in grado di comprendere.

Trovava la sua unica consolazione cercando il mio nome sul suo palmare e guardando mie vecchie foto. Per quanto le dolesse ammetterlo, lei si era innamorata. Aveva passato tutta la sua giovinezza sognando l'amore, e alla fine l'aveva pure vissuto! Peccato non fosse il suo.

Restare a palazzo era per lei un pericolo: non si sentiva più sicura senza Caiden, Isolde e Lysander. Le mancava la vecchia famiglia reale, l'ambiente pacifico da loro creato. Per quanto fosse soltanto una maschera, un vile modo di nascondere le vere malefatte di Caiden, lei aveva vissuto bene. Tuttavia, rimanere lì a corte era la soluzione più facile, sarebbe rimasta vicino a me, tramite mio figlio Valerius.

Chi più si stava dannando e maledicendo era indubbiamente Laurell. Non riusciva a non tormentarsi sul proprio trascorso, ripensando a tutto quel tempo speso combattendo una vittima e supportando i suoi carnefici.

Se solo non avessi lasciato che fosse una cieca fiducia a guidare la mia spada, se solo avessi dubitato… Si tormentava, all'interno della casetta prefabbricata usata durante gli addestramenti. Ormai non tornava nella sua vera dimora da settimane, aveva paura del vuoto che avrebbe trovato al suo interno. Quella piccola abitazione invece non sarebbe mai stata vuota, era troppo minuta, anche perché era costruita affinché non ci vivesse più d'una persona, lì la solitudine non sarebbe mai stata insopportabile. O almeno così credeva.

I sensi di colpa erano simili a una piovra i cui molteplici tentacoli si avviluppavano intorno al suo animo sempre più sconfortato.

Calista probabilmente mi odia e fa bene, rifletté. *Per poco non è morta a causa mia e di quegli armigeri incaricati dalla regina. Ha raggirato me ed Evelyne, costringendoci a una crudele caccia alle streghe.*

Questa volta, se voglio continuare a servire la corona, devo sapere nello specifico per chi lo farò.

Senza ulteriori esitazioni, Lau aprì il piccolo cassetto del comodino e ne estrasse la candela ottenuta a Deltora.

Si era rapidamente accorciata: quella cera si scioglieva più in fretta del previsto, aveva scoperto suo malgrado. D'altronde, chi gliel'aveva concessa aveva assunto la forma del suo ex ufficiale, nulla di buono poteva provenire da tale essere. Ecco perché Laurell non avrebbe mai finito quella candela, avrebbe espresso un ultimo desiderio e poi l'avrebbe buttata. Non sarebbe rimasto più niente di quell'ingannevole incontro a Deltora.

Usando l'accendino del barbecue, lo stoppino prese fuoco e Laurell sospirò: «Vorrei vedere Gareth, il vero Gareth, un'ultima volta».

Era intelligente, non chiedeva un suo ritorno. L'entità che aveva concesso quel dono si era presa gioco della sua ingenuità troppo a lungo. Lau aveva chiesto di poter scoprire il vero, per assicurarsi di combattere dalla parte giusta, e la candela gliene aveva mostrato una metà. Valerius cospirava contro la corona, questa non era una menzogna, tuttavia la candela non aveva mai esibito la situazione nel suo intero.

Questa volta, Laurell decise di esprimere un ultimo desiderio, uno nel quale non poteva cadere vittima di alcun inganno, e poi non avrebbe mai più acceso quella maledetta candela.

La piccola fiamma si espanse divorando lo spazio intorno a sé, le minute lingue di fuoco mutarono, assumendo rapidamente i lineamenti di Gareth, il quale subito mostrò un'aria confusa. «Laurell?» balbettò perplesso. «Che cosa succede? Lo hai fatto tu?»

Gli occhi di Lau s'illuminarono nel riconoscere il volto dell'amato fra le fiamme. «Un regalo di un tale ambiguo in un reame altrettanto ambiguo» rispose, sorridente. «Non ho molto tempo purtroppo. Desideravo salutarti un'altra volta e... e capire una volta per tutte cosa ti è accaduto.»

La fiamma, più intensa, divorava la cera con innaturale velocità. Ma Laurell non se ne accorse, i suoi occhi si soffermarono su Gareth, quel viso che per giorni infiniti aveva cercato nelle folle, nei sogni e nell'aria. La nostalgia era un pugnale conficcato nel suo ventre, si girava e rigirava. Un malessere senza tregua. Lau dovette ricacciare indietro le lacrime: in quel momento aveva bisogno di fredda razionalità, non aveva evocato Gareth per sopperire alla sua mancanza.

Il fiammeggiante volto aggrottò la fronte, esprimendo una visibile confusione. «Che cosa intendi?»

«Devo prendere una decisione importante per il mio futuro, e scegliere bene a chi prestare la mia spada» sospirò il generale, tornando serio. «Ho bisogno prima di conoscere la verità. È stato Valerius a ucciderti?»

Il viso di Gareth, però, assunse un'aria ancora più confusa. Le sue palpebre sbattevano velocemente e la sua fronte si corrugava, perplessa. «Valerius?» ripeté lentamente. «Chi è Valerius?»

«Uno strige.» Laurell diede una veloce occhiata alla cera: aveva meno tempo del previsto, ma non poteva spegnere la candela prima di aver ottenuto una risposta. «È il figlio di Belfagor, capelli biondicci, occhi violacei.»

L'ologramma scosse la testa. «Assolutamente no. Sono stato ucciso da una driade.»

Lau balzò su due piedi, notando come lo stoppino stesse scivolando inesorabilmente verso il fondo. «Una driade dell'Ordine? Liviana? Chi?» domandava incessantemente, incalzando il morto.

«No, ma sicuramente era sotto il comando di Liviana, avevo trovato un artefatto...»

«Che artefatto?» insistette il generale.

«Una candela.»

Laurell trasalì immediatamente. *Una candela... come la mia. È possibile?*

«Legava Liviana a una creatura di un altro reame, è con quella che ha ottenuto i poteri necessari per scatenare il Morbo» continuò l'uomo, e Lau non poté non sentirsi un po' a disagio. *Da quanto tempo possedeva quella candela? Era la prima?*, si domandava incessantemente. *Che cosa le sarebbe accaduto, se fosse effettivamente riuscita a terminarla?*

Una scarica di pura fretta pungolò l'ufficiale, che si affrettò a incalzare Gareth, rendendosi conto di essere agli sgoccioli. «Non mi resta molto tempo, dimmi chi ti ha ucciso. Così potrò vendicare la tua morte.»

«È stata...»

Il buio avvolse improvvisamente la stanza e il viso di Gareth si dissolse nell'aria, interrompendolo in tronco. Piccole scintille si dispersero, sfaldando completamente quel volto a cui avevano dato forma, e una folata di fumo si librò sopra la testa di Laurell. Nell'ambiente circostante riecheggiava solo l'ultima, vaga informazione: «Colei che padroneggiava l'acqua».

L'ufficiale sferrò un pugno al mobile. Aveva il cuore in gola, il petto stretto da una poderosa stretta, ogni respiro era un'immane fatica. Fu capace di raccogliere a sé giusto quell'energia sufficiente per esclamare: «No! Non avevo ancora finito...».

La sua mano tremante cercava di riaccendere lo stoppino, ormai completamente annerito, ma invano. Nessuna fiamma attecchiva più, l'incantesimo si era compiuto.

Un dolore intenso, pungente come una miriade di aghi sottopelle, perforò l'ufficiale, il quale si afferrò repentinamente il polso nel tentativo di sopprimerlo. La sua carne sfrigolò, un tanfo di bruciato riempì l'aria circostante. Il generale agitò il polso, cercava di spegnere quell'improvviso incendio dentro le sue vene, però ormai il suo destino era sigillato nelle fiamme.

Non appena Laurell scoprì il polso vi trovò una catena marchiata a fuoco sulla sua pelle.

Corse immediatamente a prendere alcol e cotone, sia per disinfettare la lesione, sia nella speranza che quel segno se ne andasse. Ma, per quanto lo pulisse con cura, quello sfregio restava lì. Bruciava come una qualsiasi ferita al contatto con il liquido, ma non se ne andava.

Nel dubbio, Lau aprì il proprio grimorio e provò a recitare un rituale di purificazione; tuttavia, malgrado i suoi tentativi, il segno rimaneva indelebile sulla sua pelle, come a voler ricordare a tutti di quel madornale errore, quel patto stretto con una meschina creatura.

La realizzazione colpì Laurell come una doccia fredda. Quella era una magia molto più potente e molto più antica della sua. Quelle catene disegnate sul suo polso significavano solo una cosa: l'imitatore di Deltora aveva mantenuto la sua promessa, ora Lau gli apparteneva e quei graffi intricati lo rendevano palese.

Tre di Denari

Anche se non lo avrebbe mai ammesso a se stessa, Evelyne già sentiva la mancanza di Lysander. Non sapeva che fine avesse fatto, semplicemente non lo aveva più visto da quando era fuggito. Una volta allontanati tutti gli ospiti e giunti i soccorsi, Teodora aveva usato la sua concentrazione sull'incantesimo che teneva il giovane principe ancorato al suolo per allentare la presa e permettergli di riemergere. Elan non aveva dato alcun ordine che lo riguardasse, la sua unica premura era impedirgli di creare ulteriori danni. La guardiana della terra si era trovata da sola con l'erede: Calista e Anaïs erano troppo impegnate a soccorrere Titania in quel momento. Il destino di Lysander era nelle sue mani: poteva imprigionarlo, esiliarlo, eliminarlo così da evitare sue ripercussioni contro

Valerius. Ma sarebbe poi stata diversa dagli stessi carnefici contro cui si ribellava? No, non sarebbe stato corretto. Lei era una guardiana, una protettrice, non un'aguzzina e, per quanto Lysander fosse una spina nel fianco, lei lo doveva aiutare. Le sue ali sbatterono sempre più lentamente e, a poco a poco, i piedi di Teodora toccarono il suolo. La giovane si sporse verso il principe e gli tese una mano per aiutarlo a rialzarsi.

Lui non tardò ad afferrarla. La driade serrò la mascella per la fatica e tirò a sé il giovane, lo accolse fra le proprie braccia un po' per sostenere in parte il suo peso, un po' per consolarlo. Quella giornata appena trascorsa doveva esser stata veramente traumatica per lui. La guardiana non poté non provare un po' di pena, ma durò poco. Non appena fu in piedi e fuori dalla fanghiglia, Lysander si aggrappò alle spalle di Teodora e la spinse verso il suolo, lì dove poco prima era intrappolato. La driade, colta alla sprovvista, finì carponi nel fango e l'erede ne approfittò, sgusciando fuori dal salone. Corse a perdifiato verso il cortile e salì su una delle auto di lusso della famiglia Silas, dove incontrò le due figlie con la madre. La contessa, alla guida, aveva intravisto il principe fuggire e si era fermata, intimando a Catherine di aprire rapidamente la portiera. La giovane non tardò a obbedire. La vettura partì sgommando e i quattro sparirono nella notte. Nessuno li aveva più visti da allora, ma non era difficile immaginare dove stessero andando: alla ricerca del potente conte, l'unico capace di dare filo da torcere al nuovo re omicida che presto avrebbe occupato il trono.

Forse era meglio che Lysander stesse lontano dalla corte, non avrebbe vissuto bene lì, ora che c'era Valerius. Ma Evelyne percepiva già la pungente nostalgia dei pomeriggi passati a preparare le lezioni per lui, come se già appartenessero a un'epoca lontana. Sotto sotto si era divertita a escogitare un modo per attirare la sua sfuggente attenzione; le mancava lui, la speranzosa serenità che quell'incarico aveva portato con sé, l'innocente infatuazione per il bel principe.

Da quando si era invaghita di me, la cotta per quel giovane era diventata fugace, senza peso e senza importanza. Tuttavia, la serva continuava imperterrita a bramare con nostalgia i momenti trascorsi in sua compagnia. Le piaceva pensare a lui come a un amico di vecchia data, con il quale non si ha più occasione di uscire. Quest'illusione rendeva tutto più facile e più sopportabile.

Come quando ancora non esisteva agli occhi della regina, né di suo figlio, Evelyne si alzò dal letto all'alba. Aveva tenuto le sue carte esposte alla luce lunare per l'intera notte, nella speranza che tutto potesse tornare a una parvenza di normalità. Le era mancata quell'attività; l'aveva del tutto tralasciata da quando era tornata dal reame dei morti, solo non rammentava chi le avesse fatto notare tale tendenza.

Non ricordavo di aver comprato dei tarocchi nuovi, sospirò, ammirando i fini disegni che decoravano le carte. *Meravigliosi.*

Evelyne scosse repentinamente la testa. Non poteva perdere tempo ammirando la dedizione con cui quei tarocchi erano stati dipinti. Quelle carte desideravano parlarle e lei non le avrebbe fermate. Dunque, la giovane fece scorrere la mano sopra al prezioso tavolo in cristallo e si apprestò a pescare uno dei tarocchi. I suoi occhi s'illuminarono incrociando lo sguardo etereo di una fanciulla circondata dalla natura.

Il Mondo. Sorrise riconoscendone il numero, il ventuno. Purezza e armonia, simboleggia la serenità ritrovata, il successo.

Peccato che la carta sia rovesciata.

La serva inclinò la testa di lato. Quella carta, anche se al contrario, non portava un significato poi tanto malvagio, solo triste e terribilmente veritiero. Valerius aveva trovato ed estirpato la causa del suo dolore, tuttavia non aveva svolto le adeguate ricerche, non si era fermato ad ascoltare la propria madre, anzi l'aveva ingiustamente colpita in un momento di debolezza, mentre parlava con l'uomo che più aveva amato in vita. Non era stato un duello leale, ma al contrario si era rivelato svantaggioso, anticlimatico e poco eroico. Isolde non sarebbe mai potuta sopravvivere alla sua furia. Nemmeno l'aveva vista arrivare.

Un bussare improvviso fece trasalire Evelyne, la quale per sbaglio urtò il tavolo, facendo cadere un'altra carta.

La serva non vi fece caso e andò ad aprire la porta. Dall'altra parte della soglia trovò Elan, il quale la salutò con la sua usuale e fredda cordialità.

«Lo so» sospirò la serva, affranta, facendo un passo per ritornare dentro la stanza. Le dispiaceva lasciare quella stanza, ma ormai non aveva più alcun motivo per restare lì in panciolle. Lysander non c'era più. «Devo lasciare la suite per tornare negli appartamenti dei servi, dammi il tempo di prendere le mie cose.»

«No» la interruppe l'immortale. «Niente di tutto ciò. In verità Valerius vuole far trasferire i pochi servi rimasti nelle suite. Quindi puoi restare.»

«Pochi rimasti?» ripeté, allibita, la giovane. «Beh, generoso da parte sua. Però, scusami, chi penserà a, letteralmente, ogni cosa?»

Elan non rispose subito, si limitò a indicare una delle persone di ronda intente a fare avanti e indietro lungo il corridoio. «I morti. Sai, sono molto efficienti, non si stancano mai.»

Entrambe le sopracciglia di Evelyne schizzarono verso l'alto in segno di inconfutabile sorpresa. Quelle persone lungo il corridoio erano sorprendentemente vispe e attive, e non puzzavano affatto. *Valerius ha fatto un ottimo lavoro*, si trovò a pensare.

«Giusto, adesso il nostro re è uno strige affine alla morte.»

L'immortale si affrettò a scuotere la testa, abbassando la propria voce. «Ormai sei dentro questa faccenda tanto quanto me, sarebbe inutile raccontarti una bugia. Valerius non ha nulla a che fare con tutto ciò: lui è votato al credo di Sephtis, la sua dea della morte è contraria alla rianimazione. Valerius per motivi religiosi lavora solo con le anime.» Una lampadina si accese nel cervello di Evelyne. La giovane ricordò l'incoronazione di Isolde, e del nonmorto che aveva fatto irruzione. Aveva sempre creduto che quello fosse stato architettato da Valerius, ma se Elan raccontava la verità e lo strige effettivamente prestava fede alla propria dea, allora doveva esser stato qualcun altro. «Questa è opera di Titania grazie ai poteri concessi dal suo patrono Belfagor… volevo dire, Aelius.»

Tentò di ignorare quel nome, lo stesso che per giorni era risuonato ininterrottamente nella sua testa, riempiendo la sua memoria. «Si è già ripresa?» si limitò a chiedere.

Non ricordo molto di quella sera, ma non dimenticherò mai come si è piegata in due, i fiotti di sangue emersi dalla sua bocca e dai suoi occhi. Per quanto fosse vittima di un'innaturale amnesia, Evelyne non avrebbe mai scordato come il corpo sottile e delicato dell'ibrida era mutato per assimilare le mie sembianze.

Elan storse il naso. «Io, Calista e Valerius pensiamo di no, sopravvivere a una possessione è dura. Però lei è stata inamovibile, voleva a tutti i costi aiutare lo strige, aumentando la sicurezza e la pulizia (sia in senso spirituale, sia in senso letterale) di questo posto. Sebbene questo significasse contrarre di nuovo un debito con lo stesso uomo che per poco non l'ha spedita fra le braccia del suo caro Mors.»

In particolare, però, era una domanda a premere contro le labbra della serva. «Tutti questi corpi rianimati da dove provengono?»

«Nobili, popolani e servi sfortunati che ieri sono accidentalmente capitati in questo brutto fuoco incrociato. Più gli strige caduti che Titania ha sottratto ai trafficanti.» L'uomo sospirò, poi si affrettò a cambiare argomento. Era un'altra la questione per lui più urgente. «Ho una domanda importante da porti. Per caso, da quando hai fatto ritorno dal regno dei morti hai visitato ancora il reame dell'Oblio, il Lete? Se sì, quante volte?»

La domanda lasciò Evelyne confusa. No, non ricordava quante volte; sapeva però che erano abbastanza da averle fatto tremare le ginocchia quando sono entrato nel corpo di Titania. Abbastanza da farle provare per me lo stesso affetto che si proverebbe per un lontano amante da cui il crudele fato ti ha separato, abbastanza da piangere pensando a me ogni notte. «Conosco molti dettagli della vita di Isolde ed Aelius, ma non so quantificare tutti i viaggi che ho fatto. Ero curiosa, volevo capire la verità.»

Elan annuì gravemente, esprimendo poi il proprio parere: «Capisco come tu ti possa esser sentita, ma barattare troppi ricordi non è mai una buona idea. Noi non scambiamo solo memorie di avvenimenti in sé, ma pure tutto quello che abbiamo appreso da essi, nozioni, lezioni di vita, sentimenti. Il rischio è che tu perda te stessa in cambio dell'illusione d'aver vissuto nei panni di qualcun altro».

Evelyne rimase in silenzio. In realtà quelle affermazioni erano assai azzeccate. Per la vergogna tacque e decise di proteggere quel nuovo sentimento crescente nel suo petto.

«Per te la regina era innocente?» domandò all'improvviso l'uomo, che poi, vedendo la serva annuire, sbuffò. «Quando ho stretto la mia alleanza con Valerius non credevo fosse così impulsivo e dissennato. Se vuole essere un bravo re dovrà imparare in fretta a trattenere la propria collera. Comunque, un piccolo aggiornamento sul tuo lavoro: d'ora in poi, tu e gli altri servi vivi sarete responsabili della cucina. Per quanto Titania conservi bene i propri morti e li ricopra di oli, l'idea di un cadavere ambulante che prepara e serve da mangiare non è esattamente allettante. Ci vediamo stasera all'incoronazione. Ora vado di fretta, sono in ritardo.»

Elan fece per allontanarsi, ma Evelyne lo interruppe. «Aspetta!» esclamò. «Quindi eri tu la talpa di Valerius, quella che io e Laurell abbiamo cercato per tanto tempo? Eri tu la persona nascosta dall'illusione di Valerius?»

L'immortale non disse nulla, ma annuì.

«Però non ho capito una cosa» proseguì la serva. «Tu per oltre cent'anni hai lavorato a stretto contatto con la famiglia reale e un veto imposto da Liviana ti impediva di parlare liberamente delle loro magagne. Come hai fatto a comunicare con Valerius in questo periodo? Come lo hai aiutato? Anzi, come vi siete trovati dal momento in cui tu eri sempre a palazzo?»

Elan guardò frettolosamente l'orologio al polso e sospirò. «Abbiamo parlato principalmente in codice tramite il suo famiglio, una sua trovata. È una lunga storia, per un altro tempo e un altro luogo. Purtroppo adesso ti devo proprio abbandonare, Valerius ha bisogno del mio supporto. A quanto pare, ora sono consigliere reale».

I due si salutarono ed Evelyne tornò nelle proprie stanze, richiudendosi alle spalle la porta, grata di trovarsi ancora in quella grande e comoda suite. Però, la conversazione appena avvenuta ancora le annebbiava la mente, lasciandola in un oceano di dubbi. La giovane si sforzò, come ormai faceva sempre, di non pensare a me, a quell'amore mai vissuto, ma le cui memorie traboccavano dai suoi ricordi.

Raggiunse il tavolo, pronta a tornare alla sua lettura, con la mano sollevata per estrarre un'altra carta quando, per puro caso, i suoi occhi caddero sul tarocco per terra. Una figura magra sedeva in groppa a uno scheletrico destriero, la sua mano annerita dalla malattia stringeva una falce, il suo viso era nascosto da un ampio cappuccio scuro come la notte. Le piante che decoravano quella carta, a differenza delle altre, erano giallastre, secche, morte. Evelyne guardò in basso e vi lesse il numero tredici. Non vi era alcun dubbio, quello era l'arcano della Morte.

Poteva voler dire solo una cosa: grandi cambiamenti erano in arrivo per lei. Anzi, per tutta Arcadya.

Asso di Spade

Valerius sedeva sul trono, immobile in un gelido nervosismo, dentro alla stessa armatura indossata quando aveva strappato il potere e la vita dalle mani di Isolde, sua madre.

In piedi, accanto a lui, c'era Elan. Sul volto indossava un'espressione neutra, austera; era il suo modo di nascondere il profondo disaccordo che, appena la sera prima, lo aveva diviso dallo strige. L'immortale era insolitamente adornato da gioielli dorati sul volto, retaggio di una cultura parte del suo innegabile passato. Pensava che Valerius, in fondo, fosse buono ma troppo impulsivo. Il suo vissuto ancora lo comandava, non era capace di pensare razionalmente, come un re dovrebbe sempre fare. Calista, nel silenzio, stretta nella sua argentea armatura a sinistra del trono, condivideva inconsapevolmente il medesimo pensiero del mentore.

La sala del trono era stata in qualche modo sistemata dall'esercito di morti. I blocchi di marmo sporgenti erano stati rimossi, le voragini riempite con del cemento, e il tutto era stato ricoperto da grandi e opachi tappeti persiani. Il marmo diroccato, invece, era stato coperto da una tappezzeria scura, presente su tutte le pareti.

Le colonne erano state ridipinte di nero, solo dei bizzarri decori rosso sangue ravvivavano quel fosco sfondo color pece. Il salone aveva un'aria meno formale ma, a sua volta, più cupa e tetra. Quel luogo di balli e svaghi fra nobili, era sempre stato contraddistinto dalla sua imponente luminosità: prima, quando il sole filtrava attraverso le grandi vetrate e rimbalzava sul bianco marmo, ogni angolo della sala veniva bagnato dalla sua brillante luce persino nei giorni di pioggia. Quelle tappezzerie opache e scure, invece, assorbivano ogni suo raggio: sebbene quel giorno il sole fosse alto, il suo chiarore era mutilato, incatenato nella nera voragine di quei nuovi decori. La dea della vita, ritratta nell'affresco sopra le loro teste, pareva quasi malinconica mentre guardava sotto di sé, nel punto in cui Valerius aveva fatto erigere un altare alla Morte. Un altare anonimo, con una figura androgina, eretta sopra una bara, che non apparteneva a Mors e nemmeno a Sephtis; un piccolo monumento agli strige e ai loro culti (*tutti* i loro culti) lungamente dimenticati.

Era come se una grande eclissi si fosse appena affacciata sul reame, ma l'aria improvvisamente cupa non era l'unica anomalia. Una pervadente aura di pura ansia riverberava nella stanza, in parte provocata dalla presenza dei morti fra le guardie e i servi. Non erano certo malridotti, gli oli profumati con cui Titania aveva ricoperto i loro corpi li conservavano a dovere, mantenendo le loro pelli lisce, intatte e morbide, li facevano quasi sembrare vivi. Ma erano comunque creature vuote, la cui anima era già destinata a un altro reame, le loro labbra violacee e gli occhi vitrei non lasciavano dubbi. Per quanto si mostrassero mansueti e ben conciati, la gente li temeva in ogni caso.

La sala era piena, brulicante di persone appartenenti a qualsiasi classe e ceto. Valerius non intendeva cedere a del pietoso classismo: gli eventi pubblici dovevano essere, per l'appunto, pubblici, per chiunque, a prescindere dal suo nome o da quanto guadagnasse. Molti popolani già lo acclamavano, applaudendolo per riempire i suoi brevi silenzi, mentre i pochi nobili presenti erano immobili.

Gli appartenenti alle famiglie Burchard, Alton e Clinea squadravano lo strige con fare silenziosamente giudicante. Solo la contessa Godiva, unica ereditiera di un'enorme fetta di Arcadya, mostrava aperta approvazione nei confronti del nuovo sovrano. Della famiglia Silas, invece, non v'era alcuna traccia. Persino il loro patetico programma televisivo era stato misteriosamente interrotto, a seguito dell'incidente del *pater familias* avvenuto oltre il confine. Non poteva essere che un brutto segno, i Silas erano come scarafaggi, capaci di sopravvivere a qualsiasi tipo di devastazione e uscirne come gli unici vincitori. Valerius doveva guardarsi bene le spalle da loro, questo Elan lo sapeva bene.

Sebbene uno strige come re fosse una vera bizzarria, un'assurdità senza precedenti, le proteste in sala erano minori rispetto al previsto. Persino i sostenitori dei vecchi sovrani si limitavano ad ascoltare in silenzio le parole del nuovo re. Questo fino a quando non giunse la parte più ostica e controversa del discorso di mio figlio.

«Scioglierò l'attuale Ordine di guardiane, instaurandone uno nuovo; uno che non sia nato in onore di una donna che ha messo a tacere mezza popolazione, uno con un obiettivo nobile, e le selezioni saranno svolte personalmente dalla mia guardia reale, Calista. Non ci saranno barriere di genere, di reddito, di razza o di affinità. Chiunque deve avere le medesime possibilità: verranno misurati, oltre alle capacità, l'impegno e la dedizione alla causa.»

Ci fu uno scroscio di applausi, che Valerius fermò prontamente, sollevando una mano in alto davanti a sé. «La protezione del popolo di Arcadya è quanto più mi sta a cuore. Essendo stato io stesso una vittima degli abomini che avvengono oltre il confine, il mio intento è evitare a ogni costo che qualcosa di simile accada nuovamente. Per questo motivo instaurerò dei controlli medici di routine ai quali tutti dovranno obbligatoriamente sottoporsi, per verificare che nessuno abbia subito trapianti. Pena la morte.»

Nella sala crollò il silenzio. Il volto di Godiva s'incupì, così come quello di tutti i nobili presenti. Calista scorse gli invitati nella prima fila guardarsi fra loro con aria allibita, mentre Elan serrava la mascella.

«Chi si serve dei postriboli fuori dal regno, invece, sarà castrato. Farò installare telecamere di sicurezza dentro e oltre il confine, il quale presto non esisterà più. Gli atti gravosi e illeciti saranno puniti a prescindere dal luogo nel quale avverranno. Con queste parole, dichiaro ufficialmente guerra ai trafficanti, ai predoni e ai mercanti, mentre invito ogni strige precedentemente esiliato a fare ritorno e a supportarci in questa lotta.»

Il capo famiglia dei Lunden sbuffò, uscendo dal palazzo in compagnia di Alton, mentre si sollevava un intenso vociare nella stanza, principalmente animato dalle famiglie Burchard e Clinea.

Valerius alzò la voce, che rimbombò nelle pareti della sala del trono, abilmente riassestata dai numerosi morti. «Ultima cosa, ma certo non per importanza. Mi rendo conto di quale assurda anomalia sia per voi avere uno strige come re, dopo esser sempre stati governati dagli umani, ma posso assicurarvi che questo governo non sarà polarizzato verso le forze delle tenebre, e intendo dimostrarvelo così.» Il giovane re si sollevò dal trono e porse una mano alla sua destra, in direzione di Titania. L'ibrida, la quale non vedeva nitidamente, ma fu ugualmente capace di discernere la figura slanciata di Valerius, e camminò lenta verso di lui. Teneva la mano tesa in avanti, in attesa d'essere afferrata. Quando lo strige la prese, intrecciò le dita alle sue, e lei si poté voltare verso l'incerto pubblico. Non fu accolta da uno scroscio di applausi, ma fu certamente approvata. Valerius non era stupido, mostrarsi mentre prendeva in sposa una driade era un'azione vincente. Ma questo, per Titania, poteva significare solo una cosa: continuare a nascondersi.

«Prenderò in sposa la driade dell'ormai vecchio Ordine, Titania. Luce e tenebre non sono mai stati avversari in alcuna lotta, bensì sono alleati contro le ingiustizie e i soprusi. C'è tanto su cui io e la vostra futura regina dovremo lavorare, ma vi promettiamo, a cuore aperto, di fare il possibile per la vostra sicurezza e il vostro benestare.»

Tenendo un braccio elegantemente dietro la propria schiena, Valerius si chinò a baciare la mano di Titania. Le sue labbra erano tiepide e morbide, come la prima volta in cui si erano incontrati, ma in quest'occasione un'anomala oscurità si faceva spazio nel suo sguardo.

L'ibrida non la colse, a differenza di Calista, la quale, invece, captò fin troppo bene il nervosismo che trapelava dalle sue parole, il suo viscerale desiderio di farsi giustizia con le proprie mani. La driade non riuscì a staccare gli occhi da Valerius; il suo volto era impenetrabile, i suoi occhi oscurati da una fitta nebbia. Il gentile fanciullo da lei conosciuto per caso nella biblioteca non era lì presente. In piedi, davanti a quel trono, c'era solo il suo impassibile sostituto, il crudele responsabile della morte di Isolde.

Come il pubblico applaudì, un po' timidamente, ma in un inconfondibile segno di approvazione, Calista sentì il cuore balzarle in gola. Temeva per Valerius e, soprattutto, per Titania. Stretta nella sua semplice tunica beige, con le ali bianche spalancate sulla sua schiena e gli occhi persi, pareva estremamente fragile, impreparata. La driade promise a se stessa di guidare quella giovane innocente e inesperta del mondo, non tanto in qualità di guardiana, quanto come un'innamorata, una che desidera solo il bene per la sua amata.

Calista serrò la mascella, notando come pure Burchard e Clinea applaudissero, nonostante le proteste di appena qualche secondo prima.

Non sono pronti, nessuno dei due lo è, realizzò, guardandosi intorno. *La corte di Arcadya con i suoi nobili è un vero e proprio nido di serpi. Ma né Titania né Valerius possiedono l'antidoto per il loro veleno.* La guardiana incrociò involontariamente lo sguardo di Elan, vedendo la propria angosciante perplessità riflessa negli occhi dell'immortale.

Si trovò involontariamente a domandarsi se non fosse troppo presto perché Valerius diventasse re. Un giovane arrabbiato con il mondo, non ancora guarito dalle sue ferite, era l'ultima persona a dover sedere su un trono. Una grande e indomita furia viveva dentro di lui e aspettava solo di abbattersi sui responsabili del suo antico dolore.

L'orchestra incominciò a suonare e gli invitati, per quanto molti di loro sostassero riluttanti sotto ai colonnati, si riversarono nella navata principale.

Laurell si stringeva nella propria armatura, non sapeva quanto ancora avrebbe rivestito il ruolo di generale, o di armigero in assoluto. Valerius non aveva ancora avuto modo di riordinare l'Esercito dopo le (rispettivamente poche) defezioni, ma era questione di giorni. *D'altronde, perché il re dovrebbe tenere fra le proprie fila una persona che per poco non ha provocato la morte della sua guardia reale?*, si chiedeva Lau, sbuffando per la frustrazione. *Non è accaduto di proposito, non avrei mai fatto del male a Calista. Ma la mia devozione verso i precedenti sovrani mi ha obnubilato i sensi, e un armigero obnubilato è un armigero inutile.*

Un crescente fastidio si fece spazio nello stomaco dell'armigero. Inizialmente credette fosse banale disagio: non aveva chiarito la faccenda con Calista o, meglio, aveva provato a parlarle, ricevendo però solo un'occhiataccia torva come risposta. *E come biasimare il suo astio? Non le ho neanche concesso la cortesia di un salvataggio, non ho realizzato in tempo...*

Ma non era solo l'improvvisa ostilità della driade a causare quel disagio, quell'inspiegabile voragine nel ventre dell'ufficiale. Una voce rimbombò nella sua testa, l'entità di Deltora stava parlando e, qualsiasi fosse la sua richiesta, Lau doveva ascoltare. L'armigero si strinse una mano sul ventre e si defilò in fretta verso il bagno, pregando che quella richiesta non superasse il suo ferreo codice morale.

Poco più in là, ancora in piedi davanti al trono, Valerius strinse poderosamente la mano di Titania. Il discorso era terminato, bene o male, le sue parole erano giunte a destinazione. Poteva finalmente tirare un sospiro di sollievo. Titania sentì tutta la tensione accumulata dallo strige e rispose con vigore alla sua stretta, consapevole che da quel momento – da quando aveva risposto positivamente a quella fatidica proposta – la sua vita non sarebbe più stata la medesima. L'attendeva una nuova esistenza fatta di obblighi e convenzioni sociali. Per fortuna, aveva la miglior compagnia che potesse desiderare.

Calista, Valerius..., si trovò a pensare. *Alla fine, ci siamo riuniti. Nonostante tutto.*

Lui si voltò a guardarla, le iridi violacee nuovamente illuminate dalla speranza di un futuro migliore, per loro e per tutti gli strige. Sacrificare la propria libertà era stato necessario ma, tutto sommato, non era l'amara sorpresa che si aspettava: aveva trovato il modo per restare vicino a quelle due donne, così diverse e al contempo così affini. Certo, da quel momento in poi, la discrezione avrebbe giocato un ruolo fondamentale nella tranquillità del loro rapporto, però almeno non sarebbe stato solo nei perigliosi giochi di potere che lo attendevano.

Calista si affiancò all'ibrida, squadrando scettica un gruppo di nobili appostato vicino al transetto. «Come stai?» le domandò, senza guardarla.

Titania sollevò le spalle, limitandosi a mugugnare: «Ho fame e voglio andare a dormire. Ma credo di star bene».

«Mio padre si è fatto sentire?» intervenne preoccupato il nuovo re.

La risposta dell'ibrida fu capace di spaventare entrambi: «Ogni giorno». Lasciò andare un sospiro afflitto, carico di vivida preoccupazione. «Mi ricorda continuamente del mio debito.»

Dolce ibrida, approfitta di questo breve riposo.

La driade soppresse una smorfia. «Bastardo, quando eri tu ad aver bisogno era sparito.»

Non appena sarai di nuovo in forze, mi aspetterà la mia ricompensa.

Valerius si chinò a baciarle nuovamente il dorso della mano. Questa volta, però, sembrava lo stesse facendo per tranquillizzare la giovane. E se stesso. «Qualsiasi cosa ti dica, evita a tutti i costi di usare i suoi poteri» aggiunse a bruciapelo. «Con lui non si sa mai quale possa essere il prezzo.»

Oh, troppo tardi.

Il patto è stipulato.

Mi attende un trionfante ritorno in pompa magna.

Una fitta attraversò la testa di Titania, che si vide costretta a serrare i denti, mentre la mia voce le risuonava dentro la testa. Qualsiasi resistenza era inutile, niente poteva mettermi a tacere, non più.

Il piano è stato messo in moto, tutto finalmente funziona come dovrebbe e tu non puoi permetterti di pagare il prezzo di una diserzione.

Per quanto Valerius e Calista avessero tutte le migliori intenzioni di proteggerla, non potevano nulla contro di me. Mi era stato donato un assaggio di quella vita a me rubata e avrei compiuto qualsiasi follia pur di riaverla indietro. Ero come preda di un'atroce dipendenza che mi teneva le viscere attanagliate, l'oblio e l'annichilimento erano stati rimandati, rimpiazzati da un fervente e maniacale bisogno di ritorno.

Ci rivedremo presto, cara Arcadya. Non soffrire troppo in mia assenza.

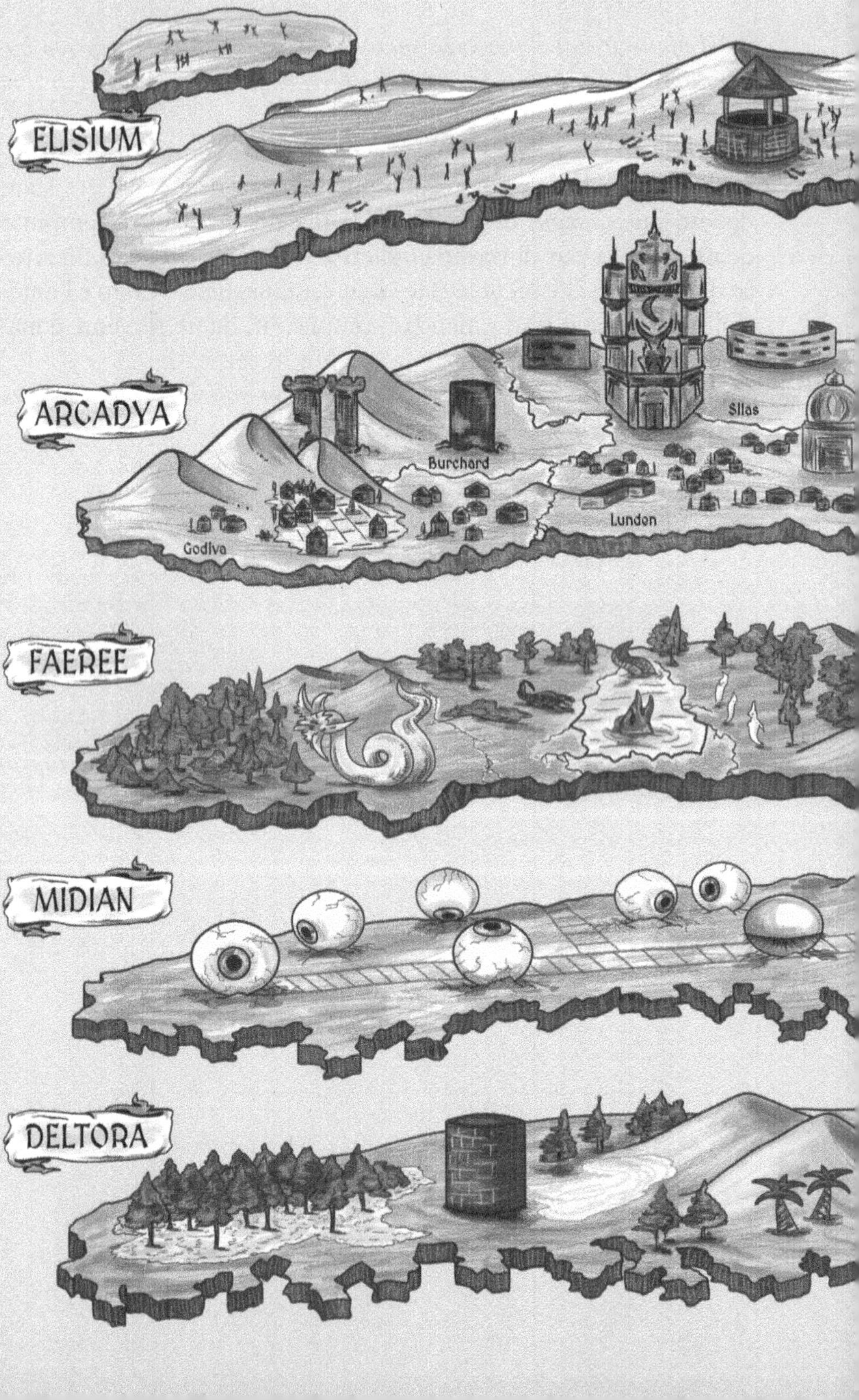
ELISIUM
ARCADYA
Burchard
Silas
Godiva
Lunden
FAEREE
MIDIAN
DELTORA